Matthias Lohre

TEUFELS BRUDER

MATTHIAS LOHRE

TEUFELS BRUDER

ROMAN

PIPER

Mehr über unsere Autorinnen, Autoren und Bücher:
www.piper.de/literatur

Unser Versprechen für mehr Nachhaltigkeit
Klimaneutrales Produkt
FSC®-zertifiziertes Papier
Hergestellt in Deutschland

FSC
www.fsc.org
MIX
Papier | Fördert gute Waldnutzung
FSC® C014496

ISBN 978-3-492-07279-3

Gesetzt aus der Sabon Next
Satz: psb, Berlin
Druck und Bindung: GGP Media GmbH, Pößneck
Printed in Germany

Für Jonathan

Der Künstler ist der Bruder des Verbrechers und des Verrückten.

Thomas Mann

Erst mit Lieben beginnt Dichten.

Heinrich Mann

I. Kunst

Hör mir zu. Setz dich wieder. Du bist nicht der, für den du dich hältst. Du gehörst hier nicht hin. Du bist ein Traum, der sich in die Welt verirrt hat. Und jetzt weißt du nicht, wohin mit dir. Du schlägst und trittst um dich, weil du festen Halt suchst, aber da ist keiner. Und weißt du, was? Da wird nie einer sein. Glaub mir, denn ich bin wie du. Entscheide dich. Willst du leben oder nur scheinen? Willst du den Schmerz, der dich spüren lässt, dass du wahrhaftig lebst? Willst du das? Willst du wirklich lieben? Das hier ist deine Chance. Sie ist deine letzte. Du weißt, ich habe recht. Hör mir zu, verdammt, denn ich habe ein Messer und du nicht. Gut. Jetzt hör zu.

I. Kunst

Prolog

Es kenne mich die Welt, auf dass sie mir verzeihe!

August von Platen: *Gedicht XXXIV* (1828)

Rom, 29. April 1953

Je länger er auf dem Balkon stand, die würzige Frühlingsluft einatmete und zusah, wie dort unten junge Menschen zwischen Straßenbäumen und besonnten Hausfassaden promenierten, desto verlockender erschien es ihm, über die Brüstung zu klettern und mit der verbliebenen Entschlossenheit seiner siebenundsiebzig Jahre hinunterzuspringen. Er stellte sich vor, wie die Dinge im Fallen ihre Form abstreiften, sich auflösten in Licht und Wärme, wie er endlich mit allem eins würde, und schloss die Augen. Sein müdes Herz begann zu rasen, und er griff die Brüstung fester, bis die Hände schmerzten. Mühsam atmete er ein und aus, ein und aus, und bald erinnerte nur noch ein Zucken im Mundwinkel an den Moment der Schwäche. Dem alten, nie vergessenen Traum durfte er nachhängen, sich ihm aber niemals hingeben.

Mit einem Ruck wandte er sich ab und trat zurück in die Suite. Als er die Balkontür hinter sich schloss, sprang Algy an seinen Beinen hoch.

»Hierher. *Hier*!« Katia wies auf den Teppichboden neben dem Stuhl, in dem sie die morgendliche Post sortierte. Zwar gehorchte der schwarze Pudel nicht, ließ aber immerhin von seinem Herrn ab und beschnüffelte einen von Dutzenden Blumensträußen, die das Zimmer mit schwerem Duft erfüllten.

»Nach der Audienz, *da* hätten wir zurückreisen sollen«, sagte sie. »Wir wären jetzt schon in der Luft.«

In fast fünfzig Jahren Ehe hatte er es sich abgewöhnt, seiner Frau zuzustimmen, wenn sie recht hatte. Es kam einfach zu häufig vor. Wie er vorhin das Knie vor Pius XII. beugte und den Ring des Fischers küsste, das bildete den idealen Schlusspunkt einer Geschichte, die vor mehr als einem halben Jahrhundert in Scham und Schande begonnen hatte. *Seiner* Geschichte. Warum hatte er dann der Fahrt in die Berge zugestimmt?

Als es an der Tür klopfte, seufzte er gequält.

»Du hast es so gewollt«, sagte sie, ohne aufzublicken.

»Sie sind zu früh. Fast dreißig Minuten.« Er griff sich an den Hals.

Wieder klopfte jemand.

»Was *ist* denn?«, rief sie. Zur Antwort kam unverständliches Murmeln. »Herrgott. Na, dann kommen Sie herein!«

Ein Page trat, eine Verbeugung andeutend, ins Zimmer. Wortlos trug er zwei Blumenbouquets zu den anderen. Auf dem Rückweg legte er, ohne den Schritt zu verlangsamen, einen länglichen Umschlag auf den Tisch.

»Was ist das?«, fragte Katia laut.

Der Hotelbedienstete hielt widerstrebend inne, drehte sich um und rang die Hände. »Ein Herr bat mich, es Ihnen zu geben. Er sagte, er warte unten, für den Fall, dass Sie so freundlich sein wollen, ihn vorzulassen. Verzeihen Sie, bitte. Ich dachte, Sie wüssten davon.«

Katia schaute auf das Kuvert, an dem eine Visitenkarte heftete. »*Fabius von Gugel*?« Sie sah zu ihrem Mann. Der schüttelte kaum merklich den Kopf.

»Nehmen Sie's wieder mit. Und wenn Sie so etwas noch einmal machen, melde ich Sie dem Direktor.«

Mit gesenktem Kopf griff der Page den Umschlag und eilte zum Ausgang. Als er die Klinke drückte, glitt ein Bogen Papier auf den Teppichboden. Die Tür schloss sich.

Normalerweise hätte er Katia mit einem Blick auf das Ärgernis aufmerksam gemacht. Vielleicht aber fiel ihm, als er darauf zutrat, etwas ins Auge. Jedenfalls bückte er sich ächzend und hob es auf.

Es war eine Zeichnung, schwarz auf weiß. Ihr Stil ähnelte den spätmittelalterlichen Stichen, die er im *Hexenhammer* gesehen hatte. Doch was sie zeigte, war einem Traum ähnlicher: Vom Himmel breiteten sich Sonnenstrahlen in alle Richtungen aus. Wo die Sonne – oder das Antlitz Jesu – hätte prangen müssen, blickte ein Augenpaar den Betrachter an. Darunter tanzten eine Nase und ein buschiger Schnurrbart, der in dunkle Wolken überging. Die untere Bildhälfte füllte eine geschwungene Küstenlinie, gesäumt von Klippen und einer Art Festungsanlage. Aus einem Gebäude loderten Flammen, doch die schien niemand zu beachten – weder das riesige Augenpaar noch die Silhouette, die im Vordergrund auf einer Anhöhe stand. Das Wesen war weder Frau noch Mann, und, abgesehen von einem Strumpfband am rechten Oberschenkel, nackt. Sein sonderbarer Mund ähnelte dem Maul eines Lurchs. In der Linken hielt es einen Mantel – oder: nein, keinen Mantel, eher eine Art Hautsack, von dem Beine, Brüste, Arme und ein Gesicht schlaff herunterhingen. Daraus troff eine dunkle Flüssigkeit, die sich in einer Lache sammelte. Das Seltsamste aber war, dass das Wesen offenbar keine Schmerzen litt, sondern gelassen, ja, erstarkt wirkte, als hätte es eine zu eng gewordene Hülle abgestreift wie eine Schlange ihre Haut.

Trotz der südlichen Wärme war ihm, als umspüle kaltes Wasser seine Füße. Als er das Blatt fortlegen wollte, fiel sein Blick auf die Handschrift auf der Rückseite.

Er las.

Erst ein Drücken in der Kehle, dann pochende, beinahe schmerzhafte Herzschläge. Das Wasser stieg.

Hastig drehte er das Blatt wieder um: Der Küstenstreifen – formte der nicht eine große Bucht? An dem Schenkel des Mannfrauwesens hing kein Strumpfband – das waren Löcher. Und der Mund – wie hatte er es übersehen können? – glich keinem Amphibienmaul, sondern einer Reihe kleiner, tiefer Stiche. Dazu das zu Boden triefende Blut, all das Blut.

Alles war wieder da, Zeit und Raum eine Illusion. Er setzte sich.

»Tommy?«

»Es geht schon.«

»Komm, ich sage ab.« Sie nahm den Hörer.

Er schüttelte den Kopf.

»Was willst du dir da oben überhaupt anschauen? Mandadori sagt doch, das alte Haus …«

»*Katia* …«

Widerwillig ließ sie den Hörer sinken und widmete sich – mit siebzig Jahren noch immer kopfschüttelnd über jeden Starrsinn, der nicht der eigene war – wieder der Post. Ihren Mund umgab ein Strahlenkranz aus Falten; die schwarzen Augen aber glänzten wie einst. Bis heute schien Katia, getrieben von einer ihm fremdartigen Energie, nichts und niemanden zu fürchten. Ihr würde er weder seine zitternden Hände zeigen noch erzählen von der Panik, die ihn für Augenblicke überschwemmte. Er hätte nicht herkommen dürfen, auch nicht nach all den Jahren.

Mehr als einmal hatten ihn, umringt von den immer gleichen Sektempfangsgesichtern, die Nerven im Stich gelassen. Das Klirren eines Glases, das Tremolo eines Wortes, gesprochen zwei Stehtische weiter, hatten genügt, ihn für Sekunden zu betäuben. Und in der Sixtinischen Kapelle war er, zum ersten Mal seit damals Aug in Aug mit dem Jüngsten Gericht, nicht allein vor Rührung verstummt. Vor einer Blamage bewahrt hatten ihn nur der routinierte Blick ins Leere und Katias leitende Hand.

Natürlich wäre es klüger, die strapaziöse Fahrt in die Berge abzusagen. Aber mochte auch die ganze Welt seine Rückkehr nach Italien als Triumph feiern – wenn er zurückscheute vor dem, was ihm in Palestrina begegnen mochte, wäre alles schal. Deshalb musste er dorthin. Aber hatte er die Kraft dazu?

Er hielt das Papier in seiner zitternden Hand. Das kalte Wasser stieg nicht länger, wich aber auch nicht.

»Ruf unten an.«

»Ja? Gut, Tommy. Ist besser so. Schlaf ein wenig. Ich wecke dich zum Diner.«

»Nicht das.«

Als sie aufblickte und die Zeichnung sah, zog sie die Brauen zusammen. »Du willst doch nicht etwa …«

»Wir haben noch etwas Zeit.«

»Du brauchst *Ruhe*.«

Doch er schwieg, und so griff sie seufzend zum Hörer.

Kurz darauf stand ein schlanker, elegant gekleideter, fast noch junger Mann im Zimmer. Den Umschlag hielt er an die Seite gedrückt und nickte seinen Gastgebern höflich, aber ohne Scheu zu.

»Wenn ich Sie recht verstehe, mein Herr, haben Sie da eine Reihe von Zeichnungen. Nun denn«, er räusperte sich und hielt das Blatt hoch, »was ist *das*?«

Fabius von Gugel lächelte. »Gefällt es Ihnen?«

Als er keine Antwort erhielt, blinzelte er mehrere Male, öffnete hastig den Umschlag und breitete die Bögen auf dem Esstisch aus. »Das Ganze ist ein Zyklus.« Anfangs, erklärte er, während er Bild um Bild nebeneinanderlegte, habe er das Märchen von Aschenbrödel illustrieren wollen. Aber nach und nach hätten sich ihm Figuren aufgedrängt. Seltsame Figuren, die er selbst nicht verstehe und die sich ihren Weg aufs Papier erkämpften. Mal wählten sie den Stil der frühen Moderne, mal den des Barock. Andere wollten Illustrationen der Frühen Neuzeit ähneln, ganz so, als prangten sie neben einem gestrengen Luther-Porträt, oder als ritten sie mit Dürers vier Apokalyptischen Reitern über die Seiten.

Während Katia unter protestierendem Schnaufen die Post vom Tisch räumte, beugte er sich über die Bilder. Auf einem lehnte ein männlicher Torso mit Pferdekopf lässig auf einem Polster, das aussah wie eine riesige Tube, aus der Zahncreme quoll. Auf einem anderen posierte eine Frauenfigur in wallenden Kleidern, ihre Körpermitte auseinandergezogen wie Gummi. Unter den Zeichnungen standen neben Auszügen aus Aschenbrödel auch kurze Texte. Texte wie der, der sein Herz hatte rasen lassen.

»Und die Formulierungen? Woher haben Sie die?« Wie beiläufig hielt er den Papierbogen vor sich hin.

Dein Ehrgeiz war vergeblich, stand darauf, *und vergeblich ist der Gehorsam, der sich nur zur Hälfte bewährt! Die Gräber werden bleiben. Du bist nicht der, für den du dich hältst. Du gehörst nicht hierher. Du bist ein Traum, der sich in die Welt verirrt hat.*

»Wie finden Sie sie?«

»Durchaus … interessant.«

Der Zeichner lächelte. »Meine Arbeiten liegen nicht jedem, ich weiß. Aber als ich erfuhr, dass Sie in Rom sind, dachte ich: ›Wenn es einen Menschen gibt, der sie zu schätzen weiß, dann der Verfasser des *Doktor Faustus.*«

»Ach, ja?« Er hob die Augenbrauen ein winziges Stück. »Warum?«

»Oh …« Gugel breitete die Arme aus und hielt die Handflächen nach oben, als trüge er etwas Großes und Schweres. »Ich kann mich in Bildern besser ausdrücken als in Worten. Wo soll ich anfangen?«

Die unbeholfene Art, mit der sein Gegenüber ihm Bewunderung zollte, beruhigte ihn. Er konnte sich einen weiteren Schritt ins Wasser wagen.

»Ich habe Sie heraufbitten lassen, weil Ihre Bilder Erinnerungen zurückbringen. Wissen Sie, als junger Mann verlebte ich mit meinem Bruder Heinrich eineinhalb Jahre in Italien.

Damals schrieb ich nicht weit von hier die ersten Kapitel der *Buddenbrooks* nieder. Ich war zweiundzwanzig. Mein Bruder behauptete später, ich hätte gar nicht gewusst, was ich da tat – was daraus entstehen würde. Es verhielt sich anders. Manche Figuren standen mir früh, schon bei der Konzeption des Buches, derart lebhaft vor Augen, waren mir so intim bekannt, dass …« Er zögerte. Doch ein kurzer Blick auf die altersfleckigen Hände, die an seiner Seite ruhten, bestärkte ihn darin, weiterzumachen. »Christian Buddenbrook zum Beispiel: ein schwacher, wankelmütiger Mensch, ohne Halt und Ziel. Er bewundert seinen Bruder, den Senator, und kann doch niemals sein wie er. Wie sehr ihn diese Einsicht quälen muss! Mehr noch als die vielen Leiden, mögen diese nur in seiner Fantasie real sein oder nicht. Nun, dieser traurige Mensch geht sogar so weit zu glauben, er sähe, als er eines Tages in sein Zimmer tritt, in der Dämmerung auf dem Sofa einen Mann sitzen. Dabei konnte der Mann gar nicht vorhanden sein.«

Bei diesen Worten legte er die Zeichnung zu den anderen. Die Visite des Malers war ein Test gewesen, und er hatte ihn bestanden.

»Wir danken Ihnen für Ihr Kommen«, sagte er mit der Andeutung eines Lächelns. »Ihrer Arbeit wünsche ich viel Erfolg. Meine Frau und ich brechen gleich zu einem Ausflug in die Berge auf.«

Katia seufzte gerade laut genug, um gehört zu werden.

»Natürlich, verstehe.« Eifrig nickend, begann Gugel seine Zeichnungen einzusammeln. »Sehr schade, dass uns nicht mehr Zeit bleibt. Gern hätte ich mehr darüber erfahren, was Sie damals in Palestrina erlebt haben.«

»Wie?«

»Den Fremden im Zimmer. In den *Buddenbrooks* deuten Sie das nur an. Aber der *Faustus* schildert die Begegnung ja sehr ausführlich. Es ist doch dieselbe, richtig?«

Eine kleine Welle brach sich, spritzte an seinen Schenkeln

hoch. Ebbte ab. »Beides ist Literatur«, sagte er betont ruhig. »Bitte verwechseln Sie sie nicht mit der Wirklichkeit.«

»Ich habe das Kapitel erst vor Kurzem wieder gelesen. Zur Inspiration. So kam ich darauf, mich bei Ihnen zu melden. Der steinerne Saal, das Rosshaarsofa, der kalte Windzug am warmen Sommertag, die Silhouette im Schatten – alles wirkt so anschaulich, bei aller Fremdartigkeit.«

»Weil ich es detailliert beschrieben habe. Hier.« Er deutete zum Ausgang.

»Sie sagten doch, meine Bilder förderten Erinnerungen zutage. *Erinnerungen*. Haben Sie ihn also damals wirklich leibhaftig vor sich gesehen?«

Der Schwindel kehrte zurück und zog konzentrische Kreise in seinem Kopf. Er stützte eine Hand auf den Tisch.

»Verzeihen Sie bitte«, sagte Gugel. »Nur habe ich selbst so manches erlebt, das ich nicht mit Worten erklären kann. Nie würde ich deshalb behaupten, es sei nicht real gewesen, denn für mich war es das. Was kann wahrer sein als die eigene Wahrnehmung? Finden Sie nicht auch?«

»Wir danken für Ihr Kommen«, sagte Katia so kühl es ging.

»Natürlich.« Gugel schob die Blätter mit beiden Armen zusammen wie verstreute Früchte. »Bitte sehen Sie es mir nach. Dass Sie mich empfangen und meine Arbeiten betrachtet haben, ehrt mich sehr. Und dass Sie mir auch noch von sich erzählen – das habe ich gar nicht zu hoffen gewagt! Deshalb bin ich vielleicht etwas zudringlich geworden. Aber ich bin so überrascht. Sie gelten schließlich allgemein als, nun ja, kalt.«

Katia blickte, die Lippen vor Empörung geschürzt, zu ihrem Mann. Doch der schwieg.

Kalt.

Natürlich wusste er, was die Leute sagten: Unnahbar sei er, abgehoben, ein Denkmal seiner selbst. Die Zuschreibungen grämten ihn schon lange nicht mehr. Er hatte gelernt, sich in sie einzuspinnen wie in einen Kokon, denn sie boten Schutz vor Aufdringlich- und Niedrigkeiten. Aber hätte jemand, der kalt bis ans Herz war, den *Faustus* schreiben können? Das Buch war seine Lebensbeichte, rücksichtslose Biografie. Danach hätte er, wie Wagner nach dem *Parsifal*, sterben sollen. Wie beschämend, wie grausam, dass er noch lebte – nur, um den Verfall seiner Kräfte erleiden zu müssen. Sah denn niemand, was offen zutage lag? Dass der *Faustus* blutige Realität war – seine Realität? Alles hatte er darin bekannt, bis zum Scheußlichsten. Wie blind die Menschen waren.

Die Hände zitterten wieder, und eine Strömung griff nach seinen Beinen. Gerade wollte er nach dem Portier läuten, um Gugel entfernen zu lassen, da hielt er inne. Hatte er dem Künstler nicht gerade selbst gesagt, Literatur und Leben seien verschiedene Dinge? In Wahrheit, das sah er im Moment der Schwäche klarer denn je, waren seine Werke niemals Bekenntnisse gewesen. Sie waren Labyrinthe. In ihnen hatte er sich der Welt nicht offenbart, sondern kunstvoll vor ihr versteckt, und war darüber alt geworden. Müde und sehnsüchtig schaute er durchs Balkonfenster. Der Himmel trug tröstliches Blau. Wie köstlich musste es sein, sich endlich rückhaltlos zu allem zu bekennen. Loszulassen. Die Audienz war eine Chance gewesen, Gnade zu erfahren, und er hatte sie verstreichen lassen.

Vor ihm stopfte Gugel eilig die letzten Bilder in den Umschlag.

Vielleicht, dachte er, war der Besuch des sonderbaren Malers kein Zufall. Vielleicht erwies er sich als Geschenk – als Gnade, derer er sich würdig zu erweisen hatte, indem er sie als solche erkannte.

Und letztlich war es gleichgültig, wem gegenüber man die Beichte ablegte.

»Wollen Sie vielleicht«, fragte er, »mit mir einen Blick hinaus werfen? Dann erzähle ich Ihnen eine Geschichte.«

»Tommy?«, fragte Katia.

Aber er antwortete nur: »Es ist gut.«

Kurz darauf schloss er die Flügeltüren hinter sich und seinem Gast.

*

Eine ganze Weile später – der Empfang hatte angerufen, der Wagen stand abfahrbereit – setzte Katia ihren Lieblingshut auf und nahm die Handtasche. Als nichts mehr zu tun war, klopfte sie mit dem Ehering an die Balkontür. Im nächsten Moment wurde diese aufgestoßen, und beinahe wäre sie mit Gugel, dessen Augen weit aufgerissen waren, zusammengeprallt. Wortlos eilte er an ihr vorüber, und als Algy vor Freude am Bein des Malers hochsprang, schien es fast, als unterdrücke der einen Schrei. An der Zimmertür angekommen, blickte er fragend zur Gastgeberin, nickte ihr zu – und war fort.

Katia lachte auf. »Das war amüsant, aber auch ein wenig gemein. Verdient hat er es. Was hast du ihm denn für eine Geschichte aufgetischt?«

Er ging wortlos nach nebenan, um sich frisch zu machen. Als er wenige Minuten später zurückkam, umfing ihn die schwüle Mittagsluft wie ein Bad, und er hielt sich so gerade, als balanciere er eine Krone.

»Du bist hoffentlich auf Gugels Unsinn nicht eingegangen«, sagte Katia, während sie den Sitz seiner Fliege prüfte. »Sonst tuscheln die Leute noch, du würdest senil. Nicht jeder kann mit deinem Humor …«

»Es ist wahr.«

»Ach, lass das.«

Abrupt blieb er stehen. Er fixierte ihre schwarzen Augen und sagte ruhig:

»Es *ist* so: Ich *sah* damals den Teufel.«

Sie starrte ihn an wie einen Fremden.

Er beugte sich hinab zu Algy, der seinen Herrn mit Schwanzwedeln begrüßte, und streichelte ihm den Hals. Schließlich richtete er sich auf, strich das Jackett glatt, prüfte den Sitz des Einstecktuchs und machte sich auf nach Palestrina.

1.

Der thatenscheue, willenlose Entartete, der nicht ahnt, daß seine Unfähigkeit zum Handeln eine Folge seiner ererbten Gehirn-Mängel ist, macht sich selbst weis, daß er aus freier Entschließung das Handeln verachte und sich in Thatlosigkeit gefalle, und um sich in den eigenen Augen zu rechtfertigen, baut er sich eine Philosophie der Entsagung, der Weltabkehr und Menschenverachtung auf.

Max Nordau: *Entartung* (1892/93)

München, 10. Oktober 1896

Wer behauptete eigentlich, um etwas von Wert zu schreiben, müsse einem Drastisches widerfahren sein? Er zumindest erlebte auch jetzt etwas, da er, umgeben von säuberlich gefalteten Hosen, gestärkten Hemden und einem halb leeren Koffer, auf seinem Bett saß und zusah, wie die Rauchkringel seiner Zigarette verwirbelten und sich unter der Zimmerdecke auflösten wie ein Traum. Ein guter Dichter, dachte er, konnte daraus etwas machen, während ein schlechter einem Vulkanausbruch beiwohnen mochte und doch scheiterte beim Versuch, das Geschehen einprägsam zu schildern. Vielleicht also, sagte er sich, während er in die Untertasse auf dem Bücherstapel neben sich aschte, vielleicht war es gut so, dass er die Reise nicht antrat.

Vom Wohnungsflur drang das Geräusch nahender Schritte herüber. Am Knarzen der Dielen – leiser als bei Clara, in kürzeren Abständen als bei der Frau Mama – erkannte er, wer es war. Als es klopfte, erwog er kurz, nicht zu reagieren. Andererseits: Wenn es jemanden gab, der seine Entscheidung verstünde, dann Ilse.

»Komm herein.«

Als sie ins Zimmer spähte, fiel ihr eine blonde, dem Zopf entkommene Strähne ins Gesicht. »Tommy, du musst los!« Abrupt blieb sie, ein Päckchen in der Hand, stehen. Ihr überraschter Blick ließ sie noch zarter und jünger wirken, als sie war.

»Ich fahre nicht«, sagte er. »Du kannst Lula die traurige Mitteilung machen, dass ich mein Zimmer behalte.«

Auf Ilses Stirn formte sich ein V.

»Das Ganze war überhaupt eine dumme Idee.« Er pflückte einen Tabakfetzen von der Tagesdecke.

Sie setzte sich auf den einzigen Stuhl und betrachtete Thomas interessiert, aber unschlüssig, als wäre er ein fremdartiges Gemälde. An anderen Tagen hätte Thomas ihren furchtlos-offenen Blick, den sie mit ihrem Bruder gemein hatte, charmant gefunden, aber nicht heute. Irgendwo musste doch noch etwas Tabak zu finden sein.

»Es ist normal, ein wenig Bammel zu haben.«

»Der Wechsel reicht schon jetzt kaum, um einigermaßen anständig durchzukommen. Wie soll ich da unten davon leben?«

»Hier.« Ilse zeigte auf einen akkurat geschichteten Zeitschriftenstapel. »Korfiz sagt, beim *Simplicissimus* suchen sie einen Lektor. Vielleicht könntest du deine Arbeit unterwegs erledigen und ihnen schicken.«

»Das Ganze«, sagte Thomas, als hätte er ihre Worte nicht gehört, »ist doch im Grunde ein grässliches Klischee. Jeder gefühlsduselige Schreiberling, der sich für Goethes Wiedergeburt hält, reist hin.«

»Wenn das *so* ist«, sie lächelte breit, »musst du doch erst recht los!«

»*Ilsenschnibbe* …« Er versuchte, ihren Kosenamen mit Vorwurf in der Stimme auszusprechen, und scheiterte kläglich.

»Ich dachte, es hätte dir dort gefallen.«

»Für ein paar Monate, ja. Aber was soll ich eineinhalb Jahre lang dort unten? Was, wenn mich nichts inspiriert, mir nichts einfällt?«

Zumindest nichts Gutes, dachte er. Vom ersten Italienbesuch hatte er vergangenen Herbst stolz zwei Erzählungen heimgebracht. Dafür hatten ihm Mama und der brave Schulfreund Otto Grautoff so ausdauernd höflich-kühles Lob gespendet, bis er endlich begriff und die Manuskripte, gemeinsam mit den Tagebüchern, verbrannte. Gut hatte sich das angefühlt, reinigend. Doch seither füllte sein Kopf sich wieder mit Geschichten über ungestillte Sehnsüchte und einsame Tode. »Du bist so jung«, hatte Grautoff ihm geschrieben, »und schon so alt«. Aber ihm war nun einmal, als hätten seine literarischen Figuren ihren eigenen Willen, der sie die Gemeinheit und Berechnung der Menschen meiden ließ. Sobald etwas in ihre scheinbar wohlgeordnete Welt eindrang, retteten sie sich in die Arme der Melancholie. Nicht der Tod, den er ihnen so häufig zudachte, war eine Katastrophe, sondern das Leben.

»Außerdem«, sagte er und setzte sich im Bett auf, »habe ich mich bereits entschieden.«

Ilse blickte auf den halb leeren Koffer. »Wann?«

»Gerade eben.«

»Dann weiß Heinrich noch gar nichts?«

Thomas schwieg.

»Du musst es ihm sagen.«

»Ach, der …«

»Er ist bestimmt schon auf dem Weg zum Bahnhof. Wenn du jetzt losfährst, kriegst du am Schalter vielleicht noch dein Geld zurück.«

Er wandte den Kopf ab.

»Ich dachte, der Wechsel reicht kaum.«

Er seufzte gequält, und im Zimmer wurde es still.

»Ich glaube«, sagte sie nach einer Weile, »eigentlich mag er dich. Er kann es bloß nicht so zeigen.«

Mit einem Ruck, als hätte ihn etwas gestochen, stand Thomas auf. »Das ist es nicht. Sie sind *weg*.«

Fast wünschte er sich, in Ilses Augen Häme oder Vorwurf zu erkennen. Dann hätte er sich wenigstens über ihre Zudringlichkeit ärgern können. Doch sie schaute ihn bloß aufmerksam an, wie damals, als er im Kasperletheater alberne kleine Stücke für sie aufgeführt hatte, und das war schier unerträglich. Leise sagte er:

»Ich habe die Billetts verloren.«

»Was?« Sie sprang auf. »Worauf warten wir?«

Er hob abwehrend die Hand. »Ich habe alles durchsucht. Das Zimmer, den Salon, sogar die Küche.«

»Wo warst du sonst? Doch bestimmt im Café.«

»Ich habe sie immer zu Hause gelassen. Gerade, um sie nicht zu verlieren.«

»Also sind sie hier irgendwo!« Die Aussicht auf eine Schatzsuche schien Ilse zu beleben. »Hast du in den Schränken nachgeschaut? In deiner Jacke?«

Er nickte.

»Aber irgendwo hier *müssen* sie sein.« Ihr Blick kroch in die Zimmerecken.

»Und ich sage dir, sie sind weg.«

»Aber *wenn* wir sie finden«, mit einem Schritt stand sie vor ihm und reckte den Zeigefinger vor seine Nase, »dann fährst du, ja? Versprichst du's mir?«

So nah war sie ihm, seit sie erwachsen waren, noch nie gekommen. Ihm stieg Duft in die Nase, warm, blumig und beunruhigend. Er lächelte nervös. »Willst du mich etwa loswerden?«

Für einen Moment schien Ilse beinahe verärgert. »Ach, jetzt komm, Tommy. Wir haben wenig Zeit.«

»Wäre es nicht besser«, sagte er zögernd, »wenn man gar nichts täte?«

Wieder erschien das V auf ihrer Stirn. »Und wie soll uns das helfen, die Fahrkarten zu finden?«

»Nein, ich meine …« Er zuckte die Achseln, als könne er seine dummen Worte abschütteln. »Ach, es ist egal.«

Doch Ilses Blick suchte seine Augen. »*Was* meinst du?«

Er sah zu Boden. Wie sollte er das erklären? Es fiel ihm schon schwer genug, sich Gewissheit darüber zu verschaffen, was er dachte und empfand, wenn er allein mit sich war. Dann war er halbwegs fähig, seine streunenden Ideen an einem Punkt zu versammeln, um sie für ein paar Augenblicke zu betrachten. Das Bild, das entstand, war dunkel und flüchtig. Er war außerstande, eine Gedankenreihe von den anderen zu isolieren; noch weniger konnte er sie einem Gegenüber auseinandersetzen. Stattdessen überschwemmten ihn widersprüchliche Eingebungen, unzählige *Aber*, *Jedoch* und *Andererseits*, bis sich ihm die Kehle zuschnürte, er zu zittern begann und ihm der Magen klopfte wie anderen das Herz. In solchen Augenblicken ergriff ihn das Bewusstsein seiner Mangelhaftigkeit, Schwäche und Trägheit wie ein Fieber, und er fürchtete, verrückt zu werden. Das Einzige, das ihn vom Abgrund zurückzog, war das unbestreitbare Wissen darum, dass alles, sogar die peinlichste Verwirrung, eines Tages zu nichts zerfloss. Der Gedanke beruhigte ihn wie ein altes Wiegenlied. Der Tod, wie er ihn sich vorstellte, war ein Ort der Rast und Zuflucht. In dieser Heimat konnte keine Sehnsucht, kein sinnloses Hoffen ihn noch quälen. Der Tod war Friede und ewige Meeresstille.

Solange er nicht wusste, was der Süden bereithalten mochte, brauchte er sich nicht zu grämen, dass er es verpasste. Wenn er aber fuhr, würde das Erlebte ihn nur weiter verwirren. Deshalb war es im Grunde ganz einfach: Blieb er hier, ersparte er sich Leid. Doch als Thomas den Kopf hob, um Ilse das zu sagen, fixierten ihre kühl-blauen Augen ihn noch immer, und das Einzige, was er hervorbrachte, war:

»Ich … Ich will nichts mehr hoffen müssen.«

Er bereute seine Worte sofort.

»Was«, fragte sie langsam, »erhoffst du denn?«

»Na: nichts.«

»*Nichts* …«

»Ich hätte damit gar nicht erst anfangen sollen.«

»Wat *wullt* du denn nu eentlich, Tommy?«, rief sie. »Nu segg dat mal!« Ilse biss sich auf die Unterlippe. So redete vielleicht ein Mädchen, das zu viele Nachmittage bei den Arbeitern ihres Vaters verbracht hatte, aber keine Dame. »Wünschst du dir etwas, glaubst aber, dieses Etwas nicht bekommen zu können?«

»Ilse …«

»Weil du denkst, du darfst es nicht haben?«

Er atmete tief ein und aus.

»Ist es das?«

Er zog den Kopf zurück und wandte sich ab, als hielte sie ihm etwas Übelriechendes unter die Nase.

»Ach, mein guter Tommy.« Sie lachte auf. »Für jemanden, der so klug ist wie du, bist du manchmal ziemlich dumm.«

Jedem anderen Menschen hätte er die Worte übel genommen, Ilse aber tat ihm beinahe leid. Denn obwohl sie direkt vor ihm stand und hörte, was er sagte, hielt sie ihn für klug. Er aber wusste, wie er wirklich war. Und Heinrich wusste es auch.

Offenbar begriff Ilse endlich, dass es ihm ernst war. Jedenfalls rief sie mit gespieltem Ernst: »Geh nicht weg!«, drehte sich um und eilte aus dem Zimmer. Als sie kurz darauf zurückkam, hielt sie in den Händen Geige und Bogen.

»Bitte, nur ein paar Minuten. Ich sing' dazu, ja?«

Zwar wusste er nicht, warum sie ihn ausgerechnet jetzt darum bat. Aber wenn es bedeutete, dass sie von der Suche nach den Fahrkarten abließe, sollte es ihm recht sein. Er klemmte die Geige zwischen Ohr und Schulter, und während er noch glaubte zu überlegen, was er spielen wollte, hatten seine rechte Hand und die Finger der linken sich bereits entschieden, denn im nächsten Moment lauschte er halb den – bestenfalls akzeptablen – Tönen, halb der sehnsuchtsvollen Melodie in seinem

Innern. Langsam ließ er den Bogen über die Saiten dahingehen, aber nicht langsam genug für das überirdisch schöne Motiv. Er schloss die Augen, atmete tief ein und aus, und es ging ein wenig besser. Beim übernächsten Mal glaubte er beinahe zu schweben, wie damals als Halbwüchsiger in der Opernloge. Dann fiel es ihm ein, und er öffnete die Augen.

»Warum«, fragte er überrascht, »hast du nicht gesungen?«

Ilse lächelte nachsichtig, als hätte Thomas einen Scherz gemacht. Da erst begriff er, dass er sich wieder am Vorspiel des *Lohengrin* versucht hatte.

»Entschuldige.« Vorsichtig legte er die Geige beiseite. »Aber ich weiß jetzt, wo sie sind.«

Er hob die Untertasse mit den Zigarettenstummeln an, griff vom darunter liegenden Bücherstapel den obersten Band und öffnete ihn an der Stelle mit dem Lesezeichen. Ein Lesezeichen in Form einer Fahrkarte.

Genau genommen lagen in *Jenseits von Gut und Böse* zwei Billetts für die zweite Klasse: München – Zürich, Zürich – Venedig. Der erste Abschnitt verlöre seine Gültigkeit einen Monat, nachdem er ausgestellt worden war – morgen. Von der Seite, die sie markierten, hatte er sich einen Satz abgeschrieben: *Die Erkenntnis wäre gering, wenn nicht auf dem Wege zu ihr so viel Scham zu überwinden wäre.* Er starrte die Worte an, als könnten sie ihm raten, was er tun sollte.

In seinem Alter hatte Heinrich bereits Dresden, Berlin und halb Italien gesehen. Ihm hingegen, dem dreimaligen Sitzenbleiber, war nach dem glanzlosen Abgang vom Katharineum nichts Besseres eingefallen, als Mama, den beiden Schwestern und dem kleinen Vicco nach München zu folgen. Und das nur, um ihnen – und dem bärbeißigen Vormund daheim in Lübeck – eindrucksvoll seine fehlende Eignung zu allem Praktisch-Nützlichen zu beweisen. Anstatt im stickigen Büro Akten und Listen zu kopieren, wie es einem Volontär der Süddeutschen Feuerversicherungsbank zukam, hatte er an seinem Schrägpult

Geschichten geschrieben. Deshalb (und weil er dort seine erste Erzählung publiziert hatte) war er vollends einverstanden gewesen, als die Firma ihm nach wenigen Monaten kündigte. Das war zwei Jahre her. Seither hatte er noch größere Ansprüche an sich selbst, aber kaum Erfolge. Einzig der reiche Verleger Albert Langen hatte in seinem neuen Blatt eine Erzählung veröffentlicht. Doch *Der Wille zum Glück* war Thomas selbst mittlerweile peinlich – das Werk eines pubertären, unerfahrenen Einzelgängers. Dass Langen ihn brieflich ermahnte, seine *Kunst fester und intensiver zu gestalten*, hatte sein Selbstvertrauen noch stärker erschüttert. Denn er wusste ja, er musste anders schreiben: besser, reifer, tiefer. Nur, wo anfangen? Musste man dafür nicht anders denken, anders fühlen, anders leben – gar ein anderer *sein*? Er war ein Tauber, der eine Sinfonie komponieren wollte.

Seit Monaten hatte er nichts geschrieben. Zugleich rückte der Tag, an dem er sich zum Militärdienst melden musste, näher. Bliebe er hier, würden Verwandte und Freunde seiner Mutter ihm mit Fragen zusetzen: Wollte Tommy es etwa hinauszögern bis zum letzten möglichen Moment – dem Tag vor seinem dreiundzwanzigsten Geburtstag –, um sich zum Dienst fürs Reich zu melden? Was sollten die Leute sagen?

Indem Thomas hier saß, las und träumte, strafte er seine störrische Hoffnung, womöglich doch eine große Zukunft zu haben, Tag für Tag Lügen. Trotzdem erneuerte diese Hoffnung sich immerzu wie Prometheus' Leber, die ein Adler dem an den Felsen Geketteten regelmäßig zerriss. Nur, dass er kein Prometheus war, sondern bloß der Sohn eines großen Toten, den hier niemand kannte; der Bruder eines kommenden Dichters; ein Nichts von einundzwanzig Jahren. Gott, er hatte es satt, zuzusehen, wie das, was er Geduld nannte, Langeweile immer ähnlicher wurde.

Er hatte sich selbst satt.

Thomas klappte das Buch zu und warf es in den Koffer. Eilig

legte er Hemden und Hosen dazu, kippte den halben Bücherstapel hinein, schloss den Deckel und rief:

»Ich muss los!«

»Gut!« Ilse sprang auf. »Ich begleite dich zum Bahnhof. Nicht, dass du es dir noch anders überlegst.«

Auch wenn er lieber allein aufgebrochen wäre – er fürchtete, die neu gefundene Entschlossenheit könnte verfliegen, wenn er sich nicht darauf konzentrierte –, konnte er ihr den Wunsch unmöglich abschlagen. Ohne sie bliese er noch immer Rauchkringel in die Luft.

Sie passierten den Salon, in dem Mama, hoch aufgerichtet im Sessel sitzend, einem Uniformierten lauschte. Als sie Thomas bemerkte, tätschelte sie dem jungen Offizier, der verwundert aufsah, begütigend die Hand und wandte sich um.

»Tommy, mein Tommy!«

Mama stand auf und breitete, halb zu ihm gewandt und halb zum Offizier, die Arme aus. Mit Mitte vierzig war sie noch immer beeindruckend. Auch wenn sie seit einiger Zeit, um die Haut am Hals zu straffen, die markante Kinnpartie anhob und dadurch vielleicht ein wenig zu stark betonte, schien von ihr noch immer etwas auszugehen, das selbst deutlich jüngere Herren für sie einnahm – und Thomas zunehmend peinlich war.

»Brauchst du noch etwas für die Fahrt? Vergiss deinen Mantel nicht. Den grauen.«

»Ich muss mich beeilen.«

»Lass dich noch einmal anschauen.« Sie trat einen Schritt zurück und wandte ihr Profil dem Offizier zu. »Gut siehst du aus. Ein bisschen blass vielleicht. Aber der Süden wird das kurieren. Die Italienerinnen werden Augen machen! Ich wünschte, ich könnte mitkommen, aber du weißt ja …« Mit dem Anflug eines Seufzers deutete sie ins Halbdunkel des Salons: auf Chinavasen und Samtvorhänge, den schwarzen Flügel, die weiße Göttinnenstatue, und dorthin, wo Vaters Porträt hängen musste.

»Der Zug geht bald.«

»Warst du das vorhin, Tommy? Du solltest wieder öfter spielen.«

»Heinrich wartet bestimmt schon.«

»Er hat sich gar nicht verabschiedet.« Ihr Blick schwankte zwischen Unverständnis und Mitgefühl – ob mit ihrem Erstgeborenen oder sich selbst, wagte Thomas nicht zu ergründen. »Weißt du noch, wie gern du immer Geige gespielt hast, diese Kindergeige? Wo ist die eigentlich hin?«

Mit einer Willensanstrengung nahm Thomas den Koffer in die Hand.

»Schon gut, Tommy.« Sie zupfte an seinem gestärkten Hemdkragen und strich darüber. »Ich will doch nur sagen: Es freut mich, dass ihr Zeit miteinander verbringt. Ihr seid schließlich Brüder. Und er kann froh sein, dass er dich hat.«

»Mama, ich …«

»Pass auf dich auf, ja? Schreib regelmäßig. Und vergiss nicht den Mantel.«

»Natürlich.« Er senkte den Kopf und spürte ihren Blick auf sich ruhen wie einen Sonnenstrahl.

An der Haustür wartete Ilse, ihr Päckchen unter dem Arm. Nach all den Jahren der Freundschaft mit Lula wusste sie, die bei den Manns ein und aus ging wie ein sechstes Kind, um die Eigenheiten der Senatorenwitwe. Und doch, sagte Thomas sich, als sie aus der Erdgeschosswohnung ins Freie traten, wäre es vielleicht angemessen gewesen, wenn Mama sich auch von der Tochter eines Sägemühlenbesitzers verabschiedete.

Ihnen blieben nur fünfunddreißig Minuten. Als sie an der Station der Pferdebahn ankamen, keuchte Thomas, und er atmete noch immer schwer, als sie sich auf die harten Sitze der Tram fallen ließen.

»Was nimmst du auch so viele Bücher mit.«

»Wer gut schreiben will, muss Gutes gelesen haben.«

»Na dann«, sie lächelte, »hättest du Heinrichs Roman hierlassen können.«

Thomas war überrascht. Weniger, weil sie mitbekommen hatte, was er in den Koffer gestopft hatte, denn Ilse hörte und sah alles. Sondern weil sie niemanden mit einem schlechten Wort bedachte; selbst über ihre Freunde scherzte sie nur in deren Gegenwart.

»Hast du es gelesen?«, fragte er.

»Selbstverständlich.«

»Und?«

Sie wiegte den Kopf.

Er hätte ihr erklären können, der Roman sei nun einmal anders als jene, die Damen wie ihre Mütter lasen. Heinrich hatte als Erster den Stil des großen Paul Bourget ins Deutsche übertragen; er war ein Neuerer, kühn und mutig. Heinrichs kürzere Sachen, allen voran *Das Wunderbare*, verehrte Thomas in einem Maße, für das ihm die Worte fehlten – und gerade diese Unfähigkeit erinnerte ihn schmerzlich daran, woran es ihm selbst mangelte. Doch etwas hielt ihn ab, Ilse das zu sagen, vermutlich Höflichkeit.

»Hat Armin dir geschrieben?«, fragte sie.

Er schüttelte den Kopf.

»Tut mir leid.«

»Das braucht es nicht.«

»Dir liegt noch an ihm, nicht wahr?«

Er schaute in den Straßenstaub. Ihm gefiel nicht, welchen Verlauf das Gespräch nahm. Natürlich war ihm nicht gleichgültig, dass auch ihr zweiter Bruder fortgegangen war. Nun war Ilse die Letzte, die noch daheim lebte. Wenn es ihrer Mutter jemals gelänge, ihre Tochter zum Umzug zu bewegen, würde das verwinkelte Städtchen Thomas wohl vollends unwirklich erscheinen.

Das freie, breite Lächeln, die blonden Haare und blauen Augen: Thomas fand es erstaunlich, wie sehr Ilse ihrem Bruder ähnelte. Nach der Schule hatten Armin und er Fahrradausflüge unternommen, und eines Nachmittags an der See hatte der Freund ihm den Arm um die Schulter gelegt. Die selbstgereimten Verse, die Thomas ihm voller Scheu und Angst vorgetragen hatte, waren voller Gefühl gewesen – und ihm heute peinlich. Ein Gedicht endete mit der Zeile *Was hat der bleiche Tod Dir angetan?*. Worauf Armin erwiderte: »Ik weet nich, man fraag em mal.«

Rückblickend musste Thomas froh sein, dass der Freund seine Schwärmerei nicht ernst genommen hatte. Fast sieben Jahre war das her. Auch wenn die Erinnerung daran in ihm seltsam lebendig geblieben war, hatte er diese zutiefst verwirrende Phase, die so viele Jungen durchlebten, doch längst überwunden.

»Du darfst es ruhig zeigen, wenn dir jemand wichtig ist«, sagte Ilse. »Weißt du, du bist manchmal so …« Sie presste die Lippen aufeinander und drückte die Arme an den schlanken Rumpf.

Thomas war es leid zu hören, wie steif er wirke. Dagegen gab es nur ein Mittel. Er hob das Kinn, ließ seinen Blick schwanken zwischen Unverständnis und Mitgefühl, und fragte in Mamas Tonfall:

»Meine Liebe, sind Sie häufiger konstipiert?«

Ilse prustete vor Lachen.

Es bimmelte, der Waggon kam quietschend zum Stehen, und für einen Moment spürte er Ilses Schulter an seiner. Die Tram hatte eine Kurve genommen. An deren Ende stand ein Pferdegespann, bis obenhin mit Kohle beladen, quer auf den Gleisen. Der Tramfahrer läutete wieder und wieder, doch der Kutscher war nirgends zu sehen. Die beiden Kaltblüter wirkten unbeeindruckt, als erlebten sie so etwas häufiger.

Jetzt, da er endlich aufgebrochen war, fürchtete Thomas, er könnte zu spät kommen. Er nahm den Koffer, stand auf und sprang vom Wagen. Diesmal lief er, obwohl der Griff ihm in die Handfläche schnitt, so schnell, dass Ilse nur mit Mühe Schritt hielt. Sie eilten über das Kopfsteinpflaster schmaler Straßen und querten einen Marktplatz voller Stände, wo sie der irritierende Geruch von Käse, Würsten und dampfenden Rinderleibern umwehte. Von sich selbst überrascht, rief Thomas einmal sogar »Weg da!«, und tatsächlich machten ihnen zwei finster blickende Mägde mit ihren Körben Platz.

Die Bahnhofshalle war schon in Sicht, da bog er – zu Ilses Verwunderung – links in eine Gasse ab. Bevor sie fragen konnte, zeigte er keuchend auf das Schild einer Schneiderei und trat ein. Drei Minuten darauf kam er, um eine Schuld und einen bedeutenden Teil seines Barvermögens ärmer, wieder heraus. Ilses spöttischem Blick begegnete er mit einem Achselzucken. Die Manns mochten ihr Ansehen verloren haben. Aber gute Kleidung erinnerte ihn daran, wer sie gewesen waren.

Als Thomas und Ilse endlich durch das Eingangstor stolperten, erfüllten Echos von Schritten, Stimmen und metallischem Quietschen die Bahnhofshalle wie fremdartige Musik. Verblüfft stellten sie fest, dass es erst acht vor zwölf war. Ihnen blieben noch dreizehn Minuten. Heinrich war nirgends zu sehen, und so gingen sie zum Gitter, hinter dem das Gleis lag. Die Lokomotive stand schon unter Dampf.

»Danke, Ilse.« Er reichte ihr unbeholfen die Hand. Doch Ilse schüttelte bloß leicht den Kopf.

»Ich bleibe, bis du abfährst.«

Ganz in der Nähe des Kontrolleurs, der mit gesenktem Blick die Eisenbahnbilletts begutachtete, stand ein derb dreinblickender Mann in Kittelschürze. Thomas beauftragte den Träger, sein Gepäck zu verstauen, und kurz darauf verschwand der Koffer in einem der hinteren Waggons. Heinrich hatte ihn gelehrt, wie man mit Stil reiste. Ein Herr trug sein Gepäck nicht selbst, auch wenn das Geld knapp war. »Wir sind nun mal«, hatte Heinrich bemerkt, »Senatorensöhne.«

Thomas griff in die Innentasche seines Jacketts, wo er sein Portemonnaie verwahrte, und klappte es auf. Suchte etwas darin. Klappte es zu. Klappte es wieder auf. Suchte den Boden zu seinen Füßen ab. Griff hastig in jede Jackentasche. Wiederholte das Ganze. Tastete sich wieder und wieder ab, bis es aussehen musste, als schlüge er sich. Nichts. Dann ließ er die Schultern sinken und schloss die Augen. Er sah sich daheim im Zimmer stehen, den Nietzsche-Band in der Hand: Er hatte ihn zugeklappt und in den Koffer geworfen. Die Fahrkarten lagen noch immer im Buch.

»Mein Koffer«, rief Thomas dem Kontrolleur zu, der gerade zwei Fahrgäste passieren ließ, »ich brauche meinen Koffer zurück!«

Der Mann reagierte nicht.

»Da drin sind die Billetts!«

»Das«, brummte der Kontrolleur, ohne aufzublicken, »ist nicht gut.«

»Kann ich durch? Ich suche den Koffer und bringe die Karte …«

Der Kontrolleur schüttelte den Kopf.

»Oder sagen Sie dem Träger, er soll den Koffer zurückbringen.«

»Ich habe anderes zu tun. Außerdem …« Er zückte seine Taschenuhr und sprach den Satz nicht zu Ende.

Je weiter er sich von Mutters Wohnung entfernt hatte, desto zielstrebiger war Thomas sich vorgekommen. Er hatte es sogar gewagt, sich auf ein Wiedersehen mit Rom zu freuen. Ja, er hatte so etwas wie Freude empfunden, kaum von Scham oder Sorge getrübte Freude! Die Einsicht in das Ausmaß seiner Unfähigkeit, Dinge des täglichen Lebens zu bewältigen, schmerzte ihn beinahe körperlich.

»Guten Morgen, Fräulein Martens«, sagte eine belegte Stimme hinter ihm. »Wie schön, dass Sie meinen Bruder verabschieden. Hoffentlich gefällt Ihnen und Ihrer Frau Mutter die Stadt. Wie lange können Sie bleiben?«

Thomas drehte sich um. Auf den ersten Blick wirkte Heinrich so vornehm wie immer. Die dunkel glänzenden Haare waren streng gescheitelt, die Spitzen des Schnauzbarts in imposante Höhen gezwirbelt, und der gepflegte Spitzbart reichte fast bis zum weißen Stehkragen. Nur die geröteten Augen und eine fast beißend medizinische Note, die sich in den üblichen Zigarrenduft mischte, ließen erkennen, dass Heinrich wieder einmal nicht geschlafen hatte.

Neben seinem Bruder stand ein beleibter Mann mit gerötetem Gesicht, der ein paar Worte mit dem Schaffner wechselte. Seine Uniform wies ihn als Mitarbeiter der Königlich Bayerischen Staatseisenbahnen aus. Offenbar war er dem Schaffner übergeordnet, denn wenn er redete, nickte dieser immerzu. Er schnaufte beim Atmen und schwankte kaum merklich.

»Morgen fahren wir zurück«, antwortete Ilse. »Ich bin nicht gerne lange fort aus Lübeck. Passen Sie auf den guten Tommy auf, ja?«

»Natürlich«, brummte Heinrich. »Und ich hoffe, Ihrem Herrn Bruder gefällt die neue Wirkungsstätte.« Er trennte *s* und *t* in *stätte.* »Sachsen kann für einen Hanseaten etwas gewöhnungsbedürftig sein.«

Wie sehr Heinrich sich im Griff hatte: Obwohl er mit seinem Kumpan offenbar irgendwo die Nacht durchzecht hatte, wahrte er die Form. Als Thomas ein süßlicher Geruch in die Nase stieg, dachte er für einen Moment, er gehöre zu Ilse. Doch so ein aufdringliches Parfum passte nicht zu ihr. Dann begriff er: Der Duft ging von seinem Bruder aus.

»Wollen wir?« Heinrichs Blick streifte Thomas.

Der wurde rot. »Ich komme nach. Vielleicht.«

»Der Zug geht in …«, Heinrich sah zur Bahnhofsuhr und kniff die eng nebeneinanderstehenden Augen zusammen, »fünf Minuten.«

»Nein, es ist so: Mir wurden die Fahrkarten gestohlen. Gerade eben.«

»Was, in *meinem* Bahnhof?« Der Uniformierte wandte sich mit einem Ruck vom Kontrolleur ab.

»Ich fürchte, so ist es«, sagte Thomas, ohne jemanden anzusehen.

Heinrich räusperte sich. »Mein lieber Rudolf«, raunte er seinem Begleiter zu, »da muss sich doch was machen lassen. Auf dem kurzen Dienstweg.«

»Leider nicht«, antwortete der. »Habe gerade erfahren, der Zug ist bis Zürich ausgebucht.«

»Tja.« Heinrich machte ein grunzendes Geräusch und schaute Richtung Gleis. »Ich habe dort morgen einen wichtigen Termin. Also …«

»Tommy, kann ich dich kurz sprechen?« Ilse zog Thomas von den anderen fort.

Bevor sie ihn danach fragen konnte, flüsterte er: »Die Fahrkarten sind im Koffer.«

»Aber … aber warum erzählst du das nicht Heinrich?«

Thomas rollte die Augen.

»Vielleicht findet er eine Lösung.«

»Ach, nein.«

»Willst du etwa doch hierbleiben? Und dann?«

Er starrte sie an. Verstand sie etwa immer noch nicht, was für ein degeneriertes Nervenbündel er war, nicht einmal fähig dazu, eine Zugreise anzutreten wie jeder normale Mensch?

»Ich weiß nicht mehr, was ich will.«

»Natürlich weißt du's: Du willst dort unten leben, bis du zum Militär musst. Und du wirst die Zeit nutzen. Du wirst großartige Geschichten schreiben. Vielleicht gar einen Roman.«

»Einen ganzen Roman?« Davon hörte er zum ersten Mal.

»Hier. Wenn du all die anderen Bücher gelesen hast.«

Sie hielt ihm ihr Päckchen hin. Der Ausdruck ihres schönen, noch immer zarten Gesichts wirkte so entschlossen, dass Thomas wie zum ersten Mal die Einsicht überkam: *Sie ist jetzt eine Frau.*

»Danke, liebe Ilsenschnibbe.«

Er nahm das Päckchen, eilte zurück und sagte Heinrichs Zechkumpan so gefasst er konnte:

»Die Fahrkarten sind mir nicht gestohlen worden, sondern liegen in meinem Koffer, irgendwo im Gepäckwagen. Können Sie mir helfen?«

Überrascht blickte der Uniformierte zwischen Heinrich und ihm hin und her.

»Bitte«, sagte Thomas.

»Wenn ich dem Kontrolleur Order gebe, Sie durchzulassen«, sagte der Uniformierte, »und dann stellt sich raus ...«

Vom Gleis drang ein Pfeifen herüber, ein Schaffner hielt eine Kelle hoch. Noch eine Minute.

»Mein Bruder ist mitunter ...« Heinrich seufzte und fuhr mit der Hand durch die Luft, als verscheuche er ein Wort, das seinem Niveau nicht entsprach. »Aber ein Betrüger ist er nicht. Ich verbürge mich für ihn.«

Der Uniformierte zögerte. Dann nickte er leicht und wandte sich zum Bahnsteigkontrolleur. Kurz darauf winkte er die Brüder zu sich, schüttelte Heinrichs Hand und sagte:

»Gute Reise, mein Bester. Aber verlieben Sie sich dort unten nicht!« Er wedelte, wissend lächelnd, mit dem dicken Zeigefinger. »Wer etwas schaffen will, den hindert die Liebe bloß daran. Große Künstler lieben nicht!«

»Seien Sie beruhigt, mein lieber Rudolf. Ich lasse mich von keiner einspannen.«

Beide Männer lachten, und der beißende Geruch wurde stärker.

Thomas reichte Ilse, weil ihm nichts Besseres einfiel, noch einmal die Hand. Sie ergriff sie, und mit einem Ruck zog sie ihn zu sich. Bevor er verstand, was geschah, stellte sie sich auf die Zehenspitzen – und gab ihm einen Kuss auf die Wange.

»Schreib mir ab und zu. Und vielleicht merkst du ja«, flüsterte sie ihm ins Ohr, »dass du dir Hoffnungen machen darfst.«

2.

Tante gab mir süße Näschereien, als ich klein war.
Meine Zähne hielten es aus, wurden nicht schlecht dadurch;
jetzt bin ich älter geworden, bin Student; sie verhätschelt
mich noch immer mit Süßigkeiten, sagt, dass ich ein Dichter
bin. Ich habe etwas vom Poeten in mir, aber nicht genug.

Hans Christian Andersen: *Tante Zahnweh* (1872)

Erst als sie Dampf und Lärm der Bahnhofshalle hinter sich gelassen, vier- und dreistöckige Stadthäuser und niedrige Höfe passiert hatten und an frisch gemähten Feldern entlang fuhren, wagte Thomas zu seufzen. Auf seinem Fensterplatz hatte er in sich hineingehorcht wie in ein dunkles Zimmer, in Sorge, etwas könne an ihm vorbei herausstürmen und das größte Wagnis seines Lebens doch noch sabotieren. Aber je länger die Lokomotive, angetrieben von einer Kraft, die Thomas nicht verstand, vorandrängte, desto wirklicher fühlte sich an, was sein Großhirn ihm seit fast einer Stunde zu erklären versuchte: Er war tatsächlich auf dem Weg.

Thomas blickte sich um, als ein Mann, der in Kaufering zugestiegen sein musste, am Abteil vorüberging. Er sah ihn nur für einen Moment, und doch stand ihm sein Bild deutlich vor Augen: ein sehr aufrecht gehender Herr im schwarzen Anzug, dem der weiße Stehkragen fast bis zum glatt rasierten Kinn reichte, mit einem Staubfleck auf Brusthöhe. Ergrauendes, volles Haar hing ihm nach veralteter Pariser Mode über die Ohren. Wer der Unbekannte wohl war, und wohin es ihn zog? Welche Geschichte gab es über ihn zu erzählen? Thomas mühte sich, ihm eine wendungsreiche Vergangenheit zuzueignen, in der er große Herausforderungen gemeistert und zumindest zeitweise so etwas wie Liebe erfahren hatte; aber rasch eilten seine Gedanken zum Schluss der Erzählung, wo, das schien Thomas unausweichlich, der Unbekannte in Verzweiflung versänke. Und warum eigentlich, sagte er sich, sollte diese Zugfahrt nicht die letzte sein, bevor sich der Unbekannte aus nie ganz geklärten Gründen (die auf verschlungenen Wegen mit der hochmütigen Gleichgültigkeit eines anderen zu tun hatten) das Leben nahm?

Thomas lächelte, während hinter dem Abteilfenster Hügel zu kleinen Bergen wuchsen. Südliche Sonne und Kultur würden ihn vom Trübsinn befreien. Er würde sich neu erfinden und zum Künstler reifen. Er musste einfach.

»Wie geht es Mama?«

Es war das erste Mal, dass Heinrich seit der Abfahrt das Wort an ihn richtete. Thomas brauchte einen Atemzug, bis er antwortete.

»Du kennst sie ja.«

»Hat sie sich beklagt, dass ich mich nicht verabschiedet habe?«

Thomas schwieg auf eine Weise, die alles sagte.

»Hatte sie dabei Publikum?«

»*Publikum*?«

Heinrich blickte ihn wissend an.

»Ein Offizier war zum Tee. Etwa unser Alter.«

Heinrich nickte, als bestätigte ihm das alles, was es über ihre Mutter zu wissen gab, und entzündete eine Zigarre. Der würzig-süßliche Duft des Elternhauses erfüllte das Abteil, in dem nur sie beide saßen, der Geruch ihres Vaters.

»Und sie fragte«, sagte Thomas mit einem Lächeln, »was aus der Kindergeige geworden ist.«

Heinrich aber schien nicht zu hören, sondern schaute aus dem Fenster. In der Ferne wuchsen die ersten Gipfel, und Thomas wurde es kühl. Als er sich den Mantel über die Schultern legte, bemerkte er in der Innentasche ein Kuvert. Darauf stand:

Von Deiner Mama.

Der Bahnhof Buchloe lag hinter ihnen, als Thomas die beiden Schriftstücke endlich niederlegte. Vor seinen Augen zitterten die Voralpen. Wortlos reichte er Heinrich die Papiere: einen langen Brief von Krafft Tesdorpf und ein kurzes Begleitschreiben von Mama.

Jeder in Lübeck wusste, was für ein eigenbrötlerischer Kaufmann Tesdorpf war. Während sein Bruder Carl die Weinhandlung der Familie zu neuem Ansehen führte, konzentrierte Krafft sich mit zunehmendem Alter darauf, den allgemeinen Sittenverfall zu beklagen. Warum ihr Vater ausgerechnet ihn zum Verwalter des Firmenvermögens eingesetzt hatte, war den Hinterbliebenen ein Rätsel. Der alte Tesdorpf mehrte das ihm anvertraute Kapital kaum; Ausdauer bewies er einzig darin, den beiden großjährigen Söhnen das Erbe vorzuenthalten. Dabei war Thomas immerhin seit dem Juni einundzwanzig, Heinrich sogar schon fünfundzwanzig Jahre alt. Dennoch bewilligte Tesdorpf ihnen weiterhin nur einen Anteil an den Kapitalzinsen. Natürlich hatte das nichts zu tun mit dem Umstand, dass Tesdorpf für seine Arbeit jährlich zwei Prozent des Vermögenswertes einstrich. Als daraufhin Thomas – auf Heinrichs Anraten – einen Anwalt mit der Sache betraute, bestärkte das den Testamentsverwalter in der Überzeugung, es mit gierigen, ihres großen Vaters unwürdigen Halbwüchsigen zu tun zu haben, denn im jüngsten Brief ging er gar nicht mehr auf die Sache ein. Stattdessen schrieb er von *Ehrgefühl*, *Anstand* und *hanseatischen Kaufmannstugenden* und ließ keinen Zweifel daran, wie wenig davon er in den beiden älteren Söhnen des Senators erkannte. Das Wort von der *verrotteten Familie* Mann, das Hauptpastor Ranke von Sankt Marien in Lübeck wie Gift gestreut hatte, tat seine Wirkung.

Heinrich hatte beim Lesen immer wieder den Kopf geschüttelt. Jetzt lächelte er grimmig. »Typisch.«

»Ja«, sagte Thomas abwesend, »Tesdorpf ist wirklich …«

»Das meine ich nicht.« Heinrich hielt das andere, kürzere Schreiben hoch. »Sondern das.«

Mamas Brief? Der fasste die Misere doch bloß zusammen. Thomas las ihn noch einmal.

Lieber Tommy,

wie von Dir gewünscht, habe ich mich persönlich an Herrn Tesdorpf gewandt, um ihm meine Überzeugung darzulegen, dass Du verantwortungsvoll mit Deinem Erbteil umgehen würdest. Ich habe ihm versichert, Du wollest das Geld dazu nutzen, den Weg in einen festen, arbeitsamen Beruf zu finden. Vielleicht war es rückblickend nicht sehr klug von mir zu erwähnen, dass Du eine Stellung im Journalismus anstrebst. Zwar bin ich davon überzeugt, Du würdest dort mit Gottes Hilfe und einer straffen Führung durchaus Deinen Weg gehen. Und natürlich weiß ich um Deine schriftstellerischen Ambitionen. Aber Du kennst Herrn Tesdorpf und was er vom Pressewesen hält.

Leider macht es mir die Notwendigkeit, Lula und Carla in die Gesellschaft einzuführen, auf absehbare Zeit unmöglich, Dich von der Zahlung der Miete für Dein Zimmer zu entbinden. Sicher handle ich in Deinem Sinne, wenn ich keinen Fremden zur Untermiete in Deinem Zimmer wohnen lasse. Auch wäre dies mit unserem gesellschaftlichen Ansehen ganz unverträglich. Deine Schwestern haben es als Ortsfremde noch immer schwer, in den höheren Kreisen der Stadt Fuß zu fassen. Für ihre Erziehung und Repräsentation bleiben zudem gewisse Ausgaben unumgänglich, sollen sie zu gegebener Zeit ihrer Herkunft entsprechende Ehen eingehen.

Vicco zerschleißt auf seinen Ausflügen durch die umliegenden Gärten seine Hosen so sehr, dass ich nahezu im Wochentakt neue anfertigen lassen muss. Er vermisst seine beiden »Onkel« schon jetzt, lässt sie ganz herzlich grüßen und wünscht sich viele Postkarten und Briefe aus der Ferne. Mir ergeht es ebenso.

Bitte übermittle Heinrich meine herzlichen Grüße. Und bitte, lieber Tommy, steht einander bei, wann immer es Not tut, ihr seid schließlich Brüder.

Deine Mama

Thomas sah auf.

»Sie hat dir ihren Brief an Tesdorpf also nicht gezeigt?« Heinrich klopfte die Zigarre ab.

»Sie hatte bestimmt ihre Gründe.«

»Seit wann strebst du nach einem *festen, arbeitsamen Beruf*, einer *Stellung im Journalismus*?«

»Das ist nur so eine Idee von ihr. Sie macht sich Sorgen.«

»Und du zahlst ihr tatsächlich Miete und Geld fürs Essen?«

»Seit meinem Geburtstag. Sie zieht es direkt vom Wechsel ab. Sie sagt, das sei üblich.«

»Wann hat sie dir die Briefe gegeben?«

»Sie muss sie mir in den Mantel gesteckt haben, bevor ich zum Bahnhof fuhr.«

Heinrich stieß verächtlich Luft aus. »Mutter.«

Als Thomas ihn verständnislos ansah, fragte er: »Verstehst du es immer noch nicht?«

Er wusste nicht, was ihn mehr besorgen sollte: dass er womöglich schon bald in einem Zug zurück nach München saß, oder dass sein Bruder ihn für begriffsstutzig hielt.

»Bestimmt hat sie Tesdorpf geschrieben«, sagte Heinrich. »Aber sie wird nicht riskiert haben, ihn gegen sich aufzubringen, indem sie sich für dich offen einsetzt. Und sie gibt sogar zu, dass sie dich bei ihm schlecht hat aussehen lassen – den Hinweis auf den Journalismus hätte sie sich wirklich verkneifen können. Danach konnte sie dir guten Gewissens schreiben, sie habe alles versucht. Aber wenn sie das wirklich glaubt, warum steckt sie dir die Briefe *heimlich* zu? In Wahrheit will sie deine Enttäuschung nicht miterleben. Tommy«, Heinrich zog genüsslich an der Zigarre und blies Rauch aus, »sie lässt dich im Stich.« Das letzte Wort ging über in einen Hustenanfall.

Thomas wand sich, denn ihm war, als richtete der Grimm sich auch gegen ihn. Seit Papas Tod war Heinrich der klügste Mensch, den er kannte. Jedes Mal, wenn er aus Italien zu Besuch kam, wirkte er noch entschlossener und ungeduldiger. Es war fast unheimlich, wie stark der ältere Bruder – dank makellos gepflegter Kleidung, blonden Haupthaars und Spitzbarts – auch äußerlich die Züge des Senators annahm. Dessen Kälte aber, die den Jüngeren so oft hatte frösteln lassen, war geblieben.

»Die kluge Frau Mama«, krächzte Heinrich. »Einerseits tut sie, als sei sie einverstanden mit deinen *schriftstellerischen Ambitionen*. Andererseits bugsiert sie dich in einen *festen, arbeitsamen Beruf.*« Er drückte, noch immer hustend, die Zigarre aus. »Für dich ist das neu, nicht wahr? Sie so zu sehen?«

Erst jetzt kam es Thomas in den Sinn, es sonderbar zu finden, dass Mama ihn auch in seiner Abwesenheit Miete zahlen ließ. Sie hatte ihn gar nicht gefragt, was er von einem Untermieter hielte. (Wohl weil sie ahnte, dass er es kategorisch abgelehnt hätte.) Trotzdem: Die Vorstellung, Mama könne ihn bei knapper Kasse halten, damit er möglichst rasch heimkehrte und eine Anstellung annahm, schien bizarr. Natürlich war Frau Senatorin Mann, geborene da Silva-Bruhns, anders als andere Mütter, war es immer gewesen. Und vielleicht überließ sie sich seit dem Tod ihres Gatten noch ein wenig mehr ihren Neigungen und Launen. So fielen ihre Kindheitsgeschichten, die sie so gern erzählte, mit jedem Jahr länger aus. Entweder also erinnerte sie sich mit wachsendem zeitlichen Abstand tatsächlich immer genauer an Geschehnisse am Rand des brasilianischen Urwalds: an das Rauschen des Atlantiks, die Schreie der Papageien, den Geschmack der Granatäpfel und an eine Neugier, die das kleine Mädchen – trotz aller Warnungen vor dem Teufel – von den schwarzen Dienern fortlockte, um Schlangen in den Dschungel zu folgen. Oder aber ihre Anekdoten, über denen der mutige, erfolgreiche Vater stets thronte wie ein blonder Gott, zeugten von den sentimentalen Sehnsüchten einer Frau, die im kühlen Lübeck herausgestochen hatte wie eine reife Frucht an einem winterlichen Baum. Ihr – der Dunkelhaarigen mit der Schwäche für Märchen, Mythen und Musik, für einfach alles, das auflöste statt zu binden – ähnelte Thomas so sehr. Ausgerechnet sie sollte verhindern wollen, dass er die Welt sah?

»Wie lange reicht dein Erspartes?«, fragte Heinrich.

»Zwei Monate, vielleicht drei.«

Langsam – doch immer noch schneller, als ihm lieb war – begriff er das Verfahrene seiner Lage. Er hatte alle Rechnungen bei Schneidern, in Cafés und Restaurants beglichen – in der Erwartung, dass Tesdorpf endlich täte, was Gesetz und Anstand vorschrieben. Mit dem Geld, das ihm blieb, hielt er nicht einmal bis zum Jahresende durch. Aber das seinem Bruder gegenüber zuzugeben, ging über seine Kräfte. Denn er gestand sich ein, dass ihn nicht allein die Sehnsucht, große Kunst zu sehen und Dichter zu werden, nach Italien zog. Was ihn an der Aussicht, dort die nächsten eineinhalb Jahre zu leben, am stärksten fasziniert wie geängstigt hatte, war der Gedanke, sie mit einem großen Künstler zu verbringen – mit Heinrich. Und jetzt? Das Ausmaß seiner Ratlosigkeit erinnerte ihn daran, wie ernst ihm die Sache war.

»Und dir«, fragte Thomas zögerlich, »dir geht es gut? Finanziell?«

»Vorstrecken kann ich dir nichts.«

»So war das nicht gemeint.« (Es war exakt so gemeint gewesen.) »Ich könnte dir wieder etwas schreiben.«

»Fürs *Zwanzigste Jahrhundert*?«

»Rezensionen. Irgendwas.«

»Was man da bekommt, ist doch lächerlich. Sogar als Herausgeber habe ich gerade genug verdient, um nicht noch ärmer zu werden.«

»Was hältst du von einer Bewerbung bei Albert Langen? Ilse sagt, sie suchen jemanden für den *Simplicissimus.* Einen Lektor.«

»Langen versteht, dass ich Künstler bin – kein Befehlsempfänger. Wenn ich jetzt für ihn Manuskripte redigiere, dann riskiere ich, dass er den Respekt vor mir verliert. Womöglich kämen ihm sogar Zweifel, ob er meinen Novellenband veröffentlichen soll. Nein, nein, das *Zwanzigste* ist zwar ein Käseblatt, aber es hat zwei Vorteile: Ich kann meine Arbeit überall erledigen, und seit ich nur noch den Schriftleiter mache, komme ich endlich wieder zum Schreiben – zum *richtigen* Schreiben. In einem Jahr bin ich schuldenfrei. Und *dann* …« Heinrich atmete tief ein und aus und schüttelte etwas Unsichtbares von seinen Fingern.

»Ich meinte«, sagte Thomas unsicher, »eigentlich mich.«

»*Du*? Als *Lektor*?«

»Vielleicht lässt sich ausmachen, dass ich erst im neuen Jahr anfange. Dann könnte ich bis Weihnachten bleiben. Und wer weiß, vielleicht kann ich sogar von Italien aus arbeiten – wie du.«

»Der *Simplicissimus* ist ein anderes Kaliber.«

»Ich könnte Langen einen Brief schicken und fragen.«

»Das würde ich nicht tun.«

»Ich habe ihn einmal getroffen. Bevor er den *Willen zum Glück* gedruckt hat.«

»Ich weiß. Er sagte mir, er habe dir dringend geraten, deine Arbeiten straffer zu komponieren und nicht länger so todessehnsüchtige Geschichten zu fabrizieren.«

»Ihr habt über mich geredet?«

»Er hat mir auch gesagt, du hättest ihm weitere Geschichten versprochen.«

»Ich habe ihm die eine oder andere Erzählung in Aussicht gestellt.«

»*Versprochen*.«

»Sagt Langen das?«

»Stimmt es etwa nicht?«

»Ich habe ihm doch etwas geschickt.«

»*Eine* kurze Sache. In einem Dreivierteljahr. Und dann wieder so was Düster-Hoffnungsloses.«

»Es ist nicht…«

»Nein? Wie heißt die Geschichte?«

»Ich beantworte keine rhetorischen Fragen.« (Erst recht nicht, wenn die Antwort *Der Tod* lautete.)

»Herrgott, Tommy. Du hast einem einflussreichen Mann ein Versprechen gegeben und es nicht gehalten. Und jetzt erwartest du, dass er dich anstellt? Obendrein soll er dir erlauben, dass du deine Arbeit weit weg erledigst, wo er dich nicht kontrollieren kann? Warum sollte er dir vertrauen?«

Thomas ersehnte ein Mindestmaß an Kooperation seitens einer Welt, die er weder verstand noch genauer kennenlernen wollte. Stattdessen führte sie ihm wieder und wieder vor Augen, wie wenig sie sich darum scherte, dass er sich einzig für die Literatur gemacht hielt – schien ihm zuzuflüstern, dass das, was er *Bestimmung* nannte, bloß die Kehrseite seines Unvermögens war, etwas Nützliches zu tun. Die Vorstellung, er müsse die blassen Herren von der Versicherungsbank darum bitten, das Volontariat wieder aufnehmen zu dürfen, war beinahe zu viel für seinen Magen. Deshalb dauerte es, bevor er den letzten Rest Stolz herunterschluckte und mit gesenktem Kopf sagte:

»Aber Langen vertraut *dir.*«

Es wurde still im Abteil, das sich bei jeder neuen Schiene kaum merklich hob und senkte. Wie grässlich, ausgerechnet ihn um Hilfe bitten zu müssen – wieder der kleine Bruder zu sein. Als Thomas aufsah, fixierten ihn Heinrichs wässerig-blaue, eng beieinanderstehende Augen.

»Was hast du Mama eigentlich geantwortet, wegen der Kindergeige?«

»Die?« Thomas war überrascht. »Na, dass sie zerbrochen war und weggeworfen wurde, Jahre vor Papas Tod. Wieso?«

Ohne den prüfenden Blick abzuwenden, nickte Heinrich langsam, als bestätige Thomas ihm etwas, das er bereits wusste. Dann atmete er tief durch und streckte sich. »Verstehe ich richtig? Du wünschst dir also eine Art Empfehlungsschreiben an Langen?«

»Ich wäre dir … Es wäre für mich … Ja. Und könntest du erfragen, ob es möglich wäre, die Stelle erst im neuen Jahr anzutreten?«

»Lass mich darüber nachdenken.«

»Danke, Heinrich.«

»Ich kann dir nichts versprechen.«

»Natürlich.«

Die nächsten drei Stunden sprachen sie kein Wort. Anfangs las Thomas in einem Roman, doch zerrten seine Gedanken ihn immer wieder vom Niedergang einer norwegischen Kaufmannssippe fort. Schließlich zog er Notizbuch und Bleistift hervor, probierte Passagen aus, strich sie durch, setzte neu an.

Thomas war fast fertig, als der Zug in Schrittgeschwindigkeit einen Bahndamm passierte und zu beiden Seiten des Abteils Seewasser, von der Nachmittagssonne beleuchtet, glitzerte wie tausend flackernde Kerzen. Und als die Lokomotive pünktlich um eine Minute nach fünf Uhr am Bahnhof Lindau Stadt Dampf abließ, lag auf Thomas' Schoß ein ausformulierter Brief.

Er überließ es Heinrich, den Transport der Koffer zum nächsten Zug zu überwachen. An einem Zeitungsstand kaufte er Briefpapier, Umschlag und Briefmarke, schrieb die vorformulierten Zeilen säuberlich auf ein weißes Blatt, notierte die (im Notizbuch vermerkte) Empfängeradresse auf dem Kuvert und schloss es.

Ihm blieben noch mehr als zwanzig Minuten bis zur Weiterfahrt nach Zürich. Er verließ den Bahnhof und fand bald zum Ufer. Vor ihm lag die schmale Hafeneinfahrt, flankiert von einem Leuchtturm auf der einen, einer Löwenstatue auf der anderen Seite. Dahinter schien sich kein See zu erstrecken, sondern ein rot, orange und dunkelblau schimmerndes Meer. Wenn er hier kehrtmachte, dachte Thomas, wäre die Schmach, in einem bestimmten Licht betrachtet, geringer, als wenn er weiterfuhr: Seine Abwesenheit würde kaum jemandem aufgefallen sein. Im Gegenteil konnte er sich sagen, er habe ein unvorhergesehenes Problem (Tesdorpfs Starrsinn) rasch erkannt und daraus tatkräftig die einzig logische Konsequenz gezogen (indem er heimfuhr und sich eine Arbeit suchte). War sein »Plan«, sich durch Italien treiben zu lassen, bis der Militärdienst ihn zur Rückkehr zwänge, nüchtern betrachtet, nicht ohnehin bloß eine Flucht vor der Verantwortung? Er presste Daumen und Zeigefinger auf die geschlossenen Lider und stellte sich vor, wie es sein mochte, für immer so zu verharren. Dann öffnete er die Augen und kehrte um. Auf dem Weg zum Gleis warf er das Kuvert in einen Briefkasten.

*

»Du hast *was*?« Heinrich saß noch aufrechter als zuvor auf seinem Platz.

Der Zug nahm fauchend Fahrt auf, und hinter dem Abteilfenster versank die Sonne.

»Ich dachte, das wäre dir lieber. Jetzt brauchst du Langen nicht mehr zu schreiben.«

»Ich sagte doch, ich denke darüber nach.«

»Aber …«

»Es ist absolut indiskutabel, dass du mich als Referenz anführst: Ich ›befürworte‹ deine Bewerbung nicht, schon gar nicht ›voll und ganz‹. Was soll Langen jetzt denken?«

»Du wolltest ihm doch schreiben.«

Heinrich strich sich über den Spitzbart. »Willst du wissen, warum wir über dich geredet haben? Weil ihm durch deine … dein Verhalten Zweifel an mir kamen! Weißt du, wie peinlich es war, immer wieder versichern zu müssen: Nein, *ich* bin nicht unzuverlässig. *Ich* liefere alle Manuskripte für den Novellenband pünktlich ab. Ja, Herr Langen. Gewiss, Herr Langen. Bitte, Herr Langen.«

»Das wusste ich nicht.«

»Beinahe hätte er das Buch auf den Sankt Nimmerleinstag verschoben!«

»Es tut mir leid.«

»Die Novellen haben das Zeug, mich bekannt zu machen, Tommy, richtig bekannt. Aber wenn Langen deinen Brief liest, wird er denken, dass er meinem Wort nicht trauen kann – dass ich bin wie du. Er wird fürchten, dass ich ihm die restlichen Novellen niemals liefern werde. Und dann? Dann streicht er das ganze Buch, und meine Zukunft als Schriftsteller ist …, ist …«

»Es tut mir *leid.*« Thomas war, als hätte er seinem Bruder nie etwas anderes gesagt.

Der wandte sich schwer atmend ab. Thomas war zu erleichtert, dass der Sturm vorübergezogen war, um zu fragen, warum Heinrich glaubte, ein gutes Wort werde ihn Langens Sympathie kosten. Im Abteil sprach niemand ein Wort, bis der Zug um neun Uhr zwanzig Zürich erreichte. Schweigend folgte Thomas seinem Bruder und dem Kofferträger zum nahe gelegenen Hotel und in ein schlichtes Doppelzimmer im ersten Stock. Danach ging er allein hinunter ins Restaurant, wo er einen Absinth bestellte.

Er öffnete Ilses Paket. Natürlich hatte sie ihm Bücher geschenkt, so gut kannte sie ihn doch. Aber warum diese? Beigelegt war nur eine Karte mit der handschriftlichen Notiz: *Für Tommy von seiner Ilsenschnibbe.* Er orderte einen zweiten Absinth. Dann schlug er das erste der drei Reclam-Hefte auf und zwang sich, dem Gespräch des alten Goethe mit seinem getreuen Eckermann zu folgen. Wie gefestigt, weltläufig und klar klang jeder Satz des Meisters. Denken und Handeln, Prosa und Poesie waren eins. Es war, als lauschte man dem Rauschen eines mächtigen Wasserfalls, das jeden eigenen Gedanken übertönte.

Thomas trank einen dritten Absinth, der ihm beinahe die Augen zudrückte. Mit bleischweren Gliedern ging er zurück ins Zimmer. Heinrich legte sich gerade ins Bett.

»Morgen früh«, sagte Thomas matt, »schicke ich ein Telegramm an Langens Büro. Ich behaupte, ich hätte in der Eile versehentlich einen Brief, der an jemand anderen gerichtet war, an den Verlag adressiert. Sie sollen ihn ungeöffnet vernichten. In Ordnung?«

Doch Heinrich schlief offenbar schon.

*

Am nächsten Morgen wurde Thomas von leisem Ächzen geweckt. Vor dem Fenster beugte und streckte Heinrich die Knie. Stoßweise, ohne sich zum Bett umzudrehen, rief er:

»Gib den beim Portier ab, ja? Muss mich beeilen. Geld fürs Porto liegt da.«

Thomas blickte zwinkernd auf den Umschlag auf dem Nachttisch – und las die Adresse des Albert Langen Verlags.

An der Waschschüssel besprenkelte Heinrich sich die Achseln. »Gib deinen Koffer unten am Empfang ab. Für den Abtransport ist gesorgt. Wir treffen uns am Bahnhof.« Während er die Hände einseifte, deutete er mit einer Kopfbewegung in Richtung Brief. »Das wird hoffentlich helfen. Nichts für ungut, ja?«

Sein Bruder hatte, da war Thomas fast sicher, gerade ein Lächeln angedeutet.

Fünf Minuten später war er allein und auf seltsame Art erleichtert. Während er seinen Koffer packte, wirkte die Aussicht, schon zu Weihnachten nach München zurückzukehren, immer weniger schmachvoll. Denn wenn Heinrichs gute Worte beim Verleger Albert Langen durchdringen sollten – und dessen war sich Thomas sicher –, käme er dann nicht zurück als Italien-Reisender, der dem Ruf zur Mitarbeit am Geistesleben folgte? Daheim würden sie ihn für ein weltgewandtes, eigenverantwortliches und angesehenes Mitglied der Gesellschaft halten. Und lägen sie damit so falsch?

Thomas schloss den Koffer und legte das Jackett an. Als er den Brief einstecken wollte, bemerkte er, dass der Umschlag unverschlossen war. Heinrich musste es in der Eile vergessen haben. Er führte das Kuvert an die geöffneten Lippen – und hielt inne. Dann zog er vorsichtig, als öffne er eine geheime Tür, den Papierbogen heraus.

Zürich, 11. X. '96

Sehr geehrter Herr Langen,
Ihnen schicke ich kurze, aber umso herzlichere Grüße aus der Schweiz, wohin mich berufliche Verpflichtungen geführt haben.

Die Novellenproduktion geht schnell und sehr zufriedenstellend voran. Schon bald, vielleicht gar vor Jahresende, werde ich Ihnen die noch ausstehenden Novellen liefern können. Dadurch können wir, Ihr verlegerisches Einverständnis natürlich vorausgesetzt, den Veröffentlichungstermin im April einhalten.

In Betreffs der zu besetzenden Lektorenstelle im »Simplicissimus« erlaube ich mir höflichst, Ihnen das Interesse meines Bruders Thomas zur Kenntnis zu bringen. Dieser ist vor Kurzem großjährig geworden und auf der Suche nach einer Anstellung, die es ihm ermöglicht, seine Kenntnisse in kulturellen Angelegenheiten, insbesondere solchen der deutschen, russischen und skandinavischen Literatur, nutzbar zu machen. Gern befördere ich seinen Wunsch nach einer Empfehlung durch diesen Brief.
Ich kann bezeugen: Mein Bruder ist ruhig, anständig und wäre – unter der richtigen Anleitung – eine ideale Ergänzung der Münchner Redaktion.

Da ich mich rühmen darf, Ihr Vertrauen zu besitzen, ist es mir ein tief empfundenes Anliegen, an dieser Stelle den Hinweis auch auf solche Fähigkeiten nicht zu unterlassen, die bei meinem Bruder noch der Stärkung bedürfen. Kurz und bündig gesagt: Thomas braucht eine starke Hand, die ihm manche Flausen aus dem Kopf schlägt.

So hat er sich das Leben als freier Schriftsteller zum Ziele gesetzt. Woran es ihm dafür mangelt, darauf haben Sie ihn nachdrücklich verwiesen. Mit einem Vorgesetzten, der ihm schonend seine Grenzen aufzeigt, würde er in kurzer Zeit ein großer Gewinn für Ihren Verlag: ein kluger, belesener und folgsamer Mitarbeiter.

Derzeit begleitet mein Bruder mich ein Stück des Rückwegs nach Italien. Binnen weniger Tage könnte er zurück in München sein. Je früher er festen Boden unter den Füßen spürt, desto besser.

Rückantworten bitte ich persönlich an mich an mein Hotel in Venedig zu richten. Die Adresse entnehmen Sie bitte der beigefügten Karte. Dort werde ich bis Ende Oktober an neuen Novellen arbeiten und im Anschluss weiter nach Rom reisen. Meine römische Adresse ist die Ihnen bekannte.

Mit vorzüglicher Hochachtung

Heinrich Mann

Thomas las den Brief kein zweites Mal, er brauchte es nicht. Ihm war, als hätte er ihn gekannt, lange bevor er geschrieben wurde. Die Zeilen, das begriff er jetzt, fassten bloß in Worte, was Heinrich ihm seit Kindertagen durch jede Geste, jeden Blick vermittelt hatte. Der Ältere durchschaute ihn, hatte ihn immer durchschaut. Der Brief war Thomas' Spiegelbild. Dass es so unansehnlich ausfiel, war nicht Heinrichs Schuld.

Ebenso wenig war die Geige verantwortlich für Thomas' Versagen damals, als er die Klavier spielende Mama begleitete.

Egal, wie sehr er sich mühte, die störrischen Kinderfinger über die Saiten gleiten zu lassen – jeder hohl-mechanisch klingende Ton bewies, dass er nicht war, was Mama in ihm sehen wollte. Wie viel Kraft musste es sie gekostet haben, sich so lange taub und blind zu stellen gegen die Wahrheit. Wenn sie endlich aufhörte, an ihn zu glauben, wäre er frei, es ihr gleichzutun. Stellvertretend für Mama empfand sein neunjähriger Körper ihre Traurigkeit, ihre Enttäuschung, bis sein Magen schmerzte, er das Spiel abbrach und aus dem Zimmer lief. Für das, was danach mit der Geige geschah, schalt Mama ihn zwar ihrer Pflicht gemäß. Aber eine neue kaufte sie ihm nicht. Vielleicht war ihr damals aufgegangen, dachte Thomas, dass es in dieser Familie nur *ein* Genie gab.

Er schloss die Zimmertür und ging langsam, in jeder Hand einen Koffer, die Stufen ins Erdgeschoss hinab. Er schob den Schlüssel über den Empfangstresen, zog den Brief aus der Tasche, verschloss ihn und reichte ihn dem Portier.

3.

Das Leben hat kein Geländer.

Hermann Bahr: *Die Kinder* (1911)

Zürich, 11. Oktober 1896

Heinrich schritt die wenigen hundert Meter zum Verlagsgebäude im Bewusstsein eines Mannes, der sich alles, was ihm wichtig war, erkämpft hatte. Seine Vorfahren hätten den Fragen, denen er sich Monat für Monat im *Zwanzigsten Jahrhundert* widmete, verständnislos gegenübergestanden. In ihrer giebeligen, engen Stadt waren sie abgeschnitten gewesen von den Ideen, die über den Kontinent brausten wie Frühlingsstürme. Wer hätte Großpapa zu erklären gewagt, die Welt sei seine Vorstellung? Oder gar, Gott sei tot? Und Vater hätte den Roman seines Erstgeborenen wohl nicht einmal in die Hand genommen. Schließlich hatte das Denken eines Kaufmanns dem Erwerb zu dienen und die Kunst der Erbauung. Dabei glichen »alte« Familien wie ihre, ohne es zu wissen, Figuren im Theater. Indem sie leutselig mit Speicherarbeitern sprachen, im Senat Reden hielten oder beim Ball ihrem Glück nachtanzten, machten sie sich glauben, sie führten *ihr* Leben. In Wahrheit gaben sie Generation für Generation die immer gleichen Rollen: tugendhafte Kaufleute und Familienoberhäupter, ehrbare Gattinnen und Mütter, fügund strebsame Kinder. Ausgerechnet er, der künftige Firmenerbe, hatte früh erkannt, dass sie alle weder ein Drama noch eine Tragödie aufführten, sondern eine Farce.

An Tagen wie heute – wenn er genug geschlafen, Liegestütze und Kniebeugen am offenen Fenster absolviert und sich gründlich gewaschen hatte – trug er an dieser Last mit Leichtigkeit. Wenige hielten der Ungebundenheit, der Zugehörigkeit zu nichts und niemandem auf Dauer stand. Er aber gedieh darin, denn sie bedeutete Freiheit von der Philistermoral. Wer veröffentlichte mit dreiundzwanzig Jahren einen Debütroman, wie er sonst nur den Franzosen gelang (mochten deutsche Käufer wie Kritiker auch zu provinziell sein, um ihn zu verstehen)? Wer floss über von Ideen für Novellen und Erzählungen (auch wenn er selten dazu kam, sie aufzuschreiben)? Nur manchmal fehlte Heinrich die Kraft, das Gute in seinem Los zu erkennen. Dann traten ihm vergessen geglaubte Bilder entgegen, und eine Stimme raunte ihm Lügen zu. Besonders arg war es gewesen, als er nach der Lungenblutung zu schwach zum Arbeiten war. Doch hatte das Sanatorium in Riva Wunder gewirkt. Die Spaziergänge am Gardasee mit dem guten Hartungen (und die Schlafkur mit einer einsamen Beamtengattin aus Linz) hatten sein Gleichgewicht rasch wiederhergestellt. Heute genügte ihm die Aussicht, nach Italien heimzukehren, um sich voller Leben zu fühlen. Nur fort von allem Schweren, Groben und Deutschen. Und so wusste Heinrich, als er das Verlagshaus Th. Schröter betrat, dass das Vergangene niemals Macht über ihn gewinnen würde. Er war sein eigener Herr und am stärksten allein.

Ein Sekretär geleitete ihn in den ersten Stock, nahm ihm den Mantel ab und bat ihn, an einem Tisch Platz zu nehmen. Der Chef habe gleich Zeit für ihn. Heinrich blätterte durch die jüngste Ausgabe des *Schweizerischen Familien-Wochenblatts.* Daneben lagen die Bücher *Morgenstund hat Gold im Mund – Ratschläge zum Frühaufstehen* und *Was tut die sparsame Hausfrau? Antworten auf vielerlei Fragen, welche jede Frau sich täglich stellt und stellen muss*. Heinrich ließ sie ungeöffnet.

»Schön«, rief eine helle Stimme, »wie schön!«

Ein kleiner, fast kahlköpfiger Mann mit prächtigem weißem Backenbart kam, die Arme ausgebreitet, auf ihn zu. Heinrich gelang es gerade noch aufzustehen, bevor Theodor Schröter seine Hand nahm und mit erstaunlich festem Griff schüttelte. Der Verleger hielt seinen Gast mit der anderen Hand am Ellenbogen und schaute ihm aus fast runden, wachen Augen von unten forschend ins Gesicht. Nach einer Weile, die Heinrich schier endlos vorkam, ließ Schröter von ihm ab und geleitete ihn unter freundlichem Murmeln ins Büro. Fast alles darin war aus dunklem lackierten Holz gefertigt: der große Schreibtisch, die drei Sessel, die Aktenschränke und der Rahmen eines wuchtigen Bergpanoramas an der Wand. Einzig das Ölporträt einer jungen Frau war in ein zierliches, goldfarbenes Rechteck gefasst.

»Schön, dass wir uns endlich kennenlernen«, sagte Schröter, als sie einander gegenübersaßen.

Heinrich nickte und zog ein Etui aus dem Jackett. Dabei ließ er den Blick über den Tisch zwischen ihnen streifen.

»Bedaure, Herr Mann. Ich bin da etwas speziell. Aber wir besitzen nichts Wichtigeres als unsere Gesundheit, nicht wahr?«

Heinrich steckte die Zigaretten wieder ein. »Die Ärzte raten mir ohnehin, es ein wenig einzuschränken.«

»Probleme?« Schröter tippte sich mit besorgter Miene auf die Brust.

Heinrich schüttelte den Kopf und schwieg. Insgeheim hatte er sich ein Bild vom neuen Besitzer des *Zwanzigsten Jahrhunderts* gemacht, und mit dem Mann vor ihm hatte es wenig gemein. Anstatt mit einem kurz angebundenen Patriarchen hatte er es zu tun mit einem heiteren, altmodisch frisierten Herrn mit näselnder Stimme, der sich offenbar freute, ihn kennenzulernen. Davon überrumpelt, hatte Heinrich, ganz entgegen seiner Art, Persönliches preisgegeben.

Schröter musterte seinen Gast. Dann beugte er sich lächelnd vor und flüsterte:

»Wissen Sie, ich wollte Sie durchaus *nicht* kennenlernen.« Zufrieden lehnte er sich zurück und begutachtete die Wirkung seiner Worte. »Ich halte mich weitgehend heraus aus der Politik, aber seine Ansichten hat man ja trotzdem. Dann habe ich *das* hier gelesen.« Schröter hielt einen Umschlag hoch. Heinrich erkannte die eigene Schrift. »Nicht *ein*mal: viermal! Ich muss sagen, das Ganze ist so voller Gefühl, so schmerzhaft-sehnsuchtsvoll, so ... *schön*!« Seine kleinen Augen weiteten sich, und er lächelte. Als schlösse das Folgende an irgendetwas an, fragte er: »Sie leben also in Italien?«

»Seit drei Jahren. Überwiegend in Rom. Aber auch in Florenz und anderswo. Die Idee für *Das Wunderbare*« – dabei zeigte er auf das Kuvert – »kam mir am Gardasee.«

»Ah, Sie wissen, wo es schön ist! Sicher inspiriert Sie das Land, nicht wahr?«

»Literarisch gesehen, bin ich eher für die Franzosen. Literatur hat dort ja einen ganz anderen Stellenwert als im Reich. Ich weiß nicht, ob Ihnen der Name Paul Bour ...«

»Schön, wirklich schön! Ich sehe schon, ich lag richtig. Erst fand ich es etwas ungewöhnlich, dass Sie Ihr Honorar in bar abholen wollten, aber jetzt bin ich umso froher. Das gibt mir Gelegenheit, Ihnen etwas vorzuschlagen: Was halten Sie davon, ab sofort wieder als Herausgeber zu arbeiten?«

Heinrich hob die Brauen ein winziges Stück.

»Ich weiß«, sagte Schröter, »ich hätte Ihnen den Titel gar nicht erst entziehen dürfen. Aber da kannte ich noch nicht Ihre andere, die künstlerische Seite.«

Wie immer, wenn etwas ihn akut überforderte, richtete Heinrich seinen Blick ins Nichts. Herausgeberschaft beim *Zwanzigsten Jahrhundert*, das bedeutete mehr Gehalt und die Aussicht, schon bald schuldenfrei zu sein. Und nur des Geldes wegen hatte er um das Treffen gebeten. Italien wurde ständig teurer. Aber es hieß auch, dass er nicht zum Schreiben der Novellen käme, sondern wieder Leitartikel verfassen müsste. Und ein guter Leitartikel war ein Fleischhammer, der auf sein Thema einhieb, bis Blut spritzte. Heinrich hatte das Freude gemacht, eine Zeit lang zumindest. Der Hammer lag gut in seiner Hand.

Ihn niedersausen zu lassen fiel ihm leicht. Genauso überzeugend, dachte er manchmal, könnte er das gegenteilige Argument vertreten, denn er war nie Sklave seiner Ansichten. Aber das allzu deutlich Benannte, grell Ausgeleuchtete, wirkte rasch hässlich und plump. Unendlich reizvoller als jede »soziale Frage« war das Unsagbare, dem man sich in immer engeren Kreisen anzunähern versuchte. Die Wahrheit verbarg sich hinter den Tatsachen. Deshalb war Heinrich froh, dass niemand, der zählte, das *Zwanzigste Jahrhundert* las. Aber jederzeit mochte jemand bei der *Vossischen Zeitung* oder der *Neuen Deutschen Rundschau* aus Langeweile nach dem Blättchen greifen – und dann? Was dächten sie von ihm, wenn im Frühjahr sein Novellenband erschien? Sie hielten ihn für einen Heuchler oder, schlimmer noch, für einen schriftstellernden Journalisten. Sein literarischer Ruf, der gerade erst erblühte, wäre ruiniert. Nein, nie wieder durfte er den Fleischer geben. Er war ein Suchender. Er war Künstler.

»Vielen Dank, Herr Schröter«, begann er zögernd. »Bitte lassen Sie mich darüber nachdenken. Ich …«

»Entschuldigen Sie, Herr Mann. Ich bin so direkt, weil ich weiß, Sie müssen gleich weiter. Mit meiner Art ecke ich bei den Leuten hier immer noch an. Aber dass *Sie* das machen, ist mir wichtig. Natürlich wäre die Sache mit mehr Geld verbunden als beim letzten Mal.« Schröter beugte sich wieder über den Tisch. »Ich bin sicher, Sie hätten einen guten Einfluss auf Junior.«

Bevor Heinrich antworten konnte, quietschte es wieder leise, und ein breites, weißes Gesicht erschien im Türrahmen. Herein kam, einen Koffer in der Hand, ein auffallend großer und – trotz seiner Jugendlichkeit – massig wirkender Mann im grauen Wollanzug und trat mit leicht watschelndem Gang auf sie zu. Vor dem Tisch hielt er abrupt an, stellte den Koffer ab, drückte das Rückgrat durch und legte die Arme an die Seiten. Das Kinn leicht erhoben, rief er: »Sehr erfreut, Sie kennenzulernen!« Ruckartig streckte er dem Besucher die rechte Hand entgegen. Sie fühlte sich kühl und feucht an.

»Wie schön, dass du es doch noch geschafft hast, Junior. Ich erzähle Herrn Mann gerade von unserem Angebot.«

»Sie machen's, nicht wahr? Sie müssen einfach.« Der junge Mann ging zum Schreibtisch, zog aus einer Schublade einen Aschenbecher und setzte sich zu den anderen. »Wissen Sie«, sagte er, während er eine Zigarette anzündete, »seit Ihrem Artikel zum Reichstagswahlrecht habe ich jede Ausgabe gelesen. Durch Sie habe ich verstanden, warum ich die Achtundvierziger noch nie leiden konnte: Diese Leute sind dem deutschen Wesen an sich fremd! Das sehnt sich nicht nach banaler *liberté*, sondern …«

»Wir würden uns sehr freuen«, unterbrach Schröter, ohne seinen Sohn anzusehen, »wenn Sie Ja sagten. Der Einfachheit halber am besten gleich jetzt.«

Obwohl Heinrichs Verwirrung stetig wuchs, mühte er sich, das Positive zu sehen: Die Schröters schätzten ihn und sein Werk. Doch so verlockend ein Nachgeben erschien – sein Ziel durfte er nicht aus den Augen verlieren.

»Ich danke Ihnen sehr für Ihr Angebot und Ihr Vertrauen«, sagte Heinrich, »aber ich kann es leider nicht annehmen. Ich habe anderweitige Verpflichtungen. Für den Novellenband, in dem *Das Wunderbare* erscheinen soll, muss ich noch mehrere Erzählungen schreiben. Das nimmt sicher Monate in Anspruch.«

»Ach, Sie schaffen bestimmt beides«, sagte Schröter aufmunternd. »Und Sie können Ihre Arbeit ja von Italien aus erledigen. Die Postverbindung nach Zürich ist mittlerweile vorzüglich.«

»Fast so gut wie im Reich«, ergänzte Junior.

»Ich fürchte, ich kann es trotzdem nicht leisten. All die zusätzlichen Aufgaben: die Korrespondenz mit den Autoren, die Honorarverträge, und dann die Leitartikel …«

»Na, hören Sie: Sie sind ein junger Mann!«

»Ich«, gab Heinrich zu, »habe es mit der Lunge. Eine Blutung, schon etwas her. Erst neulich war ich im Sanatorium.«

»Verstehe«, sagte der Verleger und lehnte sich seufzend zurück. Heinrich hasste es zu sehen, wie die Freude aus dem gütigen Gesicht wich. »Wenn das so ist, müssen wir das Blatt leider zum Jahresende einstellen.«

Er zuckte kaum merklich. Verlöre er den Posten als Schriftleiter, hinge er an Mutters Gängelband. Der magere Wechsel, den sie ihm jedes Quartal ausstellte, würde seine einzige feste Einnahmequelle. Damit könnte er die Miete bezahlen, aber kaum die Schulden bei Hartungen. Gar nicht zu reden von den geliebten Reisen, Theaterbesuchen oder besseren Restaurants. Er sah sich schon im abgewetzten Anzug in der ungeheizten Stube hocken, hustend.

»Bestimmt gibt es eine Chance, Herrn Mann zu überzeugen«, sagte Junior.

»Lass mal. Ist vielleicht besser so. Ich hätte das Blatt gar nicht kaufen sollen. Kostet mich mehr, als es einbringt. Und überhaupt: immer diese Politik. Dieses *Die sind schuld!* und *Weg mit denen!*. Wo bleibt denn da das wirklich Wichtige, die Liebe zur Heimat? Der Respekt der Jungen gegenüber der Weisheit der Älteren? Weißt du, Junior: Man kann nicht lieben und zugleich hassen.«

»Du hast es versprochen, Vater.«

»Unter einer Bedingung. Aber wie du siehst …«

Die Schröters sahen zu Heinrich, der kein Wort verstand.

»Vielleicht könntest du Herrn Mann entlasten«, sagte Junior. »Um die Honorare kann sich doch die Buchhaltung kümmern, und einen Autorenstamm hat das Blatt ja schon. Den zu pflegen kostet sicher wenig Zeit. Wenn ich recht verstehe, schreibt sogar einer Ihrer Verwandten fürs *Zwanzigste Jahrhundert*. Ein Tobias Mann?«

»Thomas, mein jüngerer Bruder.«

»Na, sehen Sie! Nichts ist wichtiger als Familie. Wenn wir also dafür sorgten, dass Sie sich ganz aufs Schreiben konzentrieren können, würden Sie es dann machen?«

»Nicht so schnell«, sagte Schröter. »Ich müsste erst mit der Buchhaltung Rücksprache halten.«

»Würden Sie, Herr Mann? Es muss ja nicht für immer sein. Sagen wir: sechs Monate?«

»Ein Jahr. Mindestens.« Schröter suchte Juniors Blick.

Doch der starrte Heinrich erwartungsvoll an und fragte: »Ein Jahr, höchstens?«

»Hm, eine zeitliche Befristung«, murmelte der Verleger. »Wäre vielleicht eine Möglichkeit. Ließen Sie darüber mit sich reden, Herr Mann?«

Heinrich wusste, er musste ihnen entgegenkommen. Aber wie sollte er es vermeiden, wieder *Die sind schuld-* und *Weg mit denen-*Artikel zu schreiben? Dass ihm nichts einfiel, kam ihm vor wie ein Makel. Und auch wenn er den Schröters die Wertschätzung für ihn nur zu gern glaubte, verwirrte ihn doch ihre Beharrlichkeit. Da half es nicht, dass Juniors Gesicht, das trotz der kurz geschorenen Seiten etwas Weiches, fast Weibliches an sich hatte, ihm seltsam bekannt vorkam.

»Natürlich können wir über alles reden, Herr Schröter. Nur fährt mein Zug leider schon in einer Stunde.«

»Schön! Ich spreche rasch mit der Buchhaltung. Bin gleich wieder da. Bei der Gelegenheit bringe ich Ihnen Ihr Honorar für September. In Lire, richtig? Junior, biete unserem Gast doch etwas zu trinken an!«

Schröter trippelte zur Tür. Als sie sich leise quietschend hinter ihm schloss, stand Junior auf. Ohne den schneidigen Elan von vorhin wirkte er wie ein übergroßes Kind. Der imposante Rumpf schien den Kopf nur mit Mühe zu tragen. Junior goss Cognac in zwei Gläser, reichte Heinrich das weniger gefüllte und sagte bitter:

»Er traut mir nicht.«

Normalerweise wäre Heinrich über so eine Bemerkung hinweggegangen, schließlich ging das Verhältnis der beiden ihn nichts an. Normalerweise. Er nahm einen Schluck, der so viel besser schmeckte als das Zeug vorgestern, und murmelte:

»Hm?«

»Verstehen Sie's nicht? Sie sollen meine Anstandsdame spielen.«

Heinrich begann sich daran zu gewöhnen, nichts zu verstehen, wobei der Cognac womöglich half. Fragend runzelte er die Stirn.

»Na, der Alte fürchtet, was ich mit dem *Zwanzigsten Jahrhundert* anstellen könnte. Sie sollen mich beaufsichtigen.«

»Sie wollen Herausgeber werden?«

»Natürlich! Warum sollte ich warten? Mein Vater ist schließlich Eigentümer!«

»Aber er besteht auf einer Einarbeitungszeit?«

»*Ein Jahr. Mindestens.* Frechheit, was?«

Heinrich wusste nicht, was ihn mehr verwunderte: der Umstand, dass der Verleger seinem Sohn eine Zeitschrift zum Spielen gekauft hatte – oder dass dieses halbe Kind sich für fähig hielt, sie zu leiten.

»Und wie stellt Ihr Vater sich das vor – die Einarbeitung? Ich lebe in Rom, reise viel. Das Redigat erledige ich von Hotelzimmern aus.«

»Das ist es ja! Ich *soll* nach Italien fahren. Vater liebt den ganzen Klassikunfug. Dabei haben die Italiener mit der großen germanischen Kultur der Römer bekanntlich rein gar nichts mehr zu tun. Das sind Lügner oder Kriminelle oder beides.«

»Waren Sie mal da?«

»Natürlich *nicht*!« Während Junior das Glas ansetzte, fiel Heinrichs Blick auf das schräg dahinter hängende, goldgerahmte Porträt. Darum also war der Verlegersohn ihm bekannt vorgekommen: Er ähnelte der blassen jungen Frau auf dem Bild.

»Und warum ausgerechnet ich?«, fragte Heinrich.

Junior schluckte und verzog das Gesicht. »Er hat einen Narren an Ihnen gefressen.«

Heinrich blickte fragend zu Junior, der die Leere seines Glases betrauerte.

»Anfangs hat Vater sich rundheraus geweigert, das *ver-*

dammte Blatt zu kaufen. Von wegen, ich solle erst was Richtiges lernen, die Welt sehen und so weiter. Als ich hart blieb, hat er Ihnen geschrieben. Er wollte Sie wohl besser einschätzen können. Und Sie haben ihm dann Ihre seltsame Geschichte geschickt. Nichts gegen Sie, ich schätze Ihre Arbeit fürs Blatt sehr, aber mal ehrlich: Wer will so was lesen?«

»Sie wird in einem halben Jahr bei Albert Langen veröffentlicht«, sagte Heinrich, noch ruhig.

»Jedenfalls war plötzlich alles anders.«

»Ich muss zugeben, ganz verstehe ich immer noch nicht.«

»Ihretwegen«, rief Junior gequält, »hat er das Blatt gekauft!«

Heinrich wurde ganz leicht im Kopf, und nur zum Teil wegen des Cognacs. Der Verleger wollte ihn also nicht nur zum Herausgeber einsetzen, sondern auch zum Erzieher und Reiseleiter seines Sohnes. Das eröffnete ihm ganz neue Möglichkeiten; er wusste bloß noch nicht, welche.

»Ich soll Sie also ein Jahr lang einarbeiten?«

»Wenn es nach ihm geht, sogar zwei.«

»Das ist zu lang.« Zufrieden bemerkte er, wie fest seine Stimme klang.

»Ganz meine Meinung!«

»Glauben Sie, Ihr Vater ließe sich überzeugen, dass Sie früher bereit sind?«

»Das würden Sie für mich tun? Aber wie?«

Ich?, dachte Heinrich, warum sollte *ich* etwas für *dich* tun? Dann kam ihm, wie immer unvorhergesehen und zugleich drängend, eine Inspiration.

»Wie wäre es, wenn ich Sie von Anfang an Leitartikel schreiben lasse?«

»Das ließe er niemals zu.«

»Kommt darauf an. Wenn die ersten Artikel mehr dem Geschmack Ihres Vaters entsprächen, wäre er doch sicher sehr erfreut. Dafür müssten sie natürlich ein wenig, sagen wir, behutsamer formuliert werden. Künstlerischer.«

»Wie bitte?« Junior schaute angewidert.

»Immer noch pointiert, sicher. Aber mit weniger Contra und mehr Pro, Sie verstehen? Würde Ihr Vater dann nicht rasch erkennen, dass er sich in Ihnen geirrt hat? Er wäre sicher stolz, wenn er Ihnen die Herausgeberschaft früher als erwartet übertragen kann.«

»Und wann, meinen Sie, wäre das?«

Heinrich wiegte den Kopf. Ein Jahr, dachte er. Wenn er ein Jahr lang auf dem Herausgeberposten ausharrte, verdiente er genug Geld, um alle Schulden zu begleichen. Er wäre frei.

»Ein Jahr«, sagte Heinrich. »Aber nur, wenn wir sofort beginnen. Am besten, schon in der nächsten Ausgabe erscheint der Leitartikel unter Ihrem Namen.«

»Was, wenn er«, Junior nickte in Richtung des leeren Sessels, »etwas dagegen hat?«

»Wir überraschen ihn – mit einem richtig guten Leitartikel, der ihm gefallen wird. Wie könnte er dann anders, als Sie weitermachen zu lassen?«

»Und Sie?«

»Es fiele mir nicht leicht zurückzustehen, sicher. Aber mir geht es immer um Inhalte, nicht um Namen. Und wenn ich Ihnen helfen kann ...«

»Sie sagen ihm nichts?«

Er zuckte die Achseln. »Was gäbe es schon zu sagen?«

Junior sah ihn mit offenem Mund an, sprachlos ob so viel Selbstlosigkeit.

Wenn es so käme, dachte Heinrich, läge eine harte Zeit vor ihm. Irgendwie müsste er drei, besser vier Novellen schreiben, zugleich das *Zwanzigste Jahrhundert* redigieren, Leitartikel verfassen und Junior journalistisches Schreiben beibringen. Er rief sich in Erinnerung, wie beharrlich er sein konnte, wenn er ein Ziel verfolgte (und wie er dadurch die Stimme, die ihn manchmal plagte, glänzend widerlegte). Wenn er sich durchbeißen könnte bis zur Veröffentlichung des Novellenbands im

April, wäre der Rest ein Leichtes. Und in einem Jahr wäre er ein Unikum auf dem europäischen Kontinent: ein schuldenfreier Schriftsteller.

»Gute Neuigkeiten!«, rief Schröter von der Tür aus. »Es war nicht leicht. Aber Obermüller – also die Buchhaltung – ist willens, die Honorare selbst anzuweisen. Und hier ist Ihr Geld, Herr Mann!« Er winkte mit einem gelben Umschlag.

»Wir haben ebenfalls gute Neuigkeiten«, antwortete Junior und stand auf. Er ging um den Tisch herum und legte doch tatsächlich seine Hand auf Heinrichs Schulter. »Nicht wahr, Herr Mann?«

»Sie machen es?« Schröter riss seine Märchenonkelaugen auf. »Schön! Wie schön!«

»Nun ja, wir sprachen noch nicht über Dinge wie …«

»Fünfzehn Prozent mehr als beim letzten Mal?«

Heinrich schwieg. Mit so viel hatte er nicht gerechnet.

»Gut«, sagte Schröter rasch, »zwanzig? Rückwirkend ab September?«

Heinrich musste versehentlich ein Lächeln angedeutet haben, denn Schröter rief: »Schön! Wie schön aber auch!«, eilte zum Tisch und schüttelte seine Hand. In der anderen hielt er den gelben Umschlag mit Heinrichs Honorar. »Wissen Sie, ich habe eine Idee. Was halten Sie davon, wenn wir *Das Wunderbare* im *Zwanzigsten Jahrhundert* bringen? Das wäre doch ein starkes Signal, dass es dort künftig anders zugeht.«

»Die Novelle ist Albert Langen versprochen«, wiederholte Heinrich eilig. »Als Teil eines Novellenbands.«

»Also ist sie noch unveröffentlicht, richtig?«

Heinrich spürte die Hände von Vater und Sohn auf sich. »Sie soll dem Buch den Titel geben.«

»Keine Sorge, Herr Mann. Ich kenne Albert gut. Mit dem lässt sich reden. Wir veröffentlichen die Geschichte einfach in der nächsten Ausgabe. Dann bleibt bis zum Abdruck im Buch noch … wie lange?«

»Ein halbes Jahr«, sagte Junior und nahm die Hand von Heinrichs Schulter.

»Na, sehen Sie! Wie schön.« Schröter breitete die Arme aus. »Ich gehe noch einmal kurz zu Obermüller. Hoffentlich hat er den Vertrag bereits aufgesetzt. Ich muss bloß noch das mit den zwanzig Prozent einfügen. Nicht weglaufen, Herr Mann!« Schröter nahm den gelben Umschlag wieder mit.

Als der Verleger, von offenbar unerschöpflicher Energie getrieben, wieder zur Tür eilte, rief er ihm hinterher:

»Herr Schröter?«

»Hm?«

Heinrich wollte standhaft bleiben. Wollte ihm erklären, dass ohne *Das Wunderbare* der Novellenband aus zweihundertfünfzig leeren Seiten bestünde. Dass selbst er in so kurzer Zeit keinen angemessenen Ersatz schaffen konnte. Vor allem aber: Dass er nicht dabei zusähe, wie das Beste und Reinste, das er geschrieben hatte, in die Gosse gezogen wurde – und sein Ruf gleich mit. Doch er zögerte, und als Schröters runde, kleine Augen ihn erwartungsvoll fixierten, sagte er bloß:

»Vielen Dank. Die zwanzig Prozent weiß ich zu schätzen.«

Kurz darauf fiel die Tür ächzend ins Schloss, und Heinrich fühlte sich sehr schwach.

»*Kultivierter*«, sagte Junior gepresst. »Na, großartig. Er will das Blatt umbauen, bevor ich was dagegen tun kann. Dabei hat er keine Ahnung, wie wichtig es ist, alle Rechtgesinnten zu sammeln, bevor es zu spät ist. Wir taumeln dem Abgrund entgegen, und er will *kultivierter* werden! Er traut mir einfach nicht!«

Heinrich sah Junior in die Augen. Erstaunlich, wie schnell dieser Bursche, der so alt wie Tommy sein mochte, ihm unsympathisch geworden war. Ein verwöhnter Sohn, der nicht erkannte, wie leicht er es hatte, und dass sein Vater ihn vor sich selbst beschützte.

»Haben Sie meine Novelle gelesen?«, fragte Heinrich.

Junior wiegte den Kopf, als müsse er die Antwort erst

zurechtrütteln. »Sie wissen, ich schätze Ihre Arbeit fürs Blatt, aber das passt doch überhaupt nicht zu Ihnen: Ein Mann paddelt über einen See und sieht eine Frau, die da ist und auch wieder nicht. Er verliebt sich in sie, vergisst alles andere, zieht in ihr Märchenschloss; sie reden miteinander Tag und Nacht, beteuern einander immerzu ihre Liebe, und am Ende ist sie tot. Fasst er sie überhaupt richtig an? Tut mir leid, aber ich kann nichts anfangen mit so viel Geschmachte.«

Heinrich nahm alle Kraft zusammen, um nicht laut zu werden, und beschloss, vor dem Frühstück so bald nichts mehr zu trinken. Es hatte keinen Zweck, diesem Kerl, von dem ihn unendlich viel mehr trennte als ein paar Lebensjahre, klarzumachen, was ihm entging. Ignoranz war schlauer als Wissen, denn sie mied, was ihr gefährlich werden konnte. Sie war unzerstörbar. In Heinrich stieg Groll auf gegen die Verwöhnten und Selbstvergessenen – ein Groll wie gestern im Zug. *Sie war zerbrochen und wurde weggeworfen*, hatte Tommy leichthin gesagt.

Sein kleiner Bruder, das hatte Heinrich nun endlich begriffen, würde es nie verstehen.

Es war eine kleine Geige gewesen, nichts Besonderes, rotbraun lackiert und mit vier Darmsaiten. Der Bogen wurde wie jeder andere mit Kolophonium bestrichen, dann entlockte er in der Hand eines Knaben dem Instrument Töne, die vielleicht kratzten. Aber hörte er sie nicht mit einem inneren Ohr, vor dem sie sanft und rein wurden? Stellenweise beglückten ihn die Töne wie ein selbst gemachtes Wunder. Das bin ich! Das kann ich! Das Versprechen, glücklich sein zu können, das wir uns jeden Tag geben, beruhte für ihn auf der Geige. Des Morgens vor der Schule nahm er sie aus dem hübschen polierten Schreibpult, wo sie in Sicherheit ruhte. Jetzt mochte es in der Rechenstunde noch so tragisch zugehen: Die Geige wartete auf ihn trotz allem.

Aber sie wartete keineswegs. Sie ließ sich inzwischen von

Tommy spielen, der noch nicht zur Schule ging. Ihr waren beide recht, und den großen Virtuosen ließ sie jeden machen. Das polierte Schreibpult war nicht verschließbar. Tommy reichte nicht ganz hinauf, aber jemand klappte für ihn den Deckel auf und gab ihm die Geige. Es war eine hassenswerte Tat, das Unrecht selbst. Derselbe Unbekannte legte die Geige auch wieder hinein. Dann war aber meistens eine Saite gerissen. Er erfuhr nicht, wer Tommy half. Dabei hätte es ihm jeder gesagt, sogar der Kleine. Sie hätten ihm nur einiges Wohlwollen ansehen müssen. Doch sein Zorn, wenn er aus der Schule heimkam und die Geige benutzt fand, war heftig, und er war in abschreckender Weise gekennzeichnet vom Bewusstsein erlittenen Unrechts.

Das machte Tommy nur noch verstockter. Das Hausmädchen leugnete ohnehin alles. Mama aber wandte sich strafend ab und wollte nichts hören. Ihr Blick und ihre Haltung straften – wen? Nicht den, der das Unrecht beging, nein, den Leidenden. War es nicht, um an allem zu verzweifeln?

Er spielte nicht mehr. Er saß und weidete Zorn und Schmerz an den Schäden. Schon bekam die Geige einen Riss. Sein Sinn für Gerechtigkeit war beleidigt an seiner eigenen Person, wo er bei jedem am sichersten zu beleidigen war. Dazu war er ein Kind. Ihm war unbekannt, dass Gerechtigkeit keine normale Tatsache dieser Welt ist und Mutterliebe sich nicht gleichmäßig verteilt. So spielte er nicht mehr Geige und sah auch sonst keinen Ausweg.

Eines Tages bei seiner Heimkehr aus der Schule fand er die Geige in mehrere Stücke zerbrochen. Bisher hatte er nicht geweint, weil doch der Kleine den Großen nicht zum Weinen bringen darf. Und noch als Mama ihren kühlen Arm um seinen erhitzten Nacken legte, hoffte er auf ihren Trost. Er wollte eben den Kopf an ihre Schulter legen, als sie sagte: »Siehst du. Ob sie dir allein gehört oder euch beiden, jetzt ist sie kaputt.« Da begriff er endlich – und weinte. Warum, das verstand Mama nicht. Was für eine bittere Ironie: Ausgerechnet jetzt, da es zu spät war, weil er sie erkannt hatte als das, was sie war, nahm sie ihn tröstend in die Arme.

Sie war zerbrochen und wurde weggeworfen. Wie unsinnig kam Heinrich jetzt seine Hoffnung vor, sie beide könnten im Süden brüderliche Bande neu knüpfen. Gemein hatten sie allein die Herkunft, und was war das schon? Geteilte Erinnerungen an Häuser, Gassen und Dienstmädchen, an den Geruch sonntäglicher Süßspeisen, mütterlichen Parfums oder eines Regentags im November. Tommys großäugiges Erstaunen darüber, dass Mutter sogar ihn, ihren Liebling, betrog, war brüderlichen Mitgefühls nicht wert, denn seine Naivität war bloß die Folge lebenslanger Verwöhnung.

Letztlich, dachte Heinrich, bewahrte er durch sein Empfehlungsschreiben sie beide vor Enttäuschungen. Tommy hatte in Italien nichts verloren, er selbst hingegen alles gefunden. Und er würde alles Nötige dafür tun, dass niemand ihm sein Glück entriss. Nicht Tommy, und gewiss nicht dieser Knilch vor ihm.

»Sie haben recht«, sagte Heinrich, »*Das Wunderbare* ist misslungen. Es ist kitschig, pompös, gefühlsselig. Einfach schlecht. Wissen Sie, ich habe die Novelle vor zwei Jahren geschrieben – vor dem *Zwanzigsten Jahrhundert.* Seither hat mich das Schreiben – das *politische* Schreiben – zu denken gelehrt. Ich habe Dinge systematisch durchdacht, die ich zuvor nur als richtig *erahnt* hatte. Wie Sie. *Deshalb* will ich Ihnen helfen – damit Sie das Gleiche erfahren.« Zufrieden bemerkte er Juniors Verblüffung.

»Ach, Herr Mann, da fällt mir ein Stein vom Herzen.« Junior atmete tief aus. »Ich wollte Sie nicht kritisieren. Ich dachte nur: Wie passen diese messerscharfen Einsichten in Ihren Artikeln zu … zu…«

»Verstehe voll und ganz. Sicher werden Sie verstehen, dass ich es da ungern sähe, wenn die Novelle in der Zeitschrift erschiene. Ich muss an meinen Ruf denken.«

»Und die Veröffentlichung im Buch? Können Sie die nicht absagen?«

»Leider nicht. Alte vertragliche Verpflichtungen. Aber wahrscheinlich wird das Buch ohnehin niemand lesen.«

»Das glaube ich auch.«

»Nun, was halten Sie hiervon: Sie bestehen gegenüber Ihrem Vater darauf, die Verhandlung mit Albert Langen selbst zu führen. Hinterher berichten Sie, leider bestehe Langen darauf, die Novelle müsse zuerst im April in Buchform erscheinen; aber nach einer gewissen Zeitspanne könne man über eine Veröffentlichung, zum Beispiel als Fortsetzungsgeschichte, gern reden. Sagen wir: in einem Jahr?«

»Und dann?«

»Bis dahin habe ich Ihnen alles, was Sie wissen müssen, beigebracht. Ihr Vater wird staunen, wie eigenständig Sie sind. Sie werden Ihr eigener Herr sein. Die Novelle fällt am Ende ganz einfach unter den Tisch. Ihr Vater wird es gar nicht merken.«

»Sie sind mir einer.« Junior wackelte mit dem langen, weißlichen Zeigefinger, und Heinrich brachte so etwas wie ein verschwörerisches Nicken zustande. »So machen wir's, Herr Mann!«

Junior stand auf und drückte am Schreibtisch auf einen Knopf. Kurz darauf trug der Sekretär Heinrichs und Juniors Mäntel herein. »Nur eines noch«, sagte Junior, während sie sich ankleideten. »Meine Ausbildung dauert nicht ein Jahr, sondern sechs Monate.«

»Wie?« Dieser Zeitdruck war zu viel, sogar für ihn. Heinrichs Magen formte eine Faust, die herauswollte.

»Ich bin ein eifriger Schüler. In Geschichte war ich immer gut. Und mit Vater gehe ich ins Theater und in die Oper, seit ich klein war. Nur mit dem journalistischen Handwerk, da bräuchte ich wohl Hilfe.«

»Aber … Wie soll das gehen? Da müssten wir jede Blattproduktion von Anfang bis Ende gemeinsam erledigen. Dafür bräuchten wir eine Woche pro Monat, mindestens. So oft kann ich nicht nach Zürich reisen. Und denken Sie an die Kosten für Zugfahrten und insgesamt sechs Wochen Logis.«

»Machen Sie sich darüber keine Sorgen.« Junior ließ von ihm ab und ging zur anderen Tischseite. »Ich komme einfach zu Ihnen.«

»Das möchte ich Ihnen nicht zumuten.«

»Vater will doch, dass ich reise.« Junior bückte sich, und als er sich aufrichtete, hielt er zu Heinrichs Entsetzen in der Linken den Reisekoffer.

»Aber haben Sie«, stammelte Heinrich, »haben Sie denn keine Angst vor all den Kriminellen?«

»An Ihrer Seite werde ich mich bestimmt völlig sicher fühlen.« Juniors feuchte, kühle Hand ergriff seine.

»Aber Ihr Vater?«, fiel Heinrich ein. »Was wird Ihr Vater dazu sagen, wenn Sie so plötzlich abreisen?«

In diesem Moment hörten sie ein leises Quietschen, und von der Tür aus rief eine Stimme ihnen zu:

»Schön! Wie schön!«

4.

An der Brücke stand
jüngst ich in brauner Nacht.
Fernher kam Gesang:
goldener Tropfen quoll's
über die zitternde Fläche weg.
Gondeln, Lichter, Musik –
trunken schwamm's in die Dämmrung hinaus…

Meine Seele, ein Saitenspiel
sang sich, unsichtbar berührt,
heimlich ein Gondellied dazu,
zitternd vor bunter Seligkeit.
– Hörte Jemand ihr zu?…

Friedrich Nietzsche: *An der Brücke stand*
(1889, veröffentlicht 1908)

Thomas brauchte bis kurz vor Venedig, um sich damit abzufinden, dass er nicht begriff, was um ihn herum geschah.

Am frühen Vormittag hatten sie ihre Plätze in der zweiten Klasse eingenommen, in Mailand bei nahezu sommerlichem Wetter die Züge gewechselt und rasch die Zollangelegenheiten erledigt. Nun erfüllte warme, südliche Luft ihr Abteil. Aber warum genau der Sohn des Zeitschriftenverlegers sie begleitete, das verstand Thomas selbst dann noch nicht, als er schon die Adria zu riechen glaubte. (Dabei redete dieser Mensch schier unaufhörlich. In den schweizerischen Alpen hatte er über die Ehrlosigkeit der Sozialdemokraten im Allgemeinen und jene Eduard Bernsteins im Besonderen monologisiert; und der Vortrag über den Niedergang der ehrbaren deutschen Kaufleute und die jüdische Zinsknechtschaft dauerte bis kurz vor Padua.) Bald hatte Thomas sich auf das Wippen des großen Kopfes und die ein wenig groben, zugleich seltsam weichen Gesichtszüge konzentriert. Jetzt, endlich, war es ruhig.

Heinrich, der eine Zigarette nach der anderen rauchte, wütete still in einem Stapel neuer Artikel fürs *Zwanzigste Jahrhundert*, und der Verlegersohn las, ab und zu leise glucksend, in einem Reiseführer. Thomas fragte sich, ob er seinem Ersatz gegenübersaß. Dann wäre er selbst so austauschbar wie einer von Heinrichs Saufkumpanen. Andererseits: Was ging es ihn noch an? Bald wäre er zurück in München. So betrüblich er die Einsicht fand, so beruhigend war sie zugleich.

Um sich abzulenken, las er wieder in Ilses Geschenk. Doch folgte er den Gedankengängen des alten Goethe nur widerstrebend, denn was der seinem Eckermann diktierte, kam ihm vor wie eine Mahnung an ihn persönlich:

Und das ist eben der Vorteil bei kleinen Sachen, dass man nur solche Gegenstände zu wählen braucht und wählen wird, die man kennt, von denen man Herr ist. Bei einem großen dichterischen Werke aber geht das nicht, da lässt sich nicht ausweichen, alles, was zur Verknüpfung des Ganzen gehört und in den Plan hinein mit verflochten ist, muss dargestellt werden und zwar mit getroffener Wahrheit.

Hätte Thomas an dieser Stelle das Heft zugeklappt, hätte er seine Gefasstheit vielleicht bis ins Hotel retten können. Stattdessen las er:

Bei der Jugend aber ist die Kenntnis der Dinge noch einseitig; ein großer Wurf aber erfordert Vielseitigkeit, und daran scheitert man.

Er legte das Buch fort, als zu beiden Seiten des Abteils ein flaches Gewässer auftauchte. Über die Lagune, in der sich der rötlich-blaue Spätnachmittagshimmel spiegelte, rollte der Zug in die Stadt.

Auf dem Bahnsteig hielt Thomas die drückende Luft für

Lokomotivendampf. Aber sie blieb feuchtwarm, als sie den Bahnhofsvorplatz betraten, wo Heinrich einen nicht sehr reinlich aussehenden Mann mit breitkrempigem Hut ansprach. Dieser schien in sich hineinzulächeln, während Heinrich auf Italienisch das Nötige mit ihm besprach; und als der Verlegersohn ihm etwas im Reiseführer zeigte, nickte der Mann wissend. Kurz darauf saßen sie in einer schmalen Gondel zum Hotel.

»Also«, sagte Schröter junior mit Blick auf die Paläste entlang des breiten Kanals, »imposant ist das Ganze auf jeden Fall. Aber ich hatte es mir adretter vorgestellt. Aufgeräumter. In jeder zweiten Gasse stapelt sich der Müll. Sehen Sie das dort hinten? Und die *Luft* … Nicht, dass Sie mich missverstehen. Ich meine, hier ist Großes geschehen. Wussten Sie, dass Wagner hier nicht nur gestorben ist, er hat auch den zweiten Akt des *Tristan* hier geschrieben.«

Thomas sah Hilfe suchend zu Heinrich. Doch der entzündete eine scharfe Zigarette, blies den Rauch in den dunkler werdenden Himmel und schwieg.

»Haben Sie vor, sich länger in Venedig aufzuhalten, Herr Schröter?«, fragte Thomas.

»Nennen Sie mich ruhig Theodor. Oder Junior. Das machen alle. Ihr Bruder sagte mir, Sie blieben drei Wochen.« Als genüge das zur Antwort, beließ er es dabei.

Nach einer Weile bog die Gondel scharf rechts ab. Gekonnt ließ der Mann am Heck sie einen Kanal entlanggleiten, enger als eine Lübecker Gasse, und hielt schließlich zwischen schlichten, baufällig wirkenden Häusern.

Junior wandte sich um: »*Ponte*? Das da? *Sì*?«

Der Gondoliere nickte.

»Hatte ich mir größer vorgestellt. Na, also, da vorn«, sagte Junior und zeigte auf eine kleine Fußgängerbrücke, »ist die Ponte delle Tette. Kennen Sie die? Nein? Ha!« Sichtlich stolz, lehnte Junior sich zurück. »Also, im fünfzehnten Jahrhundert war Prostitution hier legal. Huren auf der Suche nach Freiern stellten sich barbusig auf die Brücke – um zu beweisen, dass sie keine verkleideten Männer waren! Es gab nämlich auch Männer, die sich verkauften. Die Stadtregierung förderte das Treiben auf der Brücke sogar, und nicht nur, weil die Huren Steuern zahlten. Man glaubte, selbst Sodomisten könnten dem Anblick nicht widerstehen und würden zurück auf den rechten Weg gebracht. Ponte delle Tette, wissen Sie, was das heißt?«

Bitte nicht, dachte Thomas.

»Tittenbrücke!«

Junior kicherte. Dann brach er in Gelächter aus, so heftig, dass er sich vorbeugte und mit weit offenem Mund auf den Schenkel klopfte. Thomas hoffte, das Schlimmste sei überstanden, als neben ihm ein Brummen aufkam: Heinrich lachte mit geschlossenem Mund; lachte mit dem ganzen bebenden Oberkörper, bis er hustete und hustete und verärgert einen glühenden Stummel ins Wasser warf. Über ihren Köpfen fuhr der Gondoliere sich grinsend über die gelblichen Schneidezähne.

Thomas war wie erstarrt und atmete flach. Das Lagunenwasser roch faulig. Besser wurde es erst, als sie wenig später wieder den Canal Grande entlangglitten. Die ersten Laternen leuchteten, und an den Landestegen brannten Fackeln. Im rötlichen, von kleinen Wellen zurückgeworfenen Licht hatten die Palazzi nur wenig gemein mit den Fotografien, die Thomas als Kind im Guckkasten betrachtet hatte. So wie er in der Gondel, so schienen auch die Häuser sich sachte zu wiegen. Zum ersten Mal seit ihrer Ankunft atmete er tief ein und aus.

Eine große, mit einer Kabine versehene Gondel schaukelte vorüber. Darin erspähte Thomas eine weiß gekleidete Silhouette. Er wollte sich schon diskret abwenden, als er sah, wie jemand den Kopf hinausstreckte. Blondes, dichtes und langes Haupthaar wogte leicht hin und her, und für einen Moment dachte er an Ilse. Im nächsten Moment hob sich der Kopf, und Thomas schaute ins nur wenige Meter entfernte Gesicht eines sehr jungen Mannes. Die großen Augen wirkten verträumt und ohne Ziel wie die eines Kindes; die Wangenknochen aber waren bereits stark ausgeprägt. Der Unbekannte blickte umher mit dem Gleichmut eines Kronprinzen in seines Vaters Reich. Dann streckte er den weiß gekleideten Arm aus und tauchte die Hand ins Wasser. Doch offenbar ermahnte ihn jemand, der hinter ihm saß, denn mit so etwas wie Bedauern zog der junge Mann sich rasch zurück in die Kabine.

»Und Sie«, fragte Junior, »sind Sie auch zum Schreiben hergekommen?«

Thomas umspielte mit der Zunge einen Backenzahn, während die andere Gondel ins Halbdunkel glitt. »Das bin ich«, antwortete er. »Nur werde ich bald in München zurückerwartet. Aller Voraussicht nach trete ich dort eine Stelle an.«

»*Aller Voraussicht nach*?«

»Es ist noch nicht offiziell. Aber der Rest ist bloße Formalie.«

»Werden Sie dann noch für uns schreiben können?«

»Leider nicht.«

»Vielleicht überlegen Sie es sich noch einmal«, sagte Junior und verschränkte die Arme hinter dem Kopf. »Wir suchen immer gute Autoren. Und kurzfristig brauchen wir Ersatz für eine Novelle, die geschoben werden muss.«

»Sie drucken Prosa?«

»Ab sofort, ja. Dafür können wir natürlich andere Honorare zahlen als für Buchrezensionen.«

»Nun, also …«

»Mein Bruder«, unterbrach Heinrich, »wird beruflich bald sehr eingespannt sein.«

»Ach«, machte Junior.

»Ach, ja?«, fragte Thomas.

»Aber jetzt noch nicht, richtig? Vielleicht inspiriert der Süden Sie zu einer Geschichte.«

»Die neue Stelle wird ihn vollauf in Anspruch nehmen«, sagte Heinrich. »Und du schreibst sehr langsam, Tommy, also im Sinne von gewissenhaft, das musst du zugeben.«

Thomas war verwirrt. Bot der neue Chef des *Zwanzigsten Jahrhunderts* ihm gerade an, eine Geschichte abzudrucken? Obendrein für ein Honorar, das es ihm erlaubte, doch länger hierzubleiben? Und sabotierte Heinrich wirklich seine Chance?

»Ich finde Ihre Idee sehr interessant«, sagte er. »Darf ich darüber nachdenken?«

»Die Abgabe muss ja nicht sofort sein.«

»Mein Bruder«, sagte Heinrich lauter als zuvor, »unterschätzt das Pensum, das ihn erwartet. Wenn er erst einmal arbeitet, *wirklich* arbeitet, wird er schnell merken, dass ihm keine Zeit bleibt für eine ausgereifte Geschichte, egal ob Erzählung oder Novelle. Das verstehst du doch, Tommy, oder?«

Junior holte Luft, um etwas zu erwidern, hielt dann aber inne und schaute zwischen den Brüdern hin und her. In seinem Blick mischten sich Erstaunen und Verständnis zu einem *So ist das also.* Nach einer Weile zog er aus seiner Aktentasche ein Buch hervor und reichte es Thomas. Der matt glänzende Ledereinband, mit goldfarbener, zierlicher Schrift versehen, wog angenehm schwer. Die Seiten waren viel dicker als Ilses Reclam-Ausgabe der *Gespräche mit Goethe*.

»Kennen Sie die? *Neue Leipziger Klassiker.* Hebbel, Lessing, Kleist. Max Hesse bringt die seit ein paar Jahren heraus. Verkauft die Sachen als *Gesammelte Werke*. Dadurch kriegt er sogar Ladenhüter an den Mann. Ein schlauer Kerl. Aber das«, Junior zeigte auf das Buch, »das ist von *uns*. Wir drucken sie jetzt in Lizenz exakt nach – am ersten Firmensitz in Leipzig. Vater ist selig. Aber ich finde, dabei darf es nicht bleiben. Mit den neuen Druckerpressen haben wir's in der Hand, auch junge Künstler für gutes Geld auf den Markt zu bringen. Wir könnten Novellenbände veröffentlichen. Mit der Aufmachung zeigen wir den Käufern: *Den kennen Sie noch nicht, aber der wird ein Klassiker.* Der Fischer in Berlin, der macht bereits etwas Ähnliches. Wir müssen gegenhalten.«

Thomas suchte die Augen des Bruders. Doch der starrte aufs nahe Ufer.

»Ich mache Ihnen einen Vorschlag.« Junior beugte sich lächelnd vor. »Sie schreiben uns eine Geschichte, hübsch künstlerisch, nicht zu kurz, nicht zu lang, vielleicht zehn Buchseiten?«

»Im Sommer sandte ich Ihrem Herrn Vater bereits eine Novelle zu«, sagte Thomas. »Unaufgefordert. Ich bin nicht sicher, dass er sie erhalten hat. Hat er Ihnen vielleicht gesagt, ob ...?«

»Davon weiß ich nichts.« Junior lehnte sich zurück. »Und selbst wenn, könnte ich sie bestimmt nicht gebrauchen. Ich wünsche mir nämlich etwas, das in Italien spielt. Wegen der Kultur natürlich, und wegen der Exotik. Liebe, Lust und Leidenschaft, Sie wissen schon. Die drucken wir im *Zwanzigsten Jahrhundert*. Und wenn sie mir gefällt, wird's ernst. Dann schreiben Sie mir einen Novellenband voll. Mit Golddruck und Ledereinband und allem Drum und Dran. Stellen Sie sich das vor: Sie stehen im Regal zwischen Kleist und Wieland!«

Thomas verstand genug vom Verlagswesen, um zu wissen, dass so ein Angebot unüblich war. Aber die Idee, eine Geschichte unter strikten Vorgaben zu Länge und Inhalt zu verfassen, klang verlockend. Anstatt sich weiterhin abseits der Welt den eigenen Stimmungen auszuliefern, hätte er Grund, sich zur Arbeit zu zwingen. Womöglich eröffnete sich ihm also exakt die Chance, die er brauchte. Er fände Halt in der Form. Und vielleicht reichten die Honorare – das für die Zeitschriften-Geschichte und ein Vorschuss für den Novellenband – sogar aus, um die Stelle bei Albert Langen zu kündigen. Oder gar – Thomas hielt den Atem an – um sie gar nicht erst antreten zu müssen.

Er könnte doch noch in Italien leben.

Thomas atmete aus. Aber warum bot der Verlegersohn ihm das überhaupt an? Er war schließlich ein Niemand. Andererseits, sagte er sich, hatte auch Schröter junior etwas zu verlieren. Wenn er sein Angebot zurückzöge, würde Heinrich jedem Schriftsteller nördlich und südlich der Alpen davon erzählen. Schröter junior hätte seinen Ruf auf Jahre hin ruiniert – und den der väterlichen Firma. Dann ließe sich niemand von Rang überzeugen, etwas in dem kleinen, im Reich kaum bekannten Verlag zu veröffentlichen. Juniors großer Plan wäre tot.

»Das klingt wirklich äußerst reizvoll«, sagte Thomas.

»Vater fragt Autoren gern nach Arbeitstiteln. Nach einem Wort, das ihr Buch auf den Punkt bringt. Hilft ungemein beim Strukturieren. Hätten Sie schon etwas parat?«

»Mir fällt sicher etwas ein.«

»Heißt das, Sie schlagen ein?« Junior hielt ihm die Hand hin.

»Wir sind bald da«, warf Heinrich ein. »Wollen wir das Ganze morgen in Ruhe besprechen?«

An jedem anderen Tag wäre Thomas froh gewesen über Bedenkzeit, aber er war die brüderlichen Spitzen leid. War es nicht kränkend genug, dass Heinrich ihn so schnell wie möglich zurück nach München wünschte? Wollte er ihm jetzt auch noch die unverhoffte Gelegenheit, in Italien zu bleiben und Novellen zu schreiben, verbauen? In Gedanken hatte Thomas sie beide bereits in einem kleinen römischen Bistro, einen Aperitif nippend, über Literatur reden sehen. Zwei Gleichrangige. Zwei Brüder. Wie dumm von ihm.

Thomas schüttelte die Hand, die sich kühl und feucht anfühlte. »Was halten Sie von *Enttäuschung*? Als Arbeitstitel?«

»Herrlich«, sagte Junior, »herrlich. Nur zwei Dinge noch. Erstens bräuchte ich die Erzählung spätestens Anfang Dezember. Dann erscheint sie rechtzeitig zu Weihnachten. Da haben die Leute Zeit zum Lesen.«

Knapp sieben Wochen Zeit? Ein Spaziergang für Heinrich, dachte Thomas, aber für ihn eine dunkle, enge Gasse. »Das sollte kein Problem darstellen.«

»Gut. Und zweitens: Ihr Bruder müsste das Gleiche tun.«

»Wie?« Thomas wollte die Hand zurückziehen, doch Junior hielt seinen Ellenbogen fest.

»Der Name *Heinrich Mann* ist Kennern bereits bekannt. Und wenn Sie«, Junior sah zu Heinrich, »einen Novellenband bei *uns* veröffentlichen, dann sehen die jungen Leute in Berlin, München und Wien – die oberen Zehntausend mit ihrem Renaissance- und *Fin de Siècle-Fimmel*, die sehen den Verlag Th. Schröter in ganz neuem Licht! Das ist auch gut für Sie«, Junior nickte Thomas zu, »denn so ebnet Ihr Bruder Ihnen den Weg. Und um ganz sicher zu gehen, dass die Leute *Enttäuschung* auch lesen, wird sein Novellenband – ebenfalls *Enttäuschung* heißen!«

Thomas entwand seine Hand und hätte sie gern am Hosenbein abgestreift. »Das ist eher ungewöhnlich, nicht wahr?«

»Die Engländer nennen es *scoop*«, sagte Junior.

Wieder sah Thomas Hilfe suchend zu Heinrich. Doch der tippte bloß mit dem Zeigefinger auf die Sitzbank und schaute ins Nichts.

»Darf ich fragen, warum Sie ein solches Risiko einzugehen bereit sind?«

»Wissen Sie, was mein Vater in Ihrem Bruder sieht? Mein Kindermädchen.« Junior wandte sich an Heinrich. »Hat er Ihnen auch die Geschichte erzählt von seiner jungen, schönen Frau und dem Tod im Kindbett?« Heinrich schüttelte, ohne ihn anzusehen, leicht den Kopf. »Wundert mich. Macht er nämlich wieder häufiger, seitdem er's am Herzen hat. Deshalb hat er Ihre Geschichte über die Frau auch so gefressen. Er hörte gar nicht mehr auf: *ein Engel, ein Engel! Und wie liebte sie die Literatur!* Meine Stiefmutter hat sich das ruhig angehört. Lächelte sogar. Warum auch nicht? Er ist reich.«

Junior lachte freudlos auf, und Thomas fühlte sich unangenehm berührt.

»Wenn ich mich jetzt beweise«, sagte der Verlegersohn, »dann vertraut er mir eher früher als später den ganzen Verlag an. Und dann ist Schluss mit Kochbüchern und Ratgebern. Dann bestimme *ich.*«

»Vielleicht«, sagte Thomas, »sollten wir tatsächlich morgen über Ihr Angebot sprechen? Mein Bruder und ich müssen uns miteinander beratschlagen. Nicht wahr, Heinrich?«

Der reagierte noch immer nicht.

»Natürlich«. Junior lächelte fein. »Aber bis neun Uhr brauche ich eine Zusage. Wissen Sie, ich entscheide schnell. Gleich nach dem Frühstück gehe ich in Museen und ins Theater. Und vielleicht laufen mir in dieser Stadt noch ganz andere Talente über den Weg. Venedig zieht Leute wie Sie«, dabei lächelte er wieder, »bekanntlich magisch an.«

Ein paar Atemzüge lang war das einzige Geräusch in der Gondel das gleichmäßige, leise Plätschern der Riemenstange im nachtschwarzen Wasser.

»Ich kenne auch eine Geschichte über eine Brücke.« Heinrich sprach so unvermittelt, dass Thomas zusammenzuckte. »Da vorn, das ist die Ponte di Rialto.« Er zeigte auf die beiden kräftigen, zugleich eleganten Bögen, die langsam näher kamen. Ihr Baumeister, sagte er, habe nicht gewusst, wie er die fünfzig Meter überspannen sollte, und das in einer Höhe, dass auch größere Schiffe durchfahren konnten. Wie sollte eine Hunderte Tonnen schwere Konstruktion in Wasser und Schlamm Halt finden – und obendrein anmutig wirken? Kurzum: Es sei schlicht unmöglich gewesen, Brückenteile stürzten immer wieder ein. Aber schuld, so Heinrich, waren in Wahrheit natürlich böse Mächte. Eines Tages kam der Teufel persönlich zum Baumeister und schlug einen Handel vor: »Überlässt du mir die erste Seele, die über die Brücke läuft, dann stehe ich deinem Werk nicht länger im Wege.« Der Baumeister war in großer Not. Wenn er scheiterte, fände er nirgends mehr Arbeit. Also ging er auf den Handel ein. Doch bald plagte ihn sein Gewissen: Sollte für seinen Ruhm wirklich ein unschuldiger Mensch sterben? »Dann kam ihm eine Idee«, sagte Heinrich: »Als Erstes würde er einen

Hahn über die Brücke laufen lassen. Vom Teufel beschützt, ging der Bau gut voran.«

Heinrich sprach noch immer, als die Gondel ins Dunkel unter der Ponte di Rialto glitt. Thomas glaubte zu verstehen, was das sollte: Sein Bruder wollte Zeit gewinnen.

»Als die Brücke fertig war, ließ der Baumeister alle Zugänge sperren.« Den Wachen befahl er, niemanden durchzulassen. Doch der Teufel wusste, was der Baumeister plante, und so nahm er menschliche Gestalt an und ging zur Frau des Baumeisters. Sie war schwanger. Der Teufel gab vor, ihr Mann habe sie geschickt, und sie solle sofort zu ihm auf die Brücke kommen. Die besorgte Frau lief los. Als die Wachen sie sahen, erkannten sie sie und ließen sie passieren. »Und so«, schloss Heinrich, »war das erste Wesen, das die Ponte di Rialto überquerte – die verlorene Seele –, das ungeborene Kind des Baumeisters.«

Bei diesen Worten erreichten sie den Landesteg. Als sie unbeholfen schwankend der Gondel entstiegen, trotzte allein das unruhige Licht zweier Fackeln der Schwärze ringsum. Es wurde Nacht.

Während Heinrich Kleingeld abzählte, ging Junior voraus und verschwand in einem schlichten Hoteleingang.

»Was hältst du davon?«, fragte Thomas.

»Ich traue ihm nicht.« Heinrich ließ Münzen in die Hand des missmutig blickenden Gondoliere fallen.

»Warum begleitet er dich dann?«

»Hast ihn ja gehört. Ich bin sein Kindermädchen.« Der Bootsführer verschwand ohne Gruß.

»Ich verstehe nicht.«

»Tommy, es war ein langer Tag.« Heinrich fuhr sich über die müden Augen.

»Es wäre eine große Chance für mich. Ich könnte hier bleiben, Novellen schreiben.«

»Ich traue ihm nicht.«

»Ich hätte endlich etwas Struktur. Genug Geld.«

»Ich. Traue. Ihm. Nicht.«

»Warum hast du dann geschwiegen?«

»Ich muss aufpassen, was ich sage. Die Stelle beim *Zwanzigsten Jahrhundert* darf ich auf keinen Fall verlieren. Junior ahnt das, glaube ich, und nutzt es aus. Er benimmt sich wie ein Kind, aber du siehst ja, er ist gerissen. Wie sein Vater. Morgen erzähle ich dir alles.«

»Morgen ist es zu spät.«

»Tommy ...«

»Der Mann ist seltsam – na und? Er hat Pläne.«

»Er hat behauptet, er könne Italien nicht ausstehen – und dabei stand sein gepackter Koffer die ganze Zeit neben ihm. Er muss vorgehabt haben, mich als Reiseleiter einzuspannen. Er hat mich die ganze Zeit an der Nase herumgeführt – und seinen Vater.«

»Und?«

Heinrich seufzte. »Schröter senior will, dass *Das Wunderbare* im *Zwanzigsten Jahrhundert* erscheint. Ich habe mit Junior ausgemacht, wie wir das verhindern: Wenn ich dafür sorge, dass sein Vater ihm in sechs Monaten den Verlegerposten übergibt, sorgt er dafür, dass die Novelle dort nie veröffentlicht wird. Aber ich habe das Gefühl, vorhin in der Gondel, hat er gemerkt, warum ich in Wahrheit mitmache. Jetzt ist er gekränkt, weil er glaubt, mir sei die Zeitschrift peinlich. *Seine* Zeitschrift.«

»Stimmt das denn?«

»Ach, das Blatt ist doch nichts Rechtes. Ich muss an meinen Ruf denken.«

»Musstest du mir deshalb ins Wort fallen? Woher weißt du, dass ich es nicht schaffe, rechtzeitig eine Geschichte abzuliefern?«

»Du bist nun mal langsam.«

»Ich kann mich ändern.«

»Du wirst bei Albert Langen viel arbeiten müssen.«

»Noch habe ich die Stelle nicht sicher.«

»*Tommy* …«

Etwas an der Art, wie Heinrich seinen Namen aussprach, machte Thomas wütend: »Geht es dir also darum: deinen Ruf? Willst du nicht, dass man mich im selben Atemzug mit dir nennt?«

»Ich glaube, Junior hat etwas vor. Er will uns gegeneinander ausspielen.«

»Jetzt übertreib nicht.«

»Wer übertreibt hier?«

Obwohl Thomas auf festem Grund stand, glaubte er noch immer leicht zu schwanken. Nicht er selbst, so kam es ihm vor, hatte Heinrich gerade derart direkt widersprochen, sondern jemand, den er nicht kannte. Diesen Fremden hörte er sagen:

»Ich habe deinen Brief an Albert Langen gelesen.«

Heinrich trat einen halben Schritt zurück. »Wie konntest du?«

»Er war unverschlossen.«

Heinrich senkte den Blick, sah kurz auf, schaute wieder weg. Schließlich atmete er ruckartig aus, reckte herausfordernd das Kinn und fragte scheinbar ungerührt:

»Und, was willst du jetzt tun?«

»Wie meinst du das?«

»Na, wovon willst du leben? Du kannst nicht immer darauf vertrauen, dass andere dir …«

»Heinrich«, unterbrach er, »ich habe heute Morgen am Bahnhof ein Telegramm an Albert Langen abgehen lassen. Und davor habe ich deinen Brief verschickt.«

Zum ersten Mal sah er seinen Bruder wegen etwas, das er gesagt hatte, erstarren. Doch während Heinrichs breite Brust ebenso unbewegt blieb wie die Arme, suchten die blauen Augen rastlos etwas, worauf sie sich richten konnten. Im Halbdunkel glaubte Thomas zu erkennen, wie alle Empfindungen, die nirgends sonst Ausdruck fanden, nacheinander zwischen Brauen und Spitzbart aufblitzten: Erstaunen zunächst, gleich darauf Abwehr. So etwas wie Wut. Traurigkeit. Dann Scham. Scham? Ja, kein Zweifel: Heinrich schämte sich. Für einen schrecklichen, wundervollen Moment fühlte Thomas sich ihm sehr nahe. Erst jetzt schien sein Bruder zu begreifen, welche Macht er über ihn besaß. Für Thomas war sein Urteil Gesetz.

Heinrich brach mehrmals ab. Schließlich flüsterte er:

»Dann machen wir das so, Tommy.«

»Wirklich? Danke, ich … Danke.«

Verlegen standen sie voreinander, zwei Senatorensöhne in der Fremde. Dann nickte Heinrich und ging zum Hotel.

Thomas blickte über den Kanal. Von irgendwoher trug süßlich-modrige Luft Gelächter zum Steg herüber. An den Stufen unter ihm brachen sich kleine Wellen. Vorsichtig tat er zwei Schritte hinab, bückte sich und hielt die Hand ins Wasser.

5.

Auf heute abend hatte ich mir den famosen Gesang der Schiffer bestellt, die den Tasso und Ariost auf ihre eignen Melodien singen. (...) Mit einer durchdringenden Stimme – das Volk schätzt Stärke vor allem – sitzt er am Ufer einer Insel, eines Kanals auf einer Barke und läßt sein Lied schallen, so weit er kann. Über den stillen Spiegel verbreitet sich's. In der Ferne vernimmt es ein anderer, der die Melodie kennt, die Worte versteht und mit dem folgenden Verse antwortet; hierauf erwidert der erste, und so ist einer immer das Echo des andern.

Johann Wolfgang von Goethe: *Italienische Reise* (1816/17)

Venedig, 17. Oktober 1896

»Und die da, Tommy, was ist mit denen?«

Heinrich nickte in Richtung eines Paares, das zwei Tische neben ihnen Platz nahm. Der Mann, ein rotgesichtiger, mittelalter Herr, dessen modischer Dreiteiler englischer Machart in der Hüftgegend spannte, zog einen Stuhl zurück, damit seine Begleiterin sich setzen konnte. Doch tat er das wohl auf eine Weise, welche dieser – einer gut gepolsterten, etwas jüngeren, in gebauschtes Lila und dunkles Blau gekleideten Dame – missfiel. Jedenfalls verscheuchte sie den Kavalier mit der Hand wie ein Ungeziefer, was dieser mit Kopfschütteln beantwortete und – als auch er sich endlich niederließ – mit einer noch röteren Gesichtsfarbe. Zum Trost holte der Mann eine Dose hervor, griff hinein, drückte etwas an beide Nasenlöcher und schnupfte laut. Danach schnäuzte er sich in ein Seidentaschentuch und betrachtete interessiert sein Werk. Schwer atmend, blickte die Dame an ihm vorüber auf den am frühen Nachmittag gut besuchten Markusplatz.

Heinrich schüttelte kaum merklich den Kopf. »Was nutzen einem Geld und die besten Schneider, wenn man keine Manieren hat?«

»Sie müssen verstehen«, sagte Thomas mit ernster, mitfühlender Miene: »Herr Kommerzienrat Blöker und seine Gattin, eine geborene von Prötz, beehren Venedig in diesen Tagen zum ersten Mal mit ihrer Anwesenheit. Die Lagunenstadt erwidert diese Ehre mit einem Maß an Gleichgültigkeit, das den Blökers vollkommen angemessen ist.«

Heinrich lachte, ohne den Mund zu öffnen. »Verstehe. Und woher haben die Blökers ihr Geld?«

Thomas blickte, während er an seiner Zigarette zog, kurz zu dem Paar. Dann antwortete er im hohen, fast feierlichen Tonfall seines Lübecker Tanzstundenlehrers:

»Die Familie von Prötz ist, wie Ihnen bekannt sein dürfte, alter pommerscher Offiziersadel. Leider verarmt. Auch an Geschmack. Die Eheschließung mit dem eifrigsten Bewerber um die Hand der ältesten Tochter des Freiherrn von Prötz, Magda Anneliese, erschien umso vorteilhafter, als dieser auch der einzige war. Herr Kommerzienrat Blöker macht sein Geld in Wurst.«

Heinrichs Bauch, auf dem die verschränkten Arme ruhten, hob und senkte sich. Aus dem Augenwinkel betrachtet, dachte Thomas, konnte man ihn beinahe für Papa halten. Auch dessen Oberkörper hatte vor Wonne gebebt, wenn sein Zweitgeborener Hauptpastor Ranke oder Onkel Friedel imitierte. Das Wichtigste war, die Originale nicht zu überzeichnen, sondern exakt nachzuahmen bis zum Neigungswinkel des Kopfes oder der Betonung eines Lautes. Die meisten Menschen bedurften keiner Karikatur, sie waren diese selbst.

Papa hatte das gewusst. Welche Kraft musste er aufgebracht haben, um seinen tüchtigen, biederen und sterbenslangweiligen

Nachbarn, Ratskollegen und Handelspartnern den Eindruck zu vermitteln, er nehme sie und alles, wofür sie standen, ernst? Zu Hause, im Schutze der Familie, hatte er über die halbe Stadt von Herzen gelacht. Deshalb hatte der kleine Tommy all die Honoratioren bis ins kleinste Zucken der Mundwinkel hinein nachgeahmt: um Papa – den sorgenbeladenen, rasch ergrauenden, aber immer noch imposanten Papa – zum Lachen zu bringen.

Andere beobachten und Späße über sie machen, ja, das konnte er. Aber etwas ganz anderes war es, einen Charakter intim und glaubhaft zu schildern; in gewisser Weise war es sogar das Gegenteil. Sobald er zum Schreiben ansetzte, geriet ihm alles Komische mal zu dessen lauter Schwester, der Farce, und mal zu dessen dunklem Zwilling, dem Tragischen. Etwas hielt ihn davon ab, das weite, duftende und in allen Farben erstrahlende Feld, das zwischen den Extremen lag, zu betreten. Vielleicht bedurften Heinrich und er – bei allen Unterschieden zwischen ihnen – deshalb realer Vorbilder: weil sie daheim so wenig Leben erfahren hatten. Alles war in Konventionen getränkt gewesen. Über die machte man sich lustig, oder man ging an ihnen zugrunde. Mehr Auswahl gab es nicht. Umso mehr erregte Thomas der Süden. Hier barg jedes fremde Gesicht, jede Geste, jede Tür ein Versprechen. Überall mochte eine nie zuvor erzählte Geschichte auf Thomas warten. Seine Geschichte.

»Ich ertrage solche Leute nicht«, sagte Heinrich. »So viel Grobheit, so viel Gedankenlosigkeit machen mich krank.« Und doch schien er davon kaum genug zu bekommen. Während der Herr aufstand und ins Café ging, betrachtete Heinrich, mit dem Zeigefinger über den Rand seines Glases streichend, weiter die Dame.

Als sei er erst jetzt wirklich angekommen, ließ Thomas den Blick über das riesige, steinerne Rechteck schweifen wie über einen Garten. Einige Dutzend Besucher querten den Platz.

Ein Paar, offenbar in seinem *Honeymoon*, betrachtete die überladen-prächtige Fassade von San Marco. Die Basilika, ja, einfach alles hier kam Thomas verschwenderisch, überreif und ein wenig abgelebt vor. Allein der Säulengang, in dem das Café Florian seine Gäste bewirtete, wirkte länger als die Lübecksche Mengstraße und, trotz des bröckelnden Putzes, doppelt so elegant. Obwohl seine Konstitution nie robust gewesen war, machte Thomas der heiße, modrig riechende Wind, der von der Lagune her in die Stadt drang, wenig aus. Im Gegenteil verstärkte er noch das erregende Gefühl, in der Fremde zu sein – und dadurch auch sich selbst ein wenig fremd.

»Ha«, machte Heinrich und atmete schwer. »Wenn man vom Teufel spricht.«

Da vorn näherte sich, mit den langen Armen schlenkernd und unwillkürlich den Kopf hin- und herwiegend, Junior. Neben ihm ging ein deutlich kleinerer, noch fülligerer Mann. Mit seinem geröteten, breiten Kopf nickte er bedeutungsvoll zu allem, was Junior ihm erzählte. Das behielt er auch bei, als die beiden stehen blieben. Dabei zitterte sein Schnurrbart, der nach kaiserlichem Vorbild steil aufwärts gedrillt war. Vom Kinn bis zum Ohr zog sich ein prächtiger Schmiss. Schließlich zeigte Junior stolz auf Heinrich:

»Und das ist er!«

Der Mann nahm Haltung an und schlug die Hacken zusammen. Verschreckt flogen ein paar graue Tauben auf, ließen sich aber rasch wieder nieder.

»Gestatten: Klemzig«, brachte Juniors Begleiter hervor. »Ich bewundere die Klarheit Ihres Ausdrucks. Was Sie über das dunkle Treiben dieser Geschäftemacher geschrieben haben, das war so angenehm deutlich. Ich meine … Also …« Er beendete den Satz mit einer ruckartigen Verbeugung.

Heinrich schwieg.

»Lass gut sein«, sagte Junior zu seinem Begleiter mit zufriedenem Lächeln. »Wir sehen uns morgen.«

Zum Abschied nahmen die beiden voreinander Haltung an, und abermals knallten Hacken. Die Tauben ignorierten es. Als der junge Mann davonging, fragte Junior:

»Sind Sie so weit, meine Herren?«

Eine aufreibende Stunde später hob Junior sein Cognacglas und hielt es den Brüdern hin.

»... und das ist mein letztes Wort. Also, einverstanden?«

Ginge es nach Thomas, wären sie schon seit dem Kaffee handelseinig. Aber Heinrich hatte, den Spitzbart auf die Brust gesenkt und von unten aufblickend, noch jede Summe als *leider nicht ausreichend* zurückgewiesen. Bei jedem Hinweis auf seine Arbeitslast und jeder Andeutung, wie hoch Schröter senior seine Prosa schätze, trat mehr Schweiß auf Juniors breite Stirn. Thomas aber, der seinen Kräuterlikör kaum angerührt hatte, machte das Geschacher nervös.

Anstatt sein Glas anzurühren, sagte Heinrich:

»Lesen Sie es doch noch einmal vor.«

»Nun gut.« Junior stellte den Cognac ab und nahm einen Bleistift. *Die Herren Paul Thomas und Luiz Heinrich Mann liefern dem Verlag Th. Schröter mit Sitz in Zürich und Leipzig, zum Abdruck in der Januarausgabe 1897 der Monatszeitschrift* Das Zwanzigste Jahrhundert, *je eine Geschichte ...*«

»*Novelle*«, korrigierte Heinrich, »*oder Erzählung.*«

Junior rollte mit den Augen. »... *Novelle oder Erzählung in der Länge von nicht weniger als viereinhalb und nicht mehr als fünf Bogen, und zwar bis spätestens heute in sieben Wochen. Dafür werden unverzüglich, also bis zum 5. Dezember, hundert Mark fällig.*«

»*In bar*«, sagte Heinrich ruhig. »*Bei Abgabe.*«

Junior nickte. »*Und bei Abnahme zahlt der Verlag den Genannten zudem auf das Honorar für die Novellenbände Vorschüsse ...*«

»... *unverzüglich ...*«

»... *unverzüglich Vorschüsse in Höhe von jeweils eintausend*

Mark. Bei Abgabe des restlichen Manuskripts im Umfang von zweihundertvierzig Druckseiten …«

»… *heute in achtzehn Monaten …«*

»… spätestens *heute in achtzehn Monaten, also am 17. April 1898, wird die Restsumme des Honorars fällig in Höhe von …«*

»… *jeweils eintausendsiebenhundert Mark in bar*«, sagte Heinrich zufrieden.

»… *jeweils eintausendsiebenhundert Mark in bar*«, bestätigte Junior leise. Er legte den Stift nieder und nahm sich wieder sein Glas. »Also?«

Heinrich überlegte ein letztes Mal oder tat zumindest so. Endlich hielt er seinen Cognac in die Höhe.

Gläser klirrten, und Thomas atmete auf.

»Herrlich«, sagte Junior. »Unter einer Bedingung: Wir feiern das. Gleich sofort.«

»Danke, aber ich muss noch Manuskripte durcharbeiten.«

»Ich zahle.«

»Der Scirocco weht besonders stark heute.« Heinrich fasste sich an die Brust.

»Jetzt kommen Sie! Klemzig hat mir von einem Etablissement erzählt, da gibt es angeblich alles. In jeder Größe und Farbe.«

Heinrich hob kaum merklich die Brauen. »Ach?«

»Ist wohl nicht weit von hier. Mit einer Gondel vielleicht fünfzehn Minuten. Also?«

Einen Moment lang zögerte Heinrich, bevor er nach dem Kellner winkte, der sofort kam.

Junior stand auf und streckte sich zufrieden. Das blasse Kinn, in dem sich Bartstoppeln abzeichneten, berührte die breite Brust.

Thomas ahnte, wohin es die beiden zog. »Wenn es nichts ausmacht, bleibe ich hier«, sagte er so beiläufig, wie er konnte. »Ich möchte noch ein paar Eindrücke sammeln.«

»Die liebe Unschuld!«, rief Junior.

»Na, Inspiration kannst du auch *dort* finden.« Für einen Moment schien Heinrich stolz auf seine Bemerkung. Er rief sein Gesicht zur Ordnung und fragte: »Was hältst du von der Teufelsgeschichte? Die hat doch alles, was du magst. Ich überlasse sie dir.«

»Danke, aber das ist nichts für mich. Du könntest das auch viel besser.«

»O nein«, unterbrach Junior. »Bloß keine Legenden. Nichts Übersinnliches. Sonst kommt am Ende wieder so was wie *Das Wunderbare* heraus. Nein, nein.« Mit der flachen Hand verjagte er die Idee wie eine Fliege. »Die Figuren, die müssten einem hier über den Weg laufen können, insbesondere die Frau. Also keine angekränkelte Prinzessin, Herr Mann! Die Hausfrau soll sich doch beim Lesen, während ihr Teig aufgeht, in sie hineinversetzen können!«

Wie Junior über Heinrichs Werk sprach, ärgerte Thomas fast ebenso sehr wie der Umstand, dass sein Bruder dem nichts entgegensetzte.

In diesem Moment näherte sich ein kleiner Junge dem Tisch. Als er hinter Heinrich stand, hob er lautlos und langsam die Hand. Im letzten Moment, bevor er in die Jackentasche hätte greifen können, bemerkte Heinrich den Dieb und hielt ihn am Arm fest. Das Kind versuchte, sich loszureißen. Es trat um sich und traf Heinrich so fest am Schienbein, dass der erst dumpf ächzte – und ihm dann mit der flachen Hand ins Gesicht schlug. Sofort erlosch jeder Widerstand. Der Kleine, vielleicht sieben, höchstens neun Jahre alt, weinte nicht; ja, er wimmerte nicht einmal, sondern hielt bloß, die Augen weit aufgerissen, Heinrich einen Zettel hin.

»Den bringen wir zur Polizei!«, rief Junior.

Heinrich starrte lange auf das Papier in seiner Hand. Als hätte er den Jungen vergessen, ließ er ihn schließlich los. Sofort rannte der Kleine in Richtung Basilika davon.

»Warum haben Sie den laufen lassen?«

Heinrich blickte immer noch nicht auf. »Ein Werbezettel«, murmelte er. »*Ein Abend mit Szenen aus populären Stücken unserer italienischen Heimat.* Wir könnten hin. Danach.«

»Geben Sie mal her. Ah, verstehe.« Junior lächelte auf eine Weise, die Thomas nicht gefiel. »Das Theater ist in derselben Straße. Wir können hinlaufen.«

Und so verabredeten sie, einander um acht Uhr im *Teatro musicale* wieder zu treffen. Bevor er und Junior zur Anlegestelle gingen, riss Heinrich den Werbezettel in der Mitte entzwei. Die untere Hälfte mit der Adresse reichte er Thomas. Auf der oberen, die er selbst einsteckte, erkannte Thomas für einen Augenblick das Bild einer Dame.

6.

»Möge der Herr meine Zudringlichkeit entschuldigen, wenn ich es wage, ihn so unbekannterweise aufzusuchen, ich habe eine Bitte an ihn. Vergönnen Sie gnädigst –« – »Aber um Gottes willen, mein Herr!« brach ich in meiner Angst aus, »was kann ich für einen Mann tun, der –« wir stutzten beide und wurden, wie mir deucht, rot.

Adelbert von Chamisso:
Peter Schlemihls wundersame Geschichte (1814)

Zum ersten Mal war Thomas mit der Stadt allein. Er begriff, wie ein Besucher glauben mochte, sie habe ihn – und allein ihn – erwartet. Als sei ihre fast tausendjährige Geschichte bloß ein Vorspiel zu diesem Aufeinandertreffen gewesen. Als sei Venedig seine Bühne. Ganz ähnlich hatte Thomas sich als Kind gefühlt, wenn er morgens erwachte mit dem Beschluss, heute ein achtzehnjähriger Prinz namens Karl zu sein. Dann kleidete er sich in eine gewisse liebenswürdige Hoheit, hielt angeregte Zwiesprache mit einem Gouverneur oder Adjutanten, den er sich einbildungsweise beigab, und ging umher, stolz und glücklich mit dem Geheimnis seiner Würde. Man konnte Unterricht haben, spazieren geführt werden oder sich Märchen vorlesen lassen, ohne dass dieses Spiel einen Augenblick unterbrochen zu werden brauchte. Das war das Praktische daran. Prinz Karl selbst bewies Mäßigung und Edelmut, indem er niemanden seine Macht spüren ließ. Und obwohl die Menschen von alldem nichts wussten, war er überzeugt, dass sie ihn seiner königlichen Hoheit gemäß behandelten.

Von rechts, wo die Gondeln anlandeten, betrat eine Besuchergruppe den Platz. Einem stattlichen, in modisch-elegantes Dunkelblau gekleideten Herrn mit Strohhut liefen drei Männer in Schwarz hinterher. Ihrer schlichten Kleidung und gesenkten Blicke nach zu urteilen, waren sie Diener. Sie folgten ihrem Anführer, einem lilawangigen und graubärtigen Gentleman, der, ohne sich umzusehen, rasch zur Basilika schritt. Hinter ihnen her trottete, einem eigenen Rhythmus folgend, eine fünfte Gestalt in einem strahlend weißen Anzug. Ihr Gesicht war hinter einem breitkrempigen, ebenfalls weißen Hut verborgen. Alle paar Meter lief ein Schwarzgewandeter zu ihr zurück. Jedes Mal beschleunigte sie ihre Schritte, nur um bald wieder zu verlangsamen, als habe die Anstrengung ihre Kräfte erschöpft.

Gerade wollte Thomas, kühn geworden, einen zweiten Bénedictine bestellen, da zog die Gestalt den Hut, und blondes Haar fiel ihr fast bis auf die Schultern, ganz ähnlich wie dem Jüngling in der Gondel vom Abend zuvor. Thomas beugte sich auf seinem Stuhl vor, um zu erkennen, ob er es tatsächlich war, als nah an seinem Kopf eine sonore Stimme sagte:

»Cette ville fait rêver, n'est-ce pas?«

Die weiße Gestalt setzte, erneut ermahnt, den Hut wieder auf und folgte den anderen.

»All this feels like a dream, doesn't it?«

Glieder schrumpften zu einem weißen Fleck, der in der Menge verschwand.

»Oder bevorzugen Sie Deutsch? Oh, natürlich, ich sehe schon, ein Landsmann!«

Am Tisch zu seiner Linken saß ein einzelner Gast. Den Arm hatte er lässig auf der Rückenlehne eines Stuhls abgelegt, und zwischen Mittel- und Ringfinger glomm eine Zigarette. Unter einem schwarzen Hut trug er rötliches, borstiges Haar, das auch den feinen Schnurrbart formte. Der Sitznachbar war so groß und schlank wie Thomas. Die Beine hatte er ebenfalls, nur in entgegengesetzter Weise, übereinandergeschlagen.

»Sie sind zum ersten Mal hier, richtig? Und, wie fällt Ihr Urteil aus, wenn ich fragen darf?«

Hätte Thomas mehr Lebenserfahrung gehabt, hätte er bestimmt etwas zu antworten gewusst, das höflich klang und ihm zugleich die Qual eines Gesprächs ersparte. So aber blickte er geradeaus und schwieg.

»Entschuldigen Sie«, sagte der Mann amüsiert. »Glauben Sie mir, auch ich bin nicht hergekommen, um Freunde zu finden. Um ehrlich zu sein, mag ich Menschen nicht einmal sonderlich. Die einen sind fad, die anderen brutal, und die schlimmsten sind beides. Finden Sie nicht auch?«

»Das mögen Sie so sehen.« Schlagfertig, dachte Thomas, würde er wohl nie werden.

»Darf ich fragen, was Sie herführt? Ein Ausflug mit der Familie? Oder vielleicht das Gegenteil: die Liebe?«

Thomas wurde unwohl. »Ich möchte, wenn Sie gestatten, allein sein.«

»Aah«, machte der Mann. »Allein sein. Ja, das ist gut. Ein erstrebenswertes Ziel. Und so schwer zu erreichen. Wussten Sie, dass der junge Schopenhauer deshalb herkam? Er hatte gerade den *Willen* fertig geschrieben und suchte Erholung. Und was tut er? Verliebt sich! Ausgerechnet er! In ein blutjunges Ding. Ha!« Der Mann legte den Kopf in den Nacken und streckte die Beine aus, als wäre er im Café daheim. In der Nähe schepperten die Münzen im Becher eines Bettlers.

»Ich bin nicht auf der Suche nach … nach dem, was Sie meinen.«

»Er war auch nicht auf der Suche, aber er fand. Sie verstehen?«

Natürlich war das *Sie verstehen?* eine Floskel. Doch Thomas war nun einmal in vierter Generation Spross einer Lübecker Kaufmannssippe, die gute Umgangsformen fast noch mehr schätzte als Bibelfestigkeit. Deshalb bereitete es ihm körperliche Pein, eine Frage ohne Erwiderung zu lassen.

»Und wie verlief diese … diese Affäre?«, fragte er.

»So wie alle interessanten Liebschaften: traurig.« Von Thomas' Interesse sichtlich ermutigt, neigte der Mann den Kopf in seine Richtung. »Lassen Sie mich raten. Sie sind Künstler.«

»Dichter.« Thomas bereute es, sobald er es aussprach.

»Dichter! Na, dann kennen Sie also sein großes und schönes Werk! Schopenhauer, das ist schließlich mehr als Philosophie – das ist Dichtung, Poesie, Wahrheit, tiefe, tiefe Wahrheit! Nicht wahr?«

»Das mag sein.«

»*Mag sein*? Haben Sie es etwa nicht gelesen?« Thomas schwieg. »Na, ich hätte wetten können … Nein?« Die Miene des Mannes verband Verwunderung mit etwas, das Mitleid ähnelte.

Ein zahnloser, von der Sonne gegerbter Greis trat vor sie und hielt seinen Becher mit Kleingeld hin. Sofort wich alle Milde aus dem Gesicht des Mannes vom Nebentisch. Mit plötzlich kehliger Stimme befahl er:

»Vattene, bastardo puzzolente, o sarai nei guai!«

Der Greis fügte sich nickend in die Demütigung und schlich weiter.

»Verzeihen Sie«, sagte der Mann lächelnd zu Thomas. »Aber wer so heruntergekommen ist, der hat nicht bloß Pech gehabt; der hat immer wieder der Versuchung nachgegeben, Sie verstehen?«

Thomas griff nach einer der deutschsprachigen Zeitungen, die Heinrich zurückgelassen hatte, hielt sie vor sein Gesicht und kam sich sehr dumm vor. Doch das war immer noch besser, als gestehen zu müssen, dass die Reclam-Ausgabe der *Welt als Wille und Vorstellung*, die meisten Seiten unaufgeschnitten, tief unten im Reisekoffer lag. Thomas' Stimmung, vorhin noch beinahe gehoben, sank und sank.

In der Tiefe angekommen, umgab die Erinnerung an die vergangenen dreißig Stunden nur noch trübes Licht: Nicht genug, dass Heinrich ihn nicht bei sich haben wollte. Dessen

Lebenswandel befremdete ihn mehr und mehr. Und auch wenn Venedigs organischer Geruch Thomas seltsamerweise nicht auf den Magen schlug, so zehrte die Realität dieser Stadt doch am Bild, das er sich von ihr gemacht hatte. So war es immer, sagte er sich: Je genauer man die Welt betrachtete, desto mehr Ekel kam auf. Ekel auch und vor allem vor sich selbst, weil man zu schwach war, um diesem fiebrigen, ewig verdauenden, an allen Ecken angefressenen, von Gier, Neid und Angst getriebenen Kosmos etwas Reines, Unschuldiges, in sich Ruhendes entgegenzusetzen – das Heil.

In Thomas' Blickfeld drängte sich, von links kommend, etwas Weißes. Als er die Zeitung niederlegte, ging direkt vor ihm der Jüngling vorüber. Bevor Thomas ganz verstand, was geschah, war er vorüber. Hatte er ihm gerade tatsächlich das Haupt zugeneigt wie einem alten Bekannten? Unmöglich. So etwas tat man nicht. Aber ohne Zweifel, es *war* der junge Mann aus der Gondel. Dieser Blick, dachte Thomas. So kurz er ihn auch erwidert hatte, war er doch sicher, dass darin Melancholie gelegen hatte. Die halb geöffneten Augen: Sie zeugten nicht von matter Langeweile, sondern von genauer, schmerzhaft genauer Wahrnehmung.

Als führe er den Willen eines anderen aus, legte er die Zeitung nieder, sagte mit leichter Verbeugung: »Bitte entschuldigen Sie mich. Ich wünsche Ihnen noch einen angenehmen Aufenthalt.« Und folgte dem Jungen.

Die Gestalt in Weiß schlenderte langsam und unbegleitet in Richtung Markusdom. Dabei schaute sie immer wieder auf, als suchte sie einen Anlass, um stehen zu bleiben. Kleidung und Auftreten nach zu urteilen, entstammte er einer wohlhabenden Familie. Er mochte fünfzehn sein, auf jeden Fall aber alt genug, um sich der weißen, eher einem Kind angemessenen Kleidung zu schämen.

Und dann war er verschwunden. Gerade noch hatte Thomas ihn gesehen, farblich abgehoben vor einer kleinen, schattigen Gasse.

»Suchen Sie etwas Bestimmtes?«, sagte eine Stimme direkt neben ihm. »Ich kenne mich hier recht gut aus.« Der Mann vom Nebentisch. Sein Kopf war eingehüllt in Zigarettenrauch, eine Hand lehnte auf einem schwarzen Gehstock.

»Nein, danke.«

»Woher stammen Sie, mein Herr? Dem Zungenschlag nach zu urteilen, nahe der Küste – der Heimat anständiger, ein wenig zugeknöpfter Menschen. Habe ich recht?« Er lächelte.

Der Anblick vollständiger und gerader, aber gelblicher Zähne gab Thomas die Kraft zu schweigen.

»Ich muss Sie erneut um Entschuldigung bitten. Ich kann direkt sein, wenn mich etwas interessiert. Nicht einmal hier trifft man jeden Tag einen Dichter, der nicht gern von sich spricht. Darf ich Sie auf ein Getränk einladen? Oder ich begleite Sie zu Ihrem Hotel! In welchem logieren Sie? Und – wenn ich mir die Frage erlauben darf – unter welchem Namen?«

Die Gasse. Der Junge musste in die Gasse gegangen sein.

»Bedaure«, sagte Thomas, »ich bin in Eile. Guten Tag.« Er hielt auf den Schlitz aus Dunkelheit zu.

Gerade wollte er die Gasse betreten, als er etwas Hartes spürte: Der Mann hielt ihm den Gehstock vor den Bauch wie einen Schlagbaum! Thomas drückte ihn beiseite und ging, ohne des aufdringlichen Kerls zu achten, weiter. In der Gasse wurde es sofort dunkler. Rasch gewöhnten sich seine Augen an die Dunkelheit. Zehn, höchstens fünfzehn Meter vor ihm sah er eine weiße Silhouette. Es ist ein Spiel, sagte er sich. Indem er dem Jungen folgte, lernte er die Stadt abseits der Touristenpfade kennen. Er blickte sich nach dem Mann um, doch der war fort.

Hinter dem Markusplatz eröffnete sich eine dunkle, feuchte, enge Welt. Auf Wäscheleinen über Thomas' Kopf hingen graue Lappen, geflicktes Bettzeug und Ärgeres. Aus glaslosen Fensterhöhlen erschollen Rufe. Kinder, Frauen und Alte gellten einander von Haus zu Haus etwas zu, als gehöre die Gasse zu ihrer Wohnung. Aus geöffneten Türen im Erdgeschoss drangen stickige Gerüche von heißem Fett und Öl, und eine alte Frau schüttete Thomas beinahe den Inhalt ihrer Waschschüssel auf die Lackschuhe. An den meisten Häusern entblößte abbröckelnder Putz gelbliche bis blutrote Ziegelsteine. Wo noch welcher übrig war, zeugten graue Wellenlinien vom unaufhaltsamen Aufstieg des Schimmels. Venedig, das war ein Juwel im Sumpf.

Ein paarmal drohte Thomas ihn zu verlieren, weil er Abstand hielt und den Blick schweifen ließ, um nicht aufzufallen. Offenbar betraten nur wenige Besucher dieses Viertel – oder zumindest wenige, die in Sachen Kleidung auf sich hielten. Die Gestalt in Weiß und er selbst stachen deutlich heraus. Die Einheimischen mussten glauben, sie gehörten zusammen. Mehrere Male, wenn Thomas ihn aus den Augen verloren hatte, zeigten fragende Mienen ihm die richtige Richtung an. Er ging so langsam er sich traute. Nicht auszudenken, stieße er hinter der nächsten Ecke mit ihm zusammen.

Nach einer Weile überquerte der Junge eine kleine Brücke. Als Thomas es ihm gleichtat, wurde der Gestank beinahe zu viel. Mit Grausen dachte er daran, was im trüben Lagunenwasser treiben mochte.

In Lübeck hatte Thomas – anders als Heinrich – das Hafenviertel gemieden. Das Klügste wäre es, umzukehren. Doch der blasse Spalt Himmel bot keine Orientierung, wo Norden und Süden lagen. An eine Tür zu klopfen und Bewohner nach dem Weg zu bitten wagte er nicht. Diebe, stand im Reiseführer, warteten an jeder Straßenecke. Und weil Thomas die Wertsachen nicht im schlichten Hotelzimmer hatte lassen wollen, trug er sein gesamtes Bargeld bei sich. Gerade seine Vorsicht, erkannte er, machte ihn angreifbar. Verlöre er den Jungen aus den Augen, wüsste er nicht, wohin er sich wenden sollte.

Der Geruch wurde unbeschreiblich, und Thomas atmete flach. Erst als er eine weitere Brücke überquerte, wehte ihn eine leichte Brise an. Zu seiner Linken erkannte er den Canal

Grande. Dort ließ sich Ausschau halten nach einer Gondel, die ihn zurück zum Markusplatz oder gleich zum Theater fuhr. Doch die Verfolgung abzubrechen kam ihm nicht länger in den Sinn. Vielleicht lag es an den Wänden, die stetig näher zu kommen schienen. Oder daran, dass er sich mitten unter Menschen dem Leben am fernsten fühlte. Jedenfalls war ihm nicht länger, als folgte er einem Fremden, sondern dem eigenen fünfzehnjährigen Ich.

*

Im Haus in der Beckergrube war schon zwei Tage zuvor alles bereitet wie für einen Ball. Der große Saal stand leer, die schweren, roten Vorhänge waren zugezogen, und nur durch die geöffneten Flügeltüren drang Nachmittagssonne. In der Raummitte stand ein mit weißen Laken bedeckter Holztisch, der Thomas an einen Altar erinnerte. Für eine Gallensteinoperation, hatte er den Assistenten des Chirurgen zur Pflegerin sagen hören, schafften sie aber viel Ausrüstung herbei.

»Finde ich dich endlich«, sagte eine weiche Stimme hinter ihm.

Er hatte Papa nicht kommen hören. Der Senator trug, völlig ungewohnt, Pantoffeln. Sein volles Haar war wie immer streng in der Mitte gescheitelt, der Bart nach französischer Manier emporgedreht. Nur das weiße Hemd, das er sonst mehrmals täglich wechselte, schien seit dem Morgen dasselbe zu sein.

»Bleib kurz, ja. Was macht die Schule?«

Thomas suchte nach Worten, die ermutigend klangen, ohne zu lügen.

»Verstehe.« Vater nickte. Die Haut, vor wenigen Monaten noch rosig, war gelblich und trocken wie Pergament. »Ich möchte etwas mit dir besprechen.« Er wies Thomas einen Stuhl zu und nahm selbst Platz. Dann räusperte er sich, wie er es tat, wenn er vor dem Senat zu einer Rede anhob, reckte leicht das Kinn und fasste in wohlgesetzten Worten seine Ansprache zusammen, die er im Jahr zuvor anlässlich der Feierlichkeiten zum hundertjährigen Bestehen der Firma Johann Siegmund Mann gehalten hatte: Er begann beim Großvater, der von Rostock an die Trave gezogen war, ging über zu dessen Sohn, Johann Siegmund Junior, bis zu ihm selbst, Thomas Johann Heinrich, der mit zweiundzwanzig Jahren die Firmengeschäfte übernommen hatte und dem die Ehre zukam, seiner Heimatstadt als Königlich-Niederländischer Konsul und Senator für Wirtschaft und Finanzen dienen zu dürfen. Dabei mühe er sich stets, wie Tommy wisse, Gerechtigkeit gegen jedermann walten zu lassen, gegen den einfachen Speicherarbeiter ebenso wie gegen alle Zweige der Familie, die von ihm, ihrem Oberhaupt, Rat und Zuspruch erwarteten. Nie habe er geklagt, weil das Schicksal ihm so früh die Verantwortung für Firma, Familie und Gemeinwesen zugewiesen habe. Vielmehr sei er dankbar für die Gnade, die er in alldem glaube walten sehen zu dürfen, insbesondere aber für seine fünf gesunden Kinder. Am Ende des Vortrages angekommen, seufzte Papa, als setze er eine Last ab. »Jedenfalls«, hob er mit Mühe erneut an, »sehe ich es als meine Pflicht an, dich zu fragen, ob du es dir vorstellen kannst, in einigen Jahren in die Leitung der Firma einzutreten.«

Thomas öffnete den Mund, um etwas zu antworten. Etwas, das Vater zeigte, dass er begriff, wie schwer die Frage wog; wie müde das Familienoberhaupt war; wie sehr er ihm wünschte, er möge rasch gesund werden. Etwas, das verbarg, wie überrumpelt Thomas sich vorkam, hatte er doch nie Interesse am Kaufmannsberuf erkennen lassen – geschweige denn Talent dafür. Doch seine Kehle war verschlossen, wie immer, wenn es entscheidend war zu sprechen.

Licht drang von der Tür herein. Dort stand, vom Anblick der beiden sichtlich überrascht, Heinrich. Er schaute zu Thomas, schüttelte energisch den Kopf und verschwand. Kurz darauf hörte man das Knarzen der Treppe.

»Wer war das?«, fragte Papa.

»Ich … weiß es nicht.«

Thomas konnte sich nicht erinnern, wann sie beide je allein in einem Raum gewesen wären. Nun, da sie fast gleich groß waren, kam ihm der Unterschied zwischen ihnen nur umso größer vor: Vater schien aus dichterer, gewichtigerer Materie zu bestehen als er. Eine kleine Lüge, spürte Thomas, durfte nicht das Einzige sein, mit dem er ihn bedachte. Es wäre des großen Mannes unwürdig.

Ihn maßen Vaters blaue, von grauen Schatten leicht verhangene Augen, als er tastend zu sprechen begann:

»Ich wünsche sehr, dass es dir bald wieder besser geht. Wir alle wünschen das. Und wenn ich etwas tun kann, also, das heißt, etwas, das dich in dieser schwierigen Zeit …«

Unwillkürlich senkte er den Kopf.

»Schon gut, Tommy.« Vater klopfte ihm leicht auf die Schulter. »Weißt du, deine Mutter wollte, dass ich dich das frage.«

Thomas verstand: Vater war nur wieder einer seiner Pflichten nachgekommen. Von seinem Zweitgeborenen erwartete er in Wahrheit nichts. Thomas konnte ihn nicht einmal enttäuschen.

»Aber was ist mit Heinrich?«, fragte er. Immerhin hatte der sich auf eigene Faust eine Stellung als Volontär beim jungen Verleger Samuel Fischer in Berlin gesucht. Heinrich barg so viel mehr Potenzial, als Vater sehen konnte. Mit ihm war es wie mit den Geschichten, die Thomas las: Am Ende erwies sich immer der Widerspenstige, Eigensinnige als geborener Thronfolger. Als Erbe.

»Ja, was *ist* mit Heinrich?«, hauchte Vater und blickte zur Tür. Dann klopfte er Thomas noch einmal auf die Schulter, was ungewöhnlich war. »Entschuldige mich jetzt bitte, ich muss noch ein paar Schriftstücke aufsetzen.«

Er war froh, entlassen zu sein. Vater aber blieb im leeren Saal, als wartete er darauf, dass der Ball begann.

*

Der Platz, zu dem es die weiße Gestalt zog, war klein und unscheinbar. Aus einem trüben Kanal traten die üblichen Dünste, und der Himmel färbte sich gelb. Während die Abenddämmerung begann, wartete Thomas im Schutz einer Hausecke. Plötzlich eilte der Junge zu einer wuchtigen, grauen Pforte, die zu beiden Seiten von zwei ionischen Säulen gesäumt wurde, drückte das Tor einen Spalt auf – und verschwand im Innern.

Was nun? Thomas setzte sich in der Platzmitte an einem Brunnen nieder. Ohne lange nachzudenken, war er einem Impuls gefolgt. Das war beängstigend – und fühlte sich zugleich gut an, sehr gut. Was sprach dagegen, die Kirche zu betreten? Sollte der Junge ihn ruhig sehen. Dessen Rolle als Führer war erfüllt, das Spiel vorüber, und er, Thomas, ein Besucher wie jeder andere. Mit einem Ruck stand er auf, strich Hose und Jackett glatt und schlich hinein.

Er fand ihn kniend vor einer Frauenstatue. Sein Haar glänzte im Schein kleiner Bittkerzen fast wie Gold. Etwas hielt Thomas davon ab, sich der Szene zu nähern, und so setzte er sich in eine Bank. Die aneinandergepressten Hände waren groß, dabei schlank und feingliedrig; der im Halbdunkel verborgene Hals ging über in ein Profil, das, je länger Thomas es betrachtete, ihm umso unwirklicher vorkam, denn Kinn, Lippen, Nase und Stirn – einfach alles – standen zueinander im ausgewogensten Verhältnis. Wie bei einer griechischen Statue befriedigte der Anblick die Sehnsucht nach Harmonie. Geist und Materie, sonst miteinander im Krieg, schienen für einen Moment versöhnt. Bildhauer und Maler der Renaissance hätten sie zum Vorbild nehmen können für eine Allegorie des Glaubens, der Jugend oder der Trauer. Ja, Trauer, zumindest aber tiefe Traurigkeit sprach daraus. Aber was bekümmerte den Jungen?

In der Reisegruppe hatte Thomas einen Herrn und Bedienstete ausgemacht – aber niemanden, der die Mutter des Jungen hätte sein können. Und wohl nur eine Mutter, die sich nach ihrem kleinen Liebling zurücksehnte, würde es einem Heranwachsenden zumuten, die weiße, einem Kind gemäßere Tracht zu tragen. Der forsch daherschreitende Vater hätte sicher kein Interesse daran, den Sohn klein zu halten, sondern brauchte einen gestandenen Mann, der einmal sein Erbe antreten konnte. Thomas hielt es daher für möglich, ja, plausibel, dass der Vater seit kurzer Zeit Witwer war. (Das erklärte auch das Schwarz der Dienerschar.) Womöglich besuchte er, in Trauer um seine verstorbene Gattin, das von dieser so geliebte Venedig. Auf der Reise machte er es dem Sohn zur Pflicht, ein letztes Mal die von der Mutter bevorzugte Garderobe anzulegen. Das, dachte Thomas, macht den Jungen zum überzarten, haltlosen Sohn eines lebenstüchtigen, dabei kunstsinnigen Vaters und Spross einer wohlhabenden Familie, der mit etwa fünfzehn Jahren zur Halbwaise geworden ist.

Er war wie er.

Thomas' Haltung gab ein winziges Stück nach. Hatte er wirklich nur *eine* Geschichte zu erzählen? Sah er in allem nur Spiegelungen seiner selbst? Wie sollte er dann über sich hinauswachsen, etwas Aufregendes, nie zuvor Dagewesenes schreiben? Ein Dichter fasste die Zwiegesichtigkeit der Schönheit in Worte – ihre Zugehörigkeit zu dieser Welt wie zu jener der Ideen, die die unsrige durchdrang und der sie zugleich enthoben war. Ein Dichter verschmolz Gefühl und Gedanken, Inhalt und Form. Was gäbe er dafür, Kristalle aus Sprache erschaffen zu können, klar und fest.

An ihm vorüber ging – so zügig, wie es gerade noch taktvoll war – ein Mann in schlichtem Schwarz und blieb hinter dem Jungen stehen. Flüstern drang herüber, mal gedämpft, mal einem Fauchen ähnlich. Wenn der Halbwüchsige den Kopf schüttelte, erinnerte sein Haar an ein Gewässer, über das der Wind geht. Der Schwarzgekleidete zischte so laut, dass das Echo durch das Kirchenschiff lief. Zögerlich, wie unter Schmerzen, löste der Junge sich von der Bank und verbeugte sich vor der üppigen Heiligen mit dem wallenden Haar. Dann folgte er, so schleppend wie auf dem Markusplatz, dem Mann zum Ausgang.

Thomas blickte ihnen nach. Nein, die Gestalt in Weiß war nicht wie er. Auf ihr lasteten Erwartungen, von denen sie wohl ahnte, sie würde ihnen nie gerecht werden. Denn *ihr* Vater lebte.

Was wäre geschehen, dachte Thomas, hätte Papa ihn damals zum Nachfolger ernannt? Ihn, in dessen Zimmer noch das Puppentheater mit Sultan, Tod und Teufel stand und die Bücher voller Mythen, Sagen und Märchen. Er wäre zugrunde gegangen.

Thomas schreckte auf wie aus einem Traum.

Nicht die Schönheit des Jungen hatte ihn bewogen, ihm zu folgen. Sondern das, was er in dessen Gesicht gelesen hatte: diese Mischung aus Traurigkeit (die sich einstellt, wenn man die Beschaffenheit der Welt erkennt), Scham (ob der eigenen Unfähigkeit) und Ekel (diese letzte Zuflucht des Einsichtigen, aber Schwachen). Mit einem Wort:

Enttäuschung.

Er sprang auf. Als er ins Freie trat, trug der Himmel schmutziges Orange. Es wurde dunkel. Der Junge hatte mit dem Diener eine Gondel bestiegen, die nun langsam davontrieb. Für einen Moment fühlte Thomas sich seltsam im Stich gelassen. Dann schritt er zur kleinen Anlegestelle und war erleichtert, als das nächste Boot in Sicht kam. Er winkte, nahm Platz, nickte in Richtung des Gefährts hinter ihm und flüsterte:

»*Suivez la gondola.*«

»Che cosa?« Die dunklen Augen des Mannes am Ruder blickten verständnislos aus einem kahlen Kopf, der so rund war wie der Bauch.

»*Suivez* … Da, Herrgott, da. *Suivez.*«

Der Gondoliere zeigte dorthin, wo die andere Gondel langsam um die Hausecke bog. »Là?«

»Sì«, hauchte Thomas und hielt einen Finger vor den Mund, »sì, sì.«

Der Gondoliere zuckte die Achseln. Ist ja gut, schien er zu sagen, fahren wir halt dorthin. Aber offenbar begriff er, wie dringend die Sache war, denn er streckte seinem Passagier die flache, breite Hand entgegen.

»Doch nicht jetzt. Später. *Plus tard.*«

Plötzlich gekränkt, hob der Mann die dichten Brauen und verschränkte die Arme.

»D'accord, d'accord.«

Thomas zog seinen Geldbeutel hervor. Wie viel sollte er zahlen? Er hatte keine Ahnung, Heinrich erledigte so etwas. Er wandte sich um und sah, wie die Hausecke gerade den letzten Zipfel Boot verschluckte. Hastig zog er einen Schein hervor, irgendeinen, und reichte ihn dem Gondoliere. Der schaute fragend, nahm ihn an, lächelte und stieß sie mit dem Riemen ab.

Dass Thomas gerade einen Großteil seiner Reisekasse verloren haben musste, begriff er, als der Mann am Heck zu singen begann. Erstaunlich kräftig für einen Mann seiner Körpergröße, schallte sein Tenor von den Hauswänden ringsum zurück. Dabei reckte er anfangs die freie Hand nach einer *piccola signorina* aus, der (so viel begriff sogar Thomas) seine *amore passionale* galt; danach griff er sich ans Herz, um seine verbotene Liebe für eine *signora Anna* zu bekunden. Thomas machte sich, mit dem Rücken in Fahrtrichtung sitzend, so klein es ging. Als sie in den Canal Grande einbogen, hoffte er, das Ärgste sei überstanden. Doch jetzt hob auch der andere Gondoliere, offenbar von der Zusatzleistung seines Verfolgers in der Berufsehre gekränkt, zu singen an, und das noch lauter, dafür aber schlechter. Das trieb den ersten, im gleichen Maße pikiert, dazu, seinem kräftigen Tenor alles abzuverlangen. Dabei zwinkerte er trotz der Anstrengung Thomas zu, als wollte er ihm sagen, keine Sorge, bei mir bekommst du den besten und lautesten Gesang der Stadt. Die Peinlichkeit war unbeschreiblich. Doch Thomas war entschlossen, den beiden bis zu ihrem Hotel zu folgen.

Denn der Junge – *das* war seine Geschichte.

Eigentlich war es ganz einfach: Die weiße Gestalt ähnelte ihm. Es würde ein Leichtes sein, sich in ihre Seelenlage einzufühlen und sie zu beschreiben. Andererseits plagten sie ganz eigene, Thomas erspart gebliebene Nöte. Verbände er beides, entstünde etwas Neues. Dafür musste er mehr erfahren – und als Erstes, wo seine Muse wohnte.

Die Sonne war untergegangen, es wurde kühl, und als die Ponte di Rialto über ihren Köpfen hinwegglitt, umfing Thomas ein paar Atemzüge lang fast vollständige Dunkelheit. Danach hielt der andere Gondoliere endlich auf eine Anlegestelle zu ihrer Linken zu. Erleichtert bedeutete Thomas dem Tenor, es ihm gleich zu tun.

Der Junge und sein Begleiter machten sich gerade bereit zum Aussteigen, da bemerkte Thomas im Fackellicht des Kais eine Gestalt in dunklem Anzug mit ebenso dunklem Hut und Spazierstock. Dort, wo ihr Mund sein musste, leuchtete ein winziges Licht. Als sie einen Zug nahm und die orangefarbene Glut anschwoll, hatte Thomas Gewissheit: Es war der aufdringliche Kerl aus dem Café.

»Arrêtez!«

Der Gondoliere deutete das offenbar als Kritik an seinem Gesang, denn er verstummte abrupt und ruderte mit der Miene eines gekränkten Künstlers weiter, um seinen kulturlosen Fahrgast loszuwerden.

»Non, non, pardon! Mi scusi!« Thomas hielt die Handflächen aneinander, wie er es bei Italienern gesehen hatte, und war froh, dass es so dunkel war.

»Cosa vuoi ora? Uscire o continuare?« Der Tenor schien wissen zu wollen, was er vorhatte.

Gute Frage. War jemand, der ihn nach seiner Bleibe fragte und mit dem Spazierstock den Weg zu versperren versuchte, bloß lästig, oder war er gefährlich? So oder so: Stiege Thomas hier aus, sähe der Junge ihn zum zweiten Mal aus großer Nähe, und diesmal nicht, wie am Markusplatz, umgeben von hundert anderen. Er würde sein Gesicht wieder erkennen. Das machte es deutlich schwieriger, ihm unerkannt zu folgen. Nicht auszudenken, geriete er in den Ruf, einem Halbwüchsigen nachzustellen! Andererseits war es doch, rückblickend betrachtet, eher unwahrscheinlich, dass der Junge ausgerechnet ihm auf der Caféterrasse zugenickt hatte. Ja, in Wahrheit hatte er wohl niemanden gegrüßt, nur im Gehen leicht den Kopf geneigt. Deshalb wäre es vertretbar, wenn …

»Allora cos'è adesso?« Der Gondoliere wurde ungeduldig.

Der Kerl vom Café stand noch immer rauchend am Ufer. Hinter ihm hielten der Junge und sein Begleiter auf eine unbeleuchtete Gasse zu.

»Suivez!«, sagte er mit gepresster Stimme. »Da. Anlanden!«

Der Mann am Ruder schüttelte augenrollend den kahlen Kopf, tat aber wie geheißen. Thomas stand eilig auf. Dabei geriet er so stark ins Schwanken, dass er sich vornübergebeugt auf beide Arme stützen musste. Als er sich endlich wieder aufrichtete, war der Junge fort. Der aufdringliche Tischnachbar ebenso.

Thomas ließ sich ächzend auf seinen Platz zurückfallen. Nun, da sein Ziel in der Dunkelheit verschwunden war, wurde ihm plötzlich klar, wie kläglich er sich aufführte. Glaubte er allen Ernstes, seine Zukunft als Dichter hinge an diesem Jungen? Hatte er deshalb bange auf allen vieren gehockt wie ein vom Herrchen verlassener Hund? Zum Glück musste Papa das nicht mehr miterleben.

Er reichte dem Gondoliere den abgerissenen Werbezettel. Als der im Fackellicht die Adresse las, hob er die Brauen, offenbar in wiedergewonnenem Respekt für seinen Passagier. Denn auf der langen Fahrt sang er wieder, diesmal von einem, der seine Liebe zurückließ, weil die Pflicht rief.

*

TESTAMENT DES SENATORS THOMAS JOHANN HEINRICH MANN

Eingedenk der Vergänglichkeit des menschlichen Lebens und von dem Wunsche beseelt, daß mein Vermögen dermaleinst nach meiner Anordnung vertheilt werde, errichte ich, der hiesige Senator und Kaufmann Thomas Johann Heinrich Mann, das nachfolgende Testament.

§ 4

Alsbald nach meinem Ableben soll mein unter der Firma Joh. Siegmd. Mann geführtes Handlungshaus in Liquidation treten. Nach geschehener Liquidation soll die Firma im Firmenregister gelöscht werden.

Die Liquidation wird im Allgemeinen rasch geschehen können, da sie sich lediglich auf Abwickelung der Geschäfte zu beschränken hat.

§ 9

Zu meinem Testamentsvollstrecker ernenne ich Herrn Kaufmann Krafft Tesdorpf hieselbst.

Insonderheit hat derselbe die eingehenden Kapitalien auf den Namen meines Testaments zu belegen, und meine Frau über die Höhe der ihr zur Verfügung stehenden Zinsen genau zu unterrichten, auch darüber aufzuklären, daß außer diesen Zins-Einnahmen und den Pensionskassengeldern der Senats-Witwen-Kasse andere Einnahmen nicht zu erwarten sind.

Geschehen zu Lübeck, am 1. (ersten) Juli 1891 (eintausend achthundert ein und neunzig).

7.

Es sind nicht so sehr die Verrätereien der Frauen, die uns lehren, ihnen zu misstrauen. Es sind vielmehr die unsrigen.

Paul Bourget: *Physiologie de l'amour moderne* (1889)

Dem Geruch war nicht beizukommen. Heinrich stand mit heruntergelassener Hose und nacktem Oberkörper an einem klapprigen Waschbecken. Hals, Achseln und die Gegend weiter unten hatte er schon zweimal gründlich eingeseift und mit kaltem, leicht faulig riechendem Wasser abgewaschen. Er hatte sogar Eau de Cologne, das er in weiser Voraussicht immer bei sich trug, tropfenweise verteilt. Doch noch immer stach eine süßliche, zugleich beißende Note heraus wie Unkraut im Blumenbeet. Leise hustend seifte er sich die Hände ein drittes Mal ein.

Unter anderen Umständen hätte er es dabei belassen. Denn wenn er von einer Frau kam, fühlte er sich gelassen und erfrischt. Er konnte dann klar denken. Manchmal sah er eine ganze Novelle vor sich hingestreckt wie ein Feld, das er nur abzuernten hatte, indem er das Manuskript in einem Zuge niederschrieb. Doch hier machte der Saharawind, der sich in der Lagune mit Ausdünstungen gärender Abwässer vermengte, seiner Lunge zu schaffen. Drückender Schmerz und Atemnot hatten ihn sogar daran gehindert, vorhin bei der Brünetten zum Abschluss zu kommen. Jetzt erinnerte der Anflug von billigem Parfum, gemischt mit Karbol, ihn an seine Schmach.

In dieser Stimmung erschien ihm die Angelegenheit mit Junior und Tommy besonders ärgerlich. Er war abhängig genug von den Schröters. Warum riskierte er seine Karriere, indem er ein Buch in einem Verlag ohne jedes literarische Ansehen veröffentlichte? Er hatte keinen Grund, auf das Wort dieses halben Kindes zu vertrauen. Wobei das Honorar, das Junior zu zahlen versprach, beeindruckend war. Lief alles nach Plan, wäre er bald nicht nur seine Schulden los, sondern hätte sogar genug Geld, um das Land von Florenz bis Sizilien zu bereisen. Aber er war nicht naiv. Vor Junior würde er auf der Hut sein – wie vor Tommy. Sentimentale Anhänglichkeit hatte ihn dazu verführt, sich auf das Wagnis einzulassen. Und so haderte Heinrich, während er vergeblich versuchte, sich mit einem grauen, feuchten Lappen abzutrocknen, am meisten mit sich selbst.

Als er sich ankleidete, vermerkte er zufrieden, dass der gelbe Umschlag mit Seniors Honorar noch in der Innentasche des Jacketts steckte. (Nur Dummköpfe glaubten, ihr Geld sei im Hotelzimmer sicherer als im Bordell.) Daneben war der Werbezettel. Im Dämmerlicht des kleinen, hellhörigen Zimmers, das gleich den nächsten Kunden beherbergen würde, betrachtete er die Fotografie einer Dame. Vielleicht lag es am billigen Papier, das das Original nur vergröbert wiedergab, aber Heinrich kam es so vor, als hinge zwischen der Frau und ihm ein Schleier. Sie zeigte ihm ihr Profil und trug ein weißes, luftiges, an der Hüfte und am Hals aber eng geschürztes Kleid, das sie anhob, damit es den Boden nicht berührte. Ihr dunkles, kräftiges Haar fiel bis in den Nacken, gebändigt nur von einem Hut, den große, helle Blüten zierten. Den linken Unterarm und die behandschuhte Hand stützte sie leicht auf einen weißen Sonnenschirm. Aufgenommen war das Ganze vor einer gemalten Landschaft – offensichtlich im Atelier eines Fotografen. Die Frau wirkte schwere- und sorglos. Zugleich spielte sie mit dem Betrachter: Während sie die sich unbeobachtet wähnende Spaziergängerin gab, lenkte sie seinen Blick auf sich. Trotzdem – oder gerade deswegen – fand Heinrich sie strahlend schön wie ein Renaissancegemälde. Wie das Bild, so lebte auch sie allein in der Kunst. In der Wirklichkeit existierten derart edle Wesen, die mit männlichen Erwartungen spielen konnten, ohne ihnen nachzugeben, natürlich nicht. Die Welt war voller Weiber, die sich tugendhaft gaben, solange es ihnen nützlich erschien. Es blieb einem bloß die Wahl zwischen Heuchlerinnen und Huren. Letztere waren Heinrich lieber, belogen sie einen Mann doch zumindest auf ehrliche Weise. Er strich sich die Hände am Hosensaum trocken und steckte den Zettel vorsichtig wieder ein.

Das Musiktheater lag gleich nebenan. Als Heinrich und Junior durch die hohe Eingangstür traten, umhüllten sie feuchtwarme Luft und der Geruch von Rauch, Petroleum und süßem Wein. Sie gaben ihre Mäntel an der Garderobe ab und gingen in den Saal. An etwa einem Dutzend Tische saßen und standen Männer, die sich mal laut, mal gedämpft unterhielten. Volle, rosafarbene Wangen und stolze Mienen verrieten sie als Auswärtige. Die meisten von ihnen störten sich nicht am Treiben auf der Bühne, wo ein weißhaariger Mann mit vollem Schnauzbart, begleitet von donnernder Klaviermusik, nach Kräften einen italienischen Gassenhauer sang. Ein verschwitzter Kellner geleitete Heinrich und Junior an einen kleinen, runden Tisch in der Saalmitte. Alles war grell, übertrieben, künstlich. Heinrich fühlte sich sofort ganz daheim.

Nur vordergründig ging es hier anders zu als in der Breiten Straße, wenn ein Ball gegeben wurde. Damals war er, vom Kindermädchen schon zur Nacht gekleidet und allen Ermahnungen zum Trotz, wieder einmal wach geblieben. Die vorderen Räume hatte man leer geräumt, damit die Gäste Platz zum Tanzen hatten. Dem Siebenjährigen waren sie wie verwandelt vorgekommen, verzaubert durch das Treiben, das in ihnen anhob. Trat jemand ein, entwich er ins nächste Zimmer. So machte er, unbemerkt von den Lohndienern, die ihn zurück ins Bett geschickt hätten, die Runde, bis er endlich zum sich füllenden Saal kam. Der Saal! Farbiger Glanz, Musik, Scharren auf Parkett, Stimmengewirr und warme Düfte. Nackte, mild von Licht überzogene Schultern, Dekolletés mit blitzenden Juwelen und Haare, schimmernd wie Samt, wanden sich mühelos im Tanz. Vater glänzte als fremder Offizier, gepudert und mit Degen. Mama schmeichelte ihm als seine Cœurdame. Und er, der kleine Heinrich, mit offenem Mund hinter der Tür des Ballsaales hockend, war ratlos ergriffen von dem Glück, dem alle nachtanzten. Die schöne Frau Mama, die Königin des Balls, glitt an der Hand ihres Königs über die Tanzfläche. Wie konnte dieser übersehen, was jedermann offenbar sein musste: dass ihr Blick nicht ihrem Gatten galt, sondern der Menge ringsum. In welche Ecke des Saales sie auch sah, fand sie einen Herrn, für den sie, nur für einen Augenblick, ein Versprechen war. Frau Konsulin glühte. Plötzlich, als sie den blonden Jungen hinter der Saaltür erkannte, wich ihr Lächeln. Sie war ertappt. Mochte sie auch jeden anderen über ihr Wesen täuschen – nicht so ihren Erstgeborenen. Heinrich spürte ihre Halt- und Rastlosigkeit, das ins Korsett der Konventionen gebannte, doch nie befriedete Erbe des Südens. Kaum war der Tanz vorüber, gab Mama einem Livrierten Weisung, das Kind fortzubringen. Nie würde sie es Heinrich verzeihen, wie sehr er ihr ähnelte. Schließlich, erschöpft und vor Wut nassgeweint, schlief der Junge ein am allverständigen Busen von Mine, dem dicken Kindermädchen.

Das Theater aber! Es versöhnte Schein und Sein. Hier wusste jeder, dass der andere eine Maske trug. Und eines Korsetts entledigte man sich, wenn nötig, gleich hinter der Bühne. Heinrich bestellte zwei Cognacs.

Als er Tommy eintreten sah, hätte er beinahe gelacht. Der Bruder hielt den dünnen Hals gereckt, als wolle er den Ausdünstungen der Menge entgehen, während er großäugig und leicht angewidert das Treiben betrachtete. Wer da so pikiert neben ihm Platz nahm, war kein junger Mann, sondern eine ältliche Gouvernante.

Zwei angenehm brennende Schlucke später verbeugte sich der Sänger, dessen Kopf vor Anstrengung ganz rot geworden war. Ein Mann im Frack verkündete, nun komme man »zum letzten Gastauftritt einer Künstlerin, die bedauerlicherweise schon morgen unsere schöne Stadt verlässt«. Heinrich bestellte zwei weitere Cognacs.

In den spärlichen Applaus hinein betrat eine junge Frau, den Blick gesenkt, die Bühne. Heinrich wusste sofort, dass sie es war. Auch wenn sie diesmal nicht Weiß trug, sondern ein rosafarbenes, bodenlanges Rüschenkleid, das an Blütenblätter erinnerte. Als sie aufsah, erwies ihr Gesicht sich als so schön, wie ihr Profil es hatte vermuten lassen: die Lippen sinnlich, die untere ein wenig stärker als die obere; die Augen in eine Ferne jenseits dieser Welt gerichtet; und die Haut glich Elfenbein. Gut, sagte Heinrich sich, gut. Mochte die Nase vielleicht ein wenig groß und fleischig sein, das Kinn etwas stark, so war die Frau doch, alles in allem genommen, schön, sehr schön sogar. Aber er wusste, wie Schauspielerinnen aussahen, wenn sie das weiße Talkumpuder mit fettigen Lappen von ihren Gesichtern abrieben, wie viel Schweiß ihre Kleider am Abend aufsogen, und was diese Engelsgesichter taten, war man erst handelseinig geworden. Es war alles ein herrlicher Schwindel, dachte Heinrich, und applaudierte höflich.

Die Frau streckte den Arm aus, als wollte sie etwas ergreifen. Das Unsichtbare schien sich ihr zu entziehen, denn plötzlich blickte sie traurig, ja, erschrocken. Das genügte, um das Gemurmel an den Tischen verstummen zu lassen. Dann hob sich ihre Brust, und sie begann. Aber anstatt zu singen, wie Heinrich erwartet hatte, sprach sie. Sprach mit klarer, wenn auch nicht allzu starker Stimme. Heinrichs Italienisch genügte, um ein Hotelzimmer zu reservieren oder mit Kutschern Preise auszuhandeln. Wovon die Schönheit dort oben berichtete, blieb ihm rätselhaft. Umso genauer studierte er ihre Miene. In jede Zeile, fast jedes Wort legte sie Schmerz und Sehnsucht, um schließlich, wenn der Kummer sie zu erdrücken schien, dem Saal ein triumphales Lächeln zu zeigen. Sie *fühlte*, was sie sprach. So ging es Atemzug um Atemzug, auch dann noch, als das Raunen im Publikum, das wohl eine Gesangsnummer erwartet hatte, wieder anhob. Zehn, vielleicht fünfzehn Minuten waren vergangen, als die Gestalt unter Verbeugungen und moderatem Applaus die Bühne verließ. Als sie fort war, bemerkte Heinrich, dass er den Cognac nicht angerührt hatte.

Schon zuvor hatte Junior mit einem Kellner geflüstert, ihm eine Münze zugesteckt und in Richtung Bühne genickt. Nun kam der Mann zurück, in der Hand einen Blumenstrauß und begleitet von einer hageren Frau jenseits der fünfzig. In ihrem hochgeschlossenen, dunklen Kleid, die Hände vor dem Bauch gefaltet und das ergrauende, streng zurückgestrichene Haar zum Knoten gebunden, war sie das Sinnbild der italienischen Witwe. Junior reichte ihr den Strauß, notierte etwas auf seiner Visitenkarte, reichte sie der Alten und zeigte dorthin, wo die Schauspielerin entschwunden war. Die Alte musterte ausdruckslos das Papier, dann den Gast und dessen zwei Begleiter, sagte tonlos »Cinque minuti« und ging.

»Wirklich erstaunlich, nicht wahr?« Junior gab sich Mühe, sarkastisch zu klingen. »Auf der Bühne tun sie so vornehm. Aber wenn man ihnen klar sagt, was man von ihnen will, geht alles ganz schnell. Man muss nur aussehen, als könne man es sich leisten.«

Heinrich leerte sein Glas in wenigen Zügen und ließ sich den Weg zu den Waschräumen zeigen. Auch wenn der Verlegersohn nur aussprach, wovon er selbst überzeugt war, war dessen Gestus doch anstößig. Junior schien unter der Schlechtigkeit der Menschen nicht zu leiden, sondern sie zu genießen.

Die Toiletten erwiesen sich als so miserabel, wie er erwartet hatte. Auf dem Rückweg durch schmale, schlecht beleuchtete Gänge hörte er eine Frau rufen:

»No, assolutamente no! No, madre!«

Die Stimme klang jung und empört. Heinrich folgte ihr zu einer Tür, die von einer Kette daran gehindert wurde, sich ganz zu öffnen. In einem großen, von Petroleumlampen grell erleuchteten Zimmer stand die strenge Alte. Vor ihr, an einem Spiegeltisch, saß die Schauspielerin. Ihr rosafarbenes Kleid hatte sie am Hals gelockert, und während sie den Kopf schüttelte, wischte sie sich die dicke, weiße Schminke ab. Ihre *madre* redete, die Hände wie zum Gebet erhoben, auf sie ein.

Kopfschütteln, Kopfschütteln.

Die Schauspielerin wusch sich das Gesicht, trocknete es, und als sie fertig war, wirkte ihre Haut zu Heinrichs Verblüffung noch immer so milchig-makellos wie auf der Bühne. Ja, ohne das grelle Rouge, das auf der Bühne das Weiß so effektvoll kontrastierte, erschien sie ihm schöner als zuvor. Sie entgegnete etwas, wovon Heinrich nur die vielen *no* verstand. Doch ihre Mutter sprach mit flehendem Tonfall weiter und hielt ihr den Blumenstrauß hin. Die Schauspielerin ergriff ihn und warf ihn zu Boden. Die Mutter kniete nieder, sammelte die verstreuten Blütenblätter auf – und begann zu weinen. Die Tochter, eben noch stolz und gerade wie eine Königin auf ihrem Thron, ließ die Schultern hängen. Dann half sie beim Aufklauben. Als die beiden Frauen fertig waren, strich die Jüngere ihrer Mutter übers grau melierte Haar und flüsterte ihr begütigend zu. Dabei hob sie mahnend den Zeigefinger und zeigte auf etwas hinter der Zimmertür. Für einen Moment glaubte Heinrich, er sei entdeckt. Doch die Alte nickte bloß träge. Schließlich erhoben sich beide. Die Schauspielerin trug neues Puder auf, und ihre Mutter schloss die obersten Knöpfe des rosafarbenen Kleides.

Heinrich ging weiter. Im schmalen Korridor fand er die Szene noch amüsant: Mutter und Tochter hatten einander etwas vorgespielt, das war offensichtlich. Sie hatten darum gewetteifert, wer die Anständigere geben durfte. Der Vorteil lag natürlich aufseiten der jungen, zarten Schönheit, die ihre Ehre verteidigte. Wer aber den Part der herben, im Grunde herzensguten Mutter zu spielen verstand, der wusste eine widerstrebende Tochter davon zu überzeugen, zu einem dieser Männer Ja zu sagen. Natürlich hatte ihr Wettstreit, wie es sich gehörte, versöhnlich geendet, und nun waren sie vereint im wohligen Gefühl, unschuldige Opfer zu sein. Das größte Talent des Menschen, dachte Heinrich, ist das zum Selbstbetrug.

Doch als er wieder den lauten, stickigen Saal betrat, überkamen ihn Zweifel. Was, wenn es der Sängerin ernst gewesen war? Wenn sie ihre Unschuld bislang wirklich bewahrt hatte, und er, Heinrich, den Moment miterlebt hatte, in dem ihr Leben auf eine abschüssige Bahn geriet? Während er sich dem Tisch in der Saalmitte näherte, beschlich ihn etwas, das unmöglich Furcht sein konnte, sich aber ähnlich anfühlte: als drohe ihm etwas Wichtiges zu entgleiten. Nur wusste er nicht, was. Und als er schließlich Junior sah, der ungeduldig seine Taschenuhr hervorzog, fasste er einen Entschluss.

»Es tut mir leid«, sagte er, während er sich setzte, »aber die Schauspielerin ist gegangen.«

»*Was?*«

»Durch einen Nebeneingang. Die alte Frau in Schwarz war dabei.«

Junior stand mit einem Ruck auf.

»Das bringt nichts, Herr Schröter. Ich habe die beiden vorhin gesehen, auf dem Weg zur Toilette. Die sitzen bestimmt längst in einer Gondel.«

»Ehrloses Gesindel!«

»Hatten Sie ihr schon Geld gegeben?«

»Zum Glück nicht!«

»Gut«, sagte Heinrich halblaut. *Sehr gut.*

»Morgen kommen wir wieder. Ich stelle die beiden zur Rede.«

»Das war ihr letzter Auftritt.«

»Wir machen ihr Hotel ausfindig.«

»So jemand kann sich nicht über Wochen ein Hotel leisten. Die wohnen privat.«

»Verdammt!« Junior wollte sich wieder setzen.

»Nein, nein, lassen Sie uns gehen. Sofort. Das hier ist nichts für uns. Hier wird man nur betrogen.«

»Ich will aber nicht heim.«

»Ich gebe Ihnen einen aus. Woanders. Und die beiden Runden hier gehen auch auf mich.«

»Aber ich will was erleben, Sie wissen schon.«

»Na dann«, Heinrich zögerte, »gehen wir halt noch mal nach nebenan.«

»Wirklich?« Junior strahlte. »Geben Sie da auch einen aus?«

Heinrich stand vor der Wahl, das Bordell zu zahlen oder drei Tage lang etwas Anständiges zu essen – und nickte.

Beim Aufstehen versuchte er gar nicht erst, Tommy zu überreden, sondern legte ein paar Münzen vor ihm auf den Tisch. Dann bugsierte er den Verlegersohn so schnell es ging, ohne hastig zu wirken, zur Garderobe. Hier würde die Alte sie hoffentlich nicht suchen. Dann fiel Heinrich etwas ein.

»Holen Sie doch bitte die Mäntel, ja?«, sagte er. »Bin gleich wieder da.«

Zurück am Tisch, ging sein Atem schwer. »Tommy, wenn die Frau von vorhin wiederkommt, sag ihr, Junior musste leider gehen.«

»Die Frau? Wieso?«

Im nächstem Moment geschahen zwei Dinge gleichzeitig: Junior betrat, zwei Mäntel auf dem Arm, den Saal und hielt Ausschau. Fünf Meter weiter links tat die Alte das Gleiche. Noch bemerkten sie einander nicht, doch dafür genügte es, sähe einer von beiden zur Seite.

»Vielleicht kommt sie auf die Idee, ihn aufzusuchen. Der Trottel hat unser Hotel auf seine Visitenkarte geschrieben.«

»Aber ich dachte, sie und die Schau …« Thomas stockte nur kurz. Dann glitt ein feines, anerkennendes Lächeln über sein Gesicht. »Verstehe.«

Heinrich wollte bereits zu Junior eilen, da wandte er sich noch einmal um. »Nein, warte: Geh mit zur Schauspielerin.«

»Wie bitte?«

»Du willst doch, dass ich für Junior etwas schreibe. Ich glaube, ich habe eine Geschichte, die passen könnte.«

»Was für eine *Geschichte* denn?«

»Später. Geh mit. Unterhalte dich mit der Schauspielerin. Lass sie nicht gehen! Ich komme so rasch wie möglich nach.«

»Nein.«

»Geh. Mit. Das schuldest du mir.«

Ohne auf Antwort zu warten, eilte er zurück zu Junior. Er kratzte sich die Schläfe, um sein Gesicht vor der Alten zu verbergen, und nahm sich das Versprechen ab, diese groteske Lustspielszene keinesfalls in einer Novelle zu verwenden.

*

Auf der Gondelfahrt zum Theater war Thomas überzeugt gewesen, unerfreulicher könne sein Abend nicht werden. Wieder einmal hatte er geirrt. Als sein Problem erwies sich weniger die melancholisch wirkende Dame in Schwarz. Im Gegenteil schien sie nach einem Augenblick der Ratlosigkeit sogar erleichtert, als er sich ihr gestenreich als *remplaçant* anbot. Seinem wahren Problem stand er kurz darauf, nach einem Gang durch übel riechende Theaterkatakomben, gegenüber: einer durchaus hübschen, wenn auch blassen, in ihrem rosafarbenen Bühnenkostüm plötzlich seltsam verkleidet wirkenden Frau, die ihn anschaute wie einen Hilfsteufel.

»Merci de m'avoir permis de visiter votre vestiaire.« Thomas deutete mit dem Kopf eine Verbeugung an. »Parlez-vous français peut-être?«

Die Schauspielerin schüttelte den Kopf und verschränkte die Arme. Als die Ältere sie daraufhin zur Ordnung rief, faltete sie die Hände widerwillig im Schoß. Aus der Nähe wirkte sie älter als auf der Bühne, Ende zwanzig vielleicht. In die Stille hinein drang ein dumpfes Klopfen. Thomas dachte, es entstamme den Wasserrohren, bis die Sängerin ungeduldig rief:

»Smettila, mio piccolo!«

Auf dem Boden hinter der Zimmertür saß ein dünner Junge in grauem Wollpullover und kurzen Hosen und rollte ein Holzpferdchen auf Rädern wieder und wieder gegen die Wand. Er protestierte nicht, als die Ältere ihm das Spielzeug aus den Händen nahm, sondern starrte bloß vor sich hin. Es war das Kind mit dem Werbezettel.

Die Ältere raunte etwas, das Thomas nicht verstand und die Jüngere wieder den Kopf schütteln ließ. Seufzend sagte sie:

»Je vais traduire, Monsieur.«

Schön und gut, dachte Thomas, aber was gab es zu übersetzen? Er wollte Heinrich ja gern helfen – auch wenn er nicht verstand, was der an dieser Frau so inspirierend fand. Doch sein ganzes Wesen sträubte sich dagegen, hier zu sein.

»Mein Bruder«, sagte er auf Französisch, »würde Sie ebenfalls gern kennenlernen.«

»Wir«, kam es zur Antwort, »reisen morgen früh ab.«

»Darf ich fragen, wohin Sie fahren?«

»Weiter südlich.«

»Mein Bruder, müssen Sie wissen, ist Künstler.«

Die Schauspielerin antwortete augenrollend mit wenigen Worten. Die Ältere machte daraus: »Interessant.«

»Er möchte etwas über Sie schreiben.«

»Ach, was denn?«, sagte die Ältere.

»Ich weiß es nicht genau.«

»Sie wissen es nicht?«

»Er plant eine Geschichte. Unter dem Titel *Enttäuschung*.«

Das Letzte übersetzte die Mutter nicht mehr. Sie reckte den Kopf und presste die gefalteten Hände noch enger an den Bauch. Dann aber gab etwas an ihr nach wie ein überlastetes Mieder, und sie wirkte sehr müde. Sie erhob sich, wandte sich zur Tür und sagte matt:

»Wir danken Ihnen für Ihr Kommen. Bitte richten Sie Ihrem Herrn Bruder unsere herzlichen Grüße aus.«

Thomas musste sie vor den Kopf gestoßen haben, auch wenn er nicht begriff, warum. *Enttäuschung* – das konnte doch vieles bedeuten.

»Bitte entschuldigen Sie«, sagte er hastig. »Der Titel ist nicht … Er steht bereits … Mein Bruder ist eine edle Seele, auch wenn er manchmal …« An jedem Satzende lag Treibsand. »Niemand«, sagte er tastend, »niemand fasst das Edle, den Glanz, das Wunderbare besser in Worte als er. Mein Bruder schreibt wie, wie …« In seiner Not klammerte Thomas sich an das Edelste, Glänzendste und Wunderbarste, das er kannte. »…wie Wagner komponiert.« Endlich festen Grund spürend, fragte er: »Kennen Sie Wagner?«

Die Schauspielerin beugte sich vor. Ihr Kleid raschelte, und Thomas wurde von warmen, irritierenden Düften eingehüllt wie von einer Welle. In nahezu akzentfreiem Deutsch sagte sie:

»Reden Sie weiter, Herr Schröter.«

*

Ausdruckslos stand Heinrich an der Theke, während neben ihm Junior, den Blick auf die Auslage geheftet, einen Weinbrand hinunterstürzte und dann noch einen. Um sie herum saßen und schlenderten Helle und Dunklere, Schlanke und Dralle. Ein paar der Jüngeren trugen Kleider und breitkrempige Hüte wie für einen Spaziergang, mehrere Ältere bloß Mieder und Strapse. Je länger Heinrich tat, als hielte er ebenfalls nach einer Ausschau, desto dümmer fand er seine Idee von vorhin. Eine Geschichte mit der Schauspielerin im Zentrum? Was hatte die äußere Wirklichkeit zu tun mit seiner Kunst? Kaum etwas war so öde, künstlerisch so erbärmlich wie der Versuch, »die Realität« abzubilden. Als gäbe es so etwas! Nein, es ging darum, Seelenzuständen und Ideen sinnlich erfahrbaren Ausdruck zu verleihen. Mitunter genügte ein Blick oder ein Wort, um etwas in ihm zu entfachen, das sich rasend schnell ausbreitete, aus ihm heraus und aufs Papier drängte. Nicht aus Fleiß arbeitete er so schnell, sondern weil er anders nicht arbeiten konnte. Schreiben, das war das Lindern eines Fiebers. Diesmal also hatte eine Fotografie es entfacht. Nun gut. Mehr brauchte er nicht.

Sie mochten schon eine Viertelstunde hier gewesen sein, als der Verlegersohn nuschelnd fragte:

»Die da hin'n, die sieht böse aus, richtig gemein. Die macht Sachen, was?«

Ohne auf Antwort zu warten, marschierte er auf eine Üppige, sehr stark Geschminkte zu wie auf einen Feind. Als die beiden hinter einer Tür im ersten Stock verschwanden, atmete Heinrich auf. Er leerte sein Glas und ging hinaus.

Doch betrat er nicht sofort das Theater, sondern entzündete eine Zigarette. Er stellte sich vor, wie Tommy bei etwas so Banalem wie einem Garderobenplausch in Bedrängnis geriet. Die einzigen weiblichen Wesen, mit denen der Arme halbwegs ungezwungen redete, waren Mama, die Schwestern und die junge Martens. Trotzdem würde er wohl tatsächlich so lange ausharren, bis Heinrich ihn erlöste. Der Gedanke rührte ihn mehr, als ihm recht war. Er zog an der Zigarette. Noch bevor die Glut seinen Fingern gefährlich nahe gekommen war, schnippte er den Stummel ins Wasser und schritt zum Eingang.

*

»... und kennen Sie das Vorspiel des *Lohengrin*? Etwas Zarteres, Reineres ist nie komponiert worden.« Oder wisse sie, fragte Thomas, ohne auf Antwort zu warten, dass Wagner den *Ring* rückwärts gedichtet habe? Erst habe er *Siegfrieds Tod* gestaltet, aber rasch bemerkt, wie viel Handlung dem vorausgehen müsse. Er hätte das Geschehene gewissermaßen ins Werk hineinkomponieren müssen, als schwerfällige Exposition. Stattdessen habe er sich entschieden, etwas Kühnes zu unternehmen: Er habe die gesamte Vorgeschichte erschöpfend erzählt. Und dabei habe er sich nach rückwärts vorgearbeitet: erst zum *Jungen Siegfried*, dann zur *Walküre* und schließlich zum *Rheingold*, beginnend mit der Urzelle, dem Erzbeginn, dem ersten Bassfagott-Es des Rheingold-Vorspiels, womit er feierlich und fast unhörbar zu erzählen anhob. »*Niemand* macht Wagner das nach. Und stellen Sie sich vor«, sagte Thomas, ohne seine Zuhörerinnen anzuschauen, »wie er sich gefühlt haben muss, als er alles fertig vor sich sah. Haben Sie je das Nothung-Motiv gehört, wie es zu Brünnhildes Klage um Siegfried wiederkehrt? Wie es heraufkommt, wie es seine gewaltigen Rhythmen entfaltet, und wie es auf seinem Gipfel – nach fünfzehn Stunden des Leidens, Hoffens und Kämpfens – endlich alles überstrahlt, überwältigt, bevor es schließlich ermattet, wie tot, in sich zusammensinkt? Haben Sie *das* gehört? Wissen Sie, was ich meine?«

Thomas war außer Atem. Am liebsten hätte er seinen Kragen gelüftet, aber das hätte sich nicht gehört.

Die Sängerin sah ihn interessiert, beinahe amüsiert an. Dann schürzte sie die schönen, rosa geschminkten Lippen und fragte:

»Sind Sie sicher, dass Sie noch von Musik reden?«

Thomas, der sich die schweißnasse Stirn tupfte, verstand kein Wort. »Bitte entschuldigen Sie, ich wollte Sie nicht langweilen.«

»Das haben Sie nicht. Auch ich schätze Wagner – wenn anscheinend auch nicht so sehr wie Sie.« Wieder dieser mokante Blick, der Thomas, da sie immerhin vom größten Künstler des Jahrhunderts sprach, nun doch ein wenig deplatziert erschien. »Besuchen Sie in absehbarer Zeit Rom?«, fragte sie.

»Mein Bruder lebt dort.« Thomas war erleichtert über die Wendung ins Unverfängliche. »Wir werden Anfang November, sofern sich ein paar Dinge fügen, dort Wohnung nehmen.«

»Sehr gut. Dann besuchen Sie die Piazza Colonna. Maestro Vessella dirigiert dort regelmäßig – mit Kesselpauken. Achten Sie darauf: Wenn Kesselpauken auf die Piazza gebracht werden, dann spielt nicht die dumme Militärkapelle, sondern das Stadtorchester. Dann geben sie Wagner.«

»Sind Sie häufiger bei einem Konzert zugegen?«

»Wann immer ich in Rom bin. Meine Familie lebt dort.« Sie zeigte auf die ältere Dame und den Jungen, der mit dem Finger unsichtbare Kreise auf dem Fußboden zog.

*

Während Heinrich an die Garderobentür klopfte, zerlegte er den südlichen Singsang in handliche Brocken: »Scusi, è qui la signorina Alberini?«

Die Alte öffnete die Tür einen Spalt weit. Nach einem prüfenden Blick löste sie die Kette und ließ ihn ein. Thomas stand, die Wangen seltsam gerötet, an der Wand wie ein Schüler vor seiner Lehrerin. Heinrich verneigte sich beiläufig und bat um Verzeihung für die Störung.

»Sie sind also der geniale Schriftsteller?«, fragte die Schauspielerin lächelnd.

Heinrich stockte. Sie sprach Deutsch? Das bestärkte ihn nur darin, die Idee fallen zu lassen.

»Ich bin gekommen«, sagte er kühl, »um meinen Bruder abzuholen.«

Nur mit Mühe behauptete ihr Lächeln seinen Platz. »Ihr Bruder sagte mir, Sie wollten etwas über mich schreiben.«

»Ich hatte etwas in der Art erwogen, das ist alles.«

»Sie haben die Idee verworfen? So schnell?« Sie blickte an sich herab. »Warum?«

Vor ihm saß eine andere Frau als die von der Bühne. Bei ihrem Auftritt hatte sie sich kaum bewegt. Hier aber war jemand, der beim Reden gestikulierte, die Stirn in Falten legte und lächelnd weiße, kleine Zähne zeigte. Am deutlichsten unterschied sich ihre Stimme: Die der Schauspielerin klang hübsch, wenn auch ein wenig dünn. Die Frau vor ihm sprach klar und kräftig, und wenn sie, wie jetzt, betreten wirkte, traten unter der weißen, hier und da rosa gefleckten Haut die Halsvenen hervor.

Es klopfte. »Ist Herr Mann bei Ihnen?«, rief eine gedämpfte

Stimme. »Herr Heinrich Mann? Es tut mir leid, aber ich muss ihn sprechen. Es ist dringend. Herr Mann?«

Heinrich erstarrte. Draußen stand Junior.

Weil Thomas und Heinrich nahe der Zimmerwand standen, hörten sie nur, was geschah, als die Mutter die Tür ein Stück öffnete.

»Sie?«, kam es von der anderen Seite. »Das ist ja wohl … Lassen Sie mich rein! Ich habe ein Recht darauf!« Es gab ein dumpfes Geräusch, als Junior sich gegen die Tür stemmte und die Eisenkette spannte. Vor Schreck wich die Ältere zwei Schritte zurück.

Im selben Moment sprang ihre Tochter auf, hastete zur Tür und reckte dem Eindringling das Kinn entgegen. Junior, den Heinrich nicht sehen konnte, musste zwei Köpfe größer sein als sie. »Was *fällt* Ihnen ein?«

Thomas sah fragend zu Heinrich. Der dachte an Sanatoriumsrechnungen, die ihm den Schlaf geraubt hatten, an Herbstabende in Rom, wärmer als deutsche Sommertage – und führte den Zeigefinger zum Mund.

»Entschuldigen Sie, aber als ich von nebenan kam, sagte man mir, er sei ins Theater gegangen. Glaube ich zumindest.« Junior klang nicht länger wütend, sondern flehend. »Und weil er nicht im Saal war … Alle anderen Türen waren verschlossen, da dachte ich mir …«

»*Woher* kamen sie?«, fragte die Schauspielerin. Schweigen auf der anderen Seite. »Gehen Sie heim. Schlafen Sie sich aus.« Sie schlug die Tür zu und wandte sich an Heinrich: »Wissen Sie, wovon der Kerl redet?«

Er war des Versteckspiels leid. Deshalb hätte er wohl ehrlich geantwortet, hätte die Ältere sie nicht, den Kopf an die Tür gelehnt, mit einem Zischen zur Ruhe gemahnt. Junior war noch da. Seine Stimme klang unverständlich herüber. Dann eine zweite, raue. Wieder Junior, noch leiser. Die zweite Stimme, noch rauer.

»Bitte«, rief Junior schließlich, »es ist dringend!« Applaus im Saal zwang ihn zu schreien. »Ich brauche Geld, jetzt sofort! Sonst kann ich hier nicht weg!«

»Auf gar keinen Fall!«, rief die Schauspielerin.

»Ich zahle es zurück! Geben Sie mir Ihre Adresse, und ich sorge umgehend dafür, dass...«

»Meine Adresse? Sind Sie wahnsinnig? Gehen Sie!« Die Schauspielerin machte eine wegwerfende Geste, aber ihre Stimme klang brüchig.

»Sie verstehen nicht! Hier steht jemand bei mir! Er ist ungehalten. *Sehr* ungehalten!«

Dieser verdammte Trottel, dachte Heinrich: Junior hatte es fertiggebracht, sich am zweiten Abend in der Stadt Ärger mit einem Zuhälter einzuhandeln. Die Randspalten der hiesigen Zeitungen gaben mit Vorliebe Polizeiberichte aus dem Milieu wieder, und besonders deutlich wurden sie beim Beschreiben von Schnittwunden. Heinrich suchte nach einer Beschimpfung, die korrekt wiedergab, was er vom Verlegersohn hielt. Dass er keine fand, vergrößerte seinen Groll. Widerwillig griff er in seine Jackentasche, holte den gelben Umschlag hervor und öffnete ihn.

Die Alte sah das und fragte durch die geschlossene Tür etwas auf Italienisch. Die raue Stimme antwortete etwas, das wie *trecento* klang, aber das konnte nicht sein. Von dreihundert Lire konnte Heinrich zwei Monate leben. Drei, wenn er nur die billigen türkischen Zigaretten rauchte.

»Trecento«, wiederholte die Alte.

Heinrichs Nasenflügel bebten. Am liebsten hätte er die Tür aufgerissen, Junior geschüttelt und dem Zuhälter – nein, mit so einem legte man sich nicht an. Die Posse musste enden, bevor es der Schauspielerin einfiel, Tommy und ihn zu bitten, die Männer zu verscheuchen. Außerdem würde Junior das Geld zurückzahlen. Danach konnte Heinrich es bei der Schauspielerin abholen. Er könnte sie wiedersehen.

»Hier, Signorina«, flüsterte er.

Als sie die Geldscheine sah, schüttelte sie so heftig den Kopf, dass ihr Kleid raschelte.

»Der Schnorrer ist vielleicht harmlos«, sagte Heinrich leise. »Aber der andere Kerl sicher nicht.«

Für einen Moment betrachtete sie das Geld. Dann ergriff sie das Bündel und schob es unter der Tür hindurch wie durch einen Briefschlitz.

Murmeln auf der anderen Seite. Schritte. Juniors Stimme, sich entfernend, kaum zu verstehen. Schließlich eine sich öffnende und schließende Tür und Applaus im Saal.

»Danke, Herr Schröter«, sagte die Schauspielerin erleichtert. Wie anders sie aussah als die Fee auf der Bühne. So aufgewühlt und besorgt. So lebendig. Ihre Augen waren, obgleich beide braun, verschiedenartig. Das rechte blickte zornig und kampfeslustig, das linke träumerisch, weltvergessen.

»*Che cos'è?*« Sie schaute an ihrer Seite herab. An ihrem Rüschenkleid zerrte ein Junge, der, den Mund zugekniffen und die Stirn gerunzelt, auf Heinrich zeigte. Der erkannte ihn sofort.

»Nein, nein«, sagte die Schauspielerin ungeduldig. »Der böse Mann ist weg. Der Herr hier hat uns geholfen. Sei nett.«

Der Junge schüttelte wütend den Kopf. Dann schlug er sich mit der flachen Hand auf die Wange.

»*Ludovico, smettetela*!« Sie hielt seine Hand fest.

Doch er schlug sich mit der anderen. Wieder. Und wieder. Die Alte schlang von hinten die Arme um den Jungen und hielt ihn fest.

»Entschuldigen Sie, Herr Schröter. Ich weiß nicht, was mit ihm los ist. Er hat … Mein Bruder ist anders als andere Kinder.«

»Wir sind einander begegnet«, sagte Heinrich. »Er hat auf dem Markusplatz Werbezettel verteilt.«

»Oh.« Ihr schien das peinlich zu sein. »Er will nur helfen.«

»Nun, das hat er auch getan. Durch ihn sind wir hier.« Heinrich hob leicht die Mundwinkel und war bereit, auf den kleinsten Hinweis hin, dass sie seine Worte charmant fand, ein Lächeln zu wagen. Er glaubte bereits zu erkennen, wie ihre Gesichtszüge sich entspannten, als er Thomas sagen hörte:

»Wir hielten ihn für einen Dieb. Mein Bruder hat ihn geohrfeigt. Nicht böswillig natürlich.«

Stille. An- und abschwellender Applaus. Wieder Stille.

»Stimmt das?«, fragte sie.

Heinrich nickte kurz.

»Aber er ist doch ein kleiner Junge.«

Erst wollte er etwas erwidern. Dass er in diesem Land schon zweimal bestohlen worden war. Dass der Kleine sich von hinten angeschlichen hatte. Außerdem hatte er ihn schließlich nicht verprügelt. Aber wie die Sängerin ihn ansah, verwirrte Heinrich so sehr, dass er auf das Parkett sah und sagte:

»Wir gehen jetzt besser.«

*

In der Gondel sprachen die Brüder kein Wort. Hätte Tommy doch bloß den Mund gehalten. Natürlich war Heinrich keiner, der seine Empfänglichkeit für die Reize einer Frau mit tieferen Gefühlen verwechselte. Aber es war schon erstaunlich. Er hatte Signora Alberini ängstlich, wütend und gekränkt erlebt – und alles daran wirkte authentisch und spontan. Was, fragte er sich, hatte die Frau ihm sagen wollen, bevor sein unbedachter Bruder alles verdarb? Dass jede mögliche Antwort, die ihm einfiel, unglaubwürdig klang, reizte ihn noch mehr: Nein, so einen Charakter konnte ein Schriftsteller nicht erfinden; um ihn lebensnah wiederzugeben, musste man ihn beobachtet haben. Was er in der kurzen Zeit an Eindrücken gesammelt hatte, reichte bestenfalls für ein paar anschauliche, schmückende Details. Aber wovon eine Geschichte handeln, welche Idee in ihr erzählerische Gestalt annehmen sollte, das wusste er nicht. Fände die weibliche Hauptfigur am Ende Erfüllung oder Enttäuschung? Vielleicht, sagte er sich, wäre er noch an diesem

Abend darauf gekommen, hätte er ein wenig mehr Zeit gehabt. Dann hätte aus der Frau Literatur werden können. Je länger sie die fast menschenleeren Kanäle entlang fuhren, desto quälender fühlte er, dass er womöglich etwas Kostbareres als Geld verloren hatte.

Als ihr Landesteg in Sicht kam, fragte Heinrich:

»Musstest du das mit dem Jungen unbedingt erwähnen? Wie soll ich jetzt das Geld zurückbekommen?«

»Ich dachte …« Tommy blickte über den Rand der Gondel, als läge das Satzende dort unten im Dunkel. »Ich weiß es nicht.«

»Was hat sie dir eigentlich erzählt?«

»Nicht viel«, sagte Tommy.

»Wohin reist sie morgen?«

»Ich weiß es nicht.«

»Hat sie erwähnt, wo sie ihr nächstes Engagement hat?«

»Nein.«

»Eine Postadresse hat sie dir vermutlich auch nicht genannt? Oder wenigstens den Namen ihres Agenten?«

Tommy schüttelte den Kopf.

Die Gondel glitt nahezu geräuschlos an den Landesteg, und Heinrich stieg aus. Das Schwindelgefühl erinnerte ihn daran, dass in dieser Stadt selbst der größte Palast auf Holzstämmen und Schlamm gebaut war. Gleich würde er sich das Gesicht einseifen und den Abend abwaschen. Und nach einer erholsamen Nacht würde er erkennen, wie sehr er sich geirrt hatte: Er brauchte das Geld nicht. Er brauchte nichts und niemanden, um schöpferisch zu sein, schon gar keine Frau.

Als sie fast am Hotel waren, fragte Tommy:

»Kennst du die Konzerte auf der Piazza Colonna?«

8.

Wer die Schönheit angeschaut mit Augen,
Ist dem Tode schon anheimgegeben.

August von Platen: *Tristan* (1825)

Venedig, 1. November 1896

Die dunkelgrauen, tief über der Stadt hängenden Wolken und der feuchte Ostwind entsprachen erstaunlich genau seiner Gemütsverfassung. An einem Kai warteten die Brüder auf ein Boot, das sie zum vor Anker liegenden Dampfschiff bringen sollte. Thomas betrachtete den Rauch, der aus dem Schornstein stieg, verwehte und aufging im feinen Sprühregen, der alles um sie herum bedeckte: das Pflaster zu ihren Füßen ebenso wie den ziegelroten Kampanile und die blauen Runddächer der Basilika Santa Maria della Salute. Ihm war so kalt, dass er sich beinahe den Scirocco zurückwünschte. Freudlos zog er an einer Zigarette, was ein Backenzahn, der sich neuerdings bemerkbar machte, ihm übel nahm.

Etwas abseits starrte Heinrich, die Arme um den Rumpf geschlungen, vorwurfsvoll auf die Lagune. Die Witterung schien entschlossen, ihm den Aufenthalt bis zuletzt schwer zu machen.

Dem Bruder zuliebe hatte Thomas einem Umweg zugestimmt. Anstatt nach ihrer Landung in Ancona direkt nach Rom zu fahren, besuchten sie zunächst Palestrina. Heinrich wollte die Herberge, in der er den kommenden Sommer verbringen würde, persönlich aufsuchen. (»Wenn ich die Unterbringungskosten so weit im Voraus entrichte, spare ich eine Menge.«) Natürlich begleitete Thomas ihn – auch wenn er das unscheinbare Gebirgsstädtchen von seinem Besuch im Jahr zuvor her kannte und wegen des Abstechers nur zwei Nächte in der Ewigen Stadt verbringen würde. Denn wenn kein Wunder geschah, saß er schon in sechs Tagen in der Münchner Redaktion des *Simplicissimus*.

Kurz und kühl hatte Verleger Langen ihm per Telegramm geantwortet. *Anstellung möglich. Arbeitsbeginn 7.11. 9 Uhr. Zusage?* Zu eben dieser Zusage konnte Thomas sich seit mehr als einer Woche nicht entschließen.

Das lag auch an einem Brief seines Schulfreundes Korfiz Holm, der ebenfalls nach München gezogen war, mit seiner wunderlichen Mutter eine Wohnung teilte und seit dem ersten Tag beim *Simplicissimus* arbeitete. Holm hatte Thomas freimütig geschrieben, für die Stelle hätten sich nur wenige Bewerber gefunden. Das junge Blatt sei kaum bekannt, zahle schlecht, fordere von seinen Mitarbeitern aber etliche unbezahlte Überstunden, »und richtig gute Geschichten hatten wir noch nie«. (Offenbar schätzte Holm Thomas' *Willen zum Glück* nicht gerade.) Zudem bestätigte der Brief seine Befürchtungen: Neben der Arbeit bliebe ihm keine Zeit für eine längere Erzählung, geschweige denn für einen Novellenband.

Doch die Stelle auszuschlagen schien undenkbar. Auf einen Bittbrief an Testamentsvollstrecker Tesdorpf hatte dieser nicht geantwortet. Mutter wiederum hatte ihm in seltener Offenheit detailliert aufgelistet, welche Kosten ihr die drei jüngeren Geschwister bereiteten.

Auf Heinrichs Drängen hatte Thomas seine längste, noch in München geschriebene Geschichte unverlangt an S. Fischer in Berlin geschickt. Doch hegte er wenig Hoffnung. Schröter senior hatte die Novelle ja nicht einmal einer Standardabsage für würdig befunden.

Direkt vor ihm vertäute ein Gondoliere mit Mühe sein Boot, das sich aufbäumte und sträubte wie ein junges Pferd. So also, dachte er, endete ein kurzes Leben als freier Dichter.

Dabei hatte er in Venedig alles versucht, um seiner Fantasie etwas zu geben, woran sie sich entzünden konnte. Etwas, das ihm derart tief und bedeutsam erschien, dass es die einsame Plackerei des Konzipierens, Schreibens und Korrigierens erträglich machte. Auch deshalb war Thomas, als hätten er und Heinrich jede fromm-lüsterne Darstellung der Maria Magdalena und jeden auferstandenen Erlöser zweimal gesehen. Alle Kunstschätze Venedigs hatte er zu Gesicht bekommen – nur nicht den einzigen, der zählte.

Wie viele in Weiß gekleidete Herren und Kellner (und sogar einige Frauen) hatte er, den Atem anhaltend, einen Moment lang für *ihn* gehalten! Wie oft hatte er sich in einer Kirche beim Knarren der Eingangspforte umgewandt, um zu schauen, ob *er* es war. Allein drei Mal besuchte er Santa Maria Maddalena in Cannaregio, wohin er *ihm* damals gefolgt war. Jedes Mal hatte er das Gotteshaus verschlossen vorgefunden. (Im Hotel versicherte man ihm kopfschüttelnd, der werte Gast könne es unmöglich betreten haben, eine Verwechslung müsse vorliegen, denn es gehöre den Freimaurern.) *Er. Ihn. Ihm.* Der, den Thomas suchte, hatte nicht einmal einen Namen. Dass der Unbekannte ihn gedanklich so einnahm, ärgerte ihn. Es war, als hätte das Schicksal ihm den Jungen über den Weg geschickt, um zu beweisen, wie beschränkt Thomas' schöpferische Fantasie war. Denn nichts anderes, auch keine der vielen Lokallegenden, hatte ihn zum Schreiben gereizt. Vergeblich hatte er in Erfahrung zu bringen versucht, wo Nietzsche bei seinen Venedig-Besuchen gewohnt hatte. Und als er vor ein paar Tagen den Palazzo Vendramin passierte, wo Wagner nach Vollendung des *Parsifal* gestorben war, da fühlte er keine Inspiration in sich aufsteigen, sondern bloß schwarzen Neid.

Nur eines hätte Thomas erlösen können: zu erfahren, was die Gestalt in Weiß so traurig machte. Es musste etwas Besonderes sein, da war er sicher. Nur was? Alles, was ihm einfiel, erwies sich rasch als plumpe Abwandlung eigener Jugenderlebnisse: Pennälerängste, Geschwisterstreit, Tanzstundenqualen. Was konnte fader sein? Deshalb brauchte er dieses Rätsel, das zugleich Lösung war. Er brauchte *ihn*. Doch er blieb verschwunden.

Gegenüber Junior die Fassade zu wahren hatte sich als überraschend einfach erwiesen. Nach wenigen Tagen hatte der Verlegersohn die Brüder nur noch selten begleitet. Sie fragten nicht, wohin es ihn zog. Allerdings riet Junior ihnen mehrere Male mit ernster Miene, entgegen den allgemeinen Warnungen stets reichlich Bargeld bei sich zu tragen. Und so besichtigten Heinrich und Thomas noch mehr bröckelnde Wandfresken in modrig riechenden Kapellen, versteckt liegende Klosterkirchen und des Abends orangerot erleuchtete Cafés mit Likören zu anständigen Preisen.

Als Junior sich vor drei Tagen verabschiedete, fiel es Thomas daher leicht zu behaupten, er freue sich auf ihr baldiges Wiedersehen in Rom. Bei der Gelegenheit bekräftigte Junior sein Angebot: Lieferten Thomas und Heinrich ihm je eine Erzählung, die in Italien spielte und deren Inhalt den Titel *Enttäuschung* rechtfertigte, drucke er sie gegen ein stattliches Honorar im *Zwanzigsten Jahrhundert* ab. Vor allem aber zahle er den Brüdern beachtliche Vorschüsse für Novellenbände, die er in einer »aufwändig gestalteten, aufsehenerregenden Reihe« veröffentlichen werde. »Verleger müssen Risiken eingehen«, hatte Junior feierlich erklärt. »Denn das Leben, meine Herren, kann jederzeit zu Ende sein.« Heinrich zuliebe hatte Thomas genickt und geschwiegen. Der ältere Bruder setzte darauf, dass Schröter senior seinen Sohn bald zur Ordnung rief. (»Wenn der Alte Wind von der Sache bekommt, erkennt der sofort, wie verrückt das Ganze ist. Dann muss Junior sich die Blöße geben, vom Angebot zurückzutreten, nicht wir.«)

Während neben dem Dampfer nach Ancona ein zweites Schiff vor Anker ging, füllte sich der Kai. Bald trotzten ganze Reisegruppen, vom Hafenmeister hergeschickt, dem Sprühregen: Damen mittleren Alters, die mit einer Hand ihren Hut festhielten, mit der anderen einen Schirm; Zigaretten rauchende Herren in schweren, regennassen Wollmänteln, die Kragen hochgeklappt; mit großen und kleinen Taschen bewehrtes Dienstpersonal; Kinder in kurzen Hosen, die Kälte hinnehmend wie eine Strafe; und, ein wenig abseits stehend, neben sich nur eine rotbraune Ledertasche, eine Gestalt in Weiß.

Thomas war sich sicher, noch bevor er ganz begriff, was er sah. Das blonde, schulterlange Haar; der wie nach innen gerichtete Blick; im reizvollen Kontrast dazu das von ausgeprägten Wangenknochen und Kinn geformte V. Und dieser Mund ... Das Gesicht von Mama oder Papa hätte ihm nicht vertrauter sein können. Beinahe zog er vor ihm, dem fremden Freund, zur Begrüßung den Hut.

»Forza, signore e signori! Abbiamo fretta! Il tempo sta peggiorando!«

Der Gondoliere hatte den Kampf gegen sein Boot gewonnen und winkte die Umstehenden zu sich. Heinrich ging, ohne sich umzusehen, zur Anlegestelle. Thomas wollte es ihm gleichtun, blieb jedoch stehen. Es war zu spät, natürlich. Aber vielleicht konnte er dem Jungen noch zeigen, dass es jemanden gab, der an ihn dachte? Der wissen wollte, wer er war, was er ersehnte und fürchtete? Ein kurzer Gruß, bevor ihre Wege sich trennten?

Unsinn.

Kein Wunder, dass aus seiner Dichterkarriere nichts geworden war. Weil er sich wieder einmal verzettelt hatte, stand er nach drei Wochen voller kraftvoller Eindrücke mit nichts da. Er dachte nicht ökonomisch, hatte keinen Begriff von Aufwand und Ertrag. Und was scherte es den Jungen, was dieser Deutsche von ihm dachte? Thomas warf den Zigarettenstummel fort und ging zur Anlegestelle.

Das Klirren brechenden Glases, das Scheppern von Metall. Thomas blickte sich um.

Dem Jungen war der Haltebügel einer Tasche aus der Hand geglitten, nun lag ihr Inhalt verstreut auf dem nassen Pflaster. Ohne nachzudenken, eilte Thomas hinüber und hockte sich neben ihn hin. Mit spitzen Fingern barg er aus den Glasscherben eine Schere, eine Nagelfeile und einen Gepäckabschnitt wie den, den die Hafenmeisterei Thomas für seine Koffer ausgestellt hatte. Auf feuchtem Papier zerflossen handgeschriebene Worte. Zu lesen war nur noch *G d Hote d Vesuve.*

Er hielt ihm die Sachen hin, ohne aufzusehen. Doch der Junge ergriff sie nicht. Thomas nahm allen Mut zusammen und sah ihn an. Dass sein Atem in der kalten Luft Wölkchen bildete wie der eines gewöhnlichen Menschen, erschien Thomas unwirklich. Der Junge erwiderte seinen Blick. Er erkannte ihn sogar wieder, kein Zweifel! Doch in den schwarzen, weit aufgerissenen Augen stand keine Wiedersehensfreude, sondern Angst.

Angst vor seinem Gegenüber.

Scham überflutete Thomas.

»Bitte entschuldigen Sie«, stammelte er. »Es tut mir leid.« Er stand auf und eilte zur Anlegestelle.

Warum hatte er es nicht früher bemerkt? Natürlich, dachte er, so ergab alles Sinn: Er hatte den Fremden, der ihm nachgestellt hatte, ihm in eine – für die Allgemeinheit geschlossene – Kirche und per Gondel gefolgt war, früh bemerkt. Danach lebte er über Wochen in Furcht, versteckte sich vermutlich gar. Und nun sah er sich, in buchstäblich letzter Minute, dem Verfolger gegenüber wie einer Heimsuchung.

Erst als die Gondel am Dampfer festmachte, erlaubte er sich einen Blick zurück. Der Kai war menschenleer.

9.

Die Seejungfrau küsste seine hohe, schöne Stirn und strich sein nasses Haar zurück; es kam ihr vor, als gleiche er der Marmorstatue in ihrem kleinen Garten; sie küsste ihn wieder und wünschte, dass er doch leben möchte.

Hans Christian Andersen: *Die kleine Seejungfrau* (1837)

Palestrina, am Abend

Sollte Thomas je zuvor so müde gewesen sein, so hatte er es vor Erschöpfung vergessen. Im Nachhinein betrachtet, war es natürlich irrsinnig, den ganzen Weg an einem Tag zurückzulegen. So sparten sie zwar die Kosten eines Hotelzimmers in Ancona – zugegebenermaßen ein völlig überteuerter Touristenumschlagplatz. Dafür aber mussten sie nach dem Anlegen des Dampfers den nächsten Zug nach *Roma Termini* nehmen, um dort in eine Bummelbahn nach Zagarolo zu steigen.

Es war bereits dunkel, als sie in dem Örtchen einen mürrischen Alten fanden, der die Fremden auf einem gefährlich schwankenden Pferdewagen bis vor die Mauern des Nachbarstädtchens fuhr. Mit seinem Gefährt wagte er sich nicht ins Innere, denn Palestrina war verwinkelt und lag auf einem steilen Hang. Und so schleppten Thomas und Heinrich ihre Koffer keuchend durch die abendlichen Treppengassen, deren Pflaster nur ein paar Lichter aus den Küchen ärmlicher Häuser erleuchteten, quer über eine Piazza und vorbei an einer schlichten Kirche. Endlich sahen sie das wuchtige Eckhaus. Heinrich drückte die schwere Holztür auf, es läutete, und sie waren am Ziel.

Die drei Gestalten am großen Esstisch schauten nicht einmal auf. Über geleerte Teller hinweg bedachten zwei Männer einander mit missbilligenden Lauten und wegwerfenden Gesten.

»*Ha capito, che sacco di birbaccione?*«, knurrte der Jüngere, der ein graues Wollhemd trug. Zur Antwort hob sein Gegenüber, ein Mann um die sechzig, im Anzug mit Einstecktuch, knurrend eine Zeitung vors Gesicht. Dabei wirkten beide gelangweilt, nicht ganz bei der Sache, als führten sie ihren Streit lediglich aus Gewohnheit. Am Kopfende saß ein Mädchen von vielleicht dreizehn Jahren, völlig eingenommen von der Aufgabe, vor dem Gesicht einen Löffel hin und zurück zu schwingen wie ein Pendel.

»*Infine. Qui c'è una zuppa, pane, olive e vino.*«

Die Hausherrin der Casa Bernardini betrat den Raum und stellte zwei Teller auf den Tisch. Seit dem ersten Besuch der Brüder hatte sie sich kaum verändert. Im schwarzen, glatt und fest gezogenen Haar erkannte Thomas nicht mehr silbrige Strähnen als ein Jahr zuvor. Ihre Hüfte, von einem Schnürband umspannt, wirkte genauso füllig. Anna Bernardini, verwitwete Signora Pastina, schien der Zeit schlicht nicht zu gestatten, sie zu verändern. Falls sie Freude oder auch nur Erleichterung empfand angesichts der unversehrten Ankunft ihrer beiden Gäste, verbarg sie diese mühelos.

Nach dem Abendessen, das leicht und kurz war, parlierte Heinrich ohne Hemmungen mit der Gastgeberin und den beiden Herren, brummte zufrieden und entzündete die erste Zigarre seit Tagen.

Thomas fühlte sich gestärkt genug, um sich vor dem Zubettgehen ins Gästebuch einzutragen. Er fand rasch die Einträge vom vorigen Jahr. Während er las, was er damals geschrieben hatte, erfasste die Müdigkeit ihn wie eine Woge, und er klappte das Buch zu. In der Nacht schlief er traumlos, wie tot.

*

Am Morgen weckte ihn das Plätschern von Wasser. Heinrich wusch sich an einem schlichten Emaillebecken und schien guter Stimmung.

»Lass dir Zeit, Tommy. Ich brauche bestimmt eine Weile, um die Signora herunterzuhandeln. Sie wird sagen, im Sommer sei hier mehr los, deshalb müsse sie auch mehr verlangen. Aber wir wissen ja, das stimmt nicht.« Er lächelte. »Und die gestrige Nacht zahle ich. Sind schließlich meinetwegen hier.«

Doch wurden er und die hemdsärmelige Witwe rasch handelseinig. Danach lud Heinrich Thomas zum Spaziergang vor die Stadt ein. Erst am späten Nachmittag würde ein Verwandter der Wirtin, da heute keine Postkutsche fuhr, die Brüder zurück zum Bahnhof fahren.

Auf dem Weg hinaus wirkten die Häuser, als hinge die Nacht noch in ihnen. Obwohl nur ein paar Schleierwolken den Sonnenschein abschwächten, lagen Gassen, Fassaden und Dächer in eintönig rußigem Grau. Palestrina war hübsch gelegen, aber nicht schön. Umso lieblicher wurde es außerhalb der alten Wälle, als sie talwärts auf von Maulbeerbüschen gesäumte Wege kamen. Die abgeernteten Felder zu beiden Seiten waren eingefasst von pittoresk zerfallenden Mauern, in denen fast monumentale Eingangstore sich öffneten. Je weiter die Brüder gingen, desto häufiger sahen sie Ölbäume und Weingirlanden. Eine Brise kam auf. Heinrich atmete tief ein und aus.

»Was hältst du davon, etwas gemeinsam zu schreiben?«

Thomas war gerührt.

»Danke, aber du brauchst mir den Abschied nicht leichter zu machen.«

»Ich meine es ernst.«

Das tust du nicht, dachte Thomas. Aber warum sollte er Heinrich die Stimmung verderben? Erst recht so kurze Zeit, bevor sie voneinander Abschied nähmen; wer wusste, für wie lange?

»Wovon soll das Ganze denn handeln?«, fragte Thomas.

»Am besten schreibt man über das, was man gut kennt. Ich kenne aber nichts. Weil ich nichts erlebt habe.«

»Du hast Lübeck erlebt.«

»Um Himmels willen!« Der Gedanke war so absurd, dass es beinahe lustig war. »Diese grässlichen Leute. Mit denen will ich nichts zu schaffen haben.«

»Ich auch nicht. Aber du *kennst* sie. Egal, wie mürrisch Papa war: Wenn du Pastor Ranke nachgemacht hast, hat er gelacht. Oder den ollen Biermann!«

Guido Biermann. Thomas hob die Mundwinkel. Unter südlicher Sonne wirkte der Skandal, der daheim so viel Aufsehen erregt hatte, beinahe anheimelnd. Die unverwüstliche Tante Elisabeth klagte über das ihr widerfahrene Unrecht noch immer so ausdauernd, dass man vergessen mochte, dass nicht sie selbst mit dem Versicherungsbetrüger Biermann verheiratet gewesen war, sondern ihre Tochter. Seltener sprach sie über ihre eigenen beiden Ehen, dabei waren die auf ähnlich spektakuläre Weise gescheitert.

»Die Sache«, sagte Heinrich mit neu entfachtem Interesse, »müsste man natürlich grell zeichnen. Satirisch.«

»Ganz genau.« Thomas hob mit gespieltem Ernst den Zeigefinger. »Und als Leitmotiv nehmen wir ein schönes Lied. *Der Omnibus fährt durch die Stadt*?«

»Oder *Kiek, doa sitt'n Brummer an de Wand*!«

Sie schüttelten lächelnd die Köpfe. Eine ganze Weile gingen sie schweigend nebeneinander her, in Gedanken an früh gemeinsam Erlebtes, das erst hier, in der Ferne, klare Formen gewann. Thomas war versöhnt. Wenigstens, so würde er sich sagen können, waren sie dort unten ein paar Augenblicke lang Brüder gewesen.

Die Sonne stieg höher, und die letzten Wolken gaben ihren Widerstand auf. Leichter Wind trug den Geruch von Gräsern, Erdkrume und Herbst herüber.

»Ist das nicht herrlich?« Heinrich blieb stehen. »Die Berge da hinten? Die Häuser am Hang sehen aus, als streckten sie sich dem Sonnenaufgang entgegen wie Blumen. Und der *Himmel* … Die byzantinischen Bilder in Venedig sind ja alle gold-grundiert. Und hier sieht man, warum: weil sie die Sonne abbilden, das Göttliche. In gewisser Weise sind wir hier doch im Himmel, nicht wahr?«

Zum ersten Mal kam Thomas in den Sinn, dass Heinrich Ancona womöglich nicht allein der teuren Übernachtung wegen gemieden hatte. Während er am trägen, grauen Meer zunehmend einsilbig geworden war, blühte er hier, umgeben vom Drama der Gipfel und Täler, immer mehr auf.

Der Staub der Feldwege und der überraschend kräftige Sonnenschein trockneten den Brüdern die Kehlen. Als sie an einem ummauerten Feld vorbeikamen, hörte Thomas ein leises Quietschen, ähnlich einem aus dem Nest gefallenen Jungvogel. Aber in der Nähe gab es keinen Baum, nur von den Jahrtausenden gemahlenen Kies, grob geschichtete Steinblöcke und einen kleinen Heuhaufen. Sie waren schon ein Stück weiter gegangen, als ein dunkler Fleck von unten in Thomas' Blickfeld rückte: Tapsend und hüpfend versuchte ein Welpe, mit den Brüdern Schritt zu halten. Thomas blieb stehen und hockte sich hin.

»Na, wer bist denn du?«

Das Tier war nicht viel größer als die Hand, die über sein schwarzes, verstaubtes Rückenfell strich. Thomas spürte die Rippen und den Atem, der schnell ging. Es fiepte wieder leise, offenbar zu schwach oder zu jung zum Bellen. Thomas schätzte es auf sechs, höchstens acht Wochen.

»Nein, Tommy.« Heinrich schüttelte den Kopf.

»Er braucht etwas zu trinken.«

»Lass es. Das gibt nur Ärger.«

Kam nicht bald die Mutter des Tieres, um es in ein schützendes Gebüsch zu tragen, war es so gut wie verloren, wenn nicht ein vorbeikommender Bauer sich seiner annahm. Beides war wenig wahrscheinlich. Hunde gab es in solchen Gegenden sowieso zu viele. Und vielleicht hatte die Mutter das Kleine sogar fortgejagt, um seinen stärkeren Geschwistern das Überleben zu ermöglichen. Zwar ähnelte der Kleine mit den schmalen Flanken, der langen Schnauze und dem struppigen Kurzhaar einem Jagdhund – gezüchtet allein zu dem Zweck, Kaninchen und Ratten die Kehle zu durchtrennen. Doch das Tier schien davon nichts zu wissen: Während es sich hinter den Ohren und am Hals kraulen ließ, schaute es seinen Gönner mit ungewöhnlich großen Augen, die schwarz glänzten, dankbar und erwartungsvoll an.

Mit einem Ruck richtete Thomas sich auf.

»Leb wohl, mein Kleiner.«

Heinrich und er gingen weiter. Doch das Tier folgte ihnen mit unsicherem, leicht watschelndem Gang. Als es die Brüder eingeholt hatte, hielt Thomas an und rief:

»Bleib da!«

Tatsächlich setzte der Hund sich nieder. Aber als sie weitergingen, setzte auch er sich hechelnd und schwanzwedelnd in Bewegung, sichtlich froh darüber, dass sein neuer Freund mit ihm spielte.

»Geh weg! Los, *tschschsch*! Geh weg!«

Dieses Spiel kannte das Tier noch nicht. Um zu verstehen, was der Gefährte wünschte, starrte es ihn von schräg unten ins Gesicht und fiel dabei beinahe um.

Diese Augen, dachte Thomas: So viel Vertrauen lag darin. Dabei hatte er nichts getan, um sie zu verdienen. Im Gegenteil lag es in seiner Hand, dieses kleine Leben zu retten, doch er unternahm nichts. Warum, fragte er sich verärgert, waren sie überhaupt zum Spaziergang aufgebrochen? In der Herberge war es kühl und ruhig. Diese Reise, auf der er das Leben hatte kennenlernen wollen, endete damit, dass er sich genötigt sah, tatenlos zu bleiben, während ein unschuldiges Tier ahnungslos dem Tode entgegenging.

»Jetzt hau ab!«, rief er wütend, nicht sicher, worauf genau.

Doch das Tier wedelte nur noch eifriger mit dem dünnen Schwanz, aufrichtig erfreut über so viel Aufmerksamkeit.

Er griff nach einem Stein.

»Tommy …«

»Was?«

»Lass sein. Der gibt schon auf.«

Thomas, der ohnehin keine genaue Vorstellung davon hatte, was er mit dem Stein anstellen sollte, ließ ihn fallen. Der Hund sprang erschrocken zur Seite, und die Brüder gingen weiter.

Damals in der Breiten Straße hatten die Kläffer schon, wenn der kleine Tommy nur so tat, als wollte er etwas nach ihnen werfen, Reißaus genommen. Dieses Wesen hingegen vergalt ihm jedes laute Wort, jede unbeherrschte Geste mit einem offenen Blick, der ihn seltsam rührte. Wo hatte er diesen Blick zuvor gesehen? Bei Achill vielleicht, dem ausgestopften Fuchspony. Elegant gesattelt und gezäumt, hatte es noch sein natürliches, kindlich-raues Fell – und die treuherzigsten Glasaugen der Welt. Nicht aus Rittersinn hatte er es geliebt, sondern aus Sympathie mit der Kreatur, mit seinem Fell, seinen Hufen und Nüstern. Es war für ihn da gewesen, allein und immer für ihn.

Thomas schaute zurück. Das Tier stand noch immer dort, wo er den Stein fallen gelassen hatte. Als ihre Blicke sich trafen, legte es sich flach auf den Kiesboden – bereit, alles hinzunehmen, was auch geschähe.

»Hol's der Teufel …«, flüsterte Thomas.

Dann lief er zurück, ergriff mit beiden Händen das schwarze, überraschend leichte Bündel und stapfte, an Heinrich vorbei, bergauf in Richtung Stadt.

*

»*No, signori. No, no.*«

Am Hauseingang trat die Signora, den Kopf schüttelnd und die kleinen Hände an der Schürze abstreifend, den Brüdern entgegen. An ihr, das machte ihre Körperhaltung klar, käme der Krankheitsherd nicht vorbei.

»Hat jemand vielleicht Verwendung für den Kleinen?«, fragte Heinrich auf Italienisch. »Vielleicht wird er ja vermisst.«

Doch die Hausherrin schien gar nicht genau hinzuhören, sondern rief nach jemandem. Kurz darauf öffneten sich am Nachbarhaus zwei Fensterläden, und ein Grauschopf erschien. Es war einer der beiden Alten, die sich über den Esstisch hinweg gezankt hatten. Er sah das Tier und Thomas, dessen Zeigefinger blutete von den spielerischen Bissen, die der Kleine seinem Retter mit scharfen Milchzähnen zugefügt hatte. Dann schloss er das Fenster und krächzte etwas, das wenig ermutigend klang.

Als er kurz darauf aus dem Haus trat, war er, wie am Abend zuvor, korrekt gekleidet in einen schwarzen, ihm längst zu großen Anzug mit Einstecktuch. Erst jetzt erkannte Thomas *l'avvocato* wieder. Der ältere Bruder der Wirtin schien seit dem Aufenthalt der Brüder im Jahr zuvor geschrumpft. Der Anwalt, seit Langem im Ruhestand, war so dünn, dass sein geschlossener Hemdkragen wackelte, während er sich auf eine Holzbank vor seinem Haus fallen ließ. Noch immer trug er einen struppigen grauen Schnurrbart und sprach mit heiser heulender Stimme, die mühsam ansetzte wie die eines Esels. In seinem Blick aber lag ein fester Wille, der den hageren Körper dazu brachte, den beiden Fremden vor ihm stolz das frisch rasierte Kinn entgegenzurecken.

Dem Anwalt, übersetzte Heinrich, hatte die Mutter des Hundes gehört. Diese hatte vor Kurzem fünf Welpen zur Welt gebracht und war bald darauf an einer Entzündung der Zitzen, letztlich aber an Erschöpfung gestorben. Drei Welpen verendeten. Das vierte nahm der Bahnhofsvorsteher von Zagaralo auf. Das habe der Mann rasch bereut. Nummer vier habe nämlich Tochter und Frau übel gezwickt. Darum habe der Bahnhofsvorsteher den Wunsch, auch Nummer fünf aufzunehmen, abgelehnt. Daraufhin hatte *l'avvocato* das letzte verbliebene Tier, das nun zwischen ihm und den Deutschen auf dem Kopfsteinpflaster lag und sich mit der Hinterpfote am Ohr kratzte, am Morgen auf einem Heuhaufen ausgesetzt.

»Das da«, krächzte der Alte und machte eine wegwerfende Geste, »ist bloß eine Last.« Nun nötige ihn *il tedesco* – dabei zeigte er auf Thomas –, den Welpen auf andere Art loszuwerden. Wie nebenbei machte er eine Geste, als wränge er ein Tuch aus.

Während *l'avvocato* sprach und Heinrich übersetzte, hatte sich das Mädchen, das am Vorabend still am Tisch gehockt hatte, neben das Tier gekniet und ihm einen alten Teller mit Wasser gereicht. Sie streichelte das kurze, staubige Fell und flüsterte. Als der Hund vom Trinken aufsah, nickte sie ernst, als weihte sie ihn in ein Mysterium ein.

Thomas ging ins Haus, wo, nahe der Eingangstür, die gepackten Koffer der Brüder standen. Er öffnete eine Seitentasche und holte sein Portemonnaie hervor. Wenn er das Verhältnis der Lira zur Mark halbwegs korrekt berechnete, blieb ihm gerade noch genügend Geld, um Heinrich in Rom zu einem anständigen Abschiedsessen einzuladen und auf der Heimfahrt nicht im Zugabteil zu verhungern. Er nahm alle Scheine und ließ nur ein paar Münzen zurück. Als er wieder hinausgehen wollte, trat Signora Pastina ihm entgegen und winkte Heinrich zu sich.

Die Hausherrin erklärte den beiden in kurzen, ungerührt vorgetragenen Sätzen, warum es sinnlos sei, ihren älteren Bruder mit Geld zu etwas bewegen zu wollen. Zum einen sei *l'avvocato* schwer krank, sein Tod absehbar. Er wohne allein im Nachbarhaus. Selbst wenn er das Tier also gegen Bezahlung aufnähme, sei dessen Überleben nur für kurze Zeit gesichert. Aber das sei ohnehin undenkbar, sagte sie, denn ihr Bruder sehe sich gezwungen, zu tun, was er gegenüber *il tedesco* angekündigt habe. Dazu ahmte sie mit beiden Händen dessen Geste nach.

Thomas trat wieder vor die Tür, und Heinrich folgte ihm.

Neben dem Anwalt saß der andere Mann vom Abendbrottisch. Er trug dasselbe grobe Wollhemd wie zuvor. In ihm erkannte Heinrich *Sor Alfonso*, den jüngeren Bruder des Anwalts und der Hausherrin, genannt *Alfo*. Der redete vokalreich auf den Anwalt ein, zeigte abwechselnd auf das Tier zu ihren Füßen und die Herzgegend seines Bruders, was diesen nur noch grimmiger blicken ließ. Schließlich zuckte Alfo die Achseln, stand auf und schritt, stolz ein Lied pfeifend, davon.

Das Wasser und die Rückkehr in sein Zuhause stärkten den Hund, der von alldem kaum etwas bemerkte. Als er Thomas sah, senkte er Kopf und Vorderpfoten auf den Boden und wedelte, das Hinterteil erhoben, mit dem Schwanz. Er wollte spielen.

»Deine Wohnung«, begann Thomas zögerlich, ohne Heinrich anzusehen, »ist doch recht groß, nicht wahr?«

»Nein, Tommy. Auf keinen Fall.«

»Aber wenn für uns beide Platz ist, dann doch bestimmt auch …«

»Nein.«

»Denk doch bitte kurz darüber nach.«

»Wie stellst du dir das vor? Ich reise viel.«

»Du könntest ihn bei der Vermieterin lassen.«

»Die erlaubt keine Haustiere. Das war ein Grund, weshalb ich dort eingezogen bin. Und überhaupt …« Er zeigte auf das schwarze Bündel zu ihren Füßen wie auf einen Fleck.

Thomas hockte sich hin. Sofort legte das Hündchen sich auf den Rücken, um sich streicheln zu lassen. Die Augen hielt es zum Zeichen absoluten Vertrauens geschlossen. Wie dicht und weich das Fell war, wie zart die Haut darunter, und wie lebenswarm der kleine Körper. Warum machte die Natur sich die Mühe, etwas derart Komplexes zu erschaffen, etwas, das mehr war als die Summe seiner Zellen, etwas, das hoffen, leiden und sich freuen konnte – um es dann, kaum auf dieser Welt, gleichgültig dem Tode zu überantworten?

»Hat er eigentlich einen Namen?«, fragte Thomas.

Heinrich übersetzte.

»Natürlich nicht«, kam es heiser zur Antwort. Nur *un vero diavolo* töte ein Wesen, dem er selbst einen Namen gegeben habe. Mit einem schwachen, ungeduldigen Winken signalisierte *l'avvocato*, man möge ihm endlich sein Eigentum geben. »Mir verdankt er sein Leben. Ich kann es ihm auch nehmen.«

Als verstünde es, was geschah, öffnete das Tier die schwarzen Augen, und für einen Moment glaubte Thomas, *ihn* vor sich zu sehen. Das gleiche bange Unverständnis, die gleiche Verlorenheit.

Vorsichtig hob er den Hund vom Boden und stand auf. Doch als der Anwalt ihm die dünnen Arme entgegenstreckte, tat Thomas – nichts.

»Jetzt hör auf damit«, sagte Heinrich. »Du machst dich lächerlich.«

»Du meinst, ich mache *dich* lächerlich.«

»Tommy …«

»Er passt in die Manteltasche. Mein Hauswirt wird ihn gar nicht bemerken.«

»Gib ihm das Tier.«

»Nach zwei Nächten bin ich ohnehin wieder weg.«

»Und dann?«

»Irgendwie wird es schon gehen.«

Heinrich seufzte. »Selbst wenn. Lula und Clara haben beide eine Allergie.«

»*Behaupten* sie.«

»Weißt du nicht mehr, wie Lula damals, als dieser Foxterrier …?«

»Dann nehme ich mir halt ein Zimmer.«

»Von welchem Geld denn?«

»Ich leihe mir etwas. Wenn Mutter sieht, dass ich auf Dauer beim *Simplicissimus* unterkomme, wird sie bestimmt noch einmal nachrechnen, ob sie nicht vielleicht doch …«

»Warum«, unterbrach Heinrich ungeduldig und zeigte auf den Hund, »warum ist dir das da überhaupt so wichtig?«

»Ich *weiß* es nicht«, zischte Thomas. »Aber, zum Teufel, ich *will* es!«

Erschrocken über den Zorn seines Retters, zuckte und wand sich der Hund, bis er Thomas aus den Händen glitt. Unsanft auf dem Boden gelandet, jaulte er leise und suchte Zuflucht beim einzigen anderen Wesen, das er auf dieser Welt kannte.

Voller Genugtuung blickte *l'avvocato* auf das schwarze, zusammengekauerte Bündel in seinem Schoß, als habe Gott selbst einen Richterspruch zu seinen Gunsten getan.

Thomas wartete darauf, dass seine treueste Begleiterin, die Scham, ihn in die Arme schloss. Aber sie tat es nicht. Mochte er sich auch vergeblich fragen, warum er sich so sonderbar benahm: Das machte den Drang, dieses Wesen zu beschützen, wenigstens dieses eine Wesen, nicht schwächer. Er spürte seinen Wunsch, wie er Gewicht und Wärme des Hundes gespürt hatte.

»Per favore, Signor«, sagte Thomas leise und streckte zögerlich einen Arm aus.

L'avvocato schüttelte den Kopf.

Was für ein kleiner Mensch der Anwalt ist, dachte Thomas voller Bitterkeit: Weil der sich in seinem Stolz gekränkt fühlte; weil, was irgendwelche Leute von ihm denken mochten, für ihn schwerer wog als das Leben selbst, war er entschlossen, eines auszulöschen. Wie schäbig, wie trist.

»Lebst du also *doch*«, brummte Heinrich.

Fragend blickte Thomas zu seinem Bruder.

Der sagte amüsiert: »Immer bist du beim leisesten Widerstand umgefallen, als hätte das Schicksal sich gegen dich verschworen. Nur weil Mutter behauptet, sie habe kein Geld übrig, nimmst du eine Stellung an, von der du weißt, dass du sie hassen wirst. Ich dachte, du *wolltest* nach Italien?«

»Heinrich, was soll das?«

»Ich verstehe zwar nicht, was mit dir los ist.« Der Bruder

berührte ihn leicht an der Schulter. »Aber es fängt an, mir zu gefallen.«

Thomas' Verwirrung hätte kaum größer sein können. Was war seit gestern Morgen bloß geschehen? Alles war in sein Gegenteil verkehrt. Ohne Zweifel stand er mit beiden Beinen, bei leichter, warmer Brise, zwischen schlichten Häusern auf staubigem Pflaster; zugleich aber hockte er auf einem nasskalten, regnerischen Kai und blickte in ein Paar schwarzer Augen. Angst stand in ihnen, ja. Aber nicht vor ihm. Was er in ihnen las – was er darin hätte lesen sollen, aber erst jetzt, dank der Hilfe eines unwissenden Lehrers, entzifferte –, das war ein Flehen. Ein Flehen um Hilfe.

G d Hote d Vesuve.

»Heinrich«, sagte Thomas leise, »ich möchte dich um einen Gefallen bitten.«

Eine Viertelstunde später standen die Brüder im kühlen, ebenerdigen Saal der Herberge. Ihnen gegenüber stemmte Signora Pastina seufzend die kleinen Hände in die Hüften. Dass sie offenbar schon wusste, was von dem Vorschlag zu halten war, bevor sie diesen angehört hatte, half nicht gerade, Thomas' Nervosität zu bannen.

»Sehr geehrte Signora«, begann er zögerlich, »können Sie sich vorstellen, den Hund bis zum Sommer bei sich aufzunehmen?«

Während Heinrich die Worte übersetzte, seufzte sie wieder, lauter diesmal.

»Natürlich ist mir bewusst, dass Ihnen dadurch Kosten entstünden. Daher biete ich Ihnen an, das Geld, das mein Bruder Ihnen für seinen Aufenthalt im kommenden Jahr gezahlt hat, zu behalten. Wenn er Sie im Sommer besucht, wird er Ihnen den regulären, höheren Preis zahlen.«

Diese Passage übersetzte Heinrich stockender. Die Signora hob die Brauen.

»Falls niemand kommt, um sich seiner anzunehmen, dürfen Sie mit ihm tun, was Sie wollen.«

Während Heinrich die Bitte in ein Italienisch übertrug, dessen Klangfarbe dem norddeutschen Idiom erstaunlich ähnelte, fragte die Signora mehrere Male nach – ob aufgrund von Verständnisproblemen oder wegen der Ungewöhnlichkeit des Ansinnens, ließ ihre Miene nicht erkennen. Doch stemmte sie die Hände nicht länger in die Hüften, sondern hielt sie vor der Schürze gefaltet. Dann schwieg sie eine Weile, bevor sie – für ihre Verhältnisse geradezu gelöst – Heinrich etwas erzählte, dabei mal nach draußen, mal nach oben zeigte und die schönen, dunklen Augen rollte. Schließlich seufzte sie ein drittes Mal und verließ den Saal.

»Wohin geht sie?«, fragte Thomas.

»Na, wohin wohl?«

»Und was hat sie gesagt?«

»Wenn ich sie richtig verstanden habe, hat sie sich über ihre Enkelin beklagt. Dass sie so sonderbar sei, keine Freunde hat. Sie spielt anscheinend mit niemandem, nur mit Tieren.«

»Dann hält sie uns also auch für Sonderlinge?«

»Nein, nur dich.«

»Hm.«

»Und sie hat etwas von einer Beerdigung gesagt, und dass die sehr teuer werde.«

Vom Vorplatz drang die klare, tiefe Stimme der Wirtin herüber, gefolgt von einem wütenden Krächzen. Danach war wieder ihr Alt zu hören, kräftiger diesmal. Auch das Krächzen hob an, wurde aber von der Signora, deren Stimme sich in unerwartete Höhen aufschwang, rasch übertönt. Dann Stille.

Die Hausherrin kam zurück. Gerötet, die Hände in die Hüften gestemmt, keuchte sie:

»D'accordo.«

Als es Zeit wurde aufzubrechen, schlug Thomas noch einmal das Gästebuch auf. An der Stelle, an der er sich im Jahr zuvor eingetragen hatte, stand:

Thomas Mann Dichter aus München (Poeta di Monaco).

Er lächelte.

Als die Brüder ins Freie traten, waren die Fensterläden am Nachbarhaus verschlossen.

»Wie willst du mir das Geld zurückzahlen?«, fragte Heinrich.

»Ich finde einen Weg.«

»Sonst kann ich es mir nicht leisten, im Sommer wieder herzukommen. Und du hast keine Ahnung, wie brutal der August in Rom ist. Teurer als hier ist es auch.«

Thomas stellte sich vor seinen Bruder. »Heinrich«, sagte er und blickte ihm in die Augen, »ich *werde* einen Weg finden.«

Nichts war ihm fremder, als das zu sagen. Und nichts war tiefer empfunden, nichts erregender.

Auf den Steinen spielte Amelia, die Enkelin der Wirtin, mit dem Hund. Wenn dieser nach ihren Fingern schnappte, mahnte sie ihn: »Tititititititi. Nooo!« Derart angespornt, versuchte das Tier es sofort erneut.

Thomas hockte sich hin. Sofort legte der Hund sich auf den Rücken und schloss die Augen. Unter dem weichen, warmen Fell spürte Thomas Rippen und Herzschlag.

»Bis zum Sommer, kleiner Titino.«

Vom Telegrafenamt am Bahnhof von Zagaralo schickte Thomas eine kurze Nachricht nach München. Er nahm sich vor, so bald wie möglich einen längeren Brief folgen zu lassen. Darin würde er Albert Langen für das sehr freundliche Angebot danken und um Verzeihung für seine späte Antwort bitten. Aber bis dahin, sagte er sich, bliebe ihm noch Zeit, denn das Wichtigste war getan:

Er hatte abgesagt.

Als sie schließlich am Bahnsteig standen, fragte Heinrich: »Willst du wirklich allein hinfahren?«

»Die Geschichten sind sicher übertrieben.«

»Müssen ja nicht *alle* stimmen.«

Thomas war zu erleichtert, dass sein Bruder ihm wegen des *Simplicissimus* keine Vorhaltungen machte, um erkennen zu lassen, wie wenig seine Mahnungen ihn scherten. Er *wollte* hin, so bald wie möglich und allein. Deshalb würde er nach nur zwei Tagen bei Heinrich in Rom weiter nach Süden reisen. Dort wartete seine Geschichte. Denn dort war *er.*

»Mach dir keine Sorgen«, sagte Thomas. »Das Einzige, was mich in Neapel erwartet, ist das Leben.«

II. Leben

10.

Die Steine sind in Rom mächtiger als die Menschen; die Vergangenheit ist riesengroß, die Gegenwart sehr klein, die Zukunft mit einem undurchdringlichen Vorhange bedeckt.

Ferdinand Gregorovius: *Wanderjahre in Italien* (1856–77)

Rom, 3. November 1896

Als Thomas das nicht mehr ganz dichte Zimmerfenster öffnete, strömte mit der Morgenluft die Gewissheit ein, dass er richtig gehandelt hatte. Er war wieder in Rom. Obgleich auch hier der Herbst begann, glaubte er sich dem Frühling nahe. Das lag nur zum Teil am wolkenlosen Himmel und dem Duft warmen Teigs, der bis hinauf in den zweiten Stock drang. Thomas hatte das beruhigende und zugleich stimulierende Gefühl, einer nördlichen, bis ins Gemüt dringenden Kälte entkommen zu sein.

Er atmete tief ein. Ein Aroma scharfen Zigarrenrauchs, gemischt mit Eau de Cologne, stieg ihm in die Nase. Thomas streckte den Kopf hinaus – und hielt inne. Nach einer Weile ging er zum Koffer und kehrte mit einem neuen schwarzen Notizbuch zurück ans Fensterbrett.

Manchmal, schrieb er, *ist es, grade unter Italienern, zum Entzücken, die glückselige Schauspielerei zu beobachten, mit der die Menschen untereinander verkehren. Ich sehe unter meinem Fenster meinen Hauswirt mit einem contadino verhandeln, der ihm sozial unterstellt ist, und vor dem er sich benehmen kann, wie er will, ohne ausgelacht zu werden. Er trägt wie gewöhnlich seinen braunen, ganz schäbigen Rock; aber er befindet sich in jener Morgenstimmung, wo man, nach beendeter Toilette, sich wohl, unternehmend und frisch in seinen Kleidern fühlt. Er sieht beim Sprechen an sich hinunter und prüft die Stellung seiner Beine; er betrachtet beim Gestikulieren wohlgefällig seine Hände, die übrigens für meine Augen braun, rau und bäurisch sind; er stützt sich auf seinen Stock oder schiebt ihn mit einer légèren und kühnen Bewegung unter den Arm; er lehnt sich an die Mauer, legt ein Bein über das andere, verschränkt die Arme und gestikuliert mit der obenliegenden Hand; er wechselt mit reicher Phantasie die Posen, die manchmal mißglücken, sodaß er ein wenig kleinlaut wird, und meistens herrlich gelingen, sodaß sie aus Stolz noch schöner werden … Es ist ein Fest, das Alles zu sehen, – und selbst der contadino, der wird angesteckt, er will nicht zurückstehen, bei Gott! Er fängt gleichfalls zu mimen an …*

Thomas legte den Füllfederhalter ab. In der Eile hatte er eine Seite weit hinten im leeren Buch beschrieben. Er lächelte.

Ohne es recht zu wollen, kam ihm Onkel Friedel in den Sinn. Auch der liebte das Schauspiel um seiner selbst willen, womöglich ein wenig zu sehr. Vaters irrlichternder Bruder gab, wenn er gut gelaunt war, den Komödianten, und das mit einigem Talent. Dann imitierte er andere Lübecker noch treffender als Thomas. Zumeist aber litt Friedel Qualen, von denen niemand recht wusste, wie real sie waren, vielleicht nicht einmal er selbst: ein unbestimmter Schmerz, der sich das linke Bein hinunterzog, wo alle Nerven zu kurz waren; das plötzliche Unvermögen zu schlucken; der schier unwiderstehliche Drang, aus einem offenen Fenster zu springen. Zu sehen, wie heiter, gesund und natürlich die Menschen hier im Süden ihre Rollen spielten, zeigte Thomas nur umso deutlicher, wie viel Gezwungenheit im Auftreten seines Onkels lag. Wann immer im Elternhaus die Rede gekommen war auf die Leiden und Geldnöte des »armen Friedel«, schien es Thomas so, als gelte Vaters besorgter Blick auch ihm. Seine Miene verfinsterte sich.

Ich bin oben an meinem Fenster, erlaube mir die Beobachtung, daß ein ›sicheres Auftreten‹ in den meisten Fällen auf Dummheit beruht, daß bei einem gewissen Grade von Klugheit kein sicheres Auftreten vorhanden ist, und daß ein sehr hoher Grad von Klugheit nötig ist, um aufs Neue ein sicheres Auftreten zu besitzen. Der gesunde und ›einfache‹ Mensch mit Beinen, die fest an ihrem Platze stehen, und geradeblickenden Augen, die unverwirrbar sind, wie diejenigen einer Kuh, – hat ein sicheres Auftreten, das ist ganz klar. Mit einem gewissen Grade dagegen, wie gesagt, von Bildung, Feingefühl, psychologischer Reizbarkeit und Einblick in die verwirrende Kompliziertheit, Unheimlichkeit und peinlichen Finessen des Verkehrs zwischen Menschen ist selten genügend Nervenkraft verbunden, als daß ein ›sicheres Auftreten‹ vorhanden sein könnte.

Falsch war das nicht; aber es klang, wie er nicht länger klingen wollte. Er streckte sich und holte tief Luft. Dann schrieb er energisch:

Und es gehört, möchte ich glauben, die klare, übersehende und ordnende Geisteskraft eines Goethe dazu, um dennoch über ein sicheres Auftreten zu verfügen.

Er klappte das Buch zu, schloss das Fenster und kleidete sich an. Als er ausging, stellte er sich vor, wie ein Journalist die Szene schildern mochte:

Für unsereins ist es ein Traum, für den jungen Dichter aus München hingegen ein ganz normaler Vormittag: Kaum bemerkt er noch im Vorübergehen den Wunderbau des Pantheon, der seit fast zwei Jahrtausenden in der ewigen Stadt Himmel und Erde verbindet. Denn unseren Dichter zieht es heute in die Vatikanischen Museen, bekanntlich die größte Schatzkammer abendländischer Kunst. Dabei wird er begleitet von seinem Bruder, dem Schriftsteller Heinrich Mann, der auf der anderen Seite des Pantheon, nahe einer Ausgrabungsstätte antiker Tempel, Wohnung genommen hat. Unseren Lesern ist Heinrich Mann womöglich bereits bekannt durch seinen Debütroman »In einer Familie«. Heute zieht es die Brüder zur Sixtinischen Kapelle. »Die Kunstwerke der Antike und der Renaissance sind für uns ein nie versiegender Quell der Inspiration«, erklärt der Dichter aus München, bevor er sich mit einer höflichen Verneigung von uns verabschiedet. Wir werden gewiss noch von ihm hören.

Als Thomas den dritten Stock betrat, grüßte er die winzige, wie verdorrt aussehende Vermieterin, die vor einer Schüssel sitzend Kartoffeln schälte. Vor der Wohnungstür lag ein Stapel Briefe. Thomas trug sie – die Tür war unverschlossen – hinein. Aus dem Nebenzimmer drang das Geräusch plätschernden Wassers.

Aus Heinrichs Post der vergangenen Wochen stach Thomas ein blütenweißer Umschlag ins Auge. Die feine, heiter sich aufschwingende Schrift kam ihm bekannt vor. Er griff nach dem Brief. Doch Heinrich war schneller und sah ihn fragend an.

»Ist vielleicht von Ilse«, sagte Thomas.

Heinrich, mit feuchten Haaren und den Oberkörper entblößt, drehte das Kuvert um. Mit seinen nassen Fingern verwischte er die Schrift. Die Empfängeradresse *Via di Torre Argentina 34 III* blieb noch leserlich, sonst aber allein *Mann*. Vom Absender war nicht mehr übrig als *Lübeck*. Heinrich hob den Umschlag zur Nase. »In Lübeck kenne ich eine, die benutzt ähnliches Parfum.«

Parfum? Nein, das passte nicht zum kurzsichtigen Mädchen im Trägerkleid, das ihn so gern am Klavier begleitete. Andererseits erinnerte er sich gut an Ilses Kuss auf seiner Wange, an die Wärme ihres Hauchs, und er wurde nervös.

»Darf ich ihn öffnen?«, fragte er beiläufig.

»Wir sollten los, sonst sind Besuchermassen da.«

»Nur ein kurzer Blick.«

»Ach …« Heinrich hob die Mundwinkel auf eine Weise, die Thomas nicht gefiel. »*So* ist das.«

Thomas presste die Lippen aufeinander. Mit den Frauen, die sein Bruder aufsuchte, hatte Ilse nichts gemein. Im Gegenteil, er musste sie vor ihm schützen.

»Ich gehe den Stapel später durch«, sagte Heinrich. »Ich sage dir Bescheid, falls … Apropos.« Er legte die Post auf einen Stuhl und ging zurück ins Nebenzimmer. Als er kurz darauf wiederkam, mit seinem Bruder die Wohnung verließ und die Treppe hinab ins Freie ging, folgte ihm eine Rasierwasserwolke.

Und Thomas trug in seiner Jackentasche den Brief.

Noch bevor sie das Tiberufer erreicht hatten, glaubte Thomas sich vom dahinter liegenden Petersplatz angezogen. Im Jahr zuvor hatte er, noch ganz gehoben vom Besuch einer pompös zelebrierten Messe im Petersdom, einen Geistlichen arglos gefragt, wer der *Priester* dort drinnen gewesen sei. Nie würde er den Blick des österreichischen Prälaten vergessen, der ihm kühl beschied, es handle sich dabei um Kardinalstaatssekretär Rampolla, einen Vertrauten des Heiligen Vaters.

Sie gingen zum Haupteingang der Museen. In der Kapelle angekommen, eilte Heinrich sofort zu einer Stelle, die es ihm besonders angetan hatte. Hingegen hegte Thomas, der zum ersten Mal hier war, geringe Erwartungen. Zu viele nackte Leiber. Lieber läse er den Brief.

Dann sah er auf. Dieser Blick. Dieser panische Blick:

Ein Sünder wurde, über einem Auge die Hand und mit dem anderen ins Grauen starrend, von Dämonenhänden hinabgezogen. Und oberhalb der Szene, was war das? Ein Sack? Nein – und ja: Es war die in einem Stück abgezogene Hülle eines Menschen. Diesen Hautlappen hielt ein Mann lässig in der einen Hand, während er sein Tatwerkzeug, ein Messer, mit der anderen stolz dem Erlöser präsentierte. War *das* etwa das Selbstbild des großen Künstlers?

Thomas tastete nach dem Brief. Zu dieser frühen Stunde waren nur wenige Besucher hier. Keine Chance, um sich vor Heinrich zu verbergen. Kurzentschlossen ging er zum nächsten Ausgang. Kaum angekommen in einem kleinen Innenhof, bat ihn ein Wächter in Schwarz, *andate avanti, da questa parte.* Drei Mal scheuchte man Thomas höflich weiter, bis er in einem majestätisch stillen Hof zum Stehen kam. Dort fand er sich umringt von mindestens einem Dutzend antiker Statuen. Eine stach heraus. Ihretwegen also, dachte Thomas, lotste man die Besucher hierher.

Der junge, nur mit einem Umhang bekleidete Mann wirkte beinahe schwerelos. Sein linker Fuß berührte kaum den Boden. Gerade erst hatte er von seinem unsichtbaren Bogen einen Pfeil abgeschossen, dem er nun interessiert, aber ohne Eifer und Sorge nachschaute. Der Apoll von Belvedere, da hatten die Reiseführer recht, war ein Wunderwerk: Losgelöst von aller irdischen Schwere, übersah er die Welt heiter, überlegen und wie von fern. Thomas trat einen Schritt näher. Ähnelte das ebenmäßige Gesicht nicht ein wenig dem des Jungen? Ja, doch, dachte er und lächelte leicht. Doch, doch.

Der Brief.

Hastig, fast schuldbewusst, zog Thomas das Kuvert hervor: Es roch kaum noch. Selbst wenn das Schreiben von Ilse stammte: Was sollte schon darin stehen? Der effektvolle Abschied in München, die Duftnote – das passte zu einem neunzehnjährigen Backfisch, der seine Reize ausprobierte. Dafür war Ilse der *liebe Tommy* natürlich recht, gerade weil er sie so lange kannte und in sicherer Entfernung weilte. Er war ihr unfreiwilliger Übungspartner. Vermutlich schämte sie sich längst.

Lieber Tommy,

hier in Lübeck ist noch immer

»Gib mal her.« Heinrich hatte ihm den Brief entrissen und las.

»Bitte«, sagte Thomas gepresst. »Er ist für mich.«

»Bist du sicher?« Heinrich blickte nicht auf.

»Natürlich.«

»Ja, jetzt. Aber das wusstest du vorher nicht.« Der Bruder las und las.

»*Bitte.*« Thomas streckte die Hand aus.

»Er hätte auch für mich sein können.«

»Es tut mir leid.«

Heinrichs Verärgerung wandelte sich zu Langeweile. »Steht nichts drin. Schreibt von irgendeinem Roman. Offenbar nicht mal ein guter. Da.« Er reichte ihm das Papier. »Eigentlich schade um die Kleine, nicht wahr?«

»*Schade*?«

»Findest du nicht? Gut, sie ist versorgt. Ihre Mutter ist bestimmt froh. Aber das kann doch nicht alles sein.«

»Was *meinst* du?«

»Weißt du es noch nicht?«

Er sah Heinrich fragend an.

»Oh … Ach so. Na, ich habe es von Carla. Natürlich streng geheim.« Er rollte die Augen. »Aber ich dachte, Ilse hätte dir … spätestens beim Abschied?«

Endlich begriff Thomas. »Nein«, sagte er matt, »nichts.«

»Ist, soweit ich weiß, ein Kaufmann, recht wohlhabend. Gerade nach Lübeck gezogen. Will sich etablieren. Da ist die Tochter vom ollen Martens natürlich eine gute Partie. Auch wenn, seitdem der tot ist, in der Mühle einiges durcheinander gehen soll.«

»Ist sie schon offiziell – die Verlobung?«

Heinrich schüttelte den Kopf. »Sonst hätte sie dir doch davon geschrieben.« Er hielt inne. »Macht es dir etwa was aus?«

»*Nein*«, sagte Thomas gedehnt. Er stopfte den Brief, ohne ihn zuvor zu falten, in die Jacketttasche, und starrte auf den Steinfußboden.

Eine ganze Weile blickte er Heinrich nach, der, die Hände hinter dem Rücken verschränkt, die Skulpturengalerie abschritt wie ein Fürst seine Garde. Wie es wohl war, dachte Thomas, sich seiner selbst so sicher zu sein? Er faltete ebenfalls die Hände hinter dem Rücken. Sofort stand er aufrechter, und das Kinn hob sich. Bald wurde ihm das unbequem. Er zog noch einmal den Brief hervor und las.

Dessen Beginn, gar die ersten eineinhalb Seiten schienen Heinrichs Urteil zu bestätigen. Doch als Thomas zum letzten

Abschnitt kam, öffnete er den Mund einen Spaltbreit. Er sah sich um, las die Passage erneut, und seine Lippen formten tonlos die Worte:

Meinen Rat?

11.

Leider ist es eine tiefe Wahrheit, dass »der Mensch so ist wie seine Liebe«, aber warum und woher kommt diese Liebe? Eine Frage ohne Antwort, und wie der Verrat der Frau, wie die Schwäche des Mannes, wie das Leben selbst, ein grausames, grausames Rätsel.

Paul Bourget: *Cruelle Énigme* (1885)

Vielleicht war es einfacher, dachte Heinrich, wenn er mit ihrem Äußeren anfinge. Das Aussehen sagte schließlich viel über das Wesen einer Frau. Natürlich hatte sie langes, volles Haar, das bis auf die Schultern reichte. (Oder trug sie es zum Knoten gebändigt am Hinterkopf, wie eine griechische Göttin?) Auf jeden Fall waren ihre Arme schlank und ihre Schultern zart (wobei »schlank« und »zart« zu plump klangen und ersetzt würden). Und feingliedrige Hände hatte sie, mit milchweißer Haut, unter der sich die blauen Venen abzeichneten wie klare Bäche. Heinrich griff seinen Stift und schrieb: … *blaue Venen abzeichneten wie klare Bäche.* Damit ließ sich arbeiten, dachte er. Oder nicht? Er lehnte sich zurück, und hätte Tommy nicht neben ihm gesessen, so hätte er laut geseufzt.

Vor ihm auf dem Tisch lag, was vor einer Stunde die Rückseite eines Briefs der *Pan*-Redaktion gewesen war. Jetzt war sie ein Buchstabenmassengrab. Hinter dunklen Durchstreichungswolken ruhten Szenenideen, Sprachbilder und erste Sätze, allesamt kurz nach der Geburt hingestreckt von der Hand ihres zornigen Schöpfers. Heinrich schob das Papier von sich und tastete seine Weste nach Streichhölzern ab. Bald darauf umfing ihn scharfer, tröstlicher Zigarettenrauch.

Die Nachmittage verlebte er gern hier oben. In einem Straßencafé einen Cognac zu trinken und dabei die halbe Stadt bis zum Petersdom unter sich ausgebreitet zu sehen war ein preisgünstiges Vergnügen. Normalerweise ließ es sich hier gut arbeiten.

»Kommst du mit?«, fragte Tommy.

»Ich muss noch ein bisschen weitermachen.«

»Ist angeblich das letzte öffentliche Konzert dieses Jahr.«

»Bist du sicher?«

»Zumindest das letzte mit Vessella persönlich.«

Heinrich zuckte die Achseln.

»Das letzte Mal *Wagner*...«

Unter Palmen und einem herrlich blauen Himmel wirkte Tommys Faible fürs bedeutungsschwer Raunende dermaßen komisch, dass Heinrich beinahe seinen Ärger vergaß. Als hätte er nicht genug zu tun mit der Dezember-Ausgabe des piefigen Blättchens, musste er dem Verlegersohn dabei auch noch das kleine Einmaleins der Textredaktion beibringen. (Wo blieb Junior eigentlich? Es war schon nach drei.) Was ihn aber besonders verdross, weil es die Herrschaft über sein Talent infrage zu stellen schien, das war diese lästige kleine Erzählung.

Anfangs hatte er Juniors Schreibvorgaben durchaus reizvoll gefunden. Und natürlich fiele es ihm nicht schwer, eine Liebesgeschichte, die den Titel *Enttäuschung* rechtfertigte, vor italienischer Kulisse spielen zu lassen. Anders verhielt es sich bei Juniors Vorgabe, alltägliche Figuren zu zeichnen, die *einem hier über den Weg laufen können müssten.* Ja, sicher, hier gab es jede Menge Frauen: in Weiß und Schwarz gewandete Kindermädchen, die Jungen in Matrosenanzügen und Mädchen in Rüschenkleidchen zischend und mahnend zu bändigen versuchten; Körbe tragende Bauersfrauen mit groben roten Röcken, an denen der Kot der Straße hing; und zwei, drei junge Damen mit Hut, die sich von Galanen, denen gerade erst der Bart wuchs, am steinernen Geländer den prächtigen Ausblick zeigen ließen. All diese Frauen waren real, aber nichts an ihnen war wahr. Denn was konnten sie ihn lehren über das Mysterium des Lebens? Was trugen sie in sich, das so zart, so kostbar war, dass sie lieber zugrunde gingen, anstatt es preiszugeben? Nein, sie alle taugten wohl zum Leben, aber nicht zur Literatur, denn sie bargen kein Geheimnis.

Tommy stand auf und richtete sein Jackett.

Heinrich zeigte auf zwei Espressotassen und eine leere Zigarettenschachtel. »Ich kann nicht für dich zahlen.«

»Natürlich.« Langsam zählte sein Bruder ein paar Münzen ab. Schließlich sagte Tommy: »Vielleicht ist sie auch da.«

Heinrich schüttelte den Kopf.

»Sie hat gesagt, wenn sie in der Stadt ist, besucht sie jedes Konzert.«

»Und selbst wenn.«

»Du könntest sie ja zumindest fragen.«

»Geh besser los. Sonst stehst du ganz am Rand und hörst so gut wie nichts. Wir sehen uns morgen früh noch mal.«

»Wenn wir uns beeilen, könnten wir Ausschau nach ihr halten.«

»Das Geld ist *weg*!«

Tommy nickte, ohne ihn anzusehen, und nahm eine von Heinrichs russischen Zigaretten. Dann ging er in Richtung der Spanischen Treppe.

Wie naiv er ist, dachte Heinrich. Man fragte eine Frau – und sei sie eine Schauspielerin – nicht nach Geld. Auch nicht nach dem eigenen. Täte er es dennoch, nötigte er Signorina Alberini bloß, das Geschehene zu leugnen. Damen nahmen von einem Fremden keine dreihundert Lire an, um diese einem anderen Fremden zu übergeben, damit der einen Strizzi zahlen konnte. (Ohnehin war es doch sehr unwahrscheinlich, dass Junior sich wie ein Herr verhalten und der Signorina noch am nächsten Tag, vor ihrer Abreise aus Venedig, das Geld zurückgegeben hatte.) Und dann war da dieser Ausdruck in den Augen, als sie von der Sache mit der Ohrfeige hörte. Heinrich ertrug alles, nur keine vorwurfsvollen Blicke schöner Frauen.

Er sah der schmalen, schwarzen Silhouette hinterher. Natürlich wollte Tommy nur helfen. Aber Heinrich brauchte keine Ratschläge. Erst recht nicht von seinem kleinen Bruder. Was er brauchte, war eine Inspiration. Natürlich wusste er, an wem diese *milchweiße Haut* ihm jüngst aufgefallen war. Aber etwas, das er nicht zu fassen bekam, ließ ihn zögern. Irgendwo zerbrach Porzellan. Ach, was soll's, dachte Heinrich. Was hatte er schon zu verlieren? Er legte noch ein paar Münzen auf den Tisch und rief:

»Tommy?«

Sie hatten Glück, die Piazza Colonna begann erst sich zu füllen. In der Mitte umstanden Dienstmädchen und fliegende Händler den mächtigen, bereits im Schatten liegenden Sockel einer Steinsäule. Die Colonna Marco Aurelio wand sich spiralförmig in den Himmel und war höher, älter und schöner als alle Paläste, die ihre Nähe suchten. Wenige Meter westlich von ihr war die runde, vierstufige und mit einem Gitter geschützte Orchester-Tribüne noch leer. Daran grenzte ein zweiter, höherer Zaun, der den Platz in zwei Abschnitte teilte: Ein kleinerer Bereich für jene, die imposante Summen zahlten für Stuhl, Tischchen, Kellnerdienste und die beste Akustik. (Denn die Musiker spielten in ihre Richtung.) Das weit größere Areal gehörte dem Gratispublikum. Dieses bekam die Rückenansichten der Musiker zu sehen und konnte, Windstille vorausgesetzt, einen recht guten Klang erwarten. Hier, im Schatten der Säule, platzierten sich die Brüder.

Die Musik würde beginnen, wenn die Piazza in Laternenlicht gehüllt war. Jetzt glitzerte noch Tageslicht auf dem Wasser des Springbrunnens weiter östlich. Um das große Rund jagten schreiende Kinder einander nach. Ein riesiger Hund, das Maul mit einem Lederriemen verbunden, zog, von einem Mädchen geleitet, einen Obstkarren vom Platz. Zwei Bauchladenhändler priesen Zigaretten an, und ein paar junge Männer brachen alle paar Sekunden in klingendes Gelächter aus. Heinrich lebte lange genug im Süden, um zu verstehen, wie charakteristisch die Szene war. Die Menschen hier, dachte er, zogen das Laute stets dem Leisen vor, das Kitschige dem Originellen, das Triebhafte dem Verfeinerten. Nicht Geist interessierte sie, sondern das Spektakel. Gedankenlos lebten sie zu Füßen einer großen, untergegangenen Kultur.

»Oh …«, machte Tommy leise. »Hätte nicht gedacht, dass er kommt.«

Heinrich folgte seinem Blick. Aus einer Seitenstraße trat ein auffallend großer, breitschultriger Mann, der sich suchend umschaute. Als er die Brüder sah, hielt er direkt auf sie zu. Neben ihm mühte sich ein deutlich kleinerer, korpulenter Mann, Schritt zu halten. Dabei prüfte er den Sitz seiner hochgezwirbelten Schnurrbartenden.

»Du hast ihn *eingeladen*?«, fragte Heinrich.

»Nur das Konzert *erwähnt*. Und er sagte, er sei bereits verabredet.«

»Ja, mit mir.«

»Hm … Aber wahrscheinlich treffen wir gar nicht auf die Schauspielerin.«

»Und wenn doch?«, fragte Heinrich.

Tommy schwieg, bis Junior sie begrüßte. Bei sich hatte er seinen Korpsbruder. Seit Venedig hatten die Brüder Klemzig nicht gesehen (und beinahe vergessen).

»Herrlich, was?«, sagte Junior. »Mein Vater hat mich schon mit elf Jahren in die *Meistersänger* mitgenommen. Er liest alles über Wagner. Und jetzt also *hier*!« Er sah sich um auf dem Platz, als gehöre der ihm.

»Die deutscheste Musik«, sekundierte Klemzig in die Runde nickend. »Urdeutsch.«

»Ich habe dort oben auf Sie gewartet«, sagte Heinrich.

»Na, Herr Mann!« Es klang wie *Hermann.* »Nichts für ungut. Ich bezahle Sie ja trotzdem.«

Nein, dachte Heinrich, *dein Vater zahlt.* »Sie haben Glück«, sagte er ruhig. »Da vorn ist um diese Jahreszeit manchmal noch etwas frei.«

Junior blickte zur Absperrung. Dahinter flochten Kellner Blumen an den Holzzaun, der den Pavillon für die Vermögenden umgab. »Ich *weiß* nicht …«

»Die Säule nimmt dem Klang doch sehr die Nuancen«, sagte Heinrich. »Außerdem stehen hier gleich die *Italianissimi.*«

»Die wer?«

»Aufgeregtes Publikum, das ausschließlich heimische Komponisten hören will. Balkons und Pavillon sind in der Hand der Wagnerianer. Ich fürchte, es wird Tumult geben. Das gibt es jedes Mal.«

»Was für ignorantes Volk. Sie gehen also auch hinein?«, fragte Junior.

Heinrich schüttelte den Kopf.

»Verstehe. Na«, sagte Junior zufrieden, »dann bleiben wir. Und vielleicht vergeigen die es ja. Ich meine, es sind immer noch Italiener.«

»Urdeutsch«, wiederholte Klemzig und nickte.

Heinrich sah sich um. Immer mehr Männer in dunklen Anzügen, manche in Begleitung von Damen in hellen Kleidern und weißen Hüten, füllten die Piazza. Die Sonne ging unter. Bald würde er die Signorina nicht mehr ausmachen können. Andererseits musste er verhindern, dass sie ihn hier mit Junior plaudern sah. Sonst würde sie erkennen, dass er den Geld erbettelnden Freier aus Venedig kannte. In ihren Augen wäre Heinrich nicht länger ein Gentleman, der einer Dame in Not großzügig ausgeholfen hatte, sondern eine zwielichtige Figur, die sich vor ihren Kumpanen hinter Garderobentüren verbarg. Dann wäre es zwecklos, die Schauspielerin zu fragen, ob Junior ihr das Geld zurückgezahlt habe: Solle doch sein Freund, der

Freier, ihm dreihundert Lire geben und sie in Ruhe lassen! In was für eine Posse, dachte er, bin ich da bloß hineingeraten. Mit Mühe atmete Heinrich tief ein und blickte die Säule empor. Als er ausatmete, hatte er sich entschlossen.

»Entschuldigen Sie mich«, sagte er betont beiläufig. »Ich komme gleich wieder. Sie bleiben doch hier stehen?«

Ohne auf Antwort zu warten, eilte Heinrich zwischen den Besuchergruppen hindurch auf einen Palast zu. Als er sicher war, dass Junior ihn nicht mehr sehen konnte, bog er links ab, dann ein zweites und ein drittes Mal. Danach hielt er wieder auf die Platzmitte zu. Halblaut *scusi, signor* und *scusi, signora* nuschelnd, machte er sich daran, den Säulensockel zu erklimmen. Auf der gegenüberliegenden Seite der Säule, höchstens zehn Meter entfernt, standen die anderen. Heinrich hüpfte hoch, stützte sich im richtigen Moment auf die Hände und nahm die erste, etwa eineinhalb Meter hohe Schwelle. Auf der Steinkante kniend, verschnaufte er – aber nur kurz, denn ein dreister Dieb wollte ihm offenbar die Schuhe entreißen. Doch als er hinabblickte, waren es zwei rauchende Arbeiter, die seine Beine festhielten, damit er auch die zweite Schwelle erreichte. Während die Männer ihn das entscheidende Stück nach oben hievten, nahm Heinrich sich das Versprechen ab, so etwas nie, nie wieder zu tun.

Er wäre gar nicht in diese peinliche Lage geraten, hätte er allein an sich gedacht. Aber nein, er hatte ja Tommy helfen müssen. Er klopfte sich keuchend Kalksteinstaub von der Hose. Der Anflug von Scham, Groll und Trotz – der Gefühlsmelange seiner Jugendjahre – war stark genug, um ihm den Einundzwanzigjährigen vor Augen zu führen, der er gewesen war.

Einem Sträfling gleich, blass und mit hängendem Kopf, hatte er an jenem Frühlingssonntagmorgen die Suite im Hotel Bellevue betreten. Sein Versuch, auszubrechen, war gescheitert, das Leben so gut wie vorüber.

»Deiner Mutter und mir«, sagte Papa mit unterdrückter Wut,

»muss es also beschieden sein, durch unseren Sohn Schmerzen zugefügt zu erhalten.« Erregt schritt er, elegant wie je, vor Heinrich auf und ab. »Deine Altersgenossen absolvieren das Examen, bereiten sich durch das Studium aufs Leben vor. Und du? Durch Unbotmäßigkeit und Mangel an Willenskraft durchkreuzt du unsere Absichten. Heinrich, du lenkst in Bahnen ein, die nicht zum Glück führen!«

Wie sollte er dem großen Mann entgegnen, ohne ihn weiter zu enttäuschen? Er hatte ihm nie zu erklären gewusst, warum er nur halb hinhörte, wenn Papa mit den Hafenarbeitern scherzte oder mit Bauern über Ernte und Wetter plauschte. Beklemmung hatte ihm den Atem genommen beim Gedanken, es ihm eines Tage gleichtun, er sein zu müssen. Im Geiste lebte der Einundzwanzigjährige längst in Paris und London, Florenz und Rom. Nicht nach dem Glück sehnte er sich, sondern nach dem Leben.

»Wie dankt es mir mein Ältester«, fragte Papa gereizt, »dass ich ihn bei Buchhändlern in die Lehre gehen lasse – eine Freiheit übrigens, die ich niemals genossen habe?«, und gab selbst die Antwort: mit Faulheit, Widerwillen und völlig unangebrachtem Hochmut. Oder wolle Heinrich etwa behaupten, die Herren Zahn und Jaensch berichteten Lügen nach Lübeck? »Und jetzt willst du es noch wilder treiben, willst auch diese Chance ausschlagen wie ein verwöhntes Kind?«

»Ich«, sagte Heinrich, »ging davon aus, die Firma handle mit Büchern. Literatur. Aber das geschieht nur nebenbei. Sie verkauft Kupferstiche und Zeichnungen.«

»Das ist deine Entschuldigung? Deshalb willst du alles abbrechen und davonlaufen? Wegen eines Missverständnisses? Nein! Mein Sohn verlässt weder wie ein Flüchtiger noch wie ein Hinausgeworfener ein ehrenhaftes Haus. Im Leben steht man dort, wohin der Herrgott uns bestellt hat. Man hält durch.«

Bei den letzten Worten streckte der Senator sich zu voller Größe.

So viel Härte hatte Heinrich nicht erwartet. Doch das Urteil war gefällt. Seine Zukunft schrumpfte zu einem schwarzen Punkt.

»Ich werde mich nach Kräften bemühen, mein Benehmen so zu verändern, dass es dich befriedigt«, sagte er matt. »Was hieltest du davon, wenn ich, sobald hier alles geregelt ist, nach Berlin ziehe?«

»Berlin? Auf keinen Fall.«

Heinrich würde nie vergessen, wie der Senator ihn anblickte: als schaue er einem Leichenzug hinterher. Erst jetzt schien ihm aufzugehen, dass sein Erstgeborener niemals heimfinden würde. Dass er verloren war.

Wenn man aufgegeben worden war, dachte Heinrich, lasteten keine Erwartungen mehr auf einem. Man war frei.

Und so hob er den Kopf. »Ich gehe nach Berlin«, sagte er forsch. »Sofort. Ich bin großjährig. Wenn ich will, kann ich jederzeit bei Herrn Fischer als Volontär anfangen. Die Zusage habe ich schon.«

Papa tobte; doch es war nur ein Rückzugsgefecht: Man musste die Dehors wahren, sogar vor dem Erstgeborenen. In Wahrheit aber, das begriff Heinrich ein für alle Male, hatte ein Senatorensohn seine Würde zu behaupten – und sei es vor dem Senator selbst.

Noch im selben Monat zog er nach Berlin. Von dort eilte er ein halbes Jahr später, auf Mamas dringende Bitte, an Papas Krankenbett.

Heinrich klopfte den Staub von seiner Hose, sah sich auf der Piazza um – und kam sich plötzlich sehr dumm vor. Von hier oben ähnelten die hellen Strohhüte der Männer und imposanten Kopfbedeckungen der Damen Seerosen auf einem dunklen Teich. Wie sollte er so die Signorina erkennen? Heinrich sah zum Orchesterpodium. Dort versuchte ein Junge in kurzen Hosen, über die Brüstung zu klettern.

Heinrich erkannte den Kleinen sofort.

Bäuchlings ließ er sich vom Sockel hinabgleiten. Die Menge war noch dichter geworden. *Scusi, Scusi.* Endlich am Podium angekommen, fragte Heinrich atemlos auf Italienisch:

»Wo ist deine Schwester?«

Der Junge klammerte sich noch immer ans Podium wie ein Affe.

»Ist sie auch hier?«

Der Bengel blickte bloß interessiert und wie von fern.

»Wo wohnt ihr, hm? Komm, schreib mir die Adresse auf.« Heinrich zog den vollgekritzelten Brief hervor.

Der Junge achtete nicht darauf.

»Du kannst es mir sagen. Ich habe deiner Schwester geholfen, weißt du noch?«

Schweigen.

Verärgert über so viel Renitenz, hob er den Zeigefinger und sagte laut:

»So, mein Junge: Ich *verlange*, dass du mir *sofort* ...«

Im nächsten Moment war Heinrichs Kopf um dreißig Grad nach rechts gedreht, und seine linke Wange brannte. Er brauchte einen weiteren Augenblick, bis er begriff, dass der Junge ihn geschlagen hatte. Empörung, gemischt mit Scham und ein wenig Schmerz, rötete Heinrichs Gesicht.

Der Kleine aber sah ihn ruhig an, als habe er damit nichts zu tun. Dann ließ er sich vom Gitter hinunterfallen, ging ein paar Schritte und winkte Heinrich zu sich.

Was maßte dieser Flegel sich an? Glaubte er etwa, er liefe ihm hinterher? Der Junge rannte los. Als Heinrich ihn nach wenigen Metern aus den Augen zu verlieren drohte, schaute er sich kurz fragend um, ob jemand die Szene beobachtete. Schließlich räusperte er sich – und folgte.

Nach etwa zwanzig Metern drückte der Junge sich an die Seite einer Frau im schlichten, dunkelblauen Kleid. Sie beugte sich hinab zum Kind und strich ihm über den Rücken, was diesem sichtlich missfiel. Als sie sich aufrichtete, gab der schmale, schwarze Hut den Blick frei auf ihr gedankenverlorenes Gesicht. Für einen Moment glaubte Heinrich, darin so etwas wie Traurigkeit zu lesen, dann war es vorbei. Die Schauspielerin leuchtete.

»Was für ein angenehmer Zufall, Signorina Alberini.« Heinrich neigte das Haupt ein wenig tiefer als nötig, damit sie sein Erröten nicht sah.

»Ja«, erwiderte sie in einem Ton, den er nicht zu deuten wusste, »was für ein Zufall.«

Sie lehnte mit einer Hand am Springbrunnen, und der Schein einer Gaslaterne erleuchtete eine Gesichtshälfte, während die andere im Halbschatten lag. Das schmälerte ihre Schönheit nicht, im Gegenteil. Es war interessant, durchaus interessant.

»Ich sah Ihren Bruder, und da dachte ich …«

Sie zog den Kleinen an sich. Eine Pause entstand, in der eine weitere Laterne entzündet wurde. Noch eine. Irgendwo weiter hinten eine dritte. Heinrich bereute es, die Schauspielerin indirekt an die Ohrfeige in Venedig erinnert zu haben.

In diesem Moment riss der Junge sich los und lief davon.

Anstatt ihm mahnend hinterherzurufen, atmete die Signorina bloß hörbar aus und hielt eine Hand über das sprudelnde Brunnenwasser.

»Er mag keine Berührungen, nicht einmal von mir.« Mit nassen Fingerspitzen betupfte sie sich den Hals, als legte sie Parfum auf. »Ich möchte Ihnen für Ihre Hilfsbereitschaft danken. Wären Sie damals nicht gewesen …«

»Aber ich *bitte* Sie. Das war doch das Mindeste.« Heinrich war verblüfft: Die Schauspielerin selbst brachte das Gespräch auf das Geld, und das auf so unverfängliche Art! Sie erschien ihm noch ein wenig schöner.

Sie senkte den Kopf. »Ein grässlicher Kerl, nicht?«

Heinrich brauchte einen Moment, bis er verstand. »Sind Sie ihm noch einmal begegnet?«

Sie sah fragend auf.

»Ich frage nur, weil er versprach, Ihnen das Geliehene zurückzugeben.«

Ihre Lider schienen zu flackern, aber im Halbdunkel mochte das täuschen. »Bedaure. Aber das habe ich auch nicht erwartet von so einem … so einer Person.« Sie streckte sich, was ihren schlanken Hals ein Stück weit freilegte. »Das Orchester kommt sicher bald. Ich möchte Sie nicht aufhalten. Gewiss sind Sie in Begleitung?«

»Um ganz ehrlich zu sein« erwiderte er, als knüpfe er an etwas an, »beginne ich gerade mit der Arbeit an dieser Erzählung. Nichts Großes, eine Zeitschriftengeschichte. Aber sie bedarf natürlich eines gewissen Raffinements.«

»*Enttäuschung.*«

Er nickte. »Wie mein Bruder Ihnen dargelegt hat, würde ich gern eine Schauspielerin ins Zentrum des Geschehens stellen. Eine weibliche Hauptfigur, geformt nach dem Leben.«

»Und wie könnte ich Ihnen dabei behilflich sein?«

Mit Ihrem Duft, dachte Heinrich, der Mühe hatte, seinen Blick von ihrem Hals fernzuhalten. *Ihrer Anmut. Ihrem Geheimnis.* »Mit Ihrer Expertise.«

»Meiner Expertise …«

»Ich würde gern erfahren, wie Sie sich Ihre Zukunft auf der Bühne vorstellen. Ihre Hoffnungen. Auch Ihre Sorgen. Ich wohne übrigens nicht weit von hier: Via di Torre Argentina 34.«

Die Signorina kniff die Augen ein kleines Stück zu.

»Pardon«, sagte er, »ich meinte nur: Vielleicht dürfte ich Sie in den kommenden Tagen einmal beim Spaziergang begleiten?«

»Sagten Sie nicht, Sie hätten es sich anders überlegt?«

Aber da, dachte Heinrich, wusste er noch nicht, wie die Signorina das Kinn anhob, wenn sie einen Eindringling zurechtwies. Wie sie ihr Gegenüber durch eine winzige Augenbewegung zu ermahnen verstand. »Das war«, sagte er, »bevor ich die Ehre hatte, Sie persönlich kennenzulernen.«

Endlich lächelte sie.

Heinrich war erleichtert, ja, stolz. Zwar mochte er die dreihundert Lire nicht zurückbekommen, aber immerhin hatte er es nach Kräften versucht. Und er stand kurz davor, den Knoten der lästigen Geschichte zu lösen. Im nächsten Moment erkannte Heinrich, dass Signorina Alberinis Lächeln nicht ihm galt, sondern einem Gesicht in der Menge hinter ihm.

»Signor Schröter!«, rief sie winkend. »Signor Schröter!«

Heinrich drehte sich um. Vielleicht fünfzehn Meter entfernt stand Tommy. Er stach hervor, so steif und blass, wie er war, und reagierte erst, als sich neben ihm etwas regte. Junior lugte, die Stirn in Furchen gelegt, in Heinrichs Richtung. Langsam arbeiteten die beiden und Klemzig sich vor zum Springbrunnen.

Mit jedem zunehmend schweren Atemzug stand Heinrich klarer vor Augen, was gleich geschehen würde: Die Signorina erzählte Junior ihre Version des Geschehens in Venedig. Dem würde klar, dass Heinrich ihn aus dem Theater gelockt hatte, um ihn auszubooten. Tommy verlöre die Aussicht auf einen Novellenband und er, Heinrich, die Stelle beim *Zwanzigsten Jahrhundert.* Er wäre pleite.

Die drei kamen. Der vor Stimmen schwirrende Platz schwamm in orangegelbem Kunstlicht.

»Herr Schröter«, rief die Signorina lächelnd. »Wie schön, Sie wiederzusehen!« Dabei streckte sie den Handrücken leicht vor – vorbei an Junior, dessen unsicheres Lächeln der Verwirrung wich und hin zu Tommy. »Hoffentlich wird es Ihnen gefallen. Es ist Maestro Vessellas letztes öffentliches Konzert bis zum Frühling.« Tommy ergriff diese zögerlich und mit angedeuteter Verbeugung.

Danach ließ die Signorina sich Klemzig vorstellen. Der Korpsbruder schlug die Hacken etwas leiser gegeneinander.

Schließlich schaute sie Junior distanziert-freundlich an. »Und Sie …«

»Gestatten: Theodor Schröter junior. Aus Zürich. Sehr angenehm, gnädige Frau.«

Heinrich presste die Lippen aufeinander.

»Aber wir kennen uns doch«, hörte er die Schauspielerin sagen. »Leider erlaubten die besonderen Umstände es seinerzeit nicht, dass wir einander förmlich vorgestellt wurden.«

Junior blickte unsicher. »Ich verstehe nicht ganz.«

»Hoffentlich konnten Sie die Angelegenheit mit Ihrem Begleiter in beiderseitigem Einvernehmen beilegen.«

»Bitte entschuldigen Sie, aber...«

»In Venedig. Vor meiner Garderobe?«

Junior zuckte, sah die Umstehenden unsicher an. Fing sich rasch. »*Natürlich*. Wissen Sie, das Ganze war ein bedauerliches Missverständnis aufseiten dieses Herren, der darauf bestand, mich zu begleiten. Eine Verwechslung.« Er verengte die Augen zu Schlitzen. »Und woher, wenn ich fragen darf, kennen Sie die beiden Herren?«

Heinrich drückte die Schultern durch, bereit für die kommenden Schläge.

»*Woher*?« Die Signorina lachte wie über einen gelungenen Scherz. »Sie waren ja so freundlich, meiner Mutter Ihre Karte zu geben. Und da Sie darauf den Namen Ihres Hotels notiert hatten, hatte ich einen vielleicht etwas ungewöhnlichen Einfall.« Schon am Morgen nach jenem letzten Auftritt, sagte sie, habe sie mit ihrer Familie die Lagunenstadt verlassen. Das hätte sie Herrn Schröter natürlich mitteilen sollen. Das versäumt zu haben, bedaure sie. Auch habe sie den Betreibern des Theaters nicht die Verantwortung aufbürden wollen, das Geld an ihrer statt zu verwalten. Und daher – hier lachte sie wieder und schüttelte den Kopf über so viel Kühnheit – sei sie auf die Idee verfallen, Herrn Schröter am nächsten Morgen aufzusuchen. An der Rezeption jedoch beschied man ihr, diesen nicht wecken zu wollen; doch nähmen seine beiden Reisebegleiter im großen Saal bereits das Frühstück ein. Ob sie ihr Anliegen vielleicht an diese zu richten beliebe? Sie beliebte, und so habe sie das Vergnügen gehabt, diese beiden Herren kennenzulernen. »Sie werden verstehen: Ich wollte Ihre Reisebegleiter nicht mit finanziellen Angelegenheiten behelligen. Sie beide hätten mich sonst für alles Mögliche halten können. Vielleicht sogar« – hier senkte sie die Stimme – »für eine Betrügerin.«

»Ach so«, sagte Junior.

»Ach was«, machte Heinrich. Von diesem wundersamen Treffen hörte auch er zum ersten Mal.

»Wir drei plauderten ein wenig beim Tee. Dabei empfahl ich die Freiluftkonzerte. Haben Sie Herrn Schröter etwa gar nichts erzählt?«

Bevor Heinrich wusste, was er entgegen sollte, hörte er Tommy doch tatsächlich antworten:

»Uns kam in der Tat der Gedanke, es womöglich mit einer Betrügerin zu tun zu haben.«

»Verzeihen Sie«, warf Heinrich ein, »vielleicht habe ich meinen Bruder ein wenig bange gemacht mit Warnungen vor Missgeschicken, die einem unbedarften Besucher hierzulande …«

Der rhythmische Puls von Pauken, Hörnern und Trompeten ersparte es Heinrich, länger schlecht über sein Gastland zu sprechen. Unter Applaus marschierte das Orchester auf den Platz.

»Bitte geben Sie mir Gelegenheit, meine Schuld zu begleichen«, sagte Junior. »Wenn Sie so freundlich wären, mir Ihre Adresse zu nennen, werde ich Ihnen das Geld gern persönlich überbringen.«

»Wäre das möglich?«

»Gleich morgen!«

»Schön. Dann kommen Sie bitte zur Mittagszeit ins Teatro Valle. Fragen Sie nach Signora Alberini – das ist meine Mutter.«

Als Juniors Mundwinkel erschlafften, unterdrückte Heinrich ein Lächeln. Wie elegant die Signorina dieses halbe Kind auf die hinteren Ränge verwies, ihm jeden weiteren Kontakt versagte. Heinrich verstand immer nicht, was hier vor sich ging, aber begann es zu genießen.

»Entschuldigen Sie uns«, sagte Junior. »Wir werden dem Konzert von einem Café aus beiwohnen. Herr Klemzig zieht es vor, nicht so lange zu stehen. Kommst du?«

Ein paar Verabschiedungsworte später verschwanden die beiden in der Menge. Heinrich sah dem Sturm, der ihn verschont hatte, ungläubig nach.

»Mein Name ist Mann«, sagte er schließlich, »Heinrich Mann. Das ist mein Bruder Thomas.« Tatsächlich war ihm, als lerne er die Frau vor ihm gerade erst kennen. »Warum haben Sie das getan?«

Doch die Signorina blickte zum Podium. Vielleicht zwanzig Meter weiter bewegten sich dunkle Rückenansichten, und Blech glänzte. Die Musiker nahmen ihre Plätze ein.

»Gibt es vielleicht die Möglichkeit«, fragte Tommy nervös, »auf die andere Seite der Absperrung zu gelangen? In den Pavillon?«

»Jetzt noch?«, fragte die Frau. »Haben Sie denn eine Karte?«

»Ich versuche es trotzdem«, sagte Tommy.

Beinahe hätte Heinrich ihn davon abgehalten. Schließlich waren die teuren Ränge am Orchester alten römischen Familien vorbehalten. Außerdem standen dort noch die Wachleute. Doch er sagte bloß:

»Gut. Also bis morgen früh.«

Kurz darauf war er endlich wieder allein mit ihr.

»Warum?«, fragte er wieder. Die Menge klatschte noch lauter als zuvor.

Die Schauspielerin lächelte bloß, den Hals gereckt, und formte mit den Lippen ein Wort: *Maestro.*

Heinrich folgte ihrem Blick. Auf der obersten Stufe des Podiums stand Vessella. Den Taktstock empor gehalten wie ein Schwert, verbeugte dieser Feldherr der Musik sich huldvoll in alle vier Himmelsrichtungen vor dem jubelnden Volk von Rom.

Was für ein Theater, dachte Heinrich. Was für ein Leben.

Als er sich wieder umdrehte, war sie fort.

12.

Der eine Richard Wagner ist allein mit einer größern Menge Degeneration vollgeladen als alle anderen Entarteten zusammengenommen, die wir bisher kennen gelernt haben.

Max Nordau: *Entartung* (1892/93)

Mit enervierend kleinen Schritten zwängte Thomas sich vorbei an Herren und Damen, durch herben Pomadedunst und süßlichen Parfumduft. Wurde um ihn herum geklatscht, vermischten Luft, Schall und Farben sich zu etwas Unbenenn-, allein physisch Erlebbarem. Auf und ab wogte der Beifall, auf und ab. Die Menge war sich selbst Orchester und Dirigent, ihr Rhythmus glich dem tiefer Atemzüge. Alle paar Schritte reckte Thomas den Kopf aus dem Gedränge, um sein Ziel – ein schmiedeeisernes, mit Blumen geschmücktes Tor – im Auge zu behalten. Ruhe würde er dort nicht finden, aber vielleicht ein wenig Halt.

Beinahe fürchtete er sich davor, gleich die *Lohengrin*-Ouvertüre zu hören. Denn erklänge hier – wie bei ihrem letzten Beisammensein – das verführerische Gralsmotiv in A-Dur, könnte er wohl nicht anders: Er würde es als Zeichen verstehen, als Aufforderung des Schicksals, auf Ilses unerhörtes Ansinnen einzugehen.

Von Deinen Geldengpässen hat mir Lula berichtet. Können sie dazu führen, dass Du Deinen Italien-Aufenthalt abkürzen musst? Das würde ich natürlich bedauern. Du hast ihn so lange ersehnt. Und ich verstehe sehr gut, wie wichtig es ist, Neues kennenzulernen, bevor man das Bekannte wieder schätzen kann. (Außerdem war es anstrengend genug, Dich in den Zug zu setzen!) Andererseits würde ich mich freuen, Dich bald wiederzusehen. Vielleicht gar hier in Lübeck? Glaubst Du es mir, wenn ich Dir sagte, dass Du mir fehlst?

Seit Deiner Abreise habe ich viel gelesen. Das Meiste fändest Du sicher grässlich. Darunter ist kein einziger Norweger, Däne oder Russe, kannst Du Dir das vorstellen? Ich hoffe, ich mute Dir nicht zu viel zu, wenn ich schreibe: Die eine oder andere Figur darin lacht sogar!

Eine Geschichte, die ich gerade lese, beschäftigt mich sehr. Sie handelt von zwei jungen Menschen, die gemeinsam aufgewachsen sind. Nicht ganz wie Geschwister, aber doch so vertraut, dass sie einander schätzen, in allen Schwächen und Stärken. Der junge Mann ist grüblerisch, ein Welt- und Selbstzweifler, hat aber einen wunderbaren, mitunter schwarzen Humor, über den niemand lauter lacht als das Mädchen – oder besser: die junge Frau. Diese ist von Natur aus heiter, was bei ihr nicht zu verwechseln ist mit Oberflächlichkeit. Sie ist nur ein wenig unerfahren, weiß darum und will dazulernen. Sie spürt aber auch, dass ihr Heil nicht in der Ferne liegt, und dass sie um sich herum gute Freunde braucht. Ihr bester Freund ist der grüblerische junge Mann. Seit einiger Zeit vermutet sie, da könnte sogar noch mehr sein als Vertrautheit. Und deshalb erwägt sie das Undenkbare: Sie will sich ihm eindeutig zu erkennen geben.

Das Ende habe ich noch nicht gelesen. Um ganz ehrlich zu sein, bangt es mir davor. Was glaubst Du, lieber Tommy: Hältst Du es für möglich, dass die beiden zueinander finden? Dass sie miteinander glücklich werden: als Seelenfreunde, die sich auch lieb haben? Oder findest Du die Geschichte gar zu kitschig, zu fern aller Realität? Sollte ich das Buch lieber fortlegen?

Bitte gib mir Deinen Rat.

Deine
Ilsenschnibbe

Als er das Eingangstor erreichte, begriff Thomas, welches Risiko er eingegangen war. Er stand am Rande der Piazza. Hier hatte er zwar genügend Platz, um sich den feuchten Nacken zu kratzen. Und wenn er an den beiden Wachleuten vorbeilugte, erkannte er, am Ende eines etwa fünfzehn Meter langen Ganges und eingehegt von einem mit Blüten geschmückten Holzzaun, gusseiserne Tische und Stühle. Sogar jetzt noch – das Konzert musste jeden Moment beginnen – blieben Plätze frei. Der Pavillon war ein Paradies im Menschenmeer. Doch falls Thomas es nicht bald hinein schaffte, wäre er schlechter dran als zuvor. Hinter ihm lärmten die Besucher eines voll besetzten Cafés. Daneben verlief eine schmale, ein Echo erzeugende Gasse, in der Kinder einander anschrien. Zur Säule zurück wollte er aber auf keinen Fall. Die Menge wuchs und wuchs, und Thomas graute vor ihrem schwülwarmen, ein- und ausatmenden Riesenleib.

Und so trat er, die Schultern hochgezogen, vor den Eingang. Die Wachmänner in ihren schwarzen, schlecht sitzenden Fräcken glichen Kellnern. Der eine hielt den Kopf schräg, was seinem Gesicht einen ungläubigen Ausdruck verlieh; der andere blickte Thomas über seine schmale Brille hinweg misstrauisch an.

»Guten Abend, Signori. Verstehen Sie Deutsch?«

Der eine Wachmann legte den Kopf noch etwas schräger, der andere schüttelte den Kopf.

»Ah, nun gut. Also.« Thomas zeigte erst auf sich, dann auf das Idyll im Rücken der beiden Männer.

»Il biglietto, per favore«, sagte der Bebrillte.

»Ich habe keines. Aber es sind doch noch Plätze frei. Könnte ich vielleicht …?«

Thomas holte aus der Innentasche seines Jacketts einen Geldschein hervor, über dessen Wert er sich nicht ganz im Klaren war. Unsicher hielt er ihn den beiden hin.

»No, no, no. No, mio signore.« Die Männer wandten sich ab, als bereite der Anblick ihnen Übelkeit.

»Scusi«, sagte Thomas, »ich dachte nur: Bevor die Stühle frei bleiben ...«

Der schräge Wachmann bat ihn gestenreich, den Eingang frei zu machen. Ausgerechnet jetzt erwiesen sich Heinrichs Geschichten über Bedienstete hierzulande als übertrieben.

Wieder brandete Applaus auf, noch lauter, noch rätselhafter als zuvor. Besorgt, das Konzert könne beginnen, hielt Thomas Ausschau. Im selben Moment tat eine Frau, die im Begriff war, in die Gasse einzubiegen, das Gleiche. Es war die Schauspielerin.

Wie Heinrich die Frau gemustert hatte. So musste er, höchstens fünfzehn Jahre alt, geschaut haben, als er einer Dame vom Stadttheater persönlich ein Blumenbouquet verehrte. Die halbe Stadt tratschte über den frühreifen Sohn des Herrn Senators. Papa sprach über Tage kein Wort mit ihm. Das war nicht der Bruder, dem Thomas nach Italien gefolgt war.

Aber was zählte das noch? Das Lübeck seiner Kindheit war an einem kalten Oktobertag vor fünf Jahren zu Grabe getragen worden. Er aber lebte. Und so winkte er, den Hut in der Hand, und rief:

»Signorina Alberini!«

Als sie endlich bei ihm stand, erklärte er eilig die Lage.

»Sie wollen also«, unterbrach sie, »dass ich die beiden überrede?«

»Ich kenne mich nicht aus mit ... den hiesigen Gepflogenheiten.«

»Wie viel haben Sie ihnen geboten?«

Thomas hielt ihr den Schein hin.

»Verstehe. Warten Sie, ja?«

Die Schauspielerin wandte sich an die Wachleute, die sie angrinsten. Bald aber rückte der eine den Kopf gerade, und der andere sah sie durch die Brillengläser hindurch verständig an. Schließlich verschwand der Bebrillte in Richtung des Pavillons.

»Für den Bereich ist heute der Bühnenbildner von meinem Theater verantwortlich. Sie holen ihn her.«

»Ich danke Ihnen«, sagte Thomas ausatmend.

»Ich kann nichts versprechen.«

»Natürlich.« Er fühlte sich verpflichtet, etwas zu fragen. »Sie gehen schon? Wie bedauerlich.«

»Finden Sie?« Es entstand eine Pause, die auch der Lärm um sie herum nicht füllte. »Mein Bruder«, sagte sie endlich. »Ich muss schauen, ob er gut zu Hause angekommen ist. Und Sie? Wohnen sicher bei Ihrem Bruder?«

Er schüttelte den Kopf. »In einer Pension.«

»Wie ungewöhnlich.« Sie lächelte.

»Finden Sie?«

»Für zwei Brüder im Ausland...«

»Mein Bruder ist ein sehr privater Mensch.«

»Aber Sie schätzen einander. Sicher zeigt er Ihnen als Erstem, was er schreibt. Fragt er nach Ihrer Meinung?«

»Ich lese, was er mir gibt.«

»Verstehe.«

Wie anders die Schauspielerin auftrat, dachte Thomas. Sie hatte Heinrich, das etwas starke Kinn fast bis auf die Brust gesenkt, beständig von unten angeschaut. Nun aber tat sie gelassen, beiläufig, als wäre er ein alter Bekannter.

»Ihr Bruder hat mich sofort gefragt, warum ich Herrn Schröter das vorhin erzählt habe.«

»Sie hatten sicher gute Gründe.«

»Sind Sie nicht neugierig? Halten Sie mich vielleicht wirklich für eine Betrügerin?«

Jubel mischte sich in den Applaus, der sich über den Platz erhob, ihn einhüllte wie ein Vogelschwarm.

»Ich *bitte* Sie«, rief er. »Das sagte ich bloß, damit Ihre Geschichte glaubwürdiger erscheint!«

»*Glaubwürdiger?*«

»Wären mein Bruder und ich überzeugt gewesen, es mit einer Dame zu tun zu haben – warum hätten wir die Begegnung verschweigen sollen? So können wir Herrn Schröter sagen: Wir wollten ihn davor bewahren, noch schlechter von diesem schönen Land zu denken. Er ist ohnehin sehr kritisch eingestellt.«

»Und dann«, sie lächelte ihm mitwisserisch zu, »handelte es sich auch noch um eine *Schauspielerin.*«

»Sie sagen es!«

Das Lächeln versiegte.

Wie war es möglich, dachte er, dass er – ob er wollte oder nicht – die geringste Muskelregung im Gesicht eines Passanten wahrnahm; dass er jeder Zufallsbegegnung ihre einzigartige Sprachmelodie zuordnen konnte – und doch seinerseits nie den rechten Ton traf? Am schlimmsten war es gegenüber Frauen. Es gab nur eine, in deren Gegenwart er nicht immerzu daran dachte, dass er ein Mann in Gegenwart einer Frau war. Er tastete nach dem Brief.

»Beabsichtigen Sie, sich zu verheiraten?«, fragte die Schauspielerin.

Er brauchte einen Moment, um sich zu versichern, dass niemand Gedanken lesen konnte. »Pardon?«

»Nun, einerseits bleiben Sie längere Zeit in Italien. Andererseits wäre es eher ungewöhnlich, hier Ausschau nach einer Braut zu halten. Sicher haben Ihre Eltern eigene Vorstellungen von einer guten Partie für ihre Söhne.«

Er hob leicht den Kopf. *Ihre Söhne.* Die Schauspielerin erkundigte sich nicht nach ihm, sondern Heinrich.

Darauf zu antworten wurde ihm erspart, denn der Wachmann kehrte zurück. Bei ihm war ein hochgewachsener, sehr aufrecht gehender Herr im grauen, elegant geschnittenen Dreiteiler. Sein weißer Vollbart war perfekt gestutzt, sein Blick fest und ruhig. Nach kurzer Unterredung sagte die Schauspielerin laut: »Es tut mir leid.«

»Aber es sind noch Stühle frei.«

»Alle Sitzplätze sind bezahlt. Sie können sie ja nicht noch einmal verkaufen.«

Fanfarenstöße. Thomas hörte sie undeutlich, beschmutzt vom Gemurmel ringsum, von Applaus und *Basta*-Rufen auf den umliegenden Balkonen. Erschüttert stellte er fest, dass das Orchester doch tatsächlich die Totenklage um Siegfried geben würde: den Höhe- und Schlusspunkt von fünfzehn Stunden der wundervollsten Musik. Brünnhilde erhob sich traurig und entschlossen von ihrem ermordeten Gemahl. Das Ende der alten Welt nahte.

»Aber«, stammelte Thomas und zeigte auf den Pavillon, »aber es hat ja schon begonnen. Niemand wird sehen, wenn ...«

Der Verantwortliche schüttelte den Kopf.

Brünnhilde befahl, ihr am Ufer des Rheins einen Scheiterhaufen zu errichten, und Thomas war der Verzweiflung nahe.

Einen Gehstock in der Hand, aber keine Karte, ging ein älterer Herr in den Pavillon. Der Verantwortliche nickte.

Thomas sah die Schauspielerin fragend an.

»Für gebrechliche Herrschaften machen sie Ausnahmen«, rief sie.

Er sah dem Alten hinterher, bis der sich, den Gehstock unter den Arm geklemmt, lächelnd setzte.

Brünnhilde pries die Reinheit ihres toten, von bösen Kräften getäuschten Gemahls. Hinter Thomas nieste jemand.

»Übersetzen Sie noch einmal für mich?«, bat er.

»Es ist schon spät.«

»Wird nicht lange dauern.«

In seinem Kopf sang Brünnhilde von dem Betrug, den Siegfried, vom Zaubertrank verwirrt, an ihr begangen hatte. Im Café fiel klirrend ein Tablett zu Boden. Die Schauspielerin schwieg.

»Bitte«, rief er. »Dafür sage ich Ihnen auch, was Sie wissen wollen!«

Die Signorina legte die Stirn in Falten.

»Was für ein Mensch mein Bruder ist!«

Sie schaute ihn erschrocken an. Dann senkte sie, wie ertappt, den Blick. »Bin ich eine so schlechte Schauspielerin?«

Er war klug genug, nicht zu antworten.

»Warum«, fragte sie, »sollte ich auf Ihre Worte viel geben? Sie werden sagen, er sei wunderbar! Sie sind schließlich sein Bruder!«

»Weil ich jemand bin«, rief er, »der einer Dame ins Gesicht sagt, er halte sie für eine Betrügerin!«

Sie errötete – und lächelte. Thomas ebenso. Er erkannte sich selbst immer weniger wieder. Was, dachte er, nicht unbedingt etwas Schlechtes war.

Kurz darauf soufflierte er der Schauspielerin eine Krankenakte.

Sein linkes Bein, erklärte sie wiederum dem Herrn im Dreiteiler, schmerze immerzu. Die ganze linke Seite – war das zu fassen? – in der ganzen linken Hälfte seines Körpers waren die Nerven zu kurz! Deshalb könne er manchmal auch nicht schlucken; es gehe einfach nicht! Sein schwacher Leib schmerze unaufhörlich. So sehr, dass er manchmal am liebsten aus dem Fenster spränge. Und dann diese krankhafte Blässe. Natürlich hoffe der Arme noch immer auf Besserung, aber die Ärzte sähen dazu wenig Anlass.

Das genügte. Ohne Thomas anzuschauen, wies der Torwächter ungeduldig in den Pavillon. Thomas wollte schon hineingehen, da hielt der Verantwortliche ihm die andere Hand hin.

Thomas gab ihm das Geld und eilte hinein. Auf halbem Wege zu den Tischen blieb er stehen.

Kaum hatte er sein Ziel erreicht, kam ihm sein Versprechen vor wie Verrat. Ein Urteil über Heinrichs Charakter zu fällen war so grotesk, wie über einen Berg zu richten oder das Meer.

Von Siegfrieds kaltem Finger zog Brünnhilde den *verfluchten Reif, furchtbaren Ring*, und Thomas hatte eine Idee.

Er fand die Schauspielerin noch immer am Eingang stehend.

»Als Heinrich und ich klein waren, teilten wir uns ein Zimmer. Wir teilten uns einfach alles: das Kasperletheater, Bücher, eine Geige – alles. Dann, von einem Tag auf den nächsten, redete er nicht mehr mit mir. Wenn ich den Schwestern eine Szene vorspielte – aus der *kleinen Seejungfrau* oder etwas ganz Albernes – saß er auf dem Sofa und beobachtete mich. Er war ganz ruhig. Aber wenn ich ihm nahekam, stand er auf und ging. Nach einem Jahr sprach er wieder mit mir. Als sei nichts gewesen. Bis heute weiß ich nicht, was geschehen war.«

Thomas atmete tief ein. Wie warm die Luft war, wie anders als daheim, und wie anders er selbst.

»Noch immer – wenn ich etwas schreibe oder abwäge und sogar jetzt, während ich über ihn rede – stelle ich mir vor, wie sein Blick auf mir ruht. So ein Mensch ist mein Bruder. So kann er sein.«

Die Schauspielerin lächelte, aber auf andere Art als zuvor; ihre Lippen formten ein *Danke*.

Thomas eilte zurück in den Pavillon, um zumindest den Höhepunkt klar und deutlich zu hören. Ausgerechnet jetzt – Brünnhilde hatte den Scheiterhaufen entzündet und war bereit, mit ihrem Ross in die Flammen zu springen – überholten ihn fünf, zehn, zwanzig Männer, mit entblößten Zähnen lachend; kichernd trippelnde Frauen, die Säume ihrer Kleider in Händen. Sie alle glitten vorüber, belegten die freien Plätze, gruppierten sich, den Sitzenden die Sicht raubend, vor dem Podium. Immer dichter und lauter wurde die Menge. Eine heitere Sintflut.

Und dann – Thomas konnte es in Verwirrung und Lärm nur erahnen – versank Walhall in Flammen. Die alten Götter starben.

Maestro Vessella verneigte sich, den Taktstock ans Herz gedrückt, in alle vier Himmelsrichtungen. Wie, dachte Thomas entsetzt, das war alles?

Auf dem Platz und den Balkonen ringsum begann ein Kampf, ein Hin und Her zwischen Beifall und Protest. Man schrie »Bis!« und klatschte in die Hände. Man schrie »Basta!« und pfiff. Es sah aus, als ob die Opposition das Feld behaupten werde; aber Vessella bissierte.

Das Orchester gab das Fragment noch einmal!

Und er, Thomas, stand eingekeilt in der wogenden, tosenden Menge, wankte und fühlte mit ihr. Diesmal wurde schonungslos in das Stück hineindemonstriert. Pfiffe und Schreie nach einheimischer Musik zerrissen die *piano*-Stellen, während beim *forte* die Zustimmungsrufe der Enthusiasten die Oberhand hatten. Dann aber kam unter *Evvivas* und *Abbassos* zum zweiten Male das Nothung-Motiv herauf, entfaltete über dem Straßenkampf der Meinungen seine gewaltigen Rhythmen, und auf seinem Höhepunkt, zu jener durchdringenden, schmetternden Dissonanz vor dem zweimaligen C-Dur-Schlag, brach ein Triumphgeheul los, das die erschütterte Opposition unwiderstehlich zudeckte, zurücktrieb, auf längere Zeit zu verwirrtem Schweigen brachte.

Thomas – fremd hier, wie diese Musik, mit dieser Musik – schrie nicht mit. Die Kehle war ihm zugeschnürt. Wider und tiefer als alle Vernunft empfand er: *So* war Liebe. Leidend und stolz, grenzen- und bedingungslos, erst im Tode voll erblühend. Sein Gesicht, spähend nach dem Podium, das wütende Italianissimi stürmen wollten und von den Musikern mit ihren Instrumenten verteidigt wurde – sein aufwärts gekehrtes Gesicht lächelte im Gefühl seiner Blässe. Fast glaubte er, dort oben ein geliebtes Blondhaupt zu sehen, und sein Herz pochte in ungestümem Stolz, in jugendlich krankhafter Empfindung.

Die Liebe *war* der Tod.

13.

(...) der Literat ist wesentlich Schauspieler – er spielt nämlich den »Sachkundigen«, den »Fachmann«. – Endlich die Frauen: man denke über die ganze Geschichte der Frauen nach – müssen sie nicht zu allererst und -oberst Schauspielerinnen sein?

Friedrich Nietzsche: *Die fröhliche Wissenschaft* (1882)

Die vermaledeite Erzählung begann Heinrichs Stolz zu beleidigen. *Aufs Papier werfen* – für Auftragsarbeiten wie diese, dachte er, war die Redewendung erfunden worden. Doch *Enttäuschung* weigerte sich, niedergerungen und weggegeben zu werden. Anstatt, wie es sich gehörte, sich Wort für Wort und Satz für Satz vor ihm aufs Papier zu legen, waberten Buchstaben durch seine geräumige Wohnung im dritten Stock. Natürlich machte Heinrich sich keine Sorgen über seine schöpferische Kraft. Doch kränkte es ihn, sich dieser überhaupt versichern zu müssen. Ihm gingen Geduld und Zigaretten aus.

Als es klopfte, hoffte er deshalb, es sei seine allzeit rauchende Vermieterin.

»Störe ich?«

Mit dem weißen Tuch, das ihr wie nebenbei und doch kunstvoll vom dunklen Haar bis über die Schultern floss, ähnelte sie einer Marienstatue. Heinrichs erster Impuls war, die Schauspielerin hineinzubitten. Doch war er klug genug, es zu unterlassen.

»Es ist spät, Signorina.«

»Ich weiß, wie das wirken muss.« Sie lächelte schüchtern.

Wenn du das weißt, dachte Heinrich, *warum bist du dann hier?*

»Nicht weit von hier stehen um diese Uhrzeit noch Kutschen.«

»Darf ich kurz hereinkommen? Meine Stimme ist etwas angegriffen, und meine Hände sind schon ganz kalt. Da.« Sie streckte die behandschuhten Arme aus.

Wie schön sie sind, dachte er, rührte sich aber nicht. »Die Vermieterin ist in solchen Dingen sehr rigoros.«

In Wahrheit scherte Signora Tordisasso, die nebenan wohnte, sich nicht darum, ob ihr Untermieter Damenbesuch erhielt. Abgesehen von den Bildern ihres verstorbenen Mannes und einem großen Vorrat billiger Zigaretten, interessierte sie nichts mehr. Ihre Art zu leben war ihr Tod. Damit schien sie vollauf einverstanden.

»Sie fragten doch, ob Sie mich bei einem Spaziergang begleiten dürften«, sagte die Schauspielerin.

»Es ist schon dunkel. Und Sie frieren.«

»Dann führen Sie mich doch durch Ihre Wohnung spazieren.«

»Wie bitte?«

»Sie könnten mir erzählen, wie ich Ihnen behilflich sein kann. Wir müssten nicht einmal Platz nehmen.« Ihr Lächeln war diesmal breiter, zugleich forscher und unsicherer. »Leider habe ich sonst nie Zeit. Immer gibt es Proben, Vorsingen und Auftritte. Und wenn ich andernorts ein Engagement bekomme, muss ich von einem auf den nächsten Tag reisen. Ich kann nur jetzt.«

Er blickte zur Seite.

»Ich verstehe«, sagte sie leise. »Die Schauspielerin aus Ihrer Geschichte stünde jetzt wohl kaum hier, oder?«

Er schwieg. Wie häufig war eine Dame, die einen ihr kaum bekannten Herrn so spät aufsuchte, wirklich eine Dame? Er aber hatte kein Geld für sowas. Im Gegenteil. Weil er ihre Garderobe betreten hatte, war er jetzt um dreihundert Lire ärmer. Dann hatte sie sich gegenüber Junior so gewandt aus der

Affäre gezogen. Ein wenig zu gewandt. Und welche Dame verschwand einfach? Nein, er hatte sich eingeredet, in der Schauspielerin etwas gefunden zu haben, das es in dieser Welt nicht gab. In der Wirklichkeit waren Frauen das Problem, für dessen Lösung sie sich ausgaben.

»Natürlich.« Sie seufzte. »Bitte verzeihen Sie die Störung.« Sie hüllte ihren eleganten Hals und den letzten Rest Stolz ins weiße Tuch und wandte sich zum Gehen.

Heinrich sah zum großen Tisch, auf dem Bögen voller durchgestrichener Satzfetzen auf ihn warteten.

»Ich weiß einfach nicht«, rief er in den Flur hinaus, »was die Schauspielerin täte!«

Sie blieb stehen.

»Es macht mich schier *irre*«, sagte er kopfschüttelnd. »Jede meiner Frauenfiguren könnte ich Ihnen aus dem Gedächtnis zeichnen. Aber die hier *sehe* ich nicht. Weder, wie sie spricht, noch wie sie geht. Sie schaut mich nicht einmal an.«

Sie drehte sich um. »Ach, nein?«

»Die Figur soll *nach dem Leben geformt* sein. Dümmeres habe ich nie gehört.«

»Ihr Bruder erzählte mir von einer Ihrer Geschichten. Er schätzt sie sehr. *Wundervoll*?«

»*Das Wunderbare.*«

»Geht es darin auch um eine Frau?«

»Selbstverständlich.«

»Darf ich sie lesen?«

Er horchte nach einem vertrauten Husten, doch die Witwe Tordisasso verweigerte ihm jeden Vorwand, das Gespräch hier im Flur weiterzuführen. Und so trat er zwei Schritte zurück und sagte:

»Bitte.«

Zwanzig Minuten später war er sich noch immer im Unklaren darüber, wen er da eingelassen hatte. Denn Signorina Alberini spazierte tatsächlich, ohne auch nur das weiße Tuch abgelegt zu haben, über den Steinboden der geräumigen *sala*. Tisch, Strohstühlen und Klavier elegant ausweichend, las sie Seite um Seite des Manuskripts. Was Heinrich aber am meisten verwirrte, war, dass sie kein einziges Mal Rührung erkennen ließ, geschweige denn tief bewegt aufseufzte.

»Brauchen Sie eine Erläuterung?«, fragte er. Schon seit Minuten saß er am Tisch.

Sie schüttelte beiläufig den Kopf.

»Und Sie können tatsächlich alles gut lesen?«

Nicken.

So benahm sich doch keine Schauspielerin, die auf sich hielt.

Schließlich atmete sie tief durch, legte die Blätter auf den Tisch und fragte: »Haben Sie Zigaretten?«

»Leider nicht mehr.«

»Besser so. Meine Stimme verträgt es nicht.«

Sie schaute im kargen, aber ofenwarmen Zimmer umher.

»Was gefällt Ihnen nicht?«, fragte er.

»Oh, der Stil ist großartig! Wie ein langes, dahinfließendes Gedicht. Wundervoll!«

»Aber?«

»Nichts.« Ihr Zeigefinger strich über die Tischplatte, hob das Manuskript leicht an und ließ es wieder fallen. Schließlich fragte sie:

»*Kennen* Sie solche Frauen?«

»Wie meinen Sie?«

»Frauen, die allein in verzauberten Wasserschlössern im Nirgendwo wohnen.«

»Der Erzähler rudert hinüber in ihre Welt, und in der …«

»Ich verstehe«, unterbrach sie. »Da gelten andere Gesetze. Nur: Warum ist die Frau, so …?«

»Ja?«

Sie griff nach den Papieren und blätterte darin, bis sie das Gesuchte fand. »*Langsam erschienen*«, las sie laut, »*die im Sonnen-*

duft verschwimmenden Konturen einer Frauengestalt. Sie setzte noch einmal die Ruder an, und die leichten Falten des weißen Gewandes verrieten die weichen Bewegungen schlanker Arme, die reizende Neigung des zarten Körpers. Die Ruder schleiften lautlos über die Wasserfläche zurück. Sie hatte mich erblickt. Von dem breiten Strohhut hingen durchsichtige Spitzen tief herab und beschatteten ihre blasse Stirn und ihre weit offenen ernsten Augen. Ich hatte mich weiter vorgebeugt und hielt ihren Blick aus, fast ohne ihn zu fühlen, als sei sie nur ein Traum.«

»Was möchten Sie mir sagen, Signorina?«

»*Und ich war kaum überrascht. Hatte ich doch, ohne es recht zu wissen, meinen Blütentraum fortgesponnen und See und Garten und Haus belebt, mit allem, was ich wünschen mochte, mit allem, was wir ahnen von Huld und Glück. Mir war nun, als hätte ohne sie hier kein Leben erstehen können. Sie war die Seele der Landschaft selbst.*«

»Ich kenne die Zeilen, ich habe sie ja geschrieben.«

Er zögerte, bevor er ein Glas bis zur Hälfte mit Wasser füllte und ihr reichte.

»Es ist nun mal«, sagte er betont ruhig, »eine Art Märchen.«

»Natürlich. Aber der Erzähler ist *keine* Märchenfigur. Der kehrt am Ende zurück in seine Heimatstadt, wird Anwalt, heiratet, zeugt Kinder.« Sie nahm einen Schluck.

»Er hat das Wunderbare schauen dürfen. Etwas, das Eigennutz und Kalkül hinter sich lässt. Er wusste, das kann nicht dauern. Aber er wird sein Leben lang beseelt davon zehren.«

»Und die Frau«, sagte die Signorina, »ist eine traurige Fee, ein todkranker Engel. Makellos. Und am Ende stirbt sie.«

»Weil sie«, konterte er mit unterdrückter Gereiztheit, »ein *Ideal* verkörpert. Das Wunderbare eben!«

»Sie steht also für alles Schöne, Reine und Edle. So eine Frau kann es nur auf dem Papier geben, richtig? In der Literatur? Was bleibt den Frauen, die *nach dem Leben geformt* sind? Was verkörpern die?«

Heinrich presste die Lippen aufeinander. In diese Falle würde er nicht tappen.

Die Signorina sah an sich hinab, als sei ihr schlichtes blaues Kleid plötzlich befleckt. »Es ist spät«, sagte sie leise.

Für einen Moment war Heinrich erleichtert. Als die Signorina aber zur Tür schritt, wurde ihm wie damals in Venedig, nachdem er zum ersten Mal Abschied von ihr genommen hatte: als würde er in eine dunkle Kammer gestoßen.

»Wie«, fragte er und stand auf, »wie würden *Sie* sich denn beschreiben?«

»Ich?«

»Warum sind Sie Schauspielerin geworden? Was hoffen Sie, und was macht Sie traurig?«

Sie blickte skeptisch zum Papier. »Oh, ich fürchte, ich würde Sie enttäuschen.«

»Das tun Sie nicht.«

»Außerdem möchte ich meine Geschichte nicht in der Zeitung lesen, und sei sie noch so gut erzählt. Mein Leben ist kein Steinbruch.«

»Dann«, Heinrich rang nach Worten, »dann erzählen Sie mir doch von einer Freundin!«

»Einer Freundin?«

»Ich möchte verstehen, wie eine junge Künstlerin, die einem hier über den Weg laufen könnte, wurde, wer sie ist.«

»Das heißt«, sagte sie mit einem zarten Lächeln, »diese Freundin ist *vielleicht* jemand, die spätabends bei Herren anklopft, die sie kaum kennt – und vielleicht auch *nicht*?«

»Oh«, sagte er mit gespielter Empörung. »Sie kennen doch nicht etwa jemanden, der *so* etwas tut?«

Sie lächelte wieder. Heinrich tat es ihr gleich und bat sie mit einer Geste, Platz zu nehmen.

Und noch während sie ihr Tuch abnahm und auf dem Schoß faltete, begann sie zu erzählen von einer Schauspielerin, die mitunter wünschte, sie wäre keine.

»Meine Freundin«, sagte sie, »verlebte eigentlich eine schöne Kindheit.« Mit der Mutter habe sie ein bescheidenes Steinhaus nahe des Gardasees bewohnt, nicht weit vom Sanatorium in Riva, wo Heinrich damals die Lungenblutung auskuriert hatte. Nur dieser Nordzipfel des herrlichen Gewässers stand noch immer unter der Herrschaft Seiner Majestät Kaiser Franz Joseph. In dessen Armee diente der Vater des Mädchens. Bei seinen ersehnten Besuchen brachte er der Kleinen verlässlich Geschenke mit, zumeist selbstgeschnitzte Figürchen. Von diesen zog das Mädchen die Pfeife rauchenden Gnome und die Ballerinas, die auf einem Bein balancierten, den stramm stehenden Soldaten und Holzgewehren vor. Der Vater freute sich, so eine hübsche Tochter zu haben, die in ihren stets reinlich gehaltenen Kleidchen eine sehr adrette Figur machte, und das tröstete ihn an guten Tagen darüber hinweg, noch immer keinen Stammhalter vorweisen zu können.

Die Mutter war komplizierteren Wesens. Ihr stets blasser Teint, das dichte, schwarze Haar und so weit im Norden fremd klingende Worte erinnerten bis heute an ihre Heimat Sizilien. Je älter sie wurde, desto häufiger beklagte sie feuchtes Wetter und erzählte verklärend von schier endlosen Sommern. Im Dorf nannte sie ihren Gatten stets »mein Mann, der Offizier«. Obschon ihre kleine Tochter vom Militär nicht viel verstand, war sie ziemlich sicher, dass es nicht zu den Aufgaben eines Offiziers der Gemeinsamen Armee zählte, den Kasernenhof zu bewachen (wobei man allerdings viel Zeit hatte, um Holzfiguren zu schnitzen). Als die Mutter jung gewesen war, hatte sie auf Bühnen in Catania und Palermo in verschiedensten Rollen die junge Unschuld gegeben. Aus jener Zeit kannte ihre Tochter nur ein sorgsam gehütetes Foto. Sie erkannte ihre Mutter kaum wieder: Darauf war ihre Mutter jung und schön und lächelte. Kurz vor ihrem Durchbruch, der sie nach Florenz und Rom hätte führen sollen, wurde die Mutter bei einem Gastspiel im kleinen Riva von einem in der Nähe stationierten Soldaten mit guten Karriereaussichten und »herrlichem blonden Haar« schwanger.

Sie hatte Glück: Der Kindsvater stellte sich seiner Pflicht zur Eheschließung und schickte verlässlich Geld, wenn auch selten genügend. Auf der Bühne etwas hinzuzuverdienen, war der Verheirateten natürlich verwehrt. Sie könne froh sein, sagten ihre Eltern: Sie war davor bewahrt worden, sich vollens zugrunde zu richten.

Als ihre Tochter vierzehn war, wurde sie ein zweites Mal schwanger. Kurz darauf erkrankte der Vater, um dessen Gesundheit es nie gut gestanden hatte. Zum ersten Mal lebte er länger bei seiner Familie. Das Haus war alt und zugig, und der Holzofen hatte noch nie richtig funktioniert. In manchen Nächten spuckte der Vater Blut. Die teuren Tinkturen, deren Geruch in die Nase stach, brachten keine Besserung. Kurz vor ihrem fünfzehnten Geburtstag starb er. Sieben Wochen später gebar die Witwe den ersehnten Stammhalter.

Seither trug sie Schwarz. Ihre Tochter aber sollte erstrahlen. »Damit sie der Halbwüchsigen ein Rüschenkleid nähen lassen konnte, wusch die Mutter die Wäsche des halben Dorfs. Als die Sechzehnjährige in Riva ihren ersten Auftritt hatte – eine Gesangsnummer in einer Revue –, sagte die Mutter ihr eine große Karriere voraus. Und tatsächlich erkannte sie in jedem Engagement ihrer Tochter den entscheidenden Schritt.

Bald verdiente sie genug für sie drei. Doch wie lange noch? Um einen vermögenden Mann auf sich aufmerksam zu machen, brauchte es gute Rollen und schöne Kleider. Sie arbeitete noch mehr. Manchmal hätte sie am liebsten alles von sich gestoßen. Dafür strafte sie sich, indem sie sich bei Proben eine Stecknadel in die Hand stach und dabei besonders heiter wirkte. Noch gelang ihr das.

Während sie erblühte, wurde ihr Bruder zu einem blassen, eigenbrötlerischen Kind, das nie sprach, ja, nicht einmal weinte.

»Und sie weiß«, schloss die Signorina, »sie ist dafür verantwortlich.«

Heinrich, der schweigend zugehört hatte, stand auf und holte aus dem Schlafzimmer ein Taschentuch. Als er zurückkam, saß die Signorina leicht vornübergebeugt auf ihrem Stuhl. Der große, schlichte Raum, der für Heinrich noch vorhin nur das gewesen war – ein Ort der Arbeit – erschien ihm voller Leben und Bedeutsamkeit. Ohne es recht zu bedenken, breitete er – vielleicht zum ersten Mal seit damals, als das Kindermädchen ihn tröstend an sich drückte – die Arme aus und legte sie um die Schultern der Signorina. Die erschrak und stand auf.

»Bitte entschuldigen Sie«, stammelte er. Mit gesenktem Blick hielt er ihr das Taschentuch hin.

Für eine Weile starrte sie ihn bloß an. Dann trat sie, verweint und müde und wunderschön, auf Heinrich zu und küsste ihn.

Es war noch dunkel und der Holzofen längst erkaltet, als er erwachte und auf ihren Atem horchte. Sie war da. Tatsächlich da. Er erwog aufzustehen, um sich nebenan zu waschen. Ihr warmer Körper und der Geruch ihrer Haare belehrten ihn eines Besseren.

»Soll ich gehen?«, fragte sie leise.

»Du bist wach?«

»Schon lange.«

»Ich kann uns Tee machen.«

Sie schwieg, aber ihr Atem ging schneller. »Ich habe Angst.«

Er hätte betont gelassen fragen können, wovor denn. Oder mit kühlen Worten klarmachen, dass er keinerlei Verpflichtungen zu übernehmen bereit sei. Aber er wusste doch auch nicht, wohin es ihn verschlagen hatte. Er wusste nur, sie waren zusammen hier.

»Ich mache erst mal Tee«, sagte er.

Sie hielt ihn am Arm zurück. »Ich konnte nur herkommen, weil meine Mutter zu ihrer kranken Cousine gereist ist. Mein

Bruder schläft allein in der Wohnung. Ich muss zurück, bevor er aufwacht.«

Sie gab ihm alle Chancen, dachte er, sich von ihr loszumachen. Er war frei.

»Ich kenne gar nicht deinen Vornamen«, sagte er.

»Lina. Eigentlich Natalina. Weil ich an Weihnachten zur Welt kam.«

»Darf ich dich begleiten, Lina?«

Sie schwieg wieder.

»Nur bis zur Haustür. Eine Dame sollte so früh nicht allein unterwegs sein.«

»Bin ich denn eine Dame?«

Er lächelte in der Dunkelheit, die sich langsam lichtete, und küsste sie auf die Stirn.

14.

Die düstre Glut, die hier ich fühle brennen,
Soll ich Unseliger sie Liebe nennen?
Ach nein, die Sehnsucht ist es nach dem Heil.
Würd' es durch solchen Engel mir zuteil!

Richard Wagner: *Der fliegende Holländer* (1843)

Rom, 4. November 1896

Thomas saß, den Kragen hochgeschlagen, vor dem Ristorante Rosetta und hielt Ausschau. Zu seinen Füßen standen die Koffer wie zwei wartende Hunde. Ein rhythmisch pochendes Geräusch störte die Ruhe – bis Thomas merkte, dass es seine Fingerspitzen waren, die auf die Tischdecke tippten. Er rieb sich die geschlossenen Lider. Als er sie wieder öffnete, schwammen rote und schwarze Flecken vor dem Säuleneingang des Pantheon. Hinter dessen grauer Kuppel verbarg sich noch die Sonne, und der prächtige Springbrunnen lag still. Das einzige wiederkehrende Geräusch war das Hufklappern der Kutschpferde, die, dampfend in der Morgenkühle, mit ihren Herrn auf Kundschaft warteten. Natürlich würde er all das vermissen, dachte Thomas. Aber was, zum Teufel noch mal, blieb ihm anderes übrig nach dem, was ihm gestern Abend widerfahren war?

Um kurz vor neun Uhr kam sein Bruder, vielleicht ein wenig gemächlicher als gewöhnlich, die Via Rotonda herauf. Er stutzte nur kurz, als Thomas ihm winkte.

»Willst aber früh los«, sagte Heinrich. »Ist das Zimmer bezahlt? Gut. Du bist spätestens gegen Mittag da. Ich weiß nicht, wo es am Bahnhof was Anständiges zu essen gibt.«

Heinrich legte sein silbernes Etui auf den Tisch und zeigte fragend darauf.

Thomas schüttelte den Kopf, der noch schmerzte von einem Dutzend Drei-Centesimi-Zigaretten.

»Und denk nicht zu viel an meine Warnungen«, sagte Heinrich. »Es ist gut, dass du fährst. Neapel ist … Na, wirst ja sehen.«

Er entzündete eine Zigarette, räusperte sich und sah zufrieden umher. »Schau dir alles an. Sei ganz Auge, nicht Hirn. Der Rest kommt dann wie von selbst. Allein auf dem kurzen Weg hierher hatte ich zwei, drei Ideen für Geschichten. Ich werde nicht alle aufschreiben können, das nicht. Aber *wenn* ich schreibe, dann wird das *ganz* anders klingen als früher. Lebendiger.« Heinrich atmete tief durch.

Thomas war erleichtert, seinen Bruder so aufgeräumt zu erleben. Das würde es ihm leichter machen, seine Bitte vorzubringen. Auf Heinrichs blasser Wange sprossen erste blonde Stoppeln, und es fehlte das übliche Eau de Cologne. Stattdessen roch Thomas deutlicher, als ihm lieb war, eine fruchtig-herbe Note besseren Parfums, das ihm seltsam bekannt vorkam.

An ihnen vorüber ging ein zierlicher, brünetter Mann, der einen schwarzen Kasten auf vier Rädern hinter sich herzog. Als er lächelnd den Hut lüftete, antwortete Thomas unwillkürlich mit einem Nicken. Heinrich blieb unbewegt.

»Kannst du mir aushelfen?«, fragte Thomas unsicher.

»Keine Sorge, so teuer ist die Stadt noch nicht.« Heinrich griff in seine Westentasche. »Abgesehen von den neuen Häusern am Hafen. Da. Steck's schnell ein.«

Ohne auf den Schein zu achten, bat Thomas: »Vielleicht etwas mehr?«

»Was hast du denn dort unten vor?« Unter Heinrichs Bartspitze lugte ein Mundwinkel hervor. »Mehr habe ich nicht. Schröter hat für November noch nicht gezahlt.«

»Ich dachte nur: Junior wird das Geld doch bestimmt bald abliefern. Ihm war die ganze Sache ja sichtlich peinlich. Und wenn Signorina Alberini dir die dreihundert Lire zurückgibt …«

»Lass mal. Wenn du mehr brauchst, schreib Mutter, sie soll deinen Wechsel nach Neapel senden. Dann hast du ihn spätestens Ende des Monats.«

»Ich … Ich fahre nicht nach Neapel.«

»Was? Wieso?«

Thomas presste die Lippen aufeinander.

Heinrich blickte auf die Koffer. »Nein. Nein, nein.« Verärgert steckte er den Schein ein und lehnte sich zurück. »Hast dich von Mutter wieder irre machen lassen?«

»Das ist es nicht.«

»München ist zu klein, um sich vor ihr zu verstecken. Sie wird dich nicht in Ruhe lassen, bis du wieder bei ihr wohnst. Bloß, um zu klagen, dass du doch nicht den ganzen Tag zu Hause hocken kannst. Und dann, Tommy, was machst du dann?«

»Das *ist* es nicht.«

»Worüber willst du schreiben? Über den Alltag in einer Feuerversicherungsbank? Füllst du damit den Novellenband? Oder hast du den vergessen? Ich mein's ernst: Wenn du den Vertrag brichst, dann wackelt mein Posten. Hast du überhaupt schon eine Idee für …, für …«

»… *Enttäuschung*? Nein.«

Thomas' Magen begann zu schmerzen. Der Mann mit dem Wägelchen stellte sich zwischen Springbrunnen und Pferdegespannen auf und deutete, ohne unterwürfig zu wirken, eine Verbeugung an. Als er ein schwarzes Tuch vom Kasten lüftete, kamen senkrecht angeordnete metallene Röhrchen zum Vorschein und links wie rechts davon je ein grellbuntes Porträtbild. Ob sie zwei Heilige zeigten oder ein getrenntes Paar, das sich nacheinander sehnte, war aus der Ferne nicht auszumachen.

»Ich fahre nicht nach München«, sagte er. »Nicht sofort. Ich brauche das Geld. Für einen Verlobungsring.«

Heinrich wollte an der Zigarette ziehen, hielt aber inne. Während er sie ausdrückte, sagte er leise:

»Die Martens.«

Thomas nickte.

»Weiß sie davon?«

»Ich bin mir sicher, sie sagt Ja.«

»Warum?«

»Ich kenne Ilse.«

»Aber warum jetzt? Hat sie dir noch mal geschrieben? Ein Telegramm?«

Er schüttelte den Kopf.

»Einen Moment. Fährst du etwa – nur wegen dieser vagen Andeutung in ihrem Brief? Der Sache mit dem Roman?«

»Ich *kenne* sie.«

»Tommy …«

Endlich kam ein Kellner, und sie bestellten *due caffè*.

Heinrich entzündete eine weitere Zigarette. »Das heißt, dieser Kaufmann ist weiter im Spiel?«

»Sonst wäre sie sicher nicht so direkt geworden. Ich muss mich beeilen.«

»Und sie hat, als sie zu Besuch war, nichts angedeutet?«

»Ihr ist wohl erst nach und nach aufgegangen, wie ernst es ihrem Freier ist. Für sie ist das schließlich auch alles neu.«

»Kommst du noch mal zurück?«

»Wohin meinst du?«

»Nach Rom. Ihr müsst ja nicht sofort heiraten.« Heinrich musterte ihn. »Oder?«

Thomas fühlte, wie Hals und Wangen warm wurden. »Nein.«

»Und wovon wollt Ihr leben?«

»Wenn ich mich etabliere, stehen mir fünfundzwanzigtausend Mark zu.«

»Tommy …«

»*Was?*« Das kopfschüttelnd-mitleidige ›*Tommy …*‹ fing an,

ihm auf die Nerven zu fallen. Ja, er stolperte durch diese Welt, die nicht seine war. Sie wussten beide, er würde niemals sein wie Heinrich. Warum bloß ließ der ihn seinen Makel immer wieder spüren?

»Du willst also heiraten, um ans Erbe zu kommen«, sagte Heinrich.

»Das Geld steht mir zu. Tesdorpf kann gar nicht Nein sagen.«

»Er kann machen, was er will. Papas Testament gibt ihm freie Hand. Er wird dir sagen, du musst erst was ›Anständiges‹ lernen.« Heinrich trennte *s* und *t* noch deutlicher als sonst. »Dann zahlt er dich aus. Er kann dich über Jahre hinhalten. Und als Erstes musst du natürlich einrücken.«

Der Gedanke an Kaserne, Appell und Marschtritt war irgendwo zwischen München und Venedig auf der Strecke geblieben.

»Das wird schon nicht so arg werden.«

»Aber wovon bezahlst du die Uniform? Den Unterhalt für ein Jahr? Für dich allein kostet das schon zweitausend Mark. Mindestens. Und dann noch Ilse. München ist teuer.«

»Es ist auch für mich alles noch sehr neu. Sehr verwirrend.«

»Du musst dir doch Gedanken gemacht haben.«

Er nahm eine Zigarette. »Ilse hängt an Lübeck.«

Heinrich reckte das Kinn. Wässerig-blaue Augen sahen auf Thomas herab.

»Du erwägst also allen Ernstes, zurückzuziehen in diese … dieses Nest.«

Seine Hand zitterte vor Zorn, als er sie zum Mund führte. Für einen Moment verschwand Rom hinter Rauch.

»Weißt du noch? Sie streuten jeden Tag Stroh auf die Straße vorm Haus, damit Papa besser ruhte. Draußen warteten nicht nur seine Arbeiter. Auch Nachbarn, Fremde, sogar der alte graue Lehrer von gegenüber. Sie alle drückten meine Hand, schauten mir in die Augen, wünschten baldige Genesung. Natürlich war das nicht alles tief empfunden, aber trotzdem.

Und dann war er tot. Als es sich herumsprach, gingen sie einfach, einer nach dem anderen. Der alte Lehrer sah mich kommen – und verschwand im Haus.«

Er atmete schwer aus.

»Diese Leute, Tommy, hatten es nicht erwarten können, uns zu zeigen, dass wir jetzt Niemande waren. Und *du* willst …? Wird der Senatorensohn jetzt etwa einfacher Kaufmannsgehilfe, am besten gleich bei Piehl & Fehling? Wenn Papa das wüsste, würde er …«

»Papa ist *tot*«, hörte Thomas sich sagen. Er nahm einen Zug, der grässlich schmeckte. Danach einen weiteren, zur Sühne für seine Worte.

Vom Brunnen her drang pfeifend und klimpernd Musik herüber. Der Mann kurbelte an seiner Drehorgel. Die Melodie war, obwohl nicht ganz simpel, sehr eingängig, und wiederholte sich in einer höheren Tonart. Darauf antwortete eine dritte, wieder etwas tiefer. Die Gassenversion einer Arie oder das Duett zweier Liebender, zweifellos aber süßlich effektvoll nach hiesigem Geschmack. Nichts, gar nichts im Vergleich zum sinnlich-lockenden, drängend-fordernden, zuletzt lustvoll-triumphierenden Seelenzauber vom Abend zuvor. Tränen waren ihm übers kalte Gesicht gelaufen. Tränen, die er nicht hatte trocknen können, weil das Gedränge ihn hinderte, den Arm zu heben. Die er gar nicht hatte trocknen *wollen*. Er hatte seine Entblößung, Entgleisung, völlige Enthemmung genossen, jawohl: über alles *genossen*! Er war nicht mehr ganz bei sich gewesen, und zugleich hatte er sich nie lebendiger gefühlt. Wonach er sich da gesehnt hatte – was er vor sich, bei sich zu sehen wünschte, und wofür zu sterben er bereit gewesen wäre –, das hielt ihn, als er endlich wieder bei Sinnen war, ängstlich wach.

Deshalb hatte er in aller Frühe die Koffer gepackt, das Zimmer bezahlt und die Novemberkühle gesucht. Deshalb musste er fort von hier. Hier lösten Formen sich auf, floss alles ineinander. Hier drohte er ein Mensch zu werden, den er nicht wiedererkannte. Ein Mensch, der er, bei Lichte betrachtet, ja auch gar nicht war.

»Ich muss hier weg, Heinrich. Mir bekommt der Süden nicht. Es war alles ein Fehler.«

Oben auf seinem Bock pfiff ein Kutscher, versonnen seine Peitsche streichelnd, die Leierkastenmelodie. Leise mitsingend, brachte der Kellner die Getränke. Der Espresso schmeckte bitter, und Thomas war es recht.

»Ilse also«, sagte Heinrich schließlich. Das kurze Zucken um seinen Mund konnte man beinahe für ein Lächeln halten. »Ist sehr hübsch. Und hat einen eigenen Kopf. Dass sie so in die Vollen geht: Donnerwetter. Traut sich nicht jede. In München dachte ich mir schon, sie hat sich sehr verändert. Du offenbar auch. Vor ein paar Jahren hätte ich nicht darauf gewettet, dass du mal Interesse an einer entwickelst.«

Thomas zwang sich, den Drehorgelspieler anzuschauen. Nie, dachte er, niemals hätte er Heinrich seine Gedichte zu lesen geben dürfen. Das hatte ihn Armins Spott damals, sein »Ik weet nich, man fraag em mal«, für alle Zeiten gelehrt.

Wie seltsam, dass Ilse Armins Schwester war. Dachte er an ihrer beider Lächeln, ihr blondes Haar, die spöttisch und sicher blickenden Augen, flossen ihm Bruder und Schwester zu einem, ihm herzlich vertrauten Menschen zusammen.

Seelenfreunde, die sich auch lieb haben. Ilses Wendung war so zart, tastend und rührend hilflos – wie sie beide. Sie teilten ein Schicksal, waren beide von einst stolzen Familien übrig gebliebene Halbwaisen, im Leben Gestrandete. Miteinander würden sie neu anfangen können. Und dass er Ilse tatsächlich auf neue, irritierende Weise anziehend fand, das wurde ihm hier immer klarer. Ihr Duft, ihre zarten Arme und wie ihre Schulterblätter hervortraten, wenn sie lachte – daran dachte er sogar häufiger, als ihm lieb war. Was er empfand, war mit Worten immer seltener zu fassen; und atmete doch in der Dunkelheit. Fänden

Ilse und er zusammen, wäre er gut gemacht, gereinigt, gerechtfertigt. Auch ohne Erbe. Vielleicht, dachte er, war es gar nicht so schlimm, kein Dichter zu sein. Vielleicht lag darin sogar das Heil.

»Ich kann unmöglich ohne Ring bei Ilse vorstellig werden«, sagte er. »Das spräche sich herum in der Stadt.«

»*Das spräche sich herum.*«

»Du weißt, was ich meine.«

»Leider, ja.«

Der Mann am Leierkasten nickte, als ein Kind im weißen Kleid – ob Junge oder Mädchen, war schwer zu sagen – ihm eine Münze in den Hut warf.

»Ich brauche Geld. Jetzt sofort.«

»Verstehe ich ja auch. Verstehe ich.«

»Und mit dem Geld von der Signorina ist das doch kein Problem.«

Heinrich wandte sich ab.

Thomas glaubte, er wolle ihn schneiden. Dann aber fiel ihm ein, wie früh die Schauspielerin von der Piazza geeilt war – fort von Heinrich. Und was hatte er selbst womöglich angerichtet, als er der Fremden leichtfertig Privates anvertraute? Er hatte die Grenze des Schicklichen zum ersten Mal überschritten – und es nicht einmal bemerkt. Er wurde hier noch schwächer, verwirrter, gefährdeter, als er es daheim gewesen war. Nur fort. Dafür brauchte er den Ring. Spürte er das feste, kühle Rund in der Hand, würde er auf dem langen Weg zum Haus der Martens den Mut nicht verlieren. Der Ring war sein Wegweiser.

»Sie gibt es dir doch wieder, oder?«

»Du stellst dir das zu einfach vor«, antwortete Heinrichs Profil. »Ich kann das Geld nicht einfach so zurückverlangen.«

»Sie bekommt dreihundert Lire von Junior und dann gibt sie sie weiter an dich. Wo ist das Problem?«

»Sie ist eine Dame.«

»Es ist *dein* Geld.«

»Tommy …«

»Ist etwas zwischen euch vorgefallen? Gab es Eklat?«

Heinrichs Brust hob und senkte sich, als er leise lachte. »Eklat würde ich es nicht nennen.«

Thomas hatte die Zigarette ausdrücken wollen. Stattdessen sah er zu, wie die Glut sich seinen Fingern gefährlich näherte.

Das Parfum. Er kannte es aus dem Theater. Gestern Abend musste die Schauspielerin sich damit erfrischt haben – und war danach zu Heinrichs Wohnung gegangen. Wahrscheinlich war sie noch immer dort.

Anstatt seinem Bruder auszuhelfen, überließ Heinrich das Geld nach einer gemeinsam verbrachten Nacht dieser *Person*. Er zog eine Fremde *ihm* vor. Wie hatte Thomas glauben können, die Schlechtigkeit der Welt zu durchschauen – und dabei so naiv sein können?

Er stand auf, warf den glühenden Stummel fort und nahm die Koffer auf. »Bitte zahl du das, ja? Ich gebe es dir wieder. Vielleicht besuchst du uns einmal.«

»Tommy …« Heinrich erhob sich, ließ ein paar Münzen auf den Tisch fallen und nahm eine wieder an sich.

Thomas ging zu den Kutschern. Den, der nicht gepfiffen hatte, fragte er aufs Geratewohl:

»À la Stazione Termini?«

Der Mann nickte.

Bestimmt ging bald ein Zug nach Zürich, von dort ein weiterer nach München. Nur für eine Nacht. Auch wenn es sich anfühlte wie eine Niederlage, Mutter um einen ihrer Ringe bitten zu müssen.

»Du tust es schon wieder«, sagte Heinrich.

Der Kutscher lud die Koffer auf. Thomas hielt ihm seinen kleinsten Schein hin. Wieder Nicken.

»Du lässt dich treiben. Weißt nicht, was du willst. Nur, was du nicht willst.«

»Ich bin nach München gezogen«, sagte er, ohne Heinrich eines Blickes zu würdigen. »Und dann hierher.«

»Du bist Mutter und den anderen hinterhergelaufen. Und du hast dich nicht *für* Italien entschieden, bloß *gegen* ein Leben im Kinderzimmer.«

»Das stimmt nicht.«

»Nein? Du kommst her, *hierher.*« Im Augenwinkel sah er Heinrich mit dem Arm auf Pantheon, Häuser und Himmel weisen, als wolle er sie streicheln. »Und was machst du? Liest Goethe und hörst Wagner. Dann fliehst du bei erster Gelegenheit, weil du *vermutest*, dass jemand es von dir erwartet.«

»Ich fliehe nicht.«

»Hier sagt dir niemand, was du zu wollen hast, und das macht dir Angst.«

»Unsinn. Ich will Dichter sein.«

»Ja, *sein*. Du musst es aber erst *werden*.«

Thomas ließ sich auf die Sitzbank helfen. Heinrich blickte ihn von unten an.

»Du musst dich an etwas versuchen, das schwer ist. Das dir Angst macht. Dafür braucht es Mut.«

»Wovon *du* natürlich reichlich hast.«

Der Springbrunnen erwachte zum Leben. Aus vier steinernen Mäulern sprudelte Wasser in ein flaches Becken, dass es spritzte. Daneben kurbelte lächelnd der Drehorgelmann.

»Ich will doch nicht … Mein Roman, Tommy, wie stolz war ich auf den Roman! Hier ist mir klar geworden: Das Buch – die Arbeit von mehr als einem Jahr – war schlecht! Besonders das Ende, das ach so traute Ende für die Liebenden! Ich wollte unbedingt einen Roman schreiben. Dabei hätte ich eine Geschichte schreiben wollen müssen. Eine Geschichte, die *mir* sagt, worin sie besteht. Eine, die *so* allein ich schreiben kann. Das meine ich mit Mut. Verstehst du?«

Der Kutscher fasste die Zügel.

»Weißt du«, sagte Heinrich und trat einen Schritt zurück,

»ich dachte wirklich, du hättest dich geändert. Da oben, in Palestrina. Oder wusstest du da auch nur, was du nicht willst: dass der Hund stirbt?«

Langsam passierte die Kutsche den Springbrunnen. Thomas dachte an das Tier – an das schwarze, unsagbar weiche Fell, an die Wärme des kleinen Körpers und den nichts verstehenden, doch alles wissenden Blick. Winzige Tröpfchen legten sich auf sein Gesicht wie Tau. Er fühlte sich erfrischt. Gerade genug, um einzusehen, dass zuletzt ein anderer Heinrich gesprochen hatte. Einer, der verstand, wie Thomas mit sich rang. Wen quälte es nicht, wenn man – und sei es für einen, von der herrlichsten Musik berauschten Moment – mit geschlossenen Augen lächelnd, ein ebenmäßiges Gesicht gesehen hatte, blondes, schulterlanges Haar und schwarze, wie von fern blickende Augen?

Mein Gott. Mein *Gott* …

Mit einem Mal fühlte er sich sehr müde, aber auch erleichtert. Vor einem Halbwüchsigen zu fliehen, kam ihm nun lächerlich vor. Wahrscheinlich würde er dem Jungen im Gassengewirr nie begegnen. Und falls doch: Was riskierte er, indem er ihn beobachtete? Würde er vom Vater zur Rede gestellt, konnte er sagen: Er sei Tourist wie sie, ihrer beider Anwesenheit in den meist besuchten Städten des Landes bloßer Zufall. Und warum hatte er nicht einmal gewagt, daran zu denken, wie es wäre, mit dem Jungen zu sprechen? Fürchtete er wirklich, den Jungen zu verschrecken, wenn er ihm offenbarte, wie viel er an ihn gedacht hatte? Was, zum Teufel, war falsch daran, einem anderen Menschen zu zeigen, dass der ihm nicht gleichgültig war? Nein, erkannte Thomas, die Rücksichtnahme hatte nicht dem Jungen gegolten. In Wahrheit fürchtete er ein Debakel wie damals mit Armin. Aber er war nicht länger der verwirrte Vierzehnzehnjährige, der glaubte, sterben zu müssen, weil ein blonder, blauäugiger Mitschüler seine »Empfindungen« nicht erwiderte. Er hatte Freundschaft mit Liebe verwechselt, Worte mit dem Leben und sich selbst mit einem Gedicht.

Vom Heranwachsenden, der dort unten sein mochte oder auch nicht, ging keine Gefahr aus. Im Gegenteil. Wenn er ihn ansprach, ihn gar vielleicht ein wenig kennenlernte, würde er ein für alle Mal erkennen, dass der ihn auf diese spezielle Weise gar nicht anzog.

Er schuldete es sich selbst, Klarheit zu gewinnen. Und er schuldete es Ilse, um geläutert und beruhigt zu ihr finden zu können. Wenn er sie liebte, musste er nach Neapel, und zwar sofort.

Beinahe genussvoll stellte Thomas sich vor, wie der junge Mann sich als ein ganz simples, verwöhntes Bürschchen entpuppte und dessen flehentlich-trauriger Blick als Ausdruck eines Magenleidens.

Ihm kam eine Idee. Der nervöse Zug um den Mund, der sie begleitete, wäre von einem Lächeln kaum zu unterscheiden gewesen.

»Arrêtez, s'il vous plaît«, rief er. Und als das nichts half: »Stop!«

Nach wenigen Metern kam die Kutsche zum Stehen.

»Heinrich«, rief Thomas nach rückwärts gewandt, »Heinrich!«

»Ich *habe* kein Geld.« Der Bruder lauschte, die Hände in den Hosentaschen, der Drehorgel.

»Nein, nicht das! Ich fahre nach Neapel! Jetzt gleich!«

Die Arie endete – doch nur, um nach wenigen Sekunden von Neuem zu erklingen. Der Kellner applaudierte, eine Zigarette zwischen den Lippen, und zwei Kutscher sangen mit.

Heinrich musterte Thomas' warm-feuchtes Gesicht.

»Und Ilse?«

»Ich schreibe ihr. Kündige meinen Besuch in wenigen Tagen an. In einer Woche, höchstens. Sie wird verstehen. Ich glaube, ich habe die Geschichte. *Meine* Geschichte. Und du weißt, wie man Figuren zeichnet, die Anspannung hält, Motive anklingen lässt. Dann kann daraus etwas werden.«

»Ein Roman?«

Thomas hob abwehrend die Hände. »Eine lange Novelle, wie *Das Wunderbare* vielleicht. Wenn es wirklich *meine* Geschichte ist – wenn es so etwas tatsächlich gibt –, halten kein Testamentsverwalter, kein Militär und keine Frau mich ab, sie aufzuschreiben.«

»Und wenn sie es nicht ist?«, fragte Heinrich.

»Dann weiß ich, dass ich kein Dichter bin. Und dass ich es niemals werden kann. Sobald Ilse und ich uns etabliert haben, lasse ich den Hund per Zug nachkommen. Oder wir holen ihn ab auf der ...« Er stockte. Noch zu neu, zu groß war alles daran. »... der Hochzeitsreise. Also, hilfst du mir?«

Als habe er die Frage nicht gehört, ging Heinrich zurück zum Drehorgelmann und legte in dessen Hut eine Münze. Nach einer paar Takten kam er, die Melodie leise mitsummend, zur Kutsche – und nickte.

»Deine Geschichte«, sagte er ruhig, »wovon handelt die?«

Thomas beugte sich hinab. Strahlend flüsterte er:

»Enttäuschung.«

15.

Wenn Herkules, als er nach Rom kam, den Riesen Cacus auf dem Aventin zu erschlagen, dieses Parterre gesehen hätte, so hätte er wahrscheinlich eine Arbeit daran gewendet, und wir würden heute in der Schule nicht lernen: siebentens, er hat die Ställe des Augias gereinigt, sondern: er hat das Marionettentheater auf der Montanara ausgefegt.

Ferdinand Gregorovius: *Wanderjahre in Italien* (1856–77)

Heinrich verstand es als Beweis seiner Überzeugungskraft, dass Lina einwilligte, ihn bereits am Abend wiederzusehen. Sie wollte den Spaziergang nachholen. (Er wäre durchaus bereit gewesen, das Promenieren zugunsten einer anderen Beschäftigung ausfallen zu lassen.)

Als sie ihn vor seinem Haus erwartete, hatte sie ihren Bruder bei sich.

»Ludovico, gibst du dem Herrn die Hand?«

Doch der Bengel blickte bloß ziellos umher. Heinrich beteuerte, es sei in Ordnung.

Noch als sie losgingen, glaubte er, Rom zu kennen. Wenige hundert Meter südlich des Pantheon erkannte er seinen Irrtum.

In den Bögen einer antiken Theaterruine hockten kleine, unverputzte Wohnungen wie Vogelnester, und die Kirchen, von denen es viel zu viele gab, lehnten sich einträchtig selbst an die schäbigsten Mietshäuser. Vergangenheit und Gegenwart, Höchstes und Niedrigstes wurden eins.

Ludovico zog seine Schwester zu einem Platz, kaum breiter als eine Straße. Hier war es beinahe so voll wie auf der Piazza Colonna am Abend zuvor. Auf Bänken und Tüchern verkauften schwärzliche, verwachsene Gestalten Bürsten, Hüte und Eimer. Dreckverschmierte Kinder hatten Zigarrenstummel in einer Kiste gesammelt und boten sie Tagelöhnern und Waschfrauen an. An einer Ecke saß hinter seinem Klapptisch ein Straßenschreiber, vor sich Papier, Tintenfass und Feder, bereit, für ein paar Münzen Liebes- und Drohbriefe, Kontrakte, Bittgesuche und Beschwerden aufzusetzen.

Linas Bruder lotste sie zu einer dunklen Toreinfahrt und weiter zu einem schmutzigen alten Eckhaus, dessen Fassade durch eine schwache Lampe erhellt wurde. Hier lärmten und quäkten Dutzende Kinder, die offenbar genau wussten, was sie wollten.

»Wir haben die Wahl«, rief Lina lächelnd. »Ein Billett fürs Parterre kostet einen Baiocco, das fürs Paradies zwei und auf dem Palchettone drei.«

Heinrich, der nichts verstand, reichte dem Jungen neun Baiocchi und hoffte, dass das Geschrei sich legte. Stattdessen schwoll es weiter an, als es daran ging, sich durch eine schmale Tür ins Innere zu schieben und schieben zu lassen. Kinderhände griffen in seine Jacketttasche. Heinrich schlug nach ihnen wie nach Fliegen. Er folgte den anderen über eine schmale Leiter auf die angebliche Loge, in Wahrheit eine sehr enge Balustrade, die um die Wände lief, und nahm auf einer wackelnden Holzbank Platz. Unter ihnen, im Parkett, bewarfen zerlumpte Jungen einander mit weißen Kügelchen, von denen Tausende den Boden füllten wie Sand. Ein Verkäufer schaffte es, in diesem Inferno auf beiden Händen einen Korb zu balancieren und daraus Süßigkeiten zu verkaufen sowie Tüten voll der weißen Kügelchen. In Mauerspalten ringsum sah Heinrich Dutzende Tüten stecken. Er zog eine heraus, wobei Kürbiskerne zu Boden fielen und auch etwas Putz. Ihm wurde nicht wohler.

An der Decke hing eine Art Bretterverschlag, in dem die krakeelenden Bewohner des Zwei-Baiocco-Paradieses hausten. Vor der tobenden, schnatternden Menge verhüllte ein Vorhang etwas, das die Bühne sein musste. Auf dessen abgewetztem Stoff prangten Apollo und einige Musen, die wenig erfreut wirkten, hier zu gastieren. Der Lärm war sinnbetäubend.

Der Krach erhielt so etwas wie Rhythmus, als ungezählte Kinderkehlen anfingen, im Chor »Iniziare! Iniziare!« zu rufen. Zur Antwort bliesen drei Musikanten, ganz in Heinrichs Nähe, nach Kräften die Tuba. Daraufhin schrien Parkett, Paradies und Loge vor Freude auf. Weitere, schreckliche Fanfarenenstöße. Das hier war kein Theater, dachte Heinrich, das war der Weltuntergang. Er lockerte seinen Kragen, der feucht geworden war. Als Lina ihn erwartungsvoll von der Seite ansah, gelang es ihm nicht, das Lächeln zu erwidern. Wie ermattet, senkte sie den Kopf und streichelte ihrem Bruder die Wange. Der schob, ausdruckslos wie immer, ihre Hand zurück.

Der Vorhang teilte sich. Eine schwarz gekleidete Marionette kam zum Vorschein, zwei Fuß hoch und mit höchst gelenkigen Gliedern. Sie hockte, unfreiwillig mit dem blassen Kopf wackelnd, an einem Tisch, Feder und Tintenfass vor sich. Was sie deklamierte, hätte Heinrich wohl auch dann nicht verstanden, wären die Worte des unsichtbaren Puppenspielers nicht in Buhrufen untergegangen. Heinrich begriff nichts. Auch nicht, als die Puppe sich mit einer weiteren zu beraten schien. Die Buhrufe wandelten sich zu Jubel, als eine dritte Figur auftrat, die sogar Heinrich erkannte. In weißen Hosen, weißem, weitärmeligem Rock und spitzer weißer Kappe hoppelte sie an ihren Drähten über die Bühne. Es war der Hanswurst und Kasper des Südens, der Pulcinella. Was er auch tat und mit gurgelnder, sich überschlagender Stimme von sich gab – die Menge kreischte vor Freude. Heinrich hätte sich gern die Ohren zugehalten. Stattdessen blickte er im schwülen Zimmer umher.

Dann spürte er, wie sich Linas Rumpf hob und senkte. Sie lachte.

»Du musst verstehen«, rief sie ihm ins Ohr, »so sprechen sie bei uns im Viertel. Ich meine: so etwa im Dialekt von Trastevere. Verstehst du?«

So etwa? Er sah zur Bühne. Die schwarze Gestalt hielt, vor sich ein aufgeschlagenes Buch, einen Stab in der Hand. Zu ihren Seiten baumelten sieben, acht Marionetten, die Affen ähnelten, mit denen sie sich offenbar beratschlagte. Endlich begriff Heinrich: Das wüste Geschrei und Gehampel sollte *Faust* sein – *Doctor Johannes Faust.* So wenig das alte Stück ihn als Kind interessiert hatte – dass man es hier vergewaltigte, stieß ihm übel auf. Alles war grell, dreist und lächerlich. Eine Farce.

Dann trat wieder Pulcinella auf. Mithilfe eines Zauberspruchs aus dem Buch seines Meisters ließ er nach Belieben die affenartigen Dämonen erscheinen und wieder verschwinden. Ein Wort nur – und acht behaarte Puppen rasten in den Bühnenhimmel. Noch eines – und sie kehrten sturzartig zurück. Nach jedem Male wirkten sie unwilliger, dem Tölpel Rede und Antwort zu stehen, und mussten es, an den Zauber gebunden, doch immer wieder erdulden. Köpfe, Arme und Beine schlackerten, ihr Fell war zerzaust. Als ihre Drähte sich verwickelten, fuhr die ungeschlachte Hand eines Riesen hinab, um sie zu entwirren. Sogar die Teufel waren bloß Befehlsempfänger an Gängelbändern.

Heinrich sah zu Linas Bruder. Dessen Mund war geöffnet, die Augen aufgerissen, und die dünnen Beine strampelten hin und her. Er brauchte ein wenig, um zu verstehen, dass der Junge tonlos lachte. Ihre Blicke trafen sich. Erschrocken, wie ertappt, zuckte der Junge zurück. Heinrich tat es ihm gleich. Für einen Moment huschte ein verstehendes Lächeln über ihre Gesichter: Sie beide waren Schauspieler, die aus ihren ach so ernsten Rollen gefallen waren.

Heinrich lachte laut und mit offenem Mund. Seine Stimme ging auf im Chor der Straßenkinder.

Lina schaute ihn ein wenig scheu, doch froh an. Noch immer Atem schöpfend, ergriff er ihre Hand.

Später begleitete er die beiden heim. Lina klopfte gegen die

Kutschenwand, der Wagen hielt. Hier waren die Häuser so hoch und die Gasse so eng, dass nicht einmal das Licht des Mondes bis zum Boden fand.

»Ich komme zu dir, wenn ich die Zeit finde, ja?«, sagte sie.

»Morgen oder in einer Woche?«

Sie hob entschuldigend die Achseln. »Wenn ich die Zeit finde.«

Dann stiegen sie aus, er blieb zurück, und als die Kutsche anfuhr, erkannte Heinrich erschrocken, dass er verliebt war.

16.

Dort das Gebürg der Abruzzen und
hier die pontinischen Sümpfe
Führen vom Lande der Kunst
nach der Natur Paradies.

August von Platen: *Nördliches*
und südliches Italien (1828)

Napoli. Via S. Lucia 28II
8. November 96.
Nachmittags

Mein lieber Grautoff,
ich habe das Vergnügen, Dir mitzuteilen, daß Dein nach Venedig gerichteter Brief über Rom glücklich in meine Hände gelangt ist. Ich habe ihn selbstverständlich mit dankbarem Vergnügen gelesen und finde das Gedicht, welches Du dem Brief anfügtest, recht gut. Es ist dieselbe Stimmung, die den Grundton meiner Novelle »Der kleine Herr Friedemann« ausmacht, die Sehnsucht nach neutralem Nirwana, Frieden und Untergang im Geschlechtlichen. Kein Zweifel, daß sich das in Versen viel inniger noch und wirksamer behandeln ließe. Aber es ist nicht schlecht, durchaus nicht schlecht. –

Was mich betrifft, so habe ich Venedig am 1ten des Monats verlassen, bin zu Schiff nach Ancona und weiter nach Rom gegangen. Ich habe dort mit einem tiefen Enthusiasmus die Stätten wiedergesehen, die vor einem Jahr den stärksten Eindruck auf mich gemacht. Aber es litt mich auch dort noch nicht. Ich bin, während mein Bruder in Rom blieb, nach Neapel gegangen, von dem ich mir eine ausgesuchte Mischsensation aus Rom und Orient versprach.

Ich bin nicht enttäuscht worden. Die orientalische Note klingt hier vernehmlich mit, – was freilich die stolze Vornehmheit beinahe ausschließt, die für Rom charakteristisch ist, – diese majestätische Stadt par excellence. Neapel ist pöbelhafter, – aber von einer naiven, lieben, graziösen und ergötzlichen Pöbelhaftigkeit.

Die Via Santa Lucia, an der ich wohne, hat vielleicht das urwüchsigste und ungenierteste Volksleben. Das ist nicht mehr Europa, – endlich nicht mehr Europa! … Jenseits der Bucht beginnt, während ich schreibe, der Vesuv zu erglühen.

Ich sehe allem zu, still, nachdenklich und ein wenig müde vor Einsamkeit. Meine Gedanken gleiten hin und wieder, gleich jenem Licht auf dem Wasser, das auf der dunklen Fläche etwas zu suchen scheint.

Thomas schloss das Fenster, faltete das Papier und steckte es mitsamt des Bleistifts ein.

An den ersten drei Tagen war er nach der Morgentoilette auf geradem Weg die elegante, neu gestaltete Via Santa Lucia hinab geeilt. Auf der Terrasse einer Trattoria hatte er mit Blick nach Norden Platz genommen, über Stunden an einem längst erkalteten *caffè* genippt – und Ausschau gehalten. Gegen Mittag hatte er sich aufgemacht, um Kirchen und Museen in der Nähe zu besuchen. Allein im Teatro San Carlo hätte er gern länger verweilt, doch die kostenlosen Führungen dauerten nur dreißig Minuten. Nirgends traf Thomas auf *ihn* oder dessen Reisegruppe. Und so war er an jedem Abend zitternd vor Hunger und zugleich übersättigt von Eindrücken in die Pension zurückgekehrt, um eine dünne Suppe zu essen. Heute Morgen dann, nach unruhigem Schlaf, hatte ein Gedanke ihn aufgeschreckt:

Was, wenn er sich vertan hatte? Wenn der Gepäckzettel gar nicht angezeigt hatte, wohin der Junge von Venedig aus als Nächstes führe – sondern woher er gekommen war?

Zur Ablenkung hatte Thomas sich heute ans Schreiben gemacht. An Korfiz Holm sandte er eine launige Postkarte in der Hoffnung, dass der Schulfreund die letzte in München verfertigte Geschichte für den *Simplicissimus* ankaufte. Danach kam Grautoff an die Reihe. Ilse war natürlich nicht vergessen. Es wäre ein Leichtes gewesen, ihr etwas zu schreiben, das unverfänglich klang und doch alles sagte. Eine passende Karte und Briefmarke trug er bei sich. Dass er sie nicht verschickt hatte, zeugte weder von Müßiggang noch Unsicherheit, sondern von Respekt. Er durfte ihr erst antworten, wenn er den Gedanken an den Jungen abgestreift hätte wie eine Hülle. Wenn er rein wäre. Bis Lübeck brauchte die Post für gewöhnlich etwa zwei Tage. Hatte er weiterhin vor, Ilse in drei Tagen persönlich aufzusuchen – und das hatte er! –, erübrigte sich ohnehin von morgen an jeder Brief.

Deshalb versuchte Thomas nach Kräften, sich zu ärgern. Drei Tage lang hatte er den Eingang des Grand Hotel du Vesuve angestarrt. Und jetzt sollte seine neuartige Beharrlichkeit sich als Dummheit erweisen? Wann würde er endlich lernen – ach, für heute war er es leid, sich zu geißeln. Es fiel ihm zu leicht, und das Wetter war zu schön.

Er nahm die längere Route, die Uferpromenade entlang.

Der Gang die Via Cuma hinab ähnelte der Ouvertüre des *Lohengrin*: Der kurze Fußweg machte bekannt mit den Leitmotiven, die diese Stadt immer neu variierte: mit dem silbrigen Blau des Himmels, der würzigen Seeluft, die in milden Brisen heran wehte; und den Geräuschen der niemals ruhenden Neapolitaner, die gedämpft herüberklangen. Erreichte man die Promenade der Via Partenope, verwehte die Ouvertüre, der

Blick weitete sich, und es erklangen, endlich vereint, die Dur-Motive in voller Pracht. Vor Thomas lagen die geschwungene Bucht, das Hellblau von Meer und Horizont. Zu seiner Linken aber drängte, tief und drohend, der Moll-Akkord der braunschwarzen Flanke eines höllenheißen Kraters herauf. Die Straßen waren gepflastert mit großen schwarzen Steinen aus Lava. Unter Neapel glomm das Feuer.

Thomas wendete sich, den Vesuv im Rücken, nach Süden. Unter windschiefen Holzdächern priesen Händler lautstark Muscheln, Nudeln, Fische und lebende Aale an.

Als er die Terrasse des Ristorante erreichte, begrüßte der Kellner seinen sparsamen Gast gerade noch höflich. Ein Tisch mit Blick auf den Hoteleingang war frei. Doch was, sagte Thomas sich, sollte er noch hier? Es wäre klüger, die Stadt zu erkunden, bevor er übermorgen früh den Zug bestieg. Falls der Junge doch in Neapel war, konnte er ihn ebenso gut in einer Kirche oder beim Flanieren antreffen.

Vier Stunden später saß er, den Magen voller *Risotto vongole e limone*, den er bei einem Straßenhändler erstanden hatte, unter einem riesigen Glasdach und schmeckte dem caffè nach. Er holte den angefangenen Brief hervor – und schrieb.

Abends.

Ich habe diniert und in der Galleria Umberto den Kaffee getrunken. Was für ein Leben! Musik, Gedränge, Geschrei: Cerini! Giornali! Ein paar zerlumpte Jungen versammeln sich um meinen Tisch und flehen beinahe fußfällig um meinen Zucker. Und als sie ihn bekommen, welch ein Glück! Grazie tanto, tanto, signore! Sie beißen und schlucken mit Wollust. Aber nun ist großer Auflauf, denn ein Bersaglieri und ein Civilist sind mit Messern aneinandergeraten. Es hilft nichts, man muß sie arretieren. Die Musik jubelt und schmettert dazu.

Und draußen auf dem »Toledo«! Wagen und Menschen,

Wagen und Menschen. Hier und da, unter tausend anderen Verkäufern, schlau zischende Händler, die einen auffordern, sie zu angeblich »sehr schönen«Mädchen zu begleiten, und nicht nur zu Mädchen ... Sie lassen nicht ab, sie gehen mit und preisen ihre Ware an, bis man grob wird. Sie wissen nicht, daß man beinahe entschlossen ist, nichts mehr als Reis zu essen, um nur von der Geschlechtlichkeit loszukommen! ...

Den Vorzug der Billigkeit hätte es auch, das Reisessen. Wenn der Simplicissimus meinen ›Tod‹ ankäuft, so will ich mich freuen, und wenn Fischer 50 Mark für den kleinen Herrn Friedemann bezahlt, so ist das viel. Mit wenig mehr als 400 Franken soll ich noch volle zwei Monate leben.

Ganz der Deine. T. M.

Thomas setzte den Stift ab. *Geschlechtlichkeit.* Hatte er Grautoff, als sie beide in Lübeck lebten, das hässliche Wort je zugemutet? Früher hatten sie sich in Andeutungen ergangen über die romantische Verwirrung, die sie quälte. Doch das war etwas anderes, unendlich Zartes gewesen, eine Sache des Gefühls. *Geschlechtlichkeit* aber, das reimte sich auf *Schenkel*, *Schweiß* und *Brunst.* Es war auf neuartige Weise beunruhigend. So beunruhigend, dass Thomas die Sehnsucht nach Vertrautheit und Verständnis, die in der Fremde nur noch größer geworden war, in einem Brief benannte. Der Süden machte ihn also entweder mutiger oder dümmer. Vielleicht sollte er die Passage streichen, dachte er, gar neu ansetzen. Doch gelang es ihm nicht, seine Worte zu bedauern. Was niedergeschrieben war, war beruhigt, erkühlt, wie tot.

Er verschloss den Umschlag und klebte die Marke auf.

Anstatt direkt heimzugehen, nahm Thomas den Umweg über eine geschäftige Nebenstraße. Ein Limonadenverkäufer hatte seine üppigen Zitronen auf- und nebeneinandergedrängt wie Hunderte Brüste. Ein Mann bot Kokosnüsse in jeder Größe und Preislage an: von feinsten, sichelförmigen Schnitzen über Achtel und Viertel bis zu halben Schalen war seine bleiche Ware in allen Mondphasen zu haben. Ein dritter, der Miesmuscheln bewarb, fand diese offenbar zu schwarz, und so schmückte er sie mit blutroten Tomaten. Noch ein paar Schritte weiter lag, das Souterrain eines Wohnhauses ausfüllend wie eine Grotte, eine Kuttelhandlung. Zwischen saftig-grünen Myrtenkränzen hingen in gelblichem Licht Schlingen aus Schweinsgedärm, immerfort betaut und am Glänzen erhalten von herabtropfendem Wasser. Hinter den feuchten Vorhangnetzen war die Wohnung des Händlers zu sehen: Auf einem riesigen Ehebett balgten sich kleine Kinder. Darüber schwebte, nahezu lebensgroß und von wuchtigen Kerzen erhellt, ein blutender Schmerzensmann mit Dornenkrone.

Bis zu seinem ruhigen Zimmer wäre es nicht weit. Doch Thomas zog es noch einmal zur Uferpromenade. Vom Kai des Castel dell'Ovo drangen Rufe herüber, und Geräusche wie von anbrandenden Wellen und Applaus erfüllten die warme Luft. Vor einem geschlossenen Geschäft blieb er, wie schon mehrere Male, stehen. Im Schaufenster spiegelten sich die Silhouetten braun gebrannter, halb nackter Kinder und junger Männer, die im Laternenlicht zur Freude zahlender Touristen tollkühn ins Hafenbecken sprangen. Die Auslage bot ein Durcheinander gebrauchter Waren: Bücher, Hüte, Messer, sogar ein Hochzeitskleid und einen schneeweißen Herrenanzug. Thomas aber starrte lange auf einen schlichten, silbernen Ring.

Schließlich riss er sich los und ging, ein womöglich letztes Mal, zum Grand Hotel. Der Wind trug einen leichten Beigeschmack von Asche mit sich. Hinter Thomas glühte der Krater. Das Foyer des *Vesuve* war hell erleuchtet. Zwischen Palmen und korinthischen Säulen war vom Jungen und der Reisegruppe nichts zu sehen. Es war an der Zeit, schlafen zu gehen.

Als Thomas in die Via Santa Lucia einbog, passierte er ein lärmendes Ristorante – und einen Mann, der mit übereinandergeschlagenen Beinen an einem kleinem Tisch saß. Einen Arm hatte er auf der Rückenlehne eines Stuhls abgelegt. Mit Mittel- und Ringfinger führte er eine Zigarette zum Mund, ein rötlicher Schein erhellte den Schnurrbart und das alterslose Gesicht. Während Thomas vorüberging, trafen sich ihre Blicke, und gelassen nickte der Mann ihm zu. Dann beugte er sich zu etwas hinab: zu einem rötlichen Fleck, aus dem eine Zunge hing. Thomas brauchte sieben Schritte, bis er verstand: Es war der aufdringliche Fremde aus Venedig, und er kraulte einen Hund.

Erst ging Thomas schneller. Als er sich aber umdrehte und sah, dass der Mann noch immer das Tier streichelte, war er beinahe enttäuscht. Er war ein Nichts im Nirgendwo, um das sich niemand scherte. Aber warum beklagte er sich? Auf dem Markusplatz hatte er dem Fremden ja deutlich gemacht, wie wenig ihm an dessen Gesellschaft lag. Warum führte der einen Hund mit sich? Auf Reisen müsste er das Tier zurücklassen, aber nicht daheim. Womöglich lebte der Fremde hier.

Thomas blieb stehen. Nach kurzem Zögern kehrte er um und zog vor dem Fremden den Hut.

»Guten Abend, mein Herr«, sagte Thomas. »Ein schönes Tier. Darf ich fragen, ob es Ihnen gehört?«

»Finden Sie? Wie schön.« Falls der Fremde überrascht war, so ließ er sich nichts anmerken. Ebenso wenig, ob er damit einverstanden war, ein wenig zu plaudern.

»Ein herrlicher Abend«, sagte Thomas. »Und eine sehr reizvolle Stadt.«

»In der Tat. Leider muss ich sie morgen verlassen.«

»Oh …« Thomas hielt den Atem an.

»Für drei Wochen. Ich ertrage es nicht, länger fort zu sein.«

Er atmete auf: Der Fremde stammte also tatsächlich von hier. »Dürfte ich Sie um Ihren Rat bitten?«

»Wenn ich Ihnen damit helfen kann.«

»Nehmen wir an, meine Eltern hätten mich nach Neapel

geschickt, damit mir hier klassische Bildung zuteilwerde: Zum Besuch welcher Sehenswürdigkeiten würden Sie raten, bliebe mir nur ein Tag Zeit?«

Die Miene des Fremden wandelte sich von ausdruckslos zu gelangweilt. »Gute Antworten darauf finden Sie im Baedeker.«

»Verzeihen Sie«, beeilte Thomas sich zu sagen, »ich habe mich wohl missverständlich ausgedrückt: Ich meine Orte, die man eben nicht unbedingt im Reiseführer findet. Verborgenes, Schönes auf den zweiten Blick.« Orte wie Venedigs Gassengewirr, das er niemals allein betreten hätte. Oder die menschenleere Kirche, in der der Jüngling gebetet hatte. Stätten, die ein Reisender nicht kannte, ein gebildeter Einheimischer aber schon. Und so tat Thomas alles, was in seiner Macht stand, um seiner letzten Chance, den Jungen doch noch zu finden, ins Gesicht zu lächeln.

Doch der fragte nur: »*Schönes auf den zweiten Blick*?«

»Ein paar Namen und Adressen würden mir schon reichen.«

»Nein, mein Herr.« Der Fremde erhob sich und setzte einen dunklen Hut auf. »Mit Namen kommen Sie hier nicht weit. Alles und jeder hier hat davon mindestens zwei, und sie alle sind immer nur so wahr, wie man sie haben will. Was Sie brauchen, ist ein Führer.« Er löste die Leine vom Hals seines Hundes, eines drahtigen, orangebraunen Mischlings, der sich prompt schüttelte.

»Darf ich?« Thomas streckte seine Hand zum Tier aus.

»Er ist sehr launisch. Ihre Entscheidung.«

Als Thomas sich hinabbeugte, sprang das Tier auf. Trotzdem hielt er ihm die Hand zum Beschnüffeln hin. Danach, ganz langsam, streichelte er den weichen Nacken und die Partie hinter den Ohren. Der Hund legte sich wieder hin.

»Sie haben Erfahrung?«, fragte der Fremde.

»Ich habe einen zu mir genommen. Einen Welpen. In der Nähe von Rom. Man kümmert sich um ihn, bis ich wiederkomme.«

»Warum?«

»Wie meinen Sie?«

»Warum haben Sie sich seiner angenommen?«

»Ich wollte schon immer einen Hund.«

»Ja, aber *warum?*«

Thomas glaubte beinahe, das schwarze, warme Fell des Welpen zu spüren.

»Ich weiß nicht recht. Vielleicht, weil ein Hund zufrieden damit ist, einfach zu *sein.*«

Ohne ein weiteres Wort machte der Fremde sich auf. Als er die Straße hinabging – sein Begleiter immer einige federnde Schritte vor ihm –, blickte Thomas ihnen nach. Er fragte sich gerade, was er diesmal falsch gemacht haben mochte, als der Fremde sich umdrehte und rief:

»Kommen Sie?«

Kaum zwei Minuten später hatte Thomas, froh über die unerwartete Hilfe, erklärt, was ihn nach Neapel führte: Recherche nämlich, für eine Novelle über eine junge Frau.

Im Mittelpunkt der Geschichte: ein Reisender, der in Venedig eine Dame sieht und ihr kurz entschlossen durch die Stadt folgt. Obwohl er nicht einmal weiß, woher die junge Frau stammt und wie sie heißt, ist er wie verzaubert. Je länger er in ihrem Bann steht, desto wundersamere Eigenschaften spricht er ihr zu. Sie erscheint ihm als perfekt. Schließlich reist er der Unbekannten nach Neapel hinterher, um ihr seine Liebe zu gestehen. Als er allen Mut zusammennimmt und sie anspricht, erweist sie sich als ganz simples, unverständiges Ding. Als große Enttäuschung.

»Und das entspricht Ihrer Überzeugung?«, fragte der Fremde. »Dass Menschen dazu verdammt sind, sich selbst und andere Menschen falsch zu verstehen?«

Derart in Worte gefasst, klang es harscher, als es Thomas lieb war. Andererseits … Er zuckte die Achseln und nickte.

»Ja, ja: Enttäuschung«, machte der Fremde, als erinnerte

er sich an etwas Schönes. »Ein großes Thema haben Sie da gewählt. Vielleicht das größte.«

»Aber doch nicht größer als ...« Er verschluckte das Satzende.

»... der Tod?«

»Zum Beispiel.«

»...die Liebe?«

Thomas nickte wieder.

»Verstehe«, sagte der Fremde langsam. »Darf ich fragen, ob Sie mittlerweile Gelegenheit hatten, Schopenhauer zu lesen?«

Wie kam er denn jetzt darauf? »Sein Hauptwerk liegt in meinem Koffer. Ich muss zugeben, es ist in weiten Teilen unaufgeschnitten.«

»Immerhin haben Sie es sich zugelegt. Hoffentlich auf Deutsch?«

»Ich habe es aus München mitgebracht.«

»Sie führen es die ganze Zeit mit sich? Beide Bände?«

»Eigentlich wollte ich sie auf meiner letzten Station zurücklassen, aber ...«

»*Aber* Sie *haben* sie dabei. Das ist kein Zufall, sage ich Ihnen. Das Buch sucht sich seine Leser. Sind Sie also doch ein richtiger Dichter!«

»Ich muss erst einer werden.«

»Unsinn«, sagte der Fremde zufrieden, geradezu heiter. »Schopenhauer war nicht viel älter als Sie, da schrieb er den ersten Band. Oder Goethe bei seinem *Werther*. Nein, nein, man *ist* ein Künstler, oder man ist es nicht.«

Thomas war so erleichtert, dass der Fremde ihm half, und so freudig überrascht von dessen Worten, dass er nicht fragte, wohin er ihn so spät noch führte. Genauso wenig würde er zugeben, dass ihn bereits die diversen Einleitungen von *Die Welt als Wille und Vorstellung* abgeschreckt hatten. Jeder Absatz quoll über von Bitterkeit und Besserwisserei, bestätigte das Bild vom Studierstubenphilosophen ohne Familie, Freunde und Beruf, der, von allen zurückgewiesen, sich eine Lehre zurechtgeschrieben hatte, der zufolge nicht er bemitleidenswert und verblendet war, sondern alle anderen. Dazu passten die Schilderungen vom Greis im englisch geschnittenen, an Schößen und Ellenbogen blank gescheuerten Rock, der seinen Stock mit beiden Händen auf dem Rücken hielt und, begleitet allein von seinem Pudel, tagein, tagaus grantelnd am Mainufer spazieren gegangen war. Die Geschichte vom Ungewollten, Unverstandenen, der sich unter dem Hohn der anderen zum Erwählten kürte, war oft erzählt worden. Evangelisten und andere Dichter hatten sie in Staunen machende Höhen getrieben. Hier aber war sie ins Lächerliche abgestürzt.

»Wie ich Sie beneide«, sagte der Fremde. »Wie gern würde ich ihn noch einmal zum ersten Mal lesen! Er macht immun gegen Enttäuschungen, reißt den Schleier der Maja von der Welt. Er hat den Mut, das Leben so zu sehen, wie es ist – und nicht, wie wir, gelenkt von kleinlichen Begierden, Hoffnungen und Ängsten, es sehen wollen. Wer ihn liest, wer ihn wahrhaftig zu durchdringen imstande ist, der fühlt sich ein für alle Mal befreit von der Geißel der Hoffnung. Er ist ein großer *Ent-Täuscher,* Sie verstehen?«

»Ich muss gestehen, ich …«

»Natürlich, natürlich. Das kommt noch.« Der Fremde klang begütigend wie ein alter Arzt.

Die Laternen leuchteten glücklicherweise so schwach, dass Thomas' Begleiter von seinem Gesicht unmöglich Zweifel und Sorge ablesen konnte. Doch etwas, das Angst ähnelte, ließ ihn in kürzeren Abständen atmen. Alles um ihn herum – die ockerfarbenen Hauswände, das schwarz glänzende Pflaster, die würzige Abendluft, sogar die weißen Zahnreihen lachender Passanten – nahm er mit einem Mal noch deutlicher wahr.

Da vorne links nahte das Haus Nummer 28. Vor dem Eingang zur Fremdenpension konnte er sich verabschieden, dachte Thomas, und sich danach von oben bis unten mit kaltem Wasser behandeln. Vielleicht fände er diesmal schnell in den Schlaf. Den konnte er vor der Heimreise gut gebrauchen. Sie kamen zur Numme 28, und Thomas, dessen Gesicht nur zur Hälfte beleuchtet war, ging vorüber.

Der Hund schlug zielstrebig den Weg ein, den sein Herr und Thomas kurz darauf nahmen. Die Straßen wurden schmaler, alle Gerüche stärker und aufdringlicher. Im Gekröse der Gassen bewarben Stimmen Genüsse aller Art: ölig glänzendes Thunfischfleisch und samtige Pfirsiche, glitschige Muscheln und hölzerne Heiligenfiguren, frisch aus der nach Farbe stinkenden Werkstatt. Schließlich betraten sie die Häuserschlucht der Via Toledo. Wieder drängten sich Menschenverkäufer heran, um flüsternd *ragazze molte belle* und *ragazzi molti belli* anzupreisen. Einer hielt Thomas offenbar für begriffsstutzig und reckte ihm, die Zungenspitze in den Mundwinkel gepresst, die Faust unter die Nase. Den Daumen presste er dabei zwischen Mittel- und Zeigefinger und wackelte damit so obszön, dass Thomas den Atem anhielt. Der Fremde nahm den Hut ab und verscheuchte den Strizzi wie eine Fliege. Danach wagte sich erstaunlicherweise niemand mehr an sie heran.

»Vielleicht«, sagte Thomas zögernd, »ist es besser, die Kirchen morgen zu besichtigen. Falls sie überhaupt geöffnet haben. Ich bleibe immerhin noch einen Tag in der Stadt.«

»Wie meinen Sie das?«

»Die Museen sind sicherlich längst verschlossen. Der Dom bestimmt ebenso.«

»Aber mein Herr«, sagte der Fremde begütigend, und erst jetzt fiel Thomas auf, dass sie den Namen des jeweils anderen gar nicht kannten, »die einzige Kirche, die ich Ihnen zeigen möchte, ist diese hier!« Dabei wies er mit theatralischer Geste auf die Menge. Neben einer Osteria mit von Fliegen verdreckten Gardinen lud eine elegante französische Konditorei zu Brioches und Rosinenkuchen. Vor einem Geschäft, das echte oder weniger echte Antiquitäten feilbot, lag ein *lazzarone*, einer der schier unzähligen Bettler, im eigenen Dreck.

»Ich verstehe nicht«, gab Thomas zu.

»Nein? Hat es Sie mit aller Macht nach Pompeji gezogen? Ins Antikenmuseum? Sie waren gar nicht dort, richtig? Und warum? Weil Gentlemen aus dem Norden – Gentlemen wie Sie – *hier* ihre südliche Bildung erfahren.« Wieder zeigte er auf das lärmende Treiben ringsum. »Allein deshalb kommen sie her. Sie suchen das Ungeheure.«

Thomas schwieg betreten. Hatte er sich derart missverständlich ausgedrückt? Oder war der Fremde schlicht ein Widerling, der jedem unterstellte, so verkommen zu sein wie er selbst? Zwar hatte Thomas der Gedanke gestreift, wie es wäre, eine Käufliche aufzusuchen. Vielleicht, hatte er sich zu sagen versucht, erwiese es sich als hilfreich, brächte er ein wenig Erfahrung mit in die Ehe. Doch die Idee, gegen Geld bei einer Unbekannten zu liegen, kam ihm schlicht absurd vor. Es brauchte doch wechselseitige Anziehung, Ruf und Erwiderung, ein geteiltes Geheimnis. Er war nun einmal nicht Heinrich.

»Ich fürchte, wir haben einander missverstanden«, sagte Thomas. »Ich lege keinen Wert darauf, diese Seite der Stadt kennenzulernen. Ich bin so gut wie verlobt. Es wird Zeit, mich von Ihnen zu verabschieden.« Er deutete eine Verbeugung an. Der Hund hechelte ihm ins Gesicht.

Der Fremde erwiderte: »Ich weiß, wen Sie hier suchen.«

»Wie?«, fragte Thomas. »Aber wen soll ich denn suchen?«

»Diese Frau, die in Ihrer Geschichte vorkommen soll.«

»Ach, sie. Nein, nein. Ich will Eindrücke der Stadt sammeln. Davon brauche ich umso mehr, als die Figur der Frau nebelhaft bleiben soll. Sie bildet für den jungen Mann bloß den Anlass, um in einem Menschen alles erfüllt zu sehen, was das Leben ihm verwehrt. In der Wirklichkeit existiert sie gar nicht.«

»Ist sie blond, schön und sehr jung?«

Wollte der Fremde ihn etwa zu einem Bordellbesuch animieren? Die Fähigkeit der Menschen, einander falsch zu verstehen, war grenzenlos. Müde sagte Thomas: »Ich wünsche Ihnen noch einen guten Abend.«

»Und ist *sie* ein *er*?«

Um sie herum zirkulierte das Leben weiter wie das Blut, während Thomas erstarrte.

Der Fremde holte Zigaretten und Zündhölzer hervor. Als er den ersten Zug nahm, leuchtete auf der Streichholzschachtel kurz ein schwungvoller roter Schriftzug auf, *Al Testamento* oder ähnlich. Ausatmend fragte er:

»Was wollen Sie von ihm?«

»Ich *will* gar nichts.« Thomas wandte den Blick ab.

»Vielleicht könnte ich Sie beide ja bekannt machen.«

»Genug jetzt.«

»Ich sehe das so: Sie bekommen eine Chance, den zu treffen, den Sie suchen. Aber gut, gehen Sie nach Hause. Los.«

Wäre Thomas nicht so unwohl gewesen, hätte er die Sache lächerlich gefunden. Aus irgendeinem Grund versuchte sein Gegenüber, ihm eine verbotene Neigung zu unterstellen. Etwa, um ihn damit zu erpressen? Wirkte er so wohlhabend? Wohl kaum. Auch sah der Fremde, so unangenehm er sich aufführte, nicht aus wie jemand, der sein Geld mit dem Ausbeuten naiver Touristen verdienen musste. Außerdem: Wer hatte hier wen angesprochen? Vor allem aber, dachte er, war der Fremde ebenfalls in Venedig gewesen. Kannte er *ihn* also tatsächlich?

Thomas ballte die herabhängenden Hände zu Fäusten. »Beweisen Sie es.«

»Was? Dass ich den jungen Mann kenne? Ich muss Ihnen gar nichts beweisen.«

»Was soll dann das Ganze?« Thomas' Verwirrung wich Ärger. »Wollen Sie Geld? Ich werde Ihnen keines geben.«

»Nein?«

»Nein!« Es hatte etwas Befreiendes, wütend zu sein. Nicht ohne Neugier wartete er darauf, was er wohl täte, wenn sein Gegenüber ihn weiter provozierte. Doch zu Thomas' Verblüffung formten dessen Lippen etwas, das man als Lächeln bezeichnen mochte.

»Gut«, sagte der Fremde, »sehr gut. Ich danke Ihnen, mein Herr. Sie verdienen eine Erklärung: Ich darf mich als Freund eines wohl angesehenen Mitglieds der Gesellschaft bezeichnen. Nennen wir ihn ›Seine Lordschaft‹. Genaueres könnte Begehrlichkeiten auslösen, Sie verstehen. Daher reist er nach Möglichkeit inkognito. Jedenfalls assistiere ich Seiner Lordschaft auf Reisen. Er legt großen Wert darauf, dass sein Junge ihn begleitet. Doch der langweilt sich, wird geradezu melancholisch. Das führt seit einiger Zeit zu Verstimmungen mit Seiner Lordschaft. Mir liegt natürlich sehr daran, diese Spannungen aufzulösen. Deshalb ziehe ich es in Erwägung, Sie ihm vorzustellen. Sie könnten dem Jungen Gesellschaft leisten, während er, solange Seine Lordschaft anderweitig beschäftigt ist, Sehenswürdigkeiten besucht.«

»Ich soll ihn also aufheitern?«

»Er könnte jemanden gebrauchen, der Kunst zu schätzen weiß.«

Thomas presste noch immer die Fingernägel in die Handflächen. »Aber … Aber warum dann das hier?« Er sah sich um. Hinter dem Lärm wurde es Nacht.

»Sie werden verstehen«, sagte der Fremde langsam, beinahe tastend: »Ich muss sichergehen, dass Sie, wenn Sie bestimmten Verlockungen ausgesetzt werden, nicht ein potenziell inkriminierendes Verhalten …«

»Eine Prüfung.«

»Bitte sehen Sie es mir nach. Wir sind schließlich in Neapel.«

»Verstehe.« Er lockerte seine Fäuste ein wenig. Davon offenbar angelockt, sprang der Hund auf, stemmte die Vorderpfoten gegen Thomas' linkes Bein – und schleckte einen Handrücken ab. Er fühlte sich warm an, dann, als das Tier das Interesse verlor, umso kälter.

»Schreiben Sie tatsächlich eine Geschichte?«

Noch immer dieses Lächeln, aber die Augen blickten kühl wie zuvor. Die Prüfung, dachte Thomas, dauerte an.

»Allerdings.«

»Und Sie brauchen dafür, sagen wir: Anschauungsmaterial?«

Er nickte.

»Warum eigentlich?«

»Verzeihung?«

»Warum ahmen Sie bloß nach? Ein Künstler erschafft doch seine eigene Wirklichkeit.«

Thomas senkte die Lider. Wie oft hatte er sich gefragt, wie die Großen – Bourget etwa, Bahr, Lie oder Kielland – aus dem Chaos der Wirklichkeit Bedeutung schöpften. Woran mangelte es ihm? Um etwas zu erwidern – irgendetwas, das den Eindruck verwischte, er sei der Nähe zum Jungen nicht wert – sagte Thomas:

»Nehmen wir ein Beispiel: Ihre Lieblingstante kommt zu Besuch.«

»Wie bitte?«

»Ihre Tante. Und nehmen wir weiter an, Sie sind ihr seit Ihrer Kindheit herzlich zugeneigt. Aber jedes Mal finden Sie etwas an ihr so komisch, dass Sie am liebsten losprusteten. Sie können partout nicht in Worte fassen, warum. Als juckte es Sie, aber Sie können sich nicht kratzen.«

»*Kratzen* ...« Der Fremde machte keine Anstalten, seine Verwunderung zu verbergen.

»Es hilft mir«, beeilte Thomas sich zu sagen, »diesen Menschen nachzuahmen. Vielleicht steht die Oberlippe der Tante – einer noch immer schönen, schlanken und eleganten Dame – ein wenig vor. Und vielleicht lässt sie diese Oberlippe je nach Bedarf vor Rührung zittern, während sie ein Unglück schildert, das ihr oder ihrer Tochter widerfahren ist. Oder sie schiebt sie vor, was dem ganzen Gesicht etwas Spitzbübisches gibt, und dabei lässt sie ihre Zungenspitze ganz leicht an der Oberlippe spielen. Und der Kopf! Ihren Kopf reckt sie keck in die Höhe. Zugleich versucht sie, das Kinn bis auf die Brust zu senken. Denn sie will streng und zugleich stolz wirken. Aber sie weiß nicht, dass sie Strenge und Stolz nur spielt. Sehen Sie sie?«, fragte Thomas, belebt von etwas, das er zum ersten Mal in Worte fasste und ihm doch vertraut vorkam. »Vielleicht hören Sie ja sogar, während Sie sie vor sich sehen, Musik? Eine hübsche, eingängige Melodie, nach der Ihre Tante, ohne es zu wissen, ihr Leben lang tanzt. Hören Sie sie?«

Die Skepsis wich vom Gesicht des Fremden, und er warf die Zigarette fort. »Das ist hübsch. Durchaus hübsch.«

Thomas war erleichtert. Zum Glück würde Tante Elisabeth hiervon nie erfahren.

»Sie brauchen keine Sorge zu haben. In meiner Beschreibung wäre der junge Lord gar nicht mehr wiederzuerkennen. Im Übrigen könnte die Geschichte auch einen ganz anderen Verlauf nehmen.«

Der Fremde lächelte zufrieden. »*Enttäuschung* ist ein gutes Thema. Ein passendes.«

Doch Thomas hatte Geschmack daran gefunden, sich beim Denken zuzuhören. »Als ich ihn in Venedig sah«, sagte er halb zu sich selbst, »da hatte ich eine ganz andere Idee. Für eine Novelle. Sie handelte allein von einem sehr jungen Mann. Der entstammt einer angesehenen Familie, sein Vater ist ein zupackender Geschäftsmann. Er aber weiß, er ist nicht zum tatkräftigen Handeln gemacht. Der Welt will er ihr Geheimnis lassen – aber die Wissenschaft redet alle Wunder klein, sieht überall nur Gier und Berechnung. Er flüchtet sich in die Musik. Die liebt er schwärmerisch, ohne sie zu beherrschen. Nur fiel mir nie ein, was in der Geschichte eigentlich *geschieht*. Was soll jemand, der so passiv ist, auch *tun*? Wer liest schon seitenlange Beschreibungen, wie ein halbes Kind einen Tag in der Schule absitzt, eine Stunde nach der anderen? Jetzt, da Sie sagen, der junge Herr neige zur Melancholie … Das passendste Ende«, Thomas blickte gen Abendhimmel, »wäre eigentlich sein Freitod.«

»Was?« Das Lächeln des Fremden fiel ab wie eine Maske.

»Es wäre der logische Schluss. Danach kommt nichts mehr.«

»Bitte, *nein*. Das ist so fad.« Mit der Hand verscheuchte der Fremde die Idee wie einen üblen Geruch. »Ich weiß, ich weiß: *La décadence* ist groß in Mode. Aber der Tod ist bloß Theaterdonner. Er soll alles Vorangegangene, und sei es noch so banal oder schäbig, überhöhen, mit einem Bedeutungsschauer versehen. Finden Sie nicht?«

Als Thomas schwieg, sagte der Fremde mit Gönnermiene: »Jetzt lassen Sie mich Ihnen eine Geschichte erzählen. Von einem jungen Menschen mit einer zarten, tief fühlenden Seele. Sein Vater, ein ehrwürdiger Mann, spricht am Abendbrottisch wie auf der Kanzel immerzu von *gut* und *böse*, *rein* und *verdorben*. Auch der junge Mensch erwartet von den Menschen das göttlich Gute und das haarsträubend Teuflische. Darum sagt er sich: Wer intensiv leidet, der müsse auch intensiv leben. Und kein Weg führt zielstrebiger zum Leid als der der romantischen Liebe, nicht wahr?«

Um nichts erwidern zu müssen, tat Thomas, als sei er gebannt vom Anblick riesiger Töpfe voller langer, dampfender Nudeln; von einem Koch, der die gelblichweißen Schnüre an einem Löffel in die Höhe hielt; und von ärmlich gekleideten Kindern, die mit weit aufgerissenen Mündern und unter dem Gelächter der Umstehenden vergeblich danach schnappten. Ein Junge brach die Spielregeln und bekam den Löffel zu fassen. Der Koch schlug ihm hart auf den Kopf. Beifall kam auf.

»Tatsächlich verliebt sich der junge Mensch«, sagte der Fremde, »und das Ungeheuerliche geschieht: Das geliebte Wesen erwidert seine Liebe. Die beiden schwören einander, für immer zusammenzubleiben. Dann aber nimmt der Vater eine neue Pastorenstelle an. Am Vorabend des Umzugs treffen die Liebenden aufeinander, die Gesichter voller Tränen. Das geliebte Wesen ächzt und überreicht dem jungen Menschen mit blutigen Händen die Klinge. Der denkt: ›*Nun geschieht es! Nun geschieht es!*‹ Dann aber, beinahe noch zur selben Zeit, noch etwas anderes: *›Das also ist das Höchste, nun erlebe ich es. Schlimmer ist es nicht? Das ist das Ganze?‹*«

Der Fremde suchte vergeblich Thomas' Blick. »Verstehen Sie mich recht. Er hat sich das Geschehen nicht entsetzlicher ausgemalt. Aber eine vage Vorstellung von etwas noch weit Bedeutenderem hat in ihm gelebt. Und so tritt er einen Schritt zurück. Blickt in brechende Augen, in denen sich Horror, Ekel und Enttäuschung mischen. Er würde sich gern verachten. Aber wofür? Man tötet sich doch nicht am Schluss einer Komödie.«

Thomas erspähte aus dem Augenwinkel das Gesicht seines Nebenmannes, das in gelbliches Licht getaucht war. So überzeugend es zu der späten Stunde eben ging, log er:

»Sehr interessant.«

»Wirklich?«

»Natürlich.«

Eine Weile gingen sie schweigend. Dann, plötzlich, blieb der Fremde stehen. Drehte sich einmal im Kreis. Rief mehrere Male etwas, das wie *Atmen!* oder *Amen!* klang.

»Er ist weg.« In der Stimme des Fremden lag so etwas wie Besorgnis.

»Das macht er ständig. Schnuppert überall, frisst, was er kriegen kann. Bleiben Sie hier. Ich komme gleich wieder.«

Thomas tat wie geheißen. Der Fremde war nun einmal seine letzte Chance. Und so verschlungen die Wendungen dieses Abends ihm auch erschienen, hatten sie ihn doch zum Ziel geführt.

Zumindest glaubte er das für eine Zigarettenlänge. Oder drei.

Doch nach fünfzehn Minuten war der Fremde noch immer nicht zurück. Wieder drängten sich zischend *ruffiani* heran, und gleich zwei von ihnen hielten ihm, frech und freudlos grinsend, die Faust mit dem wackelnden Daumen vors Gesicht. Es war schon weit nach Mitternacht, und er stand wohl schon mehr als eine Stunde am Rinnstein, als er einsah, dass länger zu warten sinnlos war.

Ohne sie recht zu suchen, fand Thomas zurück zur Uferpromenade. Die Klippenspringer und ihre Claqueure waren fort. Eine leicht salzige Brise und das ewig gleiche Rauschen der Wellen besänftigten ihn. Sollte der Fremde ihn ruhig prüfen und für ungeeignet befinden. Je länger Thomas ins heranrollende Nichts horchte, für umso wahrscheinlicher hielt er es, dass der Fremde den Jungen gar nicht kannte. Er hatte damals mitbekommen, wie Thomas dem Jüngling in die Gassen folgte. Kurz darauf, am Landesteg, musste er die Gondel hinter der des Jungen erspäht haben. Und spätestens, als er die Geschichte hörte vom Mann, der einer Unbekannten nachreiste, war dem Fremden alles klar geworden. Er hatte sich einen Spaß daraus gemacht, Thomas dazu zu bringen, sein Geschwätz anzuhören. Als Revanche dafür, dass der ihn auf dem Markusplatz hatte stehen lassen.

Er würde ausschlafen und danach, einen Tag früher als geplant, einen Schnellzug Richtung Zürich besteigen.

Vor dem Schaufenster mit dem Ring blieb er stehen. Thomas war, als glänzte das Silber noch klarer und kühler als zuvor. Er zog eine Ansichtskarte hervor, auf der eine Festung hoch über dem Meer zu sehen war und darunter der Schriftzug *Napoli*. Thomas war so müde, dass er die Augen zu Schlitzen verengte, während er schrieb:

Liebe Ilsenschnibbe, Dir möchte ich hiermit meinen baldigen Besuch in Lübeck am 13. des Monats ankündigen. Es würde mich sehr freuen, fändest Du die Zeit, Dich dabei mit mir auszutauschen über diesen Roman, der in der Tat furchtbar kitschig klingt, und den ich unbedingt gemeinsam mit Dir bis zum glücklichen Ende lesen möchte.
Dein
Dichter Thos

Im Dunkel brachen sich schmatzend und gurgelnd die Wellen. Das Castell del'Ovo war, obwohl höchstens hundert Meter entfernt, in der Brandung kaum auszumachen. Links davon beschienen Fackeln eine Besucherterrasse, auf der Kellner die Reste eines langen Abends abräumten. Darüber las Thomas *Al Testamento.* Neugierig geworden, betrat er die Steinbrücke, die Promenade und Zitadelle verband, und ging zwischen zwei niedrigen Türmen hindurch. Auf der anderen Seite erkannte er: Das Ausflugslokal, dem der Fremde seine Zündhölzer verdankte, hieß in Wahrheit *Allettamento.* Wer hier speiste, schaute auf vertäute Boote und noble Hotels. Am nächsten lag das fünfstöckige *Vesuve.* Alle Suiten waren verdunkelt, allein das Foyer leuchtete.

Müdigkeit kroch Thomas in die Augenhöhlen. Er schloss die Lider, hob den schweren Kopf, und als er sie wieder öffnete, war der Sternenhimmel fast derselbe wie daheim. So stand er, bis der Nacken schmerzte. Er hielt Ausschau nach einem Briefkasten. Als er die Ansichtskarte und das Schreiben an Grautoff einwarf, schwindelte ihm ein wenig. Langsam trat er den Rückweg an. Er hatte die Türme beinahe erreicht, als in der obersten Etage des *Vesuve* ein Licht anging.

17.

Das kleine Mädchen streckte seine beiden Arme aus, denn es war eine Tänzerin, und dann hob es das eine Bein so hoch empor, dass der Zinnsoldat es durchaus nicht finden konnte und glaubte, dass es gerade wie er nur ein Bein habe.

Hans Christian Andersen: *Der standhafte Zinnsoldat* (1838)

Neapel, 9. November 1896

Bis das erste Tageslicht den Rauch über dem Krater orangerot erglühen ließ, hätte Thomas beinahe nicht durchgehalten. Über Stunden hatte er das Fenster angestarrt, als könne er so verhindern, dass es dahinter wieder dunkel würde. Er war sicher, dass die schlanke Silhouette, die von der Brüstung aus aufs schwarze Meer geschaut hatte, zu *ihm* gehörte. Die Hoffnung hatte ihn bei Sinnen gehalten, als die Glieder schwer und schwerer wurden. Hatte ihm geholfen, dem Drang, sich zu setzen oder gar niederzulegen, zu widerstehen. Über die letzte Hürde aber, die stumme, bleierne Zeit bis zum Morgengrauen, hatte ihn die Angst getragen. Denn zu hoffen war beängstigend. Wer hoffte, hatte etwas zu verlieren. Endlich – die Sonnenstrahlen überwanden gerade die Flanken des Vulkans und tauchten die Bucht in Lila und Gold – atmete Thomas tief aus. Vor ihm erwachte das Grand Hotel.

Warum hatte der Junge mitten in der Nacht die Lampe entzündet? War er noch wach gewesen – oder schon wieder? Was mochte er beim Blick auf die Bucht gedacht haben? Was tat er gerade, und wohin zöge es ihn heute? Wie wenig war, bei Lichte betrachtet, in dieser kurzen Nacht geschehen – und doch fühlte

Thomas sich beschenkt mit einer Überfülle an Eindrücken und Erfahrungen. Noch wie viel mehr würde er mit sich heimtragen können, wenn er dem Jungen einen ganzen Tag lang folgte!

Mochte der feuchte Wollanzug auch schwer auf seinen Schultern liegen: Dieses Spiel machte ihm Durst, Schwäche und leichte Übelkeit mehr als erträglich. Am linken Hosenbein, wo der Hund an ihm hochgesprungen war, bemerkte Thomas einen rötlichen Fleck. Vergeblich versuchte er ihn wegzureiben.

Auf einmal öffneten sich oben Doppelfenster. In ihnen spiegelte sich das Orangerot über dem Krater. Thomas war überzeugt davon, im nächsten Moment das Blondhaar des Jungen zu sehen. Stattdessen erlosch das Licht. Als über lange Minuten nichts weiter geschah, nicht einmal das Fenster geschlossen wurde, hätte Thomas vor Anstrengung am liebsten geweint. Doch er blieb, ans Brückengeländer gelehnt, regungslos stehen.

Schließlich trat ein stattlicher, graubärtiger Herr im modischen Sportdress aus dem Foyer ins Freie. Das Weiß seiner Kleidung – weite Leinenhose, an den Ärmeln aufgekrempeltes Hemd und Strohhut – kontrastierte aufs Eleganteste mit dem Lila seiner Wangen. Mit großen, wiegenden Schritten eilte der Gentleman den Gehweg hinab. Ihm folgte ein schwarz gekleideter, ausdruckslos blickender Mann, offenbar ein Butler, der nicht ohne Mühe eine große Ledertasche trug. Nach einigen Metern blickte sich der Mann in Weiß um und rief unwirsch und mit wegwerfender Geste seinem Diener etwas zu. Dieser stellte sofort die Tasche ab und machte Anstalten, zum Eingang zurückzulaufen, als *er* durch die Glastür kam.

Auch der Junge trug Weiß. Unter einem Strohhut floss ihm das blonde Haar bis in den Nacken. Das sportliche Hemd, das über der Brust des Vaters jeden Moment zu bersten drohte, flatterte an seinen schlanken, aber durchaus nicht hageren Schultern. Zögerlich folgte er den beiden Männern.

Thomas atmete schneller. Er durfte sie auf keinen Fall aus den Augen verlieren. Aber wie, ohne aufzufallen? Brücke und

Uferpromenade boten keinerlei Schutz. Kurzerhand ließ er das Geländer los und trottete, den Blick gesenkt, auf der anderen Straßenseite der Gruppe hinterher. Doch so sah er im Augenwinkel nur zwei weiße Flecken und einen schwarzen. Gerade fragte er sich, ob er es wagen konnte, die Seite zu wechseln, als die Flecken verschwanden.

Er schaute auf. Eben hatten sie noch ein weiteres Hotel passiert. Sie mussten ins Foyer gegangen sein. Thomas lief, einer Kutsche ausweichend, über die Straße und spähte durch die Glastür. Dahinter schüttelte der Vater einem Mann die Hand. Dieser – schlank, vielleicht Mitte zwanzig, mit vollem, dunklen Haar – zeigte mit fragendem Ausdruck auf etwas, das er unter der Achsel trug. Der Vater deutete kopfschüttelnd auf die Ledertasche. Daraufhin wies der Mann unter erneuten Verbeugungen ins Innere.

Thomas drückte vorsichtig die Eingangstür auf und trat ein – gerade noch rechtzeitig, um mitzubekommen, wie vier Silhouetten die Eingangshalle zur Seite hin verließen. Ein Diener öffnete ihnen wortlos eine Flügeltür. Kurz darauf kamen sie hinter einer Glaswand wieder in Sicht. Dort lagen die hoteleigenen Tennisplätze.

Für eine Stunde, vielleicht länger, würde Thomas ihm von der Lobby aus unauffällig zuschauen können. Zufrieden setzte er sich in einen Korbsessel mit Blick auf den Court. Dort nahm der Junge einen Schläger so umständlich entgegen, als wäre es ein Blumenstrauß.

An Thomas vorbei spazierte ein junges, schönes Paar. Ohne den Portier, der ihnen die Tür öffnete, wahrzunehmen, gingen die beiden hindurch und setzten sich auf die Gästetribüne.

»Excusez-moi, Monsieur, puis-je vous aider?«

Ein Concierge schaute geschäftsmäßig interessiert auf Thomas herab.

Danke, entgegnete er auf Französisch, er brauche keine Hilfe.

»Vous logez à l'hôtel?«

Nein, er warte hier nur auf jemanden.

»Qui dois-je annoncer?«

Alles an dem Mann – das glänzende Schwarz des Fracks, das strahlende Weiß der Weste und die devote, zugleich stolze Haltung – erinnerte an die Ordonnanzoffiziere daheim. Einer höheren Macht zu dienen, war ihnen sichtlich ein strenger Genuss.

Danke, sagte Thomas, aber eine Anmeldung sei nicht nötig. Die Herrschaften wüssten bereits von seiner Gegenwart.

Um wen, fragte der Concierge, handle es sich denn?

Zur Antwort nickte er in Richtung des Tennisplatzes, wo der Junge es erduldete, dass der Tennislehrer, der hinter ihm stand, seinen Arm ergriff und damit weit zum Schlag ausholte.

Gut, gut, sagte der Concierge lächelnd, ohne im Geringsten freundlich zu wirken. Dürfe er die Namen der Herrschaften dort draußen erfahren?

Thomas wurde unangenehm bewusst, dass er seit fast vierundzwanzig Stunden dieselbe Kleidung trug. Er war unrasiert, seine Zähne trugen Pelz, und der Hotelmitarbeiter starrte auf seine Hose wie auf ein Insekt. Ein Bein über das andere schlagend, erklärte Thomas, es sei ihm nicht erlaubt, ihre Namen zu nennen.

Mit einem wuchtigen Aufschlag schickte der Vater einen Ball über das Netz. Der Sohn erschrak, und der Ball flog ins Aus. Davon offenbar gelangweilt, stand das Paar wieder auf und verließ den Platz durch eine zweite Flügeltür auf der entgegengesetzten Seite. Der Junge sah ihnen nach, bis sein rotgesichtiger Vater ihn zur Ordnung rief.

Das Gesicht der Frau, notierte Thomas sich in Gedanken, *war das einer jungen vornehmen Engländerin von etwas ausgeblühtem Geschlecht.*

Es tue ihm sehr leid, antwortete der Concierge kühl, aber im Namen des Hotels müsse er auf einer Antwort bestehen.

Wenn es denn nun nicht anders gehe, sagte Thomas: Es

handle sich um einen Lord und seinen halbwüchsigen Sohn. Beide reisten inkognito. Das müsse genügen.

»Une seigneurie, père et fils?« Der Mann klang überrascht. Davon sei ihm nichts bekannt. Dabei habe er es sich zur Pflicht gemacht, die Identität aller Hausgäste zu kennen. Auch jener, die lediglich die Sportanlagen besuchten.

Der Fremde hatte also tatsächlich gelogen.

Bitte, brachte er hervor, könne er ihn nicht einfach hier sitzen lassen? »Juste pour un moment.«

Als er erkannte, wie kläglich er klang, war es zu spät. Der Concierge legte die Hände an die Seiten, reckte das Kinn und befahl:

»Monsieur, vous êtes cordialement invité à quitter l'hôtel.«

Eine grässliche Minute später stand Thomas auf dem Gehweg. Drinnen sprach der Concierge mit dem Portier, der den Zugang zum Tennisplatz bewachte, und zeigte zum Eingang – zu ihm. Danach verschwand der Mann hinter der Rezeption.

Thomas ging unruhig auf und ab. Wenn er hier auf den Jungen wartete, verlor er nicht nur wertvolle Zeit, es wäre womöglich vergeblich. Die Gruppe konnte den Court auch zur anderen Seite hin verlassen. Und wohin gingen sie dann? Es führte kein Weg daran vorbei: Er musste wieder hinein, am besten auf die Tribüne. Dort war er dem Jungen näher und von der Rezeption aus nicht zu sehen. Nur wie? Thomas blickte an sich hinab. Sah noch einmal ins Hotel. Dann ging er, so schnell er konnte, ohne gehetzt zu wirken, zur Via Santa Lucia 28.

Als er im Fremdenzimmer die Koffer öffnete, kam ihm jene drei Wochen jüngere Version seiner Selbst, die sie gepackt hatte, bemerkenswert naiv vor. Dieser Thomas hatte den Baedeker mitgenommen (*Mittel-Italien und Rom*), einen schmalen Band der Brüder Goncourt (*Renée Mauperin*), dazu *Die Welt als Wille und Vorstellung* (zwei von sechs Bänden der Reclam-Werkausgabe), August von Platens *Werke* (zwei Bände), drei Mal Nietzsche (*Die Geburt der Tragödie*, *Jenseits von Gut und Böse* und

Also sprach Zarathustra) sowie vier Romane von ebenso vielen Skandinaviern (Jacobsen, Bang, Kielland und Lie). Das hatte für Kleidung wenig Platz gelassen, nämlich jeweils sechs Ober- und Unterhemden, fünf Paar Socken, vier Unterhosen, zwei Dosen Haarpomade – und einen dunkelgrauen, fast schwarzen Anzug. Thomas zog ihn an. Dabei bemerkte er einen großen Fleck, den Zigarettenasche auf Brusthöhe hinterlassen hatte. Als er sich vor dem Spiegel hastig drehte, um weitere Makel auszumachen, riss die Rückenpartie mehr als eine Handbreit auf.

Er rieb sich die Augen und betrachtete die roten, geometrischen Muster auf seiner Netzhaut, bis sie sich auflösten. Dann öffnete er sein Portemonnaie und zählte nach. Zählte noch einmal. Und stand schließlich seufzend auf.

Kaum dreißig Minuten später betrat ein eleganter junger Herr das Hotel Royal. Wie hastig er atmete und dabei nervös in der Lobby umherschaute, bemerkte wohl niemand, denn das Weiß seines Leinenanzugs und des dazu passenden Strohhutes strahlten Gelassenheit und Weltläufigkeit aus. Sogar seine Schuhe waren weiß. In der Innentasche des Jacketts ruhte ein kleines Etui.

Wie sich herausgestellt hatte, musste man, um einen neapolitanischen Pfandleiher dazu zu bringen, einen sehr gut erhaltenen Sommeranzug und einen schlichten Silberring für die Hälfte des anfänglichen Preises zu verkaufen, diesem zunächst glaubhaft machen, dass man nicht feilschte, sondern *veramente* nicht mehr Geld hatte. Das tat man, indem man seine Geldbörse effektvoll auf dem Tresen ausleerte. Dann erklärte man so gut es ging, hier und jetzt gewillt zu sein – und *nur* hier und jetzt –, die gesamte Summe auszugeben, weil man schon am nächsten Morgen nach *Germania* abreise. Dieser Glaubwürdigkeit half es überaus, wenn man, sollte der *prestatore* noch immer zögern, kurzerhand dessen Geschäft verließ (um einen Blick auf den Eingang eines Luxushotels zu werfen).

Die Flügeltür kam näher. Thomas zwang sich, den Schritt nicht zu verlangsamen. Und tatsächlich wurde ihm geöffnet. Den Hut in die Stirn geschoben, wählte Thomas einen Platz am Rand der Tribüne.

Der junge Lord, der wohl kein Lord war, stand verloren am Netzpfosten, während sein Vater mit dem Tennislehrer Bälle wechselte. Der alte Lord jagte jeden Ball bis zum Spielfeldrand. (Er würde sie weiterhin *Lord* nennen. Die Titel passten einfach zu gut.) Wenn der Lord also den Ball in letzter Sekunde erwischte, schlug er darauf ein, als wollte er ihn strafen. Sein Gesicht glomm rot, und das nicht mehr füllige Kopfhaar hing ihm in Strähnen über die Ohren. Der Tennislehrer winkte den jungen Lord zu sich, damit sie gemeinsam gegen den Vater spielten. Doch der Junge schüttelte ängstlich-resigniert den Kopf.

Thomas wusste, wie dem Jungen zumute war. Er selbst war zehn, höchstens elf Jahre alt gewesen, als er erkannte, wie ungenügend er war, von Grund auf ungenügend, und dass es daraus keine Rettung gab.

»Nun, Tommy, lass hören«, hatte Papa gesagt und sich in einen Lehnsessel niedergelassen. Das mokante Lächeln, das der Konsul im Kreise der Familie zu zeigen pflegte, war erloschen, wie häufiger in jüngster Zeit, und ersetzt durch unerklärliche Strenge, die den kleinen Thomas verunsicherte und ängstigte. Der begann:

»*Habe nun ach Philosophie…*«

»Nein, nein«, unterbrach Papa. »Zu Beginn eines Vortrages verbeugt man sich. Und wie stehst du denn da? Gerade, mein Junge! Man hält sich auch nicht am Klavier fest. Die Arme locker herunter hängen lassen, und den Kopf hoch: so. Und dann ist das *Ach!* ein Ausruf der Verzweiflung. Der Mann weiß nicht weiter! Deshalb muss man das betonen: *Habe nun, ach!, Philosophie…*«

»*Juristerei und Medizin*«

»Von vorn. Fang von vorn an, Tommy!«

Sein Blick glitt Hilfe suchend über Großmama, Carla und Lula, die auf Sesseln vor ihm saßen, bis hin zu Heinrich, der allein in einer Ecke stand, die Arme vor der Brust gefaltet. Thomas glaubte zu frieren, dabei glommen im Kamin die Holzscheite. Halt fand er schließlich in Mamas Augen, die ihn lächelnd ermunterten, während ihr Mund fest verschlossen blieb. Er begann von vorn. Ein paar Zeilen lang gelang es ihm sogar, so zu tun, als fixiere er sein Publikum, während er in Wirklichkeit in ein Nichts sah, das über und hinter seiner Familie schwebte.

»*... Und sehe, daß wir nichts wissen können.*«

»Lauter, Tommy!« Zigarettenrauch floss in grauen Schwaden aus Papas Nase und über den sorgsam gedrechselten Oberlippenbart. »Lauter! Fester! Und bitte!«

Thomas nahm alle Kraft zusammen. Immerhin sagte er doch den Text auswendig her, wenn er allein in seinem Zimmer war. Warum dann nicht hier? Und er deklamierte so klar und laut er konnte:

»*Das will mir schier das Herz verbrennen.*
Zwar bin ich gescheiter als all die Laffen,
Doktoren, Magister, Schreiber und Pfaffen.
Mich plagen keine Skrupel noch Zweifel,
Fürchte mich weder vor Hölle noch Teufel«

Doch der Widerspruch zwischen Wort und Wirklichkeit war zu viel: Wie die Zweifel ihn plagten! Und was fürchtete er nicht auf dieser Welt? Von Mitleid mit sich selbst überwältigt, schluchzte er. Sein Kopf senkte sich auf die schmale Brust, die zu beben begann, und vor seinen Augen verschwamm die Welt. Er hörte noch, wie Papa ärgerlich rief:

»Schluss!«

Als Thomas aufsah, war der väterliche Sessel leer. Aus der Zimmerecke musterte Heinrich ihn kalt, wie von fern. Das Kaminfeuer knisterte.

Trotz alledem, dachte Thomas, erging es ihm besser als dem jungen Menschen da vorn, der es nicht wagte, sich vom Netzpfosten zu entfernen, um sich zu setzen. Denn er hatte nicht in die Fußstapfen der Väter treten müssen.

Auch wenn er sich nicht erinnern konnte, Tränen vergossen zu haben, hatten ihn Papas Tod und die Folgen über die Maßen schockiert. Seine Welt löste sich auf. Nur ein Dreivierteljahr zuvor war Großmama gestorben. Nun erlosch die drei Generationen alte Firma *Johann Siegmund Mann*; das geliebte Anwesen der Großeltern und das Elternhaus wurden verkauft; Mama, Lula, Clara und Vicco zogen erst vor die Stadt und dann ganz fort. Die Zeit bis zum kläglichen Abgangszeugnis saß er in zwei Pensionen ab wie eine Strafe. Um ihn herum tranken und schnarchten robuste junge Adlige und Gutsbesitzersöhne aus Mecklenburg und Holstein. »Du bist jetzt einer von uns«, raunte der brave Vitzthum ihm einmal beim Bierkommers zu: »ein Auswärtiger.« Vitzthum meinte es gut. Aber nichts war mehr gut. Lange bevor Thomas die Stadt hinter sich ließ, hatte die Stadt ihn hinter sich gelassen.

Nur manchmal, im Schlaf, näherte sie sich ihm noch. Neulich träumte ihm, wie das Haus in der Beckergrube – oder war es Großmamas in der Mengstraße? – eines Nachts Feuer fing. Er war ganz allein auf seiner Etage. Er schrie, doch niemand schien ihn zu hören. Mit Mühe fand er ins Freie. Von der kalten Straße aus musste er mit ansehen, wie alles, woran sein jugendliches Herz hing, in Flammen aufging. Die Mauern loderten rasch, beinahe begierig auf, um mit einem Seufzen einzustürzen. Ganz so, als stimme das große, stolze Bauwerk dem eigenen Untergang lustvoll zu.

Doch wenn er erwachte, fand er sich im warmen Italien wieder, und der Tag gehörte ihm. Der junge Lord hingegen, der vielleicht bloß ein Industriellensohn war, führte ein Leben ohne Hoffnung. Seine Herkunft zwang ihm Konventionen auf, deren Hohlheit er erkannte, gegen die er aber machtlos war.

Starb sein Vater, würde er verantwortlich für Ländereien, Güter, Betriebe und Verwandte, ohne im Entferntesten dafür gemacht zu sein. Um ein Leben führen zu dürfen, das er nicht wollte, das aber immer noch besser war als das Leben, das ihm bevorstand, musste er die enttäuschten und vorwurfsvollen Blicke seines Vaters erdulden. Der Junge lebte im quälenden Bewusstsein der völligen eigenen Unzulänglichkeit.

Vom künstlerischen Standpunkt aus gesehen war es natürlich Gold wert.

Der Widerstreit zwischen äußerem Überfluss und innerer Not, zwischen jugendlicher Blüte und seelischem Niedergang – war das nicht wie gemacht für eine Erzählung, vielleicht gar eine längere Novelle? Und als erzählerischer Rahmen – genügte da womöglich die Schilderung eines einzigen Tages? Dieses Tages? Ja, doch. Denn wer ohne Hoffnung war, für den glich ein Tag dem anderen. Das Leben war ein kreisrundes Martyrium. Nur: was dann? Wie ließ sich Stillstand zeigen, ohne dass die Worte selbst in Stille ausklangen?

Der Lord ging, das nasse Haar zurück auf die Stirn schiebend, hinüber zu seinem Sohn. Der hörte pflichtschuldig zu und nickte. Als er aber seinem Vater hinterherschaute, wie dieser zurück zur Grundlinie ging, schien das junge Gesicht erfüllt von Überdruss, ja Ekel.

Thomas setzte sich noch aufrechter hin. Was wäre, fragte er sich, wenn der Held der Novelle das Leben nicht bloß passiv erlitt, weil er nicht anders konnte? Sondern wenn er es aus tiefster Seele ablehnte? Wenn man die Sinn- und Ausweglosigkeit des Seins durchschaut hatte – wie machte man dann weiter? Kurzum: Was geschah, wenn man nicht einfach zu nichts *fähig* war, sondern partout nichts können *wollte*?

Seine Geschichte, hier war sie.

Zufrieden lehnte er sich zurück. Der Strohhut gab den Blick frei auf sein erregtes Gesicht. Eilig senkte er den Kopf, doch der Junge hatte ihn bereits gesehen. Oder nicht? Thomas glaubte, in den dunklen Augen Überraschung, womöglich gar freudiges Erkennen ausgemacht zu haben. Er horchte, ob sich etwas auf dem Court tat. Nichts. Je länger er wartete, desto unwahrscheinlicher fand er es, dass im nächsten Augenblick ein wütender Butler ihn am Kragen hochzog oder der Junge lächelnd vor ihn hintrat wie vor einen alten Freund. Vielleicht unterschied er nicht genug zwischen Fantasie und Wirklichkeit. Vielleicht hatte er sich ein Spiel ausgedacht, weil er zu oft allein mit sich war. Nein, erkannte Thomas erleichtert, nicht Geschlechtlichkeit hatte ihn hergeführt, sondern Einsamkeit. Einsamkeit und Neugier. Der Heranwachsende musste etwa so alt sein, wie er selbst es bei Papas Tod gewesen war. Indem er ihm folgte, beantwortete er sich selbst eine Frage: Wie erginge es ihm heute, wenn der Senator noch lebte?

Ein Geräusch schreckte ihn auf. Der Junge stand vor dem Tennislehrer – und lachte. Lachte laut und lauter, das starke Kinn erhoben, den schönen Mund weit geöffnet, die Augen fast geschlossen. Die Fingerspitzen der linken Hand legte er leicht auf die Brust des Tennislehrers, der vor ihm stand und wissend lächelte.

Mit einem Ruck stand Thomas auf und verließ, den Hut in der Hand, die Tribüne, passierte die Flügeltür und schritt quer durch die Lobby ins Freie. Nahe des Castel dell'Ovo, wo junges Volk sich wieder in die See stürzte, spritzte Gischt auf, färbte das Pflaster glänzend schwarz.

Thomas ging erst langsamer, als er sich fragte, was genau an dem Lachen so verstörend gewesen war. War er nicht hergereist in der Erwartung, dass der Junge sich als profan erwies? Warum rannte er dann so kopflos herum, zum Teufel?

Weil er das Eine erwartet, aber etwas anderes erhofft hatte. Wieder einmal.

Mama, Armin Martens, Heinrich – immerzu sehnte er sich nach tiefem, allumfassendem Einverständnis, nach einer Nähe, die ohne Worte auskam. Nach Einheit. Immer wurde seine

Hoffnung enttäuscht. Jetzt wähnte er sich wieder verraten. Und warum? Weil jemand es wagte, laut zu lachen? Nein. Sondern weil es ihm zeigte, dass er, Thomas, zu heiterer Gelassenheit gar nicht in der Lage war. Und das trennte ihn vom Jungen. Herrgott! Da hatte er geglaubt, in der Fremde ein wenig nüchterner, eigenständiger, reifer geworden zu sein. Hatte sich eingeredet, er könne seine Sehnsucht zähmen, zu Kunst veredeln. Er hatte es so satt, von seinen Empfindungen von einem Extrem ins andere gescheucht zu werden wie ein Hund. Schluss damit. Schluss!

Als hätte etwas in ihm gewusst, welche Entscheidung er fällen würde, fand er sich in diesem Moment vor der Via Santa Lucia 28 wieder. Er stieg in den dritten Stock, betrat sein Zimmer, ordnete verstreut liegende Bücher und Wäsche und ergriff, als nichts mehr zu tun blieb, einen Einband mit wenigen aufgeschnittenen Seiten.

18.

Jede erste Bewegung, alles Unwillkürliche, ist schön; und schief und verschroben alles, sobald es sich selbst begreift.

Heinrich von Kleist: *Brief an Otto August Rühle von Lilienstern* (31.8.1806)

In den Tagen nach Heinrichs und Linas Besuch im Marionettentheater wurde Rom Schauplatz eines Märchens.

Es handelte von zwei Kindern, die stammten von hier und dort und nirgendwo. Sie begegneten einander im dunklen Wald, durch den sie lange geirrt waren, jeder für sich. Verblüfft erkannten sie, wie sehr sie einander ähnelten: Beider Väter stammten aus dem strengen Norden, die Mütter aus dem heißen Süden. Sie glichen Geschwistern. So nahmen die beiden sich an der Hand und erreichten, als sei es das Einfachste von der Welt, eine Lichtung. Die Sonne beschien die Gärten der Villa Pamphili und die Stufen eines alten Brunnens, auf denen sie saßen. Gemeinsam waren sie Königskinder.

Manchmal glich die Lichtung auch Heinrichs Bett. Am nächsten Morgen, egal wie früh, fühlten sie sich erfrischt und gestärkt. Seine Lunge schmerzte weniger, und ihre Stimme gewann an Kraft. Wenn sie zu Mutter und Bruder zurückschleichen musste oder frühe Proben im Teatro Valle anstanden, begleitete Heinrich sie, soweit sie es zuließ. Dabei gestand sie ihm, sie habe ihren Bruder auf der Piazza Colonna ausgeschickt, damit der nach dem Deutschen Ausschau hielte.

Wie genoss er die gemeinsamen Spaziergänge nach Trastevere! Hier verwies nicht jeder Schuhputzer stolz auf die Vergangenheit, es zählte allein die Gegenwart. Heimat war kein Ort, sondern ein Zustand. Auch die Rückwege allein hatten ihren höheren Sinn. Jeder Schritt bestärkte ihn darin, nie zu heiraten. Ehe, das war Selbstbetrug, Herrschsucht und Langeweile. Nur im Nirgendwo und Manchmal waren sie beide frei.

War Lina fort, verließ Heinrich die Wohnung nur, um bei seiner Vermieterin etwas zu essen (und ihre Zigaretten zu klauen). Meist aber nahm er die Mahlzeiten am Schreibtisch ein. Mit Ausdauer redigierte er Gift und Galle verspritzende Meinungsartikel und fade Rezensionen vergessenswerter Bücher. Dass Junior sich vor der Fleißarbeit fürs *Zwanzigste Jahrhundert* drückte, hätte ihn verärgern sollen. Aber so würde der Verlegersohn ihm nicht im Wege stehen, wenn es das nächste Mal klopfte.

Wie nebenbei schrieb Heinrich eine lange Novelle nieder, die er sich in München zurechtgelegt hatte. Dass sie weder in Italien noch unter einfachen Leuten spielte, sorgte ihn nicht. Bis er Junior eine Erzählung übergeben musste, hatte er noch fast einen Monat lang Zeit, und seine Schaffenskraft war größer denn je. *Enttäuschung*, das spürte er, würde etwas Besonderes werden. Etwas Neuartiges. Er wusste nur noch nicht, wovon es handelte.

Dann, am siebten Tag, die Novembersonne war längst untergegangen, stand Lina vor seiner Tür, um ihm zu sagen, dass sie einander nicht wiedersehen konnten.

»Was habe ich getan?«, fragte er.

»Nichts. Es geht einfach nicht. Es tut mir leid.«

Von der Lina, die er verabschiedet und im Geiste bei sich getragen hatte, war ein Glühen ausgegangen. Seine Wohnung aber betrat eine ungesund blasse Frau, deren Blick dem ihrer Mutter ähnelte.

Und eben sie, zeigte sich, war an allem schuld.

»Mutter hat eine Armspange angenommen«, sagte Lina. »In meinem Namen. Gold mit einem echten Saphir. Natürlich habe ich ihr gesagt, sie muss sie zurückgeben. So etwas verschenkt niemand, ohne Gegenleistungen zu erwarten – erst recht von einer Schauspielerin. Aber Mutter hat das Stück schon versetzt. Sie war so froh, die Rechnungen begleichen zu können, und ihre kranke Cousine hat sonst niemanden mehr.«

»Wer ist der Mann?«, fragte Heinrich ruhig.

Sie schüttelte den Kopf.

»Du musst die Spange auslösen.«

»Das weiß ich doch. Ich bin sicher, er kommt bald wieder.«

»Wie viel kostet sie?«

»Heinrich, nein. Ich schulde dir schon genug.«

»Nein, *du* nicht.«

»Doch, ich. Herr Schröter hat Mutter die dreihundert Lire gegeben.«

»Wirklich?« Vielleicht hatte er Junior unterschätzt.

»*Jetzt haben wir keine Schulden meh*r, hat Mutter gesagt, *zum ersten Mal in unserem Leben.* Die Spange auszulösen, kostet hundertfünfundsechzig Lire.« Sie schüttelte ungläubig den Kopf. »Und nächste Woche noch etwas mehr. Und dann, und dann.«

Heinrich dachte daran, wie kühl Linas Mutter sich damals in Venedig gegeben und wie rasch sie Junior Zugang zur Garderobe versprochen hatte. Sie hatte Keuschheit vorgespielt und in Wahrheit ihre Tochter verraten.

»Ich werde mit dem Kerl reden«, sagte er fest.

Wieder schüttelte sie den Kopf. »Er hat zu viel investiert. Andere in meiner Lage wären froh. Ich bin nicht berühmt, weißt du, und jünger werde ich auch nicht.«

»Willst du etwa …?«

»Natürlich *nicht*«, sagte sie gequält. »Aber ich muss jetzt noch mehr arbeiten. Irgendetwas, das rasch Geld bringt. Oder wir ziehen fort.«

»Ich finde einen Weg.«

Kopfschütteln. Kopfschütteln.

»Mein Honorar für Oktober muss bald kommen. Das wird

nicht reichen, aber vielleicht kann ich die Vermieterin überreden.«

»Heinrich, *bitte*! Ich möchte, dass das hier«, sie zeichnete mit dem Finger erst einen Kreis um sie beide, dann einen größeren um den Raum, »rein bleibt. So möchte ich uns in Erinnerung behalten.«

»Deine Mutter hat dich verraten«, zischte er.

»Nein. Sie schuftet, damit ich keine Schwielen an den Händen bekomme. Näht bis in die Nacht Kleider um, damit sie am nächsten Tag neu aussehen. Und sie tut alles für den Kleinen. Er kann sehr aufbrausend sein, erst recht jetzt, wo er groß wird. Erst das Geld und dann noch der Schmuck – ich kann sie verstehen.«

»Aber es ist nicht deine *Schuld*.«

»Es liegt an mir, dass sie immer so traurig ist.«

»Lina, jetzt hör auf damit!«

Es wurde still im Zimmer.

»Also gut«, sagte sie nach einer Weile. Traurig sah sie sich um, als nehme sie Abschied. »Ludovico ist nicht ihr Sohn. Er ist ihr Enkel.«

In Heinrichs Kopf rauschte das Blut, während Linas Worte langsam und doch zu schnell innere Wirklichkeit wurden.

»Kein Theater würde eine Mutter als ›die junge Unschuld‹ engagieren. Das Publikum soll träumen können, verstehst du?«

Er wich ihrem Blick aus.

»Ich wollte es dir wenigstens sagen.« Wieder hielt sie inne, als wartete sie. »Morgen reisen wir in den Norden. Für zwei Wochen. Mit viel Glück bleibt vom Honorar genug übrig für die Spange.«

Ein letztes Mal suchte sie seinen Blick.

Als sie aufbrach, sagte sie leise:

»Dein Bruder hat mir erzählt, wie du ein Jahr lang nicht mit ihm geredet hast. Weißt du, ich konnte mir das gar nicht vorstellen.«

Heinrich schloss die Augen. Als er sie wieder öffnete, stand vor ihm Lina, immer noch Lina.

»Bleib heute Nacht hier«, sagte er.

Dabei zog er einen Kreis um sie beide.

Am nächsten Morgen hätten sie beinahe im Streit Abschied voneinander genommen. Dabei hatte Heinrich ihr nur in ruhigen Worten auseinandergesetzt, dass der Verlegersohn in zweieinhalb Wochen das Honorar für *Enttäuschung* zahlen werde und – was noch wichtiger war – einen Vorschuss auf den Novellenband in Höhe von dreihundert Mark.

»Das Geld für die Erzählung gehört ohnehin dir«, sagte er. »Du bist schließlich die Inspiration.«

»Du hast noch gar nichts geschrieben.«

»Aber das werde ich. Durch dich kann ich es.«

»Bitte.« Sie legte die Hände auf seine Brust. »Mach es mir nicht so schwer.«

Er machte es *ihr* schwer? *Sie* bestand darauf, sich in einem Provinztheater zu verstecken vor einem reichen Mann, den sie überhaupt nicht kannte. Warum wollte sie nicht für ein paar Wochen bei ihm, Heinrich, wohnen? Hatte er ihr Anlass gegeben, ihm zu misstrauen? Still hatte er zugehört, während sie von jenem Nachmittag mit einem älteren Nachbarsjungen erzählte und von der schockartigen Erkenntnis Monate darauf, als sie begriff, dass sie, selbst noch ein halbes Kind, ein Kind zur Welt bringen sollte. Von den Schmerzen, der Scham und der mütterlichen Entscheidung, den Vater im Glauben an die Reinheit seiner Tochter sterben zu lassen. Und er hatte Lina *nicht* gesagt, dass er, hätte er um ihr Kind gewusst, wohl nie mit ihr geschlafen hätte. Nicht wegen der verlogenen Bürgermoral wohlgemerkt, denn darum scherte er sich nicht. Aber körperliche Lust und Mutterschaft? Etwas in ihm sträubte sich dagegen, als wäre es Geschwisterliebe. Immerhin: Sein Unwissen hatte es ihm ermöglicht, sie zu begehren. Und das tat er noch.

Während er schrieb, sich wusch oder aß, dachte er immerzu, wie es war, bei ihr, in ihr zu sein. Durch sie, das erkannte er nicht ohne Stolz, war er gereift.

»Was schert es uns, was deine Mutter denkt?«, rief er. »Oder meine Vermieterin? Was schert uns die Welt?«

Da lächelte sie schmerzlich und sprach leise, seine Wange streichelnd, zärtliche Worte.

Aber sie ging.

19.

Ich verzieh es allen, die in Neapel von Sinnen kommen.

Johann Wolfgang von Goethe:
Italienische Reise (1816/17)

Neapel, 12. November 1896

Die Musik der Welt klang majestätisch, schwerelos und kristallklar, zugleich abgrundtief dunkel und strahlend hell, hoffnungslos und kindlich heiter. Thomas hörte sie noch immer, als er zum ersten Mal seit Tagen das Haus verließ, um etwas zu essen.

An der Hafenpromenade von Santa Lucia umwehte ihn eine morgendliche Brise, und die überraschend kräftige Sonne schien ihm ins Gesicht. Thomas strich sich übers bartstoppelige Kinn, als wollte er es mit Seeluft und Licht waschen. Die geröteten Augen schmerzten, und sein Mund war eine Räucherkammer. Das schlichte Zimmer hatte er nur verlassen, um auf halber Treppe die Toilette zu benutzen, unten in der Küche etwas zu sich zu nehmen, das die Bezeichnung Suppe kaum rechtfertigte, oder um beim Pensionswirt Zigaretten zu kaufen. (Billige, scharfe Dinger aus Russland, die er anschreiben lassen konnte.)

Wie er auf andere wirken mochte, war Thomas gleich. Und dass es ihm – vielleicht zum ersten Mal – gleich war, galt ihm als spürbarer Beleg jener Wahrheit, der er teilhaftig geworden war. Mochte sein Magen auch vor Hunger pochen, sein Kopf schmerzen: Thomas fühlte sich beschenkt, erfrischt, erhoben. Während er nach einer bestimmten Garküche Ausschau hielt, lächelte er wie ein Verliebter.

»Ecco! Il Pulcinella! Il Pulcinella!«

Straßenjungen liefen neben ihm her, zeigten auf den blassen Mann im strahlend weißen Anzug. Thomas verneigte sich so leicht und huldvoll wie damals, als er ein Prinz namens Karl gewesen war. Das irritierte die Kleinen so sehr, dass sie von ihm abließen.

Wie anders erschien die Welt, wenn man sie nicht länger fürchtete oder sich etwas von ihr erhoffte. Wie klar sah man. Der Kuttelhändler da vorn, der seine Ware schon frühmorgens sorgsam mit Wasser beträufelte, war ein Teufel, mit dem man Mitleid haben musste. Des Nachts quälte und tötete er seine Opfer, zerlegte und nahm sie aus. Und wozu? Um vom kargen Lohn Tag für Tag seine vielen, sich balgenden Kinder zu ernähren und seine müde dreinblickende Frau, deren Kittel sich schon wieder wölbte. Heute Abend würde er sein blutiges Werk fortsetzen, würde wieder leiden und andere leiden machen, um weiterleben zu dürfen. Er war König Ixion, von Zeus an ein Feuerrad am Himmel gefesselt, dazu verdammt, sich unter Schmerzen ewig zu drehen. Und er ahnte es nicht einmal.

Thomas lächelte noch immer, während er Ausschau hielt nach dem Stand, an dem er vor Tagen das schmackhafte Reisgericht erstanden hatte. Ja, das Leben war Unruhe, Streben, Notdurft, Lechzen, Gier, Verlangen und Schmerz. Vom Bakterium bis zum Menschen fiel alles übereinander her, überwältigte, verschlang, verdaute und vergaß einander. Sie waren Getriebene einer allmächtigen, blinden und niemals ruhenden Kraft: des Willens. Der Wille entließ, einem Brunnen gleich, ohne Unterlass Myriaden Lebewesen in die Welt. Diesseits des Brunnens erschien jede Pflanze, jedes Tier und jeder Mensch als Tropfen, getrennt von allem anderen. Jenseits des Brunnens aber, jenseits von Zeit und Raum, zerfiel die Illusion. Alles war eins. Und so schlug alles Leben bloß die Zähne ins eigene Fleisch.

Aber wie sprach dieses Buch davon! Mit schneidender Vehemenz, einem wilden, ätzenden Hohn, funkelnden Blickes und mit verkniffenen Lippen. Über Seiten und Seiten benannte es das Weltelend, prangerte es erbarmungsvoll-erbarmungslos an, rechnete es auf und begründete es, und das mit einer Genauigkeit und einem finsteren Ausdruckstalent, dass es Thomas mit seltsamer Genugtuung erfüllte. Eine Idee – eine einzige! – lag Schopenhauers Werk zugrunde. Und was für eine gewaltige, kristallklare Sinfonie hatte er daraus geschaffen! Auf jeder Seite erklang der Geist des großen Ganzen. Beim Lesen glaubte Thomas das unterdrückte Beben einer Stimme zu hören, die Empörung angesichts der Zumutung des Seins. Ja, das Leben war ein Irrtum! Doch durch das herrliche Wort fühlte Thomas sich gehört, verstanden, bis zum Triumphgefühl gerächt. Denn es war die Wahrheit.

Wahr war nicht, was vom Katheder herab gelehrt wurde. Wahrheit wurde empfunden und erlitten und unter Schmerzen weitergegeben. Und hier erkannte er seinen Schmerz wieder. Dieser war schon immer da gewesen, mit der Zeit gewachsen, hatte ihn eingehüllt, von allen getrennt. Sprachlos hatte er den robusten Menschen zugesehen, wie sie in der giebeligen, winkligen Stadt tagein, tagaus mit größtem Ernst den banalsten und gemeinsten Dingen nachgingen. Spürten sie den Schmerz nicht? Empfand er, der Sonderling, falsch? Er hatte versucht, ihn zu leugnen, ihn sich aberziehen zu lassen, bis er an Geist und Gliedern beinahe taub geworden war. Doch er war nicht taub. Er fühlte, er hörte! Und die Wahrheit über den Schmerz klang wie Musik.

Thomas erkannte den Reiskoch wieder, der an der Promenade seinen Bretterverschlag herrichtete, und blieb stehen. Hinter der Bucht verschmolz die weißlich-blaue See mit dem Horizont. Unendlich gleichgültig rollten die Wellen gegen die Felsen. Gleichgültigkeit, dachte er, das wäre Frieden.

Beinahe hätte er die Kutsche, die auf der anderen Straßenseite hielt, nicht bemerkt. Geräuschvoll öffneten sich Verschläge, und eine Trittleiter klappte heraus, doch niemand stieg aus. Der Zweispänner wartete vor dem *Vesuve.*

Als kurz darauf ein stattlicher, rotwangiger Gentleman aus dem Hoteleingang trat, gefolgt von drei Gestalten in Schwarz und dem Jungen, bemerkte Thomas mit Genugtuung, dass er völlig gelassen blieb. Wie durch Glas schaute er zu, wie der junge Lord, gekleidet in einen weißen Sommeranzug ähnlich dem seinen, dem alten Lord in die Kutsche folgte. Die drei Diener überquerten die Straße und gingen, ohne Thomas zu beachten, zu einer nahe gelegenen Kutsche. Daneben prangte ein großes Schild mit der Aufschrift *Tour de Vesuvio.*

Was hätte er noch vor wenigen Tagen dafür gegeben, hier stehen zu dürfen. So war es immer, dachte Thomas: Was man verfolgte, das entzog sich einem. Ließ man aber ab, geriet das grausame Spiel ins Stocken. Dann weitete sich der Blick, der Atem ging tief und ruhig, und man verstand: Wir alle erschaffen unsere eigenen Qualen, nageln uns immerzu selbst ans Kreuz. Jede Sehnsucht endet in Enttäuschung. Thomas aber begehrte nichts mehr, und das machte ihn frei zu sehen. *Wirklich* zu sehen. Wirklich wach zu sein, erkannte er, glich dem Träumen.

Die Kutsche mit dem jungen Lord fuhr an, vollführte eine Drehung, glitt an ihm vorüber in Richtung Süden, und an ihm zerrte – nichts! Er schaute dem Gefährt hinterher, das sich, Staub aufwirbelnd, entfernte, und glaubte, noch das kleinste Sandkorn vor sich zu sehen. Jeder Moment war ein Gemälde.

Konnte er noch ein wenig wachträumen? Den Menschen noch eine Weile, frei von ihren Begierden und Sorgen, zuschauen? Dann könnten sie sich in ihm, wie in einem stillen Teich, so spiegeln, wie sie wirklich waren. Durch ihn würden sie wahrhaftig, wenigstens einmal in ihrem Leben. Stünde er – sogar Thomas klang es sonderbar in den Ohren, aber zum Teufel auch, er *war* sonderbar! – stünde er nicht in der Pflicht, ihnen dieses Geschenk zu machen? Wenn er also in der Lage war, den Jungen wie von ferne zu betrachten, ihn gelassen und genau zu studieren, dann musste er das tun. Der Junge lieferte ihm gewissermaßen das Rohmaterial, das er zum Kunstwerk zu formen hatte. Durch die kunstvolle Schilderung seines Leids verliehe er etwas, das jenseits unserer tristen Welt der Erscheinungen lag, Gestalt. Einer Idee. Er hatte es in der Hand, einem sinn- und trostlosen Leben Sinn und Trost abzutrotzen. Er konnte den Jungen durch die Kunst erlösen!

Thomas beschloss, ihm zum Vesuv zu folgen.

Er ging zum Reisstand. Während er sein Kleingeld zählte, bestieg der dritte Diener die Touristenkutsche. Wie er erwartet hatte, rührte der Kutscher sich nicht, um die Trittleiter einzuklappen: Der letzte Sitzplatz war also noch frei.

Beiläufig zeigte Thomas auf eine große Pfanne mit Deckel. Doch der Händler schüttelte den Kopf.

»*Non ancora, mio giovane amico. Dovrai aspettare.*«

»*Scusi?* Sie haben doch diesen Reisbrei. *Con vongole e limone?*«

Seufzend hob der Mann den Deckel an. In der Pfanne war bloß Wasser.

»Dann eben nur Reis«, sagte Thomas. »*Solo* Reis?«

Zur Antwort erhielt er einen fragenden, vielleicht auch mitleidigen Blick.

Die anderen Stände waren noch mit Tuch verhangen. Nirgendwo dampfte es. Die Mittagszeit war noch weit.

»Haben Sie etwas anderes?«

»*Cosa?*«

Mit einer unsichtbaren Gabel führte Thomas unsichtbares Essen an den Mund.

Seufzend hob der Mann ein Tuch von seiner Arbeitsplatte. Zum Vorschein kamen Messer, Schöpflöffel und ein Blecheimer voller schwarz glänzender Muscheln.

Die Fahrt dauerte vier Stunden, schätzte Thomas. Wie sollte er es bis dahin aushalten? Und selbst, falls es ihm gelang: Am Vulkankrater erwartete ihn wohl kaum ein Stand mit günstigem Essen. Klopfte sein Magen noch stärker, war seine wertvolle Gemütsverfassung bald dahin. Andererseits war da der Vulkan. Wie viel kraftvoller würde seine Geschichte ausfallen, spielte sie statt auf einem Tennisplatz auf einem Kraterrand!

Auch mochte es helfen, Junior eine psychologisch vertrackte Geschichte zu verkaufen. Der erwartete das Manuskript von *Enttäuschung*, wenn heute der Zehnte des Monats war … in wenig mehr als drei Wochen. Und die Erzählung *musste* dem Verlegersohn gefallen. Davon hing alles ab.

»Hier.«

Thomas legte drei Lire auf den Tisch und zeigte auf den Eimer.

Der Mann wedelte mit der Hand, als vertriebe er eine Fliege. »*No, non è vero.*«

»Es müssen ja nicht viele sein. Sagen wir: sieben Stück? *Sette?*«

»*No, signore.*«

»Ich verstehe.« Er schob eine weitere Münze vor sich hin.

Der Verkäufer schüttelte den Kopf und reichte die Münze zurück. Dann seufzte er noch einmal – und füllte eine Papiertüte. Mahnend mit dem Zeigefinger wackelnd, reichte er sie über den Tresen. Thomas wollte bereits gehen, da gab der Mann ihm noch eine kleinere Tüte mit auf den Weg.

Als kurz darauf der Zweispänner anfuhr, saß Thomas am Fenster. Das Meer glänzte wie Quecksilber. Die Aussicht half, sich nicht darüber zu bekümmern, dass er soeben für Hin- und Rückfahrt sowie zwei Billetts der Seilbahn die letzten Geldscheine fortgegeben hatte. Er schloss die Augen. Auf seinen Lidern tanzten die Wellen.

Von knarzenden Lauten geweckt, blinzelte er in die recht hoch am Himmel stehende Sonne. Der Geschmack in seinem Mund erinnerte ihn daran, dass er seit dem Vorabend nichts getrunken hatte. Neben ihm unterhielten sich die Bediensteten in einer Sprache, die offenbar allein aus Konsonanten bestand. Thomas verstand kein Wort. Sehr deutlich aber vernahm er einen Geruch, der dem von Urin leider nicht ganz unähnlich war. Zwei Sitznachbarn hielten sich einen Finger unter die Nase. Der dritte sagte etwas, alle nickten – und spähten aus den Augenwinkeln zu Thomas.

Seine Schläfrigkeit half ihm, ruhig zu bleiben. Undenkbar, dass er … Tatsächlich erwies sein weißer Anzug, den er nur einmal getragen hatte, sich als so rein wie am ersten Tag. Die Schuhe glänzten noch, und auch der Strohhut war tadellos. Thomas entzündete eine Zigarette, doch die stechende Note blieb. Sie wurde sogar stärker, stieg ihm geradezu vom Fußraum aus in die Nase. Von dort, wo die Tüten standen.

Thomas erwog, die Muscheln aus dem Fenster zu werfen. Aber vielleicht waren ja nur eine oder zwei Stück verdorben. Und essen *musste* er. Doch wagte er es nicht, die Tüten zu öffnen. Der Geruch war schon jetzt überall. Wie sollte er herausfinden, welche Muscheln genießbar waren? Ohnehin: dieser Geruch … Sein Magen hatte Kutschfahrten noch nie gut vertragen. Nein, er musste sich in epikureischer Zurückhaltung üben, bis sie am Vulkan ankamen. Dann sähe man weiter.

Wieder schloss Thomas die Augen. Flach atmend, versuchte er, an nichts zu denken, während die Straße in Schlangenwindungen in die Höhe stieg.

Als die Kutsche endlich hielt, stand die Sonne beinahe senkrecht am Himmel. Die drei Männer in Schwarz drängten ins Freie, gaben krächzende und gurgelnde Laute von sich. Thomas war schwindelig, seine Augen schmerzten, und selbst drei Zigaretten hatten seinen Magen nicht beruhigt. Aber all das verging vor dem, was er jetzt sah.

Unter ihnen lag die Meeresfläche wie himmelblaue Seide. In völliger Stille schoben die Wellen sich Mal um Mal an den Strand, als wollten sie ihn küssen. Vom Ufer aus schmiegte sich ein breiter, üppiger Pflanzengürtel an den zunehmend steilen Hang. In der Asche trieben Granatapfelbäume ihre Blüten, so rot wie Feuer. In der Höhe nahm der Bewuchs ab, bis er hier oben völlig erstarb. Thomas' Knie drohten nachzugeben, sein Geist aber nahm alles hellwach in sich auf. Er stand in einer knochentrockenen, schwärzlichen Lavawüste. Über allem thronte majestätisch und abweisend der Schwefelrand des Vesuvs. Kamen Hölle und Paradies einander irgendwo sonst so nahe? Wie klänge Musik, die dies alles hier in Harmonien bannte?

Die Kutsche der Lords hatte noch näher am Hang haltgemacht, neben der Talstation der Seilbahn. Die weiß gekleidete Gestalt betrachtete, die flache Hand schützend an die Stirn gelehnt, das Panorama.

Thomas lächelte. Seine Gemütsruhe hatte die Fahrt überstanden, ja, ihm war heiterer und leichter zumute als zuvor. Er war noch immer ganz Auge. Der Mühlstein des Willens, den die Menschen ihr Leben lang wie Ochsen umkreisten – Thomas konnte dessen Joch offenbar nach Belieben ablegen. Der junge Lord war ganz nah, doch das Rad des Ixion stand still.

Er musste ihn ansprechen. Das war Thomas mit einem Male klar. Er, der Schüchterne, hundertfach in sich selbst Verkantete, musste auf dem Gipfel vor den Jungen hintreten und wie beiläufig das Wort an ihn richten. Musste ihn in ein Gespräch verwickeln und so viel erfahren wie nur möglich. Er musste ihm in die Augen schauen, ihn sprechen hören, seinen hoffnungsvollen Blick auf sich ruhen lassen. Schließlich musste er ihm sagen, dass er *nicht* gekommen war, um ihn zu retten. Und er musste der Enttäuschung, die sich unweigerlich im Jungen – und ihm selbst – ausbreiten würde, bis in die kleinsten Nervenbahnen nachspüren. Alles war Material.

Das Schwerste stand ihm danach bevor. Aus dem Erlebten hatte er etwas wahrhaft Neues zu formen. Nur dann konnte er denen, die in Lübeck von der »verrotteten Familie« tuschelten, innerlich gefestigt entgegentreten. Und das musste er, wollte er sich mit Ilse anständig etablieren. Nur wenn er Werk und Frau vorzuweisen hatte, war erwiesen, dass er kein entarteter

Spätling war, losgelöst von allen Traditionen, untüchtig und unfruchtbar. Kein Dilettant.

Alles ging so schnell, beinahe zu schnell für Thomas. In der Höhe fiel das Atmen schwer, und der Schwindel wurde stärker. Vor dem Aufstieg mit der Seilbahn musste er etwas zu sich nehmen. Der schmerzlose Zustand war schließlich – die Passage hatte er unterstrichen – *das höchste Gut* und *der Zustand der Götter.* Doch wie erwartet, gab es weit und breit keinen fliegenden Händler.

Die Tüte hatte genässt, und öliges Wasser war auf den Boden der Kutsche geflossen. Thomas musste die sieben Muscheln einzeln entnehmen, an ihnen riechen und sie ins Licht halten. Nur eine war mit Sicherheit schlecht. Zwar roch auch der Rest, mal mehr, mal weniger, aber das konnte daran liegen, dass sie im selben Wasser gelegen hatten wie das verdorbene Exemplar. In der anderen Tüte waren zwei Zitronenhälften und eine große, in Papier gewickelte Prise Salz.

Die erste Muschel schlürfte Thomas noch, wie er es gelernt hatte. Doch ihr Fleisch war schleimiger und zugleich zäher als bei den Exemplaren aus Travemünde. Die nächsten beiden schluckte er im Ganzen, wobei er einen Würgreflex nur mit Mühe unterdrückte. Die letzten drei tränkte er daher in Zitronensaft und streute Salz darüber. Das rächte sich. Noch auf dem Weg zur Talstation klebte seine Zunge am Gaumen. Um nicht noch mehr kostbare Flüssigkeit zu verlieren, schloss er im Gehen den Mund und atmete nur durch die Nase, was wiederum das Schwindelgefühl verstärkte. Aber der Rest von ihm, sagte Thomas sich, war völlig klar. Wacher und klarer denn je.

Der Anblick der Seilbahn, die an der Talstation bereit stand, half seinem Magen nicht. Sie ähnelte einem Tram-Waggon, war aber deutlich kleiner und ruhte auf nur einer Schiene. Obwohl nahezu windstill, zitterten die dünnen Stahlseile, die das Gefährt etwa vierhundert Meter hinauf zum Kraterrand ziehen sollten. Auf dem Trittbrett stand der Schaffner: Unter einer verbeulten und fettigen Amtsträgermütze hatte ein ebensolches Gesicht Platz genommen. Alle paar Atemzüge nahm der Mann einen Bissen von einer Dauerwurst. Sein ungepflegter, weit über die Lippen ragender Schnauzbart und der mächtige Bauch erinnerten an ein Walross auf dem Trockenen.

Der Schaffner wischte die Wursthand an einem alten Taschentuch ab und winkte die Umstehenden zu sich. Der Waggon bot in vier Sitzreihen insgesamt acht Plätze – genug für alle. Doch Thomas blieb etwas abseits stehen, um auf den nächsten Waggon zu warten. Bis dahin hatte sein Magen sich bestimmt beruhigt. Außerdem war es eine Sache, frei zu sein von den Verstrickungen des Willens, und eine andere, nach verdorbenen Muscheln zu riechen.

Der Schaffner strich sich über den Bart und zeigte auf einen Aushang, dem Thomas entnahm, dass die nächste Bahn erst in einer halben Stunde bergauf fuhr. Dann aber mochte die Reisegruppe sich schon auf den Rückweg machen. Und so setzte er sich, den Hut noch etwas tiefer in die Stirn geschoben und durch die Nase atmend, in die letzte Reihe.

»Perfetto«, sagte der Schaffner und stocherte mit der Zunge zwischen zwei Schneidezähnen.

Neben Thomas nahm als Vorletzter einer der Diener aus der Kutsche Platz. Zuletzt stieg – ganz vorn, neben dem Lord – der Junge ein.

Als die Seilbahn quietschend anfuhr, pfiff der Schaffner irgendeinen Gassenhauer, ein banal fröhliches Liedchen, und zwei Diener summten schunkelnd mit. Der leichte Luftzug war so erfrischend, dass Thomas den Hut abnahm und es wagte, durch den Mund auszuatmen. Es störten nur die knatternden und knurrenden Laute seines Sitznachbarn, der sich – zur Freude der anderen Diener – über etwas zu beklagen schien.

Der junge Lord wandte sich um. Sein Blick war träge – bis er den Mann in Weiß sah. Da hob er die Brauen, öffnete den Mund, und für einen Moment glaubte Thomas, der Junge werde aus Angst vor seinem Verfolger schreien. Stattdessen – lächelte er. Sein gar nicht einmal großer, wohlgeformter Mund lächelte! Und die sonst so verschleierten Augen glänzten. Schließlich nickte er, bevor er, das Lächeln niederringend, sich wieder nach vorn wandte.

Thomas brauchte einen Moment, bis sein Atem ruhiger ging. Nur gut, dass ihm das erst jetzt widerfuhr. Was hätte der Wille ihm wohl noch vor ein paar Tagen eingeflüstert? Dass sie beide ein stilles Einverständnis verband? Falls der Junge ihm tatsächlich zugenickt hatte – und der Waggon nicht bloß über eine Unebenheit gerollt war –, war er zu bemitleiden, denn er hoffte. Seltsam zu denken, dass er bis vor Kurzem geglaubt hatte, dem Jungen helfen, ihn gar retten zu können – ohne auch nur eine Vorstellung davon zu besitzen, was *Rettung* hieß. Nein, erkannte Thomas erleichtert, er hatte nie Zuneigung zu diesem Menschen empfunden, sondern zu einer Idee. Zu einem Wort. *Schicksal*, *Gnade*, *Liebe*, *Einheit*, *Tod:* Die großen Wörter hatten ihn für die Wirklichkeit verdorben. Sie waren aus Mamas Büchern und Geschichten hinausgeklettert, um in seinem Kopf Zuflucht vor der Welt zu nehmen. Denn alles Tatsächliche, ob schön oder grässlich, war um so vieles kleiner, spärlicher als das Wort.

Je dünner die Luft und je stärker die Sonne, die nahezu senkrecht über dem Krater stand, desto eher fand sich Thomas bereit, vor den Jungen hinzutreten und sie beide im Dienste der Kunst zu enttäuschen. Triumphierend schaute Thomas gen Himmel. Es scherte ihn nicht, dass er fast vornüberfiel. Denn er *hörte* das Sonnenlicht. Dessen Reinweiß entstieg, zunächst kaum vernehmbar, das wohlvertraute A-Dur-Motiv, zarter und herrlicher, als sich sagen ließ. Ein- und ausatmend, wurde es kräftiger, näherte sich in rhythmischer Steigerung dem Unaussprechlichem. Thomas lächelte mit geschlossenen Augen.

Etwas Heißes, Wütendes schoss in ihm empor, und er erbrach sich kurz und leise in seinen Strohhut.

Ungläubig betrachtete er, seinem Sitznachbarn den Rücken zuwendend, den gräulichen Schleim, der in dem Rund umherschwappte. Als seine Hände feucht zu werden begannen, warf er den Hut hinter sich aus dem Waggon.

Mit einem quietschenden Geräusch bremste die Seilbahn und hielt an. Ächzend kletterte das Walross hinab in den Schotter und ging zurück zum Hut.

»No, no, grazie!«, rief Thomas winkend. »Grazie! Mais non!«

Zwar brannten das Innere von Mund und Nase, aber sein Magen hatte sich vollauf beruhigt.

Der Schaffner antwortete mit einer wegwerfenden Geste, die soviel wie *Macht keine Umstände* bedeutete, und stapfte weiter.

Thomas sprang ab. Bräunlichen Staub aufwirbelnd, lief er am Schaffner vorbei zum Hut, an dem Geröllstückchen klebten. Er hob ihn mit beiden Händen auf und wollte ihn schon den Hang hinabwerfen, als er merkte, dass das seltsam wirken mochte.

»Grazie, signore!, rief er. »Grazie! Ich ... Je vais à pied!«

»A piedi lassù?« Der Schaffner schaute fragend zu Thomas, dann zum Kraterrand, der rund hundert Meter über ihnen lag.

Er nickte, bis er beinahe das Gleichgewicht verlor.

»Perfetto«, schnaufte der Schaffner.

Kurz darauf wurde die Seilbahn kleiner und kleiner. Vielleicht, dachte Thomas, trennten ihn vom Gipfel doch mehr als hundert Meter.

Er beschloss, den Aufstieg als Spiel zu sehen. Die wichtigste Regel lautete: *Atme tief ein und aus, nur nicht dort, wo gelbliche Gase aus dem Erdboden treten*. Die zweite: *Meide den ungesicherten Hang, wo man in die Tiefe stürzen kann.* Die dritte: *Blicke nicht in die Mittagssonne, auch wenn du dann nicht siehst, wohin du gehst.* Als besonders knifflig erwies sich Regel Nummer vier: *Weder der Anzug noch die Schuhe dürfen in der Geröllwüste Schaden nehmen.*

Endlich, sagte er sich, während kalter Schweiß ihm auf die Stirn trat, endlich konnte er aus Selbsterlebtem schöpfen! Sein Aufstieg von der Tiefe zur Höhe, von Verwirrung zu Erkenntnis, von blinder Hoffnung zu klarsichtiger Enttäuschung gäbe der Geschichte Form und Gehalt, und die große, herrliche Lehre verliehe ihr einzigartigen Klang.

Die Einsicht war wie ein Rausch. Seit jeher hatte er der Welt fremd gegenübergestanden. Anstatt sie erobern zu wollen, betrachtete er sie gleichsam von der Seite aus. Worüber Onkel, Tanten, Lehrer und Prediger mit heiligem Ernst sprachen, all das Praktische, Vernünftige und zu Ehrende, war ihm belanglos erschienen. Zahlen und Daten, Bruttoregistertonnen und Thronbesteigungen, hatten ihn in ihrer stumpfen Nacktheit derart angewidert, dass er bei ihrer Nennung seitwärts aus dem Klassenfenster blickte und sie sofort vergaß. Nichts war wichtiger und wahrhaftiger als das Spiel, und das schönste Spiel war die Musik. Ihr konnte er über Stunden mit ganzer Seele lauschen, ohne müde zu werden. Herrgott noch mal, wer konnte von ihr ungerührt bleiben? Nun, viele konnten das. Er würde diese Leute nie verstehen. Und sie ihn auch nicht.

War er also falsch, unbrauchbar, verrottet?

Ja.

Und Nein.

Er war Künstler.

Mit finsterem Entzücken stellte Thomas sich vor, wie er beim Schreiben Klage führte gegen den ewigen Mangel: Denn war unsere Gier mühsam gestillt, trat keine Seligkeit ein. Lust hob den Schmerz nur für kurze Zeit auf. Nur zu bald ging alles, auch das Schönste, in Langeweile über. Ebenso würde der Grundton, zu dem der Irrgang der Melodie zurückführt, wie die Harmonie, in welche die Disharmonie mündet, immerfort ausgehalten, unerträglich werden. Jede Befriedigung war flüchtig. Jeder erfüllte Wunsch machte alsbald einem neuen Platz.

Blind drängte der Mensch von Irrtum zu Irrtum. Ja, wir lebten in der schlechtesten aller Welten. Nur noch etwas mehr Mühsal, etwas weniger Hoffnung, und das Leben würde vollends unerträglich. Die Lust glich dem Almosen, das, dem Bettler zugeworfen, sein Jammerdasein von heute auf morgen verlängerte. Deshalb würde er in einer vordergründig simplen Geschichte über zwei Menschen das Leben selbst anklagen! (Die Sache mit dem Hut würde er allerdings weglassen.)

Als Thomas schwer atmend die Bergstation erreichte, hatte er nur eine Spielregel gebrochen. Seine weißen Schuhe trugen einen rosaschwarzen Schleier. Auf dem hochgelben Kraterrand ging ein Dutzend Touristen umher: leichte Beute für ein riesiges Maul, aus dem es dampfte.

Der Junge stand bei seinen Bediensteten. Lächelnd tat er, als wolle er sich vornüber in die Tiefe fallen lassen. Davon wenig amüsiert, nahmen zwei der Gestalten ihn in ihre Mitte. Als sie weitergingen, glaubte Thomas ein Lachen zu hören. Warum auch nicht, sagte er sich. Vielleicht endete die Geschichte ja auf diese Weise – mit einem Lachen.

Der Schaffner kam mit wiegenden Schritten auf ihn zu und hielt ihm eine Flasche Wasser entgegen. Beim Trinken durchströmte Thomas Dankbarkeit. Nie hatte ihm etwas besser geschmeckt. Doch als er sich zur Reisegruppe aufmachen wollte, zeigte der Schaffner mit dem Finger auf Thomas' Schulter: An Hemdkragen und Jackett prangte ein Schwarm graugelber Flecken.

Thomas benässte sein Einstecktuch mit Wasser und rieb vorsichtig den Stoff. Der Schwarm zerfloss zu Nebel. Er rieb mehr, und Nebel verhüllte die halbe Brust.

Beinahe hätte Ärger Thomas' Alldistanz verdrängt. Aber er ließ es nicht zu. Trat er eben beschmutzt vor den Jungen. Hier ging es schließlich um Enttäuschung. Gut, er *würde* ihn enttäuschen!

Aber dann zog er das Jackett doch aus und drapierte es

auf der Schulter. Als es so aussah, als habe er es beiläufig dort abgelegt, folgte er der Reisegruppe. Die Luft hier oben musste Schwefeldämpfe enthalten, denn wieder wurde Thomas schwindelig. Ihm entgegen kam, an der Hand seiner Kinderfrau, ein bezopftes Mädchen. Es zeigte auf ihn.

»Il Pulcinella! Il Pulcinella!«

Die Kinderfrau lächelte. Als sie aber bis auf wenige Schritte herangekommen waren, verfinsterte sich ihr Ausdruck, und hastig schob sie die Kleine an ihm vorüber.

Thomas sah an sich herab. Auf dem Hosenlatz prangte, zuvor vom Jackett verdeckt, ein beinahe handgroßer, grauschwarzer Fleck. Mittendrin klebte ein angetrocknetes, längliches Stück Muschel. Die untere Hälfte zitterte bei jeder Bewegung. Thomas schnippte es hastig fort. Er berieb die Stelle mit dem Tuch – mit dem gleichen Resultat wie zuvor. Ihm war, als vergrößere er keinen Fleck, sondern lege ihn frei.

Thomas starrte die tote Flanke des Kraters hinab. Drunten brauste das Meer sinnlos über die Felsen. Dann blickte er ein letztes Mal zum jungen Lord, der nach etwas Aussicht zu halten schien, und ging langsam zur Seilbahn.

Der Schaffner grüßte ihn mit trägem Kopfnicken.

»Perfetto.«

*

Sieben Stunden darauf war Thomas wieder bei Sinnen. Er hatte in der Kutsche geschlafen, am Hafen von Santa Lucia Nudeln gegessen und leichten Wein getrunken, zwei russische Zigaretten geraucht und einen *caffé* genommen und wusch sich nun, endlich daheim, von oben bis unten mit kaltem Wasser. So also, dachte er, während er sein rötlich-blasses Gesicht im Spiegel betrachtete, fühlte sich ein Rausch an. Verursacht hatten ihn weder Schlafmangel noch Intoxikation. (Die hatten dem Kontrollverlust nur den Weg bereitet.) Schuld trugen wieder einmal Worte in einem Buch.

Thomas machte sich ans Kofferpacken. Den weißen Anzug würde er zurücklassen. Er passte nicht zu Lübeck. Dann fiel ihm ein, dass er Ilse noch bestätigen musste, dass er tatsächlich in drei Tagen einträfe. Auf der Bettkante sitzend, schrieb er:

Napoli. Via S. Lucia 28II

10. November 96.

Abends

Moment. Den Brief an Grautoff hatte er am Achten verfasst. Der Achte war aber nicht zwei Tage her, sondern … vier. Schon morgen erwartete man ihn im Hause Martens!

Mit einem Ruck stand er auf und lief im Zimmer umher. Wann hatte ein Buch ihn die Zeit derart vergessen lassen? Er musste sofort aufbrechen! Oder nein, erst Ilse eine Nachricht zukommen lassen. Er konnte schreiben, er sei krank gewesen. Völlig unrichtig war das nicht. Nur, wie sollte er abreisen? Das Zimmer hatte er im Voraus gezahlt – aber nur für den Aufenthalt bis zum Zehnten des Monats. Dazu kamen die Zigaretten. Und er hatte kein Geld mehr, nur drei Briefmarken.

Er setzte sich wieder. Ilse verdiente es, die Wahrheit zu erfahren. Und die Wahrheit war: Er war völlig durcheinander und überfordert, würde sich aber ab sofort zusammennehmen. Thomas setzte den Füllfederhalter aufs Papier – und hielt inne. Wie nähme Ilse, die gute Ilse, so eine Nachricht auf? Um sie, die Halbwaise ohne nennenswerte Mitgift, warb daheim ein gestandener Kaufmann. Und aus der Ferne gab der *liebe Tommy* ihr schriftlich, dass er nicht einmal fähig war, für sich selbst zu sorgen? Genug davon. *Genug*. Er musste etwas *tun*. Musste ihr beweisen, dass ihr rührender Glaube an ihn und sein Talent trotz allem berechtigt war. Dass er hier unten seine Zeit nicht vertrödelte, sondern heranreifte zu einem Dichter, dessen Werke man druckte und bezahlte. Zu einem Mann, den man heiraten konnte. Aber wie? *Wie*?

Lange saß Thomas auf der Bettkante, das Papier auf den Knien. Je mehr sein Rücken sich krümmte, desto mehr Ekel erfüllte ihn. Ein Überdruss, dunkel und zäh wie Teer, der alles zu ersticken drohte, insbesondere ihn selbst.

Da, plötzlich, hob er eine Braue und öffnete leicht den Mund, als horche er nach einer Melodie. Vorsichtig lehnte er sich zurück, nahm ein neues Blatt Papier und schrieb obenauf:

ENTTÄUSCHUNG

20.

Enttäuschung

Ich gestehe, dass mich die Reden dieses sonderbaren Herrn ganz und gar verwirrten, und ich fürchte, dass ich auch jetzt noch nicht imstande sein werde, sie auf eine Weise zu wiederholen, dass sie andere in ähnlicher Weise berührten, wie an jenem Abend mich selbst. Vielleicht beruhte ihre Wirkung nur auf der befremdlichen Offenheit, mit der ein ganz Unbekannter sie mir äußerte.

Der Herbstvormittag, an dem mir jener Unbekannte auf der Piazza San Marco zum ersten Male auffiel, liegt nun etwa zwei Monate zurück. Auf dem weiten Platze bewegten sich nur wenige Menschen umher, aber vor dem bunten Wunderbau, dessen üppige und märchenhafte Umrisse und goldene Zierrate sich in entzückender Klarheit von einem zarten, lichtblauen Himmel abhoben, flatterten in leichtem Seewind die Fahnen; grade vor dem Hauptportal hatte sich um ein junges Mädchen, das Mais streute, ein ungeheures Rudel von Tauben versammelt, während immer mehr noch von allen Seiten herbeischossen … Ein Anblick von unvergleichlich lichter und festlicher Schönheit.

Da begegnete ich ihm, und ich habe ihn, während ich schreibe, mit außerordentlicher Deutlichkeit vor Augen. Er war kaum mittelgroß und ging schnell und gebückt, während er seinen Stock mit beiden Händen auf dem Rücken hielt. Er trug einen schwarzen, steifen Hut, hellen Sommerüberzieher und dunkel gestreifte Beinkleider. Aus irgendeinem Grunde hielt ich ihn für einen Engländer. Er konnte dreißig Jahre alt sein, vielleicht auch fünfzig. Sein Gesicht, mit etwas dicker Nase und müde blickenden, grauen Augen, war glatt rasiert, und um seinen Mund spielte beständig ein unerklärliches und ein wenig blödes Lächeln. Nur von Zeit zu Zeit blickte er, indem er die Augenbrauen hob, forschend um sich her, sah dann wieder vor sich zu Boden, sprach ein paar Worte mit sich selbst, schüttelte den Kopf und lächelte. So ging er beharrlich den Platz auf und nieder.

Von nun an beobachtete ich ihn täglich, denn er schien sich mit nichts anderem zu beschäftigen, als bei gutem wie bei schlechtem Wetter, vormittags wie nachmittags, dreißig- und fünfzigmal die Piazza auf und ab zu schreiten, immer allein und immer mit dem gleichen seltsamen Gebaren.

An dem Abend, den ich im Sinne habe, hatte eine Militärkapelle konzertiert. Ich saß an einem der kleinen Tische, die das Café Florian weit auf den Platz hinausstellt, und als nach Schluss des Konzertes die Menge, die bis dahin in dichten Strömen hin und wider gewogt war, sich zu zerstreuen begann, nahm der Unbekannte, auf abwesende Art lächelnd wie stets, an einem neben mir frei gewordenen Tische Platz.

Die Zeit verging, rings umher ward es stiller und stiller, und schon standen weit und breit alle Tische leer. Kaum dass hier und da noch ein Mensch vorüberschlenderte; ein majestätischer Friede lagerte über dem Platz, der Himmel hatte sich mit Sternen bedeckt, und über der prachtvoll theatralischen Fassade von San Marco stand der halbe Mond.

Ich las, indem ich meinem Nachbar den Rücken zuwandte, in meiner Zeitung und war eben im Begriff, ihn allein zu lassen, als ich mich genötigt sah, mich halb nach ihm umzuwenden; denn während ich bislang nicht einmal das Geräusch einer Bewegung von ihm vernommen hatte, begann er plötzlich zu sprechen.

Sie sind zum ersten Mal in Venedig, mein Herr? fragte er in schlechtem Französisch; und als ich mich bemühte, ihm in englischer Sprache zu antworten, fuhr er in dialektfreiem Deutsch zu sprechen fort mit einer leisen und heiseren Stimme, die er oft durch ein Hüsteln aufzufrischen suchte.

Sie sehen das alles zum ersten Male? Es erreicht Ihre Erwartungen? – Übertrifft es sie vielleicht sogar? – Ah! Sie haben es sich nicht schöner gedacht? – Das ist wahr? – Sie sagen das nicht nur, um glücklich und beneidenswert zu erscheinen? – Ah! – Er lehnte sich zurück und betrachtete mich mit schnellem Blinzeln und einem ganz unerklärlichen Gesichtsausdruck. Die Pause, die eintrat, währte lange, und ohne zu wissen, wie dieses seltsame Gespräch fortzusetzen sei, war ich aufs neue im Begriff, mich zu erheben, als er sich hastig vorbeugte.

Wissen Sie, mein Herr, was das ist: Enttäuschung? fragte er leise und eindringlich, indem er sich mit beiden Händen auf seinen Stock lehnte. – Nicht im Kleinen und Einzelnen ein Misslingen, ein Fehlschlagen, sondern die große, die allgemeine Enttäuschung, die Enttäuschung, die alles, das ganze Leben einem bereitet? Sicherlich, Sie kennen sie nicht. Ich aber bin von Jugend auf mit ihr umhergegangen, und sie hat mich einsam, unglücklich und ein wenig wunderlich gemacht, ich leugne es nicht.

Wie könnten Sie mich bereits verstehen, mein Herr? Vielleicht aber werden Sie es, wenn ich Sie bitten darf, mir zwei Minuten lang zuzuhören. Denn wenn es gesagt werden kann, so ist es schnell gesagt …

Lassen Sie mich erwähnen, dass ich in einer ganz kleinen Stadt aufgewachsen bin in einem Pastorhause, in dessen überreinlichen Räumen ein altmodisch pathetischer Gelehrtenoptimismus herrschte, und in dem man eine eigentümliche Atmosphäre von Kanzelrhetorik einatmete – von diesen großen Wörtern für Gut und Böse, Schön und Hässlich, die ich so bitterlich hasse, weil sie vielleicht, sie allein an meinem Leiden die Schuld tragen.

Das Leben bestand für mich schlechterdings aus großen Wörtern, denn ich kannte nichts davon als die ungeheuren und wesenlosen Ahnungen, die diese Wörter in mir hervorriefen. Ich erwartete von den Menschen das göttlich Gute und das haarsträubend Teuflische; ich erwartete vom Leben das entzückend Schöne und das Grässliche, und eine Begierde nach alledem erfüllte mich, eine tiefe, angstvolle Sehnsucht nach der weiten Wirklichkeit, nach dem Erlebnis, gleichviel welcher Art, nach dem berauschend herrlichen Glück und dem unsäglich, unahnbar furchtbaren Leiden.

Ich erinnere mich, mein Herr, mit einer traurigen Deutlichkeit der ersten Enttäuschung meines Lebens, und ich bitte Sie, zu bemerken, dass sie keineswegs in dem Fehlschlagen einer schönen Hoffnung bestand, sondern in dem Eintritt eines Unglücks. Ich war beinahe noch ein Kind, als ein nächtlicher Brand in meinem väterlichen Hause entstand. Das Feuer hatte heimlich und tückisch um sich gegriffen, bis an meine Kammertür brannte das ganze kleine Stockwerk, und auch die Treppe war nicht weit davon entfernt, in Flammen aufzugehen. Ich war der Erste, der es bemerkte, und ich weiß, dass ich durch das Haus stürzte, indem ich einmal über das andere den Ruf hervorstieß: »Nun brennt es! Nun brennt es!« Ich entsinne mich dieses Wortes mit großer Genauigkeit, und ich weiß auch, welches Gefühl ihm zugrunde lag, obgleich es mir damals kaum zum Bewusstsein gekommen sein mag. Dies ist, so empfand ich, eine Feuersbrunst; nun erlebe ich sie! Schlimmer ist es nicht? Das ist das Ganze? …

Gott weiß, dass es keine Kleinigkeit war. Das ganze Haus brannte nieder, wir alle retteten uns mit Mühe aus äußerster Gefahr, und ich selbst trug ganz beträchtliche Verletzungen davon. Auch wäre es unrichtig, zu sagen, dass meine Fantasie den Ereignissen vorgegriffen und mir einen Brand des Elternhauses entsetzlicher ausgemalt hätte. Aber ein vages Ahnen, eine gestaltlose Vorstellung von etwas noch weit Grässlicherem hatte in mir gelebt, und im Vergleich damit erschien die Wirklichkeit mir matt. Die Feuersbrunst war mein erstes großes Erlebnis: Eine furchtbare Hoffnung wurde damit enttäuscht.

Fürchten Sie nicht, dass ich fortfahren werde, Ihnen meine Enttäuschungen im Einzelnen zu berichten. Ich begnüge mich damit, zu sagen, dass ich mit unglückseligem Eifer meine großartigen Erwartungen vom Leben durch tausend Bücher nährte: durch die Werke der Dichter. Ach, ich habe gelernt, sie zu hassen, diese Dichter, die ihre großen Wörter an alle Wände schreiben und sie mit einer in den Vesuv getauchten Ceder am liebsten an die Himmelsdecke malen möchten – während doch ich nicht umhin kann, jedes große Wort als eine Lüge oder als einen Hohn zu empfinden!

Verzückte Poeten haben mir vorgesungen, die Sprache sei arm, ach, sie sei arm – o nein, mein Herr! Die Sprache, dünkt mich, ist reich, ist überschwänglich reich im Vergleich mit der Dürftigkeit und Begrenztheit des Lebens. Der Schmerz hat seine Grenzen: der körperliche in der Ohnmacht, der seelische im Stumpfsinn, – es ist mit dem Glück nicht anders! Das menschliche Mitteilungsbedürfnis aber hat sich Laute erfunden, die über diese Grenzen hinweg lügen.

Liegt es an mir? Läuft nur mir die Wirkung gewisser Wörter auf eine Weise das Rückenmark hinunter, dass sie mir Ahnungen von Erlebnissen erwecken, die es gar nicht gibt?

Ich bin in das berühmte Leben hinausgetreten, voll von dieser Begierde nach einem, einem Erlebnis, das meinen großen Ahnungen entspräche. Gott helfe mir, es ist mir nicht zuteil geworden! Ich bin umhergeschweift, um die gepriesensten Gegenden der Erde zu besuchen, um vor die Kunstwerke hinzutreten, um die die Menschheit mit den größten Wörtern tanzt; ich habe davor gestanden und mir gesagt: Es ist schön. Und doch: Schöner ist es nicht? Das ist das Ganze?

Ich habe keinen Sinn für Tatsächlichkeiten; das sagt vielleicht alles. Irgendwo in der Welt stand ich einmal im Gebirge an einer tiefen, schmalen Schlucht. Die Felsenwände waren nackt und senkrecht, und drunten brauste das Wasser über die Blöcke vorbei. Ich blickte hinab und dachte: Wie, wenn ich stürzte? Aber ich hatte Erfahrung genug, mir zu antworten: Wenn es geschähe, so würde ich im Falle zu mir sprechen: Nun stürzt du hinab, nun ist es Tatsache! Was ist das nun eigentlich?

Wollen Sie mir glauben, dass ich genug erlebt habe, um ein wenig mitreden zu können? Vor Jahren liebte ich ein Mädchen, ein zartes und holdes Geschöpf, das ich an meiner Hand und unter meinem Schutze gern dahin geführt hätte; sie aber liebte mich nicht, das war kein Wunder, und ein anderer durfte sie schützen … Gibt es ein Erlebnis, das leidvoller wäre? Gibt es etwas Peinigenderes als diese herbe Drangsal, die mit Wollust grausam vermengt ist? Ich habe manche Nacht mit offenen Augen dagelegen, und trauriger, quä-

lender als alles Übrige war stets der Gedanke: Dies ist der große Schmerz! Nun erlebe ich ihn! – Was ist das nun eigentlich? –

Ist es nötig, dass ich Ihnen auch von meinem Glücke spreche? Denn auch das Glück habe ich erlebt, auch das Glück hat mich enttäuscht… Es ist nicht nötig; denn dies alles sind plumpe Beispiele, die Ihnen nicht klar machen werden, dass es das Leben im ganzen und allgemeinen ist, das Leben in seinem mittelmäßigen, uninteressanten und matten Verlaufe, das mich enttäuscht hat, enttäuscht, enttäuscht.

»Was ist«, schreibt der junge Werther einmal, »der Mensch, der gepriesene Halbgott? Ermangeln ihm nicht eben da die Kräfte, wo er sie am nötigsten braucht? Und wenn er in Freude sich aufschwingt oder in Leiden versinkt, wird er nicht in beiden eben da aufgehalten, eben da zu dem stumpfen, kalten Bewusstsein wieder zurückgebracht, da er sich in der Fülle des Unendlichen zu verlieren sehnte?«

Ich gedenke oft des Tages, an dem ich das Meer zum ersten Male erblickte. Das Meer ist groß, das Meer ist weit, mein Blick schweifte vom Strande hinaus und hoffte, befreit zu sein: Dort hinten aber war der Horizont. Warum habe ich einen Horizont? Ich habe vom Leben das Unendliche erwartet.

Vielleicht ist er enger, mein Horizont, als der anderer Menschen? Ich habe gesagt, mir fehle der Sinn für Tatsächlichkeiten, – habe ich vielleicht zu viel Sinn dafür? Kann ich zu bald nicht mehr? Bin ich zu schnell fertig? Kenne ich Glück und Schmerz nur in den niedrigsten Graden, nur in verdünntem Zustande?

Ich glaube es nicht; und ich glaube den Menschen nicht, ich glaube den wenigsten, die angesichts des Lebens in die großen Wörter der Dichter einstimmen – es ist Feigheit und Lüge! Haben Sie übrigens bemerkt, mein Herr, dass es Menschen gibt, die so eitel sind und so gierig nach der Hochachtung und dem heimlichen Neide der anderen, dass sie vorgeben, nur die großen Wörter des Glücks erlebt zu haben, nicht aber die des Leidens?

Es ist dunkel, und Sie hören mir kaum noch zu; darum will ich es mir heute noch einmal gestehen, dass auch ich, ich selbst es einst versucht habe, mit diesen Menschen zu lügen, um mich vor mir und den anderen als glücklich hinzustellen. Aber es ist manches Jahr her, dass diese Eitelkeit zusammenbrach, und ich bin einsam, unglücklich und ein wenig wunderlich geworden, ich leugne es nicht.

Es ist meine Lieblingsbeschäftigung, bei Nacht den Sternenhimmel zu betrachten, denn ist das nicht die beste Art, von der Erde und vom Leben abzusehen? Und vielleicht ist es verzeihlich, dass ich es mir dabei angelegen sein lasse, mir meine Ahnungen wenigstens zu wahren? Von einem befreiten Leben zu träumen, in dem die Wirklichkeit in meinen großen Ahnungen ohne den quälenden Rest der Enttäuschung aufgeht? Von einem Leben, in dem es keinen Horizont mehr gibt?…

Ich träume davon, und ich erwarte den Tod. Ach, ich kenne ihn bereits so genau, den Tod, diese letzte Enttäuschung! Das ist der Tod, werde ich im letzten Augenblicke zu mir sprechen; nun erlebe ich ihn! – Was ist das nun eigentlich? –

Aber es ist kalt geworden auf dem Platze, mein Herr; ich bin imstande, das zu empfinden, hehe! Ich empfehle mich Ihnen aufs Allerbeste. Adieu…

21.

Wo das Band zwischen Intellekt und Wille gelöst ist, wird der von seiner natürlichen Bestimmung abgewichene Intellekt den Dienst des Willens vernachlässigen: er wird z. B. selbst in der Noth des Augenblicks noch seine Emancipation geltend machen und etwan die Umgebung, von welcher dem Individuo gegenwärtige Gefahr droht, ihrem malerischen Eindruck nach aufzufassen nicht umhin können.

Arthur Schopenhauer: *Die Welt als Wille und Vorstellung* (1819/1859)

Lübeck, den 16. November 1896

Lieber Tommy,
über Deinen Brief aus Neapel habe ich mich sehr gefreut. Das mag wie eine Floskel klingen, aber Du weißt hoffentlich, dass es das aus meinem Munde nicht ist. Natürlich hätte ich mich noch weit mehr gefreut, hätten Mutter und ich Dich bei uns begrüßen dürfen. Wir warteten lange mit dem Kaffee, weil ich mir nicht vorzustellen vermochte, dass Du nicht kämest. Deshalb machte ich mir Sorgen, die Dein Brief schließlich ein wenig zu zerstreuen half.

Immer wieder denke ich daran, was Du wohl gerade tust und denkst. Über Letzteres gewinne ich ja Einblick dank Deiner Erzählung (Es ist doch eine Erzählung, richtig?), für deren Zusendung ich Dir ebenfalls danke. Auch wenn ich zugeben muss, dass mich das Lesen von

»Enttäuschung« ein wenig verwirrt und betrübt zurückgelassen hat. So sehr, dass es mich jetzt, einen Tag später, noch immer beschäftigt. Hoffentlich wirst Du es mir nachsehen, dass ich Dir meine Gedanken dazu erläutere. Dabei halte ich mich, so gut ich kann, an meinen ollen Goethe: »Denn es muss von Herzen gehen, was auf Herzen wirken soll.«

Natürlich weiß ich, lieber Tommy, dass man die Figuren einer Geschichte und deren Schöpfer nicht miteinander gleichsetzen soll. Andererseits … Ist die abgrundtiefe Traurigkeit, die aus jeder Zeile spricht, wirklich nur die einer literarischen Figur?

Der Erzähler beklagt seine Enttäuschung durch das Leben. Doch ist nicht in Wahrheit das, was ihm den Mut raubt, die Literatur? Es mag ja sein, dass manche Bücher falsche Erwartungen ans Leben schüren. Aber was kann das Leben dafür?

Wie sehr wünsche ich Dir, sehen zu können, dass es Dinge gibt, für die es sich zu leben lohnt. Den eigenen Wert daran zu messen, ob man »ein Werk« erschafft, macht niemals glücklich. Wenn man über Monate oder Jahre sich in sein Zimmer zurückgezogen hat, um ein Buch zu schreiben – was dann? Für kurze Zeit mag man Stolz empfinden. Aber man grämt sich auch übermäßig stark über jedes kritische Wort. Zufrieden wird man nie sein. Und schon bald geht es zurück an den Schreibtisch, denn die Arbeit am »Lebenswerk« endet ja nie. Die Kunst isst das Leben auf.

Ich kenne keinen zufriedenen Dichter oder Bildhauer, aber ein gutes Dutzend Bäcker, Tapezierer und Haushaltsvorstände, die jeden Morgen mit Freude an ihr Tagwerk gehen.

Ein gutes, anständiges Leben zu führen, umringt von Familie und Freunden, hilfreich gegenüber jenen, die

Hilfe brauchen, ohne Bitterkeit und Kummer im Herzen und dankbar für das, was man hat: Wäre das nicht das größte, das schönste Lebenswerk?

Schon jetzt formuliere ich offenherziger, als es Dir, wie mir wohl bewusst ist, lieb sein wird. Das muss wohl daran liegen, dass es mir im Grunde gleichgültig ist, was die Menschen von mir halten mögen. Nun ja: fast alle Menschen …

Dir schulde ich es, eine wichtige Mitteilung nachzuholen, die ich in meinem vorigen Brief unterlassen habe. (Vor zwei Wochen war alles noch ganz frisch.) Ein Rostocker Kaufmann, der sich in Lübeck niederlassen will, hat bei Mutter um meine Hand angehalten. Herr Niethammer ist uralt, mindestens dreißig, und hat auf dem Kopf jede Menge Haare, nur nicht dort, wo sie hingehören. Seine Augenbrauen sind zusammengewachsen, und den Bart trägt er, ähnlich Deinem geliebtem Wagner, am Hals wie einen Schal. Dafür ist er glatzköpfig. Beim Reden tritt ihm immerzu Speichel in die Mundwinkel, und wenn er mich mit seinen grauen, etwas vorstehenden Augen anschaut, ist mir immer danach, mir eine zweite Strickjacke um die Schultern zu legen, so kalt wird mir dabei.

Mutter möchte, dass ich rasch zusage, auf jeden Fall noch vor Weihnachten. Sie will Armin und Roland, die ihr Kommen zugesagt haben, die freudige Nachricht persönlich überbringen. Außerdem hat sie Sorge, Niethammer könne sein Angebot zurücknehmen. Er möchte möglichst bald einen »angesehenen Namen« heiraten. Mutter fürchtet, er könne erkennen, dass unser Name nicht mehr so weit trägt wie vor Vaters Tod. Bei der Mitgift ließe er mit sich reden. Noch vor eineinhalb Jahren hätte Mutter Niethammers Ansinnen kaum ernst genommen. Jetzt ist sie froh, dass mich jemand will, der zumindest über ein wenig Vermögen verfügt. Und Niethammer scheint bereit, hart zu arbeiten, um uns ein Heim zu bieten. (Mutter würde natürlich bei uns wohnen und den Haushalt führen.)

Es wäre wohl nicht angebracht, Dir auf diesem Wege Genaueres zu berichten. Wann, glaubst Du, wirst Du »meine Geschichte bis ins Detail ausgeleuchtet« haben? Und wovon handelt sie eigentlich? Es würde mir wirklich viel bedeuten zu erfahren, ob mit Deinem Eintreffen noch deutlich vor Weihnachten zu rechnen ist …

Bis dahin sei versichert, mein lieber Tommy, dass es hier im kleinen Lübeck auch Menschen gibt, die davon träumen, ein Lebenswerk zu erschaffen.

Deine
Ilsenschnibbe

*

Rom, 17. 11. 96

Lieber Tommy,
habe Deine Erzählung erhalten. Gut daran: Sie klingt passagenweise nicht nur »gedacht«, auch erlebt. Zu verbessern: weniger Monolog, mehr sichtbare Handlung. Übergebe Junior die Geschichte noch nicht, sondern warte ab, ob vor Treffen am 5. 12. auch das zweite Manuskript (»meine Geschichte«) evtl. bereits fertig. Habe Hoffnung.

Anbei ein schmaler Wechsel. (Mehr geht nicht. Erwarte jeden Tag Schröters Honorar für Oktober.) Müsste reichen für Zimmer, Essen und Anreise. Erwarte Rückzahlung nach Honorarauszahlung durch Junior.

P. S.: Habe viel zu tun. Neue Ideen, neue Einsichten. Daher an dieser Stelle nur das Allernötigste.
P. P. S: Wann bist Du wieder in Rom?

H.

*

Neapel, 20. November 1896

Die Gelegenheit war ideal. Zwischen den Bänken hindurch ging rund ein Dutzend Gläubige, mehr oder weniger andächtig den Leib ihres Herrn verdauend, zum Ausgang. Sobald der Priester fertig wäre damit, in pompöser Demut Hostien auf Handflächen und Zungen zu legen, würde Thomas zur Tat schreiten. Denn am Ende der Schlange, ganz in ungewohntes Schwarz gekleidet und die Hände vor der Brust gefaltet, stand *er*. Das Blondhaar fiel ihm auf die Schultern, die leicht nach vorn gebeugt waren, und seine dunklen Augen blickten auf den Kathedralenboden.

Frömmigkeit. Thomas hatte der Glaube, man könne das ewige Seelenheil erlangen, indem man sich gegenüber anderen Menschen besonders demütig gab, immer befremdet. Voller Sündenstolz schrumpfte man den Schöpfer des Himmels und der Erde zu einem unsterblichen Oberlehrer, der einem persönlich Betragensnoten gab.

Großmama hatte mit ihm zu handeln versucht. Je länger ihr Leben, an dem sie mit zähem Willen hing, andauerte, desto häufiger empfing sie Prediger und Missionare, die neben der geistlichen Atmosphäre in der Mengstraße auch die schweren Speisen zu schätzen wussten. Beträchtliche Teile ihres Vermögens vermachte sie gemeinnützigen Stiftungen. Schon der halbwüchsige Tommy konnte sich des Eindrucks nicht erwehren, dass die Kaufmannswitwe ihrem Herrgott ein Tauschgeschäft unterbreitete: Mit ihren Gaben wollte sie ihn mit ihrer robusten Natur versöhnen und dazu bewegen, ihr einen leichten Tod zu schenken. Auch sie wurde enttäuscht.

Die Schlange am Altar wurde kürzer. Das Echo ungezählter Schritte hallte von den Wänden wider.

Thomas musste den richtigen Zeitpunkt finden: nicht unmittelbar nach der Hostienausgabe, das wirkte aufdringlich; zugleich in einiger Entfernung vom Ausgang, wo der alte Lord wartete. Ein paar Minuten genügten. Ja, er sei ihm gefolgt, würde er zugeben, aber allein zum Zweck, sich inspirieren zu lassen. Die Figur in der fertigen Novelle werde kaum noch Ähnlichkeit mit ihm haben. Und wenn die Enttäuschung in den Jungen einsänke, würde Thomas sich dessen Sprachmelodie, all die kleinen Eigenheiten in Mimik und Gestik genau einprägen. Dann wäre es endlich vollbracht: Er könnte, mit Eindrücken beladen, heim zu Ilse fahren.

Thomas zweifelte noch immer, ob er wirklich die Kraft dazu besaß. Verließ er den Dom unverrichteter Dinge, ersparte er sich auch selbst eine Enttäuschung: Der junge Lord bliebe für immer makellos. Ein Mysterium. Aber er musste es tun, schließlich war er Künstler.

Nach dem Desaster am Vesuv hatten zwei Worte ihn dazu bewogen, in der Stadt zu bleiben und nach dem Jungen Ausschau zu halten. *Habe Hoffnung.* Von Heinrich stammend, veränderten sie alles. Mochte es auch Jahre dauern, um *seine Geschichte*, geschwächt von der Lohnarbeit in einem stickigen Büro, aufzuschreiben. Wenn Heinrich an das Können seines kleinen Bruders glaubte, konnte er selbst das auch.

Und doch hatte sich ihm in den vergangenen Tagen, als der Junge nirgends zu finden war und Thomas' Mut sank, ein etwas anderer Verlauf seiner Geschichte aufgedrängt:

Ein junger, ungebundener, musisch empfänglicher, aber quälend unproduktiver Mann aus gutem Hause ist seines Lebens ohne Halt und Konsequenz überdrüssig. Rettung erhofft er sich durch die Verbindung mit einer Dame, die er aus der Ferne anhimmelt. Wenn er seine Menschenscheu überwände und sie für sich gewänne, wäre er wieder gut gemacht, angekommen, in der Ordnung. Doch der Mann versagt kläglich beim Versuch, die Dame auch nur anzusprechen – und bleibt auf immer haltlos, ungerechtfertigt, unfruchtbar. Ein Dilettant.

Thomas verabscheute diese Figur. Nicht auszudenken, was geschähe, stellte sich heraus, dass er diese Figur *war*.

Nur noch drei Silhouetten standen zwischen dem Priester und dem Blondhaar. Thomas stand auf, strich den weißen (zweimal professionell gereinigten) Anzug glatt und schritt in Richtung Altar.

Dort hob der junge Lord leicht den Kopf, öffnete den Mund und empfing die Hostie auf seiner Zunge. Thomas konnte nicht anders, als die Szene vage obszön zu finden, aber auch sehr reizvoll. Er folgte ihm durchs Kirchenschiff. Gerade wollte er neben ihn treten, als der Junge in eine Seitenkapelle abbog und vor einer lebensgroßen Büste aus Silber auf die Knie ging.

Wie fremd war Thomas der Gedanke, eine höhere Macht könne ihm Gnade spenden! Worin sollte die überhaupt bestehen? Je länger der Junge mit geschlossenen Augen, die gefalteten Hände gegen die Stirn gepresst, den Heiligen anbetete, desto andersartiger erschien er ihm. Ihn zu enttäuschen würde leicht werden.

Dabei kannte Thomas das drückende Gefühl allumfassender Schuld nur zu gut. Aber deren Quell hatte nichts zu tun mit Schlangen und Äpfeln, dafür alles mit dem Willen. Und nirgends zeigte dieser dumpfe, blinde, sture Drang sich entschiedener als im Geschlechtsakt. Durch ihn sagten wir Ja zum Leben – zur ewigen Fortführung des Kreislaufs von Mühe, Not und Leiden. Unsere Zeugung war die Sünde, für die wir mit unserem Leben büßten. Und wir alle schuldeten dem Leben unseren Tod. Wo war da Platz für Gnade?

Endlich stand der Junge auf. Thomas trat mit wenigen Schritten zu ihm hin, und so entschlossen er konnte, sagte er:

»Ich …«

Der junge Lord schrak zusammen. Dann aber strahlte er übers marmorweiße Gesicht und lugte an Thomas vorbei ins Kirchenschiff.

Die welpenhafte Schutzlosigkeit überrumpelte Thomas, und so wiederholte er nur:

»Ich …«

Der Junge hob den Zeigefinger. Dann kramte er ein Stück Papier hervor, zeigte darauf und reichte es, hektisch nickend, herüber.

Thomas nahm es und starrte darauf. Als er wieder aufsah, war er allein. Eilig lief er aus der Kapelle und sah noch, wie der Junge die Kirche verließ. Er folgte ihm, sah ihn die Treppen hinabeilen, wollte ihm etwas zurufen. Doch dort unten stand der Vater, rot angelaufen und mit drohend erhobener Hand. Der Sohn schrumpfte mit jedem Nicken. Dann bestiegen beide eine Kutsche, der Sohn wie erloschen, der Vater überlebensgroß, und fuhren davon.

In Thomas' Hand lag ein rechteckiges Blatt: ein Billett für den Besuch der Certosa di San Martino, ohne Stempel oder Einkerbung, also offenbar unbenutzt. Nein, sagte Thomas sich, diesmal liefe er dem Jungen nicht hinterher, schon gar nicht bis auf den höchsten Hügel der Stadt. Dieses Suchspiel dauerte schon zu lange.

Andererseits …

Eine Stunde darauf stand Thomas auf dem Vomero inmitten der dramatischsten Kulisse, die Neapel zu bieten hatte. Hinter ihm ragten die wehrhaften Mauern des Castel Sant'Elmo schroff in die Höhe. Um ihn herum flanierten junge, elegant gekleidete Paare, offenbar Hochzeitsreisende von jenseits der Alpen, und zeigten mit den Fingern bergab. In der Tiefe lag, wie achtlos von Riesenhand ausgeschüttet, das Häusermeer der Stadt. Deren Brausen stieg herauf wie eine niemals ruhende Brandung. Thomas schloss die Augen. Aus noch größerer Ferne, dachte er, gliche der stete Wechsel von Werden und Vergehen dem Vibrieren einer Saite, einem ewig gleichen Ton. Er presste die Lider aufeinander und wünschte sich in den Mittelpunkt des Rades der Zeit, dorthin, wo alles still stand.

Es wäre unverantwortlich, sagte er sich, nach alledem mit leeren Händen abzureisen. Was sollte er Heinrich sagen? Oder Ilse? Und wie passte die kleinliche Sorge um seinen Stolz zur kühl-heiteren Anschauungsweise des Künstlers?

Als die Reisegesellschaft in zwei Kutschen vorfuhr, war Thomas völlig gelassen. Ohne auf die eigene Wirkung zu achten, folgte er dem Tross – Vater, Sohn und drei Bediensteten in Schwarz – ins Museum. Beim Rundgang durchs ehemalige Kloster wahrte er zwar Abstand, doch schien der Vater ohnehin damit beschäftigt, den Jungen an seine Seite zu zitieren. Im idyllischen Kreuzgang betrachtete Thomas so lange gedankenverloren einen steinernen Totenschädel mit Lorbeerkranz, dass er die Gruppe beinahe aus den Augen verlor. Als er zu ihr aufschließen wollte, stapfte einer der Diener ihm eilig entgegen. Für einen Moment glaubte er, der Mann wolle ihn am Kragen fassen. Stattdessen reichte er Thomas wortlos einen Umschlag. Dann machte er Zeichen, ihnen nicht weiter zu folgen, und lief zurück zu den anderen.

Die Sonne stand schon hoch am weißlichen Himmel, als Thomas am nächsten Tag durch eine gestorbene, aber ziemlich lebendige Stadt spazierte. Um ihn herum balancierten Damen mit großen Hüten, von ihren Galanen gestützt, über unebenes Pflaster aus Vulkangestein, und Kinder spielten in den Ruinen lachend Verstecken. Seit gut einer Stunde besichtigten Thomas und der junge Lord, getrennt und doch unsichtbar verbunden, das weitläufige, überraschend grüne Areal.

Natürlich hätte er Nein sagen können. Niemand hatte ihn dazu gezwungen, die Fahrkarte für die lange Kutschfahrt entlang der Küste einzulösen, und das Gleiche galt für den im Voraus bezahlten Besuch der Ruinen. Auch hätte er vorhin darauf bestehen können, dass ihm endlich jemand verrate, was, zum Teufel, das Ganze eigentlich solle. Stattdessen war er Vater, Sohn und zwei Dienern wortlos und in gebotenem Abstand durch den Eingang gefolgt. Denn die Wahrheit war: Thomas begann, Gefallen an der Sache zu finden. Was hier geschah, war wendungsreicher und interessanter als das, was er seiner literarischen Figur zugedacht hatte.

Er hatte seine Geschichte gefunden. Jetzt hatte er nichts weiter zu tun, als sie sich ereignen zu lassen.

Hinter den Amphitheatern hatte ein moderner Bau seine Türen geöffnet. Darin aufgebahrt lagen Vasen, Tassen, Geschirr – und lebensgroße Abdrücke von Menschen und Hunden im Todeskampf. Zwar hatte Thomas von der hiesigen Praxis gelesen, die Hohlräume, welche Leichen im Lavaschutt hinterlassen hatten, mit Gips zu füllen. Trotzdem ging er, als fürchte er eine Infektion, rasch weiter. Aus einem Nebenraum, durch ein Tuch vom Rest der Ausstellung getrennt, drang Kichern und Glucksen. Als Thomas ins Halbdunkel eintrat, hielt ein Diener sich beim Blick auf eine Vitrine die Hände vor den Mund, und der zweite unterdrückte mit Mühe ein Lachen. Der Junge aber starrte ausdruckslos auf das, was sich hinter Glas den Blicken feilbot: Bronzestatuetten tanzender Gnome, die frech ihre nackten, verwachsenen Körper zeigten; Öllampen in Form von Kobolden, die Geschlechtsteile von der Größe ihres restlichen Leibes vor sich her trugen; darüber das Fresko einer geflügelten Göttin, die einem Esel einen Siegerkranz über den Kopf hielt, während das Tier einen Löwen von hinten penetrierte. Ein Geräusch, halb Lachen, halb Knurren, entrang sich der Kehle des Vaters, dessen mächtiger Bauch sich vor Vergnügen hob und senkte. In der entgegengesetzten Ecke des Raums ertappte Thomas sich dabei, wie er den imposanten Mann, die Oberlippe leicht angehoben und die Nase gekräuselt, anstarrte. Sein Blick kreuzte den des Jungen. Der glich dem eigenen. Dann schauten sie beide schamhaft, als hätte man sie bei einem Verbrechen ertappt, in unterschiedliche Richtungen.

Für das Folgende gab Thomas sich die Schuld. Als die Reisegruppe den Museumsbau verließ, löste der Junge sich von den anderen und lief, wie ein junger Hund, der lange an der Kette gelegen hatte, zur nächstgelegenen Straße. Versonnen betrachtete er das schwarze Pflaster, das da lag wie ein toter Fluss, und ignorierte die Rufe seiner Leute. Da trat der Vater in großen Schritten auf ihn zu – und schlug ihm mit der flachen Hand ins Gesicht. Der Junge schrie nicht auf, weinte nicht, hielt sich nicht einmal die schmerzende Wange. Während er sich der Gruppe schweigend anschloss, schien er weniger überrascht als zornig. Und obwohl er Thomas nicht ansah, war dieser sicher, dass der Junge es allein deshalb gewagt hatte aufzubegehren, weil sie beide für einen Moment in Abscheu vereint gewesen waren.

Kurz darauf lief wieder ein Diener zu Thomas herüber, händigte ihm einen Umschlag aus und gebot ihm zu gehen. Dabei sagte er etwas, das Ungarisch oder Tschechisch sein mochte. Thomas verstand kein Wort und nickte.

Am nächsten Morgen war vieles anders. Für die Jahreszeit ungewöhnlich warme Luft lastete, vom Meer kommend, über der Stadt. Als Thomas das Haus verließ, drangen aus weit geöffneten Fenstern Öl- und Bratendünste, die sich mit dem faulig-süßen Geruch der Mülltonnen vermischten. Neapel stank nach Leben und Vergehen.

Thomas hatte unruhig geschlafen. Auch das Waschen mit kaltem Wasser, das er immer ausführlicher betrieb, erfrischte ihn kaum. Auf seinem Weg wurden die Gerüche zudringlicher. Hinter dem Teatro di San Carlo und der Galleria Umberto, die

Besucher glauben machten, man sei noch in Europa, pulste die Arterie der Stadt. Trieb man in der Via Toledo etwa einen Kilometer gen Norden, fort von der Bucht, verästelte sie sich links und rechts in feucht-dunkle Seitenstraßenadern. Thomas überquerte eine lange, hohe Steinbrücke, unter der kein Gewässer lag, sondern ein Armenviertel. Man hatte das Gekröse der Gassen einfach überbaut, wohl damit Herrschaften es beim Ausflug ins Grüne leichter ignorieren konnten. Eine schrille Glocke läutete herauf. Dort unten öffneten sich die Türen einer weißen Barockkirche und vier scharlachrot vermummte Männer traten heraus. Auf ihren Schultern trugen sie ein lebensgroßes Bild der Mutter Gottes, glitzernd bekrönt, gekleidet in wehende, schwarze Seide und mit silbernen Herzen behängt. Dahinter, daneben stimmte eine Blechkapelle in abgewetzten Uniformen einen Marsch an, der sich rasch zu wiederholen begann. Das Bild schwankte durch die Straßen, und ringsherum lärmte der trompetenblitzende Haufen, hinter dem eine Menschenflut zusammenschlug. Bald geriet die Prozession außer Sicht, doch das Lied glaubte Thomas noch zu hören, als die Brücke längst hinter ihm lag.

Häuser wichen Bäumen und Rasenflächen. Thomas fürchtete, in die Irre gelaufen zu sein, als endlich ein rotbrauner Palast in Sicht kam. Im Foyer des Museo di Capodimonte wartete einer der Diener, der ihn wortlos, aber freundlich durch die Ausstellungsräume in einen großen Saal führte. Darin saß eine zarte Silhouette in Weiß, den Blick abgewandt, auf einer Bank. Thomas wollte sich unauffällig vor einem Gemälde platzieren, da zeigte der junge Lord, ohne sich umzudrehen, mit seiner langfingrigen Hand neben sich. Thomas zögerte: Wo war der Vater? Als auch der Diener auf den leeren Platz wies, wagte er es, sich zu setzen.

Sie sahen nicht einander an, sondern das Bild vor ihnen. Thomas musste des Sciroccos wegen flach geatmet haben, denn ihm war schwindelig. Schweiß sammelte sich am Hemdkragen, und er hatte Mühe, tief Luft zu holen. Dass er das Gemälde schön fand, hätte er nicht behaupten können: Auf einem weißen Laken lag mit verdrehtem Kopf ein bärtiger, offenbar im Schlaf überraschter Mann. Über ihm thronte eine Dame von Stand, die ihm ein Schwert in die Kehle rammte. Blut floss in Strömen über das Bett. Die Adlige erhielt Hilfe durch eine Dienerin. Diese hielt die Arme des Mannes fest, der sich vergeblich wehrte. Aus den Gesichtern der Frauen sprach weder Mordlust noch Angst. Höchstens leichte Ungeduld, wie es ein Metzger mit einem Ochsen empfinden mochte, der sich gegen das Unabwendbare sträubte.

Der junge Lord sah herüber. Thomas erwiderte den Blick. Wie unendlich traurig der Junge schaute. So fern allen Trostes konnte nur ein junger, wunderschöner Mensch sein, dem alles zu Füßen lag, und der gerade deshalb erkannte, dass dieses *alles* ein Irrtum war, ein Rasen und Wüten und dann Stille. Leicht, ganz leicht nickte Thomas durch die Gitterstäbe seines Selbst dem Jungen zu. Da lächelte dieser, sichtlich erleichtert und schmerzhaft beglückt von so viel wortloser Übereinkunft, und Thomas wurde ganz ruhig.

Bald folgten ihre Tage einer festen Routine. Die Entourage besuchte – von nun an immer ohne den Vater – Kirchen, Parks und Museen. Thomas begleitete sie in einigem Abstand, bis ein Diener ihm einen Umschlag überreichte. Darin lagen Eintrittskarten, Fahrscheine und sogar Zettel mit Uhrzeiten, damit er wusste, wann er sich einzufinden hatte. Im Gegenzug gab Thomas die benutzten Billetts zurück. Jedes Mal fehlte einer der drei Diener, aber niemals derselbe an darauffolgenden Tagen. Thomas vermutete, dass sie die Abwesenheit ihres gestrengen Dienstherrn nutzten, um hinter dessen Rücken reihum frei zu nehmen. Um diesen glauben zu lassen, sie hätten den Jungen vollzählig begleitet, konnten sie ihm die entwerteten Billetts vorlegen. Das erklärte auch die Freundlichkeit der Männer in

Schwarz. Doch es gab Grenzen. Kam er ihrem Schützling zu nahe, umstellten sie diesen mit ihren Leibern. Und wenn Thomas fragte, warum er den Jungen nicht sprechen dürfe, verstanden sie ihn nicht oder taten zumindest so.

Danach lief Thomas jedes Mal lange durch die Straßen. Woran er dabei dachte, hätte er selbst nicht zu sagen gewusst. Aber er fühlte sich so leicht, heiter und beschwingt, dass ihm das unwichtig erschien. Zurück in seinem Zimmer, fiel er stets rasch in tiefen Schlaf. Und obwohl er wenig aß, erwachte er morgens ausgeruht und begierig auf das, was kommen mochte. Während er sich mit kaltem Wasser gründlich wusch, ordnete er die wiederkehrenden Träume. So mussten die schwarzen Augen, die ihn so vertrauensvoll-ergeben anblickten, Titino gehören. Er hatte sich nämlich vorgenommen, das Hündchen auf der Rückfahrt abzuholen. Thomas stellte sich dessen Wiedersehensfreude vor, und diese Vorstellung genügte, um ihn heiter zu stimmen. Was ihn in Palestrina so für das Tier eingenommen hatte, das war Titinos Leben in ewiger Gegenwart, in einer Welt ohne Tod. Er war der reinste Ausdruck des Willens. Trotzdem – oder gerade deswegen – war er liebenswert: Keine Angst trübte seinen Gleichmut, kein Bedenken seine Offenheit. Er lebte dort, wohin Thomas sich sehnte.

Die letzten rätselhaften Traumfetzen tilgte das Tageslicht, wenn Thomas auf die Straße trat. Dann war er wieder ganz rein, ganz offen. Ein Künstler.

Diese Alldistanz brauchte er auch, als er eines Vormittags die Via Toledo entlangschritt. Sein Weg führte ihn diesmal nicht über die Brücke hinweg ins Grüne, sondern in das Tal zu Füßen der mächtigen Steinbögen. Die Häuser des Sanità-Viertels, erbaut aus gelbem Tuffstein, bildeten Gassen, noch enger, abweisender und verwirrender als die der Quartieri Spagnoli. In Hauseingängen schnitten Männer aus Holzbrettern Heiligenbilder, die sie bunt bemalten. Vor einer Werkstatt wartete die heilige

Agnes, ein Lamm auf dem Arm, im fliegenden weißen Röckchen und mit kirschrot gefärbten Wangen, auf ihre Hinrichtung. Um sie herum wurden Hunderte weitere Märtyrer, mit Blattgold und Silber bedeckt, manche klein wie Puppen, andere lebensgroß, in den ungeheuerlichsten Stellungen gerädert, aufgespießt, mit dem Beil zerhackt und an den Gliedern verstümmelt. Die Handwerker sangen leise. Als ein Junge »Il Pulcinella!« krächzte und daraufhin Köpfe sich Thomas zuwandten, fühlte der sich in seinem weißen Anzug so angreifbar, dass er vor Erleichterung seufzte, als hinter einer Straßenecke sein Ziel in Sicht kam: eine mit weißem Stuck verkleidete Barockkirche.

Am Portal der Basilika nahm einer der Diener ihn in Empfang und führte ihn durch das Mittelschiff bis vor den Altar, wo der Mann plötzlich im Boden zu versinken schien: Im weißen Marmor führte eine schmale, normalerweise durch eine Klappe verborgene Treppe in unterirdische Gemäuer. Thomas zwang sich, nicht zu zögern, und stieg hinab. Der Boden bestand aus gestampfter, unebener Erde, die modrig roch. Nur der Schein zweier Fackeln erhellte das Dunkel; gehalten wurden sie von zwei Greisen in blauen Kutten. Gekrümmt, mit silberweißem Haar und eingefallenen Wangen, schlichen sie durch die Gänge. Dabei zeigten sie auf die Wände und redeten in einem Italienisch, das Thomas beinahe wie Latein vorkam. Hinter ihnen her schritten der junge Lord und zwei Diener. In einem besonders muffigen Gewölbe, das Thomas an die Katakomben in Rom erinnerte, trugen die beiden Alten wieder monoton ihre Erklärungen vor, als der Junge Thomas zu sich winkte und auf ein Bild neben sich zeigte. Es war ein krudes, halb verblasstes Fresko zweier mannshoher Skelette, die sich an den Händen hielten. Dort, wo ihre Köpfe hätten sein müssen, ragten Löcher in die Wand, gerade groß genug für einen Totenschädel.

Früher hätte Thomas darin womöglich bloß ein morbides Spektakel gesehen, überlebtes Mittelalter. Aber im flehentlichen Blick des Jungen erkannte er die eigene, nie gestillte Sehnsucht nach Gleichklang: danach, endlich bedingungslos verstanden und angenommen zu sein in wechselseitiger Zuneigung, die den Tod nicht fürchtete, sondern begrüßte als Auflösung aller trennenden Scheingegensätze.

Ja, jeder Mensch war allein. Doch die Worte des großen Philosophen hatten Thomas auch offenbart, wie wir über das Meer unserer Einsamkeit hinweg, und sei es nur für Augenblicke, einander die Hände reichen konnten: durch Mitleiden. Er nahm allen Mut zusammen und sagte:

»Ich …«

Doch der Junge führte bloß den Zeigefinger an den Mund und lächelte zärtlich.

Den Rest der Führung gingen sie beide schweigend nebeneinander her, und dabei gab es nichts, dachte Thomas später, nichts sonst, wonach er sich sehnte.

22.

Das Mittel, um ideal zu sein, ist, wahr zu sein, und man kann nur wahr sein, wenn man harmonisch (...) auswählt und übertreibt.

Gustave Flaubert: *Brief an Hippolyte Taine* (14.6.1867)

Rom, 2. Dezember 1896

Rom im Herbst kann herrlich sein, wenn man verliebt ist. An guten Tagen tut die Stadt, als sei Frühling. Es fällt leicht, das Laub zu ignorieren, das die Rinnsteine füllt, und man blickt stattdessen gen Himmel, der genauso blau ist wie ein halbes Jahr zuvor. Verbringt man die Wochen hingegen allein, sieht die Sache anders aus. Dann flüstern einem Stimmen zu, der römische November sei ein Versprechen, das der Dezember niemals halte. Ein Betrug. In dem Fall tut man gut daran zu arbeiten, bis einem die Augen zufallen.

Heinrich schrieb viel in den Wochen nach Linas plötzlicher Abreise, ohne eine Arbeit abzuschließen. Eine Erzählung handelte von einer Frau, die aufrichtig zynisch eine Beziehung mit zwei Männern führte, von denen sie keinen liebte. Aber Heinrich kam es unpassend vor, das Personal Italiener sein zu lassen. Die triste Art, in der die Figuren einander benutzten, erschien ihm als typisch deutsch. Dafür versprach eine Geschichte über eine Liebende aus der römischen Campagna eine Zeit lang, den Namen *Enttäuschung* zu rechtfertigen. Doch geriet ihm die Hauptfigur unter der Hand zur Baronin und ihre Geschichte zur Legende. Heinrichs Talent rannte wie ein junger Hengst hierhin und dorthin, aber ihm fehlten die Zügel.

Ansonsten übte er sich in etwas, das er wohl niemals gut beherrschen würde: Er wartete. Zum einen natürlich auf Lina, die ihm jedoch keine Zeile zukommen ließ. Zum anderen auf das Oktober-Honorar fürs *Zwanzigste Jahrhundert*. Doch der November näherte sich dem Ende, ohne dass ein Wechsel ihn erreichte. Umso mehr beunruhigte es Heinrich, als Junior ein Treffen verweigerte mit dem schriftlichen Hinweis, »er habe zu tun«. Noch besorgter wurde er, als der Verlegersohn kurzfristig per Telegramm die Abgabe von *Enttäuschung* um zwei Tage auf den Morgen des 3. Dezember vorzog. Der Brief, den er daraufhin Tommy sandte, klang womöglich ein wenig zu alarmierend. Aber irgendetwas stimmte ganz und gar nicht. Heinrich wurde nervös.

So nervös, dass, als am Vorabend des Treffens mit Junior Lina vor der Tür stand, er *Enttäuschung* noch immer nicht begonnen hatte.

Im grellen Gaslicht des Hausflurs fand er sie stark verändert. Nicht gesünder oder kränker, älter oder jünger. Sondern vielmehr, als hielte etwas Unsichtbares sie von ihm fern.

Wortlos blickte sie im Zimmer umher, sah die Papiere. »Kommst du voran?«

»Möchtest du was trinken?«, fragte er. »Zigarette?«

Sie schüttelte langsam den Kopf.

Etwas, das respektvolle Scheu sein mochte, hinderte ihn daran, sie zu umarmen. »Morgen muss ich die Geschichte abgeben.«

Keine Reaktion.

»Brauchst du noch Geld?«, fragte er.

Lina nickte rasch und kurz, als sei es ihr peinlich.

»Du kannst mein Honorar haben«, hörte er sich sagen. »Morgen Mittag. Reicht das?«

»Danke«, sagte sie leise. Und nach einer Pause: »Darf ich hier schlafen? Ich bin sehr müde.«

»Natürlich.« Heinrich drückte den Rücken durch. Die Aussicht, sich um sie kümmern, ihr Halt geben zu dürfen, gab ihm Richtung und Ziel.

Während er sie zum Schlafzimmer geleitete und ihr den Mantel abnahm, versicherte er ihr in ruhigen Worten, sie könne so lange schlafen, wie sie wolle. Er werde arbeiten. Wenn sie am Morgen erwache, werde er ihr die Erzählung zu lesen geben. Sie werde staunen! Die Geschichte werde ganz anders sein, ganz diesseitig, ganz lebendig. Danach müsse er aufbrechen, um Junior das Manuskript zu geben und den Vorschuss für den Novellenband zu bekommen. Und dann werde er genug Geld haben, um die Spange auszulösen.

»Alles wird gut, du wirst schon sehen«, sagte er, als sie bereits eingeschlafen war.

Zurück am Schreibtisch, hatte Heinrich noch immer keine Vorstellung davon, was er schreiben sollte. Aber er wusste, er würde erst aufstehen, wenn die Geschichte fertig war. Er horchte, wie Ammen nach einem Kleinkind horchten. Anfangs beruhigte es ihn, sich vorzustellen, wie Lina in seinem Bett schlief. Nichts konnte ihr hier geschehen. Dann aber fragte er sich, wovon sie geschwiegen haben mochte, und durch die Fensterritzen drangen nasskalte Spätherbstgedanken ins Zimmer. Heinrich wehrte sich, aber ganz abdichten konnte er sie nicht. Er nahm ein leeres Blatt Papier und begann zu schreiben.

»Du kannst das nicht abgeben!«

Er musste Lina bitten, ihre Worte zu wiederholen, denn sie hatte ihn geweckt. Dem Lichteinfall nach zu urteilen, war es später, als ihm recht sein konnte.

»Warum denn nicht?«

»Versprich es mir.«

Er setzte sich auf und rieb sich die Augen. Eine verschwommene Version der Frau, neben der er wenige Stunden zuvor in traumlosen Schlaf gefallen war, stand vor dem Bett. In der Hand hielt sie drei eng beschriebene Manuskriptseiten.

»Ich mache Tee, ja?«

»Bitte, Heinrich.«

»Wie spät ist es?«

»Du musst es mir versprechen.«

»Halb neun? Ich muss mich beeilen.«

Er stand auf und ging zum Waschtisch.

»Hast du nichts anderes, das du vorlegen kannst?«

»Warum? Es ist eine gute Geschichte.« Er benetzte das Gesicht mit Wasser und sparte den Bart aus. Zufrieden stellte er fest, dass der Stolz auf seine Tatkraft, mit dem er zu Bett gegangen war, die Nacht überdauert hatte.

»Warum ist die Frau darin eine …?«

»Eine was?«

»Denkst du so von mir?«

»Aber das«, er zeigte aufs Papier, »bist doch nicht du.«

Sie schien etwas erwidern zu wollen, hielt aber inne. »Muss das Ganze in Trastevere spielen? Und warum geht es um eine Armspange? Mit Saphir! Es ist sogar derselbe Preis!« Ihre Stimme brach beinahe.

»Details. Niemand wird dich erkennen. Die Geschichte erscheint in Deutschland. Und selbst dort liest niemand das dämliche Blatt.« Er tupfte sich Tropfen aus dem Bart.

»Und der Schluss ist … Warum lässt du es so enden?«

»Es ist das einzig richtige Ende.«

Er seifte sich die Wangen ein. Aus dem Spiegel blickte ihm ein gerötetes, stolzes Augenpaar entgegen.

War es zu viel verlangt, dass Lina das Werk, das sie vor dem Schlimmsten bewahren würde, nicht schlechtredete? Er erwartete ja nicht, dass sie begriff, wie viel mehr diese Erzählung war als ein Mittel, um einen üppigen Vorschuss zu bekommen. Sie war Kunst.

Wahre Kunst eiferte niemandem nach, verlor sich nicht in wohlklingenden Sätzen; und sie barg, sei ihr Sujet noch so alltäglich, alles Licht des Lebens.

Ja, die Geschichte eines jungen Liebespaares spielte in Linas Nachbarschaft. Na und? In ihr handelten normale Menschen, nicht vom Geist vergiftete Herren und Damen, und sie liebten einander so ehrlich, wie sie es nur vermochten. Was war daran auszusetzen? Zugegeben, es war nicht sonderlich originell, die weibliche Hauptfigur – eine Sängerin, keine Schauspielerin! – zwischen zwei Männern wählen zu lassen. Ebenso wenig, dass der eine Mann ihr Verlobter war, ein herzensguter, häuslicher Bursche, der andere ein reicher, seltsam gesichtsloser Freier. Aber eine gut erzählte Dreiecksgeschichte handelte immer von miteinander wetteifernden Vorstellungen vom richtigen Leben. Und *darum* ging es, verdammt!

Was scherte es Lina, dass die Sängerin zum Preis einer goldenen Armspange mit Saphir sich einmal, ein einziges Mal, dem Freier hingibt? Nein, sie war deshalb keine Hure. Sie liebte ihren Verlobten, und sie liebte ihr gemeinsames Kind, das in ihr heranwuchs. Die Sängerin schrieb ihrem Gefährten gar einen Brief, in dem sie ihm alles beichtete. Und da sie glauben musste, der herzensgute Bursche habe ihn gelesen und ihr alles verziehen, so liebte sie ihn umso mehr. Die Pointe am Ende – nun gut. Nach drei Stunden Schlaf erschien es Heinrich nicht mehr ganz so klug, die Frau unter der Geburt sterben zu lassen. (Welche interessante Frauenfigur starb eigentlich *nicht* am Ende ihres Romans?) Außerdem mochte Junior sich an das Schicksal seiner eigenen Mutter erinnert fühlen – und bereuen, dass er ihm und Tommy davon erzählt hatte. Aber es starben nun einmal viele Frauen im Kindbett. Und viel entscheidender war doch ohnehin die tiefere Todesursache: Die Frau erkannte, dass ihr Freund von ihrem Betrug nichts gewusst hatte, und bringt ihn dazu, ihren Brief zu lesen, während sie in den Wehen liegt. An seinem Gesicht liest sie zu ihrem Horror Ärger und Groll ab. Wie hatte sie ihm gedankt und ihn vergöttert, und nun war alles ganz sinnlos gewesen. Sie wandte den Kopf ab. Ihr sterbendes Gesicht entstellten Abscheu, Grauen und Enttäuschung.

Alles in allem nicht schlecht, was er in einer Nacht aufs Papier geworfen hatte. Gar nicht mal schlecht.

Die kleine Geschichte war ein Tor, das er durchschritten hatte. Dahinter klang und roch es anders, fühlte sich alles anders an, fühlte Heinrich sich verändert. Den Schlüssel zu diesem Tor hatte ihm Lina gereicht. Erklären konnte er ihr das später. Noch zwei Stunden, dachte Heinrich, während er die letzten Stoppeln von der Klinge wusch und alles wäre gut.

»Nach dem Treffen komme ich ins Teatro Valle«, sagte er fest.

»Nein. Mutter würde …«

»Ich hole dich ab, und dann gehen wir gemeinsam zum Pfandhaus.« Er zog das Unterhemd über.

»Heinrich«, sagte sie gequält und danach nichts mehr.

Hustend legte er das Oberhemd an, spannte die Hosenträger und zog das Jackett über. Als er das Manuskript eingesteckt hatte, wollte er zum Abschied ihre Schulter berühren, scheute aber im letzten Moment zurück. Stattdessen sagte er begütigend wie zu einem Kind:

»Ich kümmere mich um dich.«

23.

Alles ist mir fremd, und sehnsüchtig blicke ich oft nach dem Land Nirwana. Doch Nirwana wird mir schnell wieder Tristan; Sie kennen die Buddhistische Weltentstehungstheorie. Ein Hauch trübt die Himmelsklarheit: das schwillt an, verdichtet sich, und in undurchdringlicher Massenhaftigkeit steht endlich die ganze Welt wieder vor mir.

Richard Wagner: *Brief an Mathilde Wesendonck* (3.3.1860)

Rom, 29.11.96
Via di Torre Argentina 34 III

Lieber Tommy,
wo bleibst Du? Es ist dringend erforderlich, dass wir unser gemeinsames Vorgehen besprechen. Denn es gibt unerfreuliche Verwicklungen: Der PAN hat in seiner November-Ausgabe »Das Wunderbare« veröffentlicht – ohne meine Kenntnis. Der Redakteur behauptet, er habe das entsprechende Schreiben nach Venedig geschickt. Wenn das stimmt, waren wir bereits abgereist. So oder so muss ich hoffen, dass Schröter senior tatsächlich kein Interesse an allem Neumodischen hegt – und die Zeitschrift ignoriert. Er hat mir noch immer nicht den Oktober bezahlt, vom November nicht zu reden. Falls er von der Sache Wind bekommt, wird er mir das Geld vorenthalten wollen. Umso wichtiger ist, dass wir beide unseren Teil der Vereinbarung mit Junior unbedingt

einhalten. Nur dann wird auch Junior seine Versprechungen erfüllen. Und damit meine ich nicht nur, dass er Senior die Idee ausredet, die Novelle im *Zwanzigsten Jahrhundert* abzudrucken. Außerdem hat er kurzerhand die Abgabefrist für »Enttäuschung« vom 5. auf den 3.12. um 10 Uhr vorgezogen. Treffpunkt bleibt sein Hotel. Wegen der delikaten Situation will ich dagegen keinen Einwand erheben. Meine Sorge ist, dass Junior Deine Version von »Enttäuschung« ablehnen könnte. Der Text ist recht kunstvoll, ja. Vielleicht zu kunstvoll für einen wie ihn.

Kommst Du voran mit dieser anderen Geschichte? Schreibst Du sie eventuell derzeit fertig? Das hoffe ich für uns beide sehr. Bitte komm so bald wie möglich.

P.S.: Anbei ein Brief von S. Fischer. Sei nicht zu enttäuscht, wenn er Deine Erwartungen nicht erfüllt. Es gibt andere Verlage.

P.P.S.: Lula schreibt mir, bei Ilse Martens werde es ernst: Ihr Kaufmann sei ungehalten und erwarte ihr Ja noch diese Woche. Angeblich tuschelt halb Lübeck, warum sie so lange zögert. Besser könne sie es schließlich nicht treffen … Hast Du in der Sache denn gar nichts unternommen?

H.

Neapel, 2. Dezember 1896

Thomas lief, Menschentrauben ausweichend, im Zickzack durch die Bahnhofshalle. Wenn er abrupt anhielt, um einen Packwagen oder Damen vorüberziehen zu lassen, schwangen die Koffer in seinen Händen wie Pendel. Noch, dachte er, konnte er es schaffen. Noch konnte er alles haben.

Erreichte er den Schnellzug, wäre er früh genug in Rom, um den Abend und die Nacht hindurch zu schreiben. Natürlich müsste Heinrich ihm beistehen. Nur mit seiner Hilfe ließe die Geschichte sich vielleicht, nur vielleicht, bis morgen um zehn Uhr planen und schreiben.

Seit *Enttäuschung* hatte er keinen Satz mehr geschrieben. Selbst Notizen waren ihm überflüssig vorgekommen, weil der Verlauf seiner Geschichte ihm so klar vor Augen gestanden hatte. Jetzt aber, zurück in Lärm und Raserei, wirkten die Erlebnisse der vergangenen Tage nicht realer als einer der wirren Träume.

Von Rom führe er sofort weiter, mochte er auch übernächtigt und zerzaust in Lübeck ankommen. Das Entscheidende war, noch diese Woche bei Frau Martens persönlich vorzusprechen. Den Ring trug Thomas bei sich, nahe dem Herzen. (Nicht auszudenken, ginge der mit den Koffern verloren.) Nur mit Ring galt sein Eheversprechen etwas. Nur mit Ring konnte Ilse den Kaufmann zurückweisen, ohne dass dieser oder sie selbst das Gesicht verloren. Er selbst würde in Lübeck Arbeit finden und, sofern es seine Pflichten erlaubten, nach und nach Geschichten ansammeln. Trotz aller Einschränkungen hätte er mehr, als er in München je zu hoffen gewagt hätte – ein kleines, strenges Glück.

Als Thomas endlich den Bahnsteig sah und die Menge, die dort wartete, erlaubte er es sich zum ersten Mal, seit er Heinrichs Brief gelesen hatte, durchzuatmen.

Doch was, dachte er, wäre mit S. Fischer? Er konnte Heinrich unmöglich sagen, er wolle aus dem Vertrag mit Junior aussteigen, weil ein größerer, angesehenerer Verlag seine Arbeit endlich zu schätzen wusste. Was hätte er vor wenigen Wochen für so einen Brief gegeben! Jetzt aber machte er alles noch komplizierter.

Berlin, 25. November 1896

Sehr geehrter Herr Mann,
Ihnen danke ich – auch im Namen Herrn Fischers – herzlich für die Zusendung Ihrer Novelle. Mittlerweile hatte ich Zeit, »Der kleine Herr Friedemann« zu lesen. Der Ton ist ansprechend gewählt, das Thema elegant behandelt. Gern würden wir die Geschichte in der Neuen Deutschen Rundschau bringen. Bitte beachten Sie, daß wir für Veröffentlichungen in unserer Zeitschrift kein sonderlich hohes Honorar zahlen können. Aber falls Sie weitere Produktionen haben, so würde ich mich über deren Zusendung freuen. Vielleicht eignen die Werke sich ja, um zusammen mit dem »Friedemann« einen Novellenband zu füllen? Natürlich alles unter der Voraussetzung, daß diese nicht bereits andernorts erschienen oder versprochen sind. Was halten Sie davon?

Mit freundlichen Grüßen
Ihr
Oskar Bie

Der Zug fuhr ein. Dampf und Rauch verhüllten die wartende Menge. Thomas gelang es noch, die Koffer anzuheben. Als er aber einsteigen wollte, geschah – nichts. An ihm vorüber drängten Passagiere auf die Stufen und ins Innere des Waggons. Er wollte es ihnen gleichtun. Doch seine Hände krampften sich um die Griffe, die Beine zitterten, und die Knie hatten vergessen, wie sie sich beugten und streckten. Vor ihm ließ eine Dame sich von ihrem Galan eine Tasche reichen, wobei Thomas im Weg stand. Der befahl seinen Gliedern vergeblich, sich zu regen. Erschrocken blickte er in die unverständigen Augen des Paares, das so nahe bei ihm stand und zugleich unerreichbar weit entfernt. Er war kein Mensch, sondern eine Steinsäule. Die

Fähigkeit, sich zu rühren, kam ihm mehr und mehr wie etwas auf immer Verlorenes vor. Ja, der Gedanke, er habe sich jemals bewegt, erschien ihm, je länger er dastand, desto absurder, und als ihm klar wurde, wie absurd das wiederum war, schwoll seine Angst zur Panik.

Das mit einem Mal Unmögliche – alles los- und sich selbst fallen zu lassen – wirkte über jedes Maß verlockend. Er war gefangen in etwas Fremdem, das einmal ein Körper gewesen war. Seine Augen, die verständnislos in die Welt starrten, verschleierten sich. Weinte er etwa? Hilflos sah er zu, wie Passagiere einstiegen, letzte Zärtlichkeiten austauschten, Schaffner Türen schlossen. Ein Pfiff. Keuchend fuhr der Zug an. Stählerne Räder rollten vorüber.

Stand er tatsächlich im Freien, anstatt dort drinnen zu sitzen?

Der Zug hatte die Plattform bereits verlassen, als die schmerzenden Finger endlich ihren Griff lösten und die Koffer zu Boden fielen. Thomas betrachtete das Gepäck misstrauisch wie zwei Tiere, die ihn gebissen hatten. Dann schleppte er es zu einer Bank und setzte sich keuchend nieder.

Er brauchte einige Zeit, bis er seinem Körper wieder genügend vertraute, um aufzustehen und zurück in die Bahnhofshalle zu gehen. Der letzte Zug nach Rom ginge um kurz vor Mitternacht. Er konnte, er musste es schaffen.

Thomas gab die Koffer ab und machte sich auf, um zu tun, was er gemieden hatte.

Zweieinhalb Stunden später hatte Thomas die Phlegräischen Felder mit dem Zug durchquert und eine Fahrt in einer abgerissenen Kutsche überstanden. Jetzt war ihm, als sei er nicht nur an einen See gereist, sondern in eine andere Welt. Am baumbestandenen Ufer hörte er außer dem schwachen Wind, der über die Wipfel strich, nichts. Kein Vogelzwitschern, kein Fuhrwerk. Der Lago d'Averno schien wie tot. Das Maar war nahezu kreisrund und von überschaubarer Größe, vielleicht einen Kilometer im Durchmesser, doch dabei so gleichförmig, dass Thomas keine Orientierung fand. Wo war Norden, wo Süden? Und die Ruinen am anderen Ufer, gehörten die zum Tempel des Apollo? Auch dort war niemand zu sehen. Der Reiseführer hatte die Gruppe wohl noch nicht dorthin gelotst. Damit blieb nur eine Station des Ausflugs übrig. Zum Glück war der Weg zur Grotta della Sibilla nicht weit.

Er hätte nicht versuchen dürfen, aus Neapel zu fliehen wie ein Dieb. Ilse konnte er guten Gewissens erst unter die Augen treten, wenn die Aufgabe, die ihn hergeführt, erfüllt wäre. Er musste Abschied vom Jungen nehmen und allem, wofür er stand.

Auf den letzten Metern ließ Thomas sich von den unmusikalischen Lauten der Diener lotsen, die, wie er schließlich erkannte, auf einer kleinen Lichtung beieinanderstanden. Als Erster bemerkte ihn der junge Lord. Mit den schönen, nicht einmal sehr vollen Lippen lächelte er ihn an, und unauflöslich mischten sich in den großen, dunklen Augen Schmerz und Freude. Nie zuvor, erkannte Thomas, hatte jemand ihn so angeschaut. Und nie wieder würde jemand es tun.

Der Junge lief auf ihn zu. Thomas glaubte schon, er wolle ihn umarmen. Stattdessen bat er ihn mit Gesten, ihm zu folgen, und zwar leise. Eilig gingen sie den schmalen Weg zurück zum Seeufer. Die herbstliche Krone des Baumes, unter dem sie standen, glänzte beinahe wie Gold. Es war völlig still.

»Ich …«, sagte Thomas zögernd.

Der junge Lord sah ihn erwartungsvoll an.

Aus Verlegenheit pflückte Thomas einen kleinen Zweig. *Ich nehme Abschied*, dachte er. *Ich bin verlobt.* Sollten das seine ersten und letzten Worte an ihn sein? Er ließ den Zweig fallen, holte aus der Innentasche seines Jacketts eine winzige Schachtel und öffnete sie. Wieder wollte er etwas sagen, doch da ergriff der Junge vorsichtig, ja tastend seine freie linke Hand.

Die Sensation war beinahe zu viel. Die Welt vibrierte. Thomas war, als wäre sie eben erst zum Leben erwacht und alles zuvor ein kalter, dunkler Traum. So ungewohnt die Berührung auch war, so richtig fühlte sie sich an. Mit einem Mal ergab alles Sinn: die Jahre des quälenden Rätselns, wohin mit sich. Das dumpfe Warten auf etwas, wovon er nie zu sagen gewusst hätte, was es denn sei. Der Drang in die Fremde, trotz aller Angst. Und nun die Erkenntnis, dass ihn, durch Abscheu und Ekel, durch all das Unsägliche, eine gütige Macht hierher geleitet hatte.

Das hier war seine Geschichte.

War es schon immer gewesen. Sie endete nicht in Verzweiflung und Tod, sondern auf die unwahrscheinlichste, beglückendste Weise, die sich denken ließ. Was für ein Geschenk. Was für eine Gnade!

Und so erschien es nur natürlich, dass der Junge den Ring nahm und ihn anlegte. Ein Lächeln gab den Blick frei auf weiße, ein wenig kleine Zähne. Tränen rannen ihm über die Wangen. Alles, alles war gut.

Da, plötzlich, verbarg der Junge die Hand hinter dem Rücken. In seinem Gesicht stand Angst, Todesangst vor etwas, das hinter Thomas war.

»Giù le mani!«, rief eine kehlige Stimme. »Chi ti credi di essere?«

Thomas wandte sich um.

Eine elegante Gestalt, so groß und schlank wie er selbst, aber mit rötlichem, borstigem Haar unter einem schwarzen Hut, lief auf ihn zu.

»Sie?«, fragte Thomas atemlos.

»Ich? Was machen *Sie* hier? Verschwinden Sie. Sofort. Dann kommt niemand zu Schaden.«

Der Fremde, der ihn auf der nächtlichen Via Toledo zurückgelassen hatte. Thomas starrte ihn an wie ein Wesen aus einer untergegangenen Welt.

»Sofort! Los, verdammt!«

Laub raschelte, und mürbe Äste brachen. Der Vater kam.

Der Fremde sagte im bemühten Plauderton etwas, das Thomas nicht verstand. Dabei zog er den Jungen am Ärmel zu sich her, doch der sträubte sich.

In wenigen, großen Schritten war der Vater bei ihnen. Mit einer Hand schob er Thomas beiseite, als wäre der aus Papier, packte den Jungen und stieß ihn vor sich her, bis die Diener ihn in Empfang nahmen.

»Warum«, stammelte Thomas, »tun Sie ihm das an? Er hat …«

»Halten Sie den Mund, Sie Idiot!«, rief der Fremde. »Sie begreifen nichts! Gar nichts!«

Der Vater kam zurück. Schwer atmend stellte er sich vor Thomas hin. Sein rundes Gesicht leuchtete rötlichlila, und die kleinen Augen glänzten in Vorfreude darauf, Schmerzen zufügen zu dürfen. Er war ein strafender Gott und Thomas ein schwächlicher Sünder.

»Aber«, brachte der Sünder hervor, »möchten Sie denn nicht, dass er glücklich ist? Er ist schließlich Ihr Sohn.«

Der Fremde schien zu übersetzen. Als der Vater etwas nachfragte, nickte der Fremde und zwang sich zu lächeln. Der Vater schnaubte verächtlich, schüttelte leicht den Kopf – und stieß Thomas vor die Brust, dass dieser rücklings in den Sand fiel. Die beiden anderen gingen zurück.

Thomas folgte ihnen leise und in einigem Abstand. Einen Moment lang sah er schwarze Gestalten und dazwischen blondes, wogendes Haar und eine in Abwehr erhobene Hand, an der etwas glänzte. Der Vater folgte ihnen. Dann verschluckte sie der Eingang zur Grotte.

»Was *haben* Sie bloß getan?«, zischte der Fremde. »Ich kann nur hoffen, dass er dem Jungen verzeiht. Sonst …«

»Verzeiht? Was sein Sohn braucht, ist ein wenig … Zuwendung. Ist denn das so verwerflich?«

»Er ist nicht sein Sohn.«

»Was?«

»Und der Einzige, der dem Bürschchen ein wenig Zuwendung geben darf, ist er. Oder auch etwas mehr als das.«

»Wovon reden Sie?«

»Die liebe Unschuld!«

»Was denn? *Was*?«

Der Fremde reckte ihm die Faust unter die Nase. Die Zungenspitze obszön in den Mundwinkel gepresst, nuschelte er:

»Na, davon! Da!«

Zwischen Zeige- und Mittelfinger wackelte der Daumen.

24.

Es tut jeder gut, sich auf seine eigenen Beine zu stellen, diese Beine mögen sein, wie sie wollen.

Theodor Fontane: *Vor dem Sturm* (1878)

Rom, 3. Dezember 1896

»Himmel, was …?« Überrascht blieb Heinrich im großen Torbogen stehen.

Auf der anderen Straßenseite kauerte auf zwei Koffern eine Gestalt in Weiß. Mit leerem Blick starrte sie hinab auf den tiefer gelegenen Platz: ein Gewirr zerbrochener Säulen und Mauern, die Gräber vergessener Götter. Als sie Heinrich bemerkte, rappelte sie sich auf und schleppte ihr Gepäck kraftlos über die Straße. Ihr weißer, dünner Sommeranzug war zerknittert und an den Knien verschmutzt. Heinrich war sich nicht sicher, wer derangierter aussah: die antiken Ruinen oder sein Bruder.

»Was machst du hier?«

»Auf dich warten«, sagte Tommy matt.

»Aber warum hier draußen?« Über Nacht war der schwüle Scirocco schneidend kaltem Wind aus den Bergen gewichen.

»Ich wollte dich nicht wecken. Dann bin ich wohl eingenickt.«

»Du hast *hier* geschlafen?«

Tommy zuckte die Achseln. »Der Bahnhof schließt nachts.«

Nichts davon klang nach seinem kleinen Bruder. Andererseits: Wer außer ihm brachte es fertig, von einem Monat in Neapel blass zurückzukehren?

»Und was ist *da* passiert?« Heinrich zeigte auf eine rotbraune, fingerlange Schramme unter Tommys linkem Auge.

Der hielt hastig die Hand davor. »Nichts.«

Mit Verspätung überkam ihn Sorge, die von schlechtem Gewissen kaum zu unterscheiden war. Wenn Tommy etwas geschehen war, würde Mutter es ihm sein Leben lang vorhalten.

»Gib her«, sagte er. »Die Koffer stelle ich bei der Signora ab.«

»Warum nicht gleich bei dir?«

»Du willst bei mir wohnen?«

»Ich bin etwas schwach. Morgen fahre ich nach Lübeck.«

»Nimm doch wieder das Zimmer auf der anderen Seite vom Pantheon. Das war doch in Ordnung.«

Tommy sah ihn an, als fordere er Übermenschliches. »Ich habe kein Geld.«

»Gleich hast du wieder welches. Und ist die andere Geschichte fertig?«, fragte Heinrich.

Sein Bruder schwieg.

»Du willst also die Sache, die du mir geschickt hast, Junior geben? Bist du sicher?«

Mit jeder weiteren Frage schien Tommy bleicher zu werden. »Bitte, Heinrich. Nur eine Nacht.«

Der aber dachte an Lippen, von denen die untere ein wenig stärker war als die obere; an ein Kissen, das nach teurem Pariser Parfum roch; und an eine im ersten Morgenlicht schier überirdisch schöne Frau, die bald häufiger Gelegenheit haben würde, ihn zu besuchen. Und so sagte er bloß:

»Komm, ich kaufe uns Kaffee.«

*

Thomas war durchaus einverstanden damit, dass ihn fror. Im Ristorante neben Juniors Hotel war die trockene Ofenwärme nach den Wochen im Süden fremdartig-intensiv und der Kaffee, den sie im Stehen aus winzigen Tassen tranken, brühwarm. Doch Thomas fror und fror. Und warum auch nicht? Wie sollte man sich behaglich einrichten in so einer Welt?

Was Nacht für Nacht im fünften Stock des Grand Hotel du Vesuve geschehen mochte, wusste er nicht. Wollte es nicht wissen. So sehr er sich mühte, seinen Abscheu allein auf den Vater, der keiner war, zu richten – es gelang einfach nicht. Ekel durchtränkte alles, was seit Venedig geschehen war.

Er war dem Jungen in die Falle gegangen. Der hatte ihn zu schweigen gebeten. Und warum? Damit Thomas nicht erkannte, wer und was er war. Vor allem aber hatte er, Thomas, sich selbst getäuscht. Hatte sich eine Geschichte zurechtgelegt, die er glauben wollte. Eine Geschichte über Reinheit, Einheit und, ja, Liebe. Die großen Worte waren nicht bloß stärker als die Wirklichkeit. Sie *waren* Wirklichkeit.

Nichts würde ihn noch einmal nach Neapel locken. Die Orte, die er und der Junge besucht hatten, gab es nicht mehr. Es hatte sie nie gegeben.

Deshalb hatte es die Drohung des Fremden am See gar nicht gebraucht.

»Wie heißt er?«, hatte Thomas gerufen, als der Junge verschwunden war. »Nennen Sie mir wenigstens seinen Namen!«

»Suchen Sie ihn nicht«, hatte der Fremde kalt erwidert. »Verlassen Sie Neapel. Kommen Sie wieder her, werde ich es erfahren. Und dann gnade Ihnen Gott.«

»Sie verbieten mir gar nichts! Sie dürfen …«

Den Rest hatte ein Hieb mit einer beringten Faust verschluckt. Der Schmerz war längst verflogen, als Thomas, von einem der Diener zum Hauptbahnhof eskortiert, den letzten Zug nach Rom nahm. Geblieben war nur ein Drücken im Unterkiefer.

Auch in Lübeck würde er frieren, aber das kannte er zur Genüge. Dort froren sie alle. Eines Abends würde er von der Arbeit heimkehren, Ilse einen Kuss auf die Stirn geben, etwas essen und sich mit schweren Lidern an den Schreibtisch setzen, um eine Erzählung ein Stück voranzubringen, und er würde vergessen haben, warum er fror.

Neben ihm im Thekenlärm stand Heinrich, die zweite Tasse Kaffee in der Hand, aufrecht wie eine Statue, und schaute, die Lider leicht gesenkt, im Lokal umher. Was er für Kühle, ja, Kälte eines aristokratischen Charakters gehalten hatte, begriff Thomas, war in Wahrheit Lebensklugheit. Denn wen scherte es wirklich, wie es einem anderen ging? Wer bekannte, wie ihm in tiefster Seele zumute war? Dafür gab es die Kunst. Sein großer Bruder hatte das nicht erst lernen müssen; er hatte es schon immer gewusst.

Heinrich stellte die leere Tasse ab, und ohne ein Wort folgte Thomas ihm hinaus.

*

Als der Rezeptionist die *Signori* bat, im Foyer Platz zu nehmen, ahnte Heinrich, dass etwas nicht stimmte. Warum bestellte man sie nicht in die Suite?

Kurz darauf kam Junior – groß, breit und seltsam tapsend – die Treppe hinab. Auf dem Weg zum Sofa, wo die Brüder saßen, schickte er Blicke in die Zimmerecken, als lauere dort Gefahr. Zwei Meter vor ihnen blieb er abrupt stehen, hob das Kinn und sagte mit gepresster Stimme:

»Guten Morgen, meine Herren. Ich mache es kurz. Hoffnungen auf eine deutliche Steigerung der Auflage des *Zwanzigsten Jahrhunderts* haben sich nicht erfüllt. Das ist bedauerlich. Ich hatte mir mehr erwartet. Deshalb habe ich mich entschlossen, die Zeitschrift zum Jahresende einzustellen.« Für einen Moment spreizte er die Arme ab wie ein flugunfähiger Vogel. Dann fasste er sich und legte die Hände an die Hosennaht.

»Ich verstehe nicht«, sagte Heinrich zögerlich. »Weiß Ihr Vater davon?«

»Das ist unerheblich.« Junior blickte zurück zur Treppe. »Die Verantwortung für das Blatt trage ich. Aber, ja, er teilt meine Ansicht.«

»Sie arbeiten sich doch gerade erst ein. Seitdem ist *eine* Ausgabe erschienen. Wann hätten diese Auflagensteigerungen denn …?«

»Meine Entscheidung steht *fest*«, unterbrach Junior. Beim letzten Wort ging ein Zucken durch den massigen Körper.

Heinrich blieb ruhig. Der Verlegersohn mochte willensstark tun, aber es stand ihm schlecht.

»Setzen Sie sich doch, bitte«, sagte Heinrich.

Doch Junior blieb stehen.

»Wir sind auf einem guten Weg. Ab der nächsten Ausgabe drucken wir die Erzählungen ab, das wird sich rumsprechen. Sie werden sehen, schon bald …«

Junior blies verächtlich Luft durch die Nase. »Tun Sie nicht so.«

»Herr Schröter?«

»Seit Monaten schreiben Sie nichts. In der nächsten Ausgabe wieder. Wo sind Ihre Leitartikel, hm? Da verschaffe ich Ihnen Gelegenheit, endlich wieder dreinzuschlagen auf die jüdischen Ausbeuter und die Wühlarbeit der Sozialisten – und Sie? Nichts. Machen Dienst nach Vorschrift. Liegt Ihnen überhaupt was am Vaterland?«

Hätte Heinrich nicht schlagartig erkannt, wie ernst es Junior war, hätte er vielleicht gelacht.

»Aber«, antwortete er rasch, »wir waren uns doch einig: Ich assistiere Ihnen beim Schreiben, und Sie können sich mit Leitartikeln einen Namen machen. Nur leider haben Sie all unsere Treffen …«

»Schluss damit. Die Sache ist erledigt.« Juniors Hand durchschnitt waagerecht die Luft. »Und natürlich besteht jetzt auch kein Bedarf mehr an Ihren … an diesen Geschichtchen.«

Heinrich stand auf. »Herr Schröter, das geht nicht.«

»Und ob das geht.«

»Wir haben die Manuskripte hier. Können sofort in Druck.«

»Na, und?«

»Wir halten unsere Verpflichtungen ein. Jetzt müssen Sie uns das Honorar …«

»Ich muss gar nichts.«

Bebend vor Zorn, aber leise, sagte er: »Das ist vertragswidrig.«

»Sie glauben wohl, das Geld stehe Ihnen bei *Abgabe* zu. Im Vertrag steht aber *Abnahme*. Schauen Sie nach. Und ich nehme Ihre Manuskripte hiermit nicht ab.«

»Und die Vorschüsse auf die Novellenbände?«, fragte Thomas unsicher.

»Haben sich natürlich auch erübrigt. Keine Novelle – keine Novellenbände. Guten Tag.« Junior wandte sich zum Gehen.

»Das ist Betrug«, sagte Heinrich.

»Vorsicht, Herr Mann, immer vorsichtig.« Junior ging zur Rezeption.

In Tommys blassem Gesicht sah Heinrich die eigene Erschütterung.

»Aber«, sagte sein Bruder leise, »ich brauche das Geld. Dringend.«

»Ich weiß. Ich auch.«

Für ein paar Atemzüge, die ihm wieder schwerer fielen, schaute Heinrich zu, wie Junior mit dem Rezeptionisten sprach. Dieses freche Söhnchen zwang *ihm* seinen Willen auf? Wegen einer Laune dieser unstandesgemäßen Person sollte er sein Versprechen gegenüber Lina brechen müssen? Alles daran war auf groteske Weise falsch.

»Vielleicht«, flüsterte Tommy, »gibt es noch eine Chance.«

»Was meinst du?«

»Aber wenn es schiefgeht, kann für dich alles noch schlimmer kommen.«

»Für mich?«, fragte er.

»Dein Gehalt für Oktober und November steht noch aus, richtig?«

Heinrich nickte.

»Dann vergiss es lieber«, sagte Thomas.

»Jetzt sag schon: welche Chance?«

»Bist du sicher?«

»Gleich ist es zu spät. Sieht so aus, als reise er ab.«

»Andererseits: Du bist jetzt frei. Du musst den Schröters kein Buch mehr schreiben. Und das Blättchen hast du sowieso nie gemocht. Warum ein Risiko eingehen?«

»Aber du«, sagte Heinrich, »du brauchst Junior noch.«

»Fischer hat mir geschrieben. Sie würden einen Novellenband machen – falls ich noch mehr liefern kann und es ihnen gefällt. Brächte natürlich kaum etwas ein. Aber wenn ich dort oben Arbeit finde, werden Ilse und ich uns schon irgendwie durchschlagen.«

Irgendwie durchschlagen. Aus dem Munde seines kleinen Bruders klangen die Worte nicht stolz, sondern kläglich. Blieb ihnen denn nichts anderes übrig, als sich dem Urteil eines zu groß geratenen Kindes zu fügen? Ausgerechnet jetzt, da er sein wahres Talent gefunden hatte, sollte dieses Vatersöhnchen ihn zurückstoßen dürfen ins Zweiflerische, Einsame, Haltlose? Sogar die Art, wie Junior einem älteren Pagen Anweisungen gab, war empörend, ein Verstoß gegen die Ordnung der Welt. Seine Kiefermuskeln spannten sich an unter der Wange, die sich noch an Linas Berührung erinnerte.

»Herrgott«, sagte er gepresst. »Wir können es nicht zulassen, dass man uns so behandelt. Wir wissen schließlich, woher wir kommen. Was wir uns schuldig sind!«

In Tommys müdem Blick lag ein *Ach, tun wir das?*.

»Kurz vor Papas Tod«, flüsterte Heinrich, »habe ich mich neben das Bett gekniet und seine Hand genommen. Er sagte: ›Ich will dir helfen.‹ Schriftsteller zu werden, meinte er. Er hatte es längst gemeint, nur verschwiegen. Ich küsste ihm lange den Ring.«

Er schloss die Augen. Für einen Atemzug war er der ausstrahlende Schmerz in seiner Brust.

»Also gut«, hörte er Tommy sagen. »Meine Idee ist folgende.«

Fünf Minuten später klopfte Heinrich an die Tür von Suite Nummer 313. Jede Sekunde, die ohne Reaktion verstrich, machte es wahrscheinlicher, dass Tommys Einfall Unsinn war.

Mein Vater teilt meine Ansicht, hatte Junior gesagt. Aber selbst *wenn* er dabei einen Augenblick lang erschrocken in Richtung des Treppenhauses geschaut haben *sollte*, folgte daraus nicht zwingend, dass Schröter senior im Hotel war. Tommy war immer ein genauer Beobachter gewesen. Aber manchmal sah er, was es gar nicht gab. Warum sollte der Verleger seinen Sohn vorschicken, um Heinrich derart zu brüskieren? Schröter senior schätzte ihn doch, und das abrupte Ende der Zeitschrift hatte Junior beschlossen.

Oder etwa nicht?

Er klopfte noch einmal.

»Ja, was denn?«, rief eine helle Stimme.

Er hielt den Atem an. »Herr Schröter? Ich bin es, Heinrich Mann. Ich würde gern …«

Da öffnete ihm schon ein kleiner, fast kahlköpfiger Mann mit prächtigem weißen Backenbart und fragte: »Was wollen Sie noch?«

»Guten Morgen. Bitte entschuldigen Sie. Es geht um die Einstellung des *Zwanzigsten Jahrhunderts.*«

»Hat Junior mit Ihnen gesprochen?«

»Ja.«

»Na, also.«

So kurz angebunden kannte er den Verleger gar nicht, und es machte ihn nervös. »Aber warum, Herr Schröter? Sie wollten doch unbedingt, dass ich mich um die Zeitung kümmere.«

»Um die Zeitung, ja. Aber dann überreden Sie Junior zu dieser irrwitzigen Sache! Wer um Himmels willen macht *so* einen Vertrag?«

»Mit Verlaub, es war seine Idee.«

»Und *Sie* haben ihr zugestimmt. Meine Güte, Sie waren mir

verantwortlich für den Jungen! *Sie*!« Er zeigte mit dem Finger auf Heinrichs Brust. »Das muss Ihnen doch klar gewesen sein. Nichts ist mir wichtiger als Familie.« Schröters Eau de Cologne roch wie Papas, wenn der sich echauffierte. »Moment mal. Hat Junior Sie geschickt?«

Heinrich schwieg.

Der Verleger sah ihn vorwurfsvoll an. »Wo ist er?«

»Im Foyer. Mein Bruder redet mit ihm.«

»Sie meinen: Er beschäftigt ihn, solange Sie bei mir sind?«

Heinrich neigte den Kopf ein winziges Stück.

Schröter legte die breite Stirn in Falten. »Und woher haben Sie die Zimmernummer?«

»Von der Rezeption. Ich sagte, Ihr Sohn habe in der Suite etwas vergessen.«

»Meine Güte, Herr Mann ...« Beinahe runde, sehr wache Augen fixierten Heinrich. Der kam sich plötzlich schäbig vor, ohne zu wissen, warum. »Erst versprechen Sie mir Ihre Novelle, und dann muss ich *Das Wunderbare* in dieser neuen Illustrierten lesen. Ich sollte Albert Langen warnen. Kann mir vorstellen, dass ihm dann Zweifel kommen, ob er Ihr Buch noch veröffentlichen soll.«

»Bitte«, sagte Heinrich leise, »ich verlange keine Almosen. Abgesehen von einer kleinen Rente lebe ich von dem, was ich mir erarbeite. Und sollten Sie die Zeitung tatsächlich einstellen ...«

»Schon geschehen.«

» ... dann muss ich darauf bestehen, dass Sie Ihrer Verpflichtung nachkommen. Das Honorar für die Erzählungen und der Vorschuss auf die Novellenbände stehen uns zu.«

»Vergessen Sie es. Der Vertrag ist nichtig. Stimmt's, Obermüller?«

»So ist es«, ächzte eine Stimme im Hintergrund. Zur Tür trippelte ein Mann, noch kleiner als der Verleger, mit ebenso prächtigem Backenbart und kahlköpfig: ein Schröter ohne Charisma. »Zum Zeitpunkt des Vertragsabschlusses war Theodor Schröter junior noch nicht großjährig. Wussten Sie das nicht?« Kalt-geschäftig blickte er Heinrich von unten an.

Was noch übrig war von der Selbstsicherheit, mit der er Lina verabschiedet hatte, versickerte im Teppichboden.

»Aber die *Idee* Ihres Sohnes war gut: Wenn Sie Novellenbände herausbringen, wächst Ihr Renommee. Sie würden so bekannt wie Albert Langen. Oder Samuel Fischer.«

»Fischer«, sagte Schröter, als spucke er etwas aus. »Dieser Gernegroß wird's nicht lange machen. Jetzt rennen die Schönschreiber ihm die Bude ein. Aber bald werden sie merken, an wen sie geraten sind. Ich meine, Leute wie Fischer haben doch keine Tradition, keine Werte. Kein Gefühl für Familie.« Etwas wie Bedauern schlich sich ins runde Gesicht. »Ich sagte Ihnen ja, ich schätze Sie. *Das Wunderbare* … Es hat mich getröstet, wissen Sie? Aber mit Schönheit, mit Renommee kann ich meine Leute nicht bezahlen.«

»Romane!«, hörte Heinrich sich sagen. »Die verkaufen sich immer besser.«

»Klassiker, ja. Aber so modernes Zeug?«

»*Das Wunderbare* ist auch modern.«

»Das Risiko ist mir zu groß.«

»Das lässt sich minimieren.«

Schröters runde Augen schauten verwundert, aber auch interessiert, und in den Mundwinkeln lag so etwas wie spöttischer Respekt. »Heißt das, Sie machen mir ein Angebot, Herr Mann?«

Bevor Heinrich darauf antworten konnte, rief eine schrille Stimme den Flur hinauf:

»Lassen Sie meinen Vater in Ruhe!«

Mit großen, trampelnden Schritten kam Junior den Flur hinauf. Ihm folgte, entschuldigend die Achseln hebend, Tommy.

»Hinter meinem Rücken!« Juniors Gesicht glühte. »So ein ehrloses Verhalten hätte ich Ihnen nicht zugetraut, Herr Mann!«

Dieses Bürschchen, dachte Heinrich, von Beruf Sohn und Hurenpreller, sprach *ihm* die Ehre ab? Verachtung erfüllte ihn wie Eiswasser.

»Schon gut«, sagte Schröter gelassen.

»Sie verlassen das Hotel«, bellte der Verlegersohn. »Jetzt sofort.«

»Junior …«

»Was denn?«

»Kommt doch erst einmal alle herein, ja?« Schröter wies in die Suite.

»Vater, nein! Ich habe den beiden schon gesagt, es ist vorbei.«

Als habe er nichts gehört, reichte Schröter Tommy lächelnd die Hand. »Sie müssen der Bruder sein. Freut mich, Sie kennenzulernen, Herr Mann.«

»Aber … Aber *Vater* …!«, rief Junior.

»Du kannst natürlich auch draußen bleiben«, sagte Schröter, ohne seinen Sohn anzuschauen. »Wolltest du nicht wohin?«

Tommy, blass und unsicher, fand den ermutigenden Blick seines Bruders und ging hinein. Nach ihm, weinrot und mit glänzender Stirn, der Verlegersohn. Als Letzter trat Heinrich ein und legte das Manuskript auf den Tisch.

Draußen blieb jede Ahnung davon, was er als Nächstes tun sollte.

*

Thomas musste sich verhört haben. Er rückte näher an die Sofakante und fragte:

»Pardon?«

»Unsere Romane«, wiederholte Heinrich, der neben ihm saß. Dabei nickte er beiläufig, als bestätige er bloß, was sein Bruder erwartete. »Herr Schröter ist so freundlich, in Erwägung zu ziehen, sie zu veröffentlichen.«

Unsere Romane? Was war in Heinrich gefahren? Er wusste

doch genau, wie schwer ihm schon Kurzgeschichten fielen. Und was er aufs Papier brachte, gefiel recht bald nicht einmal mehr ihm selbst. Das Schreiben war eine Qual, die ihn am Leben erhielt. Wie er als Ehemann die Zeit finden solle, sich ihr zu unterziehen, war ihm ein Rätsel. Und dann ein Roman? Genauso gut konnte Heinrich versprechen, sein kleiner Bruder werde in die Unterwelt hinabsteigen, um einen Schatz zu bergen. Nein, das Einzige, was Thomas wollte, war genügend Geld, um mit neuem Ring im Gepäck nach Lübeck zu fahren.

»Einen Moment, bitte.« Schröter bot den Brüdern seine kleinen Handflächen dar. »In Erwägung ziehen kann ich nur, was ich kenne. Was genau bieten Sie mir denn?«

»Nun«, Heinrichs Augen suchten in der Zimmerecke die Antwort. »Ich stelle mir etwas vor in der Tradition von Bourget, aber übertragen auf Deutschland, vielleicht auch Italien. Über Menschen zwischen zwei Kulturen, zwei Rassen, die …«

»Sie wissen ja,« unterbrach Schröter, »ich verlege Kochbücher, Haushaltsratgeber, Kalender mit Sinnsprüchen für die ganze Familie. Und das tue ich aus Überzeugung und sehr erfolgreich. Diese Romansache müssen Sie mir anders verkaufen. Also: wie viele Seiten? Bis wann? Zu welchem Preis? Und was passiert, wenn niemand die Dinger kauft? Auf dem finanziellen Risiko bleibe *ich* nicht sitzen.«

Schröters Gesicht hatte sich beim Sprechen rot gefärbt. Obermüller hielt ihm etwas Weißes, Rundes hin, kleiner als ein Knopf. Ungehalten schob der Verleger die Hand fort.

Das also war Theodor Schröter senior, dachte Thomas. Obwohl er ihn erst seit fünf Minuten kannte, wirkte er nur zu vertraut. Männer, die allein danach gierten, noch mehr Geld anzuhäufen, gediehen nicht nur in kaum mittelgroßen Handelsstädten an der Ostsee. Sie waren überall. Ihre Rücksichtslosigkeit und ihr Desinteresse an allem, das keinem handfesten Eigeninteresse folgte, hielten sie stolz für »Charakter«. Manchmal beneidete Thomas sie: Diese Männer wollten, was sie wollen sollten, erreichten es wieder und wieder, und dann starben sie. Urgroßvater musste so gewesen sein: nüchtern, vital und brutal. Ähnlich Großvater, auch wenn der im Alter, Hand in Hand mit seiner Gattin, fromm geworden war. In Vater, der kultivierter gewesen war, hatte ihr starkes Erbe veredelt fortgelebt. Mit der Kraft seiner Persönlichkeit, durch Klugheit, Charme und im Wissen um seine Verantwortung als Haupt einer verdienten und alteingesessenen Familie, hatte Senator Thomas Johann Heinrich Mann seinem Haus Ehre gemacht.

Manchmal verfluchte Thomas es, sein Sohn zu sein.

»Herr Schröter«, sagte er matt, »Sie wissen um die Talente meines Bruders. Ohne Zweifel wird er Ihnen etwas Großartiges schaffen. Mich hingegen kennen Sie nicht. Wenn es dazu beiträgt, zu einer Einigung zu kommen, erkläre ich mich gern bereit, auf das Schreiben eines Romans zu verzichten.«

Heinrich starrte ihn an, als wollte er fragen: *Das wäre in Ordnung für dich?*

Thomas nickte. Wenn es eine Pflicht gab, die selbst er noch erfüllen konnte, dann war es die, einem stärkeren und begabteren Spross seiner Familie nicht im Wege zu stehen.

Schröter aber, der ihm gegenübersaß, lehnte sich im Sessel zurück und sagte: »Nein.«

»Verzeihung?«, fragte Thomas.

»Ich kenne Sie durchaus. Das heißt: diese Novelle. Morbide, aber zu Herzen gehend. So erbärmlich der kleine Mann auch ist, so gut versteht man doch sein Leiden. Und wie Sie den Lohengrin eingebaut haben … Hach!« Schröter schlug die kurzen Beine übereinander. »Wissen Sie, ich *liebe* Wagner.«

Thomas sah fragend zu Junior. Als der seinem Blick auswich, ergab manches, was lange sinnlos erschienen war, plötzlich Sinn: etwa, warum Junior in Venedig so unwirsch reagiert hatte, als er fragte, ob der Verleger die Abschrift von *Der kleine Herr Friedemann* erhalten habe. Und warum er ihm, dem Niemand, einen überraschend lukrativen Kontrakt angeboten hatte.

Weil Junior seinen Vater beeindrucken wollte, indem er sie *beide* unter Vertrag nahm, deshalb. Je weniger Thomas an sein Talent glaubte, desto bereitwilliger würde er zusagen – und alles dafür tun, seinen skeptischen Bruder dazu zu bringen, es ihm gleichzutun.

Heinrich hatte es von Anfang gewusst: Junior war gerissener, als es den Anschein hatte.

»Das freut mich«, sagte Thomas und nickte. »Nur habe ich noch nie einen Roman geschrieben und, um ganz ehrlich zu sein, fühle ich mich beim Verfassen kürzerer Geschichten recht wohl. Deshalb sagte ich auch zu, einen Novellenband zu verfassen.«

»Ach.« Mit einer lässigen Bewegung wischte Schröter den Einwand beiseite. »Verlängern Sie's doch einfach.«

»Wie meinen?« Thomas hob unwillkürlich die Brauen.

»Die Geschichte. Da steckt doch noch mehr drin. Mehr Leiden an der Frau, die er nicht haben kann. Mehr Verwicklungen. Mehr Wagner! Geben Sie der Sache etwas mehr Fleisch, dann haben Sie Ihren Roman. Sagen wir: zweihundertfünfzig Seiten? Wann könnten Sie liefern?«

Man stutzte und verlängerte ein Kunstwerk doch nicht nach Belieben, dachte Thomas. Schließlich war es keine Dauerwurst. Es nahm exakt die Form an, die es verlangte und brauchte.

»Leider ist mir das nicht möglich«, antwortete er, den Blick gesenkt. »Der S. Fischer Verlag möchte den *Friedemann* veröffentlichen. In der jetzigen Form.«

Schröters Körperhaltung blieb unverändert. Noch immer thronte er, ein Bein auf dem anderen, zurückgelehnt im Sessel. Nur seine Stimme klang mit einem Male tonlos, ja, kühl, als er sagte: »Ich wünschte, Sie hätten das früher erwähnt.«

»Das tut mir leid, Herr Schröter. Von dem Angebot weiß ich erst seit Kurzem. Und ich schickte die Geschichte Fischer erst, nachdem Ihr Sohn mir sagte, er habe kein Interesse.«

Verächtlich stieß Schröter Luft durch die Nase, klopfte aufs Lederpolster und stand mit einem Ruck auf. »Na, dann, meine

Herren, vielen Dank für das Gespräch! Ich muss weiterarbeiten. Obermüller, was steht als Nächstes an?«

»Aber Herr Schröter«, sagte Heinrich, der mühsam seine Contenance wahrte, »wir finden sicher eine Lösung. Nicht wahr, Tommy?«

»Keine Umstände«, sagte Schröter. »Mein Sohn berichtete mir, dass Sie, Herr Mann«, dabei wandte er sich an Thomas, »ein langsamer Schreiber seien. Deshalb war ich bereit, Ihnen mit der Novelle entgegenzukommen. Wissen Sie, ich brauche nicht *hier* einen Roman«, er zeigte auf Heinrich, »und irgendwann einen zweiten. Wenn ich den Verlag je breiter aufstellen *sollte*, bräuchte ich von Anfang an ein belletristisches Programm, das sich sehen lassen kann. Kein Stückwerk. Mit den Brüdern Mann wäre ein Anfang gemacht. Wer das Buch des einen kauft, kauft vielleicht auch das des anderen, und so weiter, immer im Wechsel. Aber so … Bitte.« Er zeigte auf die Tür.

Junior, der offenbar wieder wusste, auf wen er wütend zu sein hatte, stellte sich neben den Eingang und blickte die Brüder finster an.

Thomas schaute Hilfe suchend zu Heinrich. Doch der blinzelte bloß immerzu, den Mund leicht geöffnet. Ein Leuchtturm, dessen Licht flackerte.

Es gab keine ihm bekannte Welt, in der Thomas nicht sofort aufgestanden wäre, um unter floskelhaften Entschuldigungen das Zimmer zu verlassen. Aber die Welt, in der er seit gestern Nachmittag lebte, war andersartig. In ihr galt Niedertracht als Stärke und Ehrlichkeit als Schwäche. Die wirkliche Welt. Es war höchste Zeit, fand Thomas, in ihr zu bestehen.

Und so hätte Thomas, als ihm die Lösung kam, beinahe gelächelt. Dann spürte er das Joch, das, falls seine Idee verfing, ihn über Jahre niederdrücken würde, und wurde noch blasser.

»Je ein Roman«, sagte er leise, »von meinem Bruder und mir. Zweihundertfünfzig Seiten. Abgabe wie geplant im April übernächsten Jahres. Auch das Honorar bleibt das gleiche wie beim

Novellenband.« Er stockte. »Und wenn die erste Auflage sich nicht binnen des ersten Jahres verkauft, erstatten wir Ihnen das Honorar zurück. Komplett.«

»Das schaffen Sie doch nicht. Rein zeitlich.«

»Falls mir die Zeit davonläuft, verlängere ich die Novelle vom kleinen Herrn Friedemann.«

»Und Fischer?«

»Geht leer aus.«

Schröter hielt einen Zettel ins Licht. Dabei hob sich ein Mundwinkel. Wie nebenbei sagte er:

»Und Sie zahlen das Doppelte zurück.«

Bevor Thomas ganz begriff, was das hieß, antwortete Heinrich: »So etwas ist absolut unüblich.«

»Hat Sie bisher auch nicht gestört.«

»Das lässt sich doch gar nicht vergleichen«, sagte Heinrich. »Ich meine: Dass Autoren dem Verlag das Doppelte ihres Honorars *zurückzahlen* sollen … Das wäre ein Kredit, für den wir hundert Prozent Zinsen entrichten müssen. Sie sind doch keine Bank und wir nicht Ihre Debitoren!«

»Nein?«

»Wir sind Künstler«, sagte Heinrich.

»Jeder Künstler hat seinen Preis.«

»Das ist Wucher.«

»Nur, wenn Sie schlechte Arbeit abliefern. Oder keine.«

»So viel Geld haben wir nicht.«

»Machen Sie sich doch nicht klein, Herr Mann! Immerhin war Ihr Herr Vater Senator im stolzen Lübeck! Von seinem Tod las man sogar in Zürich. Wenn meine Erkundigungen korrekt sind, hat er sein Erbe klug geregelt. Lassen Sie mich raten: Sie finden Ihren Wechsel aus den Zinsen zu mager? Wie viel steht Ihnen zu, wenn der Nachlassverwalter findet, Sie gäben doch noch Anlass zur Hoffnung? Zwanzigtausend? Fünfundzwanzig?«

Die Brüder schauten einander an. Woher wusste der das?

»Ich könnte dem guten alten Krafft – Herrn Tesdorpf – schreiben, die Söhne des Senators entwickelten sich prächtig, taugten zum Schriftstellerberuf.« Gemächlich legte Schröter Blatt um Blatt von einem Stapel auf den anderen, zeigte ab und an auf eine Stelle und nickte Obermüller zu. »Oder ich schreibe ihm etwas anderes.«

Da hatte Thomas geglaubt, sie würden sich dem Verleger aufdrängen. In Wahrheit hatte der auf die Brüder gewartet wie eine Spinne in ihrem Netz.

»Nun, gut«, sagte Schröter gelassen. »Junior?«

Der Verlegersohn öffnete die Tür.

»Einverstanden.« Thomas nickte. »Abgabe in zwölf Monaten.«

»Neun«, sagte Schröter leise.

»Wie bitte?«, fragte Heinrich. Nur neun Monate Zeit für einen Roman. Nicht für irgendeinen. Sondern für ein Buch, das sich von Beginn an blendend verkaufen sollte, ja, musste. Zugleich musste es zweifelsfrei Kunst sein. Sonst fiele es den großen Blättern leicht, es als Kitsch zu verwerfen, weil es zwischen *Ratschlägen zum Frühaufstehen* und *Was tut die sparsame Hausfrau?* erschienen war. Ein großer Wurf musste also her, und das aus dem Stand. Es war schier unmöglich. Schröter *wollte*, dass sie scheiterten.

»Komm.« Heinrich stand auf. »Kannst bei mir übernachten.«

Thomas aber blieb sitzen. »Würdest du mir helfen? Beim Verlängern?«

Heinrichs Mund stand offen. »Natürlich«, beeilte er sich zu sagen. »Natürlich tue ich das.«

»Also gut.« Tommy erhob sich und reckte die schmalen Schultern. »Einverstanden. Wenn wir das gesamte Honorar heute bekommen. In bar.«

Schröter stieß die Papiere an den Kanten zurecht, rüttelte und drückte, bis sie einen ihm ergebenen Stapel formten. Dann sah er mit dem Anflug eines Lächelns auf.

»Schön.«

Seinem Sohn, der in diesem Moment mit wenigen geräuschvollen Schritten das Zimmer verließ und die Tür hinter sich zuschlug, sah er nicht hinterher.

25.

Eines Tages wirst du selbst wissen, dass es fast so wahr ist,
zu sagen, dass man sich von allen Dingen erholt,
wie dass es nichts gibt, was nicht seine Narbe hinterlässt.

Paul Bourget: *Recommencements* (1897)

Die Armspange hatte Heinrich sich hässlicher vorgestellt. Stattdessen hatte der Pfandleiher eine filigran sich windende Schlange aus Gold aus dem Schrank geholt, mit einem winzigen Saphirauge, das grün glänzte. Ein Schmuckstück, würdig einer römischen Dame aus Antike oder Renaissance. Nichts daran war plump, nichts grob, und das ärgerte Heinrich.

Dass Linas Verehrer Geschmack bewies, machte es schwerer, ihn zu verachten. Verachtung hatte ihre Vorteile. Sie zeigte einem, wie man *nicht* sein wollte. Oder nicht mehr. So aber hatte Heinrich Mühe, nicht daran zu denken, ob das, was der Namenlose für Lina empfand, womöglich den eigenen Gefühlen ähnelte. Und ob sie, die Schauspielerin, nicht vielleicht doch etwas getan haben mochte, um im Freier diese Empfindungen zu wecken.

Trotzdem überwogen in Heinrich, während er durch eine kalte Spätherbstbrise zum Teatro Valle ging, um Lina zu überraschen, Stolz und Vorfreude. Er hatte das Richtige getan. Und er würde Lina, wenn sie ihm auch nur den geringsten Anlass dazu gab – durch eine Träne oder einen dankbar-erstaunten Blick – alles verzeihen. Er würde sie zu sich emporheben.

Am Bühneneingang wies man ihm ohne Umstände den Weg zur Garderobe von Signorina Alberini. Zur Mittagszeit pausierten die Proben. Neben einem Seilzug stand, eine Zigarette nachlässig zwischen Ring- und kleinen Finger geklemmt, ein unscheinbarer, etwas untersetzter Mann. Hatte er aufgeraucht, würde er wieder zum romantischen Helden, der seiner Geliebten ewige Liebe schwor, kurz bevor alles in Blut und Tränen endete. Sieben Schritte weiter saß die Angebetete und las, einen Apfel verzehrend, in einem Buch. Die junge Frau, fast noch ein Mädchen, hatte keine Schminke aufgetragen, und so erkannte man auf ihren Wangen gut die roten Schauspielerinnenpickelchen.

Heinrich atmete tief ein. In der abgestandenen Luft lagen der Geruch von Talkumpuder und Holzlack, Eau de Cologne, die Ausdünstungen gepolsterter Sitzbänke und alter Schweiß. In allen Theatern, die er je betreten hatte, roch es so, und er liebte es.

Heinrich klopfte an die Garderobentür und trat beinahe im selben Moment ein. An Schminktischchen saßen zwei Schauspielerinnen, die nur kurz und gelangweilt in ihre Spiegel schauten. Vor einem dritten Tisch thronte, sehr dünn und aufrecht und die Lippen zum Schlitz verengt, Linas Mutter. Neben ihr, auf dem Boden, drehte Ludovico gedankenverloren eine Haarbürste um die eigene Achse. Erst wollte Heinrich sich zurückziehen wie ein Dieb. Dann erinnerte er sich daran, wer die Schuld am ganzen Schlamassel trug, und trat umso selbstsicherer ein.

»Buon pomeriggio, Signora Alberini«, sagte er kühl. »C'è la signorina?«

Ohne den Blick von ihrem Spiegelbild abzuwenden, streichelte die Alte gedankenverloren den Jungen, der kurz erschrocken aufsah und sich dann wieder seinem Spiel zuwandte. Langsam schüttelte sie den Kopf.

*

So müde Thomas auch war, er fand nicht zurück in den Schlaf. Aus Heinrichs Bett hatte ihn aufdringlicher Parfumgeruch vertrieben, weshalb er nun im Wohnzimmer auf einer Decke lag. Früher hatte der Schlummer, je zudringlicher das Leben gewesen war, ihn desto verlässlicher heimgeholt, beschützt und erquickt. Umso beunruhigender erschien Thomas jetzt die gleichgültige Kälte des Steinbodens.

Als Heinrich eintrat, schaute der ihn kurz irritiert an, dabei hatte er dem Bruder selbst die Schlüssel gegeben. Ohne ein Wort legte er die Post und eine Schatulle ab und ging zum Waschtisch nebenan.

Thomas stand auf. Neben der Schmuckschachtel ruhten, hier und da von Asche bedeckt, Papiere mit Heinrichs kleiner, energischer Handschrift. Wie viele es wieder waren. Ohne recht nachzudenken, öffnete er die Schatulle.

Nebenan verebbte das Plätschern des Wassers, und Thomas musste sich setzen.

Als sein Bruder im Unterhemd ins Zimmer kam, fragte er: »*Deshalb* hast du es gemacht? *Das* war so dringend?«

Doch Heinrich schien ihn gar nicht zu bemerken. Wie damals, als Kind.

Neben der goldenen Spange lag ein Zettel ganz ähnlich dem, den der *prestatore* ihm in Neapel für Anzug und Ring ausgestellt hatte. Eine Quittung über einhundertachtzig Lire.

Vor wenig mehr als einer Stunde hatte er sich zum Schuldner eines verteufelt schlauen Kaufmanns gemacht; hatte sich eine Last aufgebürdet, die ihn schon jetzt niederzudrücken begann. Er hatte es getan, um dem Menschen zu helfen, der ihm nach dem Verlust der Heimat noch immer der Nächste, Liebste und Vertrauteste war. Schließlich wussten sie, woher sie kamen. Heinrich aber hatte nur das Ziel gehabt, dieser Frau – einer Schauspielerin – ein Geschenk darzubringen. Wie schon vor einem Monat, als er ihr die dreihundert Lire überlassen hatte, anstatt dem eigenen Bruder Geld für einen Verlobungsring zu leihen. Bestimmt glaubte er, sich so ihre Gunst zu sichern, vielleicht gar ihre Zuneigung. Wer, dachte Thomas, war hier naiv?

Er richtete sich auf und schloss die Koffer.

»Wohin gehst du?« Heinrichs wässerig-blaue Augen blickten träge umher.

»Mach es gut«, sagte Thomas, und weil er merkte, wie theatralisch das klang: »Ich gehe in die Pension.«

»Da ist Post für dich.« Heinrich nickte matt in Richtung des Tisches. »Bis morgen früh, ja? Ich begleite dich zum Bahnhof.«

Auf einem länglichen Umschlag aus dickem, gemustertem Papier stand in schnörkeliger, Thomas wohlbekannter Schrift sein Name. Ohne ein weiteres Wort verließ er, so rasch er konnte, die Wohnung und stieg die drei Etagen hinab. Endlich auf der Straße, ließ er die Koffer fallen und öffnete hastig das Kuvert. Nur eine Karte lag darin. Ihr erster Satz lautete:

Die Verlobung meiner Tochter Ilse mit dem Kaufmann Rudolf Niethammer beehre ich mich ergebenst anzuzeigen.

III. Tod

III. Tod

26.

Obgleich wir als Knaben geradezu vertraute Kameraden gewesen waren, so wusste ich dennoch recht wenig über meinen Freund. Seine Zurückhaltung war immer außerordentlich gewesen; sie war ihm ganz selbstverständlich erschienen.

Edgar Allan Poe: *Der Untergang des Hauses Usher* (1839)

Rom, 28. Mai 1897

In Thomas' Kopf pochte es. Ein dumpfes, hohles Geräusch, zwei- oder dreimal, ähnlich dem Klopfen eines Fingerglieds auf Holz. Es schreckte ihn auf, als er gerade nach etwas griff, dem Knauf eines Kleiderschranks vielleicht. Womöglich war es auch eine Flamme. Oder eine Schranktür, hinter der eine Flamme loderte? Aber warum sollte er sich einer Flamme nähern, sie gar berühren wollen? Oder war da anfangs etwas anderes gewesen: ein Gefühl wohliger, lange entbehrter Wärme, die sich plötzlich zu schmerzhafter Hitze steigerte? Und hatte sein Hirn just in dem Moment, als es das Klopfen zu vernehmen glaubte, die Tür hinzufantasiert, sie spontan einmontiert in seinen, ja, was: Traum? *Hatte* er denn geträumt?

Thomas wollte die Lider schließen, um sich die Bilder wieder vor Augen zu führen, bemerkte aber, dass er seine Lider gar nicht geöffnet hatte. Wäre er nicht so müde, so sterbensmüde gewesen, hätte seine Verwirrung ihn wahrscheinlich zutiefst erschreckt. Doch er, der immerzu alles gefürchtet hatte, hatte keine Angst mehr.

Ein Leben lang trieb die Furcht uns schreiend und tobend vor sich her, und wir wagten es nicht, uns zu ihr umzudrehen. Weiter, immer weiter. Lag man aber über Tage, ja Wochen wach, nur hier und da unterbrochen von stundenweisen, bildlosen Ohnmachten, gestand der geschwächte Körper irgendwann ein, dass er den Geist belogen hatte: Die Angst war bloß ein Gespenst. Denn blieb man, zu Tode erschöpft, mitten im Nirgendwo stehen, so geschah – nichts. Das Monster war zahn- und machtlos. Träte im nächsten Moment der Pensionswirt blutüberströmt ins Zimmer, um schreiend zu warnen vor einem Messerstecher, der die ganze zweite Etage nach Opfern durchsuchte, so hätte Thomas bloß träge die Achseln gezuckt. Nicht aus Mut. Jenseits der Furcht wohnte die Gleichgültigkeit, eine Taubheit gegenüber Schmerz, Trauer, Ekel und Freude, und das war – achtete man nicht der bleiernen Schwere – beinahe so etwas wie Frieden.

Wieder klopfte es, fester diesmal, ungeduldiger. Eine Stimme, die womöglich auch außerhalb seines Kopfes zu hören war, rief:

»Tommy, alter Langschläfer, bist du da? Vitzthum hier!«

Thomas öffnete die Augen. Zumindest war er ziemlich sicher, dass er es tat: Die Risse an der Zimmerdecke veränderten sich jedenfalls nicht, solange er sie auch anschaute. Der Name Vitzthum sagte ihm etwas. Mit ihm verbanden sich Bilder von Radausflügen bis hin zur Ostseeküste und vom Herumsitzen in muffigen, lauten Kneipen im Hafenviertel, Schulter an Schulter mit noch muffigeren und lauteren Bewohnern der Pension von Professor Timpe. Im »Adelsnest« sah Thomas eine jüngere Version seiner selbst frühstücken zwischen breitschultrigen Gutsbesitzersöhnen, die ihn lachend in die Seite stießen, wenn er etwas erzählte, das ihnen sonderbar vorkam, etwa von seinen Besuchen im Opernhaus. (Sie hatten ihn häufig angestoßen.) Aber was ging ihn das noch an?

Bliebe er einfach liegen, würde das Klopfen früher oder später aufhören. Alles hörte irgendwann auf, wenn man nicht schlief, auch die quälendsten Träume.

Nur einmal wollte Thomas durchschlafen. Nur eine Nacht. Er wusste kaum noch, wie es war, wenn kein lähmender Druck auf Schädel und Augen lastete; wenn beim fünfmaligen Zählen des Kleingelds am Ende nicht fünf unterschiedliche Summen standen; wenn nicht jeder halbwegs klare Gedanke sich bei der geringsten Störung auflöste wie Wasserdampf. Manchmal glaubte er, ein wenig ruhen zu können. Dann aber schreckte ihn verlässlich das Pochen in einem Backenzahn auf und weckte Erinnerungen an quälende Stunden im Wartezimmer und an lautes Bohren bis hinein in seine Seele, bis er, schweißnass und totenbleich, sich nach der Ohnmacht sehnte. Doch bevor es zu arg wurde, ließ der rhythmische Druck nach. Geradeso, als wollte eine böse Macht Thomas daran erinnern, welchen Schmerz sie ihm, so sie denn wollte, zu bereiten vermochte. Spätestens dann war an Schlaf nicht mehr zu denken. Weder warme Milch hatte ihm Bettschwere verschafft (widerlich) noch lange Spaziergänge (verlaufen) oder das Lesen im Bett. Die günstig erstandene Werkausgabe von E. T. A. Hoffmann hatte er zu großen Teilen gelesen, ohne sich an mehr zu erinnern als an ein Gefühl nahenden Unheils.

Vom Hausflur herüber drang das schleifende Geräusch von Schuhen, die kehrtmachten. Das Klackern harter Sohlen auf Steinstufen.

Thomas atmete tief aus. Die Zimmerdecke war die Zimmerdecke war die Zimmerdecke. Sein Körper wollte fallen, sich schmiegen ins formlose Dunkel, doch etwas in ihm krallte sich, stumm schreiend, an Zeit und Raum. So war es jetzt immer. Früher hatte Absinth einer französischen Marke geholfen. In Venedig hatten ihm drei Gläser verlässlich zehn Stunden Schlaf verschafft. Doch hierzulande war *Premier fils* sehr selten anzutreffen und besonders teuer. Nur im Café Aragno hatte Thomas ihn auf der Karte ausgemacht. Und drei Gläser mussten es sein: Das erste machte ihn redselig, das zweite grüblerisch, erst das dritte todmüde. Aber nach einem halben Jahr in Rom – einer Zeit, die ihn im Rückblick beschämte – hatte er gerade genügend Geld, um weiter hier zu wohnen. Wenn er sich vor die Wahl gestellt sah, in den nächsten zwei Wochen täglich etwas Warmes zu essen oder eine Nacht lang tief zu schlafen, obsiegte der nüchterne Kaufmannssohn.

Plötzlich schrak er, wie getroffen von einer Idee, zusammen. So rasch er konnte, erhob er sich, ging dorthin, wo zwei senkrechte und zwei waagerechte Schlitze Licht ins Zimmer ließen, drehte den Knauf – der mit ziemlicher Gewissheit tatsächlich ein Knauf war, fest und kühl – und wurde, als er die Tür öffnete, für einen Moment geblendet.

»Vitzthum?«, rief er, die Augen zu Schlitzen verengt, ins weiße Nichts. »Vitzthum?«

»Na, also«, sagte eine hallende Stimme im Treppenhaus.

Thomas rieb sich die Lider. Als er wieder sehen konnte, stand vor ihm ein strohblonder junger Mann, der ihn erst überrascht, dann spöttisch musterte.

»Wie siehst *du* denn aus? Weiche von mir, Satan!« Vitzthum sog stoßweise und geräuschvoll Luft ein, nicht unähnlich einem Anfall von Asthma. So lachte er.

»Grüß dich, Vitzthum. Schön, dich zu sehen.« Besorgt prüfte Thomas, ob er über die Anstrengung, die angemessene Begrüßungsformel zu finden, seine Idee verloren hatte. Nein, da war sie noch.

»Besten Dank auch, dass du mich vom Bahnhof abgeholt hast.«

Thomas starrte ihn verständnislos an.

»Ich hab dir ein Telegramm geschickt. Vorgestern?«

Vitzthum war so schrecklich wach. Und so schnell. »Telegramm? Ich weiß von keinem …«

»Glaube ich dir sogar. Hier.« Er reichte ihm einen Umschlag. »Lag vor der Tür.«

Thomas blickte auf das Kuvert mit dem Fernschreiben und

nahm zur Kenntnis, dass weiter nichts geschah. Das nagende Gefühl der Peinlichkeit war also auch fort.

»Entschuldige bitte. Komm herein.«

Vorsichtig trat Vitzthum ins Halbdunkel. Als teilten sie beide sich noch immer ein Zimmer, öffnete er die Läden und das einzige Fenster. Die Hände in die Hüften gestemmt, glitt sein prüfender Blick über den kleinen Holztisch, auf dem ein Aschenbecher und Papiere lagen, den Waschtisch aus Emaille und den geöffneten Kleiderschrank, der, abgesehen von einem weißen Anzug, leer war. Auf dem Dielenboden ruhten zwei aufgeklappte, durchwühlte Koffer wie zerfetzte Schmetterlinge. Daneben ging Vitzthum in die Hocke, hob etwas auf und betrachtete interessiert seinen Zeigefinger.

»Wo kommst du gerade her?«, fragte Thomas. »Berlin?«

»Lausanne. Wirklich hübsch. Vielleicht studiere ich da weiter.« Auf dem Finger balancierte Vitzthum ein rotbraunes Rechteck, ähnlich einem Holzsplitter. »Alles in Ordnung, Tommy?«

»Alles in Ordnung«, echote er.

»Verstehe mich nicht falsch, aber: Du siehst aus wie schon einmal gegessen.«

»Danke, mein Bester.«

»Kannst du dir nichts Komfortableres leisten?«

Kopfschütteln.

»Borg dir doch etwas von Heinrich.«

Heftigeres Kopfschütteln.

»Wie geht's ihm eigentlich?«, fragte Vitzthum.

»Gut.«

Er zupfte Tabakreste von der Bettdecke. In Wahrheit hatte er den Bruder nicht mehr gesehen, seit sie Clara ein völlig unangemessenes Geschenk zur Konfirmation gemacht hatten. Das *Bilderbuch für artige Kinder* war eine Ansammlung von Zeichnungen, Gedichten und kleinen Geschichten, die zwei junge Männer nicht verfassen sollten. Und ihre halbwüchsige

Schwester sollte es unter keinen Umständen lesen. Bilder von halb nackten, sehnigen, betrunken tanzenden Männern und fetten Matronen mit großem Busen und Schweinsnase, die dem Betrachter frech und lockend die Zunge entgegenstreckten, betitelt *das Läben* und *Mutter Natur.* Immer grässlichere, obszönere Geschichten hatte Thomas ins Bilderbuch eingefügt, bis das, was er aufs Papier brachte, ihn selbst geängstigt hatte.

Eine Zeit lang fühlte er sich in seinem Zimmer sicher. Dann hatte er angefangen, die Fensterläden Tag und Nacht verschlossen zu halten. Nicht aus Furcht, beim Sturz aus dem zweiten Stock zu sterben. Sondern ihn zu überleben.

»Das Zimmer ist schon in Ordnung. Bloß kann ich bei dem Scirocco nicht gut schlafen.«

Thomas beugte sich vor. Das rotbraune Rechteck auf Vitzthums Finger hatte Beine und einen Kopf mit zwei Fühlern, die hin und her schwangen. Vor Schreck ließ er den Gedanken, an den er sich klammerte, beinahe fallen. »Wirf's aus dem Fenster.«

»Ach, lass sie doch in Ruhe sterben.« Vitzthum hielt sich die Kakerlake vor die blauen Augen. »Eine gesunde hätte sich nicht einfangen lassen.«

»Du bist sicher hungrig«, sagte Thomas. »In der Nähe gibt es ein paar Straßenhändler, die sind ganz günstig. Bei dem warmen Wetter muss man natürlich ein wenig aufpassen.«

»Lass mal, Tommy.« Vitzthum legte vorsichtig die Kakerlake auf den Boden. »Ich lade dich ein. Ins Restaurant.«

»Danke«, sagte er erleichtert. Nur noch ein Schritt, dann hatte er die wie einen Aal zappelnde Idee endlich auf festen Grund geschleppt. So beiläufig es eben ging, fragte Thomas:

»Hast du schon einmal etwas vom Café Aragno gehört?«

Obwohl nach vier Gängen sein Magen schmerzte, ging es ihm jetzt deutlich besser. Wie zum ersten Mal betrachtete Thomas die Wandspiegel, die das Spätnachmittagslicht bis in den letzten Winkel des großen, mit Marmor verkleideten Saals trugen, lauschte dem Geplauder und Geschirrgeklapper der ringsum Speisenden und spürte die Energie und Eleganz der ernst blickenden Kellner in Schwarz. Sogar die nackten Schönheiten beiderlei Geschlechts, die von ihren Deckenfresken herab ihr Lächeln an jeden verschenkten, der den Blick hob, störten ihn heute nicht weiter. Fast war es wie früher: Wenn er mit Vitzthum beisammensaß, war er imstande, sich für ein Stündchen einzureden, das Leben sei eine grundfeine Sache. Auch wenn er seinen Freund eben hatte enttäuschen müssen.

Vitzthum tippte mit dem Zeigefinger auf die Tischdecke, schaute sich um im halb gefüllten Café, tippte wieder und atmete schließlich tief aus. »Du musst ja nicht überallhin mitkommen. In Museen gehe ich auch gern allein. Aber in Pompeji und am Vesuv, da hatte ich schon mit dir gerechnet.«

Thomas machte einem Kellner Zeichen. Mit einer Zufriedenheit, die einzig ein voller Magen bereitete, entzündete er eine Zigarette und schob mit dem ersten Atemzug das Etui über den Tisch. Vitzthum schüttelte leicht den Kopf.

»Ich weiß. Es tut mir leid. Aber du kennst den Verleger nicht. Der wird keinen Aufschub dulden. Trinkst du Absinth mit mir?«

»Bisschen früh, oder?«

»Hat dich sonst auch nicht gestört.« Thomas versuchte sich an einem Lächeln.

»Das Zeug ist meist aus ganz miserablem Alkohol.«

»Der nicht. Vermutlich nicht.«

»Trink, was du möchtest. Aber für mich keinen, danke.«

Thomas bestellte »un assenzio della marca *Premier fils*«.

»Die meiste Zeit könntest du im Hotel bleiben«, sagte Vitzthum. »Dort kannst du ebenso gut schreiben wie in deinem Zimmerchen. Wahrscheinlich besser.«

»Du kennst Neapel nicht. Da unten kann man sich nicht konzentrieren. Es ist einfach zu warm, zu laut. Zu … tierisch.«

»Hm.« Vitzthum tippte, den Blick gesenkt, wieder auf die Tischdecke. Nicht etwa aus Verärgerung, dafür kannte Thomas ihn zu gut. Sondern aus dem sturen, rührenden Wunsch heraus, Zeit mit einem Freund zu verbringen. Er verdiente eine Erklärung, die so weit wie möglich der Wahrheit entsprach.

»Ich hätte es dir schon früher sagen sollen«, sagte er. »Vor einem Monat. Aber da glaubte ich wirklich, ich könnte beides zugleich schaffen.«

»Und jetzt nicht mehr?«

Der Kellner trug eine zur Hälfte mit Wasser gefüllte Karaffe auf, dazu ein Glas mit hellgrüner Flüssigkeit und ein zweites, leeres mit einem Löffel darin. Thomas goss sich den Absinth großzügig ein, füllte den Rest mit Wasser auf, rührte um und trank. Als hätte er eine Arznei genommen, fühlte er sich in Vorfreude auf die Wirkung sofort besser.

»Mein vergangenes halbes Jahr«, sagte er und schenkte sich nach, »war ein einziger großer Fehler.«

Angefangen habe es mit dem Vertrag, den er nicht hätte unterzeichnen dürfen. Er hatte ja versucht, die Novelle zu verlängern. Aber der kleine Herr Friedemann lebte nun einmal von der Welt abgewandt. Wie ausführlich sollte er dieses Nichtleben noch schildern, bevor die Hunde im Souterrain sich von ihren Ketten rissen? Wie lange konnte Friedemann sich mit seiner unerwiderten Leidenschaft quälen, ohne dass sein Leiden lächerlich wirkte? Nein, das Geschehen eilte, einem inneren Zwang folgend, dem Verderben zu. So musste es sein.

Und jetzt? Wie sollte er das Doppelte des Honorars zurückzahlen? Das ginge nur, wenn Tesdorpf ihm die die Vorauszahlung aus seinem Erbe genehmigte. Das wiederum täte der Testamentsverwalter nur, wenn Thomas eine Kaufmannsstelle anträte, am besten in Lübeck, wo er ihn kontrollieren könnte. Vielleicht müsste er, um Tesdorpf zufriedenzustellen, sich zudem verehelichen. »Aber eine Heirat …«

Thomas machte eine wegwerfende Handbewegung, die

ihm so gut gefiel, dass er sie wiederholte. Für einige Zeit hatte er versucht, eine alte Geschichte, die er bereits von München aus etlichen Literaturzeitschriften erfolglos angeboten hatte, von Grund auf umzuschreiben. Herausgekommen war eine Erzählung über einen Möchtegerndichter, der, künstlerisch unproduktiv und ohne gesellschaftliche Bindungen, Erlösung durch eine schöne und rätselhafte Frau erhoffte. Doch so sehr er das Ganze, das er jetzt *Der Bajazzo* nannte, auch dehnte und streckte: Zum Roman taugte es nicht. Denn er, Thomas, taugte nicht zum Schreiben eines Romans.

»Dann zieh doch wieder nach München«, sagte Vitzthum.

Wenn der Freund es aussprach, dachte Thomas, klang alles so simpel. Er empfand es ja selbst als ungehörig, dass er derart litt unter Umständen, die andere mit Leichtigkeit ertrugen oder änderten. Und er gab jenen durchaus recht, die das Dichten für eine Ausschweifung hielten. Nur wusste er nicht, wie er davon lassen sollte.

»In Rom bleibe ich nur, weil für mich daheim kein Platz ist«, antwortete er. »Wieder bei meiner Mutter einzuziehen wäre das klarste Eingeständnis des Scheiterns. Sie würde mich drängen, irgendwo eine Anstellung anzunehmen und so bald wie möglich den Militärdienst abzuleisten.«

So klar hatte er das nie zuvor ausgesprochen. Der Absinth tat also seine Wirkung. Vielleicht verschwieg er deshalb nicht einen peinlichen Umstand: Er hatte es nie gewagt, S. Fischer abzusagen. Im Gegenteil hatte er dem Verlag Anfang des Jahres, wie gewünscht, seine alten Novellen und Erzählungen geschickt. Ein dummes, überflüssiges Wagnis. Nicht auszudenken, was Schröter täte, veröffentlichte Thomas bei der verhassten Konkurrenz tatsächlich einen Novellenband – und auch noch inklusive des kleinen Herrn Friedemann! Das Erbe könnte er abschreiben, solange Schröters Duzfreund Tesdorpf lebte. Über Jahre würde Thomas in Schulden leben. Deshalb hätte er wohl froh darüber sein sollen, dass Fischer nie geantwortet hatte. (Er konnte den Verlag sogar verstehen. Seine alten Geschichten erschienen ihm zunehmend grau, abgelebt, wie von einem anderen verfasst.) Aber war es nicht entsetzlich, dass er deshalb Erleichterung empfinden sollte?

»Heinrich hingegen!«, rief Thomas, der sich zunehmend leicht und warm fühlte. »Vorigen Monat hat Albert Langen seinen Novellenband herausgebracht, *Das Wunderbare*. Es ist …«

Gerade suchte er nach Worten, die zumindest annähernd auszudrücken vermochten, wie grotesk und aussichtslos seine Lage geworden war, als Vitzthum, der lange ruhig zugehört hatte, mit klarer, vielleicht ein wenig ungeduldiger Stimme sagte:

»Aber das ist doch jetzt alles nicht *so* dramatisch.«

Thomas wandte den Blick zur Decke. Von einem Fresko winkte ihm huldvoll und wie von fern ein spärlich bekleideter Heros zu.

»Ich verstehe ja, dass du schwarzsiehst, Tommy. Aber betrachte das Ganze doch einmal andersherum: Du kannst durch die Welt reisen, dich ausprobieren, ohne dass deine Eltern immerzu Rechenschaft einfordern. Du lebst in der Stadt der Städte und dein Bruder nur ein paar Straßen weiter. Und dass der Verlag deine Geschichten nicht will … Ganz ehrlich: Ist das so verwunderlich? Anfang des Jahres schlage ich den *Simplicissimus* auf. Ich freue mich, weil ich sehe, dass du endlich etwas veröffentlicht hast! Aber dann lese ich, und nach der Hälfte frage ich mich: Was ist nur mit dem albernen Tommy mit dem trockenen Humor passiert? Und geschieht in der Geschichte noch mehr, als dass jemand vor schaurig-schönem Hintergrund pathetisch vor sich hin leidet?«

»Autsch.« Thomas schenkte sich den Rest ein.

»Entschuldige. Aber das kann dich nicht überraschen. Ich meine, die Geschichte hieß *Der Tote*.«

»*Der Tod*.«

Vitzthum verzog das Gesicht.

»Ich will dir bloß zeigen, dass dir Wege offenstehen. Herrgott, dann gehst du halt ein Jahr in Uniform. Das haben schon ganz andere überstanden. Vielleicht findest du einen Arzt, der dich untauglich schreibt. Vorstellen könnte ich's mir bei dir. Erst recht, wenn du noch mehr von dem Zeug da trinkst.«

Thomas nahm einen letzten Schluck und blickte ausdruckslos über den Tisch. »Habe ich schon gesagt, wie sehr ich mich freue, dass du da bist?«

Vitzthum lächelte: »Nein, hast du nicht.«

»Gut.«

Ein stoßweises Geräusch erfüllte die Luft, nicht unähnlich einem Asthmaanfall, und Thomas hielt Ausschau nach dem Kellner. Er brauchte mehr Absinth.

Weshalb er seit jeher unfähig war, Vitzthum irgendetwas übel zu nehmen, würde er wohl nie verstehen. Warum zog er, der überempfindliche Tommy, sich vor ihm nicht zurück? Mal abgesehen von der Kränkung, die zu empfinden seine Seele sich partout weigerte, gab der Freund ihm schließlich reichlich Anlass zu Neid. Es ging noch an, dass Hermann Ludwig Wilhelm Graf Vitzthum von Eckstädt einem alten preußischen Geschlecht entstammte, der Vater Kammerherr und Zeremonienmeister am Hof Wilhelms II., seine Mutter aus einer der reichsten Familien Hamburgs. Auch in Thomas glomm – trotz allem – ein wenig Stolz auf seine Herkunft. Doch mit ihm hatte eine Jahrhunderte währende Kaufmannstradition ihr Ende gefunden. Sein Leben war nur Epilog.

Noch nicht fünfzehn Jahre war er alt gewesen, ein Kind mit dunklem Flaum auf der Oberlippe, als *Joh. Siegm. Mann, Commissions- und Speditionsgeschäfte* hundertjähriges Firmenjubiläum feierte. Die halbe Stadt feierte mit. Das prächtige Haus in der Beckergrube schmückten Fahnen, Blaskapellen marschierten auf, Reden wurden gehalten, Hände geschüttelt. Hochrufe, Danksagungen und Applaus. Inmitten dieses Trubels stand – sehr aufrecht, glühend vor Stolz, elegant gekleidet wie eh und je, den Schnurrbart mit der Brennschere akkurat bis in die Spitzen gezogen – Papa. Mehr denn je verkörperte Senator Thomas Johann Heinrich Mann sein Haus, dessen Werte, Erfolge und Geschichte. Alles schien sich seinem Willen zu beugen, alles ihm zuzufallen. Von der Stadt, für die er so viel tat, hatte er sich zum Senator küren lassen, zur rechten Hand des Bürgermeisters, zum zweiten Mann im stolzen Stadtstaat! Wenige Wochen vor dem Jubeltage hatte seine schöne, exotische Gattin sein fünftes Kind, obendrein einen weiteren Sohn, zur Welt gebracht. Gab es etwas, das diesem Mann nicht gelang?

Der Verfall begann am Rande. Wer hätte damit rechnen können, dass ausgerechnet der Gatte von Cousine Alice, dieser grundsolide, ja, spröde Mann, des Betrugs schuldig gesprochen würde? Bald tuschelte man in der Stadt nicht mehr nur über den Charakter des Direktors ihrer Feuer-Versicherungs-Gesellschaft, sondern über jenen der Familie, in die der Zugezogene Guido Biermann eingeheiratet hatte. So erschien es manchem nicht als bloßer Zufall, als noch im selben Jahr Großmama einer Lungenentzündung erlag. Zäh hatte sich die alte Dame, bettlägerig und wund, an ein Dasein geklammert, das sie weder verstand noch genoss. Thomas war im Raum, als sie starb. Wie rasch glich doch ein Mensch, der seinen letzten Atemzug getan, nicht länger einem Menschen. Deshalb zögerte er nur kurz, als Papa ihn aufforderte, an den offenen Sarg zu treten. Darin lag nicht Großmama. Sie, die zuletzt so viel gelitten hatte, war aller Qual für immer enthoben. Nichts und niemand konnte ihr je wieder etwas anhaben. Von ihr geblieben war nur ein seltsamer Duft, der sich mit dem der Blumen vermischte: süßlich, anderweltlich. Unaussprechlich.

Kaum hatte der Enkel begonnen zu ermessen, was ihr Tod bedeutete – der für ihn gleichbedeutend war mit der Vorstellung vom Tod an sich –, als Papa sich der Unterleibsoperation unterziehen musste. Zwar überstand er den Eingriff. Aber war das, was folgte, noch Leben? Bleich und abgezehrt, in einen langen Mantel gehüllt, ging Vater durch seinen Garten. Hier und da richtete er eine Blume, die den Kopf hängen ließ, oder wischte das erste Laub von den Bänken. Nie wieder verließ er das prächtige Haus, das er wenige Jahre zuvor hatte erbauen lassen. Mit der Diagnose Blasenstein hatte er die Familie bloß schonen wollen. Zuletzt lag er, gelb im Gesicht, zu Bette. Die Blase verweigerte ihren Dienst, und der Urin, der keinen Weg hinaus mehr fand, vergiftete erst die Körpersäfte und dann Papas Geist. Eines Nachmittags hielt der Sterbende eine Rede vor unsichtbaren Senatskollegen. Zu deren Schluss spannte er den abgemagerten Körper ein letztes Mal an und rief:

»Meine Herren, am dreizehnten um halb sechs Uhr werde ich eine Inspektionsreise antreten!«

Danach schickte Mutter nach Hauptpastor Ranke. Als dieser, im Priesterkleid am Bett kniend, sich in lauten Gebeten erging, sprach der Sterbende, nach einigem unruhigem Kopfwenden, in die frommen Redereien hinein ein energisches »Amen!«. Der Geistliche ließ sich dadurch nicht stören. Im Gegenteil tat er später des Amens sogar in seiner Grabrede lobend Erwähnung. Dem sonst so unverständigen Sohn aber war sofort klar gewesen, was Papa gemeint hatte. *Schluss!*

In den letzten Stunden wischte dem großen Mann niemand mehr die Speichelbläschen vom Mund. Unverständliches murmelnd, starrte er in diese Welt, der er schon nicht mehr recht angehörte, auf vergeblicher, zunehmend verzweifelter Suche nach Halt und Verständnis. Dann wich die Anspannung aus den Gesichtszügen, und die graublauen Augen standen still. Es war der dreizehnte des Monats, halb sechs Uhr.

Das Begräbnis wurde noch pompöser begangen als die Jubiläumsfeier im Jahr zuvor. Die Flaggen auf den städtischen Gebäuden und den Schiffen im Hafen hingen auf halbmast, die *Lübeckischen Blätter* widmeten dem Nachruf die gesamte erste Seite und weitere eineinhalb Spalten. Die ganze Stadt trug ihren

Senator zu Grabe. Und der zweitgeborene Sohn, der seinem Vater nie Hoffnung hatte geben können, aus ihm möge doch noch etwas werden, kam sich, während er am offenen Sarg Beileidsbekundungen entgegennahm, vor wie ein Betrüger. Wieder vernahm er den Duft, diesen seltsam vertrauten, verführerischen Duft, und wünschte sich, nichts mehr empfinden zu müssen.

Manchmal fragte er sich, was wohl gewesen wäre, hätte Vitzthum an seiner Stelle gestanden. Er war blond und blitzgescheit wie der Senator, beliebt bei Mitschülern und Lehrern, ohne sich irgendwem anzubiedern oder überlegen zu fühlen, interessiert an allem und jedem, mit offenem, vorurteilsfreiem Blick. Geradeheraus, liebenswert und ohne Angst. Beinahe konnte man glauben, Vitzthum sei einfach deshalb von Geblüt, weil es ihm stand wie ein nach Maß geschneiderter Anzug. Auf so einen Sohn, dachte Thomas, hätte Papa stolz sein können.

»Der Mann aus der Novelle, dieser Bajazzo, bist das eigentlich du?«

»Was?« Thomas fuhr auf. Erst jetzt bemerkte er, wohin seine Gedanken geschweift waren. Wie deutlich ihm alles vor Augen gestanden hatte. Sogar der Geruch war wieder da gewesen. Es musste an Vitzthum liegen. Der Freund hatte Lübecker Luft mitgebracht.

»Wie kommst du darauf?«

»Na, wie wohl? *So*«, Vitzthum zeigte auf ihn, »wird man doch nicht, weil man fürchtet, eine Abgabefrist zu reißen. Kunst und Geldnöte machen einen nicht so zuschanden. Das kann nur die Liebe.«

Thomas zog den Kopf ein winziges Stück zurück. Seit er den Freund zuletzt gesehen hatte, war der nicht nur muskulöser geworden, sondern auch noch direkter. Aber wozu immer alles benennen? *Liebe*. Davon sprachen Figuren in einem Drama, bevor die Katastrophe begann.

»Verwechsle nicht Literatur mit der Wirklichkeit.« Thomas winkte dem Kellner.

»Ah, gut. Orderst du die Rechnung?«

»Ich nehme noch einen Absinth. Wenn es in Ordnung für dich ist.«

»Lass uns lieber spazieren gehen. Wenn du mir schon nichts von dir erzählst, kann ich mir wenigstens die Stadt anschauen.« Vitzthum schob den Stuhl zurück und blickte nach der Garderobe.

Das bisschen Gelassenheit, das Thomas sich gerade erst schluckweise verabreicht hatte, drohte zu verfliegen. Ging er nach einem Glas heim, läge er bis zum Morgengrauen wach. Nach zweien wäre er sogar zu aufgekratzt, um in die traumlose Ohnmacht zu finden, die ihn irgendwann für wenige Stunden umfing. Drei Gläser. War das zu viel verlangt? Er wollte, er *musste* schlafen.

»Du hast recht«, sagte Thomas. »Ich schreibe von mir.«

Vitzthum hatte die Arme schon auf die Lehnen gestützt. Jetzt sank er, halb amüsiert, halb interessiert, zurück und bestellte, als der Kellner kam, Absinth und *caffé*.

Zögerlich begann Thomas zu erzählen. Dabei nippte er, so oft es ging, an seinem Glas. Rührte man nur wenig Wasser ein, schmeckte man den Alkohol unangenehm deutlich heraus. Rascher, als ihm lieb war, näherte er sich dem Ende seiner Geschichte, und so schluckte er den Rest pur hinunter. Vitzthum hatte recht, das Zeug war Gift. Der Kellner brachte das zweite Glas, und Thomas trank sofort weiter.

Vitzthum hatte, den Kopf leicht gesenkt und an einer Augenbraue zupfend, konzentriert zugehört.

»Verstehe.«

Thomas atmete freier, leichter, und ihm wurde angenehm warm. Wie in den Sommerferien in Travemünde, wenn der Tau auf den Dünen verflog.

»Was verstehst du?«

»Ich weiß jetzt«, sagte Vitzthum, »warum deine Geschichte nicht für einen Roman taugt. Es ist schließlich gar nichts passiert.«

Er blickte zur Seite. Travemünde war fort.

»Tut mir leid, Tommy, aber stimmt's etwa nicht? Das Ganze lässt sich doch schnell zusammenfassen: Junger Mann sieht in Venedig schöne Dame aus gutem Hause. Er folgt ihr durch die Stadt. Spricht sie nicht an. Macht sich stattdessen jede Menge Gedanken. Reist ihr nach Neapel hinterher. Folgt ihr wieder. Spricht sie wieder nicht an. Macht sich noch mehr Gedanken. Dann erweist die Frau sich als so gut wie verlobt mit einem reichen Kerl. Junger Mann ist tief verletzt. Reist ab und macht sich noch viel mehr …«

»Jetzt ist gut«, unterbrach er. Die Wärme wurde unangenehm.

Vitzthum beugte sich über den Tisch. »Wie soll sie wissen, was du empfindest«, flüsterte er, »wenn du nicht mit ihr redest? Frauen wollen, dass man etwas wagt. Dass man um sie *kämpft*!« Er ballte die rechte Hand zur Faust.

Thomas hatte das zweite Glas zur Hälfte getrunken. Übelkeit kroch ihm die brennende Kehle hoch, ein geradezu körperliches Gefühl von Überdruss. »So ist es nicht«, sagte er leise. »Du verstehst sie nicht.«

»Aber *du* verstehst sie?«

Er nickte.

»Wieso? Du weißt doch nichts über sie. Genauso gut könnte sie ein dummes, verwöhntes Kind sein.«

»Nein. *Nein.*«

»*Wieso* denn?«

»Sie denkt … Sie empfindet …«

»… genau so wie du?«

Thomas presste die Lippen aufeinander. Er ahnte, worauf Vitzthum hinauswollte: dass auf dieser Erde keine zwei Seelen in Gleichklang schwangen. Dass niemand den anderen kannte.

Er wusste das ja. Hatte es schon lange empfunden, bevor er es in Worte hatte kleiden können. Es durchtränkte alles wie kaltes, graues Wasser. Zugleich aber sah er, wenn er die Augen schloss, eine weiße Silhouette, die ins Dunkel gestoßen wurde. Und er verspürte einen Stich. Anstatt mit den Monaten zu vergehen, war dieser Schmerz stärker geworden, hatte sich in ihn versenkt und war nun gleichsam ein Teil von ihm. Niemand verstand das. Niemand sollte, durfte das verstehen. Und so machte er das zweite Glas Absinth verantwortlich, als er sich sagen hörte:

»Sie ist eine Seele in Nöten.«

Er musste überzeugend, vielleicht auch nur kläglich geklungen haben, denn Vitzthum lehnte sich im Stuhl zurück und betrachtete ihn fragend, beinahe besorgt. »Es tut mir leid, Tommy. Du brauchst dich nicht zu rechtfertigen. Es geht mich auch gar nichts an.« Er machte dem Kellner Zeichen, die Rechnung zu bringen.

Thomas starrte auf die pfenniggroße, grüne Pfütze in seinem Glas. Ohne aufzusehen, sagte er:

»Wenn du mir noch einen spendierst, erzähle ich dir noch etwas.«

Vitzthum nickte langsam und verständig. Der Kellner kam, erhielt weitere Order und ging.

»Was wäre«, fragte Thomas leise, »wenn der Erzähler plötzlich erführe, dass die Frau gar nicht ist, was er in ihr sieht? Wenn er plötzlich erführe, dass sie gezwungen wird, etwas zu tun, das sie durchaus nicht tun möchte?«

»Und zwar?« Der Freund zupfte sich an der Augenbraue.

»Dinge.«

»Mit einem Mann?«

Thomas nickte.

»Oder gar mehreren?«

Er schloss die Augen. Doch es half nichts.

»Dann ist sie eine …?« Vitzthum suchte vergeblich nach Worten, die Thomas längst kannte.

»Nein. Sie kann nichts dafür. Sie ist bloß jung und schwach und verzweifelt. Der einzige Fehler, den sie begangen hat, war zu glauben, ich könne ihr helfen.« Er seufzte. »Vielleicht habe ich es sogar selbst geglaubt.«

In die Stille am Tisch drang das Plappern, Klirren und Klackern des Cafés, das sich zum Abend hin füllte.

»Komm mit mir mit«, sagte Vitzthum schließlich entschlossen. »Nach Neapel. Viel Geld weist Mutter mir nicht an. Dafür hat sie für mich überall Doppelzimmer gebucht. Genau für solche Fälle.«

»Was? Aber was soll ich dort?«

»Die Frau wiederfinden!«

»Das geht nicht. Man hat mir gedroht für den Fall, dass ich wiederkäme.«

»Ach, Unsinn. Die Stadt ist riesig. Niemand kann dir verbieten, sie zu betreten.«

»Wahrscheinlich ist die Frau gar nicht mehr dort.«

»Aber falls doch?«

»Und dann?«, fragte Thomas.

»Keine Ahnung! Aber du *musst* hin. Sonst kommst du nie davon los.«

Er schüttelte, den Blick auf das leere Glas geheftet, lange den Kopf.

»Überleg es dir, Tommy. Ich fahre übermorgen Abend.«

Der dritte Absinth kam. Nur noch ein paar widerliche Schlucke, dachte Thomas, und er würde schlafen können. Aber er würde auch träumen: von halb nackten Leibern, lüsternen Blicken, langen, schaftartigen Zungen. Und von einer weißen Gestalt, die sich vielleicht, vielleicht auch nicht, zu ihm umzudrehen versuchte, bevor die Finsternis und sie eins wurden. Morgen früh wäre er die bleierne Schwere fürs Erste los. Und mit ihr die Gleichgültigkeit, die in dieser Welt der Meeresstille am nächsten kam. Er würde sich wieder klar erinnern, heftig empfinden. Dass er die Särge so deutlich vor sich gesehen, den

Duft so stark vernommen, die Scham so tief empfunden hatte, das war, erkannte er, nur der Anfang gewesen. Eine Warnung.

»Lass uns bitte gehen«, sagte er leise und schob das Glas von sich fort.

Später, allein im Pensionszimmer, hängte er die Kleider auf und wusch sich die Hitze aus dem Gesicht. Er legte sich aufs schmale Bett, löschte das Licht und schloss, mehr aus Gewohnheit, die Augen. Seine Hände wollten, vom Alkohol belebt, zum ersten Mal seit Langem unter die Decke tauchen, doch rief er sie rechtzeitig zur Ordnung. Von irgendwoher drang, anfangs kaum vernehmlich, ein kratzendes, schabendes Geräusch zu ihm herüber. Er versuchte, es zu ignorieren. Doch dann begriff er, dass es aus dem Zimmer stammen musste. Er setzte sich auf und entzündete wieder die Gaslampe. Das Geräusch kam von unterhalb des Bettkastens. Er kniete sich hin und leuchtete. Da war das Ungeziefer. Es lebte noch. Und noch etwas war da: eine zweite Kakerlake. Sie hielt das kranke Tier umfangen. Für einen Moment glaubte Thomas, sie wolle ihrer Artgenossin helfen. Oder begattete sie sie etwa? Fühler und Beine der kranken Kakerlake zuckten. Sie wurde vom gesunden Tier bei lebendigem Leibe gefressen.

Thomas legte sich wieder hin und löschte das Licht. Noch lange, weit länger, als es dauern konnte, hörte er leises Schaben.

27.

Mehr noch als du verabscheu ich mich selbst.
Zu spät lernt' ich Aegisthos kennen! – Weh mir! –
Was sag' ich! – Kaum entseelt war Agamemnon,
So zeigte meinen Augen sich Aegisth
In seiner ganzen Schändlichkeit, – und doch
Liebt ich ihn! – Ach zugleich ergriffen mich
Der Lieb und des Gewissens Furien. –

Vittorio Alfieri: *Orestes* (1783)

Rom, 29. Mai 1897

Heinrich war durchaus in der Lage, im gestärkten Oberhemd, das er vor dem heimischen Spiegel anzog, etwas Symbolisches zu erkennen. Man musste den Kopf hoch tragen, um den Stehkragen nicht zu beschmutzen. Die Brustpartie war weiß, glatt und rein wie frisch gefallener Schnee. So etwas konnte nur tragen, wer unter allen Umständen Haltung zu wahren vermochte. Jemand mit einem starken Willen, der sein Glück gleichsam auf die Knie zwang. Jemand, der wusste, dass man hart wie das Leben selbst zu sein hatte, wollte man das eigene Innere schützen. Wem dazu die Kraft fehlte, der erbrachte mit jedem Fettfleck an der Nackenpartie, jeder Falte in der Bauchgegend den Nachweis eines minderen Charakters. Eines moralischen Versagens. Als Heinrich in die Jackettärmel schlüpfte und sich selbst im schwarzen Anzug besah, fühlte er sich gewappnet für alles, was der Abend bringen mochte.

Er atmete tief ein, was ihm in jüngster Zeit wieder schwerer fiel, und hustete beim Ausatmen. Bevor er die Wohnung verließ, zwang er sich, das Einstecktuch kein weiteres Mal mit Eau de Cologne zu benetzen. Nichts sollte den Anschein erwecken, er habe sich auf ihr Wiedersehen – falls es denn zustande käme – sonderlich vorbereitet. Er steckte das Billett ein, das sie ihm hatte zukommen lassen, und machte sich auf zum Teatro Valle.

Nahezu ein halbes Jahr hatte er gebraucht, um nicht immerzu an ihr Haar, ihren Geruch, ihre weiße Haut zu denken. Obwohl er es sich nicht leisten konnte, hatte er sich Frauen gekauft, die anders aussahen, anders klangen, sich anders bewegten als sie. Danach hatte er jedes Mal den Gestank abwaschen müssen, doch die Erinnerung an Lina war geblieben. Dann hatte der Umschlag unter der Wohnungstür gelegen, darin die Karte für den heutigen Abend und ein Zettel, auf dem in ihrer Handschrift geschrieben stand: *Im 2. Akt habe ich frei.* Sonst nichts. So jemand hatte einfach Schauspielerin werden müssen. Sie wusste sich theatralische Auftritte und Abgänge zu verschaffen; und er gab das staunende, dankbare Publikum. Doch was auch heute zwischen ihnen beiden geschähe (und Heinrichs ganzer Körper ersehnte, *dass* etwas geschah): Damals würde sich nicht wiederholen. Ihre gemeinsamen Wochen lagen verschüttet unter einem Haufen Unrat. Die Zeit mit Lina hielt er in Ehren, aber nicht die Frau, als die sie sich erwiesen hatte.

Begleitete sie ihn heute Nacht nach Hause, so würde er wieder jedes Detail willkommen heißen: ihren Atem, ihren Rhythmus, die Neigung ihres Halses, die Härchen auf ihrem Bauch. Und doch: Mochte alles wieder exakt so sein, wie er es erinnerte, so wüsste er doch, dass sie eine andere war. Die Frau, die er zu kennen geglaubt hatte, existierte allein in seinem Kopf. Diese Frau hatte mit einer gewissen Schauspielerin den Körper gemein – einen zugegebenermaßen sehr begehrenswerten Körper. Damit sollte, ja: musste man sich zufriedengeben. Die Liebe war eine Krankheit und das Sexuelle deren Kur. Und so nahm sich Heinrich, als er nach kurzem Spaziergang das Foyer des Theaters betrat, das Versprechen ab, sich über diese Tatsache kein zweites Mal hinwegtäuschen zu lassen.

Er kam gerade rechtzeitig zum letzten Gong, der das Publikum in den großen Saal rief. Heinrich stellte sich vor, wie Lina in der Garderobe darauf wartete, dass er ihr Hals- und Beinbruch wünschte, und setzte sich auf seinen Platz hinten im Parkett. Dem Programmheft ließ sich nicht entnehmen, welchen Part Lina geben würde: die hinterhältige Klytämnestra oder deren unschuldige Tochter Elektra?

Der Vorhang hob sich.

Und dann war sie da. Gekleidet in ein weißes, fast silbrig glänzendes Gewand und ein Diadem im dunklen, vollen Haar, glitt sie über die Bühne wie eine zum Leben erweckte Statue. Die Gewissheit, dass es wirklich Lina war – in all ihren Myriaden Einzelheiten, die keine Fantasie sich so plastisch ausmalen konnte wie die Wirklichkeit –, berührte ihn mehr, als er erwartet hatte. Unter der Schminke sah ihr längliches Gesicht verändert aus. Ob das Reife war, Müdigkeit oder bloß ihre Rolle, war unmöglich zu sagen. Heinrich folgte den Bewegungen des verhüllten Leibes über die schlicht gehaltene Bühne, ohne viel auf das zu geben, was deklamiert wurde. Als der Vorhang zum ersten Akt fiel, machte er sich sofort auf.

Er fand die Tür angelehnt. Lina saß vor dem Schminkspiegel. Außer ihnen beiden war niemand in der Garderobe, die vom Licht einer Gaslampe erhellt wurde. Sie wandte sich auf dem Hocker um.

»Wartet dein Bruder im Saal?«

Er blinzelte. »Mein Bruder?«

»Ich hatte ihm auch eine Karte zukommen lassen. War dir das nicht recht?«

»Hauptsache, du hast nicht auch Junior eingeladen.«

Sie lächelte unsicher, und ihr Gesicht glänzte trotz des weißen Talkumpuders. »Möchtest du dich setzen?«

Sie wies auf den Stuhl vor dem benachbarten Schminktisch,

wobei die Strasssteine in ihrem Kleid leise klirrten. Er nahm Platz. Aus der Nähe wirkte ihr Kostüm grob, fast billig.

Er spürte ihre Hand auf seinem Knie.

»Du bist wirklich gekommen«, flüsterte sie.

Ihr Duft war derselbe, der noch wochenlang in seinem Bett gehangen hatte. Sofort ging sein Atem tiefer. Als sie den Kopf schräg legte und dabei die Lider senkte, beugte er sich vor, und sie küssten sich. Mit geschlossenen Augen war alles wie früher.

Sie löste sich von ihm. »Zum dritten Akt muss ich wieder hinaus. Aber vielleicht schaffe ich es später noch zu dir. Wir müssen vorsichtig sein. Dann können wir alles haben.«

Etwas an der Art, wie sie von *Wir* sprach, gefiel ihm nicht.

»Und was ist mit ihm?«, fragte er ein wenig kühl.

»Ach, denk doch nicht an so etwas.«

»Du und er, Ihr seid also immer noch …«

Sie nickte mit geschlossenen Augen.

»Wenn er die Sache beendet …«, sagte er zögerlich. »Ich habe nicht mehr Geld als damals.«

Lina nahm einen gelblichen Umschlag, der neben dem Spiegel lag. »Hier.«

»Was ist das?«

»Es gehört dir. Ich hätte es nie annehmen dürfen. Andererseits: Was wäre mir dann alles entgangen?«

Heinrich öffnete das Kuvert. Dreihundert Lire.

»Für mich ist gesorgt«, sagte sie. »Für meine ganze Familie.«

»Was ist in ein paar Monaten? In einem Jahr?«

»Glaub mir: Du brauchst mich nicht zu retten!«

Er presste die Lippen aufeinander, als unterdrückte er einen Schmerz. »Auf das Wort eines Mannes ist nicht immer Verlass.«

»Ich bin nicht naiv, Heinrich.« Sie klang halb gekränkt, halb stolz. »Ich habe mehr als sein Wort.«

»Wie meinst du das?«

»Vergiss es.«

»Was soll ich vergessen?«

»Vielleicht später, ja? Jetzt zählt allein das hier.«

Sie zog mit dem Finger einen Kreis um sie beide.

Die Geste kam ihm unpassend vor, geradezu obszön. »Was *meinst* du?«

Als sie erkannte, wie ernst es ihm war, wich alle Heiterkeit aus ihrem Gesicht. Geschäftsmäßig, wie eine Schauspielerin zur anderen, fragte sie:

»Sieht man also noch nichts?«

Dabei blickte sie auf ihren Bauch.

»Denkst du jetzt schlechter von mir?«

Heinrich gelang es, den Mund zu öffnen und vernehmlich »Nein« zu sagen.

»Weißt du, ich bat ihn um Geld, um es wegmachen zu lassen. Aber er wurde plötzlich ganz ruhig, ganz fest und meinte: ›Behalt es. Du wirst eine gute Mutter sein.‹«

Bei den letzten Worten brach ihre Stimme. Sie drückte sich die Spitze eines Taschentuchs unter die Augen, betrachtete das grauschwarz befleckte Tuch. »Verdammt.« Mit Blick in den Spiegel tupfte sie vorsichtig weiter. »Ich bekomme eine eigene Wohnung. Vielleicht kann ich ihn überreden, dass Mutter und Ludovico einziehen dürfen. Und dann, wer weiß: Wenn er erst einmal das Kind sieht … Er sagt, er will sich etwas Eigenes aufbauen, unabhängig sein.«

Jemand klopfte an die Tür. »In scena tra cinque minuti!«

Lina stand auf. Ihr Gesicht war so gleichmäßig weiß wie zuvor, abgesehen von ein paar winzigen grauen Tränenspritzern. Draußen im Saal würde niemand sie wahrnehmen. Niemand außer ihm.

»Bitte, geh ihm aus dem Weg, ja? Er kann sehr eifersüchtig sein.« Sie legte die Hände auf seine Brust und küsste ihn. Er ließ es geschehen. »Versprichst du's?«

»Ich kenne ihn ja gar nicht.«

Sie fuhr zusammen, entwand sich ihm und trat zwei Schritte zurück. »Was redest du da?«

Verwirrt starrte er auf das Nichts, wo eben noch Lina gestanden hatte.

»Natürlich kennst du ihn.«

»Lina … Was …?« Er schüttelte den Kopf.

»Du«, stammelte sie, »hast es doch selbst beschrieben, ich meine: in *Enttäuschung*. Und es war doch eigentlich offensichtlich, als ich abgereist bin, am selben Tag wie er.«

Heinrich bekam nur mühsam Luft. Lange, viel zu lange hatte er sich gefragt, was er damals bloß falsch gemacht hatte: Wäre sie bei ihm geblieben, hätte er die Armspange weniger detailliert beschrieben, einen anderen Preis genannt? Nein, hatte er sich gesagt, an so einer Kleinigkeit konnte es nicht gelegen haben. Er musste etwas falsch gemacht haben. Etwas Schreckliches. Beinahe wünschte er sich, es wäre so gewesen. Stattdessen ergab jetzt alles Sinn. Grässlichen, abstoßenden Sinn.

»Junior?«, flüsterte er.

»Er wollte heute Abend kommen. Deshalb auch das Billett für deinen Bruder. Damit es unverfänglicher aussieht.«

Heinrich blickte ziellos durch den Raum.

Sie nahm seinen Kopf in ihre Hände, sah ihm fest in die Augen. »Ich weiß, es ist viel. Aber eigentlich ist doch alles gut: Wir können zusammen sein! Ohne Verpflichtungen. Ohne Abhängigkeit.«

Er nickte mechanisch.

»Heinrich, bitte.« Sie seufzte tief. »Also gut. Als ich das erste Mal nach Norden reiste, da hatte ich noch nichts mit ihm. Er versprach, mich an Theatern vorzustellen. Ich bestand auf getrennten Zimmern, und darauf, dass nur ich einen Schlüssel für mein Zimmer habe. Ich dachte, dem würde er niemals zustimmen – aber er tat es. Und er hielt Wort. Wir fuhren nach Basel, Stuttgart, Leipzig. Aber dann …«, sie legte den Kopf schräg, »kamen die Absagen. Er war fast noch bedrückter als ich, nahm es ganz persönlich. Ich musste ihn sogar trösten. Und da«, sie zögerte kurz, »da begann es wohl.«

Nach ihrer Rückkehr nach Rom Anfang Dezember sei sie sofort zu Heinrichs Wohnung geeilt. Sie habe sich vergewissern wollen, dass sie noch dieselbe Frau war. Und er habe ihr dieses Gefühl gegeben. Doch sie habe schon, als sie in seinem Bett einschlief, geahnt, dass sie etwas zerstört hatte.

Am nächsten Morgen las sie, was Heinrich über Nacht verfasst hatte. Natürlich erschreckte es sie, dass er von einer Armspange mit eingelassenem Saphir schrieb, und dass auch der Preis derselbe war. »Aber das Schlimmste war, dass alles darin zutraf. Die Sängerin war gefallen, es war zu spät.«

Als am selben Morgen Junior ins Theater stürzte, habe sie gefürchtet, er würde sie schlagen. Stattdessen habe er sie aufgefordert, mit ihm zu kommen. *Wohin du willst. Aber es muss jetzt sofort sein.* Das Schicksal hatte sie nicht zertreten, sondern ihr eine zweite Chance gegeben! Trotzdem wäre sie wohl nicht mit ihm gegangen, hätte sie sich nicht so geschämt. »Aber für *ihn* war ich gut genug. Ich durfte ihn sogar trösten. Ich gab die gute Mutter, die Heilige, die für den größten Sünder Verständnis hat. Manchmal will er auch, dass ich das Gegenteil bin. Er mag das.« Sie spähte aus dem Augenwinkel nach Heinrich.

Der wandte den Kopf zur Seite und verzog den Mund. Atmete flach.

»Kannst du Ja zu mir sagen?«, fragte sie. »Zu uns? Dann kann ich wieder die Frau werden, die du in mir gesehen hast. Kannst du das?«

Der Impuls, sich loszureißen, sie von sich zu stoßen wie einen Straßenhändler, war fast übermächtig. Dann aber wurde Heinrich ganz kühl. Was hatte er erwartet? Er war hergekommen, um eine Affäre wiederzubeleben. Mehr war es doch nicht. Und eben das wollte die Schauspielerin: eine Flucht aus dem wirklichen Leben, in das man, sobald es ernst wurde, zurückkehrte. Ein Spiel.

Während er den Umschlag einsteckte, sagte er leise, aber fest: »Ja, das kann ich.«

Sie küsste ihm die Hände, die Wangen, den Mund. Danach prüfte sie ein letztes Mal ihr Spiegelbild, richtete ihr Haar und eilte strahlend hinaus.

Während hinter ihr die Tür ins Schloss fiel, wischte Heinrich Hände und Stirn mit einem Tuch ab.

Auf dem Weg zum Ausgang wurde ihm klar, wie richtig er gehandelt hatte. Ihm standen ein paar Wochen des Sinnenrausches bevor. Bald würde ihr Bauch sich wölben. Zöge sie sich nicht von allein zurück, gäbe er ihr – nur andeutungsweise natürlich – sein Befremden zu verstehen. Wenn das nicht genügte, reiste er eben für ein paar Wochen nach Florenz und käme nicht zurück, bevor sie so kugelrund war, dass sie das Haus nicht mehr verließ. War das Kind erst einmal da, würde ohnehin alles anders. Sie wäre beschäftigt und fände rasch – wie sie es ja immer tat – in ihre neue Rolle. Und falls sie doch wieder anklopfte, die Lüge noch ein wenig länger leben wollte? Er stellte sich vor, wie er ihr die Tür öffnete und Freude empfand. Wie er sich für ein paar Stunden einredete, alles sei wie früher. Dann aber, wusste er, käme die Erinnerung zurück, und mit ihr der Wunsch, sie zu seinen Füßen zu sehen. Er würde ihr zeigen, wie sehr er sie verachtete, um sie danach gnädig aufzuheben, und sie würde ihm dankbar sein. Wieder und wieder würde er es tun, bis nichts übrig blieb von den Gefühlen, die er einst gehegt hatte. Bis er frei von ihr war.

In den Fluren hing ein stickiges Gemisch aus Staub, Zigarettenrauch und Parfum. Er hustete und hustete. Besser wurde es erst, als er das helle Foyer betrat. Vorn an der Garderobe standen Tommy und dessen alter Pensionskumpan, dieser patente Graf. Heinrich schritt auf die beiden zu.

»Meine Herren«, rief er aufgeräumt. »Sie kommen, ich gehe.«

»Schön, Sie zu sehen, Heinrich. Ist ein paar Jahre her.« Der Graf reichte ihm die Hand. »Ich verabschiede mich gerade von Ihrem Bruder. Morgen früh fahre ich nach Neapel.«

»Verabschieden? Tommy, du begleitest ihn doch sicher?«

Doch der schüttelte bloß, den Blick seitwärts gerichtet, den Kopf. Sein Bruder war noch ein wenig bleicher und schmaler geworden seit neulich, als sie, bei heißem Orangenpunsch, im Café schweigend Domino gespielt hatten. Der Abend hatte abrupt geendet, als Tommy erschrocken aufstand, nur weil am Nebentisch jemand Deutsch sprach.

»Können Sie mir dort unten etwas empfehlen?«, fragte der Graf.

In der Zwischenzeit hatte Heinrich eine Zigarre entzündet. Jetzt hustete er, bis ihm die passende Antwort einfiel:

»Alles. Schauen Sie sich alles an. Ergreifen Sie jeden Genuss, der sich Ihnen bietet. Und dort unten gibt es ja einfach alles. Sie verstehen?«

Gemächlich zog er an der Zigarre und wartete, wie der junge Graf die Andeutung aufnahm. Dessen schamhaftes Lächeln in Tommys Richtung genügte ihm als Ermutigung.

»Schreiben Sie auch?«, fragte Heinrich, ohne Antwort zu erwarten. »Wissen Sie, als Künstler, als Schriftsteller ist man schamlos gegen die eigenen Erlebnisse. Man beutet sie aus. Man *muss* es tun, will man etwas von Wert erschaffen. Es ist gewissermaßen die Pflicht eines Künstlers, amoralisch zu handeln.«

Er räusperte sich und musterte kühl seinen Bruder. Der blickte weiter scheel zur Seite, halb störrisch, halb überfordert, wie damals als Kind.

»Wie weit bist du eigentlich?«, fragte Heinrich. »Versuchst du immer noch, diese Bajazzo-Geschichte aufzublasen? Lass es lieber. In drei Monaten ist Abgabe. Und man schreibt nur gut und schnell über Dinge, die man selbst erlebt hat. Man muss sich hineinstürzen ins Leben, es mit beiden Händen packen! Man darf nichts auslassen. Scham ist für Leute, die ihr Leben nach der Meinung anderer ausrichten.« Und mit Blick auf Tommy fügte er hinzu: »Findest du nicht auch?«

Der Graf schaute besorgt zu seinem Freund, dessen Kopf zwischen die schmalen Schultern gesunken war.

Wie lange, dachte Heinrich, wollte sein kleiner Bruder noch stumm vor sich hin leiden? Und warum? Wahrscheinlich war ihm das Gleiche passiert wie in dieser gestelzten Novelle vom blassen Möchtegernkünstler, der zu verklemmt war, um eine Frau, die er begehrte, auch nur anzusprechen. Herrgott noch mal! Man musste hart sein! *Deshalb* reizte er Tommy so: Der Junge sollte sich den Schneid von ihm nicht abkaufen lassen, sondern dagegenhalten, Stärke zeigen! Stattdessen hockte er da wie ein Welpe, der eins auf die Nase gekriegt hatte.

»Ich habe Junior vorfahren sehen«, sagte Tommy.

»Hm«, machte Heinrich und zog hustend die Schultern zurück. Im Foyer war der Verlegersohn nicht zu sehen.

»Ihr Bruder hat eine großartige Idee«, sagte der Graf eilig. »Für eine längere Geschichte.«

»Ach«, machte Heinrich.

»Was?«, fragte Tommy.

»Stimmt doch.« Vitzthum zuckte, verlegen blickend, die Achseln. »Ich habe gestern im Hotel immer daran denken müssen. Heute Morgen wieder. Geht mir einfach nicht aus dem Kopf.«

»Vitzthum …«

»Ich meine ja nur: Dein Bajazzo könnte die erste Hälfte des Romans werden. Dann musst du nur noch die zweite Hälfte schreiben. Die spannendere.«

»Welche zweite Hälfte denn?«, fragte Heinrich.

»Keine«, sagte Tommy.

»Sie spielt in Neapel.«

»Vitzthum, jetzt hör *auf.*«

»Wieso? Die Geschichte hat alles, was man lesen will. Liebe, Intrige, Leid. Nur eine wichtige Sache fehlt. Die Hauptfigur muss sich etwas Entscheidendes trauen, das ihr große Angst macht.«

»Ich gehe jetzt hinein«, sagte Tommy verärgert.

»Warte doch mal! Ich finde, dein Bruder hat recht. Wenn

du sie nicht wiederfindest, dann ist das eben so. Dann endet die Geschichte in Moll. Aber du hättest alles versucht. Auch das würde eine tolle Geschichte, solange man als Leser fühlt, dass das, was die Hauptfigur empfindet, echt ist. Erlebt und erlitten.«

»Gute Reise.« Tommy wandte sich zum Gehen.

»Warte. Hier. Meine neue Adresse in Berlin.« Vitzthum reichte dem Bruder eine Visitenkarte.

Der steckte sie widerwillig ein.

»Ich kann dir ein bisschen Geld leihen!«, rief der Graf ihm nach.

Während Tommy dem Eingang für die hinteren Parkettplätze zustrebte, begriff Heinrich endlich, was hier geschah. Kurz lächelte er mit entblößten Schneidezähnen seinem Bruder hinterher. Dann rief er:

»Warte!«

Er ging ihm entgegen. Als sie voreinander standen, fragte Tommy gereizt: »Was?«

»Wir Dichter«, sagte Heinrich, »sind gegen unsere Erlebnisse schamlos. Wir beuten sie aus.« Er reichte ihm den Umschlag.

Dass er den Bühneneingang wählte, um nach draußen zu gelangen, bewies Heinrich ein weiteres Mal, wie gefestigt seine Selbstbeherrschung mittlerweile war. Sich im Foyer auf ein Gespräch mit Junior einzulassen, wäre ein sinnloses Risiko. Er hatte Wichtigeres zu tun: Vorhin war ihm klar geworden, wovon sein Roman handeln musste.

Weil sein Orientierungssinn nicht der beste war, folgte er, um aus dem Gängelabyrinth hinauszufinden, dem vertrauten Weg zur Garderobe. Von dort war es nicht weit bis nach draußen.

Er bog um die letzte Ecke, als er, höchstens zehn Meter vor ihm, drei Gestalten auf dem Flur stehen sah.

Bevor er wusste, was er tat, trat er einen Schritt zurück und hielt den Atem an.

Junior. Bei ihm dieser Klemzig, und der kleine Ludovico.

Er konnte umkehren und durch das Foyer ins Freie. Aber so, wie die stickige Luft seine Lunge reizte, so plagte ihn die Vorstellung, er kneife. Es war eine Sache, Junior zu meiden, und eine andere, vor ihm davonzulaufen.

Er bog um die Ecke. Als er sich den dreien näherte, nickte er leicht und lächelte dem Jungen zu.

»Guten Abend, die Herren. Warten Sie auf die Signorina?«

Junior wandte sich nicht um. Auch Klemzig schwieg, richtete die treu-dummen Augen mal vorwurfsvoll auf Heinrich, mal fragend auf seinen Korpsbruder. Daneben und doch allein stand Ludovico: die Stirn in Falten gelegt und gebeugt, als erwarte er einen Schlag. Ohne ein weiteres Wort passierte Heinrich die Garderobe.

Junior zischte etwas, ein einziges Wort. Weil es aber unmöglich dasjenige sein konnte, das er verstanden zu haben glaubte, ging Heinrich weiter den Flur entlang.

»Da siehst du, Klemzig«, rief Junior, »*was* für eine Enttäuschung er ist!«

Heinrich blieb stehen.

»Was ist los, Herr Mann? Fühlen Sie sich angesprochen?«

Heinrich wandte sich um. »Was wollen Sie?«

»Ich?« Junior tat überrascht. »Wer sagt, dass ich von *Ihnen* etwas will? Von Ihnen will niemand was. Stimmt's, Klemzig?«

Der nickte eifrig, was ihm gut gelang.

»Es ist nämlich so, Klemzig«, sagte Junior laut, ohne Heinrich anzusehen: »Gewisse Leute halten sich für mutig, weil sie Geschichten schreiben. Sitzen den ganzen Tag in ihrem Kämmerlein, wärmen sich am Ofen, trinken Tee oder was weiß ich, und dabei denken sie sich was Feines aus. Mal warnen sie vor Juden und Sozis, rufen dazu auf, reinen Tisch mit allen zu machen, die sich gegen die Ordnung stellen. Gut und schön. Aber manchmal, Klemzig, manchmal ist ihnen ganz weich ums Herz. Dann schreiben sie was über *Liebe*. Dann machen sie in

Literatur.« Die beiden Satzenden sprach er so exaltiert aus, als handle es sich um die neuesten französischen Modewörter.

In Heinrichs Hals und Brust pochte es, und unter dem Kragen wurde ihm heiß. Erhobenen Kopfes ging er zurück, bis nur noch zwei Meter zwischen ihnen lagen. Junior war um fast einen Kopf größer als er, Klemzig um das Gleiche breiter.

»Verstecken Sie sich nicht.« Heinrich trennte *s* und *t* so scharf, dass er beinahe fauchte.

»Wer versteckt sich hier, hm?« Träge und zugleich bedrohlich, wie ein Raubtier, das um seine Überlegenheit weiß, beugte Junior sich vor. »Kommen Sie. Sagen Sie, warum Sie hier sind.«

»Es geht Sie zwar durchaus nichts an«, sagte Heinrich mit erhobenem Kinn, »aber ich habe Signorina Alberini meine Aufwartung gemacht.«

Junior blies Luft durch die Nase. »Siehst du? So sind sie, unsere *Dichter.* Lügen und betrügen. Dabei halten sie sich für was Besseres. Geht unsereiner in den Puff, ist er ein Schwein. Machen sie's, ist es ein Opfergang: alles nur für die *Kunst.* Danach schreiben sie es auf. Jeder kann lesen, was für Schweine sie sind. Und damit kommen sie auch noch durch. Die Leute wollen's nämlich nicht wahrhaben. Die Weiber liegen ihnen sogar zu Füßen. Wegen denen machen sie's in Wahrheit auch.«

Heinrich wusste nicht, worüber er sich mehr ärgerte: seine eigene Antwort, die ihm nicht länger souverän erschien, sondern ausweichend, oder Juniors dummdreiste Andeutungen. »Sie haben es also gelesen? *Enttäuschung*?« Er fixierte Junior.

Von dessen Miene fiel alles Auftrumpfende ab, und übrig blieb bittere Wut. »Der Alte hat sich besonders gefreut. Schönen Dank auch.«

Der Alte? Erst jetzt ging Heinrich auf, was mit einem Male so offensichtlich schien: Schröter senior musste früh von Lina erfahren haben. Vermutlich war er deshalb nach Rom gereist. Mit der Einstellung des Blattes strafte er den Sohn für dessen unstandesgemäße und teure Affäre. Schröter hatte die Sache halbwegs ausgestanden geglaubt, da las er das Manuskript, das Heinrich im Hotelzimmer zurückgelassen hatte. So erfuhr er, dass die Schauspielerin auch mit Heinrich verkehrte. Sein gerade erst großjährig gewordener Erbe – Teil einer Ménage-à-trois? Der Verleger musste getobt haben.

»Das …« Heinrich setzte an zu erklären, er habe von Lina und Junior bis vorhin nichts gewusst. Aber was brächte das noch? Und wofür sollte er sich rechtfertigen? Er war selbst ein Betrogener.

»Sie haben sich alles selbst zuzuschreiben«, sagte er, so kühl er konnte. »Guten Abend, die Herren.« Dann wandte er sich zum Gehen – und sah eine Königin der Antike durch die Tür treten.

»Ah, Lina, komm her«, rief Junior, als kommandiere er einen Dienstboten. »Herr Mann wollte sich gerade aus dem Staub machen. Wie immer!«

Sie trug ein Diadem über dem verschreckten Mädchengesicht und rührte sich nicht. Im Licht der Gaslampen glänzte ihr Kleid silbrig. Heinrich ertrug es kaum, wie schön sie war.

Von der Tür, hinter der er würde aufatmen können, trennten ihn nur wenige Schritte.

Bis jetzt hatte er die Bilder von sich fernhalten können – Bilder von ihr mit Junior. Aber jetzt, da er sie bei ihrem Namen nannte – ihrem Kosenamen –, drängten sie sich ihm schamlos auf. Wie abstoßend das alles war. Ja, auch er hurte. Aber er litt davor und danach Qualen, weil er wusste, wie unsagbar fern er dem Heil war. Junior verstand von so etwas nichts, er war ein Haufen Fleisch, zu dumm zum Leiden. Ihm wollte Heinrich seine ganze Verachtung entgegenschleudern, ihn mit Worten vernichten.

Stattdessen begann er heftig zu husten. Er hielt sich das Einstecktuch vor den Mund. Als er, mühsam Atem schöpfend, den weißen Stoff betrachtete, tränten seine Augen vor Anstrengung.

»Ich kann verstehen«, keuchte er, »warum Ihr Vater Ihnen

nichts zutraut.« Durch den Schleier hindurch hielt er Ausschau nach dem Schmerz, den er bereitet hatte.

Doch Junior zuckte bloß die Achseln. »Na, und? Das kenne ich schon. Aber Sie … Sie wissen nicht mal, wie er mit Ihnen spielt, was?«

»Unsinn. Sie sind …« Das Satzende erstickte der Husten.

»Sie hätten sich die ganze Sache ersparen können, damals in Zürich. Sie hätten dem Alten ins Gesicht sagen sollen: ›Nein danke, ich will nicht wieder Herausgeber werden, ich will Bücher schreiben.‹ Aber dann schaut er einen wieder so an, mit diesem seltsamen Blick, so von unten herauf, als wäre man ein Sagenheld. So kriegt er einen. So macht er's immer.«

Heinrich schüttelte schwer atmend den Kopf.

»Ach, nein?«, rief Junior. »Ich hab' Ihnen sogar die Chance gegeben, heil aus der Sache herauszukommen! Und was tun Sie? Rennen dem Alten bis ins Hotelzimmer hinterher, um sich gleich wieder an ihn zu fesseln. Sogar mit schlechteren Bedingungen diesmal. Natürlich alles nur wegen des Geldes, richtig?« Junior schnaufte verächtlich. »Nein. Weil er einen so angeschaut hat. Und weil man nicht will, dass er je damit aufhört. Deshalb haben Sie's gemacht. Ich bin vielleicht schwach. Aber Sie sind's auch.«

Dass Junior bei seinen Lügen so gefasst klang, so überlegen tat, war zu viel. Alles war grotesk verdreht. Eine Farce.

In diesem Moment schlich etwas Weißes in sein Blickfeld. Lina ging langsam den schmalen Flur entlang. Aus irgendeinem Grunde war Heinrich, als müsse sie im nächsten Moment, wenn sie ganz nahe war, stehen bleiben und ihn tief, tief in die Arme schließen. Stattdessen drückte sie sich, ohne aufzusehen, an der Wand entlang, stellte sich neben Junior und tätschelte Ludovico, der nichts begriff, den Kopf.

Heinrichs Wut glänzte rot wie das Blut, das sich im Einstecktuch sammelte. Verzweiflung und Hass waren dasselbe.

»Was wollen Sie eigentlich mit ihr?«, rief er keuchend. »Und mit ihrem Balg? Soll es etwa Ihren Namen bekommen? Und dann? Machen Sie auf glückliche kleine Familie? Sie können es drehen und wenden, wie Sie wollen: Es bleibt ein Hurenkind.«

Mit dem Hemdsärmel wischte er sich den nassen Mund ab. Noch mehr Blut.

Im Augenwinkel sah er, wie Junior und Klemzig auf ihn zugingen. Ob er gleich zuschlüge oder geschlagen würde, war ihm eins.

Dann erstarrte seine Lunge zu Stein. Er riss den Mund auf, doch nichts drang heraus und nichts mehr hinein. Die Welt verwischte.

Noch im Fallen suchte Heinrich das Schmutzigweiß der falschen Königin, und sein blasses Gesicht war entstellt von Abscheu und Enttäuschung.

28.

Wohl bin ich ein Wald und eine Nacht dunkler Bäume: doch wer sich vor meinem Dunkel nicht scheut, der findet auch Rosenhänge unter meinen Cypressen.

Friedrich Nietzsche: *Also sprach Zarathustra* (1883)

Da war ein Schmerz in der Dunkelheit. Ein Drücken und Ziehen, das kreisförmig ausstrahlte, wie Wellen in einem aufgewühlten Teich. Und wie Wellen brandete der Schmerz an, brach und kehrte, noch wilder als zuvor, zurück, als strebte er mit verzweifelter Wut hinaus. Es musste eine unüberwindliche Schwelle geben. Was, wenn diese Schwelle dort verlief, wo der Körper endete und die Außenwelt begann? Dann wäre das hier sein Schmerz, sein Körper in der Finsternis. Es wäre seine mühsam arbeitende Lunge, sein tauber Rücken auf dem Boden und seine zornige Wellen aussendende rechte Hand.

Er atmete tief ein, versuchte es zumindest. Seine Lunge war wie gelähmt. Aber offenbar bekam er genug Luft, um nicht wieder ohnmächtig zu werden. Und das, vermutete er, war er gewesen. Für wie lange? Und wo war er? Er seufzte laut. Der Laut erzeugte keinen Hall. Wo auch immer er sich befand: Es musste ein sehr kleiner Raum sein. Also nicht der Flur, an dem er – vorhin? gestern? – so stark hatte husten müssen, dass … Ja, was? Was war geschehen?

Als Heinrich sich aufsetzen wollte, verlor er das Gleichgewicht, kippte nach rechts und stützte sich instinktiv mit der Hand ab. Der Schmerz nahm ihn für einen Moment ganz ein. Dann fiel er mit einem unterdrückten Ächzen wieder auf den Rücken. Nach ein paar flachen Atemzügen wagte er es noch einmal, sich vorsichtig auf den linken Ellenbogen zu stützen, danach auf die gesunde Hand, bis er einigermaßen sicher saß. Doch in der neuen Position fiel ihm das Atmen noch schwerer. Wenn er sich zurücklehnte, um der Lunge Platz zu verschaffen, drohte er rücklings zu fallen. Beugte er sich vor, bekam er noch weniger Luft. Er tastete nach etwas, woran er sich hochziehen konnte, aber da war nichts. Einige Zeit blieb er ratlos sitzen, bis ihm schwindlig wurde, und der Drang, sich wieder hinzulegen, schier übermächtig. Konnte man hier ersticken? *Sollte* er ersticken?

Seine Lippen begannen zu zittern, und mit erstickter Stimme krächzte er:

»Aiuto.«

Er bat ein zweites Mal um Hilfe, kaum vernehmlicher als beim ersten. Wie anstrengend es war und wie erbärmlich. Beinahe hätte er geheult wie ein kleines Kind. Das aber hätte bloß Kraft gekostet. Kraft, die er dringend brauchte und die ihn rasch verließ. Und so stützte er sich auf seine gute Hand, streckte den Oberkörper, atmete so tief ein, wie er konnte, ohne rücklings zu fallen, und rief, so laut es eben ging:

»Aiuto!«

Er unterdrückte ein Keuchen, um zu horchen. Nichts. Dann, irgendwo da draußen, Schritte, lauter werdend. Schließlich ein metallisches Knirschen und, fast im selben Moment, vor ihm eine Säule aus Licht.

Heinrich kniff die Augen zusammen. Hinter einer nur einen Spalt breit geöffneten Tür lugte ein hagerer, kleiner Kopf hervor.

Heinrich wollte etwas zu Ludovico sagen. Doch schien dieser nach etwas zu lauschen – und schloss vorsichtig die Tür. Wieder Dunkelheit. Bevor Heinrich sich darüber klar werden konnte, ob er sich ärgern oder ängstigen sollte, flutete erneut Licht ein. Hastig trat der Junge auf ihn zu und ergriff mit beiden Armen seine rechte Hand.

Tiefrote Schmerzwellen. Ein Stöhnen, fern aller Sprache.

Ludovico schreckte zurück.

»Verdammt noch mal, Tommy.«

Das Kind versteckte sich hinter der Tür, bereit, sie zuzuschieben.

»Mi scusi«, keuchte Heinrich mit gesenktem Kopf. »Non ha fatto nulla di male. Per favore, mi aiuti.«

Dann streckte er, den Kopf fast bis auf die Brust gesenkt, dem Jungen die Linke entgegen.

29.

Gewiss wäre der Neapolitaner ein anderer Mensch, wenn er sich nicht zwischen Gott und Satan eingeklemmt fühlte.

Johann Wolfgang von Goethe: *Italienische Reise* (1816/17)

Neapel, 30. Mai 1897

Nach einer Stunde, in der er alles erledigt hatte, was irgend zu besorgen gewesen war, gingen Thomas die Begründungen aus, weshalb er sich nicht ans Fenster wagen sollte.

Die Nacht über hatte er in Vitzthums Band mit Erzählungen Edgar Allan Poes gelesen. Erst bei Sonnenaufgang war er für wenige Stunden in abgerissene Träume verfallen. Träume, in denen mal das bucklige Männlein aus Kindheitsgedichten in den Vordergrund drängte, mal ein neapolitanischer Metzger oder ein ausgestreckter, schlanker Arm. Erwacht war Thomas noch müder, verwirrter und ängstlicher als zuvor. Danach hatte er sich – obwohl der Page, der Vitzthum und ihm gestern Abend ihre Zimmer gezeigt hatte, stolz bemerkte, das Hotel Royal verfüge in allen Etagen über fließend warmes Wasser – von Kopf bis Fuß mit einem nasskalten Lappen gewaschen. Danach hatte er den weißen Anzug angelegt – doch nur, um ihn rasch wieder auszuziehen. Allzu sichtbar, geradezu waidwund kam er sich darin vor.

Jetzt trug er das dunkelgraue, fast schwarze Jackett und die dazugehörige Hose. Tatsächlich beruhigte, festigte ihn das ein wenig. Aber noch immer zögerte er, an den französischen Balkon zu treten und nachzuschauen, wer auf der Uferpromenade musizierte.

Bis herauf in den dritten Stock drangen die grellen Spitzen der Trompetenstöße und Trommelschläge, so monoton wie der Herzschlag eines großen, schlafenden Tieres.

Müdigkeit, Hunger und sommerliche Wärme ließen ihn schwindeln. Wie gern hätte er sich am offenen Fenster Luft verschafft, auch um an etwas anderes zu denken als an das verdächtige Pochen im Unterkiefer. Doch Thomas wagte es nicht hinauszuschauen. Es war unwahrscheinlich, aber nicht auszuschließen, dass er den Halt verlor und über das gusseiserne Geländer in die Tiefe fiel. Genauso wenig ließ sich ausschließen, dass der Fremde just in diesem Moment im gegenüberliegenden Restaurant saß und zu Thomas' Zimmer hinauf schaute. Immerhin hatte er selbst auf diese Weise den Jungen gefunden. Es war grässlich, nicht zu wissen, ob man zu vorsichtig war oder nicht vorsichtig genug.

Ein leises, schlurfendes Geräusch. Als Thomas sich umsah, bemerkte er einen gefalteten Zettel, den jemand unter der Tür hindurch geschoben haben musste. Von Vitzthum konnte er nicht stammen. Der war bei Morgengrauen nach Pompeji aufgebrochen, der Ruinen wegen und um der größten Marienprozession der Region beizuwohnen. Ohne zu klagen oder zu nörgeln, warum Thomas ihn nicht begleite. Er wünschte sich, er wäre einen Tag lang so zielstrebig, gelassen und innerlich gefestigt wie sein Freund.

Das Papier erwies sich als Meldebogen. Bei ihrer späten Ankunft hatte der einsame Rezeptionist sie davon noch verschont. Froh, wieder etwas zu erledigen zu haben, füllte Thomas das Formular aus. Den eigenen Namen, Datum und Ort der Geburt niederzuschreiben, erinnerte ihn daran, dass er eine Geschichte, Wurzeln, womöglich gar einen Platz in der Ordnung besaß. Ihm kam es nicht länger völlig unplausibel vor, dass auch er ein Anrecht darauf hatte, hier zu sein. Bevor die Einsicht verfliegen konnte, beschloss er, den Zettel persönlich zurückzugeben – und verließ das Zimmer.

Im Foyer versammelten sich Paare und Grüppchen, bevor sie zu ihren Tagesausflügen aufbrachen. Nur wenige Gäste schauten durch die Glasfront auf die Uferpromenade. Die Kapelle war offenbar weitergezogen, der rhythmische Puls ihrer Musik kaum mehr als eine Erinnerung. In der geschäftigen Menge fühlte Thomas sich halbwegs sicher, und als ein junger Rezeptionist ihn bat, auch die Anmeldung für Vitzthum zu besorgen, tat er das gern.

»Bonjour, Monsieur. N'avez-vous pas déjà honoré notre maison de votre présence?«

Er sah vom Schreiben auf. Vor ihm stand ein Mann und lächelte, ohne die Augenpartie in Mitleidenschaft zu ziehen. Das glänzende Schwarz des Fracks, das strahlende Weiß der Weste und die devote und zugleich stolze Haltung erkannte Thomas sofort wieder. Es war der Concierge, der ihn ein halbes Jahr zuvor hinausgeworfen hatte.

Nein, sagte Thomas und senkte rasch den Blick: Er sei zum ersten Mal hier zu Gast.

Die Antwort schien dem Mann wenig zu behagen. Offenbar erkannte er Thomas' Gesicht, wusste es aber nicht einzuordnen.

»Ah, je vois. C'est aussi la première fois que vous venez à Naples?«

Thomas erwog, darum zu bitten, in Ruhe gelassen zu werden. Aber als er hier auf den Jungen wartete, hatte das ihn in den Augen des Concierges nur verdächtig gemacht. Und so reichte er ihm wortlos Vitzthums Meldebogen. Er war schon auf dem Weg zurück zur Treppe, als der Hotelangestellte ihm nachrief:

»Un instant, s'il vous plaît, Monsieur!«

Thomas blieb stehen.

»Je vous prie de m'excuser«, bat der Mann. Er hätte sofort erkennen müssen, warum *monsieur le comte* ihm so bekannt vorgekommen sei. Die Ähnlichkeit zwischen Sohn und Vater – dem er hiermit seine herzlichen Grüße zu übermitteln wünsche – sei schließlich augenfällig. Er freue sich sehr, *monsieur le comte* begrüßen zu dürfen, und wünsche ihm einen erfreulichen Aufenthalt in dieser schönen Stadt, und wenn er in irgendeiner Weise behilflich sein könne, dann möge *monsieur le comte* bitte nicht zögern, sich an ihn zu wenden.

Für einen Moment überließ Thomas sich der Verachtung für diesen Kerl, der sich unterwürfig anzubiedern verstand, nur weil er ihn für den jungen Grafen Vitzthum hielt. Doch das Lächeln des Concierges – daran gab es keinen Zweifel – war vollkommen natürlich. Offenbar gelang es ihm, die eigenen Worte zu glauben. Offenbar *wollte* der Hotelmann in ihm einen Herrn Grafen erkennen. Aber nicht, um diesem zu gefallen. Sondern um sich durch die Gegenwart eines Höheren selbst erhöht fühlen zu dürfen. Sollte Thomas ihn der Freude berauben, wo sie den Arbeitsmorgen dieses Mannes doch gleichsam mit ein wenig Glitzer zu bestreuen schien? Zu Kinderzeiten hatte es auch niemandem geschadet, wenn er, stolz und glücklich mit dem Geheimnis seiner Würde, als ein achtzehnjähriger Prinz namens Karl durch den Tag gegangen war.

Thomas zog die Schultern zurück, hob das Kinn, und sofort atmete er freier. In dieser Haltung schien es nur natürlich, dem Concierge freundlich, beinahe huldvoll zuzunicken. Und von dort war es ein erstaunlich kleiner Schritt zu sagen, man danke vielmals und werde dem Herrn Vater die Grüße so bald wie möglich ausrichten.

Der Concierge nickte erfreut. Dürfe er fragen, ob *monsieur le comte* beabsichtige auszugehen?

Das tue er. Wann er zurückkehre, sei ungewiss.

Allein? Benötige er vielleicht eine Kutsche? Einen Führer? Die Stadt sei natürlich wunderschön, doch zugleich …

Das sei nicht nötig, entgegnete er gelassen. Sein Reisebegleiter kenne sich exzellent aus.

»Je comprends.« Der Concierge musterte den Meldebogen. »Un Monsieur … Mann?«

»Le *poète* Thomas Mann, oui«, sagte er und nickte gnädig.

Dann schritt er zum Ausgang – so gelassen und zielstrebig, als gelte es, jahrhundertealte Familienbesitztümer zu inspizieren.

Auf der Via Partenope schlug Thomas sommerliche Wärme entgegen. Im Licht der hoch stehenden Sonne standen wieder Kinder und Halbwüchsige johlend und lachend auf den Felsen, bereit, sich auf einen Wink hin in die Tiefe zu stürzen. Ihre Muskeln und Sehnen bewegten sich mit animalischer Eleganz unter der tief braunen Haut. Nach bestandener Mutprobe suchten die Wagemutigen mit großen, dunklen Augen, tropfnass und das Haar zurückgeworfen, die Promenade ab nach Touristen, die ihnen ein paar Münzen zuwarfen. Ein Mann mittleren Alters neckte einen der Klippenspringer, indem er Zeichen machte, er wolle ihm – und ihm allein – ein Geldstück zukommen lassen. Mehrmals tat er, als würfe er es ihm zu – nur, um im letzten Moment innezuhalten. Und jedes Mal kam das halbe Kind ihm näher wie ein ängstlicher, aber hungriger Straßenhund. Erst als der Junge, einzig mit einer Unterhose angetan und noch immer von Wasser glänzend, vor seinem Gönner stand, ließ dieser sich die Münze entlocken. Dabei drückte der Mann sich die Zunge auf eine Weise in den Mundwinkel, dass Thomas sich angewidert abwandte.

Thomas zog es zum Dom, wo er den jungen Lord, der keiner war, das erste Mal angesprochen hatte. So lange wie möglich schlenderte er am Ufer entlang, denn Licht und Brise belebten ihn. Dann schwenkte er links ein. Die Gassen wurden rasch schmaler und unübersichtlicher. Doch wusste er, er war auf dem richtigen Weg, weil links und rechts immer häufiger Geschäfte auftauchten, die Devotionalien feilboten: Weihgeschenke wie silberne Herzen und Heiligenbilder, aber auch Nachbildungen menschlicher Gliedmaßen, die christliche Märtyrer für ihren Glauben verloren hatten. Diese waren so kunstvoll bemalt, dass man glauben konnte, das blutige Fleisch zu riechen. Dahinter blühten Hunderte, Tausende künstlicher Blumen, wohl für den Schmuck von Altären und Gräbern. Kurz vor Thomas' Ziel tat sich das Fegefeuer auf: Scharen gemarterter Seelen aus bemalter Terrakotta blickten gen Himmel, für immer schwankend zwischen Verzweiflung und Hoffnung auf Gnade.

Was würde er tun, falls er den Jungen – gegen alle Wahrscheinlichkeit – tatsächlich fand? Was *konnte* er tun?

Den Concierge mochte er für ein paar Augenblicke täuschen. In Wahrheit aber war er müde, hungrig und so verwirrt, dass er, als er plötzlich erneut im Fegefeuer stand, nicht einmal wusste, ob er im Kreis gelaufen war. Alles um ihn herum kam ihm fremd vor und zugleich seltsam bekannt.

Schließlich – er hatte sein Ziel beinahe vergessen – fand er sich vor der Kathedrale wieder. Der kleine Vorplatz war überfüllt von schwarzhaarigem, schwatzendem Volk. Nach kurzem Zögern suchte Thomas sich einen Weg zum Eingang in der Hoffnung, drinnen Kühle und Ruhe zu finden. Kühl zumindest war es. Doch standen und saßen hier Hunderte Frauen, Männer und Kinder. Sie alle beteten – die einen murmelnd, die anderen lautlos – mit Blick auf eine lebensgroße Silberbüste. Mit großer Gewandtheit ließen sie Rosenkränze zwischen ihren Fingern hindurchgleiten. Thomas musste nicht bis zur Büste gehen und sich die Ampulle darin anschauen. Er wusste, was die Menschen darin sehen wollten: das verflüssigte Blut Jesu Christi. Die Wiederkehr des Verlorenen. Hoffnung.

Thomas ging zurück zum Eingang, vergeblich Ausschau haltend nach einer schmalen Silhouette mit langem, blondem Haar. Draußen empfingen ihn Trompetenstöße und Trommelschläge, die rasch lauter wurden. Eine Kapelle marschierte auf den Vorplatz. Alte und junge Männer in abgewetzten, dunklen Anzügen spielten schleppend, asynchron und vor allem laut. Thomas erkannte sie wieder: die simplen Rhythmen, die mal an Intensität gewannen, mal nachließen. Nur zur Lösung, zur Auflösung fanden sie nie. Hinter den Musikern zogen zwei schwarze Pferde mit Scheuklappen einen riesigen, ebenfalls schwarzen Wagen. Obenauf ruhte, halb aufgerichtet und die Hände vor dem Unterleib verschränkt, eine in strahlendes Weiß gekleidete Frauenfigur. Thomas glaubte schon, Vitzthums Madonnenprozession vor sich zu sehen, als der Rest des Zuges den Platz betrat: mindestens ein Dutzend Frauen in schwarzen, schlichten Kleidern, ihre Gesichter ebenfalls schwarz verschleiert. Die weiße Statue, erkannte er mit Grauen, war eine wie zur Hochzeit hergerichtete Leiche.

So rasch wie möglich passierte er die Menge, vorbei am Beerdigungszug. In den ewig gleichen Gassen schien die monotone Musik ihm zu folgen, bis ihr Rhythmus nicht länger zu unterscheiden war vom Pochen in seinem Kiefer. Wie von selbst führten die Wege ihn schließlich zur Via Toledo.

In einem kleinen, nicht ganz schäbigen Restaurant mit Blick auf die Straße bestellte er, aller Erfahrungsweisheit zum Trotz, *Spaghetti alle vongole*. Die Muscheln schmeckten so vorzüglich, dass Thomas mit dem beschämenden Erlebnis am Vesuv beinahe versöhnt war.

Bei einer Zigarette sah er den Strizzis zu, die vom Rinnstein aus Passanten auffällig-unauffällig zuzischten. Nur die Ahnungslosen, wie er selbst einer gewesen war, blieben stehen. Einer, offenbar nicht ganz abgeneigt, vollführte im Gehen eine komplette Drehung, bevor er sich dazu durchrang, das Angebot auszuschlagen. Thomas tränkte seine Mundhöhle in Cognac, was den Backenzahn tatsächlich besänftigte. Dann bezahlte er und trat ins Freie. Falls der Junge in Neapel war, gab es sicher schlechtere Entscheidungen als die, ihn auf der belebtesten Straße der Stadt zu suchen.

Schon bei Nacht wirkte der Toledo schäbig. Jetzt ließ er auch das letzte bisschen Scham fahren. Die Zuhälter grinsten nicht einmal mehr. Kam einer zu ihnen, wussten sie, das war keiner, der sich erst Mut antrinken musste. Sie nickten bloß, schoben die Mütze nach hinten und gingen, ohne ihre leichte Beute noch eines Blickes zu würdigen, voraus in eine Gasse. Wie erbärmlich das alles war. Wie lebte man weiter, wenn man begriff, wie tief man gefallen war?

Da vorn, auf der anderen Straßenseite, leuchtete eine blonde Strähne, an der eine Hand im weißen Ärmel nachlässig zupfte. Eilig, fast hastig, ging er hinüber, voller Sorge, ihn wieder aus den Augen zu verlieren. Endlich gaben die Passanten den Blick frei – auf eine sehr junge Frau, fast noch ein Kind. Ihre blonde Perücke war verrutscht. Als sie ihren Kunden auf sich zukommen sah, mühte sie sich zu lächeln. Ihr grell geschminkter Mund entblößte gelbliche, schadhafte Zähne. Als sie die künstlichen Haare ordnete, erkannte Thomas an ihrem Hals einen Adamsapfel.

Er taumelte zurück auf die Straße. Rasch ging er weiter. Was tat er bloß hier?

Ohne rechtes Ziel trottete er die Via Toledo gen Norden, bis ihm auffiel, dass ihm zur Linken sein Schatten folgte. Ein Schatten, den es um die Mittagszeit eigentlich nicht geben durfte. Es war ein Hund: ein drahtiger, orangebrauner Mischling, dem im Laufen die rote Zunge aus dem Maul hing.

Thomas blieb stehen. Das hier war nicht nur dieselbe Hauptstraße, sondern auch exakt jene Kreuzung, an der der Fremde ihn damals hatte stehen lassen, angeblich, um seinen Hund zu suchen.

»Na, mein Kleiner?« Thomas kraulte ihn hinter den aufgestellten Ohren. Das Tier setzte sich auf die Hinterpfoten und schloss die Augen.

Gut möglich, ja, wahrscheinlich, dass der Fremde ganz in der Nähe wohnte. Sollte er schleunigst hier fort – oder ihn suchen? Er dachte an Heinrich im Foyer des Teatro Valle: Wie stark, wie mutig der Bruder war, wenn er etwas ins Auge gefasst hatte. Dachte an Vitzthum und alles, wofür er stand. Vielleicht, sagte sich Thomas, nur vielleicht konnte er noch einmal *monsieur le comte* sein.

Er richtete sich auf.

»Los, hau ab. Los!«

Das Tier blickte ihn erwartungsvoll an.

Er ging langsam weiter. Der Hund tat es ihm gleich.

Thomas wusste, gäbe er ihm zu fressen, würde das Tier ihn nicht zu seinem Herrn führen, sondern erst recht durch die Straßen folgen. Er musste es verscheuchen, damit es nach Hause lief.

»*Tsch*«, machte er. »Geh weg!«

Der Hund wedelte mit dem Schwanz.

Thomas ging schneller, überholte Passanten.

Der Hund folgte ohne Mühe.

Er tat, als hebe er etwas vom Boden auf, und warf es weit von sich.

Interessiert betrachteten zwei dunkle Augen Thomas' Arm.

»Jetzt *hau* ab!«, rief er ungeduldig. Dabei hob er den Fuß und traf, ohne es recht zu wollen, das Tier am Hals. Es fiepte.

»Entschuldigung«, bat er erschrocken.

Der Hund lief davon.

Nach kurzem Zögern folgte er ihm. Zwischen zwei Ständen hindurch ging es in eine schwarz gepflasterte Seitenstraße. Der Hund bog links ein, eilte vorbei an offenen Mülltonnen, gebeugten Greisen und Gelächter. Noch einmal nach links. Hinterher. Da vorn verschwand in einem Hauseingang eine orangebraune Schwanzspitze. Thomas fasste Atem und trat vorsichtig ein. Kein Licht brannte im modrig riechenden Flur. An dessen Ende kletterte der Hund eine schmale, steile Steintreppe hinauf und zwängte sich im ersten Stock durch eine angelehnte Tür.

Thomas stieg ein paar Stufen, blieb auf halber Treppe stehen.

»Buon giorno! Scusi?«, rief er unsicher ins Halbdunkel. Und dann, instinktiv Halt im Heimatlichen suchend: »Guten Tag?«

Irgendwo weinte ein Säugling. Töpfe klirrten. Ein Knarzen wie von einem Bettgestell.

»Wer ist da?«, fragte jemand auf Deutsch.

Schon im fahlen Licht, das aus der geöffneten Wohnungstür fiel, erkannte Thomas, dass der Fremde sich nicht zum Besseren verändert hatte. Das rote, zuvor sorgsam gescheitelte Haupthaar stand borstig ab vom länglichen Schädel, der leicht vornüberhing, wodurch er einem Geier ähnelte. Ein Unterhemd offenbarte knochige, bleiche Schultern. Über dem Schnurrbart blickten die Augen, die sonst souverän zwischen Spott und Geringschätzung changiert hatten, müde und misstrauisch wie die eines gejagten Tieres. Zwischen seinen Füßen blickte der Hund neugierig-ängstlich in den Flur.

»Ich möchte ihn sehen«, sagte Thomas – und ärgerte sich, wie bittend er klang.

»Sie haben Nerven.«

»Ich habe Geld.«

»Ja? Wie viel?«

»Genug.« Thomas straffte sich.

»Glaube ich nicht.«

»Wo ist er?«

»Habe ich Sie nicht gewarnt? Sie dürften gar nicht hier sein.«

Etwas an der Art des Fremden ließ Thomas bezweifeln, dass der ihn wieder ins Gesicht schlüge. »Wissen Sie es etwa nicht?«

»Sie haben schon genug angerichtet. Hauen Sie ab.«

»Sagen Sie mir, wo ich ihn finde. Mehr will ich nicht.«

»Zu spät.« Die Tür schloss sich langsam.

»Moment, bitte.« Thomas streckte den Schuh in den Eingang. »Was meinen Sie? Was haben Sie mit ihm gemacht?«

»Fuß weg. Sofort.«

Thomas hätte ihm ja gern gehorcht. Aber er hatte zu häufig gezögert und war zu weit gekommen. Was auch immer geschähe – es wäre besser, als geschähe nichts.

»Hier.« Thomas zog Heinrichs gelblichen Umschlag hervor. »Ich bezahle auch.«

»Weg damit«, sagte der Fremde. Dann lugte er ins Treppenhaus, flüsterte »Nicht hier draußen« – und ließ Thomas ein.

Die Wohnung ähnelte einer Kapelle, wie es sie hier in jeder zweiten Straße gab. Auf einem Tischchen mit weißer Spitze, umringt von erloschenen und brennenden Kerzen, thronte eine bunt glasierte Madonna mit Kind. Darunter litt der heilige Sebastian, muskulös, halb nackt, gefesselt und von Pfeilen durchbohrt, mit ekstatisch entrücktem Blick. Etwas abseits blickten Honoratiorengesichter aus gerahmten Fotografien missbilligend auf die Unordnung: Bücher lagen einzeln und gestapelt neben dem ungewöhnlich breiten Bett, und in einer Zimmerecke stand eine leere Malstaffelei wie ein früh eingegangener Baum. An den Wänden prangten, offenbar aus Zeitschriften gerissen, Abbildungen antiker Statuen, mittelalterlicher Porträts und romantischer Landschaften. Wohin Thomas auch schaute: Alles hier war erregt und erregend und erzeugte gerade dadurch Überdruss.

»Also: Wie viel haben Sie dabei?«

»Erst sagen Sie mir, wo er ist.«

Der Fremde ließ sich aufs Bett fallen, drückte eine Zigarette aus und entzündete eine neue. »Vielleicht hier in der Stadt. Vielleicht auch nicht.«

Thomas, der mitten im Zimmer stand, zückte einen Schein und hielt ihn vor sich hin.

»Da.« Der Fremde nickte in Richtung eines Stuhls. Thomas legte den Schein ab.

»Er und ich, wir haben unsere Zusammenarbeit – eine sehr profitable übrigens – beenden müssen. Ihretwegen.«

»Was soll das heißen? Sie wissen also nicht, wo er ist?«

»Eins nach dem anderen.« Wieder nickte er gen Stuhl.

Thomas zögerte.

Der Fremde lehnte sich zurück. »Das hier«, er zeigte auf etwas Rotes, Sichelförmiges auf seinem Unterarm, »das war er. So was durfte ich natürlich nicht dulden. Auch wenn das empfindliche Einbußen bedeutete.«

»Was haben Sie ihm angetan?«

»Ich? Nichts. Aber Sie, Herr …«

»Verstehe«, unterbrach Thomas. »Sie können mir also gar nicht helfen. Wozu soll ich Ihnen dann Geld geben?«

»Ich schlage Ihnen was vor«, sagte der Fremde, dem es zunehmend wohl zu gehen schien: »Ich erzähle Ihnen, was ich weiß. Werden ja sehen, ob Sie dann immer noch den Lohengrin geben wollen.«

Am liebsten wäre Thomas ins Freie gestürzt, raus aus dieser Höhle, die nach Kerzenwachs, Suppe und Niedertracht roch. Aber dieser Strizzi, dieser Ludewig war seine einzige Chance.

Thomas legte einen zweiten Schein nieder und hörte zu.

Was der Fremde, unablässig rauchend und hin und wieder auf den Stuhl deutend, erzählte, war zwar voller Lücken. Vieles erschien rätselhaft. Doch sein Zuhörer wusste die Einzelteile mit selbst Erlebtem zu einem Bild zusammenzufügen. Einem erschreckenden, weil plausiblen Bild. Thomas begriff:

Alles, was er erlebt hatte, beruhte auf Täuschungen und Missverständnissen.

Der Junge war ein Kind der Sanità. In deren Treppengassen wurde er gehänselt ob seiner hellen Haare, die weder zu den pechschwarzen Augen passten noch zu dem Viertel, in dem eine Unbekannte – womöglich selbst fast noch ein Kind – vor fünfzehn Jahren ihr Neugeborenes vor die Tür des Waisenheims gelegt hatte. Der Vater konnte jeder sein, der sich eine halbe Stunde in einer schäbigen Wohnung zu erkaufen verstand. Der Junge litt sehr darunter, doch zerbrach er nicht. Beharrlich weigerte er sich zu glauben, was man ihm sagte: dass er unrettbar schlecht war. Mochte er auch außerhalb der göttlichen Ordnung stehen: Machte ihn das nicht zu etwas Außerordentlichem? Wie sonst war seine Schönheit zu erklären, die ihm schon als kleines Kind die Waschfrauen mit Augen und Worten bestätigten, und welche mit der Pubertät nicht, wie so häufig, dahinschmolz, sondern sogar noch mehr und andersartig bewundernde Blicke zeugte?

Er spürte die Bedeutung dieser Blicke: In ihnen lag seine einzige Chance auf ein anderes, besseres, ihm zustehendes Leben. Was noch darin lag, das erkannte er erst, als es zu spät war.

Als der Ungar kam, war er deshalb bereit, in ihm seinen Retter zu erkennen. Einen aufbrausenden, mitunter brutalen, manchmal schier Unaussprechliches fordernden Retter zwar, aber auch einen, der ihn auf Reisen mitnahm. Ihm die Welt eröffnete. Aus Dankbarkeit wollte er dem Ungarn seine Heimat zeigen. Doch je mehr dieser davon sah, desto weniger interessierte sie ihn. Und der Junge erkannte, dass er für ihn bloß ein Accessoire war, eine lebende Puppe, die man nach Belieben einkleidete und verdrehte. Trotzdem hätte er weitergemacht, hätte auch weiterhin alles erduldet, solange der Ungar ihn wollte. Wohin hätte er auch zurückkehren sollen? Er war ein Niemand im Nirgendwo.

Und dann, eines Tages, war da der Mann in Weiß. Anfangs schien er bloß einer von denen zu sein. Er wäre nicht der Erste gewesen, der ihm mit ängstlich-forderndem Blick durch die halbe Stadt folgte, um schließlich, als sei nichts geschehen, lächelnd Frau und Kinder in die Arme zu schließen. Von diesen Kerlen fühlte er sich beinahe noch stärker beschmutzt als von den anderen. Betrogen.

Der Mann in Weiß war anders. Kein anderer war ihm durchs halbe Land nachgereist, und niemand wahrte so ausdauernd Abstand. Darin schien sich weniger Furcht zu offenbaren als Respekt.

Als der Mann in Weiß ihn im Dom ansprach, wirkte er so verängstigt wie er selbst. Von ihm ging keine Gefahr aus. Warum sollte er ihm nicht erlauben, ihm in gehörigem Abstand zu folgen?

Dann kam der Tag in Pompeji und mit ihm das Gelächter des Ungarn über all die erigierten Glieder in den Schaukästen. Wie sein Blick den des Mannes in Weiß fand – da erledigten sich die letzten Zweifel. Er hatte es mit einem edlen Menschen zu tun. Mit jemandem, der ihn in seinem Gefängnis erkannte.

Ein weiteres Mal half ihm das Schicksal, das ihn schon so häufig vor noch Ärgerem bewahrt hatte: Der Ungar musste kurzfristig reisen und ließ ihn in seiner Heimatstadt zurück. Dessen stumpfe Diener fanden sich rasch bereit, den stillen jungen Herrn in seine Nähe zu lassen. Und als wie lieb erwies der sich! Er war so zart und edel und aufmerksam. Sein weißer Ritter.

Da fasste er Mut zu einem Gedanken.

Er begann mit Andeutungen: vorsichtigen, mehrdeutigen Hinweisen. Je mehr Brotkrumen er ausstreute, desto klarer musste dem Mann in Weiß aufgehen, was er ihm vorschlug. Und tatsächlich: Anstatt sich erschrocken zurückzuziehen, bejahte er in wortlosem Einverständnis seinen Plan:

Gemeinsam würden sie den Ungarn loswerden.

»Was?« Thomas schrak auf, und der Hund hob den Kopf. »Was wollen Sie damit sagen?«

»Ich glaube, das wissen Sie.«

»Das ist … Nein, nein.« Er schüttelte den Kopf.

»Jetzt verstehen Sie sicher meine Zurückhaltung«, sagte der Fremde zufrieden, ja stolz.

»Ich verstehe sehr wohl, dass Sie Wahnvorstellungen unterliegen.« Thomas lief vor dem Bett auf und ab. »Das haben Sie sich ausgedacht, in Ihrem Hirn zusammengesudelt!«

Der Fremde drückte eine Zigarette aus. »Ich bin froh, dass Sie so reagieren«, sagte er ruhig. »Hatte es sogar gehofft.«

»*Loswerden*«, zischte Thomas voller Abscheu. »Wenn er Ihnen gegenüber überhaupt irgendetwas in der Art verlauten ließ, dann höchstens etwas wie *befreien* oder *erlösen*. Ja, genau: *erlösen*! Nur jemand wie Sie kann das derart missverstehen, missverstehen *wollen*, bis daraus wird, was Sie damit offenbar anzudeuten …« Er verlor den Faden und beinahe die Nerven. »Wo ist er? Wissen Sie es? Oder wissen Sie's nicht?«

Der Fremde beugte sich ausatmend vor, und Rauch verhüllte sein Gesicht. »Wenn er noch lebt, hält er sich versteckt. Aber früher oder später findet der Ungar ihn. Und dann wird er sich wünschen, er wäre tot. Aber wahrscheinlich ist er es schon. Und Sie tragen die Schuld daran.«

Thomas öffnete den Mund, als wolle er schreien. Stattdessen stürzte er, den halb geleerten Umschlag in der Hand, aus der Wohnung, glitt auf den schmalen Stufen aus, fand gerade noch Halt an den Wänden, und lief hinaus. Ziellos stolperte er umher zwischen hohen, grauen, zu nah beieinanderstehenden Häusern. Die Wärme war feucht und drückend.

Lügen. Der Fremde erzählte Lügen. Weil er nichts wusste. Weil er sich wichtig machen, den Preis hochtreiben wollte. Welche *Andeutungen* meinte er denn? Der Junge hatte doch gar nicht mit ihm gesprochen – nicht mit Worten. Im Dom wäre Gelegenheit gewesen zu einem Fingerzeig und wissenden Blick – aber nichts war dort geschehen. Ebenso wenig in der Certosa da San Martino. Oder im Museo di Capodimonte.

Abrupt blieb Thomas stehen.

Das Museum. Das Gemälde der Judith, die, gemeinsam mit einer Dienerin, ihrem Peiniger Holofernes ein Schwert in den Hals rammte, auf dass das Blut über die Laken troff. Der flehentliche Blick des Jungen.

Danach, unter der Basilika Santa Maria della Sanità, das Fresko zweier Skelette: Dem Modergeruch der Katakomben trotzend, hielten sie, im Tode untrennbar vereint, einander an den Händen.

Unsinn. Oder etwa nicht?

Nein, es *war* Unsinn. Nur eines war gewiss: Der Junge – dieser arme, schöne, wunderschöne Junge – hatte seinetwegen gehofft und gelitten. Bei allem Grauen, aller Scham konnte Thomas nicht anders, als davon gerührt zu sein.

Er musste im Kreis gelaufen sein, denn er erkannte die Häuser wieder. Er bog noch einmal links ein, sah den Hauseingang vor sich – und hielt inne. Wollte er den Fremden überzeugen, ihm zu helfen, durfte er nicht wieder die Nerven verlieren. Wollte er die Chance wahren, den Jungen wiederzusehen, musste er Verwirrung, Angst und Erschöpfung abstreifen wie zu eng gewordene Kleider.

Und so zwang er sich, die Schultern zurückzunehmen und das Kinn zu heben.

Die Tür war nur angelehnt. Thomas trat ein, als gehöre ihm die Wohnung.

»Hier.« Er öffnete den Umschlag und hielt die Hälfte des Geldes vor sich hin. »Dafür bringen Sie mich zu ihm. Jetzt sofort.«

»Und wenn er tot ist?« Der Fremde schien wenig überrascht. Noch immer saß er rauchend auf dem Bett und kraulte dem Hund den Bauch.

»Hoffen Sie, dass er lebt. Dann kriegen Sie auch den Rest.«

Der Fremde stand auf und trat auf ihn zu. »Was wollen Sie überhaupt von ihm?«

Thomas rührte sich nicht. »Ihm helfen natürlich.«

Rötliche, blutunterlaufene Augen musterten sein Gesicht. »Was heißt das?«

»Das geht Sie nichts an.«

»O doch!« Der Fremde hob bedrohlich die Brauen. »Zu hoffen ist gefährlich. Noch gefährlicher ist es, anderen Hoffnung zu machen. Dann werden die Menschen unvernünftig. Manche drehen durch. Als ich ihm den Ring abnehmen wollte, hat er mir *das* verpasst.« Er zeigte auf seinen Unterarm: Was wie eine Sichel ausgesehen hatte, war der Abdruck eines Gebisses. »Sie mögen ihn belügen und vielleicht sogar sich selbst. Aber ich weiß, was für einer Sie sind: Sie wollen ihm gar nicht helfen.«

»Natürlich will ich das.«

»Raus.« Er zeigte auf die Tür.

»Sie können das Geld sicher gebrauchen«, sagte Thomas gefasst.

»Raus!«

»Überlegen Sie es sich noch einmal.«

»Atman! Komm!«

Der Hund drehte sich mit einem Ruck auf den Bauch und lief knurrend zur Tür.

Thomas spürte den Druck einer Hand, die ihn überraschend kraftvoll zurückschob. Er hielt sich am Türrahmen fest. Gleich, jetzt gleich würde der Fremde ihm die Finger einquetschen.

»Sie haben recht!«, rief er. »Sie haben recht!«

Der Fremde hielt den Knauf fest, bereit zuzuschlagen.

»Ich kann ihm nicht helfen«, sagte Thomas eilig. »Was sollte ich auch tun? Ihn mitnehmen? Und dann? Was würden die Leute sagen? Aber …« Thomas wusste, er musste weiterreden, und zwar so, als meinte er, was er sagte. »Aber ich kann ihn dazu bringen, sich mit Ihnen zu versöhnen. Bei Ihnen wäre er sicher. Sie kennen sich schließlich hier aus.«

»Er *hier*? Und Sie bezahlen mir das?«

»Wenn Sie wollen …«

»Wie lange? Einen Monat? Ein Jahr? Und dann?«

»Wir finden einen Weg.«

Der Fremde schüttelte den Kopf. »Aber selbst wenn. Er vertraut mir nicht mehr. Ich habe seinen weißen Ritter verjagt.«

»Er kann lernen, Ihnen wieder zu vertrauen. Sie sind schließlich der Einzige, den er hat, richtig? Seine Familie.«

»Wie soll das gehen?«

»Wenn er glaubt, Sie hätten seinen ›weißen Ritter‹ verjagt«, sagte er langsam, »dann müssen wir ihm klarmachen, dass ich keiner bin.«

»Wovon reden Sie?«

Thomas straffte sich für die letzte und größte Täuschung. »Ich – nur ich – kann ihn von seinem Irrglauben kurieren. Ihm die Hoffnung nehmen. Dann wird er verstehen, dass er auf dieser Welt allein *Ihnen* trauen kann. Er wird sich Ihren Anweisungen fügen. Und Sie haben Ihre Haupteinnahmequelle wieder.«

»Wie wollen Sie das schaffen?«, fragte er misstrauisch.

»Indem ich«, er schloss die Augen, »ihn körperlich besitze.«

30.

Wenn in schweren, grausenhaften Träumen
die Beängstigung den höchsten Grad erreicht; so bringt
eben sie selbst uns zum Erwachen, durch welches
alle jene Ungeheuer der Nacht verschwinden.
Das Selbe geschieht im Traume des Lebens, wann
der höchste Grad der Beängstigung uns nöthigt,
ihn abzubrechen.

Arthur Schopenhauer: *Parerga und Paralipomena II* (1851)

Während der Fremde ihn die Via Toledo nordwärts führte, drang von irgendwoher das rhythmische Pochen der Musikkapelle herüber. Thomas registrierte jede Geste zweier plaudernder Greise auf dem Gehweg, jede Spiegelung auf dem schwarzen, von Waschwasser glänzenden Pflaster und jeden kühlen Hauch, der aus Kellern zur Straße aufstieg. Alles um ihn herum war zu grell und zu laut, als wollte sein Hirn ihn abbringen von der einzigen Frage, die jetzt zählte: Was, wenn er den Jungen tatsächlich fand?

Natürlich täte er *nicht*, was er in höchster Not erlogen hatte. Aber niemand zweifelte am Motiv eines anderen, war es bloß niederträchtig genug. Er würde versuchen, dem Jungen zu helfen. Nur: Was brauchte er? Und was konnte er ihm geben?

»Seit wann ist er eigentlich verschwunden?«, fragte Thomas.

»Können Sie sich das nicht denken?«

Thomas schuldete es dem Prinzen Karl, kurz angebunden zu reagieren. »Dann würde ich wohl kaum fragen.«

Der Fremde lächelte. Im dunklen Anzug und schwarzen Hut wirkte er beinahe so selbstsicher und elegant wie damals. Nur die leicht gebeugte Haltung zeugte von vergangenen Mühen. Vor ihnen lief, mit hüpfenden Bewegungen, der orangebraune Mischling, der immer wieder misstrauisch zum Begleiter seines Herrn zurückschaute. Thomas zog, so oft es ihm schicklich schien, den Hut vom Kopf, um sich Luft zuzufächeln.

»Es wäre alles nicht so schlimm gekommen«, sagte der Fremde, »hätten Sie ihm nicht diesen Ring gegeben. Der Junge hatte sogar Glück: Der Ungar wollte weitermachen wie zuvor. Schließlich hatte er da einen verdammt hübschen Burschen; einen, den man vorzeigen konnte, ohne dass man scheele Blicke erntete. Aber der Junge musste ja prahlen: Der Mann in Weiß werde ihn zu sich holen, der Ring sei der Beweis. Natürlich erzählten die Bediensteten alles ihrem Chef. Der hätte ihn bei erster Gelegenheit totgeschlagen, aber der Junge konnte fliehen. Vermute, ein Diener hatte ihn gewarnt. Der Ungar tobte natürlich. Nicht auszudenken, wenn der Junge gegenüber dem Falschen so gedankenlos plauderte. Sie werden verstehen: Man muss auf seinen Ruf achten.«

»Ich verstehe *durchaus* nicht«, sagte Thomas gereizt. Mehr noch als dem Fremden grollte er sich selbst. Nie hätte er den Ring hervorholen dürfen.

»Die liebe Unschuld! Sie denken, Sie hätten Abscheu zu empfinden vor so schrecklich groben Menschen, nicht wahr? Aber wissen Sie was? Sie denken überhaupt nicht. Unsere Zeit heißt Sie denken und fühlen.«

»Wohin gehen wir eigentlich?«, fragte Thomas. »In die Sanità?«

»Sie halten den Jungen bestimmt für zeitlos schön. Das ist er aber nicht. Vor vierhundert Jahren waren die Menschen hier auf der Höhe, grausam und stark! Sie verkrochen sich nicht in Büchern. Sie gingen hinaus in die Welt. Liebten, mordeten, trauerten, sangen! Sie nahmen alles in Kauf, was kommen mochte. Und was war ihr Ebenbild, ihr Ideal? Ein muskulöser Heros, bereit zum Kampf. Deshalb war Michelangelo so groß:

weil er seiner Zeit den denkbar klarsten Ausdruck verschaffte – seinen David. Aber heute …« Der Fremde wedelte mit der blässlichen Hand ein Zeitalter beiseite. Heute beteten die Menschen zur Büste eines Heiligen, auf dass er sie vor allem Übel bewahre. Vor dem Leben! Und wenn ein Priester ihnen erzähle: Ja, das rotbräunliche Pulver habe sich verflüssigt, dann wollten sie glauben, es sei San Gennaros Blut. Am liebsten sähen sie die Ampulle gar nicht mit eigenen Augen – aus Angst. Denn sie glaubten gar nicht wirklich. Wer glaube, verlange nicht nach Beweisen. Nein, nein, die Masse der Menschen sei schwach, aber als Herde fühle sie sich sicher, denn in ihr erzählten sie einander immerzu dieselbe beruhigende Lüge. »Auch der Junge ist schwach«, sagte der Fremde, »überzart, wie gemacht für unsere Zeit. Es geht abwärts mit der Welt, immer weiter abwärts, wie ein leerer Schöpfeimer an einem Wasserrad. Es wird lange dauern, bis er wieder auftaucht. Und da halten Sie es für was Besonderes, dass Sie so auf den Jungen ansprechen? Halten sich und ihn für was Besonderes? Ach, nein. Sie sind bloß Kinder Ihrer Zeit! Alles an Ihnen verströmt Verfall.« Bei den letzten Worten ließ der Fremde seinen mokanten Blick über Thomas gleiten. Als ihn zwischen zwei Häusern ein Sonnenstrahl traf, kniff er die geröteten Augen zu.

Ein Prinz, dachte Thomas, ließe sich Angst, Verwirrung und Ekel nicht anmerken. Es wäre unter seiner Würde.

»Also, wohin jetzt?«, fragte er kühl.

Der Fremde blickte gekränkt wie ein Schauspieler, den man beim großen Schlussmonolog unterbrach. »Passen Sie bloß auf. Sie brauchen mich mehr als ich Sie.«

Thomas fürchtete, zu weit gegangen zu sein. »Wenn Stärke und Grausamkeit so erstrebenswert sind«, fragte er eilig, »wo bleibt das Mitleid?«

Der Fremde lachte wie über die Frage eines Schülers. »Sie meinen: Mitleid mit dem armen Jungen? Sie sehen die Sache zu einseitig. Zum Akt gehören zwei. Zwei, die nacheinander greifen, sich ineinander verkeilen und verbeißen. Beide versuchen verzweifelt, ihrem Gefängnis zu entfliehen. Sie wollen es irgendwie herüberschaffen zu einem anderen Menschen. Um endlich etwas anderes zu hören als die eigenen stummen Schreie, wollen sie gleichsam in einen Menschen hineinkriechen. Ist das nicht des Mitleids wert?«

Thomas schwieg betreten. Er kam sich unwohl vor, missbraucht als Echokammer eines einsamen Sonderlings. Die Brücke über die Sanità kam in Sicht.

»Sagen Sie, wer leidet mehr?«, fragte der Fremde in einem Tonfall, als habe er sich die Worte schon vor Langem zurechtgelegt. »Der mit dem von Lust zerquälten Gesicht, der an nichts anderes denken kann als an den Körper, den er nicht begehren *will*, aber den er haben *muss*? Oder die Frau, der Mann, das Kind, in deren Macht es steht, diese Not zu lindern? Die wissen, dass es Erlösung nicht gibt, nur Trost? Und die diesen Trost kühl und gnädig spenden wie Priester? Wer ist hier stark, wer schwach?«

Thomas fragte sich gerade, ob der Fremde wirklich eine Antwort erwartete, als dieser stehen blieb.

»Warten Sie hier.«

Dann verschwand er mit dem Hund in einem hohen, schwarz gestrichenen Portal, das zwei übermäßig große Säulen flankierten.

Thomas atmete auf. Leichter wurde ihm nicht. Er wusste nicht zu unterscheiden, ob er noch immer den Herzschlag des Leichenzuges hörte oder seinen eigenen. Und obwohl das Meer so nahe war, stand die Luft, als hielte ein gewaltiges Wesen den Atem an. Er versuchte sich daran zu erinnern, wie er als Kind den Prinzen nicht gespielt hatte, sondern gleichsam Prinz Karl *gewesen* war. Vielleicht fiele ihm das hier dann leichter. Die Stärke des Prinzen war nur eine Leihgabe, und sie hatte ihren Preis. Würde der fällig, fiele er erschöpft in sich zusammen.

Wie müde er war, des Lebens müde, noch bevor er es recht

kennengelernt hatte. Kein Wunder, dass es ihn hierher gezogen hatte. Diese Stadt war ein Überbleibsel stärkerer Generationen. Ihre Einwohner drehten sich lautstark im Kreis, um das Dröhnen nicht zu hören – das ewige Einatmen des Abgrunds unter uns allen.

Fast wünschte er sich, der Fremde habe ihn wieder sitzen gelassen, als dieser, begleitet vom Hund, zurückkehrte. Im Vorübergehen sagte er zu Thomas:

»Wir müssen uns beeilen.«

»Er ist also hier?«

»Kommen Sie.«

»Jetzt sagen Sie schon. Lebt er?«

Doch der Fremde wackelte bloß unbestimmt mit dem hageren Schädel.

Sie gingen zur Steinbrücke, die über das Tal der Sanità führte. Thomas kam es unausweichlich vor, dass sie dort hinabgingen, anstatt über die Brücke hinweg und hinaus aus der Stadt. Und so war es.

Das pulsierende Blut im Hals ließ ihm kaum Platz zum Atmen. Er würde … Ja, er würde ihn retten!

Mit einem Male sah er sich schon eine Mahlzeit aufs Hotelzimmer bestellen, dem Jungen beim Essen zuschauen und ihm lächelnd versichern, er sei in Sicherheit, alles werde gut. Seine Geschichte fände doch noch ein gutes Ende.

Je tiefer sie stiegen, desto höher ragten die rötlichbraunen Fassaden empor, und desto weniger Licht drang aufs schwarze Pflaster. Thomas hätte nicht zu sagen gewusst, ob er damals, auf dem Weg zur Basilika, dieselben Gassen passiert hatte. Irgendwo schickte eine Musikkapelle, die unmöglich dieselbe war wie zuvor, ein Rasseln, Pochen und Klirren durch das Viertel. Mehrmals glaubte Thomas, die Talsohle erreicht zu haben, doch noch immer führten Treppen hinauf und hinab wie träge Wellen.

Schließlich gelangten sie zu einem Gittertor, auf dem Heiligenbildchen aufgespießt waren. Dahinter erstreckte sich ein grauer, steinerner Innenhof, umringt von Wohnhäusern. In einen unbestimmt fauligen Geruch mischte sich eine würzige Note. Die Mittagszeit nahte.

»*Ich* rede«, sagte der Fremde fest und öffnete das Tor. Am Ende des Hofs führte eine geländerlose Treppe ins Souterrain. Vor einer Tür saß ein Mann mit ergrauendem Haar auf einem Holzstuhl und spielte mit der Klappe seines Sturmfeuerzeugs. Auf. Zu. Feuer. Dunkelheit. Als er aufschaute, glaubte Thomas ein getrübtes Auge zu sehen.

Der Fremde fragte etwas auf Italienisch und erhielt Missgelauntes zur Antwort.

»Da unten«, sagte er und hielt die Hand auf.

Thomas reichte ihm mit fahriger Geste den Umschlag. Er wollte bereits die Stufen hinabsteigen, als der Fremde ihn am Arm fasste.

»Haben Sie genug Geld?«

Thomas zeigte verständnislos auf das gelbe Kuvert.

»Nicht für mich. Für ihn.« Der Fremde nickte in Richtung des Wachmanns.

»Aber ich habe Ihnen alles gegeben.«

»Das hätten Sie sich früher überlegen müssen.«

»Wie viel verlangt er?«

Der Fremde hielt den Umschlag hoch. »Ungefähr das Gleiche.«

»Dann leihen Sie es mir. Bitte.«

»Ich gebe keine Kredite.«

»Ich zahle es Ihnen morgen zurück. Mit Zinsen.«

Sein Gegenüber schüttelte den Kopf und steckte das Geld ein.

Thomas hob die Brauen. »Sie *wussten* es. Sie wussten es und haben nichts gesagt.«

»Was hätte ich davon gehabt?«

»Na, dann leihen Sie mir doch etwas, verdammt!«

Der Fremde lachte auf. »Ich soll Ihnen *vertrauen*?«

Thomas schaute zur Seite und gab sich Mühe, wütend zu wirken. In Wahrheit war er den Tränen nah. Wenn er es jetzt nicht wagte, dann nie. Dann ginge der Junge, bis zuletzt auf seinen Retter wartend, in diesem Loch zugrunde – falls der Ungar ihn nicht vorher fand.

Thomas klopfte sein Jackett ab. In einer Innentasche lag ein kleines, festes Stück Papier. Staunend starrte er es an wie ein Kind eine Schatzkarte. Dann streckte er sich, hob das Kinn und reichte es hinüber.

»Hier. Überzeugt?«

»*Hermann Ludwig Wilhelm Graf Vitzthum von Eckstädt*«, murmelte der Fremde. »Na, und?«

»Wie, na und?«

»Die Karte kann jedem gehören.«

»Na hören Sie! Glauben Sie etwa …? Also gut: Ich logiere im *Royal*. Fragen Sie ruhig nach mir.«

Sollte er doch, dachte Thomas. Wenn er den Concierge dazu anwies, wäre es dem ein Vergnügen, den Eindringling kühl, aber bestimmt des Foyers zu verweisen.

Der Fremde blickte zwischen Visitenkarte und seinem Gegenüber hin und her. Schließlich streckte er die Hand aus. Thomas ergriff sie. Trotz der Hitze fühlte sie sich kalt an.

Der Fremde bezahlte den Wachmann, der das Feuerzeug schloss und grußlos ging. Thomas legte sein schwarzes Jackett über die Stuhllehne. Der Junge kannte ihn schließlich nur in Weiß. Er starrte auf die verschlossene Tür, um seine Aufregung zu verbergen. Gerade wollte er anklopfen, da hörte er hinter sich:

»*Thomas Mann, Poeta di Monaco.*« Der Fremde stemmte den Fuß gegen die Tür. Dabei kramte er in Thomas' Notizbuch.

»Was fällt Ihnen ein?«

»Lauter Adressen. Martens, Holm, Mann, Tesdorpf. Kein einziger Adliger. Dafür Quittungen: für ein Pensionszimmer in Rom, ziemlich billig. Einen weißen Anzug – vom Pfandleiher an der Via Partenope …«

»Geben Sie es zurück!«

»Sie sind kein Graf. Und reich schon gar nicht.«

»Aber der Graf ist mein Freund. Und ich wohne tatsächlich im Royal.«

»Auf seine Kosten wahrscheinlich.«

»Er wird mir Geld leihen.«

»Warum sollte ich Ihnen glauben, *Herr Mann*?«

Thomas überlegte noch, was er erwidern konnte, als der Fremde sich an den Hosenbund griff, etwas silbrig Glänzendes hervorholte und seufzend sagte:

»Gehen Sie. Und wir tun einfach, als hätte es diese Farce nie gegeben.«

In der Hand hielt er – beiläufig wie eine Zigarette – einen Dolch.

Thomas wollte einen Schritt zurücktreten und stieß mit dem Rücken gegen die Tür.

»Ich«, stammelte er, »ich *kann* nicht.«

»Natürlich können Sie. Los. Hauen Sie ab.«

Thomas schüttelte heftig den gesenkten Kopf. Er fürchtete, was geschehen mochte, wenn er damit aufhörte, welche Richtung sein Leben einschlüge, und schloss die Augen.

Dann riss er sie auf. »Der Pfandleiher«, sagte er. »Da steht auch, wie viel der Ring gekostet hat. *Sein* Ring. Das ist mehr als genug, oder?«

Der Fremde warf einen müden Blick auf die Quittung. »Trotzdem. Er wird ihn mir nicht geben.«

»Aber mir.«

»Das würde ihn zerbrechen.«

»Wollen Sie das etwa nicht?«, fragte Thomas.

»Der Teufel ist ein Logiker.« Der Fremde atmete tief ein und aus, als missbillige er schon jetzt, was er zu tun im Begriff war. »Wenn irgendwas schiefgeht, wenn Sie mich wieder austricksen wollen, irgendwas, dann mache ich Sie fertig. Ich schreibe jedem Einzelnen, der hier drin steht, was Sie für einer sind.«

Nicht auszudenken, was geschähe, wenn Mama, Ilse, der Testamentsverwalter, Holm, Heinrich – wenn sie alle ihn so sähen. Aber unvorstellbar war es auch, zu tun, was er dem Fremden leichthin versprochen hatte. Er konnte, wollte und würde dem Jungen niemals etwas zuleide tun. Und wie sollte er ihn am Fremden vorbei ins Hotel schmuggeln? Selbst falls ihm das gelang: Er hatte verraten, wo er wohnte. Der Fremde würde den Jungen noch in derselben Stunde holen kommen.

Er war verloren. Und mit ihm der Junge.

Als der Fremde den Fuß von der Türschwelle nahm, ging Thomas mit plötzlicher, blendender Klarheit auf, dass alles gekommen war, wie es hatte kommen sollen. Der Fremde mochte über ihr Leben bestimmen. Aber nicht über ihren Tod.

31.

Für mich hat das letzte Lied von der Welt ausgeklungen;
beachten wir sie nicht anders als durch Verachtung,
nur diese gebührt ihr: aber keine Hoffnung,
keine Täuschung für unser Herz auf sie gesetzt!
Sie ist schlecht, grundschlecht, nur das Herz
eines Freundes, nur die Träne eines Weibes kann sie
aus ihrem Fluche erlösen (…) Sie gehört Alberich!
Niemand anders! – Fort mit ihr!

Richard Wagner: *Brief an Franz Liszt* (07.10.1854)

Das Erste, was Thomas wahrnahm, nachdem sie einen schmalen Korridor passiert hatten, war ein Plätschern wie von einer Waschschüssel. Klopfend schob er eine Tür auf. Aus dem Halbdunkel traten Dutzende weiß grundierte Kärtchen hervor, ähnlich denen am Eingangstor. Sie hingen an unverputzten Wänden, auf die durch ein schmales, vergittertes Kellerfenster Licht von der Farbe vergilbender Blüten fiel. An einem Ende eines großen Raums, in dem es süßlich-beißend roch, lag eine Matratze auf dem Steinboden; am anderen brannten Kerzen auf einer umgedrehten Weinkiste. Dazwischen stand, scheu und schutzlos wie ein Welpe, der Junge.

»Ich bin es«, flüsterte Thomas lächelnd. »Es ist gut. Alles wird gut.«

Seltsam, dachte er, während der Junge auf ihn zukam, dass dies seine ersten Worte an ihn waren. Sogar jetzt noch, gekleidet in eine unförmige Hose und ein schlichtes Hemd, schien so viel Schönheit unwirklich. Die vergangenen Monate hatten die Haut noch blasser, die Silhouette noch zarter werden lassen. Beides ließ das Vollkommene des Jungen umso deutlicher hervortreten. Über jemanden wie ihn durfte diese Welt keine Macht ausüben. Thomas konnte ihn vielleicht nicht retten; aber er würde ihn beruhigen, trösten, mit ihm sein, solange es ging.

Als der Junge seine Hand nahm, war es so überwältigend wie beim ersten Mal. Sein schlanker Hals streckte sich ein wenig, und Thomas fand sich, kaum mehr eines Gedankens fähig, bereit, die Geste zu erwidern. Doch bevor ihre Lippen sich berühren konnten, zog der Junge die Hand zurück. Voller Schrecken sah er zur Tür.

»Keine Angst«, sagte Thomas. »Er hat mich hergeführt.«

Der Fremde trat, begleitet vom schnüffelnden Hund, ins Zimmer. Den Dolch hielt er in der herabhängenden Hand.

»Lassen Sie uns bitte allein.« Thomas versuchte, fest zu klingen.

»Erst der Ring. Für alles weitere«, er schaute sich missbilligend um, »warte ich gern draußen.«

Vorsichtig, fast bittend, ergriff Thomas die Linke des Jungen. Doch als er daran ging, ihm den Ring vom Finger zu ziehen, zuckte dieser, wie von einem elektrischen Schlag getroffen, zusammen. Das Geschenk mit der freien Hand schützend, brachte er Worte hervor – unverständliche, mit überraschend rauchiger Stimme gesprochene Worte. Die schönen, vor Angst entblößten Zähne wirkten im trüben Licht gelblich.

»*Bitte*«, sagte Thomas gepresst. »Du verstehst nicht. Du musst …«

Der Junge redete weiter, hektisch, kopflos, fremd.

»Jetzt sei doch *ruhig*. Ich will dir doch helfen!«

Mehr und noch mehr Worte. Und jedes schien zu bestreiten, dass ein Mensch den anderen je verstand.

»*Schluss*!«

Abrupt verstummte der Junge und schaute ihn mit weit aufgerissenen Augen an. Dann gab etwas in seinem Innern nach wie ein zu straff gespanntes, mürbes Seil. Der Kopf neigte sich ein kleines Stück, und die Züge des ebenmäßigen Gesichts erschlafften. Schließlich streckte er matt die linke Hand aus.

Thomas streifte, ohne ihn anzublicken, den Ring ab und reichte ihn dem Fremden.

Als er sich wieder umwandte, hatte der Junge das Hemd ausgezogen. An Brust und Nacken trug er längliche, parallel verlaufende Streifen wie von der Pranke eines Raubtieres. Er begann sich die Hose aufzuknöpfen. Seine Wangen waren nass und gerötet, der Blick wie tot, aber man hörte kein Weinen.

»Was tust du denn?« Thomas hob das Hemd auf und hielt es ihm hin. Am liebsten hätte er ihn darin eingehüllt und fortgetragen, irgendwohin.

»Was soll das?«, zischte der Fremde. Er trat auf die beiden zu und versuchte, das Hemd zu Boden zu werfen. Doch der Junge hielt es fest, Thomas ebenso. Der Hund begann zu bellen.

»Sie haben doch, was Sie wollten«, rief Thomas in den Lärm.

»Nicht alles! Nicht *ihn*!«

Der Fremde zerrte heftig am Hemd. Als er es plötzlich in Händen hielt, verlor er das Gleichgewicht und fiel auf den Rücken. Der Junge beugte sich über ihn, als wollte er auf ihn einprügeln. Stattdessen machte er rasch wieder kehrt und stellte sich ganz nah vor Thomas hin.

Der spürte den warmen, heftig gehenden Atem; roch den überraschend herben und doch bezaubernden Jungmännerduft; sah die glatte, sich hebende und senkende Brust, bewunderte, wie die Ansatzpunkte der Armmuskeln sich unter der Haut abzeichneten. Wieder dieses Pochen im Kiefer. Thomas' Zunge liebkoste tröstend den Backenzahn, um sich dann, wie von selbst, in den Mundwinkel zu drücken.

Er bemerkte erst, was er tat, als der Junge ihn verwirrt, aber auch voller ängstlicher Erwartung ansah.

Auf dessen Handfläche lag der Dolch.

Bevor Thomas verstand, was geschah, griff der Fremde zwischen sie. Doch der Junge schloss die Hand fest um die Klinge, riss sich los und trat drei Schritte zurück. Als er die Faust öffnete, lief zwischen den Fingern hindurch Blut auf sein Beinkleid und tropfte hinab auf die Füße. Der Junge betrachtete es wie ein Gemälde. Mit einem Male völlig gelassen, ging er auf den Fremden zu und umfasste mit einem Arm dessen Hüfte, als fordere er ihn zum Tanz. Mit der anderen stieß er ihm oberhalb des Gürtels den Dolch in den Leib.

Er ließ von ihm ab, und der Fremde sank ächzend zu Boden. Der Hund stimmte ein Geheul an.

Mit der blutverschmierten Hand hielt der Junge Thomas den Griff des Dolches hin. Dabei zeigte er, als bekräftige er einen vor Langem geschlossenen Pakt, erst auf sein Herz und danach auf jenen Menschen, mit dem er sich ohne Worte einig wusste darin, dass diese Welt ein Albtraum war, aus dem man sich selbst erwecken musste. Dann drückte er die Klinge gegen seine nackte Brust und sah zu Thomas.

Der öffnete den Mund. Unfähig zu sprechen, ja, sich sonst wie zu rühren, stand er da, die Arme an die Seiten gepresst, und schnappte nach Luft wie ein Fisch.

»Che cosa stai facendo?«, rief keuchend der Fremde und hielt sich die Hüfte: *Er* habe ihm, seinem schmerzlich vermissten Schützling, doch nichts getan, sondern dieser falsche Held! Der habe ihm den Ring niemals geben wollen! Der Ring sei für seine Verlobte!

Für einen Moment formte sich eine Falte zwischen den Brauen des Jungen. Dann aber wurden die dunklen, feuchten Augen trübe, als gäben sie, nach langer, vergeblicher Suche zutiefst erschöpft, auf. Ein Klageruf erfüllte den kargen Raum – ein wütendes Stöhnen aus vormenschlichen Schichten, tiefer, älter und weiser als alle Sprache. Der Junge entriss dem Fremden, der schwer atmend auf dem Rücken lag, den Ring, und warf ihn in einen Nachttopf, worin er mit einem Plätschern versank.

Schließlich ging er ohne Hast wieder auf Thomas zu. Ihn anblickend und zugleich durch ihn hindurch schauend, zerschnitt er sich das schöne Gesicht. Blutige Rinnsale flossen hinab auf Hals und Brust.

Thomas stolperte rückwärts und tastete nach der Tür. Kurz bevor die Medusa ihn küssen konnte, bekam er den Knauf zu fassen. Er rannte durch den dunklen Korridor und die Treppe hinauf ins Mittagslicht. Die Glocken der Basilika Santa Maria della Sanità läuteten zur Messe.

32.

»Pietro Belcampo heiß ich«, unterbrach er mich in vollem Zorne, »ja Pietro Belcampo, hier in Italien, und du magst es nur wissen, Medardus, ich selbst, ich selbst bin die Narrheit. Die ist überall hinter dir her, um deiner Vernunft beizustehen (…). Sie taumelt hin und her wie ein gebrechliches Kind und muß mit der Narrheit in Kompanie treten, die hilft ihr auf und weiß den richtigen Weg zu finden nach der Heimat – das ist das Tollhaus, da sind wir beide richtig angelangt, mein Brüderchen Medardus.«

E.T.A. Hoffmann: *Die Elixiere des Teufels* (1815)

Rom, 2. Juni 1897

Nirgends war es dunkel genug. Die Sonne war zwar längst hinter dem Petersdom versunken. Doch wenn Thomas aus dem Augenwinkel nach dem Abendhimmel spähte, glaubte er, dort, wo Kuppel und Himmel sich berührten, noch immer ihren roten Abglanz zu sehen: eine Glut, die nicht verlöschen wollte.

Auf Platten aus Lavagestein ging er am Tiber-Ufer entlang. So blieb wenigstens eine Straßenseite frei vom Gejohle der grell erleuchteten Geschäfte. Aus dem Flussbett, das sich von hier oben nur erahnen ließ, drang weder Plätschern noch Glucksen hinauf. Obgleich Thomas natürlich wusste um die bodenlose Gleichgültigkeit alles Anorganischen, konnte er nicht anders, als darin eine Art Entgegenkommen zu sehen: das wortlose Zugeständnis der Welt, dass sie nach dem, was geschehen war, nicht einfach weitermachen konnte.

Immerhin, sagte er sich, bliebe sein Vater auf alle Zeit davon verschont, vom vollständigen moralischen Bankrott seines Sohnes zu erfahren. Doch der Gedanke, ihm nie wieder zu begegnen, ihn nie mehr lachen zu hören, wenn er für ihn Possen machte, schnürte Thomas die Brust nur noch enger ein. Ihm war, als erkenne er erst jetzt wirklich, was das bedeutete: Endgültigkeit.

Was erahnte Papa davon, als er, sogar an Spätsommernachmittagen in einen wärmenden Morgenmantel gehüllt, von Zimmer zu Zimmer schlich? Als vom Senator, der sich stets so heiter, stolz und ein wenig eitel seinen Mitmenschen präsentiert hatte, immer weniger blieb? Als Thomas Johann Heinrich Mann den Tod nahen fühlte? Fand er da Halt im Glauben seiner Vorväter? Dafür war er, trotz seiner tiefen Achtung vor allem Gewachsenen, durch vielfachen Gebrauch Erprobten, wohl zu feinnervig, erkenntnishungrig und spöttisch. Aber wieso ergab er sich dann, nach langem, zähem Widerstand, zuletzt dem Verfall so rückhaltlos, als käme alles, wie es kommen musste?

Thomas fand sich auf einer steinernen Brücke wieder. Gaslaternen beleuchteten rund ein Dutzend riesiger Barockengel, die sich nach der anderen Uferseite zu sehnen schienen. Dort erinnerte die uralte, hoch aufragende Festung der Päpste daran, dass der schlimmste Feind des Menschen zu allen Zeiten ein anderer Mensch war, der das Gleiche wollte.

Zu seiner Verwunderung war Thomas allein. Ihn zog es zur Mitte der Brücke, wo der Lichtschein schwächer ausfiel, denn eine Laterne war defekt. Vorsichtig lugte er über die schulterhohe Brüstung. Vor ihm, unter ihm stand undurchdringliche Schwärze wie eine Wand. Er schloss die Augen.

Und öffnete sie rasch wieder. Im kurzen Moment dazwischen hatte er alles, was ihn die Nächte kostete, wieder in blendender Deutlichkeit vor sich gesehen: das Blut, die Wunden, das Messer und, im sonderbarsten Kontrast dazu, die malerische Bucht von Neapel, an der sein Elternhaus niederbrannte; vom südlich blauen Himmel blickten Vaters missbilligende Augen riesengroß und körperlos auf ihn hinab. Von alledem ungerührt wirkte ein Wesen, nicht Mann, nicht Frau, auf dessen Unterarm etwas Sackartiges ruhte, das unmöglich die eigene Haut sein konnte, und welches Thomas besonders schreckte.

Ihm fiel es leichter als erwartet, die schulterhohe Brüstung aus Sandstein zu erklimmen. Gestützt auf den Sockel einer der Statuen, richtete er sich vorsichtig auf.

Ihm blieb nur, sein schwaches, schlaffes, ihm selbst Ekel bereitendes Ich zurückzuwerfen ins All, auf dass es vielleicht eine höhere Vollkommenheit daraus erschaffe.

Er streckte den linken Fuß bis an den Rand der Brüstung, als testete er die Temperatur eines Gewässers. Und als sei es zu kalt, hielt er inne. Da hatte er immerzu gefürchtet, sich eines Tages aus dem Fenster zu stürzen, und nun das. Er schob den Fuß ein winziges Stück vor – und zuckte zusammen, als jemand schrill aufschrie. Thomas, der beinahe den Halt verloren hätte, fuhr erschrocken herum.

Wenige Meter entfernt stand eine Dame im violetten Mantel. Eine behandschuhte Hand hatte sie aufs Dekolleté gelegt. Mit der anderen suchte und fand sie ihren Begleiter, einen elegant gekleideten Herrn mit prächtigem grauen Schnauzbart. Mit einer Mischung aus Überraschung, Sorge und Gereiztheit musterten sie den Mann auf der Brüstung.

Thomas wandte sich, weil ihm nichts Besseres einfiel, wieder um und starrte ins Dunkel.

»Che cosa terribile!«, hörte er die Dame lauter als nötig rufen. »Non potete fare nulla?«

Etwas Langes, Schmales drängte sich in sein Blickfeld. Der Gentleman streckte seinen Spazierstock nach Thomas aus. Der verstand nicht recht, ob man ihm damit Halt beim Hinabklettern anbot oder ihn verscheuchen wollte wie einen Vogel. Aber wohin? Er wagte es nicht, die Hand vom Sockel zu lösen.

Die Dame fand trotz ihrer Bestürzung die Zeit, ein Taschentuch hervorzuholen, bevor sie zu weinen begann. Ihr Kavalier tröstete sie, indem er ihre Hand ergriff und mit ausladenden Gesten auf sie einredete. Mal schaute er dabei in tiefer Anteilnahme auf die Frau, mal vorwurfsvoll auf den Mann auf der Brüstung. *Sehe der denn nicht*, schien er sagen zu wollen, *was er dem zarten Geschöpf antue*?

»Bitte«, sagte Thomas mit flehentlicher Stimme, »so gehen Sie doch weiter.«

Der Signor hielt inne. »Un tedesco?«, rief er empört. »Ha! Certo!« Voller rechtschaffener Empörung über die Barbaren aus dem Norden, die seine Stadt schon viel zu lange als Kulisse missbrauchten, forderte er seine Dame auf, den Spaziergang fortzusetzen. Diese zeigte sich dazu rasch bereit.

Verwirrt, beinahe schuldbewusst, schaute Thomas den beiden hinterher. Vor der Engelsburg sprachen sie einen Uniformierten an, der einen langen Stab in der Hand hielt. Dabei zeigten sie zurück ins Halbdunkel auf der Brücke.

Thomas zögerte nur kurz, bevor er allen Mut zusammennahm und sich daran machte, den Sockel der Statue zu erklimmen. Dabei musste er jede überhastete Bewegung vermeiden, um nicht aus dem Gleichgewicht zu geraten, zugleich aber schnell sein, bevor der Uniformierte ihn daran hinderte. Oben angekommen, klammerte er sich an die Beine des Engels, denn das Sims ringsum bot kaum genug Platz für seine Füße. Immerhin stand er nun mehr als drei Meter über dem Brückenweg: Von hier würde ihn so leicht niemand verscheuchen. Andererseits fürchtete Thomas, der nicht schwindelfrei war, seine Knie könnten einknicken.

Wieder streckte er vorsichtig den linken Fuß vor – und griff, als er das Gleichgewicht zu verlieren drohte, reflexhaft nach den Engelsbeinen. Als er wieder Atem gefasst hatte, schob er den rechten Fuß über den Rand der Brüstung, bis der Ballen in der Luft schwebte. Und jetzt? Ließ man sich fallen? Wie ging das: sich fallen lassen? Thomas befahl dem Knie, seinem ohnehin so wankelmütigen Knie, sich zu beugen, nur ein bisschen nachzugeben, bis die Schwerkraft übernähme. Doch es gehorchte ihm nicht. Er schloss die Augen. Das vertraute Pochen war zurück. In seinem Mund warf ein winziges, aber starkes Tier sich wütend hin und her. Um es zu strafen, biss er die Zähne aufeinander, dass ihm die Augen tränten. Noch größere Schmerzen. Aber *seine* Schmerzen.

Ein leises, blechernes Quietschen schräg über ihm. Dann wurde es hell.

Thomas fuhr herum. Der Uniformierte, ein verwachsener Greis, schloss mit dem langen Stab, an dessen Ende ein Haken aufsaß, routiniert das Glas der Laterne. Kunstlicht ergoss sich über den Engel, Thomas und den Alten, der nun, den Rücken tief gebeugt, weiterschlurfte. Sogar die Tiefe war ausreichend erhellt, um Einzelheiten auszumachen. Dort unten hoben und senkten sich kleine, gelbliche Wellen, als wäre der Strom ein gespanntes Tuch, gegen dessen Unterseite Hunderte winziger Hände boxten. Die mächtigen Brückenpfeiler lagen entblößt wie schadhafte Zähne. Vom Flussbett stieg fauliger Geruch empor.

Thomas wandte den Blick zur Seite und zwang sich, ruhig zu atmen. Was, wenn es nicht zum Ertrinken reichte? Wenn er sich nur die Beine bräche oder seine Glieder gelähmt würden? Ihm entfuhr ein gequältes Seufzen.

Wie gewollt, wie künstlich, wie *literarisch* das hier aussehen musste. So sehr er auch versuchte, alles zurückzulassen, sah er doch bloß dabei zu, wie er sich ratlos und ängstlich wand und sogar jetzt noch überflüssige, eigensüchtige und banale Überlegungen anstellte – und fand all das über jedes erträgliche Maß verabscheuungswürdig und lächerlich.

Thomas verzog das Gesicht zu einer Grimasse. Er wusste nicht, ob er im nächsten Moment weinen oder hysterisch auflachen würde. Stoßweise, flach atmete er ein und aus. Selbst dabei beobachtete ihn etwas, registrierte aufmerksam eine zarte, aufkommende Brise, Blätterrauschen am Ufer, die Wärme des Steins, ein entferntes Lachen. Verzweifelt zuckte Thomas die Achseln, schüttelte den Kopf. Nun also wurde er verrückt, zuletzt auch noch verrückt.

Er senkte die Lider und löste die Hand vom Engel. Für einen Moment schien sein Körper nach vorn fallen zu wollen; im nächsten schwang er ein kleines, aber entscheidendes Stück zurück. Nach mehreren, immer kleineren Umschwüngen fand er eine Position, die nicht ohne Anstrengung war, aber erträglich. Die Augen geschlossen, mit zitternden Lippen und heftig atmend, blieb Thomas stehen, er wusste nicht, wie lange. Der leichteste Windstoß hätte ihn umwehen können. Doch alles blieb still. Nach einer Weile streckte er die Knie durch und reckte den Kopf, als lauschte er einer Melodie – nie zuvor gehört und doch wohlbekannt. Langsam begann er, freier zu atmen.

Schließlich, als sei er erwacht, öffnete er die Augen. Zitternd hockte er sich an den schmalen Rand des Sockels und streckte ein Bein in Richtung Brüstung. Es reichte nicht. Er würde sich fallen lassen müssen. Thomas kippte, die Zähne aufeinandergepresst, leicht nach vorn, geriet ins Rutschen – und glitt, als er auf der Brüstung aufkam, mit dem linken Fuß aus. Das Bein baumelte über dem Fluss und zerrte gleichsam an der Hüfte, als Thomas den Oberkörper mit einer Kraftanstrengung nach rechts beugte und, mit den Händen voraus, auf die Brücke fiel.

Auf dem Heimweg wagte er es nicht, laut zu atmen oder schnell zu gehen, voller Sorge, etwas Zartes, Kostbares zu verscheuchen, bevor er eine Spur davon im Notizbuch festhalten konnte. Er hatte das Pantheon schon hinter sich gelassen und passierte, nach dem Schlüssel fürs Pensionszimmer tastend, ein Restaurant, da hörte er eine helle, seltsam vertraute Stimme rufen:

»Tommy?«

IV. Liebe

33.

Ob nun aus Scham oder Selbstsucht, ein jeder verhehlt die besten und zartesten Empfindungen seiner Seele.

Gustave Flaubert: *November* (1842)

Rom, 22. Juli 1897

Wer für drei Monate in den Monti Prenestini packte, der packte wie für ein ganzes Jahr. Dort oben brauchte man alles: leichte Hemden und Anzüge für Ausflüge an sonnigen Tagen ebenso wie lange Unterhosen und Wollsocken. Denn so angenehm es auch war, der sommerlichen Schwüle Roms zu entkommen, so kühl wehte die stete Brise bereits Ende September den Hang hinab. (Signora Pastina empfand es als Verschwendung, für ihre Gäste auch abseits der geräumigen Küche ein Kaminfeuer zu entfachen.) Vor allem aber mussten Besucher, die in Palestrina Ruhe zum Arbeiten suchten, reichlich Papier und Tinte mitbringen. (Der Schreibwarenhändler dort machte keine Anstalten, gehobeneren Ansprüchen zu genügen. Die Nachfrage fehlte.) Und weil der Schreibwaren- zugleich der Buchhändler war, legte Heinrich auch ein halbes Dutzend französischer Romane zu seiner Wäsche.

Als er die Wohnungstür verriegelt und den Schlüssel bei der Hauswirtin abgegeben hatte, trug er unter Mühen die beiden Koffer. Beim Treppensteigen ging sein Atem auch jetzt, fast zwei Monate danach, schwer. Doch was Heinrich auf der Kutschfahrt nach Trastevere weit mehr besorgte, war eine grundlose, völlig unpassende und ihn trotzdem seit dem Morgen beherrschende Empfindung, nicht ganz unähnlich dem, was er als Kind empfunden hatte, schickte man ihn zur Strafe aufs Zimmer.

Ächzend stieg er in den fünften Stock. Natürlich wäre es besser gewesen, dachte er, das Gepäck vorher am Bahnhof abzugeben. Aber das kostete Geld und Zeit. Und was er zu erledigen hatte, würde auch so gehen. Noch eineinhalb Stunden bis zur Abfahrt.

»Dov'è?«, flüsterte er beim Eintreten.

Signora Alberini sah vom Kartoffelschneiden auf, als sei Heinrich nur kurz fort gewesen, und nickte in Richtung des Wohnzimmers. Dann redete sie wieder mit großem Eifer auf ihre Cousine ein, eine ebenfalls in Würden ergraute Frau, die, einen Salatkopf zerpflückend, jede Äußerung mit einem krächzenden *Sì* bedachte.

Heinrich stellte die Koffer im Flur ab und verhüllte sie mit seinem Wintermantel.

Was Linas Mutter *soggiorno* zu nennen pflegte, war in Wahrheit weit mehr als ein Wohnzimmer. Hier wurde an Sonn- und Feiertagen das Essen aufgetragen, und nicht alltägliche Gäste wurden darin bewirtet: Priester, Amtsträger und – zumindest anfangs – der Schriftsteller aus Deutschland. Doch Heinrich kam mittlerweile so häufig her, dass man angefangen hatte, ihn wie ein Familienmitglied zu behandeln. Nachts diente der schlichte, reinliche und nicht sehr helle Raum dem kleinen Ludovico als Schlafzimmer, und hier spielte er, wenn er niemanden sehen wollte.

Wortlos setzte Heinrich sich auf den Boden und sah zu, wie der Junge Mal um Mal an der Schnur eines Hampelmanns zog. Als er sicher war, dass er sich an ihn gewöhnt hatte, fragte er auf Italienisch:

»Hast du Hausaufgaben?«

Nicken.

»Na, dann komm.«

Kopfschütteln.

»Aber nur noch fünf Minuten, hörst du?«

Wieder Nicken.

Das Hin und Her, bevor sie sich an den Küchentisch setzten, war eines der Rituale, die sie miteinander eingeübt hatten in den Wochen nach der Sache im Teatro Valle.

Vermutlich lag es an der Zeit in der dunklen, stickigen Abstellkammer, dass etwas in Heinrich fürchtete, allein gelassen zu werden. Doch wäre es ihm wohl noch übler ergangen, hätte Ludovico die beiden wütenden Männer nicht geistesgegenwärtig hinter die Bühne gelockt. Nur so hatte Lina den hustenden, der Bewusstlosigkeit nahen Mann hinter die nächstbeste Tür bugsieren können.

Das Beängstigendste an einer Lungenblutung war ihre Schmerzlosigkeit. Wie konnte es sein, dass etwas, das einem die Luft zum Atmen nehmen wollte, ohne Warnsignal der Organe heranreifte? Worauf sollte man noch vertrauen, wenn der eigene Körper einen derart im Stich ließ? Umso erleichterter war Heinrich gewesen, dass die Blutung sich als weniger gravierend erwies als beim ersten Mal, damals nach Vaters Tod. Auch die gebrochene Hand verheilte gut.

Deshalb hätte Signora Alberini auch nicht ihren Enkel ausschicken müssen, um täglich nach dem Rechten zu sehen. Der war ohnehin keine Hilfe. Wenn der Genesende ihn vom Bett aus bat, das Fenster zu öffnen oder ihm einen Bleistift zu reichen, tat der, als verstehe er nicht. Es dauerte eine Woche, bis Heinrich begriff, dass Ludovico sich einen Spaß daraus machte, sich dumm zu stellen. So ersparte er sich Arbeit. Nicht zu hören, war für ihn ein Spiel, das er perfekt beherrschte. Immerhin brauchte Heinrich danach nicht mehr lange, bis ihm aufging, dass die Gründe, weshalb die Signora den Jungen täglich für mehrere Stunden aus ihrer Obhut entließ, womöglich wenig altruistisch waren.

Und doch kam Ludovico wieder und wieder, um – nichts zu tun. Das aber so regelmäßig, dass Heinrich anfing, ihn zu erwarten. Trat er zur üblichen Uhrzeit nicht ein, wurde er unruhig. War ihm etwas geschehen? Das Essen würde kalt. Als er bemerkte, dass er über Minuten durch den Türspion schaute, war es schon zu spät. Er hatte sich an den Jungen gewöhnt wie an einen zugelaufenen Hund.

Zur selben Zeit schien Signora Alberini die Sache nicht länger geheuer zu sein. Jedenfalls lud sie Heinrich, dem es wieder besser ging, nach Trastevere ein.

Linas Wohnung zu betreten war sonderbar gewesen. Und das, obwohl Lina nicht daheim weilte. Nach dem Abend im Teatro hatte Heinrich sie nicht wiedergesehen, und er fragte die Signora auch nicht, was genau sie meinte mit ihrer stehenden Wendung, Lina sei »auf Reisen durch den Norden«. Trotzdem fühlte er sich ihr hier, wo sie keine Schauspielerin war, sondern brave Tochter und schwesterliche Mutter, seltsam nahe. Er sah die zwei kleinen Zimmer, in denen Bühnenkleider neben einer Kartoffelkiste hingen und ein Kruzifix neben einer verblichenen Fotografie des Vaters, und er fing an, nachsichtiger über Lina zu denken.

Nach den Hausaufgaben sprang Ludovico, wie an jedem Tag, erleichtert vom Küchenstuhl und stopfte die Schulhefte zurück in den Ranzen. Und wie an jedem Tag griff Heinrich nach seinem Jackett und betrachtete seine Taschenuhr. Noch dreißig Minuten. Doch diesmal trat Signora Alberini, sich die Hände an der Schürze abstreifend, ihm entgegen.

»Hai un momento, Signor Mann?«

»Naturalmente.«

»Meine Tochter«, sagte sie auf Italienisch, »erwägt einen Aufenthalt in einem Sanatorium. Und wenn ich recht verstehe, sind Sie befreundet mit dem Betreiber der Heilanstalt in Riva?«

»Geht es Ihrer Tochter nicht gut?«

»Ihre Stimme. Sie braucht Schonung.«

»Ich könnte Herrn von Hartungen schreiben, ein gutes Wort einlegen.«

»Das wäre sehr freundlich.«

»Versprechen kann ich leider nichts. Ein Behandlungsplatz

und ein Besucherzimmer: Das wird schwierig werden in der Hochsaison.«

Das Gesicht der stolzen, müden Frau schien unbewegt und doch verändert, als glitte ein Schatten darüber hinweg. »Ein Behandlungsplatz«, entgegnete sie leise, »würde genügen.«

Heinrich war zu verblüfft, um zu bemerken, wie Ludovico hinter ihm zum Flur eilte. Als er ihm folgte, hatte der Junge die Koffer gestapelt und obenauf Platz genommen. Mit einer Miene, in der sich Furcht, Trotz und Vorwurf mischten, schaute er ihm von unten in die Augen.

»Ich bin nicht lange weg«, log Heinrich.

Ludovico zeigte auf den Wintermantel.

»Wo ich hinfahre, kann es kalt werden.«

Heinrich empfand den Jungen schon lange nicht mehr als stumm. Als die Furcht aus dem Kindergesicht wich, Trotz und Vorwurf das Feld überließ, glaubte er förmlich, ihn zu hören: *An deiner Geschichte stimmt was nicht.*

Genau das hatte er vermeiden wollen. Derart offene Bekundungen der Anhänglichkeit schickten sich einfach nicht.

»Steh auf. Ich muss los.«

Doch Ludovico blieb sitzen.

Heinrich erkannte, wie sehr er es genossen hatte, sich nicht erklären, nichts tun zu müssen, sondern einfach *sein* zu dürfen – gerade jetzt, als Ludovico ihren wortlosen Pakt brach. Nun durfte er es ihm gleichtun.

Mit beiden Händen packte er das Kind und hob es vom Koffer. Das wand sich, ruderte mit Armen und Beinen – und schlang sich um Heinrichs Oberkörper wie ein Äffchen an die Mutter.

»Lass los.«

Der Brustkorb des Äffchens hob und senkte sich.

»Sonst komme ich nie wieder her.«

Bei aller Verärgerung registrierte Heinrich erstaunt, wie leicht und knochig es sich anfühlte.

»Weißt du was?«, sagte er, die Hände in die Hüften gestemmt: »Wer so was macht, den mag ich nicht mehr.«

Seine Brust, sein Bauch wurden warm. Er wollte sich so nicht verhalten. Aber Ludovico nötigte ihn dazu. Es war die Schuld des Jungen, verdammt!

»Komm, mein Engelchen«, sagte die Signora milde, »lass ihn los. Er ist doch dein Freund. Zu Freunden ist man lieb.«

Dieses große Wort, gleich zweimal ausgesprochen, war Heinrich unangenehm, und er straffte sich. Der Junge schlang Arme und Beine nur noch fester um ihn.

»Ich habe eine Idee«, sagte er schließlich »Was hältst du davon, wenn ich dir ein Geschenk mitbringe?«

Der Junge hob fragend den Kopf.

»Zum Beispiel ein … Holzpferdchen?«

Kopfschütteln.

»Oder eine Kutsche? Mit Türen, die man aufklappen kann?«

Unbeeindruckt legte Ludovico den Kopf wieder an seine Brust.

»Jetzt weiß ich«, sagte Heinrich. »Ja, das ist es. Du bekommst etwas Wunderbares!«

Nie zuvor hatte der Junge ihn so erwartungsfroh angeschaut.

»Aber dafür musst du mich gehen lassen. Sonst kann ich es nicht holen.«

Prompt glitt der Junge von Heinrich ab wie von einem Baumstamm.

Ein Vierteljahr würde genügen, um eine Kleinigkeit zu finden, sagte Heinrich sich. Oder um ihn zu vergessen.

Er verabschiedete sich von der Signora und deren Cousine, die, ohne aufzusehen, mit einem heiseren »Sì. Sì …« antwortete. Als er den Wintermantel aufhob, bemerkte er darauf einen kleinen, dunklen Fleck. Und einen größeren auf einem der Koffer. Hastig öffnete er ihn.

Ein Füllfederhalter lag zerbrochen auf einem Hemd, das beim Einpacken noch weiß gewesen war. Ein Paar Socken war tiefblau, Flauberts *Salammbô* in Tinte ertrunken.

»Jetzt kriegst du nichts mehr, hörst du?«, sagte er kalt. »Nichts! Was bist du auch so störrisch? Jetzt komme ich bestimmt nicht wieder.«

So zu reden war nicht recht, aber seltsam vertraut, und wie oft glich das eine dem anderen. Beinahe kam es Heinrich vor, als hätte er die Szene schon einmal erlebt. Bis der stumme Junge, der immer so ungerührt gewirkt hatte, so gleichgültig gegenüber der Welt der anderen, zu weinen anfing.

Tränen liefen ihm übers Gesicht, das rasch errötete, und er wischte sie nicht fort. Er stand einfach mitten im Zimmer: ein Mahnmal des menschlichen Unvermögens, einander je so zu behandeln, wie wir alle es ersehnten und verdienten, und wie es unsere Pflicht gegeneinander war.

Heinrich ging vor Ludovico in die Knie.

»Guck mal«, sagte er leise. »Es ist gar nicht so schlimm. Das Hemd ist alt, und das Buch habe ich schon gelesen. Es hat die meiste Tinte aufgesogen. Auf Deutsch sagt man da: *Glück im Unglück*.«

Der Junge schniefte noch, aber immerhin erheiterten die sonderbaren Laute ihn ein wenig. Heinrich wiederholte sie. Dabei tat er, als wundere er sich über das, was ihm gerade noch vertraut erschienen war.

»Du hast recht«, sagte er schließlich, »ich bleibe länger fort. Aber nicht, weil ich es will. Ich muss arbeiten, so hart wie noch nie. Einen ganzen Roman muss ich fertig haben – in nur sechs Wochen!«

Der Junge zuckte unbeeindruckt die Achseln.

»Das ist wenig Zeit. Sehr wenig sogar«, rief Heinrich pikiert, vor allem aber erleichtert, dass der Junge nicht länger weinte. »Wenn ich das schaffe, wäre das … Die meisten können nicht mal … Egal. Jedenfalls muss ich das Buch Anfang September beim Verleger abgeben. Ein Verleger, das ist …« Heinrich sah den Blick des Jungen abschweifen, als suche der seine abhandengekommene Traurigkeit.

»Also, dieser Verleger«, sagte er entschlossen, »das ist ein böser Mann. Richtig böse! Er hat viel Geld und Macht. Und damit weiß er nichts anderes anzufangen, als Menschen wehzutun. Er macht ihnen Angst, damit sie tun, was er will. Dabei redet er immer davon, wie wichtig ihm die Familie sei. In Wahrheit liebt er niemanden, nicht mal seinen Sohn. Sein einziges Ziel ist, immer noch mehr Geld anzuhäufen. Ja, wirklich! Aber der Verleger ist auch lächerlich. Weißt du, er ist sehr klein, und wenn er redet, blitzen seine runden Augen. Er hat kurze Beine und kleine Füße. Wenn er geht, dann macht er so.« Heinrich trippelte zwischen Flur und Küche hin und her, wo die Signora und ihre Cousine besorgte Blicke tauschten. »Eigentlich sieht er aus wie ein Zwerg. Oder *Rumpelstilzchen*«, sagte er auf Deutsch. »Kennst du *Rumpelstilzchen*?«

Nie zuvor hatte Ludovico seinen Freund ein Märchen erzählen gehört. Die Augen, die endlich trockneten, blickten erwartungsvoll, und seine erhobenen Handflächen formten eine Frage: *Warum? Warum ist der Mann so böse?*

»Wer weiß das schon?«, antwortete Heinrich. »Vielleicht … Seine erste Frau ist bei der Geburt seines Sohnes gestorben. Das kann einen Menschen verbittern. Ich glaube, er macht seinen Sohn dafür verantwortlich.«

Ludovico schüttelte den Kopf. *Das darf man nicht tun. Das ist gemein!*

»Ja, finde ich auch. Schließlich war er ein kleines Kind, nicht wahr? Der Sohn ist jetzt erwachsen – und will genauso sein wie der Vater, der ihn hasst. Was für ein Irrsinn, was?«

Ludovico aber zuckte wieder mit den Schultern. Nicht aus Unverständnis oder Hartherzigkeit, das sah Heinrich sofort. Vielmehr hatte dieser Neunjährige, der keinen Vater kannte, nur eine Schwester, die seine Mutter und eine Mutter, die seine Großmutter war, etwas Wichtiges verstanden. Etwas, das die meisten Menschen bis zum letzten Atemzug nicht einzusehen wagten – und was auch er, Heinrich, vergessen hatte. Dass nämlich das meiste von dem, was uns antrieb, hemmte und betrübte, und was wir einander erzählten, um unser Verhalten zu rechtfertigen und um uns selbst weniger rätselhaft zu erscheinen, im Grunde reichlich lächerlich war. Wir alle spielten Rollen, und am schlechtesten schlugen sich die, die sie vollkommen ernst nahmen.

»Ich komme wieder, ganz bestimmt«, flüsterte Heinrich. »Wir beide sind schließlich ...«

Räuspernd brach er ab. Und nahm, als er kurz darauf die Treppen hinabwankte, Ludovico mit dem Wintermantel ihm hinterher, das Satzende mit sich.

Auf der Straße angekommen, bat er den Jungen, auf seine Sachen achtzugeben; er müsse in dem Geschäft dort vorn etwas erledigen. Wenig später kam er mit einer großen Schachtel unter dem Arm wieder heraus.

»Für dich«, sagte er. »Aber erst oben in der Wohnung öffnen, in Ordnung?«

Ludovico ergriff sein Geschenk und lief, ohne zurückzublicken, ins Haus.

Natürlich, dachte Heinrich, wäre er gern dabei, wie der Junge das Paket öffnete. Aber besser, man übte Vorsicht. Sie war zwar nichts Besonderes, obendrein gebraucht. Doch bestimmt gab es auch hier so manchen, der neidisch werden konnte auf eine gut erhaltene Kindergeige.

34.

Von ganz anderen Menschen spreche ich,
die gleichzeitig dies alles in ihrem Herzen tragen:
ihre süße Bitterkeit, ihr liebes Leid,
ihre Herzensfreude und ihre Sehnsuchtsqual,
ihr glückliches Leben, ihren traurigen Tod,
ihren glücklichen Tod, ihr trauriges Leben.

Gottfried von Straßburg:
Tristan und Isolde (ca. 1210)

Rom, 2. Juni 1897

»Du?«, stammelte Thomas. »Aber … aber warum?«

Ihre schlanke, dabei nicht länger mädchenhafte Silhouette; die helle, gleichsam in sich ruhende Stimme; und dazu das offene, nur ein wenig mokante Lächeln – all das gehörte nicht hierher, in die stickig-süßliche Wärme zwischen Pantheon und Pensionszimmer. Es gehörte in jenes ferne, nebelverhangene Städtchen, das ihm mit jedem Tag weltentrückter erschien. Ebenso gut hätte sein Vater vor dem Ristorante Rosetta sitzen und ihn rufen können.

»Je, den Düwel ook«, sagte sie. »Das ist die Frage, nicht wahr? Ich dachte schon, ich treffe dich nicht mehr. Wo kommst du her? Siehst furchtbar aus.«

Das – und der Anblick einer Reihe weißer, kleiner, gerader Zähne – überzeugte Thomas, dass Ilse wirklich vor ihm stand.

»Du bist gut«, hörte er sich antworten. »Das frage ich *dich.*« Seine Worte klangen ihm selbst sonderbar: so beiläufig, als hätten sie einander erst gestern gesehen. So vertraut. »Ach, natürlich. Verzeihung.« Er rief sich zur Ordnung. »Wo ist er denn?«

»Wer?«

»Der … dein Mann.«

Sie senkte den Blick. »Tommy … Für eine Hochzeitsreise braucht man zuvor eine Hochzeit.«

Thomas öffnete den Mund, sog die schwüle Luft ein – und schwieg. So nahe er seinem Zimmerchen auch war, so unmöglich schien es ihm plötzlich, in dessen Stille das Notizbuch aufzuschlagen und in Worte zu fassen, was ihn von der Brüstung hatte hinabsteigen lassen. Dabei war dieses Etwas noch nicht Idee, nicht klarer Gedanke, eher eine von fernher dringende Harmonie. Darin vereinten sich vielleicht – nur vielleicht – bislang dissonante Noten. Er wollte, er *musste* ihr nachhorchen. Doch sie drohte jeden Moment zu verwehen.

»Das tut mir leid, Ilse.«

»Die Verlobung ist nicht gelöst! Sobald ich zurück bin, muss ich einem Termin für die Hochzeit zustimmen. Ich hab's Mutter versprochen. Nur deshalb hat sie mich nach Rom reisen lassen. Wir sind zusammen nach München gefahren, weißt du? Sie wartet dort auf mich.«

»Du bist *allein* hier?«

»Mit Meta. Du kennst sie: Sie war in der Klasse über Lula und mir. Wohnt jetzt in Schwabing. Gerade ist sie im Pantheon, zum zweiten Mal heute. Hatte es wohl satt, stundenlang auf den Platz hinauszugucken. Aber dein Hauswirt sagte mir, du bist endlich wieder da, und, na ja …«

»Ich fürchte, ich verstehe immer noch nicht ganz.«

Ihre hellblauen Augen flackerten nur ein wenig, als sie ihm von unten direkt in die Augen sah und fragte: »Wirklich?«

Von einem der dicht besetzten Tische hinter ihr erhob sich Gelächter wie ein Vogelschwarm. Eine warme Brise trug den tröstenden Geruch einer guten Zigarre herüber. Und was Thomas verloren geglaubt hatte, stand so klar vor ihm, als wären die vergangenen Monate bloß ein Fiebertraum gewesen.

»Wo wohnst du?«, fragte er aufgeregt. »Morgen zeige ich dir die Stadt. Alles. Du wirst nie wieder ein Museum besuchen wollen.«

»Wir reisen in der Frühe ab.«

»*Was?*«

»In einer Stunde müssen wir in der Pension sein. Sie schließt für die Nacht.« Sie seufzte. »Ach, Tommy, wo hast du bloß *gesteckt*? Jeden Tag habe ich deinen Hauswirt gefragt, aber der wusste von nichts. Ich hab' mir Sorgen gemacht.«

Ihn überfiel eine Mischung aus Staunen und Mitleid, die Bewunderung nahekam. Wie konnte ein Mensch so fürsorglich sein und bar allen Grolls? So *lieb*?

»Es tut mir leid«, sagte er. »Ich war in Neapel. Kurz entschlossen. Mit Vitzthum. Ich dachte nicht, dass … Hätte ich das bloß geahnt.«

Wenn er ihr vertrautes, gleichmäßiges Gesicht betrachtete, glaubte er den Klang kaum noch zu hören. Sie war seinetwegen hier, tatsächlich allein seinetwegen.

»Bitte bleib«, flüsterte er.

»Das geht nicht. Mutter würde …«

»Nur bis morgen früh.«

Sie schaute ihn fragend an.

»Nicht in meiner Pension«, sagte er rasch. »Der Hauswirt geht spät schlafen und ist früh wieder wach. Außerdem wäre das wohl …« Er räusperte sich. »Aber wir könnten spazieren gehen.«

»Die ganze Nacht?« Sie hob die Brauen.

»Die Sonne geht früh auf. Und morgen begleite ich dich zu Meta. Auch zum Bahnhof, wenn du willst.«

Überrascht und erregt von der eigenen Forschheit, blickte Thomas zu Boden. Ilse bot ihm eine zweite Chance, unverdienter noch und wundersamer als die erste. Eine Chance auf ein

Leben in Wohlwollen, Gleichmaß und Halt. Auf Heimat. Für sie war er noch immer »der gute Tommy«. Nur wenn er daran glauben konnte, dass es diesen Menschen gab – nach alledem, trotz alledem, durfte er Ja sagen zu einem Leben mit Ilse. Ihm bliebe eine kurze Nacht, es herauszufinden.

»Wo«, hörte er sie fragen, »ist Rom denn nachts am schönsten?«

Als sie zur Fontana di Trevi kamen, verhüllte Dunkelheit den Springbrunnen, der jetzt, zwei Stunden nach Sonnenuntergang, still dalag wie ein erloschener Vulkan. Aus den Trattorien drangen Licht und Lärm und ließen die Erinnerung ans Geschehen auf der Brücke unwirklich erscheinen.

»Du hast nie wieder geschrieben«, sagte sie.

»Ich dachte … Und dann bekam ich die Nachricht von deiner Verlobung.«

»Mutter konnte es kaum erwarten, sie zu verschicken. Aber denkst du, ich heirate, und du kriegst nicht mal eine Karte? Du solltest mich besser kennen.« Sie lächelte.

»Das sollte ich wohl.« Zum ersten Mal seit Langem lächelte auch er, und es fühlte sich gar nicht so falsch an. »Was macht ihr so rasch wieder in München, deine Mutter und du?«

»Sie will am liebsten hinziehen. Deine Mutter hat ihr vorgemacht, dass das geht: alles hinter sich lassen. Ihre beiden Söhne sind schließlich weg. Sie sagt, es hält sie nichts mehr.« Unter Ilses robuster Heiterkeit lag etwas anderes, unsichtbar und doch real wie eine Unterströmung in einem klaren Bach.

»*Du* bist noch da«, sagte er.

»Wenn ich heirate, ist Mutter frei. Sie hat das genau so gesagt: *frei*.« Sie presste die Lippen aufeinander. »Vielleicht ist es das Beste so. Ich will nicht, dass sie meinetwegen bleibt. Dass sie unglücklich ist. Und Niethammer«, sagte sie ausatmend, »ist eine gute Partie. Ein Kaufmann, der etwas werden kann in der Stadt. Ich muss froh sein, dass er mich will. In ein paar Jahren gilt der Name Martens nichts mehr. Wir haben schließlich abgewirtschaftet.«

»Bist du …?« Thomas zögerte.

»… einverstanden? Ach Tommy. Papa hat sich immer so wohlgefühlt in Lübeck. Zu Hause. Und ich auch. Wenn ich wegzöge, dann wäre es, als würde ich Papa im Stich lassen. Als würde er ein zweites Mal sterben. Verstehst du das?«

Thomas nickte langsam. »Solange du da bist, denken sie auch an ihn.«

Ilse blieb stehen. Laternenlicht beschien nur eine Seite ihres Gesichts, als sie sich schwer atmend zu Thomas wandte. Er fürchtete schon, sie habe es sich anders überlegt, da fragte sie:

»Hat man hier irgendwo freien Blick auf die Stadt?«

Den Weg auf den Pincio, vorbei an der Spanischen Treppe, füllte Ilse mit Geschichten von daheim. Noch immer predigte in Sankt Marien sonntags Hauptpastor Ranke, verlässlich wechselnd zwischen fanatischem Ernst und heller Verklärung. Doktor Gütschow, der Hausarzt der Familien Mann und Martens, wurde es selbst im hohen Alter nicht müde, seinen Patienten, worunter diese auch litten, mit gütigem Gesichtsausdruck zum Verzehr von Franzbrot und etwas Taube zu raten. Nur Heinrich Schunck, der verwachsene, ewig finster blickende Makler und literarische Intimus des größten Dichters der Stadt, war dem Vorbild Emanuel Geibels gefolgt und gestorben. Ilse erzählte so anschaulich, dass Thomas nicht anders konnte, als diese Menschen, die ihn früher geängstigt und verwirrt hatten, in einem milderen Licht zu sehen. Aus der Ferne wirkte das Personal seiner Kindheitserinnerungen skurril und unwirklich wie die Figuren eines Märchens.

»Und du?«, fragte Ilse leise ächzend, während sie den gewundenen, von wenigen Gaslaternen beleuchteten Weg zur Aussichtsplattform hinaufschritten. »Wie geht es dir?«

Thomas war zu sehr damit beschäftigt, nach etwas zu horchen, von dessen Existenz er mit jedem Schritt weniger überzeugt war, als sich Gedanken über eine Antwort zu machen. Und so erzählte er monoton von dem, was ihm nun vorkam wie die Geschichte eines anderen: vom ermutigenden Brief von S. Fischers Cheflektor, der sich im Dezember so angetan gezeigt hatte vom *Kleinen Herrn Friedemann*; davon, wie Thomas ihm daraufhin all seine unveröffentlichten Geschichten zusandte. Und vom vielsagenden Schweigen, das seit einem halben Jahr aus Berlin herüberdröhnte. Dann natürlich von den Schröters und dem vergeblichen Versuch, den *Bajazzo* zum Roman zu verlängern. Von der Abgabefrist, die Anfang September verstreichen werde. Als er die Strafzahlungen erwähnte und Schröter seniors Drohung, die Brüder beim väterlichen Vermögensverwalter in Lübeck anzuschwärzen, glaubte Thomas, in Ilses Gesicht so etwas wie Schmerz zu erkennen. »Ich werde wohl zurückmüssen zur Versicherungsbank«, sagte er, »und danach zum Militär. Es sei denn …« Er horchte wieder, aber da war nichts mehr.

Oben angekommen, gingen sie über knirschenden Kies und blickten, an ein eisernes Geländer gelehnt, hinab auf das große, nahezu leere Rund der Piazza del Popolo. Aus dem Häusermeer dahinter erhob sich künstliches Licht wie ein Glühen. In der Ferne glänzte matt die Kuppel des Petersdoms.

»Schau mal«, sagte er, »da oben.«

Ilse sah auf. »Wo?«

»Na, *da*.« Er zeigte auf ein Licht am Nachthimmel, ein nadelstichkleines Loch im schwarzen Tuch des Universums.

»Was ist denn da?«

»Na, was wohl?«

»Ich seh's nicht.«

»Du siehst es nicht?«

»Ich bin kurzsichtig.«

»Du bist … Du kannst die Sterne nicht sehen? Das ist ja furchtbar!«

»Ach, ja? Bislang fand ich's gar nicht so furchtbar.« Sie lachte glucksend über seine Empörung, die nur halb gespielt war, und für ein paar Atemzüge war es fast wie damals als Kinder.

»Ich habe mir Sorgen um dich gemacht«, sagte sie. »Erst schreibst du mir auf eine Weise, die ich verstehen musste, als würdest du … Dann plötzlich nichts mehr. Später habe ich deine Geschichte gelesen: *Der Tod*. Und als ich Vitzthums Brief bekam …«

Vitzthum hatte an Ilse geschrieben – seinetwegen? Gequält blickte Thomas zum blauschwarzen Himmel.

»Er war besorgt«, sagte sie. »Er ist ein guter Freund, Tommy. Davon gibt es nicht viele im Leben.«

Eine Zeit lang schauten sie auf die Stadt, die auch in der Dunkelheit nicht zur Ruhe fand.

»Falls du also«, fragte Ilse zögerlich, »diesen Roman nicht pünktlich ablieferst, bist du bankrott? Auf Jahre hin?«

»Wenn der Verleger Tesdorpf davon erzählt, hätte der endlich einen Grund, mir mein Erbe vorzuenthalten. Für immer. In Lübeck könnte ich mich nicht mehr sehen lassen. Das ließe sich nur verhindern, wenn …«

Sie blickte ihn von der Seite an. »Ja?«

» … wenn ich mich in der Stadt etabliere. Als Kaufmann. Dann könnte er gar nicht anders, als mich auszuzahlen. Natürlich bräuchte ich auch eine Frau aus angesehener Familie.«

Ilse strich mit der Hand über das Geländer. »Aber du willst nicht.«

Er schloss die Augen. »Es tut mir leid, Ilse. Ich wollte dir nie wehtun. Es ist nur …«

Dass sie beide gerade hier oben standen, schien so unwirklich, war so jenseits aller Erwartung und Berechnung, dass Thomas es einen Augenblick lang für möglich hielt, ihr alles zu beichten. Sie könnte es unmöglich verstehen. Aber es wäre ausgesprochen.

»Du willst nunmal Dichter sein«, sagte sie leise.

Er nickte, und der Moment war vorüber.

So standen sie eine ganze Weile, während hier und da in den Fenstern Lichter erloschen wie Funken. Thomas versuchte, die Empfindung auf der Brücke wiederzubeleben, noch einmal die sonderbare Harmonie zu hören. Doch die Welt blieb stumm.

Als eine Kirchturmglocke zwölfmal läutete, bemerkten sie, wie kühl es geworden war, und gingen den steilen Weg wieder hinab.

»Anfang September also«, sagte Ilse unvermittelt auf halbem Wege. »Drei Monate sind nicht viel für einen Roman, oder? Wie weit bist du denn?«

Halb verwundert, halb pikiert schaute er sie an wie früher, wenn sie ihn nach seinem Schultag fragte. Sein Blick bedeutete: *Kannst du dir das nicht denken?*

»Du hast *nichts*?«

Gleich, dachte er, würde Ilse versuchen, ihn aus seiner Apathie zu reißen, wie am Bahnhof, als er die Fahrkarten verloren hatte. Mit ihrer Energie und Zuversicht, die er bestaunt und nie verstanden hatte, würde sie ihn aufzurütteln versuchen. Stattdessen sah sie auf den abschüssigen Weg und flüsterte:

»Verstehe.«

Seine Eingeweide verkrampften sich. Thomas hatte geglaubt, er hätte mit allem abgeschlossen, jegliche Hoffnung als Täuschung durchschaut. Doch dass Ilse – sogar Ilse – nicht länger an ihn glaubte, nichts mehr von ihm erwartete, schmerzte beinahe körperlich. Erst jetzt begriff er, dass tief in ihm etwas darauf vertraut hatte, alles werde gut.

»Vorhin dachte ich, ich wüsste es: was ich schreiben muss. Oder vielmehr: *wie* ich schreiben muss. Alles schien klar zu sein.«

Thomas starrte in die Dunkelheit, aber da waren nur seine Füße, die tapsend einen Schritt vor den anderen setzten.

»Red' weiter«, sagte Ilse leise.

»Ich hatte gehofft, ich würde hier die Welt kennenlernen.

Aber überall bin ich nur auf mich gestoßen. Überall nur ich, ich, ich. Und *was* ich gesehen habe, war …« Für einen Atemzug verzerrte Ekel sein Gesicht, und er wandte es ab. »Vorhin glaubte ich, ich hätte endlich einen Weg ins Freie gefunden. Eine Möglichkeit, von mir zu schreiben – und doch nicht von mir. Ich weiß nicht, wie ich es sagen soll. Die Welt schien sich aufzutun. Oder besser: Alles, was ich zu kennen glaubte, sah plötzlich völlig anders aus. Dabei hatte sich die Welt kein Stück verändert, alles war an seinem angestammten Platz. Und doch war alles neu. Als schiene ein anderes Licht darauf, eine hellere Sonne.« Er seufzte. »Ergibt das irgendeinen Sinn?«

»Tut es das denn für dich?«

»Ich *weiß* es nicht mehr. Es ist weg. Die Welt ist weg.«

Ilse legte ihre Hand auf seinen Arm und blieb stehen. »Dann schließ doch mal die Augen.«

»Ach, herrje. Ilse …«

»Zumachen!«

Er gehorchte widerwillig.

»Und, was siehst du?«

»Eine schnurrbärtige Persönlichkeit, die sich zum Trottel macht.«

»Was noch?«

»Eine junge Frau, die nicht zugeben will, dass sie friert.«

»Und?«

»*Bitte.*«

»Welt.«

»Wie?«

»*Welt.* Was siehst du, wenn ich das Wort ausspreche: Welt?«

Es dauerte einen Augenblick. Dann aber glitt etwas wie ein Hauch über sein Gesicht, und die Stirn, eben noch in Falten, glättete sich. Seine Lippen öffneten sich einen Spalt breit, und wer Thomas jetzt hätte sehen können, der hätte glauben mögen, dieser dünne, blasse, ein wenig deplatziert wirkende junge Mann lausche in der Finsternis einer Melodie.

Im Café Aragno, zurück in Lärm und Licht, nahm er einen Cognac und sie einen Tee. An einem kleinen Tisch abseits der Menge rauchte Thomas eine billige Zigarette nach der anderen, wobei er aufmerksam zuhörte, während Ilse seine Fragen nach daheim beantwortete: Ja, es gab immer noch Kinder, die beim Anblick des bleichen, bartlosen Menschen, der morgens mit einem traurigen Lächeln in der Breiten Straße zu lustwandeln pflegte, »Ha!« oder »Ho!« riefen, worauf der arme Mann gezwungen war, auf einem Bein zu tanzen. Ja, die winzige Frau mit übergroßem Kopf, die die Gewohnheit hatte, bei jeder Witterung einen ungeheuren, durchlöcherten Schirm aufzuspannen, musste noch immer Rufe wie »Schirmmadame!« oder »Champignon!« erdulden. Und nein, niemand zog mehr an der Glocke der alten Puppenliese mit den merkwürdig roten Augen, die in einer engen Twiete bei der Johannisstraße mit wollenen Puppen gehandelt hatte, denn sie war tot.

Thomas' Blick verschleierte sich vor Müdigkeit. Aus der Ferne schien ihm das ach so stolze Lübeck aus wenig mehr zu bestehen als Verfall und Tod. Vielleicht hatte es angefangen mit dem Skandal um Tante Elisabeths Schwiegersohn, den scheinbar kreuzbraven Direktor der Feuer-Versicherungs-Gesellschaft. Guido Biermann, der Gatte ihrer Tochter Alice, wurde in einem aufsehenerregenden Prozess des Betrugs für schuldig befunden und kam ins Gefängnis – kurz vor dem großen Jubiläum.

»Weißt du noch?«, fragte Thomas, »wie die Stadt geschmückt war beim Hundertjährigen der Firma? Die Feierlichkeiten strengten Papa mehr an, als er sich anmerken ließ. Er war ständig so angespannt.«

»Meinst du, da ahnte er schon etwas?«

Er hob die Schultern. Möglich war es immerhin. Damals begann Großmutters langes, grässliches Siechtum. Kaum war es vorüber, machte der Senator sich daran, das Haus in der Mengstraße – sein Elternhaus! – zu verkaufen. Keiner verstand seine

Eile. Am zwölften Oktober hatte er den Verkauf über die Bühne gebracht. Am nächsten Tag starb er.

»Dein armer Vater«, sagte Ilse. »Ich sehe ihn noch vor mir, wie er langsam über den Hof geht, höflich wie immer, dabei war er ganz gelb im Gesicht.«

»Und alle taten, als sähen sie es nicht.«

»Niemand wagte, einen Laut zu machen. Als trauerte das Haus schon, dabei lebte dein Vater noch. Ich glaube, die Köchin war die Einzige, die das Wort *Krebs* in den Mund nahm.«

»Und ich konnte nichts für ihn tun«, sagte er dem leeren Cognacglas.

»Niemand hätte das, Tommy. Es wäre bloß schön gewesen, hätte er am Ende alle um sich gehabt.«

»Stimmt«, sagte Thomas, als tauche er aus Gedanken auf, »Heinrich war gar nicht da.«

Er ließ seinen Blick mal über die Götter an der Saaldecke, mal über Ilses glattes, glänzendes Haar streifen. Sonderbar, wie alles, das vergangen schien, wieder gegenwärtig wurde.

»Hast du Zahnschmerzen?«, fragte sie plötzlich.

Er musste mit der Zunge über die drückende Stelle gefahren sein.

»Es ist nichts. Der ist längst wurzelbehandelt. Ein Phantomschmerz.«

»Oder eine Entzündung. Solltest vielleicht zum Arzt gehen.«

»Ist ja gut, Mutter.«

»Oder wenigstens weniger rauchen.«

Lächelnd drückte er die Zigarette aus.

Als um sie herum Kellner geräuschvoll Stühle auf Tische stellten, brachen sie auf. Müde gingen sie die breite, schnurgerade Via del Corso entlang. Ihre Schultern berührten sich scheinbar zufällig. Wie ein Liebespaar, dachte Thomas, oder Bruder und Schwester. Über ihnen zogen Schleierwolken hinweg. Kein Stern war zu sehen, und vielleicht war das gar nicht so schlimm.

In seiner Pension kehrte Thomas kurz ein, um Ilse einen Mantel zu holen. Dabei fand er unter der Zimmertür einen Brief.

Als er kurz darauf zu ihr zurückkam, sagte er betont heiter: »Wollen wir? Wann genau fährt euer Zug?«

Während sie den Mantel über die Schultern legte, fragte sie: »Ist etwas passiert?«

»Wieso meinst du?«

»Tommy …«

Er seufzte. Dann reichte er ihr den geöffneten Brief, und sie las.

Sehr geehrter Herr Mann!
Ihren Novellenband will ich gern verlegen. Die Sachen haben mir sehr gut gefallen, ich möchte sie mit einem illustrirten Umschlag in meiner »Collection Fischer« bringen. Ich sende Ihnen ein Exemplar von Nansen: ›Aus dem Tagebuch eines Verliebten‹, damit Sie Format, Ausstattung und Anordnung des Textes kennen lernen. Sehr gern nehme ich Ihr Anerbieten an, die Umschlagzeichnung durch den Ihnen bekannten Münchener Maler kostenlos zu erhalten.

Für das Verlagsrecht Ihrer Novellen biete ich Ihnen 150 Mark an, wobei ich mir vorbehalte, die, wie ich annehme, noch nicht veröffentlichte Novelle ›Der Bajazzo‹ in der ›Rundschau‹ zu veröffentlichen. Ich kann Ihnen für die ›Collection‹, die ich zu einem sehr billigen Preis vertreibe, ein gutes Honorar nicht anbieten; ich würde mich aber freuen, wenn Sie mir Gelegenheit geben würden, ein grösseres Prosawerk von Ihnen zu veröffentlichen, vielleicht einen Roman, wenn er auch nicht so lang ist. Für Publikationen dieser Art kann ich ungleich bessere Honorare bezahlen und vielleicht auch durch vorherigen Abdruck die Arbeit besonders gut verwerten. Ich will für Ihre Production gern wirken, natürlich unter der Voraus-

setzung, dass Sie mir alle Ihre Produkte zum Verlag
übergeben.

Hochachtungsvoll
S Fischer Verlag

»Was willst du tun?«, fragte Ilse, als es bis zu ihrer Pension nicht mehr weit war.

Thomas forschte in ihrem Profil, ob sie die Bedeutung des Briefs ermaß: *Der* Verlag der literarischen Moderne wollte ihn aufnehmen. Ein Novellenband bei S. Fischer würde ihn zwar nicht wohlhabend, aber im Reich bekannt machen. Und dass der Verleger ihm zutraute, einen Roman zu schreiben, übertraf seine kühnsten Erwartungen. Ihm war nicht nur ein Rettungsring zugeworfen worden; man wollte ihn auf eine herrliche Jacht hieven.

Aber Thomas konnte das Angebot unmöglich annehmen.

Denn sagte er Ja zu S. Fischer, bräche er seinen Vertrag mit Schröter. Über Jahre würden ihn Schulden drücken. Schulden, die es ihm unmöglich machten, eine Familie zu ernähren. Und die Befestigung durch eine Ehe, durch Maß und Selbstzucht, erschien ihm nach dieser Nacht nicht nur möglich, sondern erstrebenswerter denn je. Er hatte ein Zuhause, er musste es nur wollen.

»Natürlich werde ich Fischer dankend absagen«, antwortete er.

»Aber davon hast du doch immer geträumt?«

»Ich wäre ein Dichter, ja. Aber einer ohne einen Pfennig Geld.«

»Du brauchst doch nicht viel.«

»Ich allein nicht.« Er schaute scheu zu ihr herüber, und sie verstand.

»Erst einmal schreibe ich für Schröter irgendetwas zusammen, das man meinetwegen als Roman veröffentlichen kann.

Und in fünf oder zehn Jahren, wenn sich niemand mehr an das Geschreibsel erinnert, kann ich es noch einmal bei Fischer versuchen. Falls ich dann noch will.«

»Wenn du es jetzt nicht tust, bereust du es womöglich für immer.«

»Wir werden sehen«, sagte er und wollte ihre Hand in seine legen. Doch Ilse zog sie zurück.

»Nein«, sagte sie entschieden. »Du willst irgendetwas abliefern, für das du dich dann ewig schämst? Das hier ist deine große Chance! Ich will nicht der Grund dafür sein, dass ein anderer sein Lebtag lang denkt: *Was wäre gewesen, wenn* ... Ich will es nicht. Für *mich* nicht. Verstehst du?«

Thomas starrte Ilse an – und glaubte doch, sie nicht ganz zu erkennen. Immerzu wurde sie eine andere. Wurde noch mehr.

Er ergriff noch einmal ihre Hand, hielt sie fester als zuvor. »Dann muss ich eben beides zugleich schaffen! Ich schreibe einen Roman – in drei Monaten. Einen, für den ich mich nicht schämen muss und den Schröter akzeptieren wird. Danach komme ich heim nach Lübeck. Gib mir Zeit bis Anfang September. Bis dahin arbeite ich jeden Tag so hart wie noch nie.«

»Drei Monate ... Ich weiß nicht, wie ich das Niethammer beibringen kann. Oder Mutter.« Sie sah auf. »Wovon soll dein Roman denn handeln?«

Im ersten Licht des Tages hatte Ilses zurückgestrichenes Blondhaar die Farbe der Sanddünen in Kindheitssommern.

»Von Lübeck«, hörte er sich sagen.

»Was?«

Jetzt, da es ausgesprochen war, kam es ihm selbstverständlich vor, wie schon immer da gewesen.

»Man schreibt nur gut über das, was man kennt«, sagte er lächelnd.

»Wer behauptet denn so etwas?«

»Dein Goethe, gegenüber Eckermann!«

»Das Buch hatte ich vorher gar nicht gelesen.«

»Ich bräuchte auch nicht lange zu recherchieren. Die ganze kleine Welt ist ja längst in meinem Kopf.«

»Ich weiß nicht, Tommy. Was gibt's da schon zu erzählen? Das Leben der Schirmmadame?«

»Die Affäre mit Biermann«, fiel Thomas ein.

»Die elende Sache?«

»Elend, ja. Aber auch komisch.« Erstaunt lauschte er den Worten nach, als stammten sie von jemand anderem. Elend. Elend *und* Komik. »Und am Ende«, sagte er, »fahren sie den Betrüger ins Gefängnis. Zur Melodie von *Der Omnibus fährt durch die Stadt.*«

»Eine Satire?«

»Ich weiß es noch nicht genau. Aber vielleicht kann ich einen Ton treffen. Einen ganz eigenen, besonderen Ton, weißt du?«

»Die Leute würden sich doch wieder erkennen.«

»Ich verfremde die Namen. Genauso gut könnte das Ganze in Hamburg spielen. In Rostock. In irgendeiner Handelsstadt am Meer. Oder ich verlege das Geschehen zurück. Ich finde schon einen Weg. Heinrich wird mir helfen.«

»Ich verstehe dich ja, Tommy. Wirklich. Aber Lübeck ist klein. Ich lebe dort. *Will* dort leben.«

»Ich auch«, flüsterte er.

Einen Moment lang war es still, nur ein Kind lachte irgendwo.

»Bist du dir *wirklich* sicher?« Sie sah ihn forschend an. »Das wäre eine große Verantwortung.«

»Es gibt«, sagte er, »nicht viele gute Freunde im Leben.«

35.

Der Verfall ist allgemein. Die Krankheit liegt in der Tiefe. Wenn Wagner der Name bleibt für den Ruin der Musik, wie Bernini für den Ruin der Skulptur, so ist er doch nicht dessen Ursache. Er hat nur dessen tempo beschleunigt – freilich in einer Weise, daß man mit Entsetzen vor diesem fast plötzlichen Abwärts, Abgrundwärts steht.

Friedrich Nietzsche: *Der Fall Wagner* (1888)

Palestrina, 23. Juli 1897

»Und die Unruhen von achtundvierzig, Tommy, die müssen natürlich auch hinein.«

Zufrieden entzündete Heinrich ein Streichholz und hielt es Thomas hin. Kurz darauf verwehte Zigarettenrauch in den Wipfeln eines alten Lorbeerbaums, die in der mild-warmen Brise träge hin und her wogten. Von hier oben – einem von Mauern geschützten, terrassenförmig angelegten Park – hatte man freie Sicht auf Häuser mit rötlichen Ziegeldächern, die sich an den Hang schmiegten wie an einen Beschützer; auf die flache, weite, saftig grüne Ebene dahinter; und auf die Berghänge, die in der Ferne mit dem weißlich-blauen Himmel verschmolzen. Weniges im Leben mochte angenehmer sein als ein Sommernachmittag im Klostergarten von San Francesco.

»Nur wie?«, fragte Thomas. Rauch wallte ihm aus Nase und Mund. Mit der Linken strich er über schwarzes, weiches Fell. »Die Geschichte franst schon jetzt nach hinten aus.«

»Stell dir mal vor, wie die Herren in der Bürgerschaft beieinander hocken und sich Mut zusprechen«, sagte Heinrich.

»Alle haben sie Angst vor dem Umsturz. Dann marschiert die Revolution auf. Ein paar ganz Mutige trauen sich vor die Tür und fragen den Pöbel, was er will. Und der antwortet stolz: ›Wi wull nu 'ne *Republike*, seg ick man bloß …‹ – ›Öwer du Döskopp!‹, empört sich ein Ratsmitglied, ›ji *beww* ja schon een!‹ – ›Je‹, macht der Pöbel, ›denn wull wi *noch* een!‹« Heinrich brummte vor Vergnügen.

Ja, das war gut. Wie gemacht, um zu zeigen, wie behäbig, ja, beschränkt die Welt dort oben um sich selbst kreiste. Zwischen Stichworten, Zitaten und Unterstreichungen fand Thomas eine Lücke und notierte etwas. Dann rieb er sich das Kinn. »War das wirklich so?«

»Ist das wichtig?« Versonnen betrachtete Heinrich das Panorama, als gehöre es ihm.

Ja, dachte Thomas: Was war wichtig?

Sieben Wochen war es her, dass er Ilse am Bahnhof Termini versprochen hatte, das schier Unmögliche zu schaffen. Ein Roman in nur drei Monaten – das war Irrsinn. Es sei denn, man schrieb über das, was man in- und auswendig kannte. Und nichts hatte Thomas genauer studiert als die Bewohner seiner Heimatstadt: die kleinen Risse in den Fassaden ihrer Honoratiorengesichter; die Misstöne in ihrem Lobgesang auf die Wohlanständigkeit; die Furcht vor der Blöße noch in der kleinsten Geste. Sähen sie Thomas, wie er, in einem südlichen Garten die Aussicht genießend, Titinos Bauch streichelte – sie entdeckten darin Müßiggang, mangelnde Selbstzucht, eine Sünde. Er wusste es, denn sie alle spukten in seinem Kopf. Wie lächerlich wir selbst in unserem Leid waren. Mit den besten Absichten machten wir einander das Leben zur Hölle. Zwischen Wollen und Sein klaffte ein Abgrund, in dem wir hausten.

Aber wie klänge der Ton, der Elend und Komik vereinte? Satirisch, fand Heinrich, und leicht abfällig. Das stimmte sicher. Doch da fehlte etwas. Etwas, wovon Thomas eine Ahnung ereilt hatte, als er diesen kleinen Roman der Brüder Goncourt las.

Wie straff war das Geschehen in *Renée Mauperin* komponiert, und wie leicht und zart wirkte das Ganze. Trotz allem leicht zu bleiben, das war das Schwerste. Thomas wollte, *musste* herausfinden, wie das ging. Nicht nur für den Roman. Für den Halt im Leben. Für Ilse.

So hatte er in aller Eile Mutter, Schwestern und fernere Verwandte um Hilfe angeschrieben: Sie sollten ihm aushelfen mit Anekdoten und Wissen über die Stadt und deren Bewohner. Als hätte er ein lange verschlossenes Ventil geöffnet, häuften sich bald die Antwortbriefe. Lula steuerte nicht nur, wie erbeten, die Geschichte von Guido Biermann bei. Sie beschrieb auch, wie die Tante ihre eigenen Ehemänner loswurde: Als der erste, der glücklose Kaufmann Ernst Elfeld, Konkurs anmeldete, ließ die Gattin ihre Anwälte im Scheidungsprozess erklären, eher gehe sie ins Wasser als ins gegnerische Haus. Ehemann Nummer zwei, der Weinhändler Gustav Haag, wurde ebenfalls zu Gefängnishaft verurteilt, woraufhin die erneut Brüskierte vor Gericht angab, ihr Gatte habe mit Prostituierten verkehrt. Auf achtundzwanzig Briefseiten zeichnete Lula ein Bild lebenskräftiger, naiver Rücksichtslosigkeit, das Thomas wieder und wieder las.

Dann kam Mutters Paket, angefüllt mit einer verwirrenden Mischung aus großmütterlichen Kochrezepten, eigenen Anekdotensammlungen und amtlichen Dokumenten. Noch bevor Thomas alles durchforstet hatte, erreichte ihn der Brief eines Vetters seines Vaters. Auf fünf maschinengeschriebenen Seiten breitete der soldatisch liebenswürdige Konsul Wilhelm Marty Punkt für Punkt sein Wissen über Lübeckische Währungen, Gewichtsmaße, Getreidesorten und Eisenbahnverbindungen aus.

Außerdem war da Heinrich. Dem waren allein heute Nachmittag im Garten drei Anekdoten eingefallen, darunter die von Onkel Friedels unschicklicher Zuneigung zu einer Schauspielerin vom Tivoli. Alles Totgeschwiegene, fand er, müsse hinein.

Thomas aber musste Rücksicht üben. Zwar war es wenig wahrscheinlich, dass ein Bürger dort oben sein Buch läse. Doch erkannte jemand – trotz aller Verfremdung – die realen Vorbilder wieder, spräche es sich herum. Ilse würde sich in Grund und Boden schämen. Während sie das väterliche Erbe zu bewahren versuchte, drohte der Roman ganz andere Erinnerungen wach zu halten. Das hier mochte der einzige Weg sein, in so kurzer Spanne ein Buch zu schreiben. Einfach war er nicht.

»Was überlegst du?«, fragte Heinrich.

Thomas sah überrascht von den Notizen auf. Auch wenn der Bruder schon seit Längerem Anteil an seiner Arbeit nahm, fühlte es sich noch immer sonderbar an.

»Wie ordne ich das Ganze?« Er drückte die Zigarette auf dem Gras aus. »Ich meine: Was ist wichtig, was zu vernachlässigen, was zu pikant?«

»Alles wird klar«, sagte Heinrich gelassen, »wenn du deine Hauptfigur hast. Um sie kreist das Romangeschehen wie Planeten um die Sonne.«

Thomas nickte, dabei verdeutlichte das bloß sein Problem: Keine der Figuren, die im Schreibblock auf ihren Einsatz warteten, strahlte. Wohl gab es kleine und größere Planeten, helle und dunklere, fernere und nähere, dazu etliche Monde – aber kein Zentralgestirn.

»In einer Stunde tischt die Signora auf.« Heinrich schob einen Stapel Papierbögen zusammen. Erst am Abend zuvor hatte ein Pferdewagen die Brüder vom Bahnhof in Zagaralo nach Palestrina gebracht. Trotzdem hatte Heinrich am frühen Morgen, als inspiriere ihn hier oben einfach alles, zu schreiben begonnen. Bereits jetzt wirkte der Umfang seines Manuskripts beeindruckend.

Heinrich ging, und Thomas schlug das schwerste und älteste aller ihm überlassenen Bücher auf: die Familienbibel. Erstaunlich mühelos hatte Mutter sich von ihr getrennt.

Die leeren Seiten des Einbands hatte Thomas' Ururgroßvater,

Joachim Siegmund Mann, mehr als hundert Jahre zuvor mit Eintragungen über die Familie versehen. Nüchtern listete der Brauer und Kaufmann Geburten, Krankheiten, Eheschließungen und Todesfälle auf. (Papier sparte es auch.) Der Blick des Ururenkels glitt schläfrig darüber hinweg, und das nicht nur, weil er unruhig geschlafen hatte. Dann aber wurden die Eintragungen ausführlicher. Thomas stieß auf ein Wort, das ihn aufmerken ließ :

Von meiner Kindheit an hat mir der Höchste aus so vielen Krankheiten und Gefahren geholfen. Demselbigen sei Ruhm Preis und Dank von nun an bis in Ewigkeit; denn Er hat mich mild väterlich, da ich ein wilder Knabe war zu dreien Malen aus dem Waßer gerettet.

Beim ersten Mal riss der Strom Joachim Siegmund fort, als niemand ein Auge auf den Jungen hatte. Doch trieb er

durch Gottes Allmacht nach einer seichten Stelle hin, wo ich wieder stehen konnte.

Ein zweites Mal schien dem Urgroßvater der Tod gewiss, als ein riesiger Braukessel zu Boden stürzte und den Jungen unter sich begrub, und zwar

mit solchem Knall und solcher Gewalt, dass die Nachbaren vor die Thüren kamen und ihrer Sechs genug zu thun hatten, um es wieder aufzurichten. Mein Kopf wurde sehr gequetscht, und das Blut rann fast heftig über alle meine Gliedmaßen. Ich wurde in einem Lacken zum Bette getragen und weil noch Leben in mir war, ward zum Doctor und zum Wundarzte geschickt. Mein Vater war nicht zu Hause, unterweges aber sprachen ihm die Leute zu, er möge sich in den Willen Gottes finden; es sei freilich noch ein wenig Leben in mir, aber es wäre nicht möglich, daß ich leben könne, und nun höre: Gott der Allmächtige seegnete die Mittel und half mir wieder zur vollkommenen Gesundheit.

Wie anschaulich das war, und wie dramatisch. Thomas fragte sich, wie er es früher hatte überlesen können. Am ausführlichsten aber schilderte Johann Siegmund Mann seine dritte Errettung. Als Geselle im eisigen Bergen fuhr er mit einem Boot hinaus, als eine Halterung brach, und fiel

über Kopf in's Waßer. Ich komme zum ersten mal auf, aber niemand ist so nahe, daß er mich faßen kann; ich komme zum zweiten mal auf, allein die Schute geht mir über den Kopf. Es waren Leute genug da, die mich gerne retten wollten, allein sie mußten erst schieben daß die Jagd und Schute nicht über mich kämen und all' ihr Schieben hätte doch nichts geholfen wenn nicht in diesem Augenblick ein Tau auf eine Nordfahrer Jagd von selbst zerrissen wäre, wodurch die Jagd hinaustrieb und ich also durch Gottes Verhängniß raum erhielt, und obwohl ich zum dritten mal nicht weiter aufkam, als daß nur die Haare zur Sicht kamen so gelang es, weil alle die Köpfe, der eine hier der andere dort aus der Schute über dem Wasser hatten, daß Einer der nach vorne zu aus der Schute lag, mich an den Haaren faßte und ich griff ihn am Arm. Allein da er sich selbst nicht halten konnte und mit seinem Kopf schon zum Wasser eilte, schrie und brüllte er so gewaltig, daß die andern es hörten und ihn so geschwind an den Füßen faßten und mit Macht festhielten, daß er Stand halten konnte. Auch ich hielt immer fest, wenngleich er mich in den Arm biß, und kam es dadurch dahin, daß man auch mir helfen konnte.

Thomas verstand nicht alles, was da stand, und doch glaubte er, selbst Kälte und Todesangst zu verspüren. Es folgten Seiten über Seiten voller Dankgebete. Sie gipfelten in einer seltsam anrührenden Preisung des *süßen lieben Jesus mit seinen heiligen bluttriefenden Wunden.*

Thomas sah auf. Wie viel mehr als die Zeit trennte ihn von diesen Vorfahren, die nicht Erlittenes beklagt, sondern sich als gnädig Errettete begriffen hatten! *Rettung* – dieses eine Wort hatte es Thomas angetan. Lag darin wirklich nur der Trost der Schwachen? Oder nicht auch stolzes, kraftvolles Vertrauen darauf, der Errettung wert zu sein?

Als er das schwere Buch beiseitelegte, bemerkte er mehrere gefaltete Bögen, die aus dem Einband ragten. Das helle Papier passte nicht zu den vergilbten Seiten, und so zog er es heraus.

Sofort erkannte er die geschwungene Schrift. Aber was genau war das, und was machte es *hier*?

Einen Moment lang hielt er es für das Beste, es zurückzulegen. Aber eine Mischung aus Scham und Pflichtgefühl bewog ihn dazu, die Blätter aufzufalten.

Nachdem er alles gelesen hatte, waren seine Augen so wässrig wie damals, als er begriff, dass Papa wirklich und für immer tot war. In Händen hielt er vier Entwürfe für das väterliche Testament. Vier Schreiben, die der Konsul kurz vor seiner Operation eigenhändig verfasst hatte. Sie alle waren Thomas neu.

Denkbar karg fielen die väterlichen Anweisungen aus, wie die hundertjährige Firma abzuwickeln sei. Ganz so, als langweile die Befassung damit sogar deren langjähriges Haupt.

Hingegen hatte er detaillierte Vorstellungen davon, wie seine Beerdigung vonstatten zu gehen habe.

In den Sarg will ich gelegt werden das Haupt ein wenig nach rechts geneigt, wie schlafend. Ein kleines Kreuz aus Holz oder Elfenbein in der rechten Hand, die linke Hand leise daran gelegt. Keine Blumen in den Händen und kein Falten der Hände. Pastor Ranke soll die Leichenrede halten. Gott ist mir immer gnädig gewesen und ich habe zu ihm gebetet. Ein freudiger Glaube ist Erbtheil in unserer Familie gewesen. Gott wird auch meine Hinterbliebenen zu sich zu führen wissen; hoffentlich nicht nur viel Leid! –

Wie anders das klang. Wie matt. Diese Worte durchglänzte kein Stolz auf Erreichtes und Überstandenes, kein Vertrauen darauf, beschützt und getragen zu werden von einer höheren Macht. Keine Hoffnung.

Was Thomas am meisten betrübte, ja, bestürzte, war eine Art Ausführungsbestimmung, die offenbar allein für Krafft Tesdorpf gedacht war. Der Testamentsvollstrecker sollte erfahren, wie er die Erben einzuschätzen habe. Die Charakterskizzen der Witwe und ihrer fünf Kinder zeugten mitunter von mitfühlender Sorge, immer aber von Resignation. Nach ihm, so hatte Senator Mann offenbar geglaubt, käme nichts mehr. Vater hatte nicht nur das eigene Testament verfasst, sondern gleichsam das seiner ganzen Familie.

Das Schlimmste aber war, was er über seinen Erstgeborenen zu sagen hatte. Es war ungerecht, lieblos, ja vernichtend. Nie durfte Heinrich davon erfahren.

Thomas faltete die Bögen zusammen, legte sie zurück und klappte das Buch zu. Titino beschnüffelte es kurz. Dann legte er sich wieder zu Füßen seines Herrn und gähnte.

Als Thomas sich zu ihm hinabbeugte, drehte das Tier sich um und bot seinen weichen Bauch dar. Mit geschlossenen Augen, im unendlichen Vertrauen auf die Gutartigkeit der Welt, ließ es sich das schwarze Fell kraulen. Titino war gewachsen in den vergangenen neun Monaten, im Stehen reichte er Thomas bis zur halben Höhe des Schienbeins. Doch wirklich erwachsen würde dieser Hund wohl nicht mehr werden.

Als Thomas am Abend zuvor schwer bepackt die Treppengasse zur Herberge hinaufgegangen war, lief ihm ein schwarzes Knäuel entgegen. Fiepend hüpfte es hin und her, sprang an ihm hoch. Titinos Rumpf zuckte, so wild wedelte er mit dem dünnen Schwanz. Endlich war er wieder vereint mit seinem Retter, auf den er unermesslich lange gewartet hatte. Thomas kam es unwirklich vor, wie ein Versehen, dass *er* Anlass zu so viel Freude geben sollte. Dann aber stellte er die Koffer ab, kniete nieder und ließ sich das Gesicht küssen. In diesem Moment verstand er, warum er sich damals des Tiers angenommen hatte:

Er wollte lernen, Verantwortung zu übernehmen, für sich und andere. *Das* war der wahre Sinn der Reise. Ilse, die kluge Ilse, hatte das natürlich viel früher erkannt. Deshalb hatte sie ihn gefragt, ob er sich sicher sei.

Wenn er in Titinos dunkle Augen schaute, sah er darin ein Leben mit Frau und Kindern, zu denen man nach einem langen Tag im Kontor zurückkehren konnte. Ein Leben mit ein, zwei Abendstunden, in denen man las und schrieb und den Hund streichelte. Ein Leben, das vielleicht nicht außergewöhnlich war, aber gefestigt. Denn das Niedrige, das sich als das Höchste ausgab, ließ sich nicht besiegen, nur ruhig stellen.

»In Lübeck wird es dir gefallen«, sagte er leise. Titino neigte den Kopf in die eine, dann die andere Richtung, und ließ ihn auf die Vorderpfoten sinken.

Vielleicht, dachte Thomas, verbrächten sie den Advent schon zu dritt im eigenen Heim. Er stellte sich vor, wie der Schnee fiele und die Welt ringsum einhüllte. In der scharfen Luft erklängen die Melodien der italienischen Drehorgelmänner mit ihren Samtjacken und schwarzen Schnurrbärten, die wieder zum Fest herbeigekommen waren. Nach und nach verebbten die Melodien, nur eine spielte fort, eingängig und tröstlich wie ein Schlaflied. Der Schnee knirschte unter seinen Stiefeln, und er sah, wie er vor die Schwelle trat. Als er die Klinke herunterdrückte, schwang die Musik sich auf, hoch und höher, wurde immer noch klarer, durchscheinend wie Kristall und zuletzt körperlos, doch alles durchdringend wie eine Idee – bis der Schnee einer warmen Brise wich, die heranwehte von der Küste, an der er wohl stand. Tief und lustvoll atmete er ein. Bläue schwamm vor seinen Augen: das Meer, von Silberlichtern blitzend, eine wunderschöne Bucht, dunstig offen an einer Seite, zur Hälfte von immer matter blauenden Bergzügen weit umfasst, mit Inseln, von denen Palmen ragten oder auf denen man kleine, weiße Häuser leuchten sah. Was war das für eine Seligkeit von Licht, von tiefer Himmelsreinheit, von sonniger Wasserfrische! Menschen, Sonnen- und Meereskinder, regten sich und ruhten überall, verständig-heitere, schöne junge Menschheit, so angenehm zu schauen. Er schloss die Augen, öffnete den Mund wie zum Kuss, und eine Hand schob ihm die Hostie auf die Zunge. Als er aufsah, bemerkte er über sich ein strenges Augenpaar, den Blick gerichtet erst auf ihn, dann auf seine Hände, denn etwas daran tropfte zu Boden. Thomas wischte es auf und leckte dabei, er wusste nicht, wie, an seinem Finger. Er ging, die Hand zu waschen, doch das Wasser der Bucht war kein Wasser – war silbriger, Blasen werfender Unrat, in den er watete, tiefer und tiefer, bis er in dessen Wogen zu versinken drohte. Da fasste einer ihn an den Haaren und griff ihn am Arm. Auch Thomas hielt immer fest, wenngleich der Mann ihn in den Arm biss, und zog sich heraus mit letzter Kraft. Auf dem Boden liegend und keuchend schüttelte er den bleichen Schmutz ab. Doch eine silbrig glänzende Masse, die wich nicht vom Finger, sondern härtete aus. Geriet zum Ring. Ein Ring, den Thomas staunend betrachtete, und der ihn leiten und beschützen würde. So fand er zurück zur Schwelle. Wieder drückte er die Klinke, und diesmal öffnete die Tür nach innen zu einer steinernen Treppe, von der es ihn kühl anwehte, und die ihn hinabführte in Stein und Fels. Zu beiden Seiten des Ganges, in dem es hallte wie in einem Braukessel, lagerten leere Gräber. Am Ende der Reihe ruhte eine mannesgroße Truhe, die geöffnet werden wollte, und als Thomas dem nachkam, stand sie aufgebahrt im Vorderzimmer der Beckergrube, und Zigarrenrauch entstieg ihr wie ein Schatten. Thomas sah ihm nach und nickte. Als er erwachte, leckte Titino ihm die am Stuhl herabhängende Hand. Die Äste des Lorbeerbaums wiegten sich im Wind. Er hatte verstanden.

Der Weg zur Pension war nicht sehr weit. Thomas ging ihn in Gedanken, als folge er einer Prozession. Ihm zur Seite trottete Titino, der nichts verstand und alles bejahte. Thomas sah zu ihm hinab mit einem Ausdruck von Traurigkeit, geboren aus der Einsicht ins Unabwendbare. Ja, dachte er: Das war die Lösung. Aber schwer, schrecklich schwer, würde es doch.

Und so ging, während hinter den Albaner Bergen die Sonne versank, Thomas' Zentralgestirn auf.

36.

Wer jemals für einen treuen und klugen Hund wahre Zärtlichkeit hegte, den brauche ich nicht auf die innige Dankbarkeit, die das Tier uns dafür entgegenbringt, hinzuweisen. In der selbstlosen und opferfreudigen Liebe eines Tieres ist etwas, das jedem tief zu Herzen gehen muss, der je Gelegenheit hatte, die armselige ›Freundschaft‹ und geschwätzige Treue des ›erhabenen‹ Menschen zu erproben.

Edgar Allan Poe: *Die schwarze Katze* (1843)

Palestrina, 3. September 1897

»Per favore, prendetevi cura di lui.« Thomas zeigte mit zitternder Hand erst auf Titino, dann auf die Herberge. »Lì dentro. Mi capisci?«

Amelia starrte den Deutschen an mit großen Mädchenaugen, als hätte der ihr etwas Profundes mitgeteilt, vielleicht aber auch bloß etwas Unverständliches. Dabei hatte Thomas an der Formulierung lange gefeilt und sich deren Korrektheit von Heinrich bestätigen lassen: *Bitte pass auf ihn auf. Da drinnen.*

Thomas kniete nieder und hielt den Hund mit beiden Händen fest. Der zuckte nicht einmal. »Siehst du, Amelia? So. Enrico e io« – er zeigte auf sich, dann in die Ferne – »a Roma. E io proseguo verso Lübeck. Capito?«

Diesmal nickte die Enkelin der Herbergswirtin, was nicht unbedingt etwas zu bedeuten hatte. Das arme Kind wusste zwischen Realität und Einbildung selten zu unterscheiden. So glaubte es, seit ein russischer Graf oder Fürst einmal des Nachts in seinem Zimmer um sich geschossen hatte, fest an Geister.

Alle Versuche, es davon abzubringen, waren erfolglos geblieben. Bei Tische ließ es manchmal einen Löffel oder eine Gabel vor sich hin und zurück schwingen. »Spiriti? Spiriti?«, fragte es dann und äffte die erregte Antwort der Erwachsenen nach: »Noooo!«

Amelia forderte Titino mit kieksenden Lauten auf, ihr ins Haus zu folgen. Der tat wie geheißen, sichtlich froh über die Gelegenheit zum Spiel. Thomas wartete, ob er noch einmal herauskäme. Immerhin waren sie in den vergangenen sechs Wochen Tag und Nacht zusammen gewesen. Neulich, als irgendetwas Titino in die Pfote gestochen hatte, war er winselnd zu ihm gehumpelt. Allein zu ihm. Thomas hatte ihm zugeflüstert, alles werde gut, und ihn, bei dreißig Grad im Schatten, den ganzen Weg zur Herberge getragen. Noch immer glaubte er das Gewicht des lebenswarmen Körpers zu spüren. Doch Titino blieb im Haus.

Thomas hatte Heinrich genau instruiert, wie er Titino nach Lübeck zu schicken hatte. Eine Eisenbahnfahrt war schon für Menschen beschwerlich, erst recht aber für ein Tier im Gepäckwagen, das nicht verstand, wie ihm geschah. Am liebsten hätte er ihn gleich jetzt mitgenommen. Aber das ging natürlich nicht, allein schon wegen der Koffer. Thomas konnte nur hoffen, dass sein Freund ihn danach wieder so freudig begrüßen würde. Aber immerhin, er hoffte.

Zum hundertsten Mal tupfte er sich die Stirn. Trotz der sommerlichen Temperaturen war ihm kühl, ja, kalt. Er musste sich im steinernen Saal, der ihnen als Arbeitszimmer diente, erkältet haben. Als würde, was sie beide heute vorhatten, nicht schon schwer genug.

Auf dem Weg hinab zum Marktplatz wichen Heinrich und Thomas einem Esel aus, dessen Lasten auf der engen Treppengasse bedrohlich hin- und herschwankten. Ein winziger, buckliger Hirte scheuchte schwarze Schweine den Berg hinauf. Die Brüder standen am Springbrunnen neben der Kirche, als Heinrich murmelte:

»Das ist verdammt riskant.«

»Aber dein Manuskript ist doch fertig, oder nicht?«

Heinrich hielt eine dicke Mappe hoch. »Trotzdem.«

»Es wird klappen«, sagte Thomas. »Es muss einfach.«

Der Bruder scharrte mit dem Fuß im Staub.

»Oder willst du, dass ich es lasse?«

Heinrich zuckte die Achseln. »Zu spät, oder?«

So hatte Thomas seinen Bruder seit ihrer Ankunft nicht erlebt. Im Schatten des schlichten Cafés am Marktplatz erholte Heinrich sich mittags, plaudernd und lesend, vom Schreiben. Und er schrieb zügiger denn je. Die kleine Stadt schien ihn zu beleben. Etwas am steten Gehämmer der Kupfer- und Bronzeschmieden, der Mischung aus Geschäftigkeit und Höhenluft, musste ihm beim Ausheilen von Lunge und Hand geholfen haben, hatte ihn heiter gestimmt. Bis jetzt.

Die Postkutsche fuhr fast pünktlich auf den sonnigen Platz.

»Entschuldige, Tommy.« Heinrich seufzte. »Es ist nur: An deinem Plan hängt noch mehr, als du ahnst. Wenn Schröter Nein sagt – und das ist sehr wahrscheinlich –, dann …«

»Schröter wird schon Ja sagen.«

»Ich wünschte, du hättest mich früher eingeweiht.«

»Wie meinst du das: *mehr, als ich ahne*?«

»Später.« Heinrich sah Thomas aus den Augenwinkeln fragend an. »Du weißt, ich vertraue dir.«

»Er *wird* zusagen!« Thomas versuchte sich an einem Lächeln, das in der Mittagshitze rasch schmolz.

Heinrich nickte matt und stieg in den Wagen. Bevor er ihm folgte, trocknete Thomas sich wieder die nasskalte Stirn.

Auf von Maulbeerbüschen gesäumten Wegen fuhren sie talwärts, vorbei an Ölbäumen, Weingirlanden und von Mauern eingefassten Feldern. Die Brise roch nach reifem Sommer, und im Dunst hinter der braunen Ebene erahnte man das Meer. Würde er dies alles hier vermissen? Wenn sein Plan glückte, hielte er in ein paar Tagen bei der Witwe Martens um Ilses Hand an. Dann wäre es vorbei mit dem, was Heinrich mal *Freiheit* nannte und mal *Absolutheit*. Aber was scherte ihn das? Thomas sehnte sich nach Halt.

Auf dem Kiesweg neben der Kutsche wuchs ein Schatten heran. Ein Schatten, den es zu dieser Stunde nicht geben durfte. Ein Schatten, der rennend und hechelnd zu ihnen hinaufsah.

»Verdammt«, sagte Heinrich leise.

Sie baten den Kutscher anzuhalten. Als der tat, wie ihm geheißen, wirbelte feiner Kies auf. Kurz darauf kniete Thomas neben Titino, dem die Zunge aus dem Maul hing.

»Er wird nicht allein zur Herberge laufen.«

»Der Zug geht in einer halben Stunde«, rief Heinrich.

Thomas kraulte das besonders weiche Fell hinter den Ohren. Auch wenn sie jetzt ein Problem mehr hatten, war es noch immer neu und erregend zu erleben, dass er gebraucht wurde. Dass jemand zu ihm, wie er war, Ja sagte. Und Thomas zu ihm.

Er hob Titino vorsichtig auf. Dann stieg er – die Blicke Heinrichs und des Kutschers so gut es ging ignorierend – wieder in die Kutsche.

»Noch dreizehn Minuten«, sagte Heinrich, als sie in Zagaralo ankamen.

Thomas ging ein Mal um das kleine Bahnhofsgebäude. An der Querseite stand ein rostiger, aber großer Zwinger. In einer Ecke döste ein Hund, genauso schwarz und schlank wie Titino. Wäre er nicht so staubig gewesen, gliche er ihm aufs Haar. Thomas war überrascht und erleichtert: Titinos Bruder lebte also auch noch.

Immerhin war nahezu ein Jahr vergangen, seit der greise Bruder der Herbergswirtin so mitleidlos vom Schicksal der Welpen erzählt hatte. Und dieses Tier – der einzige weitere Überlebende seines Wurfs – hatte Tochter und Gattin des Bahnhofsvorstehers gezwickt? Träge leckte es die Hinterpfote, wobei sich am Bauch ein weißer Fleck zeigte.

»Noch zehn Minuten!«, rief Heinrich vom Bahnsteig.

Thomas nickte. »Wir machen es!«

»Scusatemi, signori«, sagte der Bahnhofsvorsteher, ein kleiner, grauhaariger Mann in tadelloser Uniform, und hob die Hände wie zum Gebet. »Ma dovete capire: Il cane è molto ostinato.«

Heinrich antwortete ruhig, *so* eigenwillig wirke der Hund gar nicht. Und noch vor Sonnenuntergang würde Titino wieder abgeholt. Wenn also der Herr *Capostazione* ihnen diesen Gefallen tun wollte, wären sie ihm zu großem Dank verpflichtet. Vielleicht freue die werte Gattin sich ja über ein kleines Präsent aus *Roma*?

Der Bahnhofsvorsteher ließ die Hände sinken und holte eine Uhr aus seiner Westentasche.

Unter gutem Zureden schob Thomas Titino ins Gehege. Der schaute nervös zwischen seinem Herrn und dem fremden Tier hin und her. Als sich die Tür hinter ihm schloss, sprang er an der Gitterwand hoch. Thomas zwang sich, nicht zurückzublicken.

Der Zug fuhr pünktlich ein. Die ersten Passagiere stiegen gerade aus, da rief eine kehlige Stimme nach den *signori tedeschi*. Der Kopf des Bahnhofsvorstehers leuchtete dunkelrot. Vor sich her trug er, am Nackenfall festgehalten wie ein Kaninchen, den irritierten Titino.

So etwas könne er nicht dulden, keuchte er. Nein, bei aller Liebe. *Das* gehe zu weit. Er halte sehr auf Anstand. Erst recht, wenn … Hier hätten sie ihr Tier. Buon viaggio! Aus dem Vorsteher sprudelte vokalreiche Empörung.

Heinrich nuschelte eine Entschuldigung.

»Was hat er denn?« Thomas nahm Titino entgegen.

»Später. Was machen wir jetzt mit ihm?«

»Kannst du es nicht noch einmal versuchen?«

Heinrich schüttelte heftig den Kopf.

»Hat der Hund ihn gebissen?«

»Er hat ihn besprungen.«

Thomas sah Titino besorgt in die dunklen Augen.

»Nein, nein«, sagte Heinrich, »andersherum: *Titino* hat …«

Thomas öffnete den Mund und hob die Brauen. Dann fasste er sich. »Wir müssen ihn mitnehmen.«

»Wie denkst du dir das?«

»Du triffst doch noch jemanden, bevor wir zu Schröter müssen. Kann Titino nicht *dort* …?«

»Nein«, sagte Heinrich.

»Nur für ein paar Stunden.«

»*Nein.*«

»Wen triffst du überhaupt?«

»Noch eine Minute, Tommy.«

»Gibt es keinen späteren Zug?«

»Ist der letzte nach Rom. Komm«, sagte Heinrich ungeduldig, »lass ihn einfach hier. Das regelt sich schon.«

Um sie herum stieg eine Handvoll Passagiere ein. Thomas betrachtete Titino, der bäuchlings auf seinem Arm lag. Ließen sie ihn am Bahnsteig zurück, verstünde er nicht, dass er dort auf sie warten solle. Er würde dem Zug ebenso hinterherlaufen wie der Kutsche und irgendwo in der Mittagssonne zusammenbrechen.

Thomas stieg, ein leichtes Zittern unterdrückend, aufs Trittbrett.

»Das macht alles noch viel komplizierter«, rief Heinrich.

»Im Gegenteil. Titino wird uns nützen.«

Heinrich war sichtlich überrascht. »Wie das denn?«

»Später«, rief Thomas. Und stieg ein.

Womöglich handelte er nicht sehr klug, dachte er, als der Zug anfuhr. Nun hatte Schröter einen Vorwand mehr, um sie beide zu ruinieren. Aber was war schon klug an seinem Plan? Sein Leben mit Ilse hing davon ab, ob es ihm gelang, dem Verleger einen Roman unterzujubeln, den es noch gar nicht gab.

37.

Bei einem Mann sind es oftmals große Fehler, die das Herz einer Frau zum Leben erwecken.

Edmond und Jules de Goncourt: *Renée Mauperin* (1864)

Rom, zwei Stunden später

Heinrich hatte sich den Entschluss, Lina zu ehelichen, reiflich überlegt. Anfangs war es nicht mehr als ein Fleck am Rande seiner Wahrnehmung. Nach und nach aber wurden die Umrisse größer und klarer, und was sich ihm näherte, glich einem scheuen, hungrigen Tier. Heinrich erklärte Ludovico gerade, wer König Umberto I. war, da schlich es sich neben ihn. Nur eine hastige Bewegung, und es wäre auf und davon gewesen. Aber Heinrich wahrte die Ruhe. Fortan schmiegte es sich an seine Seite, immer wenn er in Signora Alberinis Küche saß. Es wurde so zutraulich, dass Heinrich, während er Ludovico bei den Hausaufgaben half, sich manchmal über das eigene Knie strich, als streichle er einen darauf ruhenden Kopf. Dabei betrachtete er versonnen den Wirbel am Hinterkopf des Jungen oder sog den Geruch gebratenen Knoblauchs und frischen Basilikums ein. All das beruhigte ihn mehr, als er wusste. Denn kaum hatte er in Palestrina Quartier genommen, fehlte es ihm.

Natürlich kannte er nur allzu gut das heftige Verlangen nach etwas Rarem, das sich einem jederzeit zu entziehen drohte. Aber hier ging es weder um Inspiration noch um eine Frau für eine Nacht. Das hier war anders. Es war einfach da. Sogar dann, wenn Heinrich nicht darüber nachsann, was er als Nächstes tun sollte. Gerade dann.

Erst jetzt empfand er das, was ihm widerfahren war, als eine Art Gnade: Im Theater hatte er sich unverzeihlich aufgeführt. Trotzdem war ihm verziehen worden. Als er im Wortsinne am Boden lag, hatten Lina, Ludovico und die Signora ihn in Schutz genommen. Jetzt würde er sie beschützen – und dazu das Ungeborene in Linas Bauch.

Seit ihm das klar geworden war – seit er ein eindeutiges Ziel besaß –, schrieb er schneller denn je. Den Roman hatte er, der gebrochenen Hand wegen, erst im Bergstädtchen in Angriff nehmen können – und doch trug er jetzt das fertige Manuskript unter dem Arm. Nur weil er seine Geschichte dem Verleger pünktlich vorweisen konnte, hatte Thomas' verrückte Idee zumindest eine kleine Chance.

Dass Ludovico und Lina von seinem Entschluss noch nichts wussten, daran wurde Heinrich erinnert, als er deren schlichtes Wohnhaus betrat.

Natürlich hatte Heinrich nicht erwartet, dass der Junge ihm voller Ungeduld im Treppenhaus entgegenlief. Dafür kannte er ihn zu gut. Und doch erlaubte er sich, ein wenig enttäuscht zu sein, als er ächzend die fünfte Etage erreichte und dort, zum einzigen Zeichen, dass man Besuch erwartete, die Wohnungstür angelehnt vorfand.

»Come va? C'è qualcuno? Sono io, Enrico.« Zögerlich trat er ein.

Signora Alberini stand, mit dem Rücken zur Küche, in einer Dampfwolke am Herd. Als sie den Besucher bemerkte, nickte sie bloß, als sei er der Briefträger, und widmete sich wieder den Töpfen.

»Sua figlia è a casa?«, fragte er.

Die Signora zeigte in Richtung des einzigen Zimmers, das Heinrich nie betreten hatte.

Er klopfte und trat ein. Lina lag seitlings im alten Ehebett und schaute ihn aus verschlafenen Augen an.

»Heinrich«, sagte sie träge.

»Habt ihr meine Postkarte nicht erhalten?«

»Entschuldige. Wie geht es dir?«

»Das wollte ich *dich* fragen«, sagte er. »Bist du krank?«

Sie schüttelte mit geschlossenen Augen den Kopf.

Wie verändert Lina war. Seit dem Abend im Theater hatte er sie nur einmal gesehen, kurz vor ihrer Abfahrt gen Norden mit Junior. Und da war Heinrich zu geschwächt gewesen, um einen zusammenhängenden Satz herauszubringen. Die ersten Tage nach der Lungenblutung waren ein Nebel, der sich wohl nie lichten würde. Nun aber bemerkte er, wie schmal Linas Wangen geworden waren. Um ihre schönen, runden Augen lagen Schatten, und auf der Stirn grub sich eine erste horizontale Falte ein. Wie sie auf Heinrich wirken mochte, schien Lina nicht zu kümmern. Als sie die Decke zurückschlug, um sich auf dem Bett aufzusetzen, trat er auf sie zu.

»Es geht schon«, sagte sie. Und tatsächlich, es ging auch so. Denn da war kein Bauch im siebten Monat einer Schwangerschaft.

»Ihr seid also Freunde geworden, du und Ludovico?« Lina blinzelte ihn mit müdem Lächeln an. Sie wirkte zu gleichen Teilen erschöpft und erleichtert: eine Schauspielerin nach einer desaströsen letzten Vorstellung.

»Wo ist er eigentlich?« Heinrich sah im Zimmer umher, um nicht auf ihren Bauch zu starren.

»Irgendwo hier im Haus. Vertrau nicht darauf, dass er kommt. Er ist immer noch gekränkt, weil du gegangen bist.«

»Schade. Ich hätte ihn gern dabeigehabt.«

»Was ist denn so dringend, dass du unbedingt heute vorbeikommen wolltest?«

»Das hier.« Er hielt das Manuskript vor sich hin.

»Ach, Heinrich.«

»Es ist anders. Ganz anders.«

»Das ist doch alles nicht mehr wichtig.«

»Doch, ist es. Wenn du es liest, verstehst du, warum.«

»Ein andermal, in Ordnung? Ich fühle mich ein wenig schwach.«

Er schüttelte den Kopf. »In zwei Stunden muss ich es Schröter senior geben. Zurück bekomme ich es, wenn überhaupt, erst nach dem Andruck.«

»Dann lese ich es als Buch, ja?«

»Das ist zu spät.«

»*Wofür* zu spät?«

Heinrich strich sich mit der Hand über den Bart. Wie anders hatte er sich diesen Moment vorgestellt.

»Erzähl mir doch lieber, wie es dir ergangen ist«, sagte sie aufmunternd. »Kriegst du gut Luft? Doktor von Hartungen hat viel darüber erzählt, wie wichtig das ist. *Sehr* viel.« Sie lächelte wieder.

»Dir würde frische Luft sicher auch guttun«, sagte er. »Wollen wir spazieren gehen?«

Danach, dachte er, konnte sie immer noch die ersten Seiten der *Königin von Zypern* lesen. Mehr bräuchte Lina nicht, um den glitzernden Vordergrund – die Szenerie bei Hofe und den feierlichen Ton – zu durchschauen. Sie würde sofort erkennen, wie anders er jetzt schrieb. Denn dabei hatte er immerzu an sie gedacht. Er war ein anderer geworden. Durch sie. *Das* wollte er ihr zeigen. Es wäre der halbe Antrag.

Lina schien zu zögern. Dann aber antwortete sie:

»Wir können aufs Dach. Das ist näher.«

Der Ausblick war herrlich. Um sie herum wogte ein ziegelrotes Meer. Roms Dächer flimmerten.

»Danke dir«, sagte Lina, ohne den Blick vom Panorama abzuwenden. »Hartungen und seine Leute, der Blick auf den See, die Ruhe – ich weiß nicht, was ich ohne all das getan hätte.«

»Ich habe Hartungen nur einen Brief geschrieben.«

»Trotzdem, Heinrich. Das war der Anfang.«

»Und wie geht es dir?« Er sah sie aus dem Augenwinkel an.

Sie nickte langsam.

»Wie lange warst du dort oben?«

»Zwei Monate.« Als brächte die Frage Erinnerungen zurück, begann Lina zu erzählen von Spaziergängen in frischer Bergluft und dem erstaunlich süchtig machenden Genuss von Haferkleie, Gerstensuppe, Rüben, Polenta und gekochtem Obst. Sie pries den »weisen Doktor von Hartungen, der immer ein offenes Ohr hatte«, und beschrieb, wie es war, das Gewässer ihrer Kindheit wiederzusehen. Im Norden ähnelte der Gardasee den Fjorden Norwegens, um gen Süden in immer adriatischer anmutenden Sandstränden auszulaufen. Als sie nahe dem Ufer eines Morgens den Kräutertee einnahm, erzählte Lina, sei ihr bewusst geworden, wie sehr sie diese Mischung aus väterlichem und mütterlichem Erbe vermisst hatte. Sie habe sich diese Sehnsucht wohl verboten, weil ihre Mutter mit der alten Heimat die Erinnerung an Armut und den Verlust ihres Mannes verband. »Und dann«, sagte sie und atmete tief aus, »dann fing das mit den Sterbenden an.«

Den Sitz des *Sanatoriums Doktor von Hartungen* hatte dessen Gründer mit Bedacht gewählt. Um in den Genuss des milden Klimas von Riva zu kommen, eines kleinen Ortes am Nordufer, mussten Kranke von nördlich der Alpen nur den Brenner überqueren. Dann fanden sie sich wieder in einem Kurort, der zu Recht mit der Qualität seiner Luft warb. Hier konnte man sich erholen, wenn, beispielsweise, ein Blutgefäß in der Lunge geplatzt war oder Verdacht auf Tuberkulose bestand. Besonderen Ruhm aber erwarb der väterliche Leiter des Sanatoriums sich durch seine Persönlichkeit, in der sich der Mediziner mit dem Psychologen verband. Denn Christoph von Hartungen, ein beeindruckender Herr von knapp fünfzig Jahren, verstand sich auch verantwortlich für die seelischen Leiden seiner Patienten, von denen nicht alle genasen.

»Eine alte Dame hörte, ich sei Schauspielerin. Sie bat mich an ihr Bett – es ging ihr schon seit Langem nicht mehr gut – und fragte, ob ich etwas geben könne. Eine Privatvorstellung sozusagen. ›Nur etwas Kleines‹, sagte sie, als wäre es etwas Ungesundes.« Lina war zwar selbst noch recht schwach, aber um ihr einen Gefallen zu tun, zitierte sie den dramatischen Monolog, der Heinrich in Venedig so verzaubert hatte. Doch die Dame, eine verwitwete Gräfin oder Baronin, unterbrach sie: Unter Schmerzen habe sie neun Kinder zur Welt gebracht, von denen fünf noch im ersten Jahr starben. »›Und wenn ich mir die anderen vier so anschaue‹, sagte sie, ›dann frage ich mich manchmal, ob die schlauesten überlebt haben.‹« Nach Riva sei sie nicht gekommen, um sich die Laune verderben zu lassen, sondern um in Ruhe zu sterben. Doch scheine sie den Tod vergrault zu haben, denn der lasse seit Jahren auf sich warten. Lina lachte auf, und ihre Wangen färbten sich zartrosa.

So begann sie zu improvisieren: An einem Tag gab Lina, so gut es eben ging, den Auftritt einer Buhlerin aus einer alten Burleske; am nächsten kommentierte sie Bilder aus Illustrierten: die Fotografie einer zur Baronin aufgestiegenen Sängerin etwa, bei der nicht nur das Kleid halbseiden wirkte. Oder das Porträt eines Fürstensohnes, dessen scheeler Blick zu belegen schien, wie dringend der europäische Hochadel neues Blut brauchte. »Lauter leichtsinniges Zeug, forsch und ein wenig schlüpfrig.« Zwei Wochen ging das so. Die alte Dame blühte auf: Sie lachte glucksend, aß und trank zuletzt sogar wieder – und starb heiter.

Da hatte die Kunde von der Patientin mit dem komischen Talent längst die Runde gemacht. Man rief sie zu Greisen mit blauen Lippen und Haut wie Pergament, zu Kindern, deren Lungen beim Sprechen rasselten. Und Lina spielte. Mal laut und derb, mal verschwörerisch flüsternd. Morgens und abends, schließlich mehrere Stunden am Tag, bis es ihr selbst nicht mehr vorkam wie Schauspiel. Denn das hier erschöpfte sie nicht, im Gegenteil. Sie genas schneller, als die Ärzte erwartet hatten. »Und als ich abreiste«, schloss sie, »war mir, als hätte ich dort oben Jahre verbracht.«

»Das freut mich«, sagte Heinrich.

»Darf ich dich um etwas bitten?«

»Natürlich.«

»Für den Fall, dass Theodor gleich bei eurem Gespräch dabei ist: Gibst du ihm einen Brief von mir? Er liegt unten.«

Er biss sich auf die Lippen.

»Wenn er glaubt, der stamme von jemand anderem, wird er ihn zumindest öffnen«, sagte sie. »Sonst wirft er ihn bestimmt weg.«

»Du willst *ihm* …?«

»Theodor hat alles bezahlt«, unterbrach sie sanft. »Sogar, als ich länger bleiben musste. Ich bin ihm dankbar.«

Dank? Was Lina geschehen war, fand Heinrich, war offensichtlich. Ähnliches widerfuhr Tausenden Frauen: Sie musste eine Fehlgeburt erlitten haben, einhergehend mit starkem Blutverlust, der sie bis heute schwächte; und der Verlegersohn hatte die Gelegenheit genutzt, um sie sitzen zu lassen. Oder er hatte sich zuerst davongemacht, woraufhin sie das Baby und jeden Halt verlor. Wenn Junior die Behandlungskosten übernahm, war das keine selbstlose Hilfe; er verwischte bloß seine Spuren. Dass Lina das übersah – es zu übersehen *vermochte* –, machte Heinrich wütend, aber es rührte ihn auch.

Für einen Moment erwog er, sie gleich hier oben zu fragen, aber da sagte sie lächelnd:

»Mir geht es schon besser. Wollen wir? Ich soll ja noch etwas lesen.«

Als Heinrich Lina die Wohnungstür aufhalten wollte, ließ die sich nicht öffnen. Er rüttelte.

Lina klopfte und rief die Signora. Nichts. »Mutter wollte etwas fürs Essen einkaufen. Aber sie würde mich nie aus Versehen ausschließen.«

Dann schaute sie durch das Schlüsselloch – und seufzte. Gegen die Tür hämmernd, rief sie:

»Du machst jetzt sofort auf!«

Ludovico hatte von innen abgeschlossen. Bei ihm lag das Manuskript.

Heinrich sah auf seine Taschenuhr. Noch vierundsiebzig Minuten bis zum Treffen mit Schröter. »Ich bin es«, sagte er laut. »Mach auf, ja? Deine Mutter muss sich ausruhen!«

Nichts. Heinrich fürchtete, Ludovico könne sich gerade im Schlafzimmer umsehen.

»Ich muss etwas holen! Es ist dringend! Komm, mach auf!« Als noch immer nichts geschah, rief er: »Das ist sehr unhöflich von dir, weißt du?« Und weil sein Appell an die Umgangsformen eines Neunjährigen ihm selbst lächerlich vorkam, schob er barsch hinterher: »Schluss jetzt, es reicht!«

In die Stille hinein kroch seine Fantasie, erfand Märchenszenen, in denen böse Zwerge Bücher zerrissen, nur um die Menschen zu ärgern.

Ließ die Tür sich vielleicht aufstoßen? Heinrich dachte an seine Lunge und besann sich.

»Willst du, dass ich dir wieder bei den Hausaufgaben helfe? Dann musst du *jetzt* öffnen! Sonst komme ich nie wieder! Ich meine es ernst!«

Lina berührte ihn sachte an der Schulter.

»Der Junge muss lernen, dass er sich nicht alles erlauben kann«, sagte er.

»Du bist nicht sein Vater.«

Obwohl Lina das sehr ruhig ausgesprochen hatte, geradezu, als wolle sie ihn trösten, schmerzte es. Aber wollte er nicht genau das: Schmerzen? Nicht die Art von Schmerz, die man anderen zufügte, um sich mächtiger zu fühlen, oder um sich zu rächen. Sondern jene, die einen spüren ließ, dass man wirklich *lebte*. Schmerzen zu erleiden, war nichts Schlechtes, solange man wusste, wofür.

»Ludovico?«, rief er durch die Tür. »Möchtest du, dass ich bald jeden Tag bei euch bin? Immer?«

Lina sah ihn fragend an.

»Dann musst du zwei Dinge tun, hörst du? Du musst die Tür öffnen. Und dann musst du mir helfen, deine Mutter zu überzeugen, dass sie mich … dass sie und ich …«

»Halt.« Lina hob die Hände. »Heinrich, was soll das?«

In diesem Moment rührte etwas im Schloss, und die Tür schwang auf.

Heinrich lief, am Jungen vorbei, ins Schlafzimmer. Als er mit einem Stapel Papier zurückkam, sagte er hastig:

»Du – der Gedanke an dich – macht mich zu einem besseren Künstler. Wenn ich das so sage, klingt es platt. Aber deshalb wollte ich ja, dass du erst das hier liest. Nicht alles, nur die hinteren Passagen mit Maria, der Königin. Ab hier, siehst du?«

»Aber warum?«, fragte sie ungläubig. »Und warum jetzt?«

Plötzlich fühlte er sich grässlich unsicher, entblößt. Mit beiden Händen hielt er ihr das Manuskript hin wie eine Opfergabe.

»Bitte, Lina, lies.«

Sie wirkte unschlüssig, als sie es nahm und ins Schlafzimmer ging. Aber immerhin, sie nahm es.

Während sie las, schaute Heinrich in der ganzen Wohnung nach. Aber Ludovico war schon wieder fort.

»Diese Königin«, rief Lina nach einiger Zeit, »dabei hast du also an mich gedacht?«

Eifrig nickend, ging er zu ihr hinüber. Er hatte geglaubt, sie lächelnd vorzufinden. Stattdessen sah sie ihn fragend an.

»Sie ist natürlich nicht du«, sagte er. »Genauso wenig wie die Frau in *Enttäuschung.* Aber was sie ausmacht, das hat sie von dir. Sie weiß, die Welt ist ungerecht. Das macht sie entschlossen, beinahe hart. Aber nur aus Verbitterung. Weil die Männer um sie herum sie immer wieder verraten, verstehst du?«

Heinrich hatte angeredet gegen einen Zweifel, den er in Linas Miene zu erkennen glaubte. Einen Zweifel, der ihn verunsicherte und mit jeder verstreichenden Sekunde zur Gewissheit zu gerinnen drohte. Einen Zweifel an ihm.

»Du hast recht«, sagte er eilig. »Es war keine gute Idee, das mit dem Manuskript. Vergiss es einfach. Ich komme hinterher wieder hierher. Ihr seid doch zu Hause?«

Lina legte das Manuskript beiseite, setzte sich auf die Bettkante und strich, ohne aufzusehen, mit beiden Händen über ihren Rocksaum. Mit monotoner, aber fester Stimme sagte sie:

»Ich danke dir. Du musst geglaubt haben, ich sei hochschwanger. Und trotzdem bist du hergekommen, um … Um mir dein Angebot zu machen. Du verdienst eine Erklärung.«

»Das ist doch vorbei.« Mit der flachen Hand scheuchte er einen Schatten aus dem Zimmer. »Konzentriere dich darauf, wieder ganz gesund zu werden.«

»*Bitte*, Heinrich.« Sie schloss die Augen. »Danach kannst du entscheiden, ob du das immer noch willst.«

Sie öffnete die Lider und fixierte einen Punkt jenseits der Zimmerwand. »Nach dem Geschehen vor der Garderobe war Theodor ein anderer Mensch«, sagte sie. »Wollte immerzu, dass ich mich schone. Die ersten Wochen waren herrlich. Ich glaube, zum ersten Mal war da jemand, der zu ihm stand. Er vertraute mir.«

Mit der Zeit hätten sich unter die Euphorie bittere Triumphgefühle gemischt: Er werde es besser machen als sein alter Herr! Sein Kind werde eine Mutter haben! Die Vorstellung, wie sein Vater sich über das Lotterleben seines Sohnes grämte, schien ihn zu berauschen: sein Erbe und diese Schauspielerin aus dem Süden! Und sie hatte bereits ein Kind unklarer Herkunft? Jesus, Maria und Josef! Besondere Freude habe Theodor die Vorstellung bereitet, wie Lina mit gewölbtem Bauch vor den Altar träte.

»Anfangs versuchte ich, mich mit ihm zu freuen«, erklärte sie. »Warum auch nicht? Ihm tat es gut, und ich musste mich nicht länger verstecken. Wie ich war, war sogar von Vorteil.«

Doch Theodor vergrub sich immer tiefer in seinen Groll. Je verworfener er Lina zeichnete, mit desto mehr Ingrimm stellte er sich die Misere seines Vaters vor. »Er brauchte jemanden, der in seinem Leben die Rolle der Gefallenen gab«, sagte Lina. Wäre sie allein gewesen, hätte sie da vielleicht noch Jahre lang mitgemacht. Aber in ihr wuchs ein Kind heran. Sie musste daran denken, wie sie, seit sie ein kleines Mädchen gewesen war, versucht hatte, es ihrer Mutter leicht zu machen. So schwerelos wollte sie sein, bis sie kaum noch zu atmen wagte. Bis sie nur noch eine Stimme auf der Bühne war.

Eines Morgens ging Lina heimlich aus, betrat ein unauffälliges Haus und klopfte an einer Tür, die keines Namensschildes bedurfte. Als sie wenige Stunden später, bleich im Gesicht, unter starken Schmerzen und noch immer blutend, heimkehrte, hatte man Plazenta und Fötus aus ihr herausgeschnitten.

Lina zupfte ein Haar von ihrem Kleid und ließ es zu Boden sinken. Heinrich wagte erst, sich zu rühren, als aus der Küche das Knarzen von Holzdielen und leises Ächzen herüberdrang. Die Signora war zurück.

»Im Sanatorium hat er es herausgefunden.« Lina blickte zu Boden. »Ich war schon ein paar Wochen dort. Ein Assistenzarzt verplapperte sich. Erst hat Theodor natürlich geschrien. Aber dann wurde er ganz still und reiste ab. Kurz darauf bot Hartungen mir an, für ihn zu arbeiten. Er findet, es gebe nicht viele, die könnten, was ich kann. Ich darf sogar Ludovico und Mutter mitnehmen. Sie sträubt sich noch.« Sie inspizierte ihre Handflächen, als sähe sie sie zum ersten Mal. Als sie aufblickte, war ihr Gesicht verändert. Augen und Mund, früher wie gemacht zum Flehen, Locken und Leiden, waren jetzt schlicht dies: Augen und Mund einer Frau.

Vorsichtig setzte Heinrich sich neben sie und flüsterte: »Trotzdem.«

Mit großen Augen sah sie ihn von der Seite an. Er glaubte zu spüren, wie ein wenig Hoffnung in ihr aufkam.

»Ja?«, fragte sie. »Aber warum?«

»Weil es besser so ist. Für den Jungen. Für uns alle. Wir hätten einander.« Heinrich streckte den Oberkörper. »Weil man im Leben dort steht, wohin der Herrgott uns bestellt hat. Man hält durch.«

Lina wandte sich ab. So saß sie eine Weile. Schließlich fragte sie zögerlich: »Und … Liebe?« Sie verbarg das Gesicht in den Händen. »Ich weiß, ich weiß! Ich darf das als Letzte verlangen. Ich bin mir ja nicht einmal mehr sicher, ob *ich* das überhaupt kann: lieben. Aber *ohne* …« Ihre Schultern kippten leicht nach vorn.

Auf Heinrichs Brust legte sich eine unsichtbare Hand. Wie war es bloß dazu gekommen, dass sie beieinandersaßen wie zwei verlassene Kinder?

»Da«, er zeigte auf den Papierstapel, »da steht es doch drin! Ich kann vielleicht nicht aus meiner Haut. Aber da drin, darin stecke *ich*.«

Lina nahm das Manuskript und strich über die erste Seite. »Also gut. Dann beantworte mir bitte eine Frage, und sei ganz ehrlich: Steckt hier drin *echte* Liebe für einen *echten* Menschen? Wenn du Ja sagst, dann heirate ich dich.«

38.

... aller Größe Keim,
Er heißt Entsagung ...
Theodor Fontane:
Die große Karthause vor Papst Paul (1889)

Obwohl sein Leben mit Ilse am Gelingen des Plans hing, und obwohl er deshalb alles im Geiste Dutzende Male durchgegangen war, fürchtete Thomas, etwas Entscheidendes übersehen zu haben. Aber was? Während er, zwei Koffer in den Händen, die mittäglich überfüllte Via del Corso entlangging, ermahnte er sich, nicht länger zu grübeln. Ihm blieb schließlich keine Wahl.

Alle paar Schritte blickte Titino, der nie zuvor solchen Trubel erlebt hatte, hechelnd zu seinem Herrn auf.

»Alles gut«, sagte Thomas sanft. »Bald ist es geschafft.«

Natürlich war es kühn, ja tollkühn, zu glauben, man wisse das Verhalten eines Menschen, dem man ein einziges Mal begegnet war, bis in jede Einzelheit vorherzusehen. Aber Thomas musste darauf vertrauen, dass ihm eben dies gelang. Nur wenn er sich die Eigenarten Theodor Schröters senior genug eingeprägt hatte und sein Verhalten richtig einzuschätzen wusste, konnte er ihn dazu bewegen, ihm einen Roman abzukaufen, den es noch gar nicht gab. Dafür musste er Schröter zunächst davon abhalten, empört vom Tisch aufzustehen, wenn er hörte, dass Thomas mit leeren Händen gekommen war. War der Verleger erst einmal fort, hinderte ihn nichts mehr daran, die Brüder zu ruinieren.

Als Erstes würde Schröter das Honorar für die Romane zurückfordern (das Heinrich und er längst aufgebraucht hatten).

Danach würde er seinem Freund Krafft Tesdorpf nach Lübeck berichten, tatsächlich sei den Söhnen des hochverehrten Herrn Konsuls nicht zu trauen. Und daraufhin würde der väterliche Testamentsverwalter, der das ja schon immer geahnt hatte, den Brüdern die Auszahlung ihres Erbes bis zum jüngsten Tag verweigern.

Deshalb würde Heinrich, vermutete Thomas, ihm ein Scheitern kaum verzeihen. Nur seinetwegen hatte der Plan überhaupt eine Chance. Ohne seine *Königin von Zypern* ging nichts.

Und Ilse? Verfehlte er heute sein Ziel, geriete ihr gemeinsames Leben zur Qual. Denn als Erstes müsste Thomas einen Kredit aufnehmen, um Schröter, wie vereinbart, das Doppelte des Honorars zurückzuzahlen. Zur Tilgung seiner Schulden wäre er gezwungen, über Jahre Akten in einem Kontor umher zu schieben. Und das ohne Aussicht auf das väterliche Erbe. Zum Dichten bliebe kaum Zeit. Sollte er, bei Kerzenschein und mit geröteten Augen, es dennoch versuchen – was konnte dabei schon herauskommen? Nein, dort oben sähe man sich bestätigt: der Sohn des großen Senators – ein kleiner, verschuldeter Kopist! Ein reuig heimgekrochener Möchtegernbohemien! Ilse wollte in Lübeck leben, um der Familie Martens Ehre zu machen. Stattdessen würde Thomas ihrer beider Namen beschmutzen.

Doch wahrscheinlich, dachte er, zeigte seine Sorge bloß, wie sehr er sich nach einem geordneten Leben mit Ilse sehnte. Nur wer wusste, wie kostbar etwas war, fürchtete den Verlust.

Und so war er, soweit er das vermochte, mit sich im Reinen, als er das Café Aragno betrat. Die Sommerhitze blieb hinter der Eingangstür zurück. Die Luft roch nach Zigaretten, Olivenöl und Geschäftigkeit. Thomas ignorierte die Kellner, die seine Koffer und das schwarze Fellbündel zu seinen Füßen mit abschätzigen Blicken verfolgten, und schritt auf einen rechteckigen Tisch in einer Ecke zu. Dort hielt Heinrich eine Zeitung hoch, doch verlor sein Blick sich im Nichts.

»Wir sollten Essen bestellen«, sagte Thomas. »Dann wird er eher sitzen bleiben. Wenn er mittendrin wegläuft, bleibt er hungrig.«

Heinrich nickte gedankenverloren.

Thomas nahm auf der gegenüberliegenden Seite Platz und tupfte sich die Stirn. Auch seine Achseln waren feucht. Offenbar hatte er, ohne es zu bemerken, stark geschwitzt.

»Der Kaufmann«, sagte er zögerlich: »Was hältst du davon, wenn ich ihn *Heinrich* nenne? Zum Dank für deine Hilfe.«

»Hmm?« Heinrich sah auf, als erwache er aus einem Traum.

»Ach, nichts. Hat noch Zeit.«

Während der folgenden, schweigend verbrachten Minuten wurde ihm unter den Armen noch feuchter und unangenehm warm. Dabei war ihm im Ganzen ein wenig kühl. Thomas presste die Zunge gegen den Backenzahn. Kein Zweifel: Die überstanden geglaubte Entzündung lieferte sich ein Rückzugsgefecht mit seinen Abwehrkräften. Er hatte Temperatur. Und die Dose mit Heinrichs Schmerzpulver lag im steinernen Saal in Signora Pastinas Herberge. Als Thomas laut seufzte, sprang Titino auf und legte ihm die Vorderpfoten aufs Knie. Thomas streichelte das weiche Fell hinter den Ohren und wurde sofort ruhiger.

Heinrich blickte auf etwas hinter ihm – und weitete die Augen. Thomas fuhr herum. Vom Eingang her trippelte Schröter auf sie zu. Schräg hinter ihm ging – groß, misstrauisch umherschauend und so schwerfällig, als würde er an einer Leine gezogen – Junior.

»Und jetzt?«, flüsterte Heinrich.

Thomas antwortete nicht. Stattdessen rieb er sich die Hand an der Hosennaht und streckte sie den Schröters entgegen. Nur Senior nahm sie. Sein Griff wirkte weniger fest als beim ersten Mal.

»Was ist das?« Junior nickte in Richtung Fußboden.

»Mein Hund«, antwortete Thomas so gelassen er konnte.

»Titino.« Bei der Nennung seines Namens wedelte das Tier, das auf den Hinterbeinen saß, mit dem Schwanz.

»Die lassen hier auch alles rein.« Junior ließ sich, aus dem Augenwinkel zu Heinrich spähend, auf einen Stuhl auf der gegenüberliegenden Tischseite fallen.

Neben ihm nahm Senior Platz. »Reiß dich zusammen«, sagte er leise. »Wird nicht lange dauern.« Dann lächelte er die Brüder so zufrieden an, als hätte er gerade gut gespeist.

Für einen Moment fragte Thomas sich besorgt, ob sein Vorhaben womöglich von falschen Annahmen ausging. Dann aber bemerkte er die leichte Heiserkeit in der näselnden Stimme des Verlegers und Schatten um dessen kleine, fast runde Augen, und war beruhigt. Alles verlief nach Plan. Das bestärkte ihn im Entschluss, die Partie mit einem improvisierten Zug zu eröffnen.

»Ich habe das Tier mitgebracht, um etwas zu demonstrieren«, sagte er. »Denn ich finde, er hat etwas Entscheidendes gemein mit«, er zögerte, »mit einem Kaufmann.«

Junior runzelte die breite Stirn. Senior fragte ausdruckslos:

»Wollen wir, bevor Sie sich um Kopf und Kragen reden, nicht etwas zu trinken bestellen?«

»Wir möchten Sie gern zum Essen einladen.«

»Dafür bleibt uns leider keine Zeit. Ich nehme an, Sie haben die Manuskripte bei sich?«

»Darum geht es mir. Wissen Sie, mein Roman spielt in einer alten Handelsstadt. Tüchtige Kaufleute haben sie über Generationen aufgebaut. Stadt, Firma, Familie: Alles hängt für sie untrennbar zusammen. Diese Leute sind nüchtern bis ins Mark. Letztlich zählt, was unter dem Strich steht.«

»Natürlich«, murmelte Senior ungeduldig und hielt nach einem Kellner Ausschau.

»Unser Ururgroßvater zum Beispiel. Er hat alles festgehalten, was ihm wichtig war: Geburten, überstandene Krankheiten, Hochzeiten, Todesfälle. Die Alten nahmen das Leben hin wie den Lauf der Jahreszeiten. Das heißt nicht, dass sie sich nicht anstrengten, um es besser zu haben. Im Gegenteil! Was wir haben, das verdanken wir ihrer harten Arbeit! Und wie gelassen sie dabei waren. Wie stoisch sie Leid und Rückschläge erduldeten und immer, immer weitermachten.« Thomas glitt mit der Zunge über die trockenen Lippen, während Senior einem Kellner Zeichen machte. »Jede neue Generation glich der vorangegangenen. Die eine starb, und die nächste nahm ganz selbstverständlich ihren Platz ein, nur um ihn ebenso klaglos zu räumen, wenn die Zeit gekommen war. Und ebenso, finde ich, verhält es sich bei Hunden.«

»Wie? Was soll der Unsinn?« Junior schaute verärgert zwischen Thomas und seinem Vater hin und her. Doch der war damit beschäftigt, vier Kaffees zu bestellen.

»Was ich damit zeigen will«, beeilte Thomas sich zu sagen: »Gute, biedere Kaufleute stehen so frisch und urkräftig da, als wäre dieser Tag ihr erster und könne keiner ihr letzter sein. Aus ihren Augen leuchtet das unzerstörbare Prinzip, die *Idee* in ihnen, Sie verstehen? Sie sind ganz eingenommen von der Sorge um die Dinge des alltäglichen Lebens. Und sie kümmern sich nicht mehr als unbedingt nötig um Dinge wie …«, wieder tat er, als zögere er, »wie den Tod. Aber so zu sein, das fällt sogar den Besten unter ihnen immer schwerer.«

Thomas schluckte. Sein Hals war rau. Er hätte nicht mit Titino anfangen sollen, dachte er. Es war auch so schwer genug, auf eine Weise vom Roman zu erzählen, dass Senior sich darin wiedererkannte. Und das ging nur, wenn er ihn richtig eingeschätzt hatte: wenn vor ihm ein aufs eigene Lebenswerk stolzer Kaufmann saß, der mit Alter und Krankheiten haderte, an seinem Sohn und Erben verzweifelte. Ein Mann der Tat, der sich der Erkenntnis gegenübersah, dass sich nicht alles dem eigenen Willen unterwerfen ließ. Jemand, der Trost suchte und einen Ausweg.

Die runden Augen des Verlegers verengten sich, als wollten sie etwas, das allein sie sahen, niederstarren.

»Sie haben ja keine *Ahnung*«, sagte Senior düster.

Thomas zuckte zusammen. Dann aber begriff er, dass der Verleger ihm nicht widersprach, sondern zustimmte.

»Auch unser Vater«, beeilte Thomas sich zu sagen, »war nicht mehr nur Kaufmann. Er war komplizierter, wissender, kultivierter. Er wusste, wie groß die Welt war, und wie wenig sie es kümmerte, was in seinem stillen Winkel vor sich ging. Aber er riss sich zusammen. Für seine Stadt. Seine Firma. Seine Familie. Es muss ihm das Herz gebrochen haben zu erkennen, dass mein Bruder und ich keinen Nachfolger abgeben würden. Ich war zu jung, um das Ausmaß seiner Not zu verstehen. Gerade sechzehn, als er starb, mein Bruder zwanzig.«

Er sah nervös zu Heinrich. Auch wenn der in groben Zügen wusste, wie Thomas den Verleger überzeugen wollte – so viel Seelenschau war ihm gewiss unangenehm. Heinrich aber wirkte, als gehe ihn das alles nichts an.

»Herr Tesdorpf hat Ihnen sicher berichtet«, fuhr Thomas fort, »wie sehr unser Vater sich um das Wohl seiner Mitbürger verdient gemacht hat. Wenn nötig, sogar auf Kosten der eigenen Firma. Als ein neuer Senator gesucht wurde, war ihm klar: Wenn man ihn bäte, würde er nicht ablehnen können. Er sagte es sogar: ›Ich bin überall dabei, wo nichts zu verdienen ist.‹« Thomas deutete ein Lächeln an, und er hätte schwören können, dass Senior es ihm für eine Sekunde gleichtat. »Ein Vierteljahrhundert lang hat unser Vater die Firma geleitet: kompetent, ausdauernd und zäh. Und doch hat er deren Vermögen wohl um keinen Pfennig vermehrt. Die Zeiten änderten sich schneller, als er mittun konnte. Alles zusammenzuhalten hat seine ganze Kraft erfordert. Daran ist er gestorben.«

Er pausierte, während der Kaffee serviert wurde. Obwohl er gewaltigen Durst hatte, wartete er lieber auf das Wasser. Sein Kiefer pochte immer heftiger.

»Wissen Sie«, hob er wieder an, »als ich nach Italien kam, setzte ich es mir in den Kopf, eine Geschichte über einen verzärtelten Jüngling zu erzählen. Einen Sohn aus gutem Hause, fünfzehn, sechzehn Jahre alt. Einen Spätling, der an der Welt leidet, in Wahrheit an der eigenen Schwäche. Einen wie mich. Aber ich kam mit der Geschichte partout nicht zurande. Sie wollte nicht erzählt werden – nicht *so*. Heute weiß ich: Nicht der Sohn gehörte ins Zentrum. Unser Vater litt weit mehr, war noch zerrissener zwischen Pflicht und Neigung. Aber er verbarg es, nahm sich zusammen. Er war das Zentralgestirn der Familie. Ohne ihn gerieten die Planeten und Monde aus ihrer Bahn. Mich verschlug es bis nach Italien, ehe ich das verstand. Ehe ich Thomas Johann Heinrich Mann endlich so sah, wie er wirklich war: ein ehrbarer Kaufmann, der seine Pflicht tat, bis zum Schluss.«

Er pausierte ein letztes Mal, um seine Worte einsinken zu lassen. Dann schloss er mit dem Satz, der ihn elektrisierte, seit er ihn an jenem Spätnachmittag, auf dem Heimweg vom Klostergarten, zum ersten Mal in Gedanken formuliert hatte:

»Der Roman soll unserem Vater ein Denkmal setzen.«

Schröter weitete die Augen und schürzte den kleinen Mund, als schmecke er einem Aroma nach. Mit jeder Sekunde, die verstrich, wähnte Thomas sich seinem Ziel näher.

Gut, dass er rechtzeitig zum Schluss gekommen war. Dass er geschwiegen hatte von einer neuartigen, erregenden Nervenanspannung, die ihn jeden Morgen in aller Frühe aufstehen und voller Tatendrang an die Arbeit gehen ließ. Eine Empfindung, der Verliebtheit nicht unähnlich, die Thomas bei sich *Glück* nannte und manchmal gar *Gnade*. Wie sonst war zu erklären, dass ihm sich die Chance auftat, die Vergangenheit zu verändern?

Vaters Erbe würde er nicht mehr werden. Aber vielleicht gelänge es ihm, der Welt mit allen Mitteln der Kunst von ihm zu erzählen. Er wollte ihr einen reservierten, edlen Menschen nahebringen, durfte vor nichts zurückschrecken, musste ihn so elend, komisch und des Heils bedürftig zeigen, wie alle Menschen es waren. Nur dann gerieten die Schilderungen nicht zu Kitsch und Götzendienst. Dann konnte das Buch fortdauern, zehn Jahre, vielleicht gar zwanzig. Mit dem einzigen Mittel, das ihm zu Gebote stand – der Sprache –, hätte er seinen Platz in der Ordnung gefunden. Er hätte sich doch noch als würdig erwiesen, seines Vaters Sohn zu sein.

»*Soll*?« Junior lehnte sich vor und legte die großen, blassen Hände auf den Tisch. »Was meinen Sie mit: *soll*? Zeigen Sie mal Ihr Manuskript.«

»Darauf«, Thomas räusperte sich, »darauf wollte ich als Nächstes kommen.«

»Sie haben es doch dabei, oder?«

»Lass mal«, sagte der alte Schröter leise.

»Wieso?«

»*Ich* rede hier.«

»Er *hat* es nicht«, sagte Junior erregt. »Monsieur Langsamschreiber hat eine vage Idee, sonst nichts! Jetzt will er bestimmt Aufschub, weiß Gott, wie viel. Und er glaubt, er kriegt dich rum mit dem Geschwurbel vom ehrlichen Kaufmann!«

»Halt den Mund!« Im Gesicht des Verlegers glühten rötliche Flecken; der prächtige Backenbart wirkte noch heller als zuvor. »Glaubst du etwa, ich *weiß* das nicht?« Er griff nach dem Kaffee und atmete mehrmals tief und mit sichtlicher Erregung durch. Dann schob er die Tasse, ohne einen Schluck genommen zu haben, von sich fort. »Mach dich nützlich«, sagte er, ohne seinen Sohn anzusehen, »und bestell eine Karaffe Wasser.«

»Die kommen bestimmt gleich«, sagte Junior.

»Geh ihnen in Gottes Namen entgegen«, fuhr Schröter ihn an, »damit wir hier in Ruhe reden können.«

Als Junior aufgestanden war, lehnte Schröter sich zurück und tippte mit den Fingern auf der Tischdecke.

»Also«, fragte er, »wie stellen Sie sich das vor?«

»Ich danke Ihnen.« Thomas hielt den Blick gesenkt. »Es ist nicht selbstverständlich, dass …«

»Ich habe nicht viel Zeit. Nun?«

Thomas' Mund war so trocken, dass er, um sich nicht immerzu über die Lippen zu fahren, am Kaffee nippte. Das Pochen wurde stärker.

»Binnen eines Jahres kann das Buch fertig sein. Vierzehn Kapitel, zweihundertfünfzig Seiten.«

»Und das schaffen Sie?«

»Mithilfe meines Bruders, ja. Er hat sein Manuskript – übrigens eine farbige, sehr eindrückliche Geschichte über eine südländische Herrscherin – fix und fertig dabei. Sie können es sofort drucken. Danach braucht es ja immer eine gewisse Spanne, bis Käufer und Kritiker auf ein neues Werk aufmerksam werden. So gewinnen wir die nötige Zeit bis zur Fertigstellung meines Romans. Mein Bruder hat sich bereit erklärt, mich beim Schreiben zu unterstützen. Er wird jedes Kapitel sorgfältig lesen, Korrekturen anmahnen. Vielleicht schreibt er sogar eine Art Prolog: eine kurze, prägnante Zusammenfassung der vorangegangenen Generationen.«

»Ein Duo also?« Schröter verzog den Mund zu einem *Warum eigentlich nicht*.

Thomas mühte sich, seine Überraschung zu verbergen. Das hier war sein Roman, nicht Heinrichs. Aber da der Verleger nun auch noch nickte in stillem Einverständnis mit seiner eigenen Idee, wagte Thomas nicht zu widersprechen.

»Und wie soll das Ganze heißen?«, fragte Schröter.

»Passend fände ich etwas, was das Hauptmotiv, als den Niedergang einer Familie, auf den Punkt bringt. Was halten Sie von *Abwärts*?«

»Ach, herrje.«

»Nur ein Arbeitstitel. Der Ton wäre ganz so, wie Sie ihn schätzen: ähnlich dem im *Kleinen Herrn Friedemann*. Distanziert, wenn gar zu arg empfunden wird. Aber auch voller Mitgefühl, ja, Komik! Komik und Mitgefühl machen das Elend – unser aller Elend – erst erträglich, finde ich. Insbesondere beim Nebenpersonal. Da könnte man ein ganzes Panoptikum komischer Figuren vorüberziehen lassen. Ich fürchte nur, der Platz reicht dafür nicht ganz. Und dann Wagner! Das erste Kapitel könnte beginnen wie die Handlung im *Ring*: Man feiert die Einweihung eines herrschaftlichen Hauses. Alles scheint zum Besten bestellt. Und von da an geht es …« Thomas ließ die Handfläche nach unten gleiten.

»… abwärts. Verstehe.« Schröter legte einen Arm auf die Rückenlehne und klopfte mit den Fingerspitzen wieder auf den Tisch, langsamer diesmal. »Also, ich weiß nicht …«

Thomas beugte sich vor. »Ich bedaure sehr, dass mein Roman noch nicht fertig ist. Und ich bin dankbar für Ihre Bereitschaft, mich anzuhören. Sehr dankbar. Ich bin langsam, ja. Aber ich will – ich *muss* – gründlich vorgehen. Das schulde ich unserem Vater. Mit dem Buch will ich einem Menschen, der uns zu früh genommen wurde, meinen Respekt erweisen. Sozusagen ein Versprechen einlösen. *Sie* verstehen das sicher.«

Schröter blickte misstrauisch. »Tue ich das?«

Thomas rückte mit dem Oberkörper noch ein kleines Stück vor, wobei seine Achselhöhlen sich unangenehm bemerkbar machten. »Wenn ich Ihren Sohn recht verstanden habe«, sagte er leise, »hat Ihr verlegerisches Engagement – Ihr neues Programm mit Klassikern, die endlich so prächtige Einbände erhalten, wie ihnen gebührt – auch einen persönlichen Hintergrund: die Liebe Ihrer verstorbenen Gattin zur Literatur. Nun, und in meinem Fall ist es …«

»Was *fällt* Ihnen ein?«

Thomas zuckte zusammen. Hinter ihm stand, massig, mit bebenden Lippen und einem Glas Wasser in der Hand, Junior.

»Meine Mutter? Lassen Sie die mal schön aus dem Spiel.«

»Gibst du jetzt den Kellner?«, fragte Schröter ungerührt. »Warum lässt du die das nicht machen?«

»Ich dachte, du hättest es eilig«, sagte Junior, plötzlich verwirrt.

»Und nur ein Glas? Ich wollte eine Karaffe.« Schröter zog etwas aus seiner Westentasche.

»Ich habe das den beiden im Vertrauen erzählt.« Junior stellte das Wasser ab. »Und jetzt *benutzen* Sie es, um ...«

»Du kannst deinen *Mund* nicht halten, *das* ist es! Ach, zum Teufel auch!« Der Verleger hob den Blick zur Freskendecke, an der Götter und Menschen sich vergnügten. »Manchmal bezweifle ich wirklich, ob du mei...« Dann hielt er sich, von einem Hustenanfall unterbrochen, die Hand vor den Mund. Thomas aber hatte auf der Handfläche zuvor etwas Kleines, Rundes, Weißliches bemerkt. Als Schröter einen Schluck Wasser nahm, war es fort.

Durch Junior war ein Zittern gegangen wie durch einen Turm. Jetzt aber, mit einer Willensanstrengung, die jahrelange Übung erkennen ließ, bezähmte er seinen schweren Körper. Er reckte den massigen Kopf, ließ Arme und Lider hängen und nahm, wie auf das Wort eines Hypnotiseurs, neben seinem Vater Platz.

Thomas blickte verstohlen auf den Tisch. Natürlich hatte die Szene etwas immens Peinliches, dachte er. Andererseits stünde Junior einer Einigung kaum länger im Wege.

Thomas' Wangen wurden warm, sein Kopf war ganz leicht, und das Herz pumpte kräftig. Wie damals an Heiligabend, kurz bevor er das festlich geschmückte Zimmer betreten durfte.

»Und die Leitmotive«, sagte er plötzlich, als schlösse das an etwas an. »Die wagnerschen Leitmotive. Davon kann man nur lernen. Alles lässt sich mit Bedeutung aufladen, wenn man es richtig anstellt. Nicht nur Tonfolgen. Einfach alles. Farben, Wendungen. Hat man ein Symbol nur häufig genug und im rechten Zusammenhang benutzt, kann man damit alles bewerkstelligen.« Schweiß rann ihm von der linken Achsel den Rumpf hinab, wo er rasch erkaltete. Gleich brächte der Kellner hoffentlich das Wasser. »Man kann ein Schicksal besiegeln mit der Erwähnung eines Regentropfens auf einem Fenster. Und der Konsul … Sein Ende kann sich durch scheinbar Nebensächliches ankündigen. Eine Erkältung. Ein unvorteilhaftes Geschäft.« Thomas glitt mit der Zunge über den schmerzenden Gaumen. »Oder einen faulen Zahn.«

Heinrich, der wie vereinbart das Reden seinem Bruder überlassen hatte, sog geräuschvoll Luft ein. Schröter fixierte Thomas eine Weile. Dann sagte er, bedächtig nickend:

»Was Sie da erzählen, hat was Großartiges. Und es braucht gar nicht mal Unsinn zu sein!« Er atmete tief durch und streckte sich wie nach einem Schläfchen. »Werde ich doch noch sentimental auf die alten Tage. Also: zweihundertfünfzig Seiten. Fertig in …

»… einem Jahr?«

Der Kellner stellte eine Karaffe auf den Tisch.

»… zehn Monaten. Und die Idee mit den beiden Namen drauf, die merke ich mir. Verkauft sich vielleicht doch ganz gut.«

»Ich danke Ihnen, Herr Schröter.« Die Haut an Thomas' Hals errötete. Ihm war, als würde eine Flügeltür geöffnet, als umfinge ihn warmes Kerzenlicht und der Duft frischen Gebäcks. Er war wieder daheim.

»Dann mal her mit dem anderen Manuskript!« Zufrieden wie nach einem guten Mahl stand der Verleger auf. »Kaum auszudenken, wenn es so schön geworden ist wie *Das Wunderbare*, was? Und Sie schreiben auch noch schnell. Ha! Könnte also wirklich was werden aus der Sache mit der modernen Literatur: ein neuer, starker Ast am Baum des Verlags.«

Heinrich aber, an den Schröters Worte sich richteten, machte keine Anstalten, sich zu erheben. Stattdessen schob er einen Briefumschlag quer über den Tisch zu Junior.

»Das ist alles?«, fragte der verblüfft.

Heinrich schüttelte den Kopf. »Der ist für Sie. Von ihr.«

Junior zog seine Hand zurück. Dann aber, seinem Vater den Rücken zuwendend, ergriff er das Kuvert und steckte es hastig ein.

»Und jetzt das Manuskript«, flüsterte Thomas.

Heinrich stand auf, zog Weste und Jackett glatt und sagte fest:

»Nein.«

Thomas schluckte. Der Hals schmerzte vor Trockenheit. »Aber die Herren müssen los.«

»Nein«, wiederholte Heinrich und reckte den Kopf. »Was ich geschrieben habe, ist gestelzt, kalt, überkonstruiert. Es ist … lieblos. Es darf nicht gedruckt werden.«

»Du bist zu kritisch mit dir. Lass doch Herrn Schröter das Ganze lesen. Sein Urteil zählt.«

Heinrich aber schwieg. Seine hellblauen, eng beieinanderstehenden Augen schienen gleichsam nach innen zu blicken.

»Sie müssen wissen«, sagte Thomas, »mein Bruder ist gerade erst fertig geworden mit dem Schreiben. Ruh dich ein wenig aus, Heinrich. In ein paar Tagen siehst du klarer. Und kleinere Änderungen sind sicher noch möglich, nicht wahr, Herr Schröter?«

»Tommy, *nein.*«

Die Bestimmtheit, mit der Heinrich das aussprach, ließ Thomas' Atem rascher gehen. »Was soll das denn? Kann ich dich kurz allein sprechen?«

»Das würde nichts ändern«, entgegnete Heinrich ruhig.

Thomas' Kehle brannte.

Schröter hielt die Rückenlehne eines Stuhles fest. »Ist das Ihr letztes Wort, Herr Mann?«

»Er meint es nicht so«, warf Thomas ein. »Herr Schröter, ich versichere Sie, das lässt sich regeln.«

Doch Heinrich nahm, als marschiere ein Exekutionskommando auf, Haltung an und sagte: »Bedaure.«

»Heinrich! Hör bitte auf damit!«

Der Verleger schob den Stuhl von sich fort. »Ich hab's ja immer gewusst. Na, herzlichen Glückwunsch! Sie – Sie beide – haben gerade Ihr Leben ruiniert. Komm, Junior.«

Thomas folgte dem Verleger. Vorbei an lärmenden Tischgesellschaften, redete er ein auf den trippelnden Mann mit dem fest verschlossenen Mund, beschwor, versprach und stammelte, während oben an der Saaldecke die Götter über die Geschicke der Menschen lachten. Als sie, gefolgt von Titino, die Eingangstür erreichten, bat und bettelte Thomas, und während Schröter nach einer Kutsche winkte, hob er die Hände wie zum Gebet, was er – ratlos, verwirrt und immer panischer – beibehielt, bis direkt vor ihm der Verschlag sich mit einem dumpfen Knall schloss.

39.

Was du ererbt von deinen Vätern hast
Erwirb es, um es zu besitzen.

Johann Wolfgang von Goethe:
Faust. Eine Tragödie (1808)

Das Pochen – das drückende, seltsam ortlose Pochen im Unterkiefer – begleitete Thomas auf dem gesamten, schmählichen Rückweg. Am Anfang, als er, noch ganz benommen, im Café Aragno nach den anderen Ausschau hielt, war es kaum mehr gewesen als eine Idee von Schmerz. Es ließ sich ignorieren, solange das Hirn mit Drängenderem beschäftigt war, beispielsweise der Frage, wo Heinrich steckte. Auch Junior war verschwunden. Für einen Moment hielt Thomas es für möglich, dass er sich die vergangenen Minuten im Fieber eingebildet hatte. Dann sah er Titino, der ihn, den Kopf auf die Seite gelegt, besorgt anschaute, und die Einsicht in die Wirklichkeit der Katastrophe senkte sich umso tiefer in ihn.

Aber vielleicht, sagte er sich, nur vielleicht war noch nicht alles verloren.

Anstatt mit dem nächsten Fernzug Richtung Norden zu fahren, nahm Thomas die Eisenbahn zurück nach Zagarolo. Kaum hatte er die Koffer verstaut, drängte das Pochen sich ihm auf wie ein schlechtes Gewissen. In der Postkutsche nach Palestrina wurde es kräftiger, voller, rhythmischer. Beim Ausstieg am Marktplatz wallte es auf, rührte und bockte, und seine Augen begannen zu tränen, während er auf Titino wartete. Um Thomas herum wurden geräuschvoll Fässer gerollt, Geschirr und Besteck aufgestapelt, Tischdecken ausgebreitet. Neben dem Springbrunnen zimmerten Arbeiter eine hölzerne Bühne. Kraftlos rief Thomas nach Titino, der aus einem Trog für die Pferde trank, einem zweckentfremdeten Sarkophag neben der Kirche. Schließlich, beim Aufstieg zur Casa Bernardini, drohte das bisschen Zuversicht, das es bis hierher geschafft hatte, auf den heißen Stufen der Treppengasse zu verdorren.

Falls die Signora sich über die unerwartete Rückkehr ihres Gastes freute, wusste sie es gut zu verbergen. Nein, sagte sie, ohne ihn auch nur anzusehen, Heinrich sei noch nicht zurück. Allein im steinernen Saal zu ebener Erde ließ Thomas sich auf einen Hocker fallen. Wie hatte Heinrich ihn nur verraten können? Eine Antwort – jede Antwort – wäre besser zu ertragen als dieses Schweigen.

Tief atmete er die kühle, beinahe kalte Luft des großen Zimmers ein, in das selbst am frühen Nachmittag kein Sonnenstrahl drang. Dann räumte er die zurückgelassenen Bände von Maupassant und E. T. A. Hoffmann vom Tisch, holte Notizbuch, lose Blätter und die Familienbibel aus dem Koffer und breitete sie vor sich aus. Eine Stunde mochte vergangen sein, als Titino aus dem Zimmer lief und an der Haustür sein Begrüßungsbellen anstimmte. Thomas betrachtete die Liste, die er angefertigt hatte, und verzog leicht das Gesicht. Ihm blieb keine Wahl:

Heinrich musste den halben Roman schreiben.

Selbst das halbe Manuskript war mehr, als Thomas je zu Papier gebracht hatte. Aber hundertfünfundzwanzig Seiten, das ging an. Das konnte er nach dem Tagwerk schaffen, und wenn es ihn Jahre zäher Kleinarbeit kostete. Er würde – er musste – Vaters Denkmal retten.

Aber würde Heinrich ihm helfen? Er wusste ja nicht einmal, warum der ihn plötzlich im Stich gelassen hatte. Wie sehr ihn das verletzte, durfte er ihn auf keinen Fall spüren lassen. Sonst zöge Heinrich sich zurück, wie er es immer tat: Mutter, die gegenüber ihrem Erstgeborenen Fürsorge seit je mit Nörgeln gleichsetzte, besuchte er schon lange nicht mehr. Und Thomas?

Heinrichs Schweigen hatte, als sie beide noch ein Zimmer teilten, ein Jahr gedauert. Was, wenn die Alpen sie trennten? Nein, es führte kein Weg daran vorbei:

Bevor er sich morgen früh zu Ilse aufmachte, musste er Heinrich überzeugen. Enttäuschung und Wut musste er im Zaum halten. Sonst verlöre er seinen Roman, seine Hoffnung – und seinen Bruder.

Thomas stellte sich vor den kleinen Rasierspiegel, der an der Wand hing. Mit einem Tuch strich er über Nacken und Stirn, zog die Anzugjacke glatt und presste die Zunge gegen den Gaumen. Erstaunt bemerkte er, dass der Schmerz, der im Kiefer tobte, an seiner Miene nicht abzulesen war. Gut, sagte er sich, den Atem mühsam unter Kontrolle haltend. Gut, gut. Als er kurz darauf über die Türschwelle ins Freie trat, war er, für andere unsichtbar, in eine liebenswürdige Hoheit gekleidet. Wie ein Prinz.

*

Früher hätte Heinrich die Kinder, die lachend und feixend um ihn herumhüpften, kaum eines Blickes gewürdigt. Jetzt aber, auf dem Fußweg zur Herberge, musterte er genau ihre schmutzigen Gesichter, stolzen Haltungen und dreisten Gesten. Die halbe Stadt war in Aufruhr. Nach Sonnenuntergang würde auf dem Marktplatz eine Schauspieltruppe auftreten. Hinter Heinrich rief ein Kind: »Pulcinella! Il Pulcinella!« Er lächelte.

Dabei schien vorhin alles vorbei zu sein. Aber was hieß hier: *vorhin*? Und was: *alles*? Wie fremd war ihm jetzt der Heinrich, der geglaubt hatte, in ein schwarzes Nichts zu fallen, wenn Lina Nein sagte. Diese Furcht, die ohne Bilder auskam und deshalb nur umso grässlicher war, kannte er seit unvordenklichen Zeiten, aber sie war ihm nicht länger vertraut.

Wie damals mit neunzehn, als er im Dresdner Herbst seine erste Novelle schrieb, war er seltsam aufgekratzt, hin- und hergeworfen zwischen Euphorie und Angst. Und wie damals tat er jeden Schritt im Gefühl, der könne ihn an einen unbekannten Ort in sich selbst bringen.

»Vielleicht«, hatte er, den Kopf gesenkt, auf der Bettkante gesagt, »vielleicht kann ich einen richtigen Menschen gar nicht lieben. Sondern nur das.« Und auf das Manuskript gezeigt.

»Ich liebe Ludovico«, war Linas Antwort. »Ich bin eine schlechte Mutter, aber ich *bin* seine Mutter, und ich liebe ihn. Wenn man das weiß, wenn man das an sich erfahren hat: Ich glaube, dann kann man alle Menschen lieben.«

Später, als er aus dem Haus trat, hörte er, wie jemand sich an einer Geige versuchte: ein wenig monoton vielleicht, aber sonst gar nicht schlecht. Als er aufschaute, bemerkte er auf dem Dach den Jungen. Der ließ dort die Füße herabbaumeln und stemmte die Kindergeige gegen den Hals. Heinrich winkte ihm zu, und nach kurzem Zögern tat sein Freund es ihm gleich.

Daran dachte Heinrich auf der Treppengasse. Je höher er stieg, desto weniger Kinder verspürten noch Lust, den Fremden zu verspotten. Er sah ihnen nach, wie sie zurück zum Marktplatz liefen. Jeder von ihnen war Ludovico.

*

Als Thomas vors Haus trat, streichelte sein Bruder gerade Titino. Der Hund schien davon ebenso überrascht wie sein Herrchen, hielt aber still.

»Bist ja hier.« Heinrich strich ein wenig unbeholfen über den kleinen, schwarzen Kopf.

»Nur noch bis morgen. Ilse wartet.«

Heinrich nickte gedankenverloren, als sei damit alles gesagt.

Begriff Heinrich nicht, dass er nur seinetwegen zurückgekommen war? Scherte es ihn so wenig? So sehr es Thomas kränkte, konnte er nicht anders, als so viel Ungerührtheit zu bewundern.

»Wollen wir spazieren gehen?«, fragte er betont ruhig.

Kurz darauf stiegen sie die gewundene Treppengasse hinauf, vorbei an grauen Häusern mit geschlossenen Fensterläden. In der Nachmittagshitze kam ihnen niemand entgegen. Titino lief voraus, schnupperte, kehrte zu den Brüdern zurück.

»War *doch* gut, dass du ihn nicht zurückgelassen hast.« Heinrich nickte in Titinos Richtung. »Woher kommt eigentlich sein Name?«

»Die Enkelin der Signora«, antwortete Thomas, ein wenig irritiert ob des neuartigen Interesses. »Als sie mit ihm spielte, glaubte ich, sie rufe etwas wie: ›*Titititi. No!*‹ Hätte ich gewusst, dass sie von *spiriti, spiriti* spricht …«

Wie hätte er ahnen können, welche Kluft Großmutter und Enkelin trennte: Die Herbergswirtin war noch im Alter bemerkenswert robust. Nie beklagte sie ihr Schicksal. Heinrich glaubte in Erfahrung gebracht zu haben, ihr Mann sei Privatlehrer zweier russischer Prinzen gewesen. Auf dem Rückweg aus dem Osten habe er sich in Konstantinopel eines Landsmanns angenommen, und dieser habe ihn unter nie geklärten Umständen erstochen. Über ihre Kinder redete die Signora nie, und ihre einzige Enkelin bedachte sie mit einer Zuwendung, in der kaum südlicher Überschwang erkennbar war und umso mehr Pflichterfüllung.

»So oder so«, sagte Heinrich beiläufig, »der Hund bekommt dir.«

Angelockt von den *spiriti, spiriti*, schaute Titino auf zu seinem Herrn. Der wich den schwarz glänzenden Augen aus und blickte zu Boden. *Der Hund bekommt dir.* Er kannte seinen Bruder zu gut, um die Herablassung zu überhören. Was war falsch daran, dass Titino ihn aufmunterte, wenn sein Gemüt sich zu verfinstern drohte? Heinrich, der edle, vornehme Heinrich, mochte nichts und niemanden brauchen. War es deshalb ein Zeichen von Schwäche, seinen Alltag mit einem Tier zu teilen? Je länger Thomas sich ärgerte, desto mehr ärgerte es ihn, dass es ihn so ärgerte. *Eine* dahingeworfene Bemerkung, und schon drohte er die Fassung zu verlieren. Zur Strafe drückte er mit der Zungenspitze auf die wohlvertraute Stelle.

Bald erreichten sie die schmale, parallel zum Berg verlaufende Straße. Als sie zum wuchtigen Palazzo Barberini kamen, blieb Heinrich stehen, was Thomas dazu nötigte es ihm gleichzutun. Zu ihrer Linken flirrten Stadt und Tal in der Hitze.

»Weißt du noch«, Heinrich trocknete sich die Stirn, »die byzantinischen Ikonen in Venedig? Wie sie leuchteten? Alle gold grundiert. Das ist kein Gleichnis. So *ist* der Himmel hier. Und der schmale Kopf der Jungfrau Maria mit der viel zu schweren Krone, der zu uns Sündern niederblickt: Das ist die Sonne.«

Thomas starrte pflichtschuldig gen Horizont, ohne wirklich etwas zu sehen. Der Aufstieg hatte ihn mehr als sonst angestrengt. Anstatt Heinrich darauf hinzuweisen, dass er Ähnliches schon einmal bemerkt hatte, neun Monate zuvor, keuchte er bloß:

»Sicher, das ist der äußere Aspekt.«

Er spürte, wie Heinrich ihn musterte und dann, als habe er etwas verstanden, sich nickend wieder dem Panorama zuwandte. Auf Thomas' Stirn legte sich kalter Schweiß, und unter seinen Achseln staute sich die Wärme.

»Warum hast du das gemacht?«, fragte er leise.

Heinrich holte mehrmals tief Luft, als wollte er zu einer Erklärung ansetzen, die er jedes Mal verwarf. Schließlich antwortete er:

»Bei einem von Papas letzten Geburtstagen, beim Dessert, da hast du jemanden nachgeahmt. Du hast eigentlich nicht viel gemacht. Ich glaube, wer dich nicht kennt, hätte gar nicht verstanden, *dass* du jemanden imitierst. Trotzdem – gerade deshalb – war es so auf den Punkt. Wer war das noch mal? Weißt du das noch?«

»Fehling«, antwortete er ohne Zögern. »Gestatten: Rechtsanwalt und Notar. Den Tweed beziehe ich direkt aus Edinburgh.« Die letzte Silbe klang wie Aufstoßen. Dabei strich

Thomas mit der Rechten zufrieden über einen unsichtbaren, rötlichen Backenbart.

»Fehling, genau. Mein Gott, ich habe Papa nie so laut lachen hören.« Heinrich stemmte die Hände in die Hüften. »*Das* ist deine Stärke, Tommy. Du könntest sie alle abfertigen – all die Fehlings, Tesdorpfs und Biermanns. Sie würden es gar nicht merken, gerade weil sie so genau getroffen sind. Aber so weit käme es gar nicht, denn dazu müssten sie ja einen Roman lesen, und da sei Gott vor.« Er stieß heftig Luft aus. »Das andere braucht es nicht: Was schert es mich, welche Eisenbahnverbindungen vor dreißig Jahren bis Lübeck führten? Was in den Straßenlaternen brannte. Sitzungen der Bürgerschaft, Maße und Gewichte, Couranttaler und Mark. Herrje, Tommy: Du schreibst doch kein Geschichtsbuch!«

»Das habe ich auch nicht vor.«

»Wenn du alles so konkret darstellst, erkennt doch jeder Lübeck sofort wieder. Ganz egal, ob du es beim Namen nennst oder nicht. Das gibt einen Aufschrei.«

»Was kümmert es dich, was die da oben sagen werden?«

»Mich? Nichts. Aber dich sollte es kümmern. Schon wegen Ilse. Klammere dich nicht ans Vordergründige, Gegenständliche. Mach es allgemeingültig: Wohlanständige Heuchler und demütige Großmäuler gibt es schließlich überall. Denk an die Kunst!«

Thomas war derart überrascht, dass er nichts zu entgegnen wusste. Heinrich hatte doch gesehen, was die Familie ihm geschickt hatte, und an all den Urkunden, Briefen und vergilbenden Dokumenten nie Anstoß genommen. Und war es denn keine Kunst, einem anderen Menschen eine Begebenheit allein mit Hilfe von Worten auf Papier so eindringlich zu schildern, dass dieser glaubte, es mit eigenen Augen zu sehen? Keine Kunst, eine Figur so wirklichkeitssatt zu zeichnen, dass man mit ihr bangte wie mit einem echten Menschen, wahrscheinlich sogar intensiver? Um aber unser Mitleid zu erregen, brauchte es mehr als das – und anderes, als wir glaubten.

Ja, das Leben war ein Wüten ohne Sinn und Ziel. Und doch standen wir an jedem Morgen wieder auf, als sei es nicht so. Machte das uns – in unseren Wünschen und Ängsten, Hoffnungen und Sehnsüchten – nicht zutiefst lächerlich? Und am lächerlichsten jene, die vor dieser Einsicht, schmollend wie Kinder, Reißaus nahmen in den Selbstmord?

Deshalb gehörte zum Mitleid das traurige Lachen, das uns alle verband und einschloss. Erst beides zusammen machte unsere Existenz erträglich, verlieh uns im Angesicht des ewig kreisenden Nichts ein wenig komische Würde.

Aber wie sollte er davon schreiben, ohne mal rührselig zu wirken, mal kalt?

Im nächtlichen Rom hatte er gehört, wie das klänge. Oder vielmehr: Auf dem Brückenpfeiler balancierend, hatte er, wie von fernher, einen Dreiklang vernommen. Nur einen. In ihm aber schien alles enthalten: das Rauschen des Meeres bei Travemünde, das Klappern von Kaltblüterhufen auf winterlichem Pflaster, Stimmen und Dialekte, Bilder und Gedanken. Für einen Moment gerieten all die disparaten Eindrücke in Schwingung, klangen in Harmonie. Dieser Dreiklang hatte Thomas hinabsteigen lassen. Ihm das Leben gerettet.

Doch dem Auftaktakkord war nichts gefolgt, die Welt wieder verstummt. Drei Monate war das nun her, und es machte Thomas beinahe irre. Deshalb – weil er wartete auf etwas, das er zum Überleben brauchte – hatte er mit dem Schreiben des Romans noch nicht begonnen.

Heinrich würde das nie verstehen. Er verstand es ja selbst kaum.

»Es hatte also gar nichts zu tun mit deiner Novelle?«, entgegnete Thomas zögerlich. »Mit ihrer … Lieblosigkeit?«

»O doch«, beeilte Heinrich sich zu sagen. »Natürlich. Die Figur der Königin ist entrückt, alle anderen sind bloße Staffage, Stichwortgeber. Das Ganze sollte wie eine Legende wirken, oder wie ein Traum. *Das Wunderbare*, aber größer, prächtiger, unter südlicher Sonne. Es ist misslungen. Das passiert.«

»Warum hast du nicht vorher Bescheid gegeben? Ich hatte Schröter gerade so weit.«

»Was soll ich dazu sagen?« Wieder schien Heinrich nach einer Erklärung zu suchen, und wieder schwieg er und ging weiter.

Thomas folgte und wagte keine Nachfrage. Aber die Art, wie Heinrich ein klärendes Wort vermied, kam ihm sonderbar vor. Er rief sich in Erinnerung, wann er ihn schon einmal so erlebt hatte. Schließlich verzog er leicht den Mund, und das nur zum Teil aufgrund des Pochens, das in der Hitze heftiger wurde.

»Die Schauspielerin?«

»Sie hat einen Namen, Tommy.«

Sein Blick verschleierte sich. Er hatte nicht geglaubt, sich betrogener fühlen zu können. Die Meinung einer Frau galt Heinrich mehr als das Glück seines Bruders? Um ihr zu imponieren, verwarf er leichthin ein Werk? Um ihr zu zeigen, wie unbestechlich sein künstlerischer Anspruch war, wie unerschöpflich seine künstlerische Kraft? Thomas sah sich selbst in der billigen Theatergarderobe in Venedig, wie er stammelnd und schwitzend monologisierte über den von hinten nach vorn komponierten *Ring*. Sah das mokante Lächeln der Schauspielerin. Stellte sich ihr und Heinrichs Gelächter vor.

»Ich verstehe«, sagte er. Wie ein Flaneur, der die Aussicht genießt, verschränkte er die Arme auf dem Rücken. Dabei ballte er die Hände.

Wenige Minuten darauf kam ihr Ziel in Sicht, die Schatten spendenden Bäume des Klostergartens.

Thomas tupfte sich die Stirn. Dabei straffte er seine Haltung, reckte das Kinn, und mit einer Gelassenheit, die ihn beinahe selbst überzeugte, sagte er:

»Ich habe eine große Bitte. Schreibst du die erste Hälfte des Romans?«

*

Von hier oben, dachte Heinrich, glich kein Ausblick dem vorigen. Alle paar Meter verschoben sich die Proportionen des gewaltigen Gemäldes. Zu jeder Stunde fiel das Licht anders auf gelbbraune Felder, rötliche Dächer und Berge, deren Gipfel im Himmel verglühten. Sie alle wandelten sich von Augenblick zu Augenblick.

Heinrich hatte nicht vorgehabt, Linas Brief zu überreichen. Im Café hatte Juniors bloße Gegenwart ihn derart empört, dass er nur unter Mühen hatte still sitzen können. Nein, diesem Gernegroß, der nicht mehr war als der Lärm, den er verursachte, würde er keinen Gefallen tun. Wenn es stimmte, was Lina sagte, und der Verlegersohn tatsächlich litt, dann sollte er das ruhig noch länger tun. Das Schreiben hatte Heinrich nur an sich genommen, um es ihr zurückgeben zu können. Als Pfand, auf dass sie einander wiedersähen.

Und wie niederträchtig hatte Junior sich aufgeführt! Wieder einmal schlug der große Junge mit dem väterlichen Hammer auf einen Schwächeren ein. Doch diesmal betrachtete Heinrich, zum Schweigen verdammt, ihn gleichsam von der Seite. Je länger er das tat, desto weniger achtete er auf dessen Worte, und umso mehr auf Blicke und Gehabe. Junior schrumpfte. All das Laute, Grobe fiel von ihm ab wie eine zu große Rüstung, bis nichts übrig blieb als ein Sohn. Ein Sohn, der um sein Leben kämpfte und zu verlieren drohte.

So hatte er ihm den Brief zugeschoben.

Als Schröter hinausgestürmt war, Tommy hinterher, hatte Junior in die Stille hinein gefragt:

»Wie geht es ihr?«

Etwas an der Art, wie er das sagte, brachte Heinrich dazu, ihm alles, was er wusste, zu erzählen. Was, genau genommen, nicht viel war. Aber darauf kam es gar nicht an. Und er berichtete, weil Junior es ganz genau wissen wollte, alles noch einmal – in einer Seitenstraße, wo Schröter senior sie nicht so leicht fände.

»Ich schulde Ihnen was«, sagte Junior, als sie einander zum Abschied die Hände schüttelten.

»Machen Sie es gut«, antwortete er. »Sie beide.«

Auf dem Weg zum Bahnhof trug Heinrich zum ersten Mal seit Langem keinen Fremdkörper in der Brust. Er atmete, ohne darüber nachzudenken. Es lebte sich also auch ohne Pfand.

*

»Die Hälfte?« Heinrich sah Thomas überrascht an, als hätte er ihn erst jetzt bemerkt. »Hast du Schröter etwa umgestimmt?«

Thomas schüttelte den Kopf. »Vielleicht will ja Fischer den Roman.«

»Selbst wenn. Erst wird er das fertige Manuskript sehen wollen. Dann lässt er es lesen – und sein Lektor hat bestimmt noch anderes zu tun. Das dauert also. Dann – vielleicht – macht er dir ein Angebot. Und wann wird das sein: in einem Jahr? Zwei? Wie willst du bis dahin Schröter bezahlen? Ilse und dich durchbringen? Ein Hausstand ist verdammt teuer, Tommy. Eine Hochzeit sowieso.«

Von der Straße stiegen sie zwei Treppen hinab zum Garten, einer terrassenförmig angelegten, etwas verwilderten Anlage. Titino lief voraus. Wie jedes Mal rekelte er sich im Gras, um sich danach zu schütteln und im Schatten des alten Lorbeerbaums auf den Rücken zu legen. Dort wartete er auf die vertraute Hand, die ihn kraulen würde, bis er einschliefe.

Thomas lehnte sich im Sitzen gegen den rauen Stamm. Über Titinos lebenswarmes Fell zu streichen machte es ihm leichter, das Offensichtliche nicht anzusprechen: dass Heinrich verantwortlich war für seine Misere.

»Deshalb brauche ich ja deine Hilfe«, sagte er. »Nur dann kann ich es schaffen. Es ist mir wirklich wichtig.«

»Ich weiß nicht.« Heinrich nahm auf der einzigen Bank Platz und schlug die Beine übereinander. »Muss es unbedingt diese Geschichte sein?«

»Das weißt du doch.«

»Aber die Sache mit dem Verfall ...« Heinrich schnalzte mit der Zunge. »Es ist so gewöhnlich geworden. Eine Attitüde, die man sich gibt, um *à la mode* zu sein. Das machen doch jetzt alle.«

»Ja. Du zum Beispiel.« Thomas biss sich auf die Lippe. Seine Worte hatten vorwurfsvoller geklungen, als er sie gemeint hatte. Denn Verfall, Verfeinerung, der Überdruss an der allzu materialistischen Welt – davon schrieb auch Heinrich in der Tat immer wieder.

Heinrich schlug bloß die Beine auf entgegengesetzte Weise übereinander und holte tief Luft. »Ich weiß auch nicht genau, wie man es anstellt. Ich weiß nur, ich habe das Gerede vom Niedergang satt, dermaßen satt. Ich bin fünfundzwanzig, Herrgott noch mal! Manchmal habe ich das Gefühl, mein Leben fängt gerade erst an! Wir sollten nicht länger ...« Sein suchender Blick glitt über eine bröckelnde Mauer, die den Garten vom steilen Hang trennte, streifte über alte Oleander- und Ginstersträucher, die die schattige Luft würzten, und blieb an schwarzem Fell hängen. »Er. Wir sollten uns ein Beispiel an ihm nehmen.«

»Titino? Wieso?«

Sofort drehte der Hund sich auf den Bauch und schaute seinen Gefährten erwartungsvoll an.

»Du hast es Schröter doch selbst gesagt!«

»Das war doch dummes Zeug. Ich wusste bloß keinen anderen Ausweg.«

»Na, und genau das ist er: ein Ausweg.«

»Heinrich, bitte. Ich brauche deine Zusage, am besten jetzt gleich.«

»Du wirst andere Geschichten finden. Ausgefallenere. Kräftigere.« Heinrich stand auf, von den eigenen Worten sichtlich belebt, und ging im Garten auf und ab.

»Ich bin mir da nicht so sicher. Manchmal glaube ich, ich habe nur diese eine.«

»Tommy.«

»Ich meine es ernst. Ich will *diese* Geschichte schreiben. Ich *muss* sogar. Sonst weiß ich nicht, wie ich ...« Er schauderte vor dem Satzende zurück wie vor einem Abgrund.

»Du nimmst dir das zu sehr zu Herzen. Bei uns zu Hause war doch immer alles so eingedickt. Jeder spontane Impuls blieb stecken. Immer musste man so schrecklich *raisonnable* sein. Und darüber willst du schreiben? Wo bleibt das lebendige Gefühl? Ach, Tommy, wir sind noch so jung. Wir sollten unseren Trieben folgen! Jeder Fehler, den wir begehen, jede Sünde ist Material! Wie willst du über das Leben schreiben, wenn du es gar nicht kennst?«

»Wer sagt, dass ich es nicht kennengelernt habe?«, fragte Thomas, ohne von Titino aufzusehen.

Heinrich blieb stehen und machte kehrt. Als er vor seinem Bruder stand, beugte er sich zu ihm hinab, bis ihre Gesichter einander ganz nahe kamen. »Hast du sie etwa gefunden«, flüsterte er, »die Frau in Neapel? Hast du sie angesprochen, hm? Sei ehrlich: Hat es sie überhaupt je gegeben?«

Glänzendes Rot auf bleicher Haut. Dunkle, flehentlich blickende Augen im gelblichen Halbdunkel. Dann hatte Thomas, wenn auch schwer atmend, sich wieder im Griff.

Sein Bruder aber sah mitwisserisch, beinahe nachsichtig zu ihm hinab.

Thomas wandte den Kopf ab. Er glaubte die Laken in Heinrichs römischer Wohnung zu riechen, die beißende Melange aus Parfum, Schweiß und schnell verdientem Geld.

»Ich will dir bloß zeigen«, sagte Heinrich, »was alles da draußen auf uns wartet. Ich zumindest bin es leid, das Leben zu verachten. Ich glaubte, es sei banal. Aber das ist es nicht! Weißt du, die Menschen sehnen sich gar nicht so sehr nach einem Sinn im Leben. Was soll das auch heißen? Was für einen Sinn hat diese Blume? Dieser Baum?« Er schlug mit der flachen Hand auf den Lorbeerstamm, unter dem Thomas und Titino saßen. »Wonach wir uns wirklich sehnen, das ist, uns lebendig zu fühlen: zu spüren, wie das Leben durch uns fließt, und wir durchs Leben. Das kann überall sein. In einer kleinen Küche, einem lauten Café. In diesem Garten. Und plötzlich verstehen wir …« Heinrich betrachtete lange und aufmerksam die Baumrinde, als bärgen deren Furchen ein Geheimnis. »Ich dachte, deshalb seist du hergekommen«, sagte er schließlich. »Stattdessen willst du aus deiner Not eine Tugend machen! Redest dir ein, die ganze Welt gehe zugrunde. Dabei hast du bloß eine Heidenangst davor, was passieren könnte, wenn du mit allen Sinnen in die Welt eintauchst! Aber du bist mehr als deine Angst. Darum ist dir der Hund auch so wichtig. Deshalb willst du ihn immer um dich haben: weil du im Grunde leben *willst*!«

Der Heinrich, der mit erhobenen Händen vor ihm predigte, war kaum wiederzuerkennen. Die Wangen waren gerötet, die Augen aufgerissen. Sein Atem ging rasch und oberflächlich.

Thomas löste die Hand von Titinos Fell.

»Und das alles«, fragte er vorsichtig, »ist dir heute klar geworden? Ich meine: Ich verstehe es einfach nicht. Ich versuche es ja, ich versuche es wirklich. Immerhin bist du …« Er suchte nach Worten, die begreiflich machten, wie sehr er den Älteren bewunderte, seit jeher bewundert hatte. Denn in seine Wut hatte sich längst quälende Sorge gemischt, Sorge vor dem Bruch. Ohne Heinrich wäre er eine Waise. »Warum hast du mir davon nicht früher erzählt? Wenigstens kurz bevor Schröter kam? Hätte ich nicht eine Chance verdient, mich dir zu erklären? Von Bruder zu Bruder?«

Heinrich strich noch einmal über den Stamm, als danke er ihm. Dann ging er zur niedrigen Mauer und schaute aufs Städtchen. Eine Brise trug eine Note von Rauch und heißem Eisen herauf. Heinrich wandte sich um und rief:

»Ein Zahn? *Ein* fauler Zahn? Mein Gott, Tommy, unser Vater starb an Krebs!«

Thomas war zu verwirrt, um mehr zu entgegnen als ein klägliches: »Wie meinst du das?«

»Das weißt du ganz genau.«

»Das tue ich nicht.«

»Schreib du nur über einen lebensunfähigen, verzärtelten Sohn. Das kannst du. Das verstehst du. Aber du hast keine Ahnung, wie es ist, vom Leben buchstäblich zerrissen zu werden. Unser Vater hat gekämpft, Tommy. Mehr, als wir das je könnten. Und ich werde es nicht zulassen – nicht zulassen, hörst du! –, dass du seinen Namen beschmutzt.«

»Ich will ihn *ehren*!« Thomas sprang auf. Vor Schreck lief Titino drei Schritte fort.

Heinrich schüttelte den Kopf. »Such dir eine Geschichte. Schreib über schwindende Lebenskräfte, Verfeinerung, was immer dir einfällt. Aber missbrauche dafür nicht das Erbe unseres Vaters.«

»Ich missbrauche doch nichts!«

»Und ob. Sein Sterben soll deine Idee bebildern. Dafür bist du bereit, die Wahrheit zu verbiegen, bis sie in deine Geschichte passt. So detailversessen, wie du sie anlegst, wird jeder sofort erkennen, dass du von unserer Familie schreibst. Von Lübeck. Von unserem Vater. Wenn du ihn schon einen zweiten Tod sterben lässt – und ich verstehe einfach nicht, warum du das willst –, dann zeige, wie er gekämpft und gelitten hat!«

Erst langsam verstand Thomas, wovon Heinrich sprach. Die Sache mit dem Zahn hatte er im Café doch nur so dahingesagt. Um das Verdorren des Willens zum Leben anschaulich zu machen, das langsame Schwinden der Lebenskräfte und die Verfeinerung der Wahrnehmung, die damit einherging. Dafür konnte er sicher andere Bilder finden. Andererseits: Litt er nicht von klein auf häufiger unter Zahnweh als jeder andere in der Familie? Spürte er ein verdächtiges Zwicken und Drücken, stieg noch heute purer Schrecken in ihm auf; und dazu Erinnerungen an Torturen auf dem Patientenstuhl, an reißende, zerrende

Kräfte, die seinen Kinderleib hin und her schleuderten, bis er glaubte, im nächsten Augenblick werde sein Kopf platzen. An Todesangst. Nur mit Mühe hielt Thomas die alten Bilder von sich fern. Dabei waren die Wurzeln des Backenzahns doch längst ausgegraben, und die Schmerzen, die zu spüren er sich nicht ganz versagen konnte, bloß irregeleitete Signale des Körpers an sein überfordertes Hirn. Ein Spuk.

Den Kopf gesenkt, ging er auf Heinrich zu. »Ich weiß: Solange Vater lebte, habe ich ihm wenig Anlass zur Hoffnung gegeben, dass aus mir jemand würde, auf den er stolz sein kann. Nein, nicht *wenig* Hoffnung: keine. Und dieser Makel, dieser Schatten – der ist nicht geschwunden mit den Jahren. Er ist mir gefolgt. Bis hierher.« Thomas schaute Heinrich, der mit verschränkten Armen vor der Mauer stand, ins Gesicht: »Bitte glaub mir: Ich werde alles, was in meiner Macht steht, tun, um Vater so zu zeichnen, dass man mit ihm leidet, mit ihm kämpft, ihn versteht, vielleicht gar bewundert. Bis zum Schluss. Und falls ich scheitere …« Er hob die Schultern und zwang sich zu einem demütigen Lächeln. »Wahrscheinlich wird das Buch eh niemand lesen. Außer ein paar Kritikern in Berlin und München.«

»Wenn überhaupt.«

Thomas blinzelte mehrere Male. Den Schlag hatte er nicht kommen sehen.

Heinrich aber legte den Kopf leicht schräg, und in einem Tonfall, der wohl verbindlich klingen sollte, sagte er: »Na komm. Du musst was essen.«

Thomas war erleichtert über Heinrichs unerwarteten Stimmungsumschwung. So erleichtert, dass ihm erst auf der Hangstraße aufging, dass er seinem Ziel keinen Schritt näher gekommen war.

»Denkst du zumindest darüber nach?«, fragte er. »Ich muss Ilse heute schreiben. Sie glaubt ja noch, der Roman sei fertig und verkauft. Wenn sie von den Strafzahlungen hört – ich weiß nicht, wie sie das verkraften wird. Sie verdient eine gute Nachricht.«

»Vielleicht ist es das Beste so, dass du zurückgehst«, sagte Heinrich. »Ich glaube, ich würde dort oben sterben. Nicht weil es so eng ist. Nicht nur.«

Das war zwar keine Zusage, dachte Thomas, aber immerhin ein Angebot zum weiteren Gespräch, und so fragte er:

»*Nicht nur*?«

»Bei der ersten Lungenblutung damals, da hatte ich zum ersten Mal so richtig Angst. Papa war erst ein paar Monate tot. Heute glaube ich, das war kein Zufall.«

Thomas starrte geradeaus. Aus dem Mund des Bruders das Wort *Angst* zu vernehmen, war ihm seltsam peinlich.

»Hast du schon mal einen Menschen gehasst, Tommy? Seine bloße Gegenwart nicht ertragen? Ihm den Tod gewünscht? Ich schon. Viele Male. Man glaubt, wenn nur endlich dieser verdammte Kerl von der Erde getilgt ist, könne man aufatmen. Wen man hasst, sagt viel über einen selbst aus, weißt du. Und am meisten gehasst habe ich Papa.«

In die Stille, die folgte, drang nur das Tapsen von Titinos Pfoten. Bäume und Häuser warfen bereits erste Schatten, doch die schwüle Wärme war geblieben.

»Dann war er unter der Erde«, sagte Heinrich, »und Tesdorpf verlas das Testament. Es war nicht zu fassen: Wie hatte er die Firma auflösen können? Sein Lebenswerk? Wie schlecht muss er von mir gedacht haben, dass er alles zerstörte, was ihm wichtig war, nur um mich, seine größte Enttäuschung, noch aus dem Grab heraus zu demütigen?«

»Hättest du denn …?«, wagte Thomas zu fragen.

»Natürlich nicht«, unterbrach Heinrich. »Hätte ich den Laden übernommen, wäre ich in zwei, drei Jahren zugrunde gegangen. Aber darum ging es gar nicht. Gott, wie habe ich ihn verflucht. Ich konnte nicht schlafen, kaum essen. Die Friedrichstraße rauf und runter, bis mir die Zehen einfroren. Dann bekam ich keine Luft mehr. Panik, Licht aus. Daran denke ich jetzt häufiger, weißt du?« Heinrich wandte sich zur Seite. »Als Papa die Firma übernehmen musste, war er jünger als ich jetzt. Er hat uns gerettet, Tommy. Er hat uns bewahrt vor einem Leben wie dem, das ihn zermahlen hat. Dafür hat er alles aufgegeben. Weil er uns über alles geliebt hat. Und ich habe es ihm nie gedankt.«

Thomas wagte nicht, Heinrich anzuschauen. Aus Scham vielleicht. Oder aus Sorge, alles durch ein falsches Wort zu ruinieren. Was hätte er, damals in der Beckergrube, für einen Moment wie diesen gegeben. In Ungeduld, Unwohlsein und wachsende Verwirrung mischte sich so etwas wie Trauer: Hätten sie sich, von Bett zu Bett flüsternd, einander anvertrauen können – wie viel Kummer wäre ihnen erspart geblieben. Wie viel Einsamkeit.

Heinrich sog die würzige Luft ein. Ausatmend, reckte er sich wie in einem warmen Bad. Nach einer Weile sagte er:

»Danke dir.«

Thomas sah ihn fragend an.

»Bist ein richtig guter Zuhörer geworden, Tommy.«

Bald darauf stiegen sie wieder die Treppengassen hinab. Zwischen den grauen Fassaden dehnten sich die Schatten. Eine Katze stob vor Titino davon.

»Wann reist du ab?«, fragte Heinrich.

»In aller Frühe. Wenn alles klappt, bin ich am späten Abend in München. Nur für eine Nacht. Ilse wartet.«

»Dann sehen wir uns ja gar nicht mehr.«

Thomas fuhr herum. »Wieso?«

»Der Neffe der Signora – der Sohn des Advokaten – stellt mir die Schauspieltruppe vor. Kann mir schon denken, was das heißt. Für alle Fälle bringe ich Wein mit.« Er lächelte.

»Kannst du nicht absagen?«

Heinrich schüttelte den Kopf. »Ein paar seiner Freunde reisen extra von ihren Gütern an, um den Herrn Literaten kennenzulernen. Wenn ich so kurzfristig absage, verlöre der Neffe sein Gesicht. Die Signora verziehe mir das nie.«

»Wann musst du los?«

»Jetzt gleich. Konnte ja nicht wissen.«

»Ich möchte wirklich ungern abreisen«, sagte Thomas ruhig, aber mit äußerster Anstrengung, »ohne die Gewissheit zu haben, dass du mir helfen wirst. Es ist das letzte Mal. Bitte. Ich weiß nicht, wie ich dort oben sonst leben soll. So ganz ohne Hoffnung.«

»Ohne Hoffnung? Na, sag mal.« Heinrich lachte in sich hinein. »Du hast doch Ilse. Überhaupt: Ich dachte, ich hätte klar gemacht, warum ich dagegen bin. Grundsätzlich dagegen. Schreib was anderes. Irgendwas. Noch eine Erzählung, das kannst du doch. Aber vergiss die Idee mit der Familie. Für Ilse wäre es eh besser. Für euch beide.«

Thomas presste die Kiefer aufeinander. In seiner Mundhöhle warf ein wildes Tier sich hin und her.

»Du verstehst das nicht«, brachte er hervor. Zumindest vermutete er es. Denn im nächsten Moment war er nicht mehr sicher, ob er die Worte nicht nur gedacht hatte. Die Stufen verschwammen vor seinen Augen. Noch drei Treppen bis zur Herberge.

»Bitte«, hörte er sich ziemlich sicher sagen. »Wenn ich dir beweise, dass ich Vater nicht lächerlich machen werde, dann hilfst du mir, ja? Bitte, Heinrich. Ich *bitte* dich.«

»Ach, Tommy: beweisen? Wie stellst du dir das überhaupt vor? Lass die alten Sachen ruhen.«

Sie bogen in die nächste Gasse ein, und leichter Wind wehte Thomas ins Gesicht. Seine Stirn war nass und eiskalt, seine Hände zitterten leicht. Beinahe wünschte er sich, sich einzig auf das Pochen konzentrieren zu können, damit es alles, was ihn ängstigte, ausblendete. Aber nicht einmal das gelang ihm.

Titino, der sich seinem Zuhause nahe wusste, lief voraus und verschwand hinter der Hauswand. Eine Kinderstimme rief *Spiriti*! Oder *Titino!* Oder nichts. Denn als sie um die Ecke bogen und Heinrich ohne ein weiteres Wort die Herberge betrat, war auf dem Platz davor niemand zu sehen. Vom Marktplatz herauf drang Glockenläuten, das die Gläubigen aus der Messe entließ.

Und da, plötzlich, hörte Thomas den Dreiklang.

Anfangs war er kaum vernehmbar: leise wie Wasser, das aus einer Felsspalte drang. Ein Ursprung und Erzbeginn, Vorspiel des Vorspiels. Bald formte er ein Rinnsal, das scheinbar ziellos dahinfloss. Nach und nach wurde es breiter und tiefer, wurde Bach, wurde Fluss, wurde schließlich Strom, der alles mit sich riss, unbesiegbar und gleichgültig wie der Tod. Abwärts stürzte alles, immer weiter abwärts. Bis die Welt versank.

Thomas rannte ins Haus.

»Hör mir zu«, keuchte er, als er Heinrich endlich im steinernen Saal fand. »Wir erzählen nicht nur die Geschichte von Vater und Sohn. Wir müssen früher anfangen, viel früher. Wir brauchen vier Generationen. Nicht nur zwei. *Vier*!«

Heinrich, der gerade sein Hemd auszog, drehte sich nicht einmal um. »Ich muss gleich los.«

»Wir machen es wie beim *Ring*!«, rief Thomas. »Beschreiben nicht nur Verfall und Ende, nicht nur *Siegfrieds Tod*. Sondern auch die ganze Vorgeschichte, von Anfang an. Zu Beginn könnten die Urgroßeltern ein neues, prächtiges Haus beziehen, wie Wotan in Walhall. Firma und Familie. Alles scheint in bester Ordnung. In bester Ordnung, verstehst du? Aber dann, ganz unmerklich, beginnen die Kräfte zu schwinden – der unbedingte Wille zum Leben.« Er schloss die Augen, als lese er die Worte von den Lidern ab. »Aber es geht so langsam vonstatten, dass niemand es bemerkt. Niemand es bemerken *kann*. Auch nicht die zweite Generation. Der Großvater ist immer noch ein tüchtiger Kaufmann. Aber von den Rändern frisst der Verfall sich ins Haus. Wenn dann sein Sohn übernimmt – unser Vater –, kann der ihn sogar spüren, denn er ist feinnerviger als seine Vorfahren. Aber er kann ihn nicht sehen, nicht greifen. Und so kann auch er nichts dagegen tun. Der Niedergang ist längst beschlossene Sache. Ist Schicksal. Genauso wenig konnte die Signora verhindern, dass ihre Enkelin ist, wie sie ist. Das Schicksal hält man nicht auf. Man kann es beklagen, aber das ist sinnlos. Man muss es hinnehmen, durchleiden, bis zum Schluss. Weißt du, was das heißt? Vater trifft keine Schuld! Verstehst du? Vier Generationen! Das ist die Lösung!«

Thomas glühte. Voller Erwartung blickte er zu Heinrich, der sich die Achseln einseifte. Ohne sich umzusehen, fragte der:

»Mit zweihundertfünfzig Seiten wäre da aber wohl nicht gemacht, oder?«

»Wahrscheinlich nicht, nein. Umso mehr brauche ich deine Hilfe.«

Heinrich trocknete sich schweigend ab.

»Der Kaufmann«, beeilte Thomas sich zu sagen: »Ihn kann ich ja schlecht *Thomas Johann Heinrich* nennen. Ich möchte ihn nach dir benennen. Denk darüber nach, ja?«

Erschöpft und glücklich ließ er sich auf einen Hocker fallen. Endlich lag die ganze Geschichte ausgebreitet vor ihm. Er sah, hörte, fühlte und dachte Anfang und Ende einer Familie, einer Welt. Jedes Bild und jede Stimme, jedes Motiv und jede Idee: Alles glitt lautlos an den rechten Platz, fügte sich harmonisch in die dahinströmende Komposition. Das hier war kein Roman. Es war eine Sinfonie.

Und dafür, erkannte Thomas, gab es nur ein mögliches Ende. Nichts hielte dem Schicksal stand, das die Generationen hinwegraffte wie eine Krankheit, schon gar kein fünfzehnjähriger Spätling. Der schwächliche, überzarte Sohn musste sterben, damit er, der Dichter Thomas, leben konnte.

»Das kannst du nicht schreiben.« Heinrich knöpfte sich das Hemd zu.

»Nicht allein, nein«, antwortete er. »Aber gemeinsam wird es gehen.«

»Nein, Tommy: Du kannst das nicht schreiben. *Du* nicht.«

Thomas sah auf. Zu seinem Horror deutete nichts in Heinrichs Miene darauf hin, dass er sich verhört hatte.

Du nicht.

Zeit existiert nicht. Allein das Jetzt ist real und jeder Augenblick eine neue Welt. Und so fand Thomas sich mit einem Male wieder in einem Kosmos, in dem er wusste – nicht nur ahnte oder fürchtete, sondern als Gewissheit hinzunehmen hatte –, dass Heinrich ihn niemals, niemals akzeptieren würde. Von hier gab es kein Zurück. Was auch immer er täte, wie sehr er sich auch mühte – nie wäre es genug. Nie wäre *er* genug. Sie beide würden keine Brüder mehr.

»Warum«, fragte er tonlos, die Schultern vorgebeugt, »warum verachtest du mich so?«

»Nun *sei* doch nicht so ...« Vor dem Spiegel stehend, schloss Heinrich die Weste.

»Es stimmt doch, nicht wahr? Was habe ich dir denn je getan?«

Bei diesen Worten hielt Heinrich inne. Sein Rücken zuckte. Dann knöpfte er weiter. Thomas erwartete bereits keine Antwort mehr, da hörte er ihn sagen:

»So warst du schon immer. Immer sind die anderen Schuld. Wenn du wieder einmal versagst, muss eine böse Macht die Fäden geführt haben. Das Schicksal selbst will dir an den Kragen. Kleiner hast du's nicht. Mein Gott, Mama und Papa haben es dir wirklich zu leicht gemacht. Du bleibst sitzen? Die Lehrer müssen dümmliche Ignoranten sein! Du bleibst noch mal sitzen? Das ganze Schulsystem ist aber auch wirklich eine Katastrophe! Ich bin niemals sitzen geblieben. *Ich* nicht! Aber scherte das jemanden? Nein, ich war ja *schwierig*! *Zu viel.* Nur weil ich keine Lust hatte, bei Tisch Faxen zu machen? Weil ich beinahe erstickt wäre in diesem Haus?« Heinrich bemerkte, dass er die Weste schief geknöpft hatte, und begann seufzend von vorn. »Leute imitieren, das kannst du. Aber einen Künstler kann man nur eine Zeit lang spielen, ohne sich lächerlich zu machen. Man ist es, oder man ist es nicht. Und du … Zieh zu Ilse. Was Besseres kann dir nicht passieren. Ihr kannst du den verkannten Künstler vorspielen. Sie vergöttert dich, warum auch immer.«

»Hör bitte auf.« Thomas hielt den Kopf gesenkt.

»*Bitte, bitte, bitte*«, äffte der ihn nach. »Immerzu willst du Nachsicht, weil du doch so empfindsam bist. Der Herr wünscht sich Verständnis.« Heinrich trennte s und t, dass es zischte. »Hältst dich für was Besonderes, weil Vater was Besonderes war. Aber Arroganz, mein lieber Tommy, Arroganz muss man sich verdienen! Man muss der Welt etwas geben, das sie noch nie gesehen hat. Und langsam dämmert dir, dass du das nicht kannst. Dass da viel weniger in deinem zarten Seelchen steckt, als du dir eingeredet hast. Du merkst, dass du immer bloß Glück hattest im Leben. *Ich* musste mir jahrelang anhören, welche Schande ich doch sei, bis Vater einsah, dass ich kann, was ich will. *Ich* habe mir alles erkämpft.«

Heinrichs Schultern zuckten, als wollten sie eine Last abschütteln.

»Und du? Als du es dir in den Kopf setzt, mich nachzumachen – was passiert? Muss der gute Tommy etwa seinen Herrn Vater enttäuschen, indem er es ihm beichtet? Nein, nein. Papa wird plötzlich krank! Er ist im genau richtigen Moment gestorben, nicht wahr? Alles fügt sich mal wieder für dich. Aber danach geht dir langsam auf, dass es nicht weitergeht. Vielleicht bist du doch kein Glückskind. Nicht mehr. Und jetzt? Siehst du das ein? Natürlich nicht. Sondern willst das bisschen Leben, das du kennst, auch noch ausschlachten. Willst unseren Vater ein zweites Mal sterben lassen. Und das, Tommy, das lasse ich nicht zu!«

Heinrich ging mit großen Schritten auf ihn zu. Sein gerötetes Gesicht thronte über Thomas wie ein zorniger Gott. »Kannst du es dir überhaupt vorstellen, wie es ist, sich um einen anderen

Menschen zu sorgen – mehr als um dich selbst? Ihn gehen zu lassen, selbst wenn es dir wehtut bis ins Mark? Weil du weißt, es ist besser so? Nein, kannst du nicht. Du siehst überall nur dich.«

Thomas schloss die Augen.

»Bis ins letzte Nest läufst du mir hinterher«, schalt ihn der Gott, »damit ich dich bestärke und lobe: braver Tommy. Fein, Tommy. Ich *ertrage* es nicht länger. Du machst mich *krank*. Seit du hier bist, schreibe ich mehr denn je. Aber glaub nur nicht, dass du dir das zugutehalten kannst. Ich schufte und mache, weil ich es *muss*. Weil mir etwas sagt: Sobald du aufhörst damit, ist es aus mit dir.« Er beugte sich zu Thomas hinab und flüsterte: »Ich bin geworden, wie ich bin, weil ich nicht werden wollte wie du. Ich muss mich vor dir hüten, weil dein Sein und Wesen eine Gefahr für mich ist.«

Heinrich griff nach dem Jackett, das auf dem Tisch lag, und trat wieder vor den Spiegel. Seine Brust hob und senkte sich, während er sich fertig ankleidete, an Hemdsärmeln und Kragen zupfte und sich prüfend besah. Bald ging sein Atem ruhiger. Im Spiegel betrachtete er seinen Bruder, der reglos auf dem Hocker saß. Schließlich verschwand die Röte aus Heinrichs Wangen, und er wandte sich um.

»Es war ein langer Tag. Du hast gar keine Schuld. Es ist nur: Ich habe die alten Spielchen so satt. Ganz besonders meine Rolle darin. Und du – du doch auch, oder? Aber die Spielchen sind uns gefolgt, bis hierhin. Sie spuken längst in unseren Köpfen.« Heinrichs Stimme klang jetzt warm, beinahe traurig. »Wem wollen wir noch etwas vorspielen, hm? Vater ist tot, und Mama … Wir haben nur noch einander, Tommy. Wer soll den Teufelskreis durchbrechen, wenn nicht wir?« Er legte die Hand ganz leicht auf Thomas' Schulter und schluckte hörbar. »Ich hasse dich nicht«, sagte er leise. »Ich *liebe* dich.«

Eine Weile war es still. Der Sonnenuntergang tauchte die Fassade vom Haus gegenüber in warmes Rot, und ein Abglanz fiel auf die alte, verkratzte Fensterscheibe des Saals. Noch immer spürte Thomas ein Gewicht auf seiner Schulter ruhen. Er wagte kaum zu atmen, und als er es schließlich doch tat und dabei schluckte, kam ihm selbst das zu laut vor, zu grob für diesen außerweltlichen Moment.

Dann wurde die Hand zurückgezogen. Ein paar Schritte. Mit fester, geradezu jovialer Stimme sagte Heinrich:

»Na mein Lieber: Wollen wir's wagen?«

Thomas fuhr auf dem Hocker herum. Voll jäher Hoffnung rief er, kaum noch als Frage erkennbar:

»Du hilfst mir also *doch*?«

Heinrich stand mit fragendem Blick an der Tür und sagte:

»Ich meinte das hier.« Er hielt eine Weinflasche für den Neffen der Signora vor sich hin. »In fünf Minuten gehe ich.«

Thomas war wie gelähmt. Als sein Bruder das Zimmer verlassen hatte, sah er ein, wie sehr er sich getäuscht, bis zuletzt völlig überzogenen Hoffnungen hingegeben hatte – und sackte auf dem Hocker zusammen. Die schmalen Schultern vorgebeugt, den Mund leicht geöffnet und mit hängenden Wangen saß er im Halbdunkel. Die Augen trübten sich, Schmerz mischte sich mit Schmerz.

Alles war aus.

Wohl eine Minute verging, in der er weder dachte noch empfand.

Schließlich rief der Herzschlag, der dem Wüten in seinem Mund den Takt vorgab, ihn zurück. Das Leben zerrte ihn voran: zur nächsten Hoffnung, der nächsten Enttäuschung. Wie es ihn ekelte.

Du hast gar keine Schuld. Thomas schüttelte den Kopf. Natürlich nicht. Was konnte er auch dafür, dass sein Bruder sich ihm gegenüber derart vergessen hatte? Es war nicht an Heinrich, ihm etwas, das er selbst getan hatte, gnädig nachzusehen. Wie selbstgerecht von ihm. So war er schon immer, der kalte, absolute Heinrich. Menschen änderten sich nicht, allem Gerede zum Trotz. *Liebe*. Wie bezeichnend, dass er erst jetzt, da alle anderen Druckmittel versagt hatten, damit herausgekommen war. In Wahrheit verlangte Heinrich nichts Geringeres als die völlige Kapitulation: Im Gegenzug für sein huldvoll dargebrachtes Geschenk brüderlicher Liebe sollte Thomas alle Hoffnung auf ein Dasein als Künstler aufgeben. Heinrich glaubte, ihn an seinem empfindlichsten Punkt zu fassen zu kriegen. Hielt er ihn für so schwach? *Sag nur ein Wort, so wird meine Seele gesund*? Welche Hybris. Und dieser verblüffte Blick beim Hinausgehen: Offenbar hatte er sich nicht vorstellen können, dass der kleine Bruder zögerte, sein vergiftetes Angebot anzunehmen. Dabei war dieses Angebot, genau besehen, reichlich schäbig: ein Kneipenabend als letzte Audienz, bevor man, gnädig entlassen, den Hof des Tyrannen auf unbestimmte Zeit verließe. Aber so waren die Menschen. Für sie war Liebe nur ein weiterer Handel. Hatte Heinrich das bei der Schauspielerin gelernt? Wie perfide. Und wie erbärmlich.

Thomas richtete sich auf, ging zum Tisch, auf dem seine Unterlagen ausgebreitet waren, und fand rasch, was er suchte.

Als er hinausging, saß Heinrich auf einer Stufe der Treppengasse. Mit geschlossenen Augen, die letzten Sonnenstrahlen auf Gesicht und Brust, streichelte er Titinos Bauch. Neben ihm lag ein kleiner, grauer Umschlag.

Thomas hielt ihm zwei Papiere hin.

Heinrich blinzelte. »Was ist das?«

»Lies.«

»Wir müssen wirklich los. Dann erzähle ich dir eine gute Neuigkeit.«

»Später«, sagte er ungeduldig.

Widerstrebend nahm Heinrich die Zettel. »*Testamentsentwürfe des Senators Thomas Johann Heinrich Mann*?« Er blickte auf.

»Mutter hat sie mir geschickt. Papa hatte vor seiner Operation alles geregelt. Er beschrieb Tesdorpf auch, wie der die Erben einzuschätzen hatte. Da, in der Mitte, geht es um dich.«

»Ach, Tommy, was soll das denn? Ich bin im Frieden mit

Papa. Wir haben uns versöhnt, am Sterbebett. Habe ich das nicht erzählt?«

Thomas zeigte aufs Papier. »Lies. Es.«

Heinrich zögerte. Dann las er:

Den Vormündern mache ich die Einwirkung auf eine *praktische* Erziehung meiner Kinder zur Pflicht. Soweit sie es können, ist den Neigungen meines ältesten Sohnes zu einer s. g. literarischen Thätigkeit entgegenzutreten. Zu gründlicher, erfolgreicher Thätigkeit in dieser Richtung fehlen ihm m. E. die Vorbedingnisse; genügendes Studium und umfassende Kenntnisse. Der Hintergrund dieser Neigungen ist träumerisches Sichgehenlassen und Rücksichtslosigkeit gegen andere, vielleicht aus Mangel am Nach*denken*.

Heinrich ließ die Hand sinken.

»Da ist noch mehr«, sagte Thomas. »Auf dem anderen Zettel.«

»Warum tust du das?«, fragte Heinrich tonlos.

»Da schreibt er von *falschen Wegen, die zum Unglück führen.*«

»Hör auf damit.«

Thomas trat einen Schritt zurück und drückte die Schultern nach hinten.

»Mag sein, dass er dir, als er schon krank war, sagte: ›*Ich will dir helfen.*‹ Aber er meinte ganz sicher nicht: helfen, dass du Schriftsteller wirst. Das hast du dir dazuerfunden, weil es so schön wäre, und jetzt glaubst du es selbst. *Ich* habe Vater sterben sehen. *Ich* sah den Schaum an seinem Mund, seinen entsetzten Blick, die Krämpfe. Als es endlich vorüber war, war ich froh. Er hatte den ganzen Mist hinter sich.« Mit einer wegwerfenden Geste zeigte Thomas auf die Häuser, die Stadt, die Welt. »Mama hatte dich gebeten, rasch heimzukommen. Aber das ging ja nicht an: *Dir* durfte Mama nichts sagen! Aus kindischem Trotz hast du getrödelt. Oder aus Angst. Was weiß ich. Du kamst nur pünktlich, um in der Beckergrube Beileidsbekundungen entgegenzunehmen.« Er reckte den Kopf vor, blickte Heinrich direkt in die wässrig-blauen Augen. »Misstraut hat er dir, bis zum letztem Atemzug. Und er tat gut daran.«

Vom Marktplatz herauf drangen Gelächter und kurze, kehlige Rufe von Arbeitern, die Lasten wuchteten. Hinter der Kirche ging die Sonne unter.

»So denkst du also von mir?«, flüsterte Heinrich. »Und um mir das zu sagen, wartest du, bis …?« In seinem Blick lag keine Empörung, eher Verblüffung, als fände er sich neben einem Fremden wieder. »Ich bin nicht dein Feind, Tommy.«

Nicht dein Feind? Als hätte es dieser letzten Lüge bedurft, um die Wahrheit zu sehen, erkannte Thomas mit einem Male das ganze Ausmaß seines Irrtums.

In Heinrich hatte er einen Aristokraten erblicken wollen: eine Herrschernatur, die keines Applauses bedurfte, um sich ihrer Besonderheit gewiss zu sein. Eine Künstlermajestät, die die Vergnügungen der Welt genoss, ohne sich von ihnen abhängig zu machen. Auf der Treppe aber hockte ein Pennäler, der sich vor Schauspielerinnen aufspielte; ein bockiges Kind, das seiner Mutter nicht in die Augen zu sehen wagte; ein Schwächling, der sich aus Angst vor der Wahrheit selbst belog. Das hier war kein König. Bloß ein sich aufspielender Torwächter, der Thomas den Zutritt zum Palast versperrte.

Ja, auch Thomas wusste, was Hass war. Er hatte bewundert, um nicht hassen zu müssen.

»Sieh es ein«, sagte er. »Wir haben beide Papa enttäuscht. Über mich schreibt er, ich möge mich *in einen praktischen Beruf hineinfinden*. Deshalb hat Mama mir das Ganze wohl geschickt: als Beweis, dass sie mit Papas Segen an mir zweifelt. Er hat mich weniger gefordert, das stimmt. Aber nur, weil ich ihm nie die geringste Hoffnung gemacht habe – anders als du. Wir sind schuld daran, dass er nicht mehr an ein Morgen glaubte. Dass er so früh gestorben ist. Er hat uns nicht befreit, er hat uns verstoßen. Bitte tu also nicht so, als ob du mit Vaters Segen handeltest – oder zu seinem Besten. Es ist zu spät. Wir sind allein.«

Heinrich blickte die Gasse hinab. Auf dem Marktplatz schoss eine einzelne Feuerwerksrakete in den Himmel und verglühte.

»Wenn du so genau weißt, was Papa dachte«, sagte Heinrich, ohne aufzusehen, »was sollte ich deiner Meinung nach jetzt tun, hm? Was ist mit *mir*?«

Thomas stemmte, sich aufrichtend, die Hände in die Hüften. Auf dem Absatz der Treppengasse thronte er wie auf einem Hügel.

»Ja, Heinrich«, antwortete er beinahe kalt. »Was *ist* mit dir?«

Sein Bruder stand langsam auf, wie ein geschlagener Boxer. Bevor er ging, zeigte er auf den kleinen, grauen Umschlag, der auf der Stufe lag.

»Da. Tu, was du willst.«

Während Heinrich immer kleiner wurde, schwamm am Abendhimmel, von Karmesin umgeben, eine ölig dick aufgetragene Goldschicht. Der Horizont glühte.

»Komm, Titino!«, befahl Thomas, und sie gingen zurück in den kühlen Steinsaal.

*

Thomas legte den maschinengeschriebenen Zettel zurück in den Umschlag. Nahm ihn wieder heraus. Las ihn ein zweites Mal.

Eine ganze Weile lang drückte er die Zunge gegen das Zahnfleisch. Dabei sah er fragend zu Titino, der, den Kopf geneigt, seinen Blick erwiderte.

Schließlich schrieb er an Ilse. Im Ton verbindlich und zugleich keinen Zweifel lassend an seiner Entschlossenheit, erklärte er ihre Verlobung für gelöst.

40.

Geh ich in mein Kämmerlein,
Will mein Bettlein machen,
Steht ein bucklicht Männlein da,
Fängt als an zu lachen.

Wenn ich an mein Bänklein knie,
Will ein bißlein beten,
Steht ein bucklicht Männlein da,
Fängt als an zu reden:

»Liebes Kindlein, ach, ich bitt,
Bet fürs bucklicht Männlein mit!«

Das bucklicht Männlein, in:
Des Knaben Wunderhorn. Alte deutsche Lieder
gesammelt von L. Achim von Arnim
und Clemens Brentano (1806/08)

An einem anderen Abend hätte Thomas vielleicht in den Schlaf gefunden. Trotz des Streits, der ihn noch immer ängstigte und erregte. (Hatte er Heinrich all das wirklich gesagt?) Sogar trotz des Briefs, den Ilse unverzeihlich würde finden müssen. Denn Thomas hatte seine Bestimmung gefunden. Und diese Bestimmung – wer das Wort zu hoch gegriffen fand für das Verfassen eines Romans, der war kein Künstler – richtete all seine Empfindungen auf *ein* klares Ziel aus. Verwirrung und Zweifel hatten sich gelegt wie ein Sturm. Endlich war der Blick klar, die Aussicht weit. Auf der einen Seite sah Thomas die vergangenen Generationen der Manns, hörte ihr Moll-Raunen und Tirilieren in Dur, das reiche Material seiner Komposition. Auf der anderen zeichnete sich immer deutlicher seine Zukunft ab: Er würde Dichter sein.

Doch noch hielt das Ziehen, Drücken und Pulsieren ihn wach, umfloss, wie losgelöst von seinem Ausgangspunkt, den Kopf wie eine Aura. Thomas schwitzte im schmalen Bett, und ihm war kalt.

Irgendwann – eine Stunde mochte vergangen sein, vielleicht weniger – gab er es auf. Titino hob fragend den Kopf von seiner Schlafstatt, einer Obstkiste, die mit einer Decke ausgeschlagen war; dann folgte er seinem Herrn durch den steinernen Saal nebenan und hinauf zur Küche in den Oberstock. Auf dem Rückweg hallte das Klappern des Messers auf dem Teller im Treppenhaus wider. Auch die Signora und ihre Enkelin waren offenbar ausgegangen, das Haus ungewohnt still.

»Da«, flüsterte er. »Aber tu dir nicht weh.«

Titino schleckte mit seiner langen roten Zunge kunstvoll ein Stück Schinken vom Messer ab.

Thomas schob Bücher, Urkunden und Notizzettel vorsichtig an die Ränder des Tisches, legte einen Bogen zartblauen, hochkarierten Quartpapiers vor sich hin und nahm den Füllfederhalter.

Wie also anfangen? Welche Worte gaben den Dreiklang am treulichsten wieder? Jede Entscheidung für einen Satz war auch eine Absage an ungezählte Möglichkeiten, die nie das Licht der Welt erblicken würden. Ein kleiner Mord.

Vielleicht fiele es ihm leichter, sagte er sich, wenn er dem Ganzen ein Gedicht voranstellte. Zeilen, die den Tonfall der Geschichte vor- und wiedergaben.

Im Koffer fand er rasch Platens *Werke*. Er blätterte. Ja, das war's. Das passte. Oben auf den Papierbogen schrieb er

So ward ich ruhiger

Nein, so nicht. Er musste sich das Gedicht erst verdienen – indem er das erste Kapitel niederschrieb.

Er entzündete eine Zigarette, hustete beim ersten und letzten Zug und setzte wieder an. Ein winziger Klecks violetter Tinte ergoss sich aufs Papier. Irgendwo hustete noch jemand.

Das Papier verschwamm vor Thomas' Augen. Er schloss die müden Lider, was sich gut anfühlte, und als er sie wieder öffnete, saß er wohl auf einem Kutschbock und pfiff eine Melodie. Seine beiden schwarzen Pferde zogen einen riesigen, ebenfalls schwarzen Wagen. Obenauf thronte die heilige Agnes, ganz in Weiß wie Thomas selbst, wunderschön, die Lippen blutrot, und auf dem Arm trug sie ein Lamm, das flüsterte:

Ich höre auf, etwas zu sein, welches ich besser getan hätte, nie zu werden.

Als er mit einem Ruck erwachte, erschrak Titino.

»Entschuldige.«

Thomas rieb sich die Augen und stand auf. Dann beugte er sich über Papiere, die er nur noch undeutlich erkannte. Wäre der Zahn nicht gewesen, wäre er im Stehen eingeschlafen. Als er kaum noch zu sagen gewusst hätte, wo er sich befand, fiel ihm doch noch etwas ein. Auf einen losen Zettel schrieb er:

»Ich bin geworden, wie ich bin, weil ich nicht werden wollte wie du.«

Den ganzen Monolog notierte er. Alles war Material.

Wieder dieser Husten, länger diesmal. Thomas sah auf. Am Nachthimmel zerplatzte eine Feuerwerksrakete. Rote und gelbe Funken regneten herab. War Heinrich etwa zurück, vor Ende der Feierlichkeiten?

Als er das Fenster öffnete, wehte warme Luft herein und die *Aahs* und *Oohs* der Menge unten auf dem Platz. Titino sprang auf den Tisch, stieg vorsichtig über Buchrücken hinweg und schnupperte am offenen Fenster.

»Du bleibst hier.« Er hob den Mischling auf wie ein Kleinkind und setzte ihn auf den Boden. »Dich fände ich ja im Leben nicht wieder.«

Titino schüttelte sich von Kopf bis Fuß. Dann trippelte er zurück ins dunkle Nebenzimmer und legte sich seufzend in sein Bettchen.

Der Luftzug ließ Thomas frösteln. Er schloss hölzerne Läden und Fenster, verwies den Sommerabend des Raumes.

Wieder nahm er den Füllfederhalter. Der Ursprung also, dachte er, der Erzbeginn. Simpel müsste er klingen, geradezu naiv. Eine Frage vielleicht? Aber wer fragte? Bei welcher Gelegenheit? Nein, nein, so nicht. Er täte den siebten Schritt vor dem ersten. Zunächst musste er den Generationen ihre Rollen zuweisen. Nur dann würde die Idee des Ganzen jedes Detail der Erzählung erfüllen, wie bei einem Eiskristall oder einem gut geplanten Haus. Ein Haus … Thomas sah sich, wie er Heinrich an exakt dieser Stelle etwas erklärte, wohl etwas Wichtiges. Zumindest glaubte er, dass er es war, der da redete, vorhin erst, und dass sein Bruder vor ihm stand. Doch löste die Silhouette sich rasch auf. Noch für einen Augenblick sah er, wie Hände, die seine eigenen sein mochten, aufgeregt auf und nieder fuhren, bis auch sie verwehten. Dann senkte Erschöpfung sich auf seine Schultern wie ein Joch. Um noch etwas zu tun – irgendetwas, das er am Morgen als Fortschritt würde verbuchen können –, blätterte er durch die Notizen. Fand er den Kaufmann mit dem Namen *Johann Peter* versehen, strich er diesen durch und ersetzte ihn durch *Thomas*.

Dann schlich er zurück ins Schlafzimmer, zog sich aus, legte Hose und Strümpfe auf den Hocker, hängte das Hemd auf den Bügel und schloss die Tür. Zitternd, nur in Unterhose und Unterhemd, ließ er sich ins Bett sinken. In der Kiste daneben schlief Titino, die Schnauze im dunklen, glatten Fell vergraben.

Als er das Licht löschte, wurde es so dunkel wie im Innern der Erde. Er legte sich auf den Rücken, und sofort entspannten sich seine Glieder. Wie er den Schlaf liebte, diese wohltätige

Macht, die tröstete und Wunder vollbrachte. Nur ein paar Stunden in ihrem Schoß, und er fände den Mut, sich morgen dem hiesigen *dentista* auszuliefern. Danach stünde dem Roman nichts, gar nichts mehr im Wege.

Ein Husten, klar und deutlich.

Thomas horchte, ohne sich zu rühren.

»Heinrich?«

Stille.

Ein Festbesucher musste am Haus vorübergegangen sein. Die Fenster waren alt und dünn.

Thomas legte den Kopf leicht schräg, was das Pochen kaum erträglicher machte. Aber es war gut, sich sagen zu können, man habe Wahlmöglichkeiten. Er schloss die Augen.

Ein Kratzen wie von Fingernägeln.

Thomas riss die Augen auf.

»Heinrich?«

Nichts. Aber die Fenster waren alt und dünn.

»Heinrich, bist du das?«

Wieder Kratzen.

Das Schlafzimmer *hatte* gar kein Fenster.

Thomas sprang auf.

Tastete nach der Kerze. Fand die Streichhölzer. Endlich ein winziges Licht, das Hocker, Kleidern, Titinos fragend erhobenem Kopf flackernde Form verlieh. Sonst war da nichts. Natürlich nicht.

Thomas entzündete die Kerze und öffnete – vielleicht ein wenig langsamer als sonst – die Tür zum Saal. Kein Zeichen von Heinrich.

Dafür wieder dieses Kratzen. Ganz nah.

Neben ihm setzte Titino sich auf die Hinterbeine. Seine Krallen, die dringend einmal geschnitten werden mussten, kratzten auf dem Steinboden.

Thomas atmete tief aus und schüttelte den Kopf. Wenn nötig, würde er den ganzen Tag beim örtlichen Kieferbrecher warten.

»Komm«, flüsterte er. »Schlafen.«

Als er sich umwandte, saß auf dem roten Rosshaarsofa, vom schwachen Schein beleuchtet, ein Mann.

Thomas schrie stumm auf. Sein Atem löschte beinahe die Kerze.

Ein, zwei, viele bunte Lichter drangen durch die Ritzen der Fensterläden. Im irisierenden Licht des Feuerwerks sah Thomas borstiges Haupthaar, das unter einem dunklen Hut hervorragte. Von derselben Art war der struppige Schnurrbart. Ein Bein war lässig über das andere geschlagen, der rechte Arm auf die Rückenlehne gelegt. Die linke Hand ruhte auf der Hüfte.

Haben Sie eine Zigarette?, flüsterte der Fremde.

»Sie? Das kann nicht sein.«

Oder gleich zwei? Die Reise war beschwerlich.

»Sie sind verblutet. Oder nicht?«

Hören Sie sich eigentlich selbst reden?

»Raus hier!«

Sehr gern. Der Fremde sah sich, die Nase gerümpft, im Saal um. *Aber Sie müssen mit mir kommen.*

»Sie sind gar nicht hier. Ich träume.«

Was ist jetzt mit der Zigarette?

»Sie können gar nicht wissen, dass ich hier bin.«

Leise ächzend zog der Fremde etwas Rechteckiges aus der Jackentasche: Thomas' Notizbuch.

Jede Menge Adressen und Quittungen. Sicher, dass keine Vorauszahlung für eine Fremdenpension dabei war, im letzten Herbst bezahlt für diesen Sommer?

»Raus!«

Setzen Sie sich doch erst mal.

Thomas rannte vorbei am Sofa, das mitten im Zimmer stand, öffnete die Tür und rief in den Flur:

»Qualcuno in casa? Signora? Heinrich? Ist jemand da?«

Außer uns? Niemand.

»Halten Sie den Mund!«

Er unterdrückte den eigenen, heftig gehenden Atem und horchte.

Titino lief, träge schnüffelnd, um seinen Herrn herum.

Artiges Tier. Erinnert mich an meinen Atman. Wie heißt der Hübsche denn?

Thomas schwieg.

Hunde können nicht anders als zu lieben. Wussten Sie das? Es ist ihnen eingeprägt.

Die Schnauze gereckt, näherte der Hund sich dem Tisch mit den Essensresten.

»Titino, bei Fuß.«

Schöner Name. Was bedeutet er?

Thomas presste die Lippen aufeinander.

Das Tier kann einem Betrüger oder Sadisten gehören, einem Lustmörder – und wird ihm trotzdem treu ergeben sein. Es wird alles Leid, das der ihm antut, erdulden. Immerzu wird der Hund verzweifelt den Fehler bei sich suchen. Wird brav sein wollen. Hauptsache, sein Herr bleibt bei ihm. Besser, man denkt nicht darüber nach, welche Macht einem das verleiht, nicht wahr?

Für einen Moment hoffte Thomas, er sei wieder eingenickt. Doch als er sich umwandte, stieß er sich am Türrahmen den großen Zeh. Der Schmerz, der ihm den Atem nahm, war so wirklich wie der andere, ähnelte ihm gar.

Und der Fremde saß noch immer auf dem Sofa.

Humpelnd stellte Thomas sich vor ihn hin, drückte die Schultern zurück und hob das Kinn.

»Ich fordere Sie zum letzten Mal auf zu gehen.«

Sonst?

Thomas' Blick forschte in den flackernden Zimmerecken nach einer Antwort. Glitt über Kleiderschrank, Waschschüssel und den vollgeräumten Tisch. Fand an dessen Kante den Teller mit dem Messer. Blieb daran hängen.

Na, na, na, sagte der Fremde. *Wir wissen doch, so einer sind Sie nicht.*

Thomas schloss die Augen – und presste unwillkürlich die Kiefer aufeinander.

Gelbe und rote Schmerzfunken, die in ihm tänzelnd niedersanken.

»Ich gehe jetzt zum Marktplatz«, keuchte er. »Wenn ich zurückkomme, dann mit einem ganzen Trupp Einheimischer. Also?« Er wies zur Tür.

Gut, gehen wir!

»Raus.« Thomas hatte es herrisch, im Befehlston, rufen wollen.

Ich kann Ihnen das Nötige auch auf dem Weg erzählen.

»Raus, sagte ich.« Er hörte kaum die eigene Stimme.

Der Fremde fläzte sich, wie damals am Markusplatz.

Was glaubte dieser Kerl, wer er sei? Thomas lief ins Schlafzimmer. Wenn es ihm gelang, im Stehen und Halbdunkel erst das eine Bein in die Hose zu manövrieren und dann das zweite, wäre er wieder ein Mensch mit funktionierenden Abwehrmechanismen. Korrekte Kleidung gleich korrektes Auftreten.

Er hüpfte, ein Bein angewinkelt, auf der Stelle. Ließ sich, den Hosenbund in Händen, aufs Bett plumpsen. Versuchte erneut, der Hose seinen Willen aufzuzwingen. Doch seine Hände zitterten, und sein Puls ging schneller, als sein schwitzender Körper auf Dauer verkraften würde. Da, endlich. Na also.

Vor dem Bett stand Titino und wedelte aufmunternd mit dem Schwanz.

Falsches Hosenbein.

Wollen Sie nicht wissen, wie es ihm geht?

Thomas hielt, wie von einem Schlag getroffen, inne. Versuchte ein letztes, verzweifeltes Mal, sich in die Ordnung zu zwängen. Strampelte die verfluchte, nichtsnutzige Hose von sich fort. Und gab schließlich, in die Düsternis des kleinen Zimmers starrend, auf.

Wovor lief er denn auch davon? Er kannte ja längst die Wahrheit:

Im entscheidenden Moment seines Lebens hatte er, Thomas, versagt. Vollständig, auf unverzeihliche Weise versagt.

»Lebt er noch?«

Mit Betonung auf »noch«. Sie müssen ihn retten.

»Niemand kann einen anderen retten«, sagte Thomas matt.

Ach, seien Sie nicht so melodramatisch!

»Was soll ich Ihrer Meinung nach tun?«

Ihn mitnehmen natürlich.

»Wohin?«

Ist das wichtig? Sie lieben ihn doch.

Thomas wollte etwas entgegnen, da brandete eine Welle von Schmerz über seinen Kopf, so gewaltsam, als wollte sie ihn ertränken.

Sehen Sie?

»*Was* soll ich sehen?« Wütend und schwer atmend schaute er zum Mann auf dem Sofa, als sei der verantwortlich. Durch den Tränenschleier wirkte er schemenhaft, durchscheinend wie Rauch.

»Der Junge geht mich nichts mehr an. Er war bloß Vorbild für eine literarische Figur. Material. Jetzt schreibe ich etwas ganz anderes.«

Schon bemerkt. Der Fremde nickte in Richtung des Tisches. *Über Ihre Familie, oder? Wie originell.*

»Wenn er Ihnen so wichtig ist, dann retten Sie ihn doch selbst.«

Der Fremde machte im Sitzen eine Achteldrehung und zog, wo die Hand auf der Hüfte ruhte, das Hemd hoch. Darunter zeigte sich ein dunkler, etwa zehn Zentimeter langer Streifen.

War verdammt knapp. Ein zweites Mal würde ich vielleicht nicht überleben.

»Dann seien Sie doch froh, ihn los zu sein.«

Lassen Sie das gleichgültige Getue. Sie empfinden doch noch etwas für ihn, oder nicht?

»Nur Stümper glauben, der Schaffende dürfe etwas empfinden. Liegt einem zu viel daran, kann man sich des Scheiterns sicher sein. Gott, wie pathetisch und sentimental habe ich geschrieben! Und wie banal es klang! Nein, man muss außermenschlich, unmenschlich sein, immerzu dazwischen und darüber stehen.«

Was für ein verkopfter Unsinn.

»Unsinn?«

Während Thomas zum Sofa schritt, sogen seine Füße die Kühle des Steinbodens auf. Titino trippelte neben ihm her.

Sie lieben doch Ihren Hund. Haben ihn sogar vor dem sicheren Tod gerettet. Das Gleiche können Sie wieder tun. Kommen Sie, seien Sie kein Idiot.

»Glauben Sie, wenn Sie mich beleidigen, werde ich Ihnen helfen, Ihre beste Einnahmequelle zurückzubekommen?«

Darum geht es nicht.

»Ich bin Ihnen einmal auf den Leim gegangen. Ein zweites Mal wird es nicht geben.«

So sehen Sie das? Das reden Sie sich ein?

»Es *ist* so.«

Sie kamen damals zu mir. Nicht umgekehrt. Sie *hatten die kranke Idee, ihm alle Hoffnung zu rauben, ihn zu brechen. Sie.*

»Eine Lüge. Damit Sie mich zu ihm führten. Ich wollte ihn dort herausholen.«

Wirklich?

»Natürlich.« Er straffte sich. Jetzt, da der Überraschungseffekt verpufft war, erkannte Thomas, wie machtlos der Mann auf dem Sofa war. Das hier war bloß Puppentheater. Sollte der Teufel sich ruhig aufspielen. Am Ende lachte immer der Kasper.

Warum haben Sie es dann nicht getan? Sie hätten ihn mit sich nehmen können.

»Unmöglich.«

Ich lag schwer verletzt am Boden. Und falls draußen jemand Wache hielt: Sie hatten ein Messer.

»Ich bin kein Mörder.«

Aber Sie sind bereit, den Jungen sterben zu lassen.

»Sie …« In seiner Miene lag Ekel. »Für Geld tun Sie alles. Sie haben kein Gewissen.«

Und Sie schon? Wie war das mit »außermenschlich«, »unmenschlich«?

Thomas senkte das Kinn, damit er unbeobachtet schlucken konnte. Einen Moment lang bildete seine Mundhöhle ein Vakuum, in dem es höllisch glomm.

Ich bin Zuhälter, kein Unmensch. Den Jungen wollte ich immer beschützen, so gut es ging. Er war – er ist *– was Besonderes! Ein Engel im Dreck! Und am meisten beschützen wollte ich ihn vor Ihnen!*

»Sie haben ihn ausgenutzt«, sagte Thomas voller Verachtung. »Ihn verkauft wie ein Stück Fleisch.«

Seinen Körper zu verkaufen war für ihn nichts Neues. Das kannte er. Aber Sie … Ich habe sofort gewusst, dass Sie eine Gefahr sind: Wie Sie ihm hinterherschauten auf der Piazza San Marco. Wie Sie ihm nachstiegen.

Thomas sah eine dunkle Gasse, die vom hellen, weitläufigen Platz in ein Labyrinth führte; sah einen Gehstock, der ihm den Weg versperrte; seine Hand, wie sie die Schranke von sich stieß, und sagte:

»Unsinn.«

Sie sind ihm hinterhergegondelt! Glaubten Sie, das merkt niemand? Oder wollten Sie damals schon, dass er Sie anschaut? War Ihnen da schon alles klar?

»Was soll das heißen?«

Thomas' Füße waren eiskalt, sein Kopf heiß. Alles dazwischen schwitzte und fröstelte gleichzeitig.

»Ich fand ihn faszinierend, ja: als Verkörperung einer Idee. Als Sinnbild eines Ideals.«

Ach, hören Sie doch auf mit dem Mist.

»Was fällt Ihnen ein, so mit mir zu reden?«

Sie hätten sie aus der Ferne anschauen können, Ihre Verkörpe-

rung einer Idee. Und was tun Sie? Drängen sich dem Jungen bei der Abfahrt aus Venedig auf.

»Seine Tasche war aufgesprungen. Ich habe ihm geholfen, die Sachen aufzulesen.«

Und das hätte er ohne Sie nicht gekonnt?

»Sie«, Thomas zeigte zitternd auf das Sofa, »Sie boten an, mir Zugang zu ihm zu verschaffen. Für ein paar Gespräche. Mehr wollte ich nicht.«

Und dann habe ich Sie mitten in der Nacht auf dem Toledo stehen gelassen. War die Absage zu subtil für Sie?

»Ich habe den Fehler begangen, Ihnen zu vertrauen.«

Trotzdem blieben Sie in der Stadt. Das tut man nicht bloß einer Idee wegen.

»Dass Sie davon nichts verstehen, glaube ich Ihnen.«

Und als Sie wussten, womit der Junge sein Geld verdient – warum kamen Sie wieder nach Neapel? Welcher Idee folgten Sie da?

»Ich wollte ihn in einem Roman verewigen. Seinem Leben Bedeutung verleihen.«

Und wo ist dieser Roman jetzt?

»Ihnen gegenüber muss ich mich nicht erklären.« Hoheitsvoll stellte Thomas ein Bein aus, was, wie er fand, seinen Worten zusätzliches Gewicht verlieh. Der Kragen seines Unterhemds war schweißnass.

Welche überzeitliche »Idee« verkörperte der Junge eigentlich, hm? Trauer? Bloß ein Gefühl. Schönheit? Ich habe Ihnen doch erklärt, die liegt im Auge des Betrachters. Nein, nein. Wie Sie mich vor der Kellertür anbettelten, damit Sie so schnell wie möglich zu ihm kämen: Spätestens da müssen Sie es doch eingesehen haben. Kein sehr schöner Anblick, kann ich Ihnen sagen. Eine Katze vorm Mauseloch.

»Sie wollen doch nicht etwa behaupten, dass *ich* …?« Thomas zögerte. Worte, erst einmal ausgesprochen, wurden unberechenbar.

Sagen Sie's ruhig frei heraus. Sind doch unter uns.

»Sie und ich haben *nichts* gemein.«

Der Künstler ist der Bruder des Verbrechers und des Verrückten.

»Unsinn.«

Warum hassen Sie mich dann, wie man nur einen Bruder hassen kann?

Thomas presste die Lippen aufeinander. Draußen zerplatzte eine Rakete.

Wie hätten Sie es eigentlich gern gehabt? Dominierend? Oder empfangend? Bei Ihnen kann ich mir beides vorstellen.

»Hören Sie auf!«

Na, ist doch nicht schlimm. Schlimm ist, dass Sie dem Jungen vorgaukelten, Sie wollten etwas anderes von ihm. Seine unsterbliche Seele.

»Hören Sie *endlich* auf!« Doch Thomas hörte nur ein dumpfes Murmeln, als redete er unter Wasser. Titino sah mit großen, dunklen Augen auf zu seinem Herrn. In ihnen lag mehr Mitleid, als Thomas von einem Menschen je wieder erhoffen durfte.

»Wenn ich so bin, wie Sie sagen«, keuchte er, »was wollen Sie dann hier?«

In der Ferne ein Knall, dann ein zweiter, dritter. Farbregen hinter den Fensterläden. Lichtfetzen glitten wie bunte Tropfen hinab an der Silhouette des Fremden, der mit einem Male am Tisch stand. Zwischen seinen Lippen glomm rundes, gelbliches Feuer.

Kommen Sie, sagte der Fremde, und Zigarettenrauch stieg zur Decke. *Wir holen uns den Jungen – und dann nehmen Sie ihn mit sich. An die Narben werden Sie sich schon gewöhnen. Auch wenn's dauert.*

Daran, erkannte Thomas, hatte er nie gedacht. Vor dem inneren Auge sah er immer nur das ebenmäßige, blasse Gesicht, an dem Blut hinabrann wie Tränen.

»Er lebt also?«

Er fühlte seinen Herzschlag; spürte, wie er sich im Hals mit dem schmerzhaften Pochen vereinte. Alles war wieder da. War niemals fort gewesen.

Der Ungar ist heute Nachmittag angekommen. Wütender denn je. Hat sich nämlich herumgesprochen, dass er den Jungen nicht in die Finger bekommen hat. Und Schwäche kann man sich in seinem Gewerbe nicht leisten. Es gibt jede Menge Leute, die ihm gern bei der Suche helfen würden. Weltgewandte Leute, die sich Freunde machen wollen für den Fall, dass sie mal in eine ähnliche Zwickmühle geraten. Kurzum: Der Junge muss verschwinden. Irgendwohin, wo es keine Touristen gibt. Also keine größere Stadt, weder jenseits noch diesseits der Alpen. Der Ungar weiß, wie Sie aussehen. Seine Diener sowieso. Wie wäre es mit einem kleinen Häuschen in Kalabrien? Auf Sizilien kommt man mit wenigen hundert Reichsmark ziemlich weit. Die Hitze muss man natürlich aushalten können. Und die Einsamkeit.

»Warum wollen Sie ihm helfen?« Sein Mund war vor Erwartung und Angst leicht geöffnet.

Würden Sie mir glauben, wenn ich sagte: Ich will Ihnen eine zweite Chance geben, sich als der Mensch zu erweisen, der Sie gern wären?

Thomas schwieg.

Sehen Sie. Ein Wölkchen verhüllte das rötliche Gesicht. *Dann formuliere ich es so: Ich habe ein Interesse daran, dass der Junge nicht ausplaudert, wie er zu seinen Narben gekommen ist. Dann käme nämlich auch heraus, wer dem weißen Ritter den Weg zum Kellerloch gewiesen hat. Jemand, der dem Ungarn geschworen hatte, der Junge sei unauffindbar, wahrscheinlich tot.* Er schüttelte den Kopf. *Da wäre es noch besser, die Diener des Ungarn finden ihn zuerst. Die würden nämlich kurzen Prozess machen – damit ihr Chef nicht erfährt, wie eklatant sie ihre Pflichten verletzt haben.*

Es war alles seine Schuld, dachte Thomas. Lange verdrängte Scham und Sorge ergossen sich über ihn, füllten ihn aus wie Wasser eines brechenden Damms.

»Wieso lebt er überhaupt noch?«, hörte er sich fragen. Er sah den Dolch in der blassen, schlanken Hand. Sah das eigene Versagen.

Weil er den Leuten, die über ihn wachen, nur lebend etwas wert ist. Also keine Gabeln, keine Schuhbänder. Und natürlich weder Bettlaken noch Kleider, die sich zusammenknoten lassen. Soweit ich weiß, ist der Junge nackt. Morgen werden seine Bewacher erfahren, dass ein wohlhabender Käufer in der Stadt ist. Wir müssen vorher handeln. Vielleicht geben sie sich dann mit wenig Geld zufrieden. Die haben schließlich keine Lust, jemanden durchzufüttern. Sobald sie nicht mehr glauben, der Junge werde ihnen was einbringen, ist es aus mit ihm.

Aus den Nasenlöchern des Fremden quollen Rauchschwaden.

Schwer atmend, setzte Thomas sich auf den Stuhl neben dem Tisch. Nie hatte er die Zukunft genau vor sich gesehen. Die Welt war immer nur detailreiche Erinnerung an etwas Verlorenes. Jetzt aber formte sich das – wenn auch verschwommene – Bild eines alten Bauernhäuschens im Sonnenschein. Davor ein paar Bäume, Steineichen vielleicht, die sich in der Brise wiegten. Titino, der mit geschlossenen Augen auf dem Rücken lag und sich kraulen ließ. Eine schlanke, nicht länger blasse Hand, die in Thomas' Hand ruhte.

»Ich«, murmelte er, »hätte Zeit zu schreiben. Seine Geschichte. Unsere.«

Sicher, jede Menge Zeit sogar! Natürlich müsste alles in den Schreibtisch wandern. Dürfte niemals veröffentlicht werden. Sonst käme womöglich eine Zeitschrift auf die Idee, eine Fotografie des genialen Autors abzudrucken. Das dürfen wir nicht riskieren. Aber Ruhm verträgt sich ohnehin nicht mit der Liebe.

Das südliche Idyll wurde transparent, ließ mehr und mehr die Umrisse des dunklen Saals durchscheinen, bis es schließlich verflog und allein das Sofa zu sehen war. Titino war aufs rote Polster gesprungen. Neben dem Platz, an dem der Fremde gesessen hatte, glänzte sein dunkles Fell.

Also?

»Lassen Sie mich nachdenken.«

Was gibt's da noch zu überlegen?

Der Fremde trat einen überlebensgroßen, Furcht einflößenden Schritt auf Thomas zu. Gelbliches Licht beschien rotes, borstiges Haar, das im Halbdunkel Schlieren zog.

Wenn Sie nicht sofort mitkommen, stirbt er!

Thomas schloss die Augen. Atmen. Ruhig. Weiteratmen.

Ich schicke Briefe an alle Adressen in Ihrem Notizbuch. Lassen Sie mich mal schauen: Frau Senatorin Julia Mann, München. Krafft Tesdorpf – *wer, zur Hölle, nennt sein Kind Krafft?* S. Fischer Verlag, Berlin. Fräulein Ilse Martens, Lübeck. *Fräulein – ist das die Glückliche?*

In der selbst gewählten Dunkelheit begriff Thomas endlich, was doch offensichtlich war: Das hier war bloß Effekthascherei niederer Hirnregionen. Schundliteratur.

Er musste zurück an die Oberfläche, jetzt gleich. Sonst würde er noch schwächer, sänke tiefer und immer tiefer ins Delirium. Bis er sterben würde, wie Papa.

Bei eins würde er die Augen öffnen und in seinem Bett erwachen. Schweißgebadet, aber in der Ordnung. Und er würde arbeiten: morgen, übermorgen, sein ganzes Leben lang.

Fünf.

Alle diese Welten sind ja nur in unserer Vorstellung da, sagt Schopenhauer.

Vier.

Wir sind das reine Erkennen, der notwendige, der bedingende Träger aller Welten und aller Zeiten.

Drei.

Die Größe der Welt, die uns vorher beunruhigt, ruht jetzt in uns.

Zwei.

Unsere Abhängigkeit von ihr wird aufgehoben durch ihre Abhängigkeit von uns.

Knistern. Rauch.

Rauch?

Da *war* Rauch.

Thomas schlug die Augen auf.

Auf dem Sofa saß wieder der Fremde. In der einen Hand hielt er die Zigarette, in der anderen einen Bogen zartblauen, brennenden Quartpapiers.

Titino bellte – so schrill, dass Thomas den Schall am eigenen Leib spürte. Beißender Geruch stieg ihm in die Nase, wirkte beunruhigend real.

Weil es wirklich passiert, sagte der Fremde.

Weil es wirklich passiert, dachte Thomas.

Er sprang auf und tat einen Schritt auf den Fremden zu. Der wich zurück und ließ ab vom Notizzettel. Glühendes Papier sank, sich um die eigene Achse drehend, zu Boden wie Laub. Im Fallen loderte es wunderschön auf, prächtig geradezu, bevor es zu Asche zerfiel.

Der Fremde griff nach einem schweren, von Generationen währender Benutzung brüchig gewordenen Ledereinband. Das Rechteck sah einer Spieluhr ähnlicher als einer Familienbibel.

Der Fremde schlug sie auf, und eine kräftige Stimme begann zu singen:

Ich falle über Kopf ins Wasser.

Ich komme zum ersten Mal auf,

Zischen und dann ein Lichtblitz: Ein Streichholz erhellte geschwungene, altertümliche Handschrift.

aber niemand ist so nahe,

dass er mich fassen kann.

Er trat auf den Fremden zu.

Ich komme zum zweiten Mal auf,

allein die Schute geht mir über den Kopf.

Der Fremde wich, das kleine Feuer in Händen, zurück. Thomas folgte ihm: zwei Schritte vor, zwei zur Seite – und von vorn. So tanzte das Paar um den Tisch, auf dem Ururgroßvater Mann sang und sang.

Thomas griff nach dem Streichholz – vergeblich. Als er pustete, flackerte die Flamme wütend auf, und das Gesicht des Fremden glühte.

Glaubst du jetzt, dass es mir ernst ist?

»Ja, Herrgott, ja!«, stammelte Thomas mit verzogenem Mund. »Aber bitte, nehmen Sie das weg!«

Was willst du mit dem Krempel? Tratsch über Tote, die niemand kennt. Lass fahren dahin. Asche zu Asche.

Der Fremde zerdrückte das Streichholz in der Faust, die sofort aufloderte wie eine Fackel. Dann legte er sie auf die Tischplatte. Zuerst brannten die Notizen. Papier verrenkte sich im Todeskampf. Im flackernden Licht leuchtete die aufgeschlagene Familienbibel.

Thomas rannte ins Schlafzimmer. Als er zurückkam, warf er die dünne Bettdecke über den Tisch.

Der Fremde aber zog sie mit einem Ruck fort. In seiner Fackelhand begann sie zu qualmen. Gelbe und rote Zungen leckten am Stoff, liebkosten und streichelten ihn, bis auch er in Liebe entflammte.

Schweiß lief hinab an Thomas' Wangen, lief ihm in den geöffneten Mund, wo er wie Säure ätzte.

Die Flammen streckten sich nach der Zimmerdecke, die sich ihnen ohne Widerstand hingab, und breiteten von dort ihre muskulösen Arme aus. Die Vorhänge zitterten, bauschten sich auf, boten sich der unwiderstehlichen Kraft dar, verzehrten sich nach ihr, wurden verzehrt.

Der Saal brannte.

Titino – der kleine, unschuldige, mutige Titino – bellte. Bellte in hohen, schrillen Lauten. Weil der Fremde nicht reagierte, ja, ihn vollauf ignorierte, stemmte das Tier ihm die kleinen Vorderpfoten gegen das Schienbein, fiepte und wimmerte wie ein Kind.

»Ich kann nicht«, sagte Thomas verzweifelt.

Natürlich kannst du. Morgen Abend seid ihr beide vereint.

Vereint, nuschelte Thomas. Mit einem Male erkannte er, dass die Pfoten am Bein des Fremden schlanken, blassen Händen glichen. Statt schwarzem Fell schimmerten dort die milchige

Haut, die sehnigen Schultern, der sich windende, jugendlich straffe Rumpf eines heiligen Sebastian. Das Gesicht blieb schemenhaft – bis auf die großen, schwarzglänzenden Augen, die ihn voller Erwartung ansahen. Der Junge reckte Thomas unvergleichlich anmutig den Kopf entgegen, senkte die Lider und öffnete leicht den Mund. Dann jaulte er wie ein Hund.

Thomas fuhr zusammen.

Der Fremde hielt Titino an seine brennende Brust. Das Tier stemmte sich dagegen, doch eine starke Hand drückte es fest an die Flammen.

»Lassen Sie ihn los. Bitte!«

Komm. Es ist Zeit.

Schwarzes, weiches Fell, das im Feuerschein glänzte.

»Sie tun ihm weh!«

Leben ist Leiden, aber Leiden auch Leben.

Thomas' Kopf drohte zu bersten.

Der Fremde war eins mit den Flammen. In ihnen wand sich Titino, die großen, dunklen Augen in Panik auf seinen Herrn gerichtet.

Thomas nahm alle Kraft, die noch in ihm war, zusammen, um sich aufs Feuer zu werfen, da durchfuhr ihn ein Stich, als triebe jemand einen brennenden Speer abwärts durch die Schädeldecke, immer weiter abwärts.

Hör mir zu, sprach die Flamme. *Setz dich wieder. Du bist nicht der, für den du dich hältst. Du gehörst hier nicht hin. Du bist ein Traum, der sich in die Welt verirrt hat. Und jetzt weißt du nicht, wohin mit dir. Du schlägst und trittst um dich, weil du festen Halt suchst, aber da ist keiner. Und weißt du, was? Da wird nie einer sein. Glaub mir, denn ich bin wie du. Entscheide dich. Willst du leben oder nur scheinen? Willst du den Schmerz, der dich spüren lässt, dass du wahrhaftig lebst? Willst du das? Willst du wirklich lieben? Das hier ist deine Chance. Sie ist deine letzte. Du weißt, ich habe recht.*

Er presste die Lider zusammen. Der Schmerz war allgegenwärtig. War so alt wie Zeit und Raum, die ihn gezeugt hatten.

Hör mir zu, verdammt, denn ich habe ein Messer und du nicht.

Thomas öffnete die Augen. Eine rot glühende Klinge näherte sich Titinos Kehle. Er setzte sich.

Gut. Jetzt hör zu.

»Glauben Sie«, schrie Thomas in äußerster Verzweiflung, »ich wünschte mir nicht, ich könnte ihn retten? Hunderte Male habe ich ihn vor mir gesehen! Hunderte Male hat er mich um Hilfe angefleht. Wäre es ihm bloß um einen Stoß ins eigene Herz gegangen – er hätte es ohne Zögern getan. Aber er wusste, es wäre eine schäbige Flucht gewesen. Er wollte etwas anderes, etwas Schöneres, einen Beweis: *Ich habe geliebt. Ich wurde geliebt.* Denn man tötet nur, was man liebt. Oder was man in diesem Leben nicht lieben darf. Alles andere ist Barbarei. Zwei Stiche, erst in seine Brust, dann in meine, und wir hätten unsere Käfigtüren weit aufgerissen. Hätten triumphiert über Eigensucht und Niedrigkeit. Fünf, höchstens zehn Sekunden Mut. Nicht viel für ein ganzes Leben, oder? Aber nicht einmal das traute ich mich.«

Thomas' heißkalter Körper sackte leicht in sich zusammen. Mit schier übermenschlicher Anstrengung hielt er den Kopf aufrecht.

»Hätte ich doch zumindest *ihn* erlöst. Allein weiterleben zu müssen, in dieser Strafanstalt auszuharren im Wissen, dass wir einander niemals wiedersehen werden – *das* hätte mein Geschenk an ihn sein sollen. Mein Liebesopfer.«

Seine nassen Wangen fühlten sich heiß an, dann umso kälter.

»Es ist zu spät. Er würde mich nicht noch einmal in seine Nähe lassen. Nein, es *ist* so: Ich kann ihn nicht retten.«

Niemand muss sterben. Du darfst leben!

»Ich kann nicht.«

Und lieben! Titino ist der Beweis!

Aufgeschreckt, sah das Hündchen mal zu Thomas, mal in die Flamme. Der ganze kleine Körper zitterte.

»Bitte, hör doch auf.«

Du erhältst eine zweite Chance!, schrien die Flammen. *Begreifst du das nicht, du verdammter Idiot?*

»Was zählt das?«, fragte er tonlos. »Und wenn ich eine dritte bekäme, eine vierte – ich würde sie alle vertun. Vorhin – erst vorhin? – telegrafierte mir ein Gläubiger, all meine Schulden seien vergeben. Dafür muss ich bloß schweigen von allem, was ich über ihn weiß. Mir ist eine drückende Last genommen worden, einfach so. Immerzu habe ich Glück, verdammtes Glück. Ich sagte mir: Jetzt bist du frei. Du kannst mit Ilse leben, dir ein normales, anständiges Leben aufbauen. Und da bekam ich Angst. Schreckliche Angst, mir abhandenzukommen. Als würde ich mich, wenn ich Ja zu Ilse sagte, auflösen. Was, wenn ich sie zu lieben lernte, und sie mich? Wenn sie mich wirklich *verstände?*«

Etwas in ihm gab nach. Gab auf.

»Ich habe es versucht«, sagte er, ohne die Lippen zu bewegen. »Wirklich versucht. Aber ich kann einfach nicht anders. Auch der Roman handelt in Wahrheit nur von mir. Er ist *meine* Vorstellung, *mein* Erlebnis, *mein* Traum, *mein* Schmerz. Von niemand anderem ist die Rede als von *mir.* Von *mir* … Jedes Mal, wenn ich glaubte, endlich jemandem nahe zu sein, sah ich am Ende bloß mich selbst.«

Er reckte dem Feuer den Kopf entgegen, als wolle er es küssen. Bot ihm die schmerzende Kehle dar.

Kinderstimmen, die laut und froh ein Liedchen sangen, schwollen an, zogen, von Laternen begleitet, am Haus vorüber. Mit sich nahmen sie schwankende Lichter und die schlichte, heitere Weise vom Glück, auf der Welt zu sein.

Thomas schloss die müden Lider. Bald würde er schlafen können.

Du Feigling!, donnerte die Flammensäule. *Willst dich davonstehlen! Scheiß auf die Kunst, verdammt, und lerne zu leben!*

»Ich. Kann. Nicht.«

Dann töte ich ihn.

Plötzlich hielt Thomas inne, als lausche er etwas nach. Angst war da und tiefe Traurigkeit, aber noch etwas anderes. Einsicht. Einverständnis. Und mit einer Kraft, von deren Existenz er bis zu diesem Augenblick nicht gewusst hatte, setzte er sich gerade im Stuhl auf. Öffnete die Augen.

»Also gut«, sagte er. »Töten Sie ihn.«

Das Feuer prasselte wütend. Titino war zuckende, gottverlassene Angst.

Aber die Klinge rührte sich nicht.

»Natürlich nicht. Sie hätten keine Macht mehr über mich.«

Willst *du etwa, dass der Junge stirbt? Und wofür? Um schreiben zu können? Du bliebest einsam, dein Leben lang!*

Thomas ergriff das zitternde Tier, es war ganz leicht, und setzte es sich auf den Schoß.

Du bist wahnsinnig!, zischten die Flammen. *Völlig wahnsinnig!*

»... ich«, flüsterte Thomas und strich zärtlich über das tausendmal gestreichelte Fell.

Das Messer lag jetzt in seiner glühenden Hand. Er drehte es hin und her wie einen Spiegel.

Die Flammen loderten zur Decke, sprangen zu den Wänden, verschlangen Fensterläden, Tisch und Bücher. Hüllten das Zimmer in grelles Licht. Blendeten ihn.

Tu es nicht!, schrie das Feuer.

Thomas flüsterte Worte des Trostes in den Sturm. Abschiedsworte.

Tu! Es! Nicht!

Er stieß zu.

Höchste, wortlose Anspannung, gefolgt von seufzendem Erschlaffen. Warmes, lebenswarmes Blut ergoss sich über seine Hände, tropfte herab auf den kalten Steinboden.

Thomas lächelte ins Dunkel, das ihn umgab, und es war, als lächle er jemandem zu.

41.

So ward ich ruhiger und kalt zuletzt,
Und gerne möcht' ich jetzt
Die Welt, wie außer ihr, von ferne schau'n:
Erlitten hat das bange Herz
Begier und Furcht und Grau'n,
Erlitten hat es seinen Teil von Schmerz,
Und in das Leben setzt es kein Vertrau'n;
Ihm werde die gewaltige Natur
Zum Mittel nur,
Aus eigner Kraft sich eine Welt zu baun.

August von Platen

Epilog

Zum Zaubern fehlt mir jetzt die Kunst;
Kein Geist, der mein Gebot erkennt;
Verzweiflung ist mein Lebensend',
Wenn nicht Gebet mir Hülfe bringt,
Welches so zum Himmel dringt,
Dass es Gewalt der Gnade tut
Und macht jedweden Fehltritt gut.

Wo ihr begnadigt wünscht zu sein,
Lasst eure Nachsicht mich befrein.

William Shakespeare: *Der Sturm* (1611)

Palestrina, 29. April 1953

Bald würde es regnen. Und was sich dort hinten, jenseits der Albaner Berge, ankündigte, war kein bloßer Schauer. Keine willkommene Abwechslung wie früher in Pacific Palisades, wo warme Güsse den großen Garten duften und einen glauben ließen, der Sommer könne ewig währen. Auch kein stetes Tröpfeln wie am Zürichsee, das jede Jahreszeit irgendwann dem Herbst gleichen ließ. Nein, ein Sturzbach drohte, absehbar und, wenn er käme, doch in seiner Heftigkeit überraschend. Zwar war von alledem hier am Marktplatz, der noch die Wunden des letzten Krieges trug, wenig zu spüren. Der Trubel – das Händeschütteln, das leise Bitte-hier-entlang des Verlegers, vor allem aber die nie mehr ganz weichende Müdigkeit – lenkten davon ab. Doch auf der kurvenreichen Autofahrt hatte Thomas die dichten, dunkelgrauen Wolken gesehen. Sie kamen näher.

Und wenn sie den Gipfel oberhalb des Bergstädtchens erreichten, wären sie zu schwer und träge, um über die Kuppe hinwegzugleiten. Was dann geschähe, das kannte er von einst, sechsundfünfzig Jahre zuvor: Von einem Moment zum nächsten ergösse sich, schier aus dem Nichts, über das Pflaster der Gassen eine sprudelnde Flut, ein ewig junger Fluss, der Altes und Mürbes ins Tal schwemmte und erst auf Wiesen und Äckern zur Ruhe kommen ließe, worauf der Kreislauf von vorn begänne.

Sechsundfünfzig Jahre. Thomas schüttelte den Kopf, als läge es in seiner Macht, der Zeit das Fortschreiten zu verweigern. Natürlich wusste er, wie lächerlich das war, wie machtlos er selbst. Vielleicht, dachte er, würde Erstaunen ob des Ganzen das Letzte sein, was er empfände.

»Erkennen Sie es trotzdem wieder?«, fragte der Verleger unsicher, als sie die Treppengasse erklommen hatten. Mit einem Taschentuch fächelte er sich und seinen beiden Gästen Luft zu.

Thomas nickte, um für ein paar Augenblicke Ruhe zu haben, und sah sich schwer atmend um.

Die kleine Besuchergruppe stand vor wackligen Außenmauern und Fensteröffnungen ohne Glas, hinter denen Gräser aus Trümmern wuchsen. Wie sonderbar auch das: Während er, Tausende Kilometer entfernt, am *Faustus* schrieb, hatten Bomber der Vereinigten Staaten, deren Bürger er nun war, hier ihre tödliche Fracht abgeworfen. Seither glich, was einmal die Casa Bernardini beherbergt hatte, einem wurzelbehandelten Zahn.

»Durchaus bewegend«, sagte Thomas.

Der Verleger nickte dankbar.

»Wollen wir dann wieder?« Katia suchte, die wachen Augen zu Schlitzen verengt, den Horizont nach Anzeichen kommenden Unheils ab.

»Ich würde gern noch etwas spazieren gehen«, sagte er.

»Wenn wir jetzt fahren, schaffen wir es vielleicht noch rechtzeitig«, sagte der Verleger.

»Mondadori hat recht, Tommy.«

»Du musst ja nicht mitkommen. Der Verlag hat ein Fremdenzimmer angemietet, für alle Fälle. Ruh dich doch etwas aus.«

»*Ich*?« Katia sah ihren Mann an, als hätte der sie beleidigt.

»Es wäre *wirklich ratsam*, bald zu fahren«, sagte der Verleger. »Sonst sitzen wir womöglich bis morgen hier.«

»Was *willst* du denn noch?«, fragte Katia.

Thomas hob den Kopf und streckte die Schultern. Doch anstatt etwas zu entgegnen, seufzte er bloß kaum hörbar.

»Du hast recht«, sagte er nach einer Weile. »Mir ist doch ein wenig schwindelig von der Fahrt. Ich lege mich etwas hin. Danach können wir zurück. Das ist doch gewiss möglich, Herr Mondadori?«

»Natürlich«, sagte der Verleger und sah sich bekümmert um.

Eine Viertelstunde später war Thomas endlich allein. In einem kleinen, dunklen Zimmer, dem von damals nicht unähnlich, lag er auf dem Bett und horchte nach den Geräuschen, die in achtundvierzig Jahren zum akustischen Ausdruck seiner Ehe geworden waren. Sobald die energischen, kleinen Schritte und das Klappern des Schlüsselbundes verklungen waren, würde er aufstehen. Wäre nur die Matratze nicht so überraschend bequem …

Er schnappte nach Luft, als fürchtete er zu fallen. Dann stützte er sich mit aller Kraft auf eine Hand, bis der Oberkörper genügend Schwung hatte, um die dünnen Beine vom Laken auf den Fußboden zu ziehen. Beim Aufstehen ächzte er leise.

Das Fremdenzimmer war vom Marktplatz, wo die anderen eine Kleinigkeit essen wollten, weit genug entfernt, um die Treppengassen unbemerkt hinaufzusteigen.

Das Grau der Wolken ahmte das der Häuser zu beiden Seiten nach. Mitunter war kaum auszumachen, an welchen Mauern der Krieg gezehrt hatte und an welchen das Alter. Palestrina war Thomas damals zwar ärmlich erschienen, aber nie hinfällig; jetzt konnte er an kaum etwas anderes denken.

Zum Glück spielte, was von seiner Lunge noch übrig war, heute mit. Immerhin drei, vier Neunziggradwendungen hatten die steilen Wege schon genommen, als Thomas nach einer Bank Ausschau hielt – und keine fand. Im Stehen würde er sich nicht erholen, im Gegenteil. So zwang er sich voran, das Steinpflaster zu seinen Füßen im Blick. Das Klackern des Spazierstocks hallte von den Wänden wider.

Als er zur schmalen Straße am Hang kam, war der Aufstieg geschafft. Das belebte Thomas genug, um weiterzugehen bis zum Palazzo Barberini, wo er neben Heinrich ins Tal geblickt hatte.

Weißer Rauch stieg auf in elektrisch aufgeladene Luft, als er auf einer Bank eine Zigarre entzündete. Der süßlich-beißende Duft gehörte einst untrennbar zur Vorstellung von »Papa«. Nach dessen Tod war er wie ein Adelstitel auf Heinrich übergegangen. Im lärmenden Bahnhof von Florenz mischte der Geruch sich mit dem Dampf der Lokomotive, als die Brüder nach eineinhalb Jahren voneinander Abschied nahmen.

»Wirst mir fehlen«, sagte Heinrich am Bahnsteig.

»Was hältst du von ›Buddenbrook‹?«

Heinrich zog die Stirn in Falten.

Thomas zeigte auf die dicke Mappe in seiner Hand. »Als Name der Kaufmannssippe. Vielleicht auch als Titel. Klingt nach etwas, finde ich. War Ilses Idee. Entfernte Verwandte von ihr.«

»Ihr schreibt euch wieder?«

»Darum geht es nicht.«

»Ist sie nicht neulich nach München gezogen, mit ihrer Mutter? Mama schrieb so was. Heißt das, ihr beide …?« Zwei eng beieinanderstehende Augen fixierten Thomas.

»Sie studiert Gesang, an der Akademie. Ilse ist … Wir sind …«

»… Freunde?«

Nicken.

In der Stille, die folgte, gab Heinrich ihm einen Brief mit

nach München. Einer von vielen, seit Heinrich aufgegangen war, dass ihre Mutter die väterlichen Kommentare, die einen noch jungen, unsicheren, aber vielversprechenden Künstler hätten zermalmen können, womöglich nicht zufällig zurückgehalten hatte. Darin berichtete er ihr von seiner Idee für einen Roman, ganz anders als der erste: satirisch und ganz gegenwärtig. Das Ganze würde in Berlin spielen. Wohlanständige Heuchler und demütige Großmäuler gab es schließlich überall.

»Titino, *komm* her«, befahl Thomas.

Doch das Tier hörte nicht. Es hörte eigentlich nie. Zumeist hielt es sich abseits, als läge zwischen ihm und der Welt noch immer der rostige Zwinger am Bahnhof von Zagaralo. Vielleicht sträubte es sich auch dagegen, mit dem Namen seines entlaufenen Bruders angeredet zu werden. Der erste Titino, hatte Thomas der untröstlichen Enkelin der Signora zu erklären versucht, war, vom Feuerwerk zu Tode erschreckt, ausgerissen und nie zurückgekehrt. Seither mied das wunderliche Mädchen den *Poeta di Monaco*.

Ein Pfiff des Schaffners gellte über den Bahnsteig.

Heinrich schloss Thomas ungelenk, aber guten Willens in die Arme. Der ließ es geschehen.

»Wir schreiben uns, ja?«, brummte Heinrich. »Sind immerhin …«

»… Senatorensöhne«, sagte Thomas.

… *Brüder*, dachte er.

Auf der letzten Etappe drängten sich am Himmel Wolkenmassen von der Farbe frisch aufgeworfener Erdschollen. Darunter kam der Klostergarten von San Francesco in Sicht.

Schon von fern machte Thomas Oleander- und Ginstersträucher aus, Lorbeer und die Krone einer Steineiche. Alles wirkte wie damals, nur größer, prächtiger. Das alte Herz schlug, so schnell es konnte.

Doch als Thomas zur Treppe kam, die zur terrassenartigen Anlage hinabführte, versperrte ein Gittertor ihm den Weg. Um die Pforte schlängelte sich ein Kettenschloss. Trotzdem drückte er die Klinke. Rüttelte gar. Vergeblich.

Die Luft schien an Masse einzubüßen, sich zurückzuziehen wie Wasser am Strand. Bald käme der große Regen.

Bis zu diesem Moment hatte Thomas, um seine Kräfte zu schonen, zu verdrängen vermocht, wie wichtig ihm dies hier war. Jetzt aber wähnte er sich kurz davor, wimmernd auf die Straße zu sinken.

Er sah sich um. Ziegeldächer. Schornsteinrauch. Das noch immer weite Tal. Auf der anderen Seite die schlichte Fassade der Klosterkirche, aus deren Eingang eine Gestalt im schwarzen Rock trat.

Mit einer Hand hielt Thomas sich am Tor fest. Mit der anderen winkte er, den Spazierstock haltend, dem Priester.

»Cosa c'è che non va, amico mio?«, fragte der Mann, noch während er die Straße überquerte. Er war höchstens mittelgroß, um die fünfzig und wirkte wie jemand, den man von Wichtigerem abhielt. Es war Mittagessenszeit.

Thomas deutete auf das Tor, den Garten dahinter und schließlich auf sich.

Der Priester hob die Schultern. »Conversioni. Troppo pericoloso per voi.«

Thomas aber bemerkte im Park keinerlei *Umbauten*. Wieder zeigte er auf das Idyll, an dem nun wirklich nichts *gefährlich* wirkte.

Die buschigen Augenbrauen des Mannes hoben sich synchron zu dessen Schultern. Offenbar hatte er keine Ahnung, dass er es mit jemandem zu tun hatte, der noch am Morgen Seiner Heiligkeit den Ring geküsst hatte.

In seinen Hirnwindungen forschte Thomas nach einer Formulierung, die er sich in Rom zurechtgelegt hatte. Eine Antwort auf die Journalistenfrage, was ihm die Wiederbegegnung mit der Statue des Apoll von Belvedere bedeute. Sie hatte ihm auf der Reise treue Dienste getan.

»Significa molto per me«, sagte er.

Das dunkle Ornat hob sich in Brusthöhe, begleitet von der international gebräuchlichen Miene professionellen Bedauerns. Als der Priester sich zum Gehen wandte, deutete Thomas rasch wieder auf sich – ohne recht zu wissen, warum. Ihm war jetzt gleich, ob man ihn einließ, weil man ihn als würdig empfand oder bloß mitleiderregend.

Aber der Priester ging so zielstrebig weiter, dass Thomas alle Hoffnung verlor.

Er drehte sich zum Gartentor, damit niemand sähe, wie ihm die Gesichtszüge entglitten, und schloss die Augen.

Es tut mir leid. Es tut mir leid. Es tut mir leid.

Danach dachte er lange nichts mehr. Erst als die Erdanziehung immer weiter zuzunehmen schien, löste er die Hände von den Gitterstäben. Dort unten würde man sich bald Sorgen machen.

Hinter ihm klimperte und rasselte etwas. Im Näherkommen erinnerte es Thomas an das hohe g eines Cellos.

Es war der Priester. Bei sich trug er einen Schlüsselbund.

Eine ganze Weile verharrte Thomas allein vor einem uralten Lorbeerbaum. Dessen grüne Wipfel standen still in der Flaute, die jedem Sturm vorausging. Thomas fand Halt am Stamm, während er sich langsam, langsam niederließ. Endlich kniete er vor einer womöglich leicht erhöhten Rasenpartie, nicht größer als eine Obstkiste, und strich zärtlich darüber. Ein paar kaum nennenswerte Tropfen fielen.

Irgendwann, als es gut war, legte sich eine Hand auf Thomas' Schulter.

»Woher wusstest du?«, fragte er, als er sich umdrehte.

Katia schürzte spöttisch die Lippen. »Na, also, Tommy. Als *würd'* ich dich nicht kennen.«

Er sah zwischen ihr und dem Rasen hin und her. »Soll ich es dir erklären?«

Wieder dieser belustigte Gesichtsausdruck, der ihn früher zur Weißglut hatte treiben können, und der ihm längst unverzichtbar geworden war. »Würdest du es mir denn verraten?«

Er drückte ihre Hand, als hielte er sich an ihr fest.

»Vielleicht«, sagte Katia mit prüfendem Blick gen Himmel, »vielleicht haben wir doch Glück.«

Ja, dachte Thomas, als sie zurückgingen, das hatten wir wohl.

Er würde noch etwas schreiben, und dann, recht bald, würde er tot sein. Noch eine ganze Weile würde man über ihn reden und seine Bücher lesen, zuletzt vielleicht sein erstes. Aber was zählte das? Eigentliches deckt sich nicht mit Worten. Das Leben ist Kunst und Schein, nichts weiter, und alles hebt zuletzt sich auf.

Dank

Die Arbeit an diesem Buch war mir eine große Freude. Sie wäre mir unmöglich gewesen ohne die Hilfe folgender Personen.

Viele Einsichten über die Brüder Mann verdanke ich den Arbeiten von Dieter Borchmeyer, Chiara Cerri, Heinrich Detering, Manfred Flügge, Klaus Harpprecht, Erich Heller, Hanjo Kesting, Willi Jasper, Karl Kerényi, Helmut Koopmann, Marianne Krüll, Hermann Kurzke, Herbert Lehnert, Michael Maar, Ariane Martin, Peter de Mendelssohn, Reinhard Pabst, Edo Reents, Silke Schilling, Wilfried F. Schoeller, Klaus Schröter, Thomas Sprecher, Christina Ulrich, Hans Rudolf Vaget, Richard Winston und Hans Wißkirchen.

Der wunderbare Olaf Petersenn hat früh darauf vertraut, dass aus neun Kapiteln ein Roman werden kann und mir dadurch die Gewissheit vermittelt, auf dem richtigen Weg zu sein.

Meine großartige Agentin Petra Eggers hat sich für das Manuskript energisch eingesetzt. Den Kontakt zu ihr vermittelte die nicht genug zu lesende Schriftstellerin Veronika Peters.

Dem ebenfalls preiswürdigen Schriftsteller Volker Jarck verdankt das Manuskript wichtige Hinweise für den richtigen Aufbau und Ton.

Katy Steinfeld überließ mir dankenswerterweise ihr Büro, damit ich Ruhe zum Schreiben erhielt.

Manuel Butt und Philipp Schwenke haben mich wieder von der ersten Idee bis zur Fertigstellung des letzten Kapitels mit klugen und geduldigen Ratschlägen begleitet: Ohne Manuel Butts untrüglichen Blick für die innere Folgerichtigkeit des Handelns literarischer Figuren und Philipp Schwenkes analytische Klarheit und Stilsicherheit hätte ich diesen Roman wohl gar nicht erst in Angriff zu nehmen gewagt.

Jonathan danke ich dafür, dass ich in den mehr als drei Jahren Arbeit am Buch meine Tage füllen durfte mit den Dingen, die mir immer aufs Neue so große Freude bereiten: schreiben und Dein Papa sein.

Und ich danke Patricia Barona. Für alles.

Die Arbeit an diesem Werk wurde unterstützt mit Mitteln aus dem Programm *Neustart Kultur.*

Die Beauftragte der Bundesregierung
für Kultur und Medien

NEU
START
KULTUR

VG WORT